윈스턴의 귀환

Post- 1984 디스토피아

윈스턴의 귀환

Post- 1984 디스토피아

I부_ 미래의 과거

In power, they rule.

1. 평화부

문을 세차게 두드리는 소리에 윈스턴은 퍼뜩 잠에서 깼다. 연달아 여러 번 신경질적으로 두드리는 것이 계속되었다. 문 밖에서 힘찬 목소리가 들렸다.

"6079 스미스 W."

잠시 후 다시 한 번 외치는 소리가 들렸다.

"6079 스미스 W."

윈스턴은 신분번호로 자신을 부르는 소리를 들으며 사상경찰인가 하는 생각과 함께 긴장감이 들었으나 공포가 엄습한 정도는 아니었다. 사상경찰이라면 아무런 사전예고 없이 그대로 문을 부수고 들어왔을 것이다. 창문을 통해 낮게 들이치는 햇살을 보니 아침이었다. 그는 뭉그적거리며 침대에서 몸을 일으켜 문 쪽으로 향했다. 인기척을 들었는지 밖의 사람들도 두드리는 동작을 멈췄다. 문을 열자 제복 입은 사내 두 명이 서 있었다. 적지 않은 시간을 기다렸을텐데 그들은 화난 표정을 짓고 있지 않았다. 그중 한 사내가 그를 응시하며 말했다.

"6079 스미스 W. 윈스턴 스미스?"

"네. 그렇습니다……."

그는 대답을 하며 자신이 조금 전보다 더 긴장했음을 느꼈다. 그 남자는 다른 사내와 눈빛을 교환한 후 들고 있던 봉투를 그에게 내밀었다.

"접수확인은 필요 없습니다. 시간을 엄수하세요."

윈스턴은 봉투를 건네받았다. 영문도 없었지만 남아있는 숙취감 때문에 물어보고 싶은 것이 생각나지 않았다. 제복을 입은 두 사내는 상대방의 반응을 살피지도 않은 채 동시에 턱을 까닥하고는 몸을 돌려 출구 쪽을 향해 절도 있게 걸어 나갔다. 그들은 집 안에 발도 디디지 않았다.

그는 문을 닫고 의자에 앉으며 받은 봉투를 식탁 위에 던져 놓았다. 그제야 긴장감이 풀렸다. 그는 전날 밤도 체스트넛트리 카페에서 늦게까지 진을 마셨다. 낡고 냄새나는 빅토리 맨션으로 돌아온 것은 소등시간 직전이었다. 그리고 침대에 쓰러질 듯 누워 그대로 잠이 들었다. 아직 취기가 가시지 않은 상태였다. 무표정하고 사무적이지만 무례하지 않은 저들은 누구인가? 그들이 사상경찰이 아니었다는 사실은 안도감을 주었다. 죽음이 예정된 자신의 운명을 각오하고 있었지만 그것의 도래가 오늘 아침은 아니었다는 사실이 다행이라는 감정이 드는 것은 어쩔 수 없는 심리였다.

방문객 때문에 평소보다 일찍 일어난 날이었다. 기왕 잠이 달아났으니 오늘은 제 시간에 출근해야겠다고 생각했다. 그는 의자에서 일어나기 전 봉투를 집어 겉봉을 살폈다. 발신인이 평화부 보국지원본부로 되어 있었다. 그의 양미간이 약간 찌푸려졌다. 평화부? 그렇다면 제복 입은 방문객들은 군인들인가? 윈스턴은 진리부 소속으로 평화부와는 업무상 아무런 관련이 없었다. 애정부야 아무 때나 사람을 체포해가지만 평화부 사람들이 불쑥 찾아와 자신에게 봉투를 전달한 연유를 짐작할 수 없었다. 그는 겉봉을 뜯고 봉투에서 종이를 꺼냈다.

수신: 6079 스미스 W.

내용: 이 통지서를 지참하고 7월 17일(수) 0900까지 평화부 보국지원본부로 출두할 것.

참조: 평화부 게이트 #S11 앞으로 0830까지 도착하여 안내를 받을 것.

발신: 평화부 보국지원본부장

　얼핏 내용만 봐서는 평화부가 왜 자신을 부르는지 알 수 없었다. 그러나 사람을 두 명이나 보내 출두서를 전달했다는 점, 시간을 엄수하라는 말 등이 이 출두요구의 무게를 느끼게 해주었다. 출두일은 바로 다음 날이었다. 영사(英社, Ingsoc, English Socialism)의 권력행사는 상대방의 상황이나 입장을 전혀 고려하지 않는다는 점에서 평화부 역시 예외가 아니었다.

　그는 오랜만에 출근시간에 맞춰 진리부 사무실에 출근했다. 처리해야 할 중요한 업무나 예정된 회의도 없었다. 그는 몇 명 되지 않는 사무실 동료들과 한 마디도 나누지 않았다. 점심시간이 다가오자 그는 식당으로 향하지 않고 건물 밖으로 나왔다.

　7월의 런던에 더위가 시작되고 있었다. 출근시간에는 선선함을 느꼈으나 정오가 다가오자 뜨거운 햇볕이 오래 걷는 것을 지치게 했다. 평소 같았으면 광장까지 걸어가 동상 부근의 벤치에 앉아 우울한 표정의 행인들을 아무 생각 없이 바라보다 사무실로 돌아왔을 것이었다. 그날 윈스턴은 동상이 멀리 보이기 시작하자 가던 걸음을 멈추고 사무실로 되돌아 왔다. 아직 점심시간이 끝나지 않아 사무실에는 아무도 없었다. 그는 의자에 앉은 채 멍하니 책상 위를 바라보았다. 그는 애정부에서 풀려나와 진리부에 복귀한 이후 거기서 당한 고문을 생각하지 않으려 애썼다. 그러다가도 어쩌다 그 경험이 무의식중에 떠오르긴 했지만 그건 그저 낡은 필름이 돌아가는 오래된 무성영화를 보는 느낌이었다.

　사무실 밖에 사람들의 말소리가 들리기 시작했다. 점심시간이 끝나 직원들이 돌아오고 있었다. 그는 자리에서 일어나 사무실 출구 쪽을 향해 걸어갔다. 그때 문이 열리며 직원 한 명이 들어왔다. 윈스턴은 눈인사도 없이 어깨를 스치듯 그를 지나쳐 사무실을 빠져나왔다. 긴 복도 중간 중간에 설치되어 있는 텔레스크린에서는 아프리카 전선과 인디아 말라바 전선의 전황 소식이 요란한 군가와 함께 흘러나오고 있었다. 흥분된 목소리가 영사군이 연전연승을 거두며 유라시아군을 계속 북쪽으로 몰아붙이고 있다는 내용을 빠르게 쏟아내고 있었다. 그 소리가 귀청을 때렸으나 그는 텔레스크린을 의식하지 않고 빠른 걸음으로 엘리베이터를 향했다.

그는 이른 오후에 체스트넛트리 카페에 도착했다. 손님이 한 명도 없었고 거의 매일 얼굴을 대하던 웨이터도 평소보다 이른 시간에 나타난 윈스턴을 보고 의아하다는 눈길을 보냈다. 그는 늘 앉던 자리에 털썩 몸을 떨어뜨렸다. 이 카페에 익숙해지다 보니 어느 순간 집보다 안락하다는 느낌이 들 정도였다. 잠시 후 웨이터가 진이 담긴 술잔을 테이블 위에 내려놓은 후 정향(丁香) 사카린 몇 방울을 떨어뜨렸다.

그는 잔을 잡은 채 텔레스크린을 응시하였다. 요즘 방송의 대부분은 승리 특집뉴스였다. 아프리카 전선과 인디아 전선에서의 승리는 물론 부양요새의 활약상을 전하고 있었다. 이어서 최신 무기를 소개하기 시작하였다. 공군 비행기도 과거에는 전투기와 폭격기가 구분되어 있었으나 그 둘을 합친 전폭기가 개발되어 실전에 배치되었다는 소식을 덧붙였다. 그 전폭기는 과거의 폭격기가 탑재할 수 있었던 양보다 훨씬 더 많은 폭탄을 싣고 음속을 능가하는 속도로 비행한다고 했다.

웨이터가 두 번째 진을 가져왔을 때 윈스턴은 텔레스크린을 바라보며 평화부라고 중얼거렸다.

"부르셨습니까? 스미스 씨?" 돌아서 가던 웨이터가 물었다.

윈스턴은 고개를 돌려 그의 얼굴을 바라보았다.

"평화부가 영사를 위해 많은 일을 하네요."

말을 마치고 그는 다시 텔레스크린 쪽으로 눈을 돌렸다.

다음 날 윈스턴은 일찍 일어났다. 전날 체스트넛트리 카페에서 진을 석

잔만 마시고 해가 지기 전 집으로 돌아왔다. 빅토리 맨션 옥상에 올라가면 하늘에 닿을 듯이 높은 피라미드 모양의 정부부처 건물들을 볼 수 있었다. 그중 자신이 근무하는 진리부 청사가 가장 가까이 있었고 평화부는 가장 멀리 떨어져 있었다. 평화부까지는 걸어서 한 시간 가량 걸리는 거리였다. 아침을 먹은 후 여유 있게 면도를 했다. 전날 아침에 받은 출두요구서를 봉투째 유니폼 주머니에 넣었다. 평화부는 처음일 뿐 아니라 또 넓고 큰 청사에 게이트 #S11이 어디 위치한지 몰랐기 때문에 넉넉히 시간을 잡고 출발하였다. 언제 닥칠지 모를 잔혹한 운명을 기다리는 사람에게 시간은 거추장스러울 뿐이었다.

런던 북쪽에 위치한 넓은 광장을 다 차지하고 있는 평화부 청사는 가까이 갈수록 점점 더 크게 보였다. 아침 햇살이 드리운 건물의 그림자 속으로 들어간 후에도 도착까지는 한참을 걸어야 했다. 게이트 #S11은 건물 남쪽의 오른쪽 귀퉁이에 위치해 있었다. 게이트 앞에 도착했을 때 시각은 0815 가량이었는데 이미 많은 사람들이 모여 있었다. 수백 명은 되어 보였고 건물 앞 광장 쪽으로 사람들이 계속 모여 들고 있었다.

윈스턴은 평화부 건물과 주변을 살펴보았다. 건물 제일 외곽은 두께와 높이가 1미터, 폭은 2미터쯤 되는 콘크리트 장애물로 둘러쳐 있었다. 차량이 전속력으로 돌진해도 그 장애물을 돌파할 수 없을 것 같았다. 그 안쪽으로 20미터 쯤 떨어져 건물 전체를 둘러싼 폭 10미터 가량의 해자에 물이 채워져 있었다. 그 뒤로는 열 걸음정도 떨어져 상단이 요철 모양을 한 3미터 조금 넘을 듯한 콘크리트 벽이 설치되어 있었다. 그 벽 위로 중간 중간 무장군인이 경계를 서는 모습이 보였다. 건물 출입문은 그 벽을 통과하여 20미터쯤 지난 지점에 위치해 있었다. 중세 시대의 성보다 견고한 방어시설로 둘러싸인 평화부는 함부로 범접할 수 없는 곳이라는 위압감과 함께 어떠한 공격도 막아낼 수 있다는 강고함을 보여주는 듯 했다.

윈스턴은 지난 20년 가까이 영사의 외부당원이었지만 근무처인 진리부와 자신을 감시하는 애정부만 의식했지 평화부에 대해 깊게 생각해 본 적이 없었다. 영사는 지난 1960년대 중반 수립된 이후 계속 전쟁상태에 있는 전시국가였다. 그 전쟁은 평화부가 수행하고 있었다. 그런데 전시국가에 살고 있으면서도 자신이 왜 평화부와 아무런 관련이 없는 것으로 인식하고 있었는지 알 수 없었다.

0830이 가까워 오자 모인 사람들의 숫자는 더 늘어났다. 외부당원 유니폼인 청색 작업복을 입은 사람들은 소수였고 낡은 옷을 아무렇게나 걸친 프롤들이 대다수였다. 외부당원들이 프롤들보다 훨씬 나이 들어 보였다. 젊은 프롤들끼리는 장난도 치고 주변 사람들에게 들릴 정도로 수다스런 대화를 나눴지만 외부당원들은 서로 얼굴을 마주치지 않으려는 기색이 역력했다. 윈스턴도 한 곳에 서서 그저 눈을 내리깐 채 아무런 생각도 안하고 있었다. 0830이 되자 스피커가 울렸다.

"잡담금지. 반복한다. 잡담금지, 이열종대로 안으로 진입한다. 실시."

윈스턴은 목소리의 단호한 어투에 긴장감을 느꼈으나 주변 프롤들은 개의치 않는 듯했다. 그는 일찍 도착했으므로 무리의 앞쪽에 위치했다. 방벽 입구가 넓지 않았으므로 두세 명씩 짝을 지어 콘크리트 벽을 통과해 들어갔다. 안쪽에는 카키색 군복을 입은 군인들 스무 명 가량이 나와 양쪽에 도열해 있었다. 모두들 손에는 나무 곤봉을 들고 있었다. 선두 사람들은 콘크리트 방벽 안쪽을 두리번거리거나 옆 사람과 계속 얘기를 했다. 그러던 중 갑자기 그들을 향해 도열한 군인들의 곤봉이 날아들었다. 곤봉이 휘둘러질 때마다 둔탁한 소리와 함께 사람들은 묵직한 신음소리를 내며 구겨진 종이처럼 쓰러졌다. 윈스턴은 아무 말도 않고 있었으나 허벅지에 곤봉을 맞고 쓰러졌다.

"잡담금지. 앞만 보고 행진한다. 복창한다. 잡담금지."

사람들이 순식간에 이를 제대로 따라할 리 없었다. 몇 차례 곤봉세례가 더 가해지고서야 모두 입을 다물었고 군인의 지시를 힘찬 소리로 복창했다.

"잡담금지." "잡담금지."
"이열종대." "이열종대."
"앞으로 행진." "앞으로 행진."

불과 몇 분 만에 콘크리트벽 밖의 무리와 안의 집단은 완전히 다른 조직으로 변해 있었다. 윈스턴은 애정부에서의 경험과는 다른 서늘함이 가슴에 자리잡는 것을 느꼈다. 일부 프롤들은 놀랐을 뿐 아니라 얼이 빠진 것처럼 보였다. 집단 전체가 쥐죽은 듯 조용했다. 해자 위에 걸려있는 다리를 건너며 윈스턴은 평화부 건물을 슬쩍 올려다보았다. 가까이서 보니 건물 2층에는 금속빛을 반사하는 자동화기의 총구가 튀어나온 총좌가 약 50미터 간격으로 설치되어있었다. 이곳은 애정부와는 다른 공포감을 주는 곳이었다.

건물 입구를 통과해 실내로 들어가니 맨 콘크리트 바닥의 넓은 로비가 있었다. 문 바로 안쪽에는 네모난 상자 모양의 기계를 올려놓은 테이블이 있었다.

"가져온 통지서를 스캐너에 넣는다." 인솔군인의 지시가 떨어졌다.

그 지시를 알아듣고 제대로 따라한 사람들은 없었다. 다시 곤봉세례가 쏟아졌다. 자세한 추가지시가 없었는데도 사람들은 기계 위에 길게 뚫려진 틈새로 종이를 밀어 넣었다. 인쇄면을 위로 향해 밀어 넣은 사람은 군인들의 군화발에 정강이가 차였다. 앞에서 맞는 것을 보고도 이를 따라하지 못하는 사람들이 많았다. 계속 어이쿠 소리를 내며 사람들이 바닥에 쓰러졌다. 쓰러진 사람들은 군화발에 다시 가격을 당했다. 카키색 군화는 신체부위를 가리지 않고 발이 가는대로 밟았다.

소동을 겪은 후 무리는 로비에 도열했다. 정렬이 끝나자 무리를 지휘했던 군인이 옆에 서있는 군인에게 말했다.

"오늘 온 놈들은 왜 이리 굼떠? 다른 때보다 5분은 더 걸린 것 같네. 지금 몇 시야?"

"네. 5분 전입니다."

"거봐. 딱 5분 더 걸렸네."

몇 분 후 한 군인이 도열한 무리의 앞에 섰다. 그는 무리에게 열중쉬어, 차렷 연습을 몇 차례 더 시켰다. 일행은 열중쉬어 자세로 기다렸다. 로비 정면에 있는 강단 위의 시계가 0900을 가리키자 강단의 옆쪽에서 장교 한 명이 걸어 나와 단상의 중앙에 자리 잡았다.

인솔군인은 강단 위의 군인을 향해 구호를 외치며 힘차게 거수경례를 했다.

"보고합니다. 예정총원 610명. 현재원 488명. 이상"

무리는 열중 쉬어 자세로 단상 위 군인의 연설을 들었다.

"너희들은 오늘 0900부로 영광스런 영사군에 징집되었다. 영사군은 적의 침략으로부터 제1공대를 지켜 인민들의 생명과 안전을 보호해야함은 물론 아프리카와 인디아를 침략한 야만스런 적들을 격퇴하는 임무를 수행하고 있다. 우리가 누리고 있는 지금의 번영과 안녕은 수많은 영사군인들이 흘린 피와 땀 덕분이다. 너희들도 그들의 용맹함을 닮는 자랑스러운 전사가 되어야 한다. 이제 곧 신체검사를 받는다. 일단 징집되면 귀가조치는 단 한 명도 없다. 평화부는 여러분들 각자에 맞는 역할을 부여할 것이다. 징집을 환영한다. 영사를 지키는 용맹스런 군인이 되길 바란다."

그는 말을 마친 후 옆의 군인들에게 "백 명 넘게 징집에 응하지 않았다," "위에서 텔레스크린으로 보니 오늘 징집자들 군기가 엉망이다," "이런 상태로 전선에 갔다가는 살아 돌아오기 힘들 것이다."라는 등의 불만을 쏟아냈다. 그가 불만을 주절거릴 때마다 징집자들을 둘러싼 군인들이 곤봉을 더 세게 움켜잡는 것 같았다.

　윈스턴은 어안이 벙벙할 뿐이었다. 출두서를 받은 것은 어제 아침 0700쯤 이었다. 그가 평화부 앞에 도착한 것은 한 시간쯤 전이었다. 그런데 지금 윈스턴은 영사군의 일원이 되어 있었다. 그저 어리둥절할 뿐이었다. 내가 이제 마흔이 다 된 나이 아닌가? 애정부에서 풀려나와 겨우 사무실 근무를 해낼 정도의 체력이 회복된 지 몇 달 안 되었는데, 머리는 다 벗겨지고 치아는 틀니인데, 그리고 나는 사상범 아닌가…….

　징집자들은 신체검사를 받기 위해 이동하였다. 먼저 대형 샤워실로 향했다. 샤워실 입구에는 바퀴달린 커다란 밀차가 줄지어 서있었다.

　"전부 탈의하여 옷을 밀차에 넣는다. 몽땅 벗는다. 실시!"

　윈스턴은 군인이 실시라고 말할 때는 행동을 빠르게 하라는 것을 알아차리고 신발과 양말, 작업복, 그리고 팬티까지 모두 벗었다. 실시의 의미를 알아듣지 못하고 느리게 행동한 사람들은 구두발에 채였다. 팬티를 입은 채 벗은 옷을 밀차에 넣던 사람도 곤봉으로 맞았다. 밀차 위에 넘칠 정도로 쌓인 옷들은 마치 쓰레기더미 같았다. 모두들 완전히 벌거벗으니 옷을 입고 있을 때 나던 퀴퀴한 냄새와는 또 다른 악취가 실내를 가득 메웠다. 군인들은 눈살을 찌푸렸다. 샤워실 천장과 벽면에는 수백 개의 샤워꼭지가 매달려 있었다. 찬물이 쏟아져 나왔다. 나신이 된 대부분 징집자들의 허벅지, 등, 옆구리, 어깨에 곤봉으로 맞거나 구둣발에 차인 자국이 보였다. 일부는 벌써 시퍼런 멍으로 변해가고 있었다.

　"깨끗이 씻는다. 머리 꼭대기부터 겨드랑이와 밑구멍까지 구석구석 씻는다. 샤워 끝나고 냄새나는 놈은 각오해라."

　사람들은 열심히 씻었다. 윈스턴에게는 이틀만의 샤워였지만 일부 프롤들은 한 달 만에 하는 샤워일 수도 있었다. 샤워물이 그치고 밖으로 나오자 면으로 된 커다란 천이 한 장씩 지급되었다.

　"천으로 몸을 닦고 하반신을 감싸 두른다. 실시!"

　모두들 나신이 어색했는지 재빨리 물기를 닦고 천을 허리에 둘러 아랫도리를 가렸다. 신체검사는 여러 조로 나뉘어져 진행되었다. 혈액형 검사와 엑스레이 촬영을 제외하고는 대부분 검사관의 문진과 목측에 의해 검사가 빠르게 실시되었다. 검사관들은 모두 하얀 의료가운을 입고 흰색 마스크를 쓰고 있었다. 그중 여성 검사관도 있었다.

"잘 들리나?"

"네. 잘 들립니다."

"정상!"

치질과 성병도 눈으로 보고 판정하였다.

"하의 탈의. 실시!"

다들 두른 천을 풀러 내렸다.

"무릎을 편 채 양손으로 발목을 잡는다. 실시!"

윈스턴에게는 이 자세가 가장 힘들었다. 아침 체조시간 때마다 텔레스크린의 여강사에게 핀잔 섞인 지적을 받았다. 그런데 여기서는 그 자세가 바로 나왔다. 스무 명 가까운 사람들이 일렬로 그런 자세를 하고 있으면 검사관이 허리를 숙여 지나가면서 항문을 들여다봤다. 성병검사의 경우도 고개를 숙여 아래를 쳐다보다가 가끔 고무장갑 낀 손으로 성기를 꽉 쥐어보는 경우도 있었다.

오후 늦게 신체검사가 끝났다. 윈스턴조는 최종 판정실로 갔다. 넓은 방에 징집자들은 이열횡대로 정렬했다. 거리를 두고 놓여있는 책상 뒤에 최종 판정관이 앉아 있었다. 카키색 군복을 입은 중년 장교의 왼쪽 가슴에 가득 붙어 있는 작은 색동조각들이 위엄을 더해 주었다. 한쪽 벽에는 커다란 텔레스크린이 붙어 있었다.

"6079 스미스 W."

윈스턴은 앞으로 나가 최종 판정관 앞에 차렷 자세로 섰다. 텔레스크린에 그의 신체검사 결과가 떴다. 최종판정관은 윈스턴을 응시하고 있었고 검사관 한 명이 검사결과를 큰 소리로 읽었다.

"6079 스미스 W. 38세. 신장 173센티미터. 체중 59킬로그램. 혈액형

B형. 시력 양호. 청력 양호. 기타 모두 정상. 기형 및 장애 무. 치아 의치. 오른쪽 발목 하지정맥류. 이상.”

윈스턴은 다른 사람을 통해 자신의 신체상태를 확인할 수 있었다. 최종 판정관은 물끄러미 그를 바라보았다. 눈빛이 날카롭지는 않았지만 신체 검사 결과보고를 들으며 자신을 샅샅이 관찰하고 있는 것이 느껴졌다. 심지어 마음까지도 읽는 것 같았다. 짧은 시간 안에 징집자의 모든 것을 알아차리는 능력이 있는 듯 보였다. 검사관이 큰 소리로 짧게 외쳤다.

“근로병 적합.”

최종 판정관은 계속 윈스턴을 쳐다보고 있었다. 그의 잔잔한 눈빛이 도리어 윈스턴을 긴장시켰다. 잠시 후 판정관이 입을 열었다.

“최종판정 전사(戰士).”

그의 말이 끝나자 곧 텔레스크린에 “6079 스미스 W. 최종판정 전사”라는 문구가 떴다. 윈스턴이 뒤돌아서 자기 자리로 돌아갈 때 최종 판정관의 혼잣말 같은 소리가 들려왔다.

“나이 든 외부당원에게 노역을 시킬 순 없지.”

최종판정이 끝나고 징집자들은 식당으로 이동했다. 식당은 진리부보다 훨씬 깨끗했다. 음식냄새는 났으나 역겹게 찌든 악취는 풍기지 않았다. 테이블도 물기 하나 없이 닦여져 있었다. 징집자들은 군인들에게 닦달당하며 서둘러 식사를 마쳤다. 짧은 시간에 모두들 식판을 비웠고 식사 종료라는 말을 듣고도 음식에 손을 댄 사람들은 곤봉에 얻어맞았다.

식사 후 처음 모였던 로비로 이동했다. 그곳에서 군복과 군화가 지급되었다. 군복으로 갈아입으니 모든 징집자들이 비슷하게 보였다. 프롤 출신과 외부당원 출신을 구분할 수 없었다. 그리고 훨씬 패기 있어 보였고 절도 있는 행동을 하는 것처럼 느껴졌다.

그 자리에서 금속 목걸이가 지급되었다. 쇠로된 목줄에 무광처리된 작은 금속판이 달려 있었다. 윈스턴의 금속판에는 ‘859417977 B형’이라고 음각되어 있었다. 인솔군인의 큰 목소리가 들렸다.

"군식표를 목에 건다. 거기 숫자는 너희들의 군번이다. 지금 외워라. 이 군식표는 항상 목에 걸고 있어야 한다. 군식표가 없는 군인은 탈영병으로 간주한다. 탈영병은 즉결처분이 가능하다. 군번이 부여된 너희들은 이제 진짜 영사의 군인이 되었다. 영사의 수호와 번영을 위해 언제든지 죽을 수 있다는 각오를 해야 한다."

징집자들은 인솔군인의 말을 마음속에 새기는 것 같았다. 그들은 불과 한나절 만에 그날 아침과는 완전히 다른 인간이 되어 있었다. 윈스턴은 이렇게 짧은 시간에 인간을 변화시키는 평화부의 힘은 무엇일까 하는 생각을 해보았다. 애정부는 자신을 개조시키겠다며 몇 달의 시간을 들였다. 여러 조사관들이 고문을 비롯한 다양한 방법을 통해 윈스턴을 굴복시켰다. 그런데 평화부는 수백 명의 사람을 한꺼번에 단시간 내 변화시켰다. 처음에는 곤봉세례를 당할까하는 공포심이 있었지만 불과 몇 시간 만에 군복을 입고 작은 금속판을 목에 거니 지시에 복종해야 한다는 생각이 자연스레 들었다.

징집자들은 로비바닥에 앉아 대기했다. 군가를 몇 개 배웠다. 음정과 관계없이 목이 터져라 불러대는 것이 중요했다. 무리를 둘로 나눠 어느 쪽이 더 크게 부르나를 경쟁시켰다. 그러다 갑자기 앉아 일어서를 반복적으로 시키기도 했다. 잠시 휴식시간이 주어졌다. 옆 사람과의 대화는 금지였다. 이를 어기는 징집자가 나타나면 전원에게 앉아 일어서 지시가 떨어졌다. 이것이 두 세 차례 정도 반복되니 징집자들은 입도 뻥끗하지 않았다.

윈스턴은 정좌를 한 채 그날 주위로부터 귀동냥했던 말들을 정리해보았다. 징집은 한 달에 두 번 있었는데 그해 들어 일주일에 한 번으로 늘어났다고 했다. 그만큼 병력수요가 많아졌다는 얘기였다. 원래 징집연령은 외부당원이나 프롤 모두 20세였으나 징집대상도 30대까지 확대되었다. 특히 이번 징집은 그 주에 두 번째 있는 특별징집이었다. 윈스턴도 특별징집 대상이 된 것이었다. 대상자들에게 징집 하루 전 급하게 출두서가 전달되었고 불응자 비율이 높았다.

 군가제창과 앉아 일어서, 그리고 휴식이 몇 차례 반복되는 가운데 갑자기 군인들 몇 명이 바쁘게 움직이며 그들끼리 나누는 대화가 많아졌다. 휴식의 안락함에 익숙해있던 징집자들은 무슨 새로운 변화가 있으려나 하는 두려움을 느꼈다. 앞줄에 앉아있던 윈스턴은 군인들이 나누는 얘기를 언뜻언뜻 들을 수 있었다. "오늘 출발하기 힘들다," "훈련소 병력이 안 빠졌다," "차량 배정도 안되어 있다," "캐터릭(Catteric) 놈들은 무슨 일을 그렇게 하냐." 등의 내용이었으나 전체적으로 무슨 얘기인지 알 수 없었다. 군인들도 지쳤는지 징집자들을 괴롭히지 않고 휴식을 계속 허용했다.

 얼마 후 아침에 연설을 했던 군인이 강단 위에 다시 등장했다.

 "병사들 오늘 수고가 많았다. 아침에는 오합지졸들이었는데 이제는 군기가 좀 들어 보인다. 용맹스런 영사군이 됐음을 다시 한 번 자랑스럽게 생각하기 바란다. 원래 예정은 식사 후 곧바로 훈련소로 출발하는 것이었다. 하지만 작전이 변경되어 내일 아침에 출발한다. 오늘은 이곳에서 취침한다. 푹 쉬길 바란다."

 그는 단상을 빠져나가며 옆에 있는 군인에게 들으라는 듯 말했다.

 "계획에 없던 특별징집을 갑자기 하니까 이런 일이 생기지. 계속 승전하고 있다면서 전선사령부는 무슨 병력을 그렇게 많이 요구하나?"

 징집자들은 그날 밤 로비에서 취침했다. 대부분 금방 잠이 들었다. 몸도 피곤했겠지만 긴장이 풀리면서 눕자마자 곯아떨어진 것이었다. 그러나 윈스턴은 쉽게 잠이 들지 않았다. 소등을 하여 로비 전체가 깜깜한데 여기저기서 작게 훌쩍이는 소리가 들려왔다. 몇 사람은 흑흑거리기도 했다.

 정각 0600에 텔레스크린에서 뿜어내는 군가소리와 함께 기상을 했다. 군인들의 목소리가 전날 아침처럼 날카로워졌다. 기상이 늦은 징집자들은 누운 채 군인들의 군화발에 채였다. 징집자들은 출입구 반대편에 있는 문을 통해 이동하였다. 창문 없는 긴 복도를 지나 건물 밖으로 나오니 높은 콘크리트벽으로 둘러싸인 넓은 공간이 있었다. 시동을 걸어놓은 채 대기하고 있는 트럭들이 보였다. 다시 도열을 하고 인원점검을 받았다. 징집자들은 땅바닥에 앉아 배급받은 검은 빵을 먹었다. 모두들 그날부터 벌어질 새로운 상황에 대한 두려움 속에서도 열심히 뱃속을 채웠다.

"탑승 5분전. 기립."

징집자들은 스무 명씩 트럭에 승차하였다. 비좁지만 모두 앉을 수는 있었다. 인솔군인이 재차 인원점검을 했다. 스무 명이 확인되자 트럭 뒤의 가림막을 내렸다. 그는 운전병 옆자리에 탑승했다.

"이동 중 정자세로 앞만 응시한다. 대화금지다. 자거나 졸면 차 밖으로 던져버린다. 알겠나?"

"네! 알겠습니다." 징집자 전원이 일제히 큰 소리로 대답했다.

탑승하여 대기하고 있으니 트럭들의 엔진소리가 꽤 요란하게 들렸다. 멀리서 긴 호각소리와 함께 출발이라는 명령이 떨어졌다. 콘크리트벽 가운데 설치된 대형철문이 좌우로 벌어지며 트럭이 한 대씩 빠져나가기 시작했다. 가림막이 내려져 있어 어느 방향으로 가는지 알 수 없었다. 별다른 회전 없이 직진 운행하는 것을 느끼며 윈스턴은 차량이 런던 북쪽을 향해 이동하고 있다고 짐작했다.

징집자들은 입을 꾹 다문 채 아무 말도 없었다. 윈스턴은 일단 긴장감이 풀렸다. 그는 정자세를 한 채 눈을 돌려 트럭 안의 사람들을 살펴보았다. 모두 똑같은 군복을 입고 있으므로 누가 외부당원이고 누가 프롤인지 구분하기 어려웠다. 자기가 나이가 제일 많은 것은 분명했다. 그제는 점심시간 직후 사무실을 떠났고 어제 오늘은 아예 출근을 안했는데 진리부 사무실에서는 무슨 일이 일어났을까 하는 생각이 얼핏 스쳐지나갔다.

윈스턴은 자신이 징집이 되리라는 것을 상상조차 해본 적이 없었다. 전쟁이 확대되고 격화되며 유라시아의 로켓탄이 런던 시내에 자주 떨어졌다. 전쟁상황이라는 것을 항상 인식하고 살았지만 정작 윈스턴은 군대와 자신은 전혀 상관없다고 여겼을 뿐이었다. 비슷한 연배의 직장동료들 중에도 군복무를 했던 사람은 한 명도 없었다. 그런데 그는 이제 군식표를 목에 걸고 군용트럭에 탑승하여 어디론가 가고 있는 것이었다.

그 무렵 애정부는 윈스턴을 재소환하여 처형을 집행하기로 결정하였다. 사상경찰들이 그의 집을 급습하였다. 자정쯤 문을 부수고 안으로 진입하였으나 그는 그곳에 없었다. 그 시간 윈스턴은 평화부 로비에서 잠들어 있었다. 사상경찰은 급습이 실패한 후에도 그의 행방을 계속 추적하였다.

차량이 한 시간 이상 계속 북쪽으로 이동하는 도중에 앞자리의 무전기에서 짧고 빠른 말이 '치-익 치-익'하는 소음과 함께 들렸다. 인솔군인이 고개를 돌려 지시했다.
"뒤쪽 가림막을 걷는다."
차량 맨 뒤쪽에 앉아있던 징집자 두 명이 흔들거리는 가운데 일어나 가림막을 걷어 올렸다. 갑자기 트럭 뒤를 통해 쏟아져 들어오는 햇빛이 반갑게 느껴졌다. 징집자들의 굳은 표정도 풀리는 것 같았다. 모두들 트럭 뒤쪽으로 시선을 돌렸다. 2차선의 시골도로였다. 농가들이 듬성듬성 보이는 한가로운 농촌풍경이었다. 멀리 얕은 산들이 여름의 푸른 활엽수 나뭇잎들로 덮여 있었다. 모두들 멍한 표정으로 멀어져 가는 풍경을 바라보았다.

차량 행렬의 속도가 줄어들며 앞자리에 앉은 인솔군인이 자세를 바로 잡았다. 목적지에 가까이 왔음을 알 수 있었다. 트럭이 속도를 줄이다 서서히 멈췄다. 차량들은 정지한 채 꼼짝하지 않았다. 무전기의 소음이 다시 들리자 운전병은 시동을 껐다. 운전병과 인솔군인이 뭐라고 투덜댔다.

　차량행렬 앞을 한 무리의 일행이 가로 막고 있었다. 도착지 입구 바로 앞이었다. 선두트럭의 인솔장교가 창문 밖으로 고개를 내밀어 그들에게 비키라고 큰 소리로 외쳤으나 그 일행은 꿈쩍하지 않았다. 다섯 명의 일행을 지휘하는 사람은 내부당원 복장을 하고 있었고 나머지는 검은색 제복의 애정부 경찰들이었다. 인솔장교는 차에서 내려 그 내부당원에게 군작전을 방해하지 말라고 말했다. 그래도 그들은 물러서지 않았다. 그렇게 옥신각신하는 사이 초소로부터 연락을 받았는지 부대 안에서 40대 초반의 장교가 군용 랜드로버를 타고 다른 군인들과 함께 나타났다. 인솔장교는 물러서고 그 장교가 사상경찰 일행을 상대했다.

"무슨 일입니까? 어디서 나왔습니까?"

"애정부 사상경찰입니다. 윈스턴 스미스를 찾으러 왔습니다."

"누구요?"

"6079 스미스 W. 윈스턴 스미스 말입니다."

"이번 징집자 중에 윈스턴 스미스라고 있나?" 그 장교는 인솔장교에게 물었다.

"없습니다." 인솔장교가 대답했다.

"그런 사람 없다는데요?" 그 장교가 내부당원에게 말했다.

"우리는 오늘 아침 평화부를 출발한 징집자 중에 윈스턴 스미스가 있다는 정보를 가지고 여길 왔습니다. 반드시 신병을 확보해서 데려가야 합니다. 애정부의 명령입니다. 협조를 안 하시면 상부에 그대로 보고하겠습니다." 내부당원도 당차게 대답했다.

　그 말을 들은 장교는 미간을 찌푸리며 인솔장교에게 지시했다.

"인솔장교, 이 분들을 안내해드려. 우리는 그 사람이 누군지 모르니까 직접 찾아보라고 해."

　내부당원 일행은 선두차량부터 탑승자들을 한 명 한 명 뚫어지게 살펴보았다. 군인들에게 둘러싸여 있지만 역시 애정부 경찰들의 기세는 등등

했다. 윈스턴은 자세한 상황은 몰랐지만 뭔가 자신에게 큰 위기가 오고 있다는 것을 감지했다. 그 위기의 결과가 무엇일지도 알고 있었다. 피할 수 없는 운명이라고 각오하고 있었지만 그것이 지금은 두려움으로 다가 왔다. 사상경찰들이 윈스턴의 트럭까지 왔다. 심장박동이 군복 상의마저 들썩이게 하는 것 같았다. 사상경찰들은 탑승한 스무 명의 징집자를 한 명씩 뚫어지게 들여다봤다. 똑같은 군복을 입은 일행 중에 윈스턴을 금 방 식별하기란 쉽지 않은 일이었다. 내부당원은 윈스턴의 사진을 들고서 탑승자들과 대조하였다. 윈스턴의 빨라진 심장박동은 그 압력을 이기지 못하고 급기야는 거의 멈추는 듯했다. 내부당원은 날카로운 눈매로 한 명씩 유심히 살펴보다 마침내 손가락으로 윈스턴을 가리켰다.

"우리가 찾는 사람이 바로 저 사람입니다."

윈스턴은 심장이 터질 것 같았지만 미동도 않은 채 앞만 응시했다.

"확실합니까?"

장교는 별다른 표정변화 없이 내부당원의 말에 반응하며 윈스턴에게 차에서 내리라고 지시했다. 그는 모든 것이 예상대로 되는구나 하는 자 포자기의 심정으로 트럭에서 내려 장교와 내부당원 사이에 섰다. 검은색 제복의 경찰들이 오만한 표정을 지으며 그를 반원으로 둘러싸자 긴장된 분위기가 조성되었다. 장교는 내부당원에게 확실하냐고 다시 확인하면 서 손을 윈스턴의 상의 속에 넣어 군식표를 꺼냈다. 그리고는 소리 내어 금속판에 새겨진 내용을 읽었다.

"859417977. B형. 윈스턴 스미스가 아니네요."

내부당원은 그 말을 듣고 당황한 표정을 지으며 말했다.

"이 사람이 분명히 우리가 찾고 있는 윈스턴 스미스입니다. 이 사진을 보세요."

장교는 내부당원이 손을 뻗어 내민 사진을 쳐다보지도 않았다.

"애정부와 당신이 뭐라고 부르던 이 병사는 평화부 자원 859417977입 니다."

장교는 윈스턴에게 다시 탑승하라고 지시한 후 내부당원에게 꽤 길게 말을 덧붙였다.

"여기는 전쟁준비가 시작되는 곳이요. 아프리카 전선과 인디아 전선에서 피를 흘리며 적과 전투를 벌이는 영사군 병사가 한 명도 빠짐없이 모두 여기서 훈련을 받았소. 애들도 훈련이 끝나면 곧장 전선에 투입될 예정이요. 우리 앞을 가로막는 것은 전쟁준비를 방해하는 행위나 다름없소. 캐터릭 지역 전체가 위수지역인건 아시죠? 캐터릭 훈련소장이 위수사령관이고 나는 위수사령부의 헌병대장이요. 더 이상 이런 쓸데없는 일로 시간을 끌면 당신들을 군작전 방해와 위수령 위반으로 당장 체포하여 모두 군법재판에 회부하겠소."

이 말을 들은 내부당원 일행의 표정이 굳어졌다. 주변에 있던 초병들은 소총을 움켜쥐었고 주위의 장교들은 허리춤의 권총 손잡이에 손을 올렸다. 내부당원 일행은 낭패스러운 기색이 역력했다. 그들은 자기들끼리 서로 얼굴을 응시하다가 타고 온 차량 쪽으로 걸음을 옮겼다. 윈스턴을 체포하려고 아침 일찍부터 캐터릭 훈련소 입구에서 대기하였던 사상경찰 일행은 헌병대장에게 면박만 당한 채 서둘러 현장을 떠났다. 트럭에 앉아 있던 윈스턴은 심장은 진정되었으나 안도감보다는 뭔지 모를 공허함이 밀려왔다. 헌병대장의 화내는 외침이 들렸다.

"인솔장교. 너 이따위로 밖에 일을 못해? 오늘 내가 488명을 인수받기로 되어있었는데 한 명만 결원이 생겼어도 너는 군법회의 회부였어. 군대의 이동을 막는 민간인을 가만 놔둬? 100년이 넘는 캐터릭 역사에 그런 일은 단 한 번도 없었어. 그런 짓은 아무도 못해. 이 명청한 자식아."

그리고는 군화발로 냅다 인솔장교의 정강이를 걷어찼다. 인솔장교는 비명과 함께 정강이를 양 손으로 부여잡으며 그대로 땅바닥에 쓰러졌다.

사상경찰이 그를 잡으러 군부대까지 추적하여 온 사실에 윈스턴은 충격을 받았다. 평소 그는 사상경찰에 의해 체포되어 다시 애정부의 긴 복도로 끌려갈 것을 각오하고 있었다. 그는 도피해야겠다는 생각을 가진 적도 없었다. 애정부는 자신을 영사의 적으로 보고 제거할 예정이었지만 국가안보를 책임진 평화부는 그가 필요하다고 징집을 해서 이 자리까지 데려온 것이었다. 애정부의 사상경찰이 연행하러 왔으면 사상범인 것을 분명히 알 텐데 자기를 보호하는 평화부는 도대체 뭐란 말인가? 어느 것이 진정한 영사의 모습인지 알 수 없었다.

캐터릭은 신병훈련소였다. 제1공대의 모든 징집자들은 이곳에서 단시일 내에 민간인에서 군인으로 전환시키는 기초군사훈련을 받았다. 총 8주의 훈련기간은 윈스턴 일행이 캐터릭에 입소하기 얼마 전부터 6주로 단축되었다. 8주짜리 훈련이 6주로 단축되다보니 훈련병들도 힘들었을 뿐 아니라 교관과 훈련조교들도 짧은 시간에 훈련내용을 모두 소화해내느라 목청을 높일 수밖에 없었다. 교관과 훈련조교들의 불만에 찬 말들이 자주 들렸다.

"6주 만 훈련을 시켜서 전쟁에 내보내라고? 애들 다 죽이겠다는 말밖에 더 돼? 전선상황이 그렇게 안 좋은가?"

나이든 윈스턴에게 군대생활은 육체적으로나 심리적으로 힘에 겨웠다. 그에게 가장 힘든 것은 기상과 함께 시작하는 1시간가량의 구보였다. 처음 며칠 동안은 몇 분만 뛰어도 숨을 제대로 쉴 수 없었다. 대열에서 벗어나 뒤로 처질 때마다 조교에게 그때까지 살아오면서 들어보지 못한 욕을 실컷 들었다. 구보보다 그를 더 괴롭힌 것은 선착순이었다. 언제나 윈스턴이 꼴찌였다. 힘들 뿐 아니라 앞 사람을 따라 잡으려 아무리 노력해도 결국 꼴지를 면치 못해 욕을 듣고 또 조롱의 대상이 되는 것이 수치스러웠다. 그것이 반복되자 자기모멸감을 견딜 수 없는 지경에까지 이르렀다.

그는 전반기 훈련을 마칠 무렵 자신의 변화된 모습을 느꼈다. 여전히 숨을 헉헉거리며 구보를 했지만 결국 완주를 해내었다. 또 선착순 때 꼴찌로 들어오는 것은 변함이 없었지만 앞사람을 따라 잡기위해 최선의 노력을 하는 것이었다. 힘들어 하는 것은 자신 뿐 아니라 프롤들도 마찬가지였다. 전반기 훈련이 종료되자 한 교관이 훈련병들에게 말했다.

"이제 사회의 똥물과 알콜 찌꺼기가 다 빠져나간 거 같지?"

후반기 4주는 전반기와는 비교할 수 없을 정도로 훈련강도가 셌다. 완전무장을 한 채 야간에 산속을 20킬로미터 이상 행군했다. 하루 수면시간이 4시간 밖에 되지 않았다. 셋째 주는 아예 내무반에 들어가 누워보지도 못했다. 강도 높은 훈련이 쉴 새 없이 진행되는 가운데 훈련은 반복될수록 익숙해졌다. 처음에는 저걸 어떻게 감당하나 하는 두려움이 있었으나 막상 하다보면 지시대로 몸이 따라갔다. 윈스턴은 자신의 적응력에 스스로 놀랐다.

백 년 가까운 역사를 가진 캐터릭은 제1공대에 있는 군사기지 중 가장 큰 주둔지였다. 전체 면적이 100제곱킬로미터 가량 되었다. 입대를 하면 육군, 해군, 공군, 해병대의 사병, 부사관, 장교 모두 이곳에서 기초군사훈련을 받았다. 캐터릭에는 10개가 넘는 각종 교육과 훈련이 진행되기 때문에 3만 명 가까운 병력이 상시 주둔하고 있었다. 매일 입소하고 퇴소하는 병력들로 북적거렸다.

캐터릭에서 훈련이 없는 일요일에 윈스턴 소대는 사역에 차출되었다. 막사에서 도보로 30분 정도 떨어진 기지 행정건물들과 장교숙소 등이 있는 구역이었다. 강당으로 사용되는 옛날 교회와 그 뒤에 넓지 않은 묘역이 있었다. 사역은 교회 주변을 청소하고 묘역의 잡초를 뽑는 작업이었다. 한 50여 개의 무덤이 있었다. 인솔조교는 이곳은 세계전쟁 때 조국을 위해 싸우다 전사한 선배들이 안치된 곳이니 경건한 마음으로 깨끗이 청소하라는 지시를 했다.

윈스턴은 잡초를 뽑으며 묘비를 살펴 보았다. 세계전쟁 초기 게르마니아군의 폭격에 사망한 병사의 무덤이었다. 게르마니아 공군기가 이곳 요크셔의 캐터릭까지 폭격하였던 것이었다. 묘비를 자세히 들여다보다 이상한 점을 발견하였다. 오래 되어서 이름이 새겨진 묘비 음각이 선명하지는 않았지만 성은 분명히 '빌리모프스키'였다. 브리타니아인이 아닐 거라는 생각이 들었다. 이름 밑에는 '폴스키아 육군 하사'라고 새겨져 있었다. 그것을 보자 궁금함이 일었다. 폴스키아 군인이 왜 세계전쟁 때 브리타니아에서 전사했고 또 여기 캐터릭 기지의 묘지에 묻혔나? 현재 폴스키아는 유라시아 영토 아닌가? 캐터릭에 적대국인 유라시아 군인의 무덤이 있고 자신이 그 무덤을 청소하고 있다니. 갑자기 가슴이 두근거렸다. 그는 폴스키아 병사의 무덤을 확인한 사실 자체가 너무 큰 비밀을 들여다본 것 같아 아무에게도 그날 일을 말하지 않았다. 가끔 입대 전 유라시아 포로들을 런던 광장에서 교수형 할 때 군중들이 열광하던 모습과 폴스키아 병사의 무덤이 교차되며 떠올랐다.

후반기 훈련 막바지에 이르러 각개전투훈련이 반복적으로 실시되었다. 훈련 도중 비가 와서 땅바닥에서 구르고 기다보니 군복이 온통 진흙물로 물든 상태였다. 고지를 향해 기어오르는 훈련을 서너 번하고 나니 윈스턴은 거의 탈진상태였다. 고지 위에 배치된 기관총 사격소리가 귀청을 때렸다. 총소리가 시끄러운 가운데도 조교의 외침이 들려왔다.

"고개 숙여. 고개 숙여. 고개 들면 머리통 날아간다."

그때까지 그 훈련장을 얼마나 많은 훈련병들이 기어 올라갔는지 진흙 바닥은 마치 대리석처럼 맨들맨들 했다. 비가 와서 위로 기어오르려고 할수록 그대로 미끄러지기 일쑤였다. 이러다 정신을 잃을지도 모른다는 생각이 들었다. 오히려 자신도 모르게 정신을 잃는 것이 더 편할 것 같았다. 얼굴을 때리는 세찬 비 때문에 정면을 응시하기조차 어려웠다. 머리 위로 날아가는 총알이 무서워서가 아니라 몸이 힘들어서 눈물이 나왔다. 훈련병 몇 명은 참지 못한 채 울음을 터뜨렸다. 딱 그 무렵 훈련교관이 10분간 휴식을 외쳤다.

과체중에 체구가 큰 30대 후반의 교관은 훈련병들을 훈련장 옆의 나무 밑으로 집합시켜 휴식을 갖게 했다. 힘든 것이 그저 기진맥진함으로 바뀌었을 때 교관이 훈련병들 앞에 섰다. 나지막한 목소리였지만 모두가

들을 수 있게 말을 했다.

"힘들지? 그래도 오늘 비가 온 게 다행이야. 해가 내리쬐었으면 너희들 모두 더위 먹고 일사병으로 쓰러졌을 거야. 그러니 힘들어도 언제나 좋은 면을 생각해야 돼. 그래야 사는 게 편해."

7월 하순과 8월의 캐터릭은 바람이 적고 대낮 기온은 30도 가까이에 육박했다. 훈련기간 중 덥다는 생각 밖에 들지 않았다.

"너희들 참 고생이다. 이 더위에 훈련을 받아서... 몇 달 일찍 들어오거나 늦게 들어오지 그랬어? 그러면 이 더위는 피했을 텐데. 하하."

훈련병들은 그에게 시선을 집중하고 있었다. 그의 말이 이어졌다.

"그런데 군대엔 계절이 딱 두 개야. 덥거나 춥거나. 하하. 시원한 계절은 없어. 그리고 각개전투훈련은 매우 중요해. 지금은 조교들이 너희들 머리 위로 사격을 하지만 실제 전투에서는 그런 거 없어. 너희를 향해 총알이 사방에서 날아와. 적들의 총소리가 들리면 그 총알들이 꼭 내 머리통을 향해 날아오는 것 같아. 그것도 양미간을 향해... 이마가 서늘해져. 내가 아프리카에서 싸울 때..."

어느새 교관의 얘기는 무용담으로 변해가고 있었다.

"총소리가 탕하고 나잖아? 그러면 무조건 바닥에 납작 엎드려. 어디서 날아왔나 살필 필요 없어. 배를 홀쭉하게 하고 바닥에 최대한 바짝 붙여."

그는 숨을 들이쉬며 복부를 쏙 들여보내는 시연까지 했다.

"그리고 총소리가 그치면 눈동자만 살짝 올려 주위를 살펴. 이것만 지키면 너희들 살아 돌아온다. 반드시 배를 바닥에 바짝 붙여야 돼. 고개는 땅에 박아버리고."

그는 잠시 숨을 고른 후 경험담을 이어갔다. 각개전투 교관을 비롯한 군인들이 말하는 우리의 적은 임마누엘 골드스타인이나 형제단이 아니었다. 나에게 총을 겨누는 놈이 적이었다. 그들에게는 "과거를 지배하는 자, 미래를 지배하고, 현재를 지배하는 자, 과거를 지배한다."와 같은 고상한 얘기는 없었다. 그리고 그들은 외부 세계와 과거 얘기를 거침없이 했다.

"유라시아 놈들의 개인화기가 우리 꺼보다 튼튼해. 걔네 AK47은 트럭이 깔고 지나가도 곧바로 집어 들고 사격이 가능하지. 우리 개인화기? 우리 SA80은 먼지가 조금만 끼어도 격발이 안돼. 엔필드 조병창 놈들이 어떻게 만들었는지 어떤 때는 한참 사격을 하고 있는데 탄창이 툭 하고 빠지더라고."

"유라시아 놈들의 로켓은 정확도가 높아. 보이지 않는 먼 거리에서도 탱크를 정확히 명중시켜. 우리가 신무기 개발에 소홀했어. 전쟁을 그렇게 오래 했으면 현대전에 맞는 무기를 개발했어야 했는데…"

"그놈들 보급은 형편 없더라고. 딱딱한 검은 빵 한 조각만 먹고도 전투를 하는 게 신기할 따름이지."

이런 식의 얘기는 사회에서 당원들끼리 하지 않을 뿐더러, 그런 말을 했다가는 영사를 비판했다는 혐의로 애정부에 끌려갔을 것이었다. 군인들은 신어(new speak)도 거의 쓰지 않았고 다른 사람의 눈치를 보지 않고 말을 편하게 했다. 진리부에서는 당원들끼리 얘기할 때 상대방 말의 의미를 파악하려고 정신을 집중해야 했다. 군대에서는 귀에 들린 말의 숨겨진 의미를 파악하려는 노력이 필요 없었다. "실시"하면 지시대로 하면 되고 "동작 그만"하면 행동을 멈추면 되었다. 그 지시에 내재되어 있을지도 모를 이중의미를 따질 필요가 없었다.

드디어 지옥 같은 4주간의 후반기 훈련이 끝났다. 금요일 오전에 간단한 구보를 한 후 오후에 퇴소준비 시간이 주어졌다. 다음 날인 토요일에는 배치받은 부대로 각자 흩어지는 날이었다. 토요일 아침 윈스턴은 하전사(下戰士) 계급장을 달고 트럭에 올랐다. 훈련소 정문을 빠져 나올 때 그는 진리부와는 전혀 다른 새로운 경험을 한 훈련소를 뒤돌아보았다. 입소할 때 흘끗 보았던 정문 위의 구호가 눈에 다시 들어왔다.

「평화를 위해 전쟁에 대비한다.」
「캐터릭. 전쟁준비가 시작되는 성지(聖地)」

2. 북해(北海)

 트럭은 북쪽을 향해 달렸다. 두 대의 이동 차량에는 마흔 명의 신병이 타고 있었다. 훈련소 퇴소 전 윈스턴 일행은 클라이드(Clyde)해군기지로 배치된다는 명령을 받았다. 신병들은 아무도 그 기지가 어떤 곳인지 알지 못했다. 차량이 두 시간 정도 달리니 지형이 산악지대로 변했다. 앞자리의
인솔부사관이 혼잣말을 했다.
 "스코틀랜드에 가까이 왔군."
 운전병의 소리 없이 미소 짓는 모습이 보였다.
 차량이 한 시간 정도 더 달려 강을 건너자 글래스고(Glasgow)라는 지명 표지판이 보였다. 시내로 들어서자 오래된 중세 건물들이 많이 보였고 런던보다 덜 삭막해 보였다. 차량은 왼편에 강을 끼고 얼마동안 달리다 북쪽을 향하며 강에서 멀어져 갔다. 양옆에 숲이 울창한 길로 접어들었다. 길가에 '차량정지금지'와 '최저속도 40킬로미터'라는 표지판을 거의 1분마다 볼 수 있었다. 분위기가 군기지 부근에 온 것 같았다. 윈스턴이 탄 트럭은 남쪽 문을 통해 기지 내로 진입하였고 뒤따라오던 트럭은 계속 북쪽을 향해 갔다.
 신병들은 해병43코만도부대 앞에 내렸다. 저녁식사 시간이었으므로

곧바로 식당으로 갔다. 식당 안에는 이미 부대군인들이 식사 중이었다. 신병 일행이 들어서자 모두를 고개를 들어 그들을 쳐다봤다. 신병들은 그들의 눈초리에 몸이 얼음장처럼 굳어졌다. 군인들의 눈빛과 표정에서는 차가운 기운만 감돌뿐이었다.

신병들은 식사 후 막사로 가서 숙소를 배정받았다. 불침번 순서를 정하고 신병교육대 선임하사가 간단한 주의사항을 전달한 후 취침이 허락되었다. 기상하자마자 교육이 예정되어 있으니 잠을 푹 자라는 것과 야간에는 화장실 외에는 일체 출입을 하지 말라는 것이었다. 외부에서 배회하다 암구호를 제대로 대지 못하면 즉시 사살 당한다는 점을 강조했다.

신병들은 그곳에서 교육을 통해 해군함정 및 잠수함의 종류와 무기들, 그리고 작업 및 작전용어들을 익혔다. 신병들은 정박된 경비정과 초계함, 그리고 잠수함에 탑승해보기도 했다. 함정들의 선상에는 모두 해병 대원이 무장경계를 서고 있었다.

북해전역사령부가 자리하고 있는 클라이드 해군기지는 천혜의 요새였다. 영사해군이 보유한 모든 잠수함의 모항이며 스코틀랜드에서 가장 큰 해군기지였다. 클라이드강 어구에 자리잡고 있어서 바다로의 빠른 진출입이 용이했다. 북해에서 게어로크(Gairloch)만까지의 구불구불하고 좁은 해로로 인해 적 함정의 접근이 거의 불가능했다. 영사 해군이 매복과 기습공격으로 적의 함정을 힘들이지 않고 격침시킬 수 있을 뿐 아니라 또 좁은 해협의 양쪽 해안에 설치된 해안포도 피할 수 없었다. 게어로크 만 안으로 진입하면 어구는 다시 넓어졌다. 많은 수의 함정들이 운항하거나 정박하기가 수월했다. 줄지어 서있는 구축함, 초계함, 각종 경비정 등 크고 작은 함정들을 보면 영사 군사력에 대한 자부심이 느껴졌다. 영사군이 보유하고 있는 네 척의 핵잠수함도 이곳을 기지로 하고 있어 경계가 매우 삼엄했다. 바다 입구서부터 강 어구를 지나 북쪽까지 경비정이 24시간 내내 빠른 속도로 순찰을 돌았다. 새벽에 경비정의 물 가르는 소리에 잠에서 깨기도 했다.

함정을 긴급 수리하는 작업장이 있었기 때문에 민간인 기술자와 노동자들도 수천 명이나 되었다. 긴 부양도크에서는 수리작업을 위해 리프트가 잠수함을 통째로 들어올리는 모습도 볼 수 있었다. 기지의 중요성 때문에 기지건물 및 시설들은 제1공대 지역이 경험하였던 최대 규모의 지진에도 견디는 있는 방진설계로 시공되었다고 했다.

일주일간의 교육이 끝나고 해병43코만도부대에 소속된 신병들은 다시 하급부대에 분산배치 되었다. 스무 명의 신병 중 대부분은 해병43코만도 1대대, 즉 클라이드 해군기지 경비부대에 남았다. 다섯 명은 2대대에 배치되었는데 그중 윈스턴을 비롯한 세 명은 2대대 3중대로 명령이 났다. 신병들에게는 평화부에서 지급받아 캐터릭을 거쳐 이곳 교육기간 동안까지 입고 있던 훈련복 대신 위장색 무늬의 코만도 전투복과 자주색 해병 베레모, 그리고 개인 보급품이 지급되었다.

윈스턴을 비롯한 신병들은 2대대 3중대가 어디에 위치해 무슨 업무를 수행하는지 전혀 알지 못했고 다른 군인들에게 물어볼 엄두도 내지 못했다. 인솔부사관을 따라 기지 내 접안 시설로 가서 수송함에 승선하였다. 갑판 위에는 드럼통, 탄약, 식품, 기타 보급품 등 이 가득 쌓여 있었다. 차량도 몇 대 있었다.

신병을 태운 수송함은 보급품 선적을 완료하자 곧바로 출항하였다. 패슬레인(Faslane)만의 어구인 게어로크를 빠져나와 클라이드만을 따라 남행을 했다. 클라이드만의 하구에 있는 애런(Arran)섬을 지나자 크게 좌회전을 했다. 계속 남행을 하면 북아일랜드의 벨파스트나 제1공대의 리버풀항에 이른다고 함정 갑판원이 일러주었다. 몇 시간 서쪽으로 항해를 하자 망망대해가 나타났다. 수평선 끝에 일몰 광경이 펼쳐지고 있었다. 바다의 일몰은 처음 보는 것이었다. 신병들이 서쪽 바다를 벌겋게 물들이고 있는 일몰을 넋 놓고 바라보고 있는데 갑판병이 북해로 진입했으니 선내로 들어가라고 지시했다. 인솔부사관이 선내 입구에서 몸을 반쯤 내민 채 신병들을 향해 들어오라는 손짓을 했다. 신병들은 바삐 발걸음을 옮겼다. 등 뒤에서 해군 갑판병이 소리치듯 말했다.

"너희들 고생 많겠다. 거기 험한 곳이야. 몸조심해."그의 말은 선수를 때리는 파도소리로 잘 전달되지 않았다.

사방이 온통 깜깜하여 무엇 하나 분간하기 어려웠다. 섬인지 육지인지 아니면 또 다른 함정인지 알 수조차 없었다. 파도소리에 섞여 주변의 사람들이 외쳐대는 소리만 들릴 뿐이었다. 쉴 새 없이 몰아치는 찬바람이 몸 속 구석구석을 파고들었고 입이 얼어붙을 지경이었다. 발을 딛고 있는 바닥은 쉬지 않고 상하로 울렁거렸다. 하역작업을 하느라 바삐 오가는 요란한 군화소리를 들으며 신병들은 그저 두려움에 휩싸여 있었다.

"옌장. 하필 보급품 들어오는 날 파도가 이렇게 쳐. 그리고 왜 밤에 계류를 해서 야간작업을 하게 만드는 거야." 병사들의 불평소리가 들렸다.

파도가 만드는 왈츠 리듬에 맞춰 24시간 바닥이 춤을 추는 부양요새 (浮揚要塞, floating fortress)였다.

칠흑 같은 어둠 속에서 신병들은 인솔자의 움직임이 아니라 목소리를 따라서 이동했다. 그들은 내무반으로 데려가졌다. 소대별 내무반에는 2층 벙커베드가 놓여있었다. 캐터릭이나 클라이드보다 훨씬 좁았다. 하전사들은 아래 벙커에, 상전사들은 이층 벙커에 자리잡고 있었다. 상전사들은 하전사들의 머리 위에서 대화를 나눴으나 하전사들은 일체 말이 없었다. 침대를 배정받은 신병들은 벙커베드에 정자세로 걸터앉은 채 앞만 주목했다.

윈스턴은 주방 식당과 세탁실에 배치되었다. 식당은 부대원 전원이 같이 사용하였는데 구역만 나눠져 있었다. 주방 근무자는 0430 경에 일어나 그날 일과를 시작했다. 윈스턴은 0500시부터 감자와 양파를 깎고 썰었다. 또 샐러드용 야채를 다듬었다. 한층 아래에 있는 보급창고의 일층 물탱크에서 조리용과 식수용 물을 길어오는 것도 그의 일이었다. 식사 후에는 설거지용과 청소용 물을 길어와 주방의 수조에 채워야 했다. 100

여명의 식수 인원을 위한 물긷기는 매우 힘든 일이었다. 식사가 끝난 후에는 식당과 주방을 청소했다.

식당 일이 끝나면 세탁실 작업이 기다리고 있었다. 그 일은 중대장 당번병을 맡고 있는 상전사와 분담했다. 부양요새에는 거의 매일 부슬비 또는 안개비가 내렸고 파도가 심할 때는 요새갑판 위에도 파도가 덮치는 경우가 빈번했다. 군복의 소금기를 빼기 위해 자주 세탁을 해야 했다. 중대장 당번병과 윈스턴은 장교들 군복의 세탁을 맡았고 부사관과 상전사들의 세탁물은 소대별로 하전사들이 가져와 해결하는 식이었다. 세탁기와 건조기가 항상 돌아갔기 때문에 그것을 관리하는 일도 복잡하긴 마찬가지였다. 24시간 개방되어 있는 세탁실의 청결을 유지하고 세탁기와 건조기의 잔고장을 수리하는 일도 그가 맡은 업무였다.

윈스턴은 정말 눈코 뜰 사이 없이 바빴다. 취침시간을 빼고는 단 5분도 쉴 시간이 없었다. 감자 다듬기를 마치면 물긷기. 수조에 물을 채우면 식당 청결상태 확인. 그리고 배식. 다시 물 긷기. 식기세척 및 건조. 주방의 조리를 맡고 있는 상전사들이 내무반으로 돌아간 후에는 주방과 식당청소. 그 후 서둘러 장교들의 숙소를 돌며 세탁물을 걷어와 세탁실로 돌아오면 그곳은 각 소대에서 세탁하러 온 하전사들로 북새통이었다.

처음 몇 달간은 시간이 어떻게 지나갔는지 몰랐다. 몸이 무기력한 가운데서도 기계적으로 움직였다. 수면시간이 절대적으로 부족했다. 보통 2300 넘어 내무반으로 돌아와 다음 날 새벽 0400에 일어나야 했다. 세탁실 건조기가 멈춰 자다가 불려나가는 날도 더러 있었다. 새벽에 졸면서 양파껍질을 벗기거나 졸음에 눈을 반쯤 감은 채 물을 길어 온 적도 있었다. 피곤할 경우 잇몸이 부어올라 틀니가 맞지 않아 고통스러웠다. 입 안 전체가 얼얼할 뿐 아니라 음식을 씹을 수 없었다. 주방 선임하사는 아무 말이 없었으나 상전사들은 윈스턴에게 계속 잔소리를 해댔다. 그렇게 머릿속은 하얀 채 몸만 기계적으로 움직이는 몇 달이 지나갔다. 이러다가는 기운이 완전히 소진되어 그대로 주저앉을 것 같다는 생각이 들었다. 주방 쓰레기를 아래층으로 운반하고, 수조의 부족한 물을 채우고, 다림질한 세탁물을 장교숙소에 속히 전달해야 하는 일이 한꺼번에 겹칠 때는 아무런 감정이 없는데도 저절로 눈물이 흐를 때도 있었다.

부양요새에 온 지 반년 가까이 지났을 때 정신없이 생활하는 가운데서도 윈스턴은 그런 상황에 점차 적응해가는 자신의 모습을 마주했다. 무조건 손과 발을 빨리 움직인다고 해서 일을 일찍 마칠 수 있는 것이 아니었다. 감자껍질은 깎는 것이 아니었다. 빠르게 쳐내는 것이었다. 양파는 써는 것이 아니었다. 칼끝을 도마에 대고 빠르게 작두질을 하는 것이었다. 물통은 양손으로 들고 운반하는 것이 아니었다. 좀 더 큰 통을 등에 지는 것이었다. 다림질은 정성 들여 좌우로 다리는 것이 아니었다. 높은 온도로 힘을 주어 꽉 누르며 한 번에 문지르면 그만이었다. 옷감에 따라 군복이 누르지 않을 정도의 온도 세기를 조절하는 것이 중요했다. 그런 요령을 터득하자 윈스턴은 총총거리며 뛰듯이 걷는 일이 없어졌다. 자연스레 주방식당 상전사들의 잔소리도 줄어들었다. 장교숙소를 갈 때마다 느꼈던 긴장감도 사라졌다.

부양요새 생활에 적응이 되어가자 주변의 상황이 눈과 귀에 들어왔다. 주로 식당에서 장교들과 부사관들이 나누는 대화를 통해서 들은 정보들이었다.

해병43코만도 2대대 3중대 부양요새는 스코틀랜드 북단에서 북쪽 200킬로 가량 떨어진 페로 제도와 셰틀랜드 제도 사이의 바다 한 가운데 위치해 있었다. 페로 제도는 유라시아의 오렌지아 공국(共國, Soviet Republic)이 장악하고 있었고 셰틀랜드는 제1공대 영토였다. 부양요새는 왼쪽에 위치한 페로 제도를 견제하고 양 제도 사이로 유라시아 함정이 통행하는 것을 저지하는 역할을 수행하고 있었다. 그 일대 해역에는 영사의 경비정과 초계함이 상시적으로 기동하고 있었다. 적의 함정들도 전방에 수시로 나타났다.

부양요새는 북해유전에서 공급되는 원유 수송로의 안전을 책임지는 최일선 부대였다. 북해유전은 넓지 않은 해역에 영사, 스칸디아 공국, 오렌지아 공국 등의 해저유전이 경계를 맞대고 있었다. 자신들의 유전을 지키기 위해 각국의 해군 함정들이 모두 출동하고 있었다. 그중 경계선이 길고 유정끼리의 거리가 짧은 스칸디아 해군과의 신경전이 가장 심했다. 그리고 스칸디아 해군은 매우 공격적이고 실제로도 위협적이었다. 오렌지아 해군은 비교적 덜 호전적이었다.

각국 해군 함정들의 도장색깔은 짙은 회색으로 비슷했다. 멀리서 선박모습과, 선박기호, 그리고 깃발로 국적을 식별하였다. 그런데 오렌지아 함정은 독특한 것이 있었다. 함교 전면의 윗부분을 오렌지색으로 칠했다. 함포의 포구를 가리는 커버도 오렌지색이었다. 그래서 오렌지함정은 멀리서도 쉽게 식별이 가능했다. 영사 해군은 스칸디아 함정이 나타나면 긴장했으나 오렌지색이 확인되면 긴장감을 늦췄다. 영사 해군과 해병대원들은 오렌지색 도장이 과시용이 아닌 상대방을 안심시키기 위한 목적이라고 비아냥거렸다. 영사에 대한 자부심이 큰 중대장 역시 오렌지아 해군을 비웃었다.

"오렌지아가 해군력을 앞세워 브리타니아보다 먼저 동인도회사를 세웠거든? 그런데 지금 오렌지아 해군을 보면 그런 기개가 없어. 한심한 놈들."

폭 150미터, 길이 100미터 크기의 바지선 위에 설치된 부양요새 기지 네 모퉁이에는 대공화기가 설치되어 있었고 90밀리 직사포 1대도 보유하고 있었다. 요새는 2층으로 되어 있었는데 1층은 파도가 넘쳐 생활공간으로 사용할 수 없었다. 보급창고 공간과 고속단정 정박시설이 위치하고 있었다. 2층이 본격적인 기지시설이었다. 한 가운데 중대본부와 막사가 차지하고 있고 사방은 1미터 높이의 강판벽으로 둘러쳐져 있었다. 강판벽에는 50미터 간격으로 총좌가, 사면에는 40밀리 함포가 설치되어 있었다. 그 밖에 선박 공격용 로켓포와 휴대용 견착식 대공 미사일도 보유하고 있었다. 이와 함께 고속단정 4척과 적의 기습에 대비해 야간에 해상레이더도 운영하고 있었다. 이 모든 시설과 화력을 3중대 100여명이 운영하였다. 중대원들이 모두 바쁠 수밖에 없었다.

윈스턴은 부양요새가 난공불락이라고 생각했다. 함정, 비행기, 적의 상륙을 막을 수 있는 화력을 모두 갖추고 있었고 그곳 군인들은 훈련이 철저히 되어 있었다. 사기도 높았다. 반면 그의 기대와는 달리 장교들은 다른 판단을 하는 것 같았다. 그들이 식사 후 각종 화기의 성능과 화력에 대해 의견을 나눌 때 중대장이 한 말이 뇌리에 남았다.

"여기 화력은 충분하다고 봐. 오히려 인원에 비해 화기가 너무 많은 거지. 근데 부양요새는 함대함이나 공대지 로켓미사일 한 방 제대로 맞으면 끝나는 것 아니야? 요즘 유라시아 초계함에도 함대함 미사일이 다 배치됐다고 하더라고."

부양요새에 텔레스크린이 설치된 곳은 식당뿐이었다. 내무반은 2층 병커침대로 꽉 차있었기 때문에 설치할 곳도 없었다. 식당의 텔레스크린도 뉴스 제공용이었지 감시용이 아니었다. 군인들 대화 내용의 대부분이 군대와 전투경험 얘기였기 때문에 딱히 감시할 것도 없었다. 내무반과 주방식당을 제외하고는 곳곳에 스피커가 설치되어 있었다. 그 스피커에서는 상황실의 교신 내용이 24시간 내내 흘러나왔다.

"2시 방향. 스칸정 2 출현."

"확인 중."

"단정 1. 접근 금지. 카피?"

"단정 1. 카피."

"스칸정 2 선회. 북상 중."

"귀환바람. 카피?"

"단정1 카피."

"단정2 카피. 10-4."

이러한 교신 내용을 처음 들었을 때는 어떤 상황인지 알아들을 수 없었다. 내용을 모르더라도 요새 내에 긴장감을 불러 일으켰다. 교신내용과 목소리의 톤에 따라 병사들의 움직임이 달랐다.

부양요새에는 2분 증오시간도 없었다. 프롤 출신 사병이나 외부당원 출신 부사관들은 기상 후 부양요새 갑판 가장자리를 열 바퀴 가량 구보한 후 북쪽을 향해 한 1-2분간 욕을 퍼붓는 시간을 가졌다. 적개심을 불러일으키기 위한 목적도 있지만 좁은 공간의 요새 생활에서 쌓인 스트레스를 해소시키는 방편이기도 했다. 매일 아침 욕설을 쏟아내니 2분 증오시간을 가질 필요가 없는 듯 보였다.

부양기지의 장교들은 화력장교를 제외하고는 전원 내부당원이었다. 화력장교는 부사관에서 장교로 임관한 외부당원 출신이었다. 부사관은 전원 외부당원이었다. 사병들은 윈스턴을 제외하고는 모두 프롤 출신이었다. 원래 영사군의 장교는 내부당원들로 충원되었는데 전쟁이 장기화되고 확대됨에 따라 외부당원 출신 부사관이 장교로 임관되는 경우가 많아졌다.

윈스턴이 북해 부양기지에 전입한 것은 9월 중순이었다. 여름이 시작되는 즈음 런던을 떠나 무더운 여름의 캐터릭에서 땀을 비오듯 흘리며 훈련을 받았는데 북해 부양기지에 도착했을 때는 추위가 시작되고 있었다. 바람 부는 날이 대부분이었는데 강풍이 부는 날은 파도소리와 함께 바다 전체에서 흐느끼는 것 같은 울음소리가 났다. 추운 날 아침에는 얼음안개가 요새는 물론 바다 전체를 휘감았다. 얼음안개 속에서는 소리 전파가 약해지고 실루엣만 인지될 뿐 물체를 식별하기 어려웠다. 때문에 경계강화가 강조되지만 초병 앞에 펼쳐지는 몽환적인 바다광경은 마음을 차분하게 만들었다. 부양요새는 네 귀퉁이에 앵커를 내리고 있고 정중앙의 지지대가 해저까지 받치고 있지만 파도에 따라 항상 흔들렸다. 삐걱거리는 소리가 쉬지 않고 들렸다. 그 소음이 갈매기 울음소리가 섞일 때는 절묘한 화음이 이루어졌다. 24시간 돌려야 하는 발전기에서 나오는 드럼통을 빠르게 두드리는 것과 같은 소리가 늘 기지를 울리고 있었다. 발전기 소음은 매우 규칙적이었기 때문에 한 보름만 지나면 익숙해져 더 이상 청각을 자극하지 않았다.

식사가 끝나면 장교들이나 사병들은 곧바로 사무실이나 내무반으로 돌아갔다. 그러면 식당은 부사관들 차지였다. 적당한 휴식공간이 없는 부양요새 내에서 식당은 부사관들의 휴게실 기능을 했다. 열 명이 넘는 부사관들이 두세 그룹으로 나눠 큰 소리로 잡담을 나눴다. 식사 후 빨리 식당과 주방을 정리해야 하는 윈스턴에게는 부담되는 일이었다.

영사 해병대는 부양요새와 같은 전략전술적 요충지를 방어하거나 적의 기지를 기습공격하는 특수작전의 수행이 주임무였다. 그 당시 부양요새에 근무하는 부사관들 사이에서 가장 많이 회자되는 경험은 말비나스 전투였다. 그 전투에 참가한 부사관이 두 명 있었다. 30대 초반쯤 되는 1소대 선임하사와 비슷한 또래의 고속단정 반장이었다. 말비나스는 라티니아 대륙 남단의 조그마한 섬이었다. 오세아니아 권역에 위치했고 제1공대가 오랫동안 점유해왔으므로 영사 어선들의 원양어업 기지로 활용되고 있었다. 그곳에는 100년 가까이 해병대가 주둔해왔다.

그런데 5-6년 전 갑자기 그 섬이 원래 자기네 영토였다고 주장하는 아르헤니아 공대(空帶, airstrip)가 대규모 병력을 기습상륙시켜 말비나스를 점령하고 영사 해병대 전원을 포로로 잡아버렸다. 영사는 물론이고 오세아니아 전체가 당황스러웠다. 그 점령을 그대로 인정하면 제1공대 영사의 체면이 구겨지고 비슷한 분쟁들이 추가로 발생할 수 있었다. 그렇다고 오세아니아 공대인 아르헤니아에 대해 군사적 응징을 가할 수도 없었다. 영사와 미사(美社, Amsoc, American Socialism)는 협의 끝에 영사가 그 섬을 탈환하고 분쟁을 일으킨 아르헤니아에 강력한 경고를 하는 것으로 사태를 마무리하기로 했다.

영사 해군의 대규모 함대가 말비나스를 향해 출정했다. 제1공대에서 그곳까지는 무려 8,000킬로나 되는 거리였다. 그때 두 부사관이 참전하였다. 선임하사 부대의 목표는 사전에 섬에 침투하여 포로가 된 해병대원들의 신병을 안전하게 확보하는 것이었다. 고속단정 반장 부대는 포로

구출이 성공하면 그 부근의 적 부대를 공격하여 점령하는 것이 작전계획이었다. 그 중 선임하사의 임무가 더 위험하였다. 평소 얘기하기를 즐기는 선임하사가 주로 말하고 반장은 중간 중간 그의 얘기에 추임새를 넣는 식으로 진행되었다.

"그때 우리 소대가 잠수함으로 섬 근처까지 가서 고무보트를 타고 해안에 야간침투했지. 해안에서 포로수용소까지 20킬로미터 가량됐어. 개인장비 무게가 50킬로그램이 넘었다고. 도대체 발걸음을 내디딜 수 없을 정도로 무거웠지. 한 시간에 4킬로미터 전진하는 것도 힘들더라고. 죽을 힘 다해 목표지점 1킬로미터 부근에 도착했지. 그런데 웬걸. 포로수용소가 한 100고지 정도의 야산에 있는 거야. 야간에 거기를 오르는데 10초에 한 발자국 옮기기도 힘들더라고. 걸음을 옮길 때마다 무릎 연골이 찢어지는 것 같았다니까. 거기 올라가서도 힘이 다 소진되어 정작 싸움은 못하겠더라고."

그는 그때가 생생히 떠오르는 듯 얼굴이 잔뜩 구겨져 있었다. 반면 듣는 사람들은 흥미진진한 표정이었다.

"그런데 걔네들 경계가 너무 허술해서 우리가 초소 코앞까지 접근했는데도 알아차리질 못해. 초소가 한 서너 개 있었는데 한 놈씩 경계를 서고 있더라고. 식은 죽 먹기로 해치웠지. 소대 전체가 포로수용소 안으로 진입해서 우리 분대가 그 놈들 본부하고 막사에 수류탄하고 최루탄을 까 넣었더니 문으로, 창으로 놈들이 막 뛰쳐나오는 거야. 그거 해치우는 것도 식은 죽 먹기였지. 한 1개 소대되는 병력을 제압하고 잡혀 있던 우리 해병대원까지 다 확보했지. 해상에 대기하고 있는 공격부대에게 작전 개시하라고 연락했는데 소식이 없는 거야. 적의 기지가 한 200미터 떨어져 있었는데 총소리 듣고 조금 있다가 놈들이 우리 쪽으로 새까맣게 몰려왔어."

주변 사람들의 표정은 긴장하는 모습으로 바뀌었다.

"잘못하면 우리가 포위되겠더라고. 그런데 함대 선상에서 대기 중이던 우리 공격부대는 소식이 없고… 아! 속이 숯덩이가 되더구먼. 소대장은 무전기 잡고 공격부대 보내라고 고래고래 소리를 질러대고. 적들이 육안으로 보이기 시작하자 사격을 시작했어. 치열한 총격전이 벌어졌지. 조금 있다가 저 놈들이 조명탄을 쏴 올리는 거야. 박격포나 중화기 사격을 하려고 그랬겠지. 야, 이제 죽었구나 하는데 우리 헬기 소리가 나더라고.”

선임하사의 말을 받으며 고속단정 반장이 끼어들었다.

“먼저 공격헬기가 놈들 기지에 폭격을 해대고 우리는 적 기지에서 한 50미터 떨어진 곳에 공중강습을 했는데 헬기 위에서 보니까 포로수용소 쪽에서 전투를 벌이고 있더군. 우리도 마음이 급했지. 놈들 기지에 있는 중화기는 거의 파괴된 거 같고 소총으로만 응사하더군. 화력을 엄청나게 쏟아 부어서 제압하고 선두팀이 기지 내로 진입하니까 놈들이 두 손 들고 항복하기 시작하더라고. 우리 병력이 계속 들어오니까 사격하던 놈들도 항복이야. 그리고 우리 일부 병력이 포로수용소 쪽으로 밀고 내려가니까 포위당한 그놈들도 항복하고. 그때 잡은 포로가 모두 한 300명가량 되지?”

이어서 다른 지역에 주둔하고 있던 적들은 영사 해군의 함포사격과 공군기의 폭격으로 쉽게 제압되었고 결국 영사는 말비나스를 탈환하였다.

윈스턴은 그 무렵 기록국에 근무하고 있었는데 그런 얘기를 들은 적이 없었다. 항모전단이 동원될 규모의 전쟁이었는데 영사에는 전혀 알려지지 않았다. 평화부와 당의 고위층만 알고 있었던 것이었다. 오세아니아 공대들 사이의 분쟁이 알려지는 것을 원하지 않았던 것 같았다.

식당에서 하는 그들 대화를 주방에서 언뜻언뜻 듣다가 윈스턴은 어떤 사실을 하나 발견했다. 바로 그들은 해병대에 대한 긍지가 매우 강하다는 것이었다. 윈스턴보다 열 살 가량 어린 나이였음에도 불구하고 과거 사실에 대해 아는 것이 많았다. 자기네 해병대가 전 세계에서 최초로 만들어진 해병대였다는 사실, 아무리 예전 브리타니아 해군이 강했다고 하더라도 해병대가 없었으면 그렇게 넓은 식민지를 차지할 수 없었을 것이라는 사실, 또 규모는 작지만 미사 해병대보다 자기네가 강하다는 사실 등이었다.

부사관들은 윈스턴을 프롤 출신으로 알고 있는 듯했다. 그들이 간혹 어느 공장에서 일하다 왔냐고 물으면 윈스턴은 대답하기가 곤란했다. 마지못해 진리부에서 근무했다고 대답하면 그들은 윈스턴이 진리부 식당보조나 청소부로 일했을 것으로 여기는 듯했다. 외부당원 부사관들은 프롤 출신 사병들을 깔보는 태도인 것이 역력했다.

부양기지에는 술 반입이 금지되어 있었다. 부양기지 대원들은 모든 장병들이 1년 근무가 원칙이었는데 최근 몇 년 사이 근무 기간이 점점 늘어나고 있었다. 이에 부대원들은 불만이 많았다. 중대장과 화력장교도 1년이 넘은 상태였다. 부양요새에는 휴가가 없었다. 그들은 술도 여자도 없이 24시간 내내 파도소리와 발전기 소음을 들으며 항상 출렁거리는 부양요새에 갇힌 채 1년 넘게 긴장 속에서 지내야 했다.

윈스턴이 부양요새에 근무한 지 6개월가량 지나서 부사관들과 전사들이 전입해왔다. 중대장과 화력장교도 교체되었다. 윈스턴은 그해 4월 보직이 직사포 부사수로 바뀌었다. 지긋지긋한 물긷기에서 해방된 것이었다. 직사포반은 매주 1시간가량 모의훈련을 하고 분기마다 실사격 훈련을 했다. 부양요새에서 약 3킬로미터 떨어진 해상에 포사격 연습용 부이가 떠 있었는데 그것을 직접 맞춰 파괴한 적은 한 번도 없었다. 포탄의 비거리와 각도를 관측하여 표적 반경 20미터 이내에 낙탄 되면 명중으로 인정하였다. 그 정도면 적의 경비함이나 초계함을 충분히 맞출 수 있을 것이라고 했다.

윈스턴은 근무한 지 6개월이 넘자 자신이 부양요새에 녹아 들어간 것을 느낄 수 있었다. 대부분의 대원이 윈스턴보다 어렸지만 그 차이도 극복한 것 같았다. 윈스턴의 보직이 직사포 부사수로 바뀌고 한 달 정도 지난 어느 날 장교 둘이 나누는 말을 우연히 듣게 되었다.

"윈스턴 적응 잘하는 것 같던데?"

"그래. 맞아. 프롤들보다 나아. 타격점 좌표도 금방 계산하더라고."

"보급 선임하사 말로는 주방 업무도 잘했다고 하던데? 거기가 제일 빡센 곳인데..."

"고속단정이나 다른 보직은 아직 아니지?"

"고속단정은 체력이 안 될 것 같고,.."

그들의 대화를 통해 자신이 어떻게 평가되고 있는지 알게 되었다. 다소 안심이 되었다.

5월 둘째 주부터 뭔가 상황변화가 일어난 것을 감지했고 그것이 평소의 긴장과는 다르다는 것을 깨닫기까지 약 2주가 지나갔다. 먼저 스칸디아와 오렌지아 함정의 출몰횟수가 대폭 늘어났다. 함정의 기동이 공격적이라는 것을 느낄 수 있었다. 가끔 그들의 헬기 출동도 있었다. 그전까지는 오세아니아나 유라시아나 북해지역에 헬기 출동은 가급적 자제하는 편이었다. 헬기는 함정보다는 훨씬 공격적인 인상을 주기 때문이었다. 이 같은 변화에 맞춰 영사 해군의 함정도 증강되었다. 구축함도 페리 제도 인근 해역에 출동해 있었다. 부양요새의 스피커에서 들리는 무선교신 내용의 양이 많아졌고 목소리도 빨라졌다.

대원들은 평소와는 다른 상황이 전개되고 있다는 것을 알아차렸다. 적의 경비정이 우리 경비정의 방어기동을 회피하여 부양요새에 접근하는 경우도 발생했다. 우리측 경비정은 보이지 않는데 적의 고속경비정이 부양요새 방향으로 접근해 올 경우 전원 전투배치가 붙었다. 뒤쪽에 있던 영사 초계함이 빠른 속도로 부양요새를 스치듯 전진하여 적 함정의 기동을 차단한 적도 있었다. 고속경비정의 지원 없이 초계함이 직접 상대방 경비정을 차단하는 것은 매우 위험한 행위였다.

상황이 급변한 이유를 부사관들은 모르는 것 같았다. 중대장이 어느 정도 정보를 가지고 있는지 알 수 없었다. 5월 중순이 되자 막사 밖 활동이 통제되었다. 경계근무자는 방호복을 입도록 했다. 야간경계 초소 숫자와 인원도 반으로 줄였다. 중대장의 지시로 막사에 덧붙여 별도의 샤워실을 급조해서 만들었다. 경계근무자들은 근무를 마치면 방호복을 벗어 빨래 수거함에 넣고 뚜껑을 닫은 후 샤워실에서 자신의 몸을 비누로 빡빡 씻어내야 했다. 이를 확인하는 선임하사가 배치되었다. 통제와 불편함으로 대원들의 불만이 고조되고 이런저런 확인되지 않은 얘기들이 부양요새에 떠돌기 시작하자 중대장이 식당에 대원을 모두 집합시켰다. 중대장은 먼저 대원들의 노고를 위로하고 이어서 상황을 설명했다.

"유라시아 내륙에서 대규모 핵폭발사고가 발생한 것 같다. 핵폭탄 공격은 아니고 폭발사고여서 우리 쪽의 직접적인 피해는 없다. 그런데 바람을 타고 방사능이 유라시아 사방으로 퍼지고 있다. 북해 일대의 낙진이 우려되고 있다. 알다시피 낙진은 죽음의 재라고 부른다. 이미 발티키아, 게르마니아, 스칸디아는 낙진피해를 입었다고 한다. 제1공대는 안전한 수준이다. 오염수위가 낮아질 때까지 계속 방호복을 입고 경계를 서야 하고 가급적 외부출입을 통제한다. 핵폭발 사고로 인한 유라시아의 피해가 심각한 수준인 것 같다. 따라서 적의 도발이 예상되므로 높은 경계수준을 계속 유지해야 한다."

몇 몇 부사관이 중대장에게 질문을 던졌으나 그의 답변은 일반적인 내용이었고 중대장도 더 구체적인 내용은 모르는 듯했다.

6월 초순 비도 바람도 없는 오랜만의 화창한 날씨였는데 늦은 오후 부양요새 전방에 적의 고속경비정 두 척이 출현했다. 속도는 빠르지 않았으나 부양요새 쪽을 향해 오는 것이 분명했다. 영사 초계함은 전진하여 부양요새 좌측에 자리 잡았고 보이지 않던 영사 고속경비정 두 척이 초계함 2킬로미터 전방에 좌우로 포진했다. 부양요새도 전투배치가 붙었고 사정권 밖에 있었으나 요새의 모든 중화기가 적함을 향했다. 윈스턴의 90밀리 직사포도 적 경비정을 조준하였다. 접근하는 적 경비정 함교 윗부분 색깔이 오렌지색임을 육안으로 식별할 수 있는 거리까지 들어왔다. 직사포 조준경을 통해 좌우로 벌어진 우리 고속경비정 사이로 적의 경비정 두 척이 시야에 들어왔다. 포대의 무전기는 쉴 새 없이 울려댔다. 초계함, 경비정, 전역사령부, 중대본부의 교신이 교차 반복되며 서로 엇갈려 뭐가 뭔지 파악하기 힘든 상황이었다.

"경계수역 침범. 레드라인 접근 중."

"전포 발사준비."

"발사준비 완료."

"대기."

"계속 접근 중. 발사명령 대기 중."

"대기. 대기."

"레드라인 계속 접근 중"

"대기. 대기."

적의 경비정이 접근해 오고 있었고 이에 따라 부양요새 전체의 긴장감이 점차 고조되었다. 그때 직사포 반장인 화력장교가 망원경으로 전방을 주시하며 윈스턴 이름을 불렀다. 윈스턴은 그 뜻을 알고 거리측정 조준경을 다시 한 번 확인한 후 즉각 반응했다.

"11시 방향 3킬로. 고도 055. 256 070."

사수는 윈스턴이 불러주는 것에 맞춰 포신을 약간 조정했다. 그때 무전기에서 다급한 목소리가 터져 나왔다.

"레드라인 침범! 레드라인 침범!"

그와 동시에 영사 경비정의 기관포가 하늘을 향해 경고사격을 가했다. 큰 소리로 화력장교가 외쳤다.

"사수! 발사!"

명령과 동시에 사수인 부사관은 발사버튼을 눌렀다. 포구의 화염과 함께 휘익하는 소리가 울려 퍼지며 포탄이 전방을 향해 낮은 고도로 날아갔다. 잠시 후 적의 경비정 후미 부분에 섬광이 번쩍였다. 그리고 저음의 묵직한 폭발음이 들려왔다. 불과 몇 초 사이에 무전기에서 수많은 다급한 목소리가 쏟아져 나왔다.

"어떤 놈이야?"

"90밀리! 무슨 짓이야?"

"부양요새! 무슨 일이야? 상황보고."

"경비 1, 2정 산개."

"경비 1호. 동남 30 기동."

"경비 2호. 서남 30 기동."

직사포가 발사된 후 30초가량 무전기는 쉴 새 없이 교신을 쏟아냈다. 가끔 욕설도 섞여 있었다. 그러나 상황은 의외로 빨리 잠잠해졌다. 우리 쪽에 가까이 접근했던 적의 경비정이 급히 선회하여 북상하였다. 피격된 경비정은 포탄을 맞을 때 이미 선수를 돌리고 있었기 때문에 옆구리가 노출되며 선미가 피격되었던 것이었다. 그 경비정은 연기를 뿜으며 느린 속도로 돌아갔다.

"적함 퇴각 중. 모두 퇴각 중."

이 교신을 마지막으로 얼마동안 무전기는 잠잠했다. 잠시 시간이 흐른 후 고속단정 출동명령이 내려졌다. 부양기지 내 모든 고속단정이 대원들을 태우고 출동했다. 그들은 적함이 피격 당한 지점을 선회하며 수색작업을 벌였다. 오래지 않아 고속단정들은 귀환했다.

며칠 동안 부양요새 주변은 함정이 보강되어 초계함 한 척과 경비정 두 척이 추가로 배치되었다. 가끔 공격헬기가 남쪽에서 빠른 속도로 날아와 전방 4-5킬로미터 지점을 선회하다 돌아가기도 했다. 부양요새 대원들도 계속 전투배치 상태로 있었다. 식사도 배치된 장소에 전달되었다. 윈스턴도 주방으로 돌아가 그 작업을 도와야 했다. 적이 아무런 반격의 조짐을 보이지 않는다는 것이 확인된 후 전투배치는 풀렸다.

윈스턴은 화력장교인 90밀리포 반장이 사격명령을 내렸던 상황에 대해 골똘히 생각했다. 사실 너무 먼 거리여서 명중시킬 확률은 거의 없었고 또 적 함정들은 기동 중이어서 움직이는 표적을 맞추기란 거의 불가능했다. 그런데 반장은 상부의 지시가 없는데도 사격명령을 내렸고 날아간 포탄은 적의 배를 명중시켰다. 공격을 받은 적 함정들은 아무런 반격 없이 급히 퇴각하였다. 화력장교는 왜 사격명령을 내렸을까? 상부 지휘관의 명령 없이 사격을 했다면 그는 문책당하지 않을까? 그러면 직사포 대원 전체에게 불이익이 오지 않을까?

비상대기가 해제되고 그 다음 날이 되자 부양요새 분위기가 반전되었다. 우리가 해전에서 승리를 거둔 것이라는 얘기들이 오갔다. 90밀리 직사포가 과감하게 포격을 가해 적의 기세를 간단히 제압해버렸다는 것이었다. 함정의 함포가 아닌 기지의 직사포가 함정을 명중시킨 것은 영사군 사상 처음 있는 일이라고도 했다. 중대장을 비롯한 장교들의 표정이 밝아졌다.

그 무렵 텔레스크린에 북해해전 승전뉴스가 나왔다. 우리 해역을 침범한 적 함정을 해군이 포위해서 퇴로를 막은 후 포격을 가해 적 함정 한 척이 반파된 채 혼비백산하여 퇴각했다는 내용이었다. 우리 측은 경미한 부상자 한 명 없고 적은 10명 이상의 사상자가 발생했다는 보도였다. 며칠 동안 그 뉴스는 반복되었다. 며칠 후 북해전역사령부가 부양요새에 보내는 전문이 도착했다. 이를 중대장이 대원들을 집합시켜 직접 낭독하였다.

발신: 영사군 북해전역사령부 사령관
수신: 해병43코만도 2대대 부양요새 3중대
내용:

추위와 파도 속에서 영사 국토의 수호를 위해 부양요새에서 악전고투하는 해병43코만도 2대대 3중대원들의 노고를 치하합니다. 특히 지난 7월 12일에 있었던 적의 도발을 과감히 제압하여 적의 침탈의지를 분쇄시킨 행위는 높이 평가받아야 할 것입니다. 대원 여러분들의 용맹함과 국토수호의 강한 의지, 그리고 완벽한 전투태세에 당과 영사의 모든 인민들이 경탄과 함께 감사를 드리고 있습니다. 대원 여러분들의 이번 전투행위는 전 영사군이 귀감으로 삼아야 할 것입니다. 해병43코만도 2대대 3중대의 전공을 다시 한 번 치하하며 계속 건투하기 바랍니다.

중대장은 흥분한 목소리로 그 전문을 읽은 후 90밀리 포대원들의 전투태세를 칭찬했다. 모든 대원이 그렇게 과감하고 신속히 상황에 대처해야 한다고 강조했다. 부대원 전체가 환호했다. 부양요새의 분위기가 좋아졌다. 장교와 부사관들 사이의 대화도 많아졌고 부사관들이 프롤 출신을 대하는 위압적인 태도 역시 많이 수그러들었다.

그날 오후 화력장교는 90밀리 포대원 세 명을 자기 방으로 불렀다. 좁은 방 안에서 부사관과 전사 두 명은 일렬로 섰다. 예전보다 자신감이 더해진 표정의 그가 입을 열었다.

"너희들 수고했다. 평소 훈련도 잘하고 두말없이 내 명령을 따라줘서 고맙다. 대원 모두 제 역할을 잘했어. 사령관님은 만족해하시는데 평화부는 약간 부담을 느끼는 것 같아. 평화부는 교전으로 북해유전 전체에 긴장이 고조되는 것을 원하지 않거든. 그런데 현재 브렌트 유전 일대에서 별다른 갈등 없이 채유작업은 진행되고 있는 것 같다. 하기야 스칸디아나 오렌지아도 유전지대에서 분쟁이 발생해 작업에 지장을 받는 것을 원하지 않지. 아무튼 이번 일로 아이슬란드 오른쪽 해협에 대한 방어력은 입증된 것이야. 당분간 유라시아가 북해를 통해 대서양으로 진출하려는 시도를 못 할 거야."

윈스턴은 화력장교의 말을 들으며 군대와 진리부의 차이를 다시 한 번 느꼈다. 진리부나 평화부나 그 조직이 지향하는 목표는 분명히 있었다. 진리부는 목표에 맞춰 사실을 구성했지만 평화부는 사실에 근거하여 목표달성을 분석했다. 부사관이 매우 조심스럽게 화력장교에게 질문을 했다.

"반장님. 그 순간 발포해야 한다는 판단을 어떻게 내리셨습니까?"

윈스턴이나 대원 모두가 가지고 있던 의문을 부사관이 대표로 물어본 것이었다. 그 질문을 듣는 화력장교의 입술에 힘이 들어가는 것처럼 보였다.

"상부의 명령을 왜 기다리지 않았냐 이 말이지?"

그는 서있는 대원들을 응시한 채 팔짱을 끼며 상체를 조금 뒤로 재꼈다.

"그 몇 초를 못 기다리겠더라고. 너희들은 이해 못 할 거야. 그 기다림이 너무 싫었어. 내가 함대장이라면 적함이 레드라인을 넘자마자 발포명령을 내렸을 거야. 함대장도 그놈들이 좀 더 남하했으면 발포명령을 내렸겠지. 그런데 그 몇 초를 못 참겠더라고."

화력장교는 거기서 말을 끝냈다. 대원들은 방을 나왔다. 모두들 그의 말이 무슨 뜻인지 정확히 이해하지 못했다. 직사포 대원들은 발포사건 직후 명령 없이 사격을 했다는 상부의 질타가 있었다는 떠도는 얘기를 들으며 속으로 화력장교를 원망하기도 했다. 특히 윈스턴은 그 일로 자신의 신상에 좋지 않은 일이 닥칠 수도 있다는 불안감에 휩싸이기까지 했다. 그런 걱정과는 반대로 화력장교는 이제 북해해전의 영웅취급을 받고 있었다.

윈스턴은 "그 몇 초를 못 기다리겠더라고"라는 화력장교의 말이 자꾸 생각났다. 몇 초 후에 함정들 사이에 교전이 일어났을 수도 있었다. 그렇다고 부양요새의 직사포까지 동원될 지 안 될지는 알 수 없는 일이었다. 그는 독자적으로 발포명령을 내렸다. 명중시킬 확률은 매우 희박한 먼 거리였다. 일이 잘못됐을 경우, 그는 문책받을 수도 있었다. 그런데 그는 그 몇 초의 기다림이 싫었다고 한다. 자신의 군경력을 걸 정도로 싫었던 것이었다.

윈스턴은 자신과 오브라이언의 만남을 생각했다. 죽음의 전조라는 것을 느끼면서도 왜 오브라이언의 초대에 응했는가? 무엇이 그로 하여금 오브라이언과의 만남을 애타게 기대하게 했는가? 왜 그러한 기대를 억 누르지 못했는가? 오브라이언의 집을 찾아가지 않았다면 자신의 운명은 어떻게 됐을까? 그런 생각에 미치다보니 기억은 자꾸 거슬러 올라가 프롤 거주지의 가게에서 크림색 일기장을 산 것까지 후회하기에 이르렀다. 줄리아와의 첫 데이트가 없었다면 그후 자신의 행로는 바뀌지 않았을까 하는 생각도 들었다. 1984년 4월부터 6월까지 석 달 동안 자신의 언행이 왜 그렇게 조급했었는지 이해가지 않고 후회되기도 했다.

반면 화력장교는 조급함 때문에 발사명령을 내렸고 적 함정을 명중시켰다. 그가 1초만 아니 0.1초만 늦게 명령을 내렸어도 포탄은 배를 비껴갔을 것이다. 같은 조급함인데 어떤 사람은 죽음에 이르게 만들고 다른 어떤 이는 영웅이 되는 것이었다.

윈스턴은 벙커베드에 누워 그런 생각에까지 미치게 되자 혼자 머리를 흔들었다. 자신의 행위가 가져온 결과에 대한 인과관계를 사후 따진다는 것은 너무 복잡하여 해답을 찾기 어려웠고 또 부질없는 짓이라 결론 내렸다. 다만 화력장교의 경우에서 보듯이 자신 뿐 아니라 누구나 이성도 아니고 본성도 아닌 뭔가 억제할 수 없는 충동에 의해 의외의 결정과 선택을 한다는 것을 깨달았다. 아무튼 그 충동의 결과로 그는 빨리 진급할 것이다.

교전 이후 적들의 도발조짐은 보이지 않았다. 그 전에 가끔 레드라인에 접근하던 적 함정들도 나타나지 않았다. 부양요새 고속단정의 출동횟수도 대폭 줄었다. 윈스턴은 입대한 지 1년이 되는 7월에 상전사로 진급했다. 부양요새에 대한 보급은 현격히 좋아졌다. 사령관이 진 한 박스를 특별 하사하기까지 했다. 사병들도 한 잔씩 마실 수 있었다. 진을 처음 마시는 프롤 출신 사병들은 술을 입에 털어 넣어 삼킨 후 인상을 쓰며 맥주는 왜 안 보내주느냐고 투덜대기도 했다.

3. 말라바

9월 초가 되니 북해의 여름이 추운 겨울날씨로 바뀌는 것은 하룻밤 사이였다. 그 전날은 분명히 더위 때문에 고생했는데 아침에는 추워서 잠을 깼다. 이 추위에 익숙해질 무렵 윈스턴을 비롯한 20여명의 대원들에게 전출명령이 떨어졌다. 며칠 후 수송선이 와서 전입대원들을 내려놓은 후 전출자들을 태우고 부양요새를 떠났다.

수송선은 제1공대의 서쪽 해안을 끼고 남쪽으로 항해했다. 계속 남하하던 수송선은 크게 좌회전을 하며 해협으로 들어섰다. 잠시 후 수송선 왼편에 기항지가 나타났다. 수많은 해군 함정들이 정박해 있었다. 클라이드 해군기지보다 훨씬 규모가 컸다. 수송선은 영사 최대 해군기지인 플리머스(Plymouth)에 도착한 것이었다.

윈스턴은 플리머스 기지 내 교육대 막사에 배치되었다. 백 개가 넘는 텐트 막사가 수 천명의 병사들로 채워져 있었다. 교육대는 전선으로 파병되는 병사들의 대기소였다. 전선으로의 출항을 기다리며 파병지역에 대한 지리적, 문화적 특성과 전황 등에 대한 교육을 받았다. 교육은 매우 지루했다. 신병들은 관심을 갖고 교관들의 강의를 들었으나 부양요새 대원들은 시간 때우기에 불과하다는 느낌을 받았다. 다른 병사들은 이런 여유를 보이는 부양요새 해병대원들을 마치 엄청난 전투를 치르고 살아

남은 전사들로 여기는 것 같았다. 일부 병사들은 북해교전 상황에 대해 자세히 물어보기도 했다. 나이든 윈스턴을 그러한 전투를 무수히 경험한 노병으로 바라보기도 했다.

그는 플리머스 기지에서 대기하는 기간이 그때까지 자신이 기억하는 한 가장 평안한 시간이었다. 기지 밖으로 외출이나 외박이 허락되지 않았을 뿐이지 휴가나 다름없었다. 대원들은 기지 내 펍을 가기도 했다. 만약 진리부에 계속 근무하고 있었다면 긴장 속에 매일 압축 전송관을 통해 쏟아져 나오는 자료들을 처리하고 있었을 것이다. 감시를 피해 가끔 프롤 거주지역의 펍이나 체스트넛트리 카페에 들렀을 것이다. 그러나 이곳 플리머스 기지 내 펍과 같이 편안한 마음으로 진이나 맥주를 마시지는 못했을 것이었다.

윈스턴은 저녁식사 후 막사에서 잠깐 쉬었다가 기지 내 펍까지 걸어가서 진 몇 잔을 마시며 시간을 보내고 막사로 돌아왔다. 소등시간인 2200까지 침대에 누워 입대 이후의 생활에 대해 이런 저런 생각을 했다.

영사군 해병대 상전사 윈스턴 스미스. 이젠 익숙하지만 생각해보면 너무 어색한 신분이었다. 나이가 들어 징집이 된 것이나 외부당원이 부사관이 아닌 전사가 된 것도 어울리지 않는 것이었다. 부양요새에 근무했다는 것만으로 갖은 고생을 다한 역전의 용사로 취급받는 것도 이상했다. 다른 해병대원들은 부양요새 근무를 기피했다. 위험하고 근무조건이 열악한 부대라는 소문이 났기 때문이었다. 클라이드기지 해병43코만도부대에서도 부대원들끼리 부양요새를 코만도의 지옥이라고 부른다고 했다. 바다 한 가운데 떠 있는 조그만 바지선에서 일 년 넘게 휴가도, 술도 없이 파도소리와 갈매기 울음소리만 들으며 지내라고 하면 그것을 감내할 수 있는 사람은 많지 않을 것이었다. 윈스턴을 비롯한 대원들은 그런 곳에서 일 년 동안 다른 생각을 할 겨를도 없이 바쁘게 지냈더니 다른 사람들의 눈에는 다소 경이적인 경험을 한 베테랑으로 인정받는 것이었다.

군대생활에 대한 회상과 함께 윈스턴은 입대 이후 꿈을 꾸지 않았다는 사실을 깨달았다. 애정부에 끌려가기 전이나 풀려나와서나 자주 꿈을 꾸었던 윈스턴은 처음에는 꿈을 꾸지 않는 것이 훈련으로 인해 몸이 너무 피곤한 탓이라고 여겼다. 부양요새에서도 몸이 힘들어 누우면 그대로 잠에 곯아떨어지기 일쑤여서 꿈을 꾸지 않게 된 것이라 생각했다. 플리머스에서의 생활은 그렇지 않았다. 간섭하는 사람도 없었고 낮에 의자에 앉아 꾸벅꾸벅 졸며 교관들의 강의를 듣기만 하는 편한 일과였다. 그런데도 꿈은 다시 나타나지 않았다. 악몽을 꾸지 않게 된 것은 다행이었다.

2주간 플리스머스 기지에서 교육을 마친 후 병사들은 전선으로 향하는 수송선에 올랐다. 인디아와 아프리카를 합쳐 1개 사단 규모의 병력이었다. 2천 명씩 나뉘어 다섯 대의 함정에 탑승하여 숙소를 배정 받는데 반나절이 걸렸다. 출정식도 없었고 환송인파도 없었다. 탑승이 완료되고 승선 사다리가 올려지고 나니 병사들의 분위기가 가라앉았다. 대부분의 병사들이 주갑판으로 몰려나와 물끄러미 플리머스 기지를 바라보았다. 저 멀리 체스판 같이 정렬되어있는 텐트 막사들이 보였다.

홋줄이 풀리고 앵커가 걷어 올려졌다. 그 작업을 하는 해군 승조원들의 표정이 진지했다. 함정들은 일제히 낮게 깔리는 고동소리를 장중하게 뿜어냈다. 4-5초 길이의 고동소리가 서너 차례 반복되더니 배는 서서히 부두에서 벗어나기 시작했다. 멀어져가는 플리머스 기지를 바라보며 윈스턴은 자신이 제1공대를 떠난다는 사실을 꿈꿔본 적이 있는 지를 돌아보았다. 정말 상상조차 거기에 미친 적이 없었다. 이와 함께 언제쯤 다시 돌아오려나 하는 막막함이 밀려왔다. 한편으로 살아서 다시 영사로 귀환한들 그것이 무슨 의미가 있나 하는 허탈감이 윈스턴의 가슴을 메웠다.

수송단의 1차 목적지는 아프리카 전선사령부가 자리 잡고 있는 아프리카 남단 케이프 타운이었다. 플리머스에서 그곳까지 8,000킬로미터나 되는 항해는 매우 지루하였다. 수송선은 물자와 병사들로 꽉 차있었기 때문에 마땅히 교육을 시키거나 군사훈련을 할 공간도 없었다. 항해를 한지 두 주일이 넘었지만 아직 뱃멀미를 하는 병사들이 많아 숙소 안은 구토물 냄새가 진동했다. 항상 파도에 출렁거리는 부양요새에서 일 년 넘게 생활한 윈스턴은 배멀미가 없었다. 북해의 살을 에는 듯한 강풍에 익숙해 있던 윈스턴에게는 오히려 더운 날씨에 적응하는 것이 문제였다. 그는 주로 벙커베드에 누워서 지냈다. 가끔 오후 늦게 갑판으로 나와 석양이 먼 바다를 물들이는 것을 바라보았다. 그는 해가 완전히 바다 속으로 잠기는 것을 확인한 후에야 허전함과 함께 뒤돌아서곤 했다.

수송단은 남쪽을 향해 계속 항해했다. 항해 삼 주째에 접어들자 수송선 안의 분위기가 변했다. 승조원들의 표정도 달라졌다. 안전해역에 들어섰을 뿐 아니라 목적지에 가까이 온 것이었다. 날씨도 찌는 듯한 더위는 가셨다. 일몰 후에는 오히려 한기가 느껴졌다. 수송단이 동남향으로 항해하더니 해안과의 거리가 가까워졌다. 그리고 저 멀리 항구가 보였다.

수송단 함정들이 모두 부두에 접안을 했다. 아프리카 전선 파병병사들은 하선하여 대기하고 있던 차량을 타고 곧바로 이동했다. 윈스턴을 포함한 인디아를 향하는 병사들 중 일부는 보급물자 하역을 도와야 했다. 물자를 수송트럭에 싣고 거기에 올라타 보급기지까지 가서 창고로 옮겼다. 하역작업은 이틀이 걸렸다. 그는 그 기간 중 짧은 휴식시간을 이용하여 주변을 둘러볼 수 있었다.

해군기지와 사령부가 위치한 사이먼스 타운(Simon's Town)은 케이프 타운 남쪽 해안가에 있었다. 멀리 산기슭에 자리한 사령부 건물은 런던에서는 보기 힘든 빅토리아 양식의 건물이었다. 함정이나 무장한 군인들만 보이지 않았다면 부유하고 안락해 보이는 도시였다. 그리고 잿빛이 지배하는 런던과는 분위기가 완전히 달랐다. 햇빛이 밝고 녹색 숲에 둘러싸인 건물에는 위엄과 품격이 서려 있었다. 전쟁 분위기가 느껴지지 않았다. 오히려 런던이 전장의 긴장감이 강한 것 같았다. 멀리서 봐도 사령부는 정원이 잘 가꿔져 있었다. 윈스턴은 캐터릭에서 클라이드 해군기지로 이동하며 시내를 통과했던 글래스고가 떠올랐다. 그때까지 런던에서만 생활했던 윈스턴은 글래스고의 고풍스런 건물들과 돌집으로 형성된 시가지가 인상에 깊이 남았었다. 런던의 모습이 영사의 분위기를 분출하고 있었다면 글래스고는 그의 상상 속에 있었던 옛날의 모습을 유지하고 있었다. 사이먼스 타운은 글래스고보다 더 안정되고 한가한 분위기였다. 런던과 단 하나의 유사점이 있다면 사령부 깃발과 함께 펄럭이는 영사 깃발이었다.

인디아를 향해 수송단이 출항했다. 인도양도 영사 해군이 제해권을 장악하고 있었으므로 항해는 순탄하게 진행되었다. 아프리카 남단에서 인디아 말라바 지역까지는 5,000킬로미터가 넘는 거리였다. 이제 최종 목적지인 인디아 전선으로 향한다는 것을 아는 병사들은 말이 적어졌다. 프롤 병사들 사이에서 아프리카가 더 더운지, 아니면 인디아가 더 더운가 하는 식의 가벼운 말싸움이 있기도 했다. 프롤들은 아프리카와 인디아에서 전쟁이 진행되고 있다는 사실만 알았을 뿐 그 지역들에 대한 지식은 전무했다. 이와 함께 아프리카 전선에서 대승을 거뒀다는 소식은 이년 전부터 대대적으로 보도됐었다. 병사들은 인디아 전선의 대승소식이 전해지지 않은 것으로 보아 상황이 그리 좋지 않음을 느끼고 있었다.

수송단은 말라바 남부지역의 보급기지가 있는 망갈로르항에 입항했다. 병사들은 모두 배에서 내렸다. 부두에는 현지인 노무자들 수백 명이 하역작업을 위해 대기하고 있었다. 체구는 유럽인보다 왜소하고 흑갈색 피부에 머리칼과 눈이 모두 검은색이었다. 영사군 부사관들과 전사들이 브리타니아어와 현지어를 섞어가며 욕설과 함께 그들에게 쉴 새 없이 지시를 내리고 있었다. 햇볕에 그을린 것 같은 흑갈색 피부를 가진 현지인들이 눈에 들어오고 된소리가 귀에 거슬리는 현지어를 들으며 외국에

왔다는 것을 실감했다.

병사들은 부두에서 기차역까지 도보로 이동하였다. 길에는 차량과 오토바이, 인력거, 자전거 등 각종 운송수단이 무질서하게 다니고 있었다. 길 양쪽으로 상점들이 줄지어 있었다. 재래시장으로 보이는 구간의 매대에 쌓여 있는 열대과일들이 눈길을 끌었다. 이름도 모르는 처음 보는 과일이 매대에서 흘러내릴 만큼 수북히 쌓여 있었고 행진하는 병사들의 침이 고이게 했다. 프롤 병사들은 신기한 표정으로 연신 사방을 두리번거렸다. 제1공대에서는 젊은 사람들이 레몬을 본 적도, 들어본 적이 없으니 모든 것이 신기할 수밖에 없었다. 거리는 사람들로 붐비고 시끄러웠는데 런던의 프롤 지역보다 활기가 넘쳤다.

시내 중심부에 있는 기차역에 도착해 배치될 부대에 따라 분류되어 기차에 탑승했다. 윈스턴은 3사단 구역의 열차에 올랐다. 좌석보다 사람이 많아 일부는 바닥에 앉거나 서있었다. 3사단은 망갈로르에서 북쪽으로 약 200킬로 떨어진 세토에 있었다. 오후 늦게 세토역에 도착한 전입자들은 사단본부 보충대에서 대기해야 했다. 사단에 전입한 500여명의 병사 중 대부분이 프롤 하전사였고 부사관과 상전사는 소수였다. 윈스턴은 북해 부양요새 시절의 해병대 코만도 유니폼인 위장 전투복에 자주색 베레를 쓰고 있었기 때문에 다른 병사들 사이에서 눈에 쉽게 띠었다. 보충대 대기 중 인디아 전선에 대한 교육을 받았다. 교육이 없으면 윈스턴은 야전침대에 누워 있거나 걸터앉아 시간을 보냈다. 전선에 와있다는 실감이 나지 않았다.

사흘 째 되는 날 윈스턴은 점심을 먹고 무료함을 피하기 위해 피엑스(PX, Post Exchange)에 갔다. 부양요새 근무기간 중 받은 급여가 그대로 있었기 때문에 돈은 걱정할 필요가 없었다. 피엑스 안은 꽤 넓었는데 대낮인데도 불구하고 서너 개의 테이블에 군인들이 앉아 얘기를 나누고 있었다. 그는 매장에 진열된 물건들을 살펴보았다. 등 뒤에서 들리는 사람들의 목소리가 다소 낮아진 것을 느낄 수 있었다. 코만도 유니폼이 시선을 끌었을 것이고 그의 뒷모습을 흘끔흘끔 쳐다보느라 목소리가 낮아졌을 것이다. 그러한 등 뒤의 관심과 눈초리가 윈스턴을 조금 긴장시켰다. 피엑스를 떠나는 것이 낫겠다는 생각을 했다. 일반 부대원들의 해병 코만도에 대한 질시 섞인 감정을 느꼈기 때문이었다.

윈스턴은 등 뒤로 저벅거리며 걸어오는 군화소리를 들었다. 소리로 보아 꽤 체중이 나가는 군인인 것 같았다. 현지 부대원들의 텃세가 시작되는 것이라 생각하고 어떻게 대처해야 할지 고민에 휩싸였다. 윈스턴 등 뒤로 바짝 다가온 군화소리의 주인공이 힘이 들어간 목소리로 말했다.

"어이! 코만도 해병전사.!"

시비 거는 것이 틀림없었다. 윈스턴은 천천히 돌아서며 눈을 치켜뜨고 그의 얼굴을 쳐다봤다. 긴장감 속에 두 사람의 눈이 마주쳤다. 둘은 함께 외치다시피 상대방의 이름을 동시에 뱉어냈다.

"윈스턴!"

"파슨스!"

둘 다 얼마동안 놀란 눈을 한 채 입을 다물지 못했다.

"윈스턴. 이 늙다리(old boy)."

파슨스(Parsons)는 다시 확인하려는 듯 진리부 시절 윈스턴의 별명을 불렀다. 그는 눈을 가늘게 뜨며 도저히 믿을 수 없다는 듯 고개를 살래살래 흔들었다.

파슨스는 윈스턴을 카운터 뒤의 피엑스 사무실로 데려갔다. 그곳엔 사무용 책상과 함께 테이블도 있었다. 침대도 놓여 있는 작지 않은 방이었다. 그는 사단본부 피엑스의 선임병이었다. 거의 2년 반 만에 보는 것인데 그의 얼굴만은 한 눈에 알아볼 수 있었다. 런던 시절 통통하였던 그의 몸매는 각진 체형으로 바뀌었으나 체중은 더 늘은 것 같았다. 철없어 보이던 얼굴이 진중한 표정으로 변해있었다.

파슨스는 윈스턴에게 자리를 권하고 커피를 끓여왔다. 받침까지 있는 도자기 찻잔이었다. 곤색의 연꽃무늬가 고고한 자태를 뽐내고 있었다.

그리고 그 커피향은 윈스턴이 살아오면서 맡아본 것 중에서 가장 아름다운 향이었다. 이토록 후각을 감동시키는 커피향이 있다는 사실을 처음 깨달았다.

"말라바 커피야. 최근에 수확했는데 바로 오늘 아침에 갈아놓은 거야. 맛과 향이 정말 끝내줄 거야."

윈스턴은 그의 말을 들으며 커피를 한 모금 음미했다. 뭔지 모를 감동으로 가슴이 뭉클했다. 몇 초 동안 진리부 근무시절 파슨스와의 교류가 머릿속에 스쳐 지나갔다. 그를 마지막으로 본 것은 1984년 7월 애정부 구금실에서의 짧은 만남이었다. 지금쯤 둘 다 죽었어야 할 사람들이 인디아에서 군복을 입고 다시 만난 사실에 그저 어안이 벙벙할 뿐이었다.

"윈스턴. 이번 배로 들어왔구먼. 입대는 언제 했어? 아니 어떻게 입대를 하게 됐지? 자네가 해병코만도 대원으로 부양요새에 근무했다고? 대단하네 윈스턴. 도저히 믿을 수가 없네. 여기서 자네를 만나다니. 정말 믿을 수가 없어."

윈스턴은 금방 대답할 수 없었다. 그도 이 사실이 믿기지 않았다. 심지어 내가 꿈을 꾸고 있는가 하는 생각까지 들었다. 파슨스는 쉴 새 없이 말을 쏟아냈다. 이따금씩 커피 더 마실래? 설탕도 있어, 오늘 아침에 가져온 밀크도 있어 라며 중간 중간 윈스턴을 챙기면서도 계속 말을 이어갔다.

파슨스는 일곱 살 난 딸의 신고에 따라 사상범으로 검거되어 애정부에 끌려왔으나 101호에는 가지 않았다. 며칠간의 조사를 받은 후 잠꼬대 외에는 다른 수상한 행적이 밝혀지지 않았고 평소 그의 극진할 정도의 당에 대한 헌신이 참작되어 강제노동수용소로 보내졌다. 할당된 작업은 포탄에 장약을 채우는 강도가 낮은 일이었다. 역시 파슨스라 다른 작업자들을 독려하며 강제노동수용소에서도 열심히 일했다. 그럼에도 영사에서 자신의 인생은 끝났다는 생각이 들기 시작했다. 그는 감독관이 없을 때 장약을 정량의 반 정도만 채워 넣는 나름대로 소극적인 저항을 하였다. 몇 달이 지난 후 평화부 군인들이 와서 그를 징집해갔다. 그 전에 간수가 강제노동수용소 죄수들을 모아 놓고 평화부에서 와서 징집한다고 해도 끝까지 거부하라고 단단히 교육을 시켰으나 그는 순순히 평화부의 트럭 위에 올랐다. 캐터릭에서 신병훈련을 마치자마자 인디아 전선에 파병되었다. 3사단본부에 배치되어 지금까지 피엑스병으로 일하고 있었다. 이제는 선임병이 되어 밑에 하전사 두 명이 있었다. 꽤 시간이 지난 것 같아 윈스턴이 긴장한 모습을 보이자 파슨스가 안심을 시켰다.

"윈스턴. 걱정하지 말게. 피엑스 선임하사는 나한테 다 맡기고 여기 오지도 않아. 지금쯤 마을 애인 집에서 술에 취한 채 낮잠을 자고 있을 거야."

성실하고 열심히 일하는 파슨스에게 인디아에서 하나 더해진 것이 있다면 수완이었다. 그는 피엑스의 남는 물건을 암시장에 내다 팔았다. 그리고 인디아 시장에서 물건을 사서 본국에 팔았다. 그는 번 돈을 거의 다 상납했다.

"사단본부에서 사단장을 포함해서 내 덕 안 본 장교는 한 명도 없을 거야. 헌병대, 사상장교 모두 내가 먹여 살리고 있어."

그는 3사단 본부의 보배였다. 적어도 사단본부는 파슨스 때문에 일상 물자와 관련하여 불편없이 풍족하게 돌아가고 있었다. 그는 인디아에 계속 있을 것이라고 덧붙였다. 자신이 들은 바로는 아프리카보다 인디아가 물자가 풍부하다고 했다. 부사관으로 진급할 계획이라고도 했다. 자기에게는 인디아가 런던보다 좋을 뿐 아니라 군대가 진리부보다 더 편하다고까지 했다. 이곳에서는 자신이 확실히 인정받고 있다고 했다.

"윈스턴. 자네 언제 보충대를 떠나지?"

윈스턴은 알 수 없었다. 파슨스는 책상 위의 전화를 들어 본부 인사부서와 통화를 했다.

"윌리? 나야. 파슨스. 그래 잘 지내지. 요즘 전입병이 많아서 바쁘지? 그래, 그래. 뭐 필요한 건 없나? 인사참모님이 필요한 건? 그래, 그래. 내가 조만간 보내줄게. 그런데 말이야…….”

그는 몇 분 더 통화를 하고 수화기를 내려놓았다.

“이번 주말에 출발한다고 하네. 자네는 3연대에 명령이 났다네. 내가 미리 알았으면 그냥 사단본부에 있게 했을 텐데... 자네가 보충대에 좀 더 있을 거면 부대 밖 마을에 가서 인디아 여자들과 술 한 잔 하며 즐길 수도 있을 텐데.”

그날 오후에 윈스턴은 파슨스와 두 시간 이상 얘기를 나눴다. 윈스턴이 막사로 돌아가려고 하자 파슨스는 바구니에 쿠키와 빵, 그리고 과일들을 담아주었다. 그리고 그는 차분한 목소리로 말했다.

“윈스턴. 이게 믿어지나? 우리가 살아서 이렇게 만날 수 있다는 게. 더군다나 인디아에서... 이건 무오류의 빅 브라더도 계획할 수 없는 일이네.”

윈스턴은 바구니를 들고 막사로 돌아왔다. 머릿속에 너무 많은 생각들이 떠올라 저녁을 먹으러 가지 않았다.

그 다음 날 오후에도 윈스턴은 피엑스를 찾아가 파슨스를 만났다. 이번에는 커피와 함께 초콜릿도 내놨다. 담배도 권했다. 포장은 세련되지 않았으나 궐연이 빅토리 담배와는 질적으로 달랐다. 담배연기가 목을 넘어가자마자 폐가 그것을 쭉쭉 빨아 당겼다. 커피를 마시며 초콜릿을 먹고 또 질 좋은 담배를 피우는 자신의 모습이 정말 상상도 가지 않았다.

“윈스턴. 자네 그거 아나? 그해 7월에 우리가 왜 체포되었을 것 같아? 우리 말고도 사임(Syme)이 가장 먼저 사라지고 앰플포스(Ampleforth)도 실종되었거나 체포되었잖아? 좀 이상하지 않은가? 그 해에 영사에 심각한 위기가 있었다고 하더군. 당내에서 권력투쟁도 심했고. 우리는 영사가 빅 브라더 지도하에 일사불란하게 움직인다고 생각했잖아. 그렇지도 않은가봐. 그 와중에 애정부 사상경찰이 대거 검거작전을 펼쳐 막 잡아들였다고 하더라고. 검거된 사람들 중에는 내부당원들도 꽤 있었다고 하더군. 어쩌면 자네나 나나 재수가 없어 걸린 거야.”

윈스턴은 속으로 생각했다. 자네와 나는 다르네. 그들은 나를 7년 동안이나 감시했어. 자네는 잠꼬대를 했지만 나는 물증을 남겼네. 파슨스는 말을 계속했다.

"내가 체포당하지 않았다면 아직도 진리부에서 일하고 있겠지? 이 카키색 군복 대신 낡아빠진 푸른색 유니폼을 입고 매일 땀내를 풍기며 돌아다니고 있겠지?"

이 말을 하고 그는 잠시 조용해졌다. 그리고 이내 입을 열었다.

"자네는 사상범이고 나이도 많은 우리가 왜 징집을 당했다고 생각하나?"

그 점은 윈스턴도 궁금했었다. 그 징집 때문에 애정부의 연행을 피할 수 있었다.

"그러게 말이야. 파슨스. 그건 나도 궁금했던 점이야. 자네는 나이가 들었어도 체력은 좋잖아. 나는 그렇지도 못한데 왜 평화부가 입대를 시켰을까?"

"내가 들은 얘기로는 그 전 해부터 전선상황이 안 좋아졌기 때문이야. 아프리카나 인디아 전선에서 많은 병력충원을 요청한 거야. 프롤들은 병역기피자들도 많고 또 전선에서 탈영도 많이 해. 일부러 포로가 되기도 해. 프롤들은 수준이 너무 낮아. 당이 교육을 시키지 않고 프롤들을 방치해 두었잖아. 마치 개, 돼지처럼 키웠지. 그래서 외부당원의 징집연령을 대폭 확대하면서 나와 자네까지 징집한 거야. 우리는 운이 좋았다고 해야 할까, 아니면 운명은 따로 정해져 있다고 해야 할까?"

그의 말을 들으며 윈스턴은 현재 내 앞의 파슨스는 2년 전의 파슨스가 아니라고 생각했다. 한편으로는 자신을 돌아보았다. 지금의 나는 징집 전 거의 매일 체스트넛트리 카페에서 취할 때까지 빅토리 진을 마셨던 나인가?

다음 날 아침 윈스턴을 비롯한 전입병들은 배치된 부대로 이동하기 위해 사단본부 연병장에서 수송차량을 기다렸다. 파슨스가 작별 인사를 하러 그를 찾아왔다. 멀리서 걸어오는 그의 모습은 예전 소년단의 반바지 복장을 하고 항상 열의가 넘쳐흐르는 모습의 파슨스가 아니었다. 카키색 군복을 입은 그의 체구는 늠름한 군인의 모습이었고 또 30대 중반의 나이는 그에게 관록을 더해 주었다. 지금 당장 부사관 계급장을 달아도 잘 어울릴 것만 같았다.

"윈스턴. 자네가 가는 곳은 전선이야. 몸조심하게. 혹시 기회가 되면 사단본부에 놀러 오고."

그는 심각한 표정을 지었다. 그리고 윈스턴이 궁금했으나 차마 물어보지 못한 내용을 말했다.

"자네가 애정부에서 풀려나 빅토리 맨션에 돌아왔을 때 우리 가족은 거기 없었지? 나도 우리 가족이 어떻게 됐는지 소식을 듣지 못했네. 이제 나를 사상경찰에 고발한 우리 딸을 원망하지 않아. 이건 진심이야. 애들은 걱정 안 해. 걔네들은 틀림없이 당원이 될 거야. 그런데 와이프가 걱정되네. 외부당원이지만 일을 안 해봤잖아. 정신도 항상 흐트러져 있었고."

그의 표정은 우울했다. 차량 앞으로 정렬하라는 지시가 떨어졌다. 윈스턴은 작별 인사를 하고 차량을 향해 몸을 돌리려 했다. 파슨스가 마지막으로 그의 손을 잡았다.

"다음에 꼭 다시 와. 그때는 내가 내 애인을 보여줄게. 자네에게 여자도 소개해주고."

이 말을 마친 그의 표정이 밝아졌다. 윈스턴도 입술을 펴며 약간 미소 짓는 표정을 지었다. 그리고 뒤돌아 빠른 걸음으로 차량 쪽으로 향했다.

윈스턴 일행은 수송트럭에 올라 3연대가 주둔해 있는 고아 지역으로 이동하였다. 3사단은 2선 부대였다. 3사단의 북쪽 20킬로미터쯤에 1사단과 2사단이 유라시아 군대와 대치하고 있었다. 윈스턴은 3사단 3연대의 본부중대에 배치되었다. 본부중대장은 연대본부의 인사장교를 겸하고 있어서 중대업무의 일상적인 지휘는 선임하사인 보우든(Bowden) 상사가 맡고 있었다. 40대 후반으로 보이는 그는 갈색머리의 건장한 체구로 지적으로 보이지는 않았으나 호남형 얼굴의 소유자였다.

　본부중대 업무 중 하나는 포로수용소 관리였다. 연대본부에서 도보로 10분쯤 떨어진 개활지에 설치되어 있는 포로수용소는 타원형으로 둘러쳐진 이중철책 안에 대형 텐트 열 개가 설치되어 있었다. 유라시아 포로 약 200여명이 있었는데 슬라브계, 중앙아시아계, 몽골계가 비슷한 숫자로 섞여 있었다. 대부분의 포로들이 탈영병이다 보니 복장도 각양각색이었다. 짙은 사막색의 유라시아 군복을 입은 포로들은 몇 명 없었고 중앙아시아 원주민 복장과 인디아 노동자들의 면이나 베로 짠 전통식 작업복을 입은 포로들이 다수였다. 정식 포로수용소는 아니었기에 남쪽으로 500킬로미터 정도 떨어진 말라바 포로수용소로 보내지기 전 임시로 수용하는 곳이었다.

　수용소 소장도 보우든 상사였고 윈스턴은 행정병으로 배치되었다. 수용소 경비는 1개 분대가 맡고 있었다. 경비 망루나 탐조등은 없었다. 매일 아침 6시 30분에 수용소 철책 안에서 아침점호를 하고 식사가 배급되었다. 아침점호 때는 수용소장이 행정병과 자동소총으로 무장한 경비병들을 대동하고 철책 안으로 들어갔다. 저녁점호는 포로들이 침상 앞에 도열해 있으면 윈스턴과 경비병들이 들어가서 인원을 점검하는 식이었다. 막사텐트들을 모두 점검하는데 20분도 걸리지 않았다.

　경비병들의 숙소도 겸하고 있는 수용소 사무실 건물은 바깥 철책에서 약 50미터 떨어져 있는 1층 건물이었다. 포로들이 반항적이거나 폭력적인 모습을 보이지 않아 신경쓸 것이 크게 없었다. 행정병인 윈스턴의 업무는 포로와 경비병들의 급식수령과 포로들의 작업일정 짜기, 그리고 수용소 일일과업 및 동향보고서 작성이었다. 이곳 근무는 윈스턴에게 부양요새보다 자유스러웠으며 상전사로 서열도 높아 생활하기가 편했다. 포로들의 노역은 주로 연대 담당지역의 도로정비와 시계청소였다. 장비나

도구는 제공되지 않았는데 포로들은 나무를 꺾어 직접 도구를 만들어 작업했다. 그 중 몽골계 병사들이 제일 일을 잘했다. 과거에는 포로들의 주부식을 횡령하여 원주민 시장에 내다파는 수용소장이 있었는데 보우든 상사는 그런 것에 관심이 없었다.

이곳 생활의 큰 즐거움 중 하나가 그전에 듣도 보도 못했던 형형색색의 열대과일을 마음껏 먹을 수 있다는 사실이었다. 모든 병사들이 그것을 큰 즐거움으로 여기고 있었다. 그 과일들은 마을시장에서 사가지고 오는 경우도 있었지만 아침마다 인디아 어린 아이들이 막사 앞에 들고 와서 팔았다. 병사들은 돈을 각출하여 그것을 사서 먹었다. 윈스턴은 인도생활 초기에 알고 있었으나 먹어보지 못했던 파인애플이나 바나나, 그리고 망고를 즐겨 먹었다. 오래된 병사들은 그들 과일에 대한 입맛이 떨어져 윈스턴이 처음보는 과일들을 먹었다. 패션프룻, 잭플룻, 드래곤프룻, 리치 등 이름에 익숙해지는데도 시간이 걸렸다. 잭플룻은 코를 찌르는 악취가 심해 윈스턴은 한 번 먹어보고 다시는 시도하지 않았다. 거의 수박 크기의 잭플룻은 값이 비싼데도 불구하고 프롤병사들은 특식으로 먹었다.

윈스턴이 행정병을 맡은 지 한 달가량 지나자 수용소장은 아침점호를 받으러 내려오지도 않았다. 그 일을 윈스턴이 대신했다. 포로대표는 40대 중반은 됨직한 예바니치라는 슬라브계 병사였는데 브리타니아어로 간단한 의사소통이 가능했다. 수용소장이나 윈스턴이 인원보고를 받고 지시를 내리면 포로대표가 러시아말로 포로들에게 전했다. 그러면 중앙아시아와 몽골계 병사들 사이에 러시아어와 출신지역의 말들이 섞이며 다시 통역되었다. 다소 어수선하고 코미디 같은 느낌을 주었다.

포로들에 대한 식사량은 부족하지 않았다. 부식도 진리부의 지하식당 수준은 되었다. 담배도 충분치 않지만 포로들에게 공급되었다. 예바니치가 일주일에 한 번씩 사무실에 와서 담배를 수령해 갔다. 런던 시절 유라시아 포로들을 교수형 하는 모습에 익숙해있던 윈스턴에게 이러한 포로들에 대한 대우는 깜짝 놀랄 일이었다. 윈스턴은 그와 가끔 얘기를 나눴는데 그도 자신과 같이 나이가 들어 군대에 온 것에 대한 동병상련의 감정이 있었기 때문이었다.

볼셰비키 당원이었던 예바니치는 소비에트 러시아의 중소도시에서 라디오 방송국 기술자로 일하고 있었다. 일 년 동안의 송출 프로그램이 거의 완벽하게 사전에 짜여 있었기 때문에 모든 업무는 거의 기계적으로 진행되었다. 몇 년 전 그는 예정되어 있던 세계전쟁 승전기념 특집방송을 준비하며 보관창고에 자료를 찾으러 들어갔다가 깜짝 놀랐다. 창고 바닥에 물이 흥건히 고여 있었다. 녹음테이프를 비롯한 일부 자료가 침수되었고 일일이 살펴보지 않아도 나머지 자료들도 습기에 훼손되었음이 분명했다. 그는 일단 필요한 녹음테이프를 찾아내 습기를 말렸다. 녹음기 휠에 걸어 돌려보니 음향상태가 나빴다. 그는 최선을 다해 음향과 음성을 복원시키려 노력했다. 제작일정에 맞춰 그런 대로 음질을 개선해 놓았다. 잡음이 많았지만 지도자 연설의 내용은 알아들을 수 있었다. 예바니치는 한숨을 내쉬었다. 방송시간에 맞춰 그 테이프를 재생시켰다. 한 5분가량 정상적으로 돌아가던 테이프가 갑자기 재생기 휠에서 엉키기 시작했다. 연설은 늑대 울음소리와 같은 소음으로 변했다. 모든 제작진의 얼굴에 핏기가 없어졌다. 그는 재생기의 동작을 중지시켰다. 풀어진 테이프를 정리하여 휠에 다시 감고 재생시켰다. 그러나 휠은 계속 테이프를 감아 먹으며 더 요상한 소음을 만들어낼 뿐이었다. 특집방송은 급하게 군가로 대체되며 중단되었다.

그는 정치범으로 체포되어 국가보안부에서 엄중한 심문을 받았다. 약식재판에서 중노동 10년형을 선고받고 시베리아 수용소로 보내졌다. 지도자에 대한 불경죄를 저지른 그가 총살당하지 않는 것만 해도 다행이었다. 일 년 넘게 아무런 희망 없이 힘든 중노동을 하는데 수감자 전원에 대한 이동명령이 떨어졌다.

그들은 기차를 타고 중앙아시아 초원을 가로질러 우즈베키아에 도착했다. 그곳 훈련소에서 한 달 동안 신병훈련을 받았다. 그리고 아프가니아 주둔부대에 배치되었다. 그 부대는 현지 게릴라들을 소탕하는 작전을 펼쳤다. 덥고 먼지바람이 많이 부는 날씨와 게릴라들의 끊임없고 집요한 공격으로 하루하루가 힘들었다. 얼마 후 그의 부대는 명령을 받고 남하하여 인디아 전선의 말라바 북부까지 이동하였다. 아프가니아에 있다가 인디아 전선으로 오니 살 것 같았다고 했다. 현지 물자도 풍부하고 원주민들의 태도가 아프가니아처럼 적대적이지도 않았다. 그런데 입대하여 파병된 지 2년이 넘었는데 도대체 귀국명령 소식이 전해오지 않았다. 죽어서 시체가 되어 고향으로 돌아갈 수 있을 것이라는 절망감이 커졌다. 부대 내에 그런 병사들이 많았다. 그는 슬라브계 동료 몇 명과 함께 탈영을 했다. 남쪽을 향해 열흘을 걸어 영사군에 투항했다.

"왜 정치범까지 징집했지?" 윈스턴이 물었다.

"아마 전선이 인디아까지 확대되고 아프가니아에서 고전을 하다 보니 갑자기 병력이 많이 필요해졌나 봐요. 우리 부대 신병 중에는 마흔 넘은 병사들도 꽤 있었어요."

그의 눈동자는 항상 힘이 없어 보였고 목소리는 그저 담담했다. 그의 성격 때문이 아니라 희망을 가질 수 없는 사람의 태도였다.

"아프가니아에서 두 번이나 부상을 입었어요. 유탄이 팔뚝을 스친 경상과 사제폭탄 파편들이 등에 박힌 중상이었습니다. 파편을 제거하고 야전병원에서 한 달 동안 엎드린 채 생활했습니다."

그는 자신의 경험을 마치 남의 얘기처럼 담담하게 전해줬다. 윈스턴은 그가 운이 좋다고 생각했다. 최고 지도자의 목소리가 뭉개져서 나오는 방송을 내보냈는데도 처형되지 않은 것은 영사에서는 감히 상상도 할 수 없는 일이었다. 그런 점에서는 유라시아의 볼세비키 러시아가 영사보다 관용적인 것 같았다. 포로가 된 예바니치의 운명은 자신보다 더 기구하다는 측은한 생각이 들었다.

윈스턴이 인디아 전선에 배치되어 포로수용소 근무를 한지 반년 쯤 되었을 때 유라시아 포로들의 숫자 늘어나기 시작해 300명을 넘어서며 10개의 텐트가 꽉 차버렸다. 보우든 상사의 지시로 포로수용소를 3배 가까이 늘려 이중철책을 쳤다. 경비병력도 소대 규모로 늘어났다. 부사관들도 배치되었다. 물공급이 가장 큰 문제였고 인원이 늘어나자 포로들 사이의 갈등과 싸움도 빈번해져 관리하기가 힘들어졌다. 포로들끼리의 폭력사태가 늘어나고 통제하기가 점점 힘들어지자 경비병들의 구타가 늘어났다. 인디아 출신 하전사들이 포로들에게 가혹행위나 구타를 심하게 가했다. 그들은 포로들이 조금만 굼뜨거나 반항하는 기색을 보이면 무조건 두들겨 팼다. 대부분의 포로들이 인디아 병사들보다 체구가 컸는데 꼼짝없이 당할 수밖에 없었다. 포로들에 대한 급식량도 줄었고 질도 나빠졌다. 윈스턴의 업무량도 늘어났다.

3사단은 예비사단으로 그대로 남아있었으나 말라바 북부 최전선에 2개 사단이 추가로 배치되어 북진을 하며 유라시아군과 전투를 벌이고 있었다. 오랜 대치상태를 끝내고 치열한 공방전이 시작된 것이었다. 영사군이 공세를 취한 것인데 전세는 유라시아군이 불리한 형국이었다. 영사군은 1차 목표를 북쪽의 뭄바이로 정했고 그곳을 점령하면 인디아 서해안의 말라바 지역을 완전히 차지하게 되는 것이었다.

영사군이 북진 중이라는 소식을 들으며 병사들의 사기는 높아졌으나 긴장감이 팽배해졌다. 사단본부는 이미 북쪽으로 이동하였다. 3연대를 이동시키지 않은 이유는 영사군이 북쪽으로 이동함에 따라 후방지역에서 인디아 민족전선과 인민해방 게릴라들의 활동이 늘어났기 때문이었다. 3연대는 그들과 간간히 소규모 전투를 하며 보급로를 확보하는 작전을 펼치고 있었다. 전선이 급격히 바뀌게 되자 복잡한 형국이 생겨난 것이었다.

1987년 여름이 다가오며 우기가 시작되었다. 연대본부의 이동 명령이 떨어졌다. 포로수용소도 폐쇄되었고 포로들은 화물열차에 실려 남쪽으로 이송되었다. 윈스턴과 포로를 관리했던 병력은 모두 연대본부의 기동타격중대에 소속되었다. 보우든 상사가 선임하사를 맡았다. 윈스턴은 중대본부 행정병 겸 보우든의 당번병이었다. 최전방에서 전투를 벌이고 있는 사단과는 20킬로 이상의 거리가 있었으나 연대본부에 전선상황이 수시로 들려왔다. 계속 밀리기는 했지만 유라시아군의 저항도 만만치 않은 것 같았다. 3사단은 후방에서 주보급로인 해안도로를 안전하게 확보하는 것이 주임무였고 이를 위협하는 인디아 게릴라들을 제압하는 것도 큰일이었다. 대규모 병력은 아니었지만 무장세력이었기 때문에 여간 신경 쓰이는 일이 아니었다.

게릴라를 기습공격하는 작전은 주로 보우든이 이끌었다. 그는 힌두교인들은 밤에 대한 두려움이 있다고 파악하여 주로 야간작전을 선호하였다. 정보원이 알려준 게릴라 은거지를 밤에 접근하여 기습하는 것이었다. 게릴라 은거지에 열 명이 넘는 인원이 있었던 적은 없었다. 기습 때마다 대부분 전과를 거두었다. 보우든은 습격 후 노획한 무기를 전부 보고하지 않았다. 한두 정은 누락시켜 따로 보관을 시켰다. 어느 소대가 기습을 나갔다가 노획물이 없이 돌아오면 보관하였던 무기를 주어서 전과보고를 하게 하였다. 기동타격중대의 모든 소대는 작전을 나가면 항상 전과를 올리는 것으로 보고되었다.

작전 시 그가 동행을 하면 마음이 든든했다. 윈스턴은 중대 전체 작전 때 여러 번 투입되었는데 무전기를 메고 항상 보우든 뒤에 바짝 붙어 따라 다니며 그의 일거수일투족을 살펴볼 수 있었다. 작전현장에 나가면 그의 눈빛이 달라졌다. 그 눈빛은 밤에 보아도 강렬함이 느껴졌다. 그는 판단이 신속하고 또 정확했다.

이런 그의 모습을 보며 윈스턴은 진리부 사람들과 비교할 때가 많았다. 모두 자기 업무에 충실한 것은 같았다. 그런데 적어도 런던에서는 보우든과 같이 동료를 배려하는 태도를 보인 사람은 없었다. 그는 탁월한 군인이자 조직인이었다. 전투도 잘 지휘하고 조직도 잘 이끌었다. 야간매

복이나 습격을 나가기 전에 그는 중대원에게 항상 같은 말을 반복했다. 작전의 일차 목적은 부대원 전원이 무사히 돌아오는 것이고 두 번째가 적을 소탕하는 것이라고 했다.

단 둘이 이런저런 얘기를 나누다 그가 윈스턴에게 해준 말이 있었다.

"캐터릭 입구에서 사상경찰들이 자네를 체포하려 했을 때 헌병대장이 막아줬다고 했지? 왜 그랬는지 알아? 전사자가 나오나 애정부가 데려가나 군대 입장에서는 자원 한 명의 손실이 발생한 거야. 전쟁에서 적을 많이 죽이는 것도 중요하지만 작전을 짤 때 가장 우선시 하는 것은 우리 편 손실을 최소화하는 거야. 사람이 한꺼번에 가장 많이 죽고 죽이는 것이 전쟁이지만 우리 편의 한 사람 한 사람 생명을 소중히 여기는 곳이 군대야."

윈스턴은 그런 그가 왜 부사관에 머물고 있는지 궁금했다. 장교로 승진했으면 지금쯤 대대장 내지 연대장도 할 수 있었을 텐데... 그는 위엄과 권위가 있었으나 오만하지 않았다. 그는 사단 전체에서 인정받는 부사관이었다.

그렇게 몇 달이 지났을 때 영사군이 뭄바이를 점령했다는 소식이 전해졌다. 연대본부 전체가 그 소식에 환호했다. 뭄바이 점령을 통해 일단 말라바 지역을 다 장악하자 영사군은 공세를 멈췄다. 유라시아군도 더 이상의 지역을 내줄 수 없다는 듯 저항이 강해졌다. 영사군은 반 년 가까이 쉬지 않고 북진하며 많이 지쳐 있었다. 병력과 물자도 보충하고 지친 병사들의 회복을 위해 잠시 휴식기에 들어갔다.

보우든이 사단본부에 갈 일이 있다며 윈스턴을 동행시켰다. 오랜만에 부대 밖으로 멀리 나오니 기분이 색달랐다. 차를 달리며 말라바의 황록색 풍경을 즐길 수 있었다. 차를 몰며 보우든이 말을 걸었다.

"자네, 파병된 지 얼마나 됐지?"

"네. 오는 9월이면 딱 1년입니다. 선임하사님."

"꽤 됐네. 런던이 그립지 않나?"

"……." 윈스턴은 뭐라 말할 수 없었다.

그도 윈스턴의 기분을 알아차렸는지 화제를 돌렸다.

"전쟁터에 간다고 할 때는 무섭지만 막상 와보니까 그런대로 생활할 만하지? 그래서 전투만 없으면 군인이 가장 좋은 직업이라는 말도 있어."

윈스턴은 그 말에 동의하며 용기를 내서 자신의 속마음을 슬쩍 내비쳤다. 보우든에 대한 그의 신뢰가 없었다면 불가능한 일이었다.

"선임하사님 말씀대로 전투가 없으면 하루하루가 평온하게 지나가는 것 같습니다. 런던에서는 사상경찰과 텔레스크린을 의식해야 하고 또 주변 동료들 눈치를 봐야했는데 군대는 그런 면이 적은 것 같습니다."

뒤에서 봐도 보우든이 미소 짓는 것을 알 수 있었다.

"그렇지. 군에도 사상장교가 있지만 전쟁을 수행하다 보면 그들의 역할이 제한적일 수밖에 없지. 그리고 군이 그 역할이 제한되도록 구조를 만들어놨고……."

영사군에는 사상장교가 있었다. 군의 사상장교는 그 역할과 위상이 애정부의 사상경찰과는 달랐다. 한편, 유라시아는 사상장교를 볼셰비키 당원 중에 선발하여 군에 파견하였다. 그들 사상장교들은 감시를 통해 군대를 완전히 장악하고 있었다. 그러나 영사군은 군인들 중에서 사상장교를 선발하였다. 그들에 대한 교육도 군이 담당하였다. 당은 사상장교에 대한 통제권이 없었다. 영사군은 당의 지휘 아래 있었으나 당의 '평화군 사위원회' 멤버들은 대부분 군장성들이었다. 당료들이 군대를 완전히 장악하지 못했고 군은 독자성을 가지고 있었다. 그런 구조가 만들어진 것을 이해하려면 영사 혁명의 전개과정을 알아야 했다.

1950년대 중반 핵전쟁이 벌어지고 가장 큰 피해는 군이 받았다. 군은 당시 집권당인 보수당 정부의 미온적인 전쟁수행에 불만을 가지고 있었다. 그 후 곧 영사세력이 주도하는 시민들의 무장봉기가 일어났다. 군은 중립을 지키고 정부의 진압명령에 소극적이었다. 무장봉기가 전국으로 확산되면서 군은 나이든 장성 중심의 왕당파와 젊은 장교 중심의 혁명파로 나뉘어졌다. 무장봉기가 내전화되면서 극심한 혼란이 지속되자 군은 혁명지지를 선언하고 왕당파의 진압에 나섰다. 내전 와중에 아일랜드 혁명군은 브리타니아로부터의 독립을 선언하였다. 아일랜드 사태는 왕당파와 혁명파, 그리고 독립파가 서로 대립하는 구도로 복잡한 양상을 띠며 치열한 전투가 벌어졌다. 이를 군이 진압하였다.

십 년 가까운 내전이 종식되고 영사가 수립되자 군은 분리운동이 활발했던 스코틀랜드에 계엄령을 선포하고 독립파 게릴라들을 소탕하였다. 스코틀랜드와 아일랜드를 포함한 브리타니아 전체가 제1공대라는 영사 단일체제로 수립되는 데는 군의 역할이 결정적이었다. 군은 영사의 수립과 수호의 1등 공신이었다. 그리고 곧 유라시아의 아프리카 침공으로 전쟁이 일어나고 북인디아 지역에서 이스타시아와의 군사충돌과 분쟁, 인디아 동부지역에서의 유라시아와의 전선형성 등 전쟁이 본격화되었다. 영사군은 급속히 확대되었고 군의 위상은 누구도 건드릴 수 없는 존재가 되었다. 그 후 당과 군은 상호간섭 최소화의 원칙을 유지하고 있었다.

사단본부까지는 한 시간 안에 도착했다. 보우든은 사단본부 정보참모실로 향하며 윈스턴에게 1600까지 건물 앞으로 오라고 지시했다. 윈스턴은 특별히 갈 곳이 없었지만 혹시나 하는 생각에 사단 피엑스를 찾아갔다. 연병장을 가로 질러 본부건물 왼쪽의 낮은 언덕 중간쯤에 피엑스가 자리 잡고 있었다. 안으로 들어서니 기대한 것처럼 파슨스가 카운터 뒤에 서 있었다. 자신감이 넘치는 늠름한 모습이었다. 런던 시절의 파슨스가 아니라는 것을 다시 한 번 확인하였다. 파슨스도 그를 알아보고는 크게 반가워했다.

"윈스턴. 우리 늙다리. 아직 멀쩡하네."

파슨스는 다른 병사에게 카운터를 맡기고 사무실로 윈스턴을 데려갔다. 그리고 커피를 준비하여 가져왔다.

"3연대에서도 커피를 마셨나?"

"그럼. 그게 인디아에서의 큰 즐거움이지."

"윈스턴. 이건 다른 거야. 말라바 커피는 라떼로 마셔야 제 맛이야. 라떼 모르지? 말라바향에 우유를 넣고 단맛을 첨가해서 거품을 내면 커피 맛이 정말 기가 막혀. 자네 난생 처음 이런 커피를 맛볼거야. 이건 런던 내부당원들도 맛볼 수 없는 거야. 그 놈들은 라떼가 뭔지도 모를 거야."

그는 윈스턴을 만나서 말을 할수록 흥분이 고조되는 모양이었다. 윈스턴은 앞에 놓인 커피잔을 내려다보았다. 표면이 풍성한 거품으로 덮여 있었다. 잔을 들어 조금 맛보았다. 말라바향은 다소 약했는데 정말 새로운 맛이었고 혀에 달라붙는 감칠맛이었다. 커피가 뜨거웠지만 음미하며 서둘러 마셨다. 그리고 한 잔 더 요청했다. 파슨스는 그의 요구에 만면에 웃음을 띠며 만족해했다. 윈스턴은 두 번째 라떼는 혀로 맛을 즐기며 천천히 마셨다.

"그런데 자네 오늘 여기는 웬일이야?"

"중대 선임하사를 따라왔어."

"선임하사? 그러면 보우든 상사?"

"응. 맞아. 그런데 자네가 우리 선임하사를 어떻게 아나?"

"우리 사단 사람들은 보우든 상사라면 다 알고 있지. 윈스턴. 자네 오늘 몇 시까지 시간 있나?"

"이따 1600에 다시 만나 부대로 돌아가기로 했는데……."

파슨스는 손목시계를 슬쩍 보았다.

"두 시간 정도 시간이 있군. 윈스턴. 조금 빠듯하기는 하지만 우리 마을에 다녀올까? 1600까지는 충분히 돌아올 수 있어."

윈스턴은 그의 느닷없는 마을 얘기에 어리둥절했다.

"마을은 무슨 일로?"

파슨스는 씩 웃으며 목소리를 내리깔았다.

"마을에 위안소가 있다네. 인디아 여자들이 대부분이지만 인디아 각지에서 왔기 때문에 인종이 다양해. 자네 마음에 드는 여자를 내가 골라줄게. 혼혈들도 있어. 관리를 잘했기 때문에 안심해도 돼. 여기서 빨리 걸으면 이십 분 안에 갈 수 있어."

윈스턴은 뜻밖의 말을 듣고 어리둥절해졌다.

"위안소라니?"

"그래. 위안소. 병사들이 쏙쏙 하는 곳. 처음에는 프롤병사들을 위해 설치했는데 지금은 부사관들도 이용하고 있지. 장교들은 전용클럽에서 쏙쏙 하고. 장교클럽 이층은 침실이야. 마을에 가보면 영사 군인과 인디아 여자 사이의 혼혈 아이들도 많이 보인다고..."

그는 얘기를 이어갔다.

"아주 오래 전에는 위안소가 없었대. 그랬더니 프롤 사병들이 마을에 가서 현지 여자들을 겁탈하는 거야. 일부는 그러다 마을 사람에게 맞아 죽기도 하고. 애초부터 그걸 막겠다는 게 잘못된 생각이었지. 특히 살기 등등한 젊은 사람들이 넘쳐나는 전장에서는. 그래서 위안소를 설치할 수밖에 없었지. 사단본부 주변에는 다 있어."

윈스턴은 그의 설명을 들으며 런던 시절 관계를 가졌던 나이든 프롤 매춘부의 모습이 머리를 스쳐갔다. 사실 애정부 사건 이후 윈스턴은 성적 욕구를 느끼지 않았고 파슨스의 얘기를 들으면서도 호기심조차 생기지 않았다. 파슨스는 옆 눈으로 슬쩍 윈스턴의 표정을 살폈다. 그가 별다른 흥미를 보이지 않는 것 같자 다시 한 번 재촉했다.

"윈스턴. 그게 뭐 그렇게 시간이 오래 걸리나? 두 시간이면 충분해. 자, 빨리 일어나자고."

윈스턴은 잔을 기울어 라떼의 마지막 한 방울까지 목으로 넘겼다. 둘 사이에 어색한 침묵이 잠시 흘렀다. 다시 입을 열며 파슨스는 화제를 바꿨다.

"조만간 큰 변화가 있을 것 같아. 나나 자네에게 무슨 일이 생길지 모르지. 내가 사단 인사장교를 엄청나게 챙기고 있네. 그에게 부탁해서 자네를 사단본부로 명령나게 하려고 하네. 우린 가까이 있어야 해. 그래야 내가 자네를 도울 수 있어. 내가 돈도 많이 모아놨어."

두 사람은 오랫동안 진리부에 근무했고 또 빅토리 맨션에 같이 살았지만 윈스턴은 파슨스의 도움을 받은 적이 없었고 천방지축으로 돌아다니는 그를 약간 경멸했었다. 윈스턴은 잠시 생각했다. 그가 정말 나에게 도움을 줄 수 있을까? 그건 알 수 없는 일이었다. 그러나 인디아에 도착했을 때 그가 타준 말라바 커피, 그리고 오늘 마신 말라바 라떼는 자신이 지금까지 마셔본 커피 중 최고의 향과 맛을 가진 커피였다. 그만큼 큰 은혜가 또 있을 수 있단 말인가. 그런 생각이 들자 윈스턴의 얼굴에 저절로 미소가 피어올랐다. 그는 윈스턴의 미소를 보고 안도의 표정을 지었다.

"윈스턴. 자네도 동의하는 거지. 내가 조만간 인사장교에게 부탁을 할게. 부대에 돌아가서 기다리고 있어. 적어도 한 달 이내에 명령이 나게 할게."

둘은 윈스턴이 자리에서 일어날 때까지 많은 얘기를 나눴다. 말은 주로 파슨스 차지였다. 그는 내년에 부사관 임관을 신청할 계획이라고 밝혔다. 인디아가 너무 마음에 든다고 했다. 진리부의 외부당원보다 인디아 전선의 상전사가 더 좋다고 했다. 그리고 런던의 핏기 없는 얼굴을 가진 여성들보다 이곳 까무잡잡한 피부의 인디아 여자들이 더 예쁘다고 했다. 그렇게 당에 충성을 바치던 런던 시절의 파슨스가 아님을 다시 깨달았다. 윈스턴은 무언가 주어진 상황에 몰두하는 그의 성향이라면 그렇게 변할 수도 있겠다고 생각했다. 그런데 정작 자신에 대해서는 아무런 생각이 없었다. 스스로 변했는지 아닌지 판단할 수 없었다. 다만 애정부에 다시 연행되어간 것보다야 이곳 인디아 전선에 와 있는 것이 다행이라는 생각은 하고 있었다. 윈스턴은 작별인사를 하고 자리에서 일어섰다. 파슨스는 잠깐 멈추라고 손짓하며 그의 바지 주머니에 돈을 찔러 넣어주었다.

4. 만다라

전선으로부터는 좋은 소식만 들려왔다. 영사군이 전진하면 적들이 계속 후퇴한다는 것이었다. 보우든 상사 말에 따르면 유라시아군이 병력 숫자도 적고 화력이 예전보다 떨어진 것 같다고 했다.

"우리가 병력을 대폭 증원했지만 뭔가 이상해. 저놈들한테 무슨 일이 있는 것 같아. 예전엔 한 번에 10킬로 이상 뒤로 빼는 법이 없었는데 최근엔 불리하다 싶으면 20킬로까지 그냥 후퇴하잖아. 인디아는 자원 때문에 중요해. 그래서 말라바 전체를 우리가 장악하려고 몇 년 동안 계획을 세우고 공세를 시작한 것인데... 저놈들이 우리 병력증원을 몰랐겠어? 그걸 알았으면 자기들도 병력을 늘렸어야지. 그렇게 못하는 무슨 속사정이 있는 것 같아."

부대원들은 우리가 계속 이긴다면 3연대까지 전투가 벌어지는 일선으로 보내지 않을 것이라는 기대를 했다. 그런 바람은 채 한 달도 지속될 수 없었다. 사단 전체의 이동명령이 인디아 전선 사령부에서 내려왔다.

영사군이 인디아 서부의 말라바를 회복하고 계속 북진공세를 벌여 유라시아군이 패퇴를 거듭하는 가운데 반대편인 인디아 동부에 긴장이 조성됐다. 이스타시아가 인디아 북부와 버마와의 국경지대에 병력을 증원하고 있었다. 사령부는 이스타시아군이 버마를 점령하고 이어서 인디아 국경을 넘어 진격해 올 것을 우려했다.

상황변화에 따라 인디아 주둔 영사군에 대대적인 조직개편이 일어났다. 인디아 전선을 둘로 분리하여 서부방면군과 동부방면군을 창설하였다. 서부방면군은 말라바를 담당하고 유라시아군과 대치하였다. 동부방면군은 벵갈 지역과 버마 지역의 안정화를 시도하였다. 그쪽에는 임팔에 1개 연대가 주둔하고 있었다. 인디아 동부 지역과 버마가 위협을 받으면 동인도양과 서태평양이 분리될 위험성이 있었다.

동부방면군은 전투사단만 6개가 되는 10만명 가까운 규모였다. 3사단은 최일선 선두사단이 되었다. 사단은 고아 지역의 파나지항으로 이동하여 수송선에 올랐다. 이어서 긴 항해가 시작되었다. 아직 본격적인 우기가 시작되지는 않았지만 항상 하늘이 흐리고 오후엔 비가 내렸다. 수송선단은 인디아와 실론 사이의 해협을 통과해 북상하였다. 수송선단이 벵갈만 북쪽에 이르렀을 때 3사단 병력을 태운 수송선들은 동북쪽으로 방향을 잡았고, 1사단 수송함정들은 서북쪽을 향했다. 3사단은 치타공에 상륙하여 임팔로 진격해 나갈 예정이었고 1사단은 캘커타를 점령한 후 동부방면군의 나머지 병력이 도착할 때까지 그 일대를 안정화시키는 것이 임무였다. 치타공에서 임팔까지 직선으로 400킬로가 넘는 거리를 진군해야 하는 3사단의 임무가 훨씬 힘든 것이었다. 치타공에 상륙하기 전날 새로 부임한 중대장이 중대원들을 교육시켰다. 보우든이 설명을 맡았다.

"벵갈 지역은 지난 10년 가까이 영사군이 방치시켜 놓다시피 했다. 이곳은 말라바 지역하고 다르다. 종교도 이슬람이다. 인종도 다양하다. 저항세력도 많다. 친유라시아 게릴라도 있고 친이스타시아 게릴라도 있다. 물론 인디아 독립전선이나 인디아 민족전선 계열의 게릴라도 있다. 말라바 지역의 게릴라보다 무장이 훨씬 잘 되어 있다. 그 게릴라들은 서로 적대적이어서 자기들끼리도 싸운다. 한마디로 아사리판이라고 보면 된다. 우리는 이곳 벵갈 출신 병사들에게 많이 의존할 수밖에 없다. 기후도 말라바와 매우 다르다. 조금 있으면 우기가 시작되는데 두 달 동안 거의 매일 하늘에서 물이 쏟아진다고 생각하면 된다. 우기 때는 전염병도 많이 발생한다. 화기관리와 개인위생에 만전을 기해야 한다. 무좀으로 고생 안 하려면 시간 날 때마다 발을 말려야 한다. 우리 연대의 목표는 빠른 시간 내에 임팔에 고립되어 있는 부대와 연결을 맺는 것이다. 우리와 임팔부대가 연결이 되면 나머지 벵갈 지역은 다른 사단들이 접수할 예정이다. 캘커타에 동부방면군 사령부가 설치되고 다른 사단들과 우리가 연결될 때까지 두 달 가량 소요될 것이다. 그때까지 긴장을 늦추면 안 된다. 다시 강조하지만 여기는 말라바와 완전히 다른 곳이다. 치타공에서 임팔까지의 지역은 인디아에서 가장 지옥 같은 곳이라고 보면 된다.”

대부분의 프롤전사들 특히 신병들은 겁먹은 표정이 역력했다.

3사단은 치타공 조력자들의 도움으로 큰 어려움 없이 접안을 하고 병력이 상륙하였다. 항구와 시내의 관공서와 호텔, 학교들을 접수하고 병력을 분산하였다. 시내에 높은 탑을 가진 독특한 형태의 건물이 눈에 띄었는데 종교시설들이 분명했다. 비가 세차게 와도 그 건물에서는 세 시간마다 정시에 맞춰 처연한 곡조의 음악을 배경으로 시낭송이 흘러나왔다.

며칠간 휴식을 취한 후 임팔 진격명령이 하달되었다. 사단본부와 함께 2연대는 치타공에 계속 남았고 3연대, 1연대 순으로 북쪽을 향해 출발하였다. 도로는 있었으나 대부분이 비포장이었고 그것마저 10년 동안 관리를 안하다보니 사정이 엉망이었다. 차량 안에서도 난간을 잡지 않고는 도저히 앉은 자세를 유지할 수가 없었다. 도로가 너무 패여 차량이 통과할 수 없을 때는 공병대의 보수를 기다리지 않고 차량에서 내려 도보로 이동했다.

2주 만에 미조람 지역으로 진입하여 아이자울을 목표로 진군했다. 공병대의 도로정비 작업에 요령이 붙어 도로보수가 신속히 완료되기 시작하자 진격속도가 빨라졌다. 윈스턴의 중대는 새벽 무렵 아이자울이 멀리 내려다보이는 남쪽 산등성이에 도착했다. 다른 부대는 2킬로미터 정도 후미에 있었다. 잠시 휴식을 취하다 해가 뜨자마자 산등성이를 내려갔다. 시내로 진입하려면 작은 다리를 건너야 했다. 중대장은 교량경비를 위해 1개 소대를 남겨두고 나머지 병력으로 도로를 따라 시내로 들어갔다. 한 10분가량 가니 시내 중심부가 나왔다. 거리에 나온 주민들은 중대원들을 그냥 바라보기만 했다. 중대는 시청 건물을 점령하고 도시장악을 무전으로 통보했다. 영사군은 치타공을 떠난 지 2주 만에 마이자울을 확보하였다. 치타공과 임팔 사이의 중간 지점이었다. 당초 작전계획보다 늦은 것은 아니었다.

2연대는 아이자울에 연대본부를 차리고 3연대만 임팔을 향해 출발했다. 윈스턴의 중대가 역시 선두였다. 거기서부터는 밀림 산악지대였다. 도로는 의미가 없었다. 하늘에서 쏟아지는 비가 빅토리 맨션 샤워꼭지에서 나오는 물보다 더 거셌다. 눈을 뜰 수 없을 지경일 때도 많았다. 배낭을 메고 우의를 입은 채 폭우 속을 행군하는 것은 정말 고역이었다. 산악지역을 계속 오르락내리락했다. 며칠 지나자 대부분 병사들의 체력이 고갈되었다. 장교들과 보우든도 힘든 기색이 역력했다.

윈스턴은 틀니가 안 맞아 잇몸이 너무 아프고 음식물을 씹을 수 없었다. 너무 통증이 심해 낮에도 틀니를 빼놓고 걷기도 했다. 이렇게 힘들고 험악한 곳은 적들도 기피하려 할 텐데 우리가 왜 이 지역을 확보해야 하나 하는 의문이 들었다. 진리부도 기록을 삭제하고 조작하는 잘못된 업무를 수행하지만 군대도 쓸데없는 일을 하는구나 하는 생각도 들었다.

아이자울을 떠난 지 2주가 지났지만 임팔에 가까워졌다는 얘기는 들리지 않았다. 며칠 더 지나자 탈진으로 쓰러지는 병사가 나오기 시작했다. 중대장은 휴식을 지시했다. 윈스턴은 중대본부 텐트에서 조금 떨어진 풀밭에 하루 종일 누워있었다. 병사들의 군화는 희고 퍼런 곰팡이로 덥혀있었다. 무거운 중화기를 메고 행군해야 했던 일부 프롤병사들은 눈물을 흘리며 소리 없이 울기도 했다. 윈스턴은 손가락 하나 까딱할 힘이 없어 눈을 감은 채 땅바닥에 누워만 있었다. 이대로 잠이 들면 다시는 영원히 깨지 못할 수 있다는 생각이 들었다. 그러면서 얼핏 애정부에서의 고통과 지금의 상태를 비교해 보기도 했다.

가면상태로 누워 있었지만 중대본부 텐트에서 장교들과 부사관들이 나누는 대화가 언뜻언뜻 들렸다.

"얼마쯤 남았지?

"한 이십 킬로미터 남은 것 같습니다."

"그런데 왜 교신이 안 돼?"

"유선통신망이 완전히 끊어진 것 같습니다."

"연대본부하고 아이자울과의 교신도 안 된다고 합니다."

"그럼 우리 산 속에 완전히 고립됐다는 얘기잖아? 이십 킬로 남은 것은 확실해?"

"……."

"얼마나 남았냐고?"

"... 한 30킬로 남았다고 생각해야 할 것 같습니다."

장교들도 우왕좌왕하는 것이 분명했다. 그러나 윈스턴의 마음은 동요가 없었다. 고립이 됐던 완전 포위가 됐던 이대로 누워만 있으면 좋겠다는 생각뿐이었다. 그때 보우든의 목소리가 들려왔다.

"중대장님. 중대원들이 너무 지쳐서 계속 진군하기는 불가능합니다. 제가 선발대를 만들어 앞으로 가보겠습니다."

"지금 어디가 어딘지 알고 선발대가 출발을 해?"

"중대장님. 그렇지만 교신이 전혀 안되는 지금 상황에서 연대 전체를 위해서도 빨리 임팔과 연결을 하는 것이 급선무입니다."

보우든은 기력이 남아 있는 사병 10여명을 골랐다. 그들은 최소한의 식량과 약간의 탄약만 소지하고 우의를 입은 채 출발했다. 인디아 병사가 무전기를 맸으나 우기 속에 배터리가 심하게 방전된 상태라 거리가 멀어지면 교신이 가능할지 알 수 없었다. 모든 대원들이 출발하는 그들의 뒷모습을 멍하니 바라보기만 했다.

출발한지 나흘 만에 보우든 일행이 임팔 주둔군의 1개 소대와 함께 돌아왔다. 그동안 병사들은 원기가 많이 회복된 상태였다. 곧바로 연대본부와의 통신망을 복구시키고 부대는 임팔에 입성할 수 있었다. 그후 한 달간 동부방면군은 벵갈 지역을 모두 장악하였다. 도로정비와 비행장 확장공사도 시작됐다. 기갑부대도 합류하였다. 치타공부터 임팔에 이르는 방어선이 완전히 구축되었다.

10월에 들어서 우기도 끝나고 공기가 다소 선선해졌을 때 3연대는 버마로 진입하여 메이묘에 주둔하라는 명령을 받았다. 연대병력은 기차에 탑승하여 메이묘에 도착하였다. 버마로 출발하기 전 그 지역에 반영(反英)게릴라가 있을지도 모르므로 주민과의 접촉을 피하라는 교육을 받았으나 막상 도착해보니 주민들 태도에서 적의를 찾아 볼 수 없었다. 버마는 오세아니아와 이스타시아 사이의 완충지대 역할을 하는 지역으로 군대는 없고 경찰만 있었다. 3연대는 일단 메이묘에 주둔하였으나 들리는 말로는 사단 전체가 버마 남부 해안 도시인 랭군까지 진격한다고 했다. 랭군에 해군기지를 건설하여 서인도양과 동태평양의 연계를 확실시하는 것이 장기전략이라고 했다.

해발 1,000미터 이상의 고지대인 메이묘는 기온은 높았으나 찌는 듯한 더위는 아니었다. 도시는 잘 꾸며져 있었다. 유럽식 건물도 많았고 인디아 도시와 같은 무질서하고 지저분한 모습이 없었다. 호수를 끼고 정원같이 가꿔진 공원도 있었다. 병사들은 이런 곳이라면 장기간 주둔해도 좋겠다고 말했다. 인디아에서 보았던 것과는 다른 둥근 탑이 강조된 모습의 사원도 있었다. 보급물자가 계속 들어왔다. 충분한 물자가 확보된 후 이동명령이 떨어질 것이기에 부대원들은 마음의 여유를 가지고 휴식을 취할 수 있었다. 장교들 얘기로는 세계전쟁 때 임팔을 공격했던 재패니아군의 사령부가 이곳에 있었다고 했다. 중대장은 흥분한 투로 소대장들과 부사관들에게 말했다.

"임팔과 메이묘는 300킬로 떨어져 있는데 재패니아군 사령부가 이곳에 위치해서 무슨 보급을 제대로 해줬겠어? 그러니 우리 브리타니아군에게 아주 박살이 났지. 그때 재패니아 침공군이 10만 명가량이었는데 7만 명 이상이 사망했다고. 대부분 굶어 죽었대. 그런 놈들에게 전쟁 초기 우리가 버마를 뺏긴 것 자체가 이해가 안돼."

윈스턴은 치타공에서 임팔까지 이동하는 과정에서 고생한 경험을 떠올리며 재패니아군의 물자보급이 충분해도 가파른 산악지역에 위치한 임팔을 남쪽에서 공략하여 점령하기란 거의 불가능했을 것이라는 생각이 들었다.

보우든을 비롯한 중대 부사관들이 메이묘 시내로 외출할 때 윈스턴도 동행하였다. 윈스턴이 중대에 배치된 이후 가장 활기찬 그들의 모습을 보는 것 같았다. 노점상들로 붐비는 기차역 앞의 시장을 둘러본 후 호수가 있는 공원으로 이동하여 느긋하게 산책을 즐겼다. 공원 숲 안쪽으로 고풍스런 유럽식 저택들이 보였다.

"저기는 어떤 사람이 살까?" 한 부사관이 말했다.

"우리 연대장과 대대장들 숙소도 저기에 있을걸." 보우든의 말에 모두 조용해졌다.

시내의 큰 건물들은 모두 유럽식에 약간의 동양풍이 가미된 것들이었다. 세계전쟁 당시 재패니아군 사령부로 쓰였다는 호텔 앞을 지나갔다. 거기서 얼마 떨어지지 않은 2층짜리 건물 하나가 눈에 띄었다. 한 면에 창문 다섯 개가 나있는 그리 크지 않은 연녹색 회칠을 한 건물이었다. 무슨 용도로 쓰이는지 알 수 없었다. 건물 입구 앞에 돌로 된 기념비 같은 것이 세워져 있었다. 일행은 걸음을 멈추고 돌에 새겨진 문구를 읽었다.

"… 이 건물은 세계전쟁 기간 중 재패니아군 병사들의 위안소가 위치했던 곳입니다. 이곳의 위안부들은 재패니아, 시노, 코리아, 버마 등지에서 강제로 끌려온 젊은 여성들로 전쟁 기간 중……."

윈스턴은 재패니아, 시노, 버마는 알겠는데 코리아는 처음 듣는 지명이었다. 일행은 턱을 까닥이기는 했지만 별 감흥 없는 표정이었다. 그들의 반응과는 달리 윈스턴은 그 문구가 마음에서 지워지지 않았다.

"말라바에서도 사단본부 근처에 위안소가 있었잖아. 사단본부가 이리로 오면 메이묘에도 위안소가 생기는 것 아냐?" 한 부사관이 말했다.

그의 말을 듣고 일행은 모두 소리 내어 웃었다. 윈스턴은 인디아의 사단본부에서 파슨스로부터 위안소에 대해 말을 들었을 때 단지 그의 일탈이라고 생각했다. 그런데 부사관들은 위안소를 군대생활의 일부분으로 여기는 것 같았다. 부대를 향해 돌아가며 부사관들이 나누는 대화를 들으니 위안소 비용은 사병 월급의 오분의 일 수준이었다. 대부분 병사들은 한 달에 한 번 정도 가지만 병사들 중에는 월급을 모두 그곳에 쓰는 사람들도 있다고 했다. 키가 150센티미터도 안되고 얼굴에 광대뼈만 보이는 인디아 위안부 소녀와 사랑에 빠진 부사관도 있었다고 했다. 그들은 부대에 도착할 때까지 30분 이상 위안소와 위안부 얘기를 하며 걸었다.

메이묘에 도착한지 2주 정도 되었을 때 연대본부로부터 만다라를 정찰하라는 명령이 중대에 내려졌다. 중대원들은 열차를 타고 만다라로 향했다. 연대본부 정보장교들도 동행했다. 고산지대인 메이묘에서 저지대인 만다라까지의 선로는 협궤에다 완전히 지그재그로 놓여있었다. 직선거리의 열 배는 족히 넘을 것 같았다. 계속 내리막길이었다. 기차는 기어가다시피 천천히 움직였다. 선로 양쪽은 잡목들만 우거져 있었다. 구경거리가 별로 없었다. 메이묘에서 멀어지며 고도가 낮아질수록 더위가 심해지는 것을 느낄 수 있었다.

산을 벗어나 평지에 들어서자 기차 속도가 빨라졌다. 만다라에 가까워온 것이었다. 선로 양쪽으로 넓은 들판이 펼쳐져 있었다. 우기가 끝난 계절이었다. 잡초가 아니고 작물인데 밀이나 보리는 아니었다. 농부들은 보이지 않았다. 버마의 곡식은 사람의 손길 없이 저절로 자라는 것 같다는 인상이 들었다. 간간이 보이는 주민들의 표정이 인디아 사람들보다 온순해 보였다. 중대장이 한 말이 생각났다.

"지구상에서 굶어 죽은 사람이 없는 유일한 지역이 버마라고 해."

그러자 누군가가 물었다.

"만다라가 그렇게 중요합니까?"

"상징적인 의미가 크겠지. 옛날 버마 왕국의 수도였으니까."

"그런데 만다라가 무슨 뜻입니까?"

"너는 런던이 무슨 뜻인지 알아?"

중대장의 짜증에 분위기가 식었다. 그 분위기를 느꼈는지 중대장이 부드럽게 말했다.

"그냥 모든 것이 잘 이루어져서 걱정이 없는 도시라는 뜻이라고 알아 둬."

걱정이 없는 도시라는 중대장의 말을 떠올리며 윈스턴은 열차 밖의 느릿느릿 지나가는 광경을 물끄러미 바라보았다. 아무 이유 없이 이곳은 나태하고 지저분한 지역이라는 생각이 들었다. 밖의 광경을 바라볼수록 발바닥부터 뭔가 몸 속을 채우며 서서히 올라오는 것 같은 느낌을 받았다. 그 느낌이 매우 불쾌했다. 그 채움은 열차가 만다라역에 도착하면서 끝났다. 그런데 몸이 무거운 건지 마음이 무거운 건지 발걸음이 가볍지 않았다.

중대는 기차역에서 얼마 떨어지지 않은 학교 건물에 본부를 차렸다. 버마 협력자들이 본부에 찾아와 현황을 알려주기도 하고 정보장교들이 시내에 나가 그곳 유지들이나 관리들을 만나 정보를 수집했다. 중대원들은 조를 만들어 시내를 순찰했다.

만다라는 메이묘보다 두 배 이상 크고 훨씬 활기가 있었다. 정보장교들 얘기로는 치노들이 많다고 했다. 그 치노들의 동향에 관심이 집중되었다. 정보장교들은 친영사 정서가 강한 지 친이스타시아 감정이 강한 지를 파악하려고 했다. 오랫동안 브리타니아의 영향 하에 있었지만 과거부터 이스타시아와 교류가 많았고 특히 최근 들어 상품교역이 크게 확대되었다고 했다. 시내를 순찰하다 보면 버마 사람들이 특별히 영사군을 반기지도 않았지만 적대감을 보이지도 않았다. 그들은 샌들을 질질 끌고 걸으며 군인들을 흘끔흘끔 훔쳐볼 뿐이었다.

만다라에는 메이묘보다 사원이 많았다. 아침마다 황색천으로 몸을 두른 불교 사제들이 줄지어 행진하는 모습이 인상적이었다. 주민들은 그들을 매우 공손하고 존경하는 태도로 대했다. 중대장과 정보장교들은 불교 사제들을 불손하게 대해서는 안 된다고 여러 번 교육시켰다.

학교 입구 밖에는 가판대가 펼쳐진 간이시장이 형성되어 부대원들에게 음식을 팔았다. 만다라의 물자가 말라바보다 더 풍부한 것 같았다. 윈스턴은 시내 순찰을 나가 재래시장을 통과해 본 적이 있는데 각종 열대과일들이 매대 위에 가득 쌓여 있었다. 말린 열매들과 해산물도 많았다. 바짝 건조시킨 이름 모를 벌레와 유충을 쌓아 놓은 상점도 보였다. 배 가운데를 쫙 갈라서 말린 오리를 줄줄이 매달아 놓은 모습을 보면 야만스럽다는 느낌이 들었다. 악어 가죽으로 만든 조악한 가방을 들고 병사들을 따라다니며 사달라고 떼쓰는 아이들도 있었다. 수많은 먹거리의 냄새가 섞여 후각이 마비될 정도였다.

어느 날 보우든이 버마 관공서 차량을 가져와 순찰팀을 꾸렸다. 부사관 하나가 말했다.

"선임하사님, 웬 차량까지 동원하십니까?"

"오늘은 외곽을 순찰할 계획이야." 보우든은 말하며 씩 웃었다.

보우든은 직접 운전을 하며 먼저 만다라 시내 서쪽으로 향했다. 얼마 달리지 않아 강가에 이르렀다. 강줄기가 여러 개였다. 폭이 좁은 곳에 놓아진 다리들은 전부 나무로 지어져 있었다. 그 다리들 위로 적지 않은 행인들이 오갔다. 보우든은 조금 들뜬 목소리로 말했다.

"잘 봐둬. 저 나무다리가 런던 워털루 브리지보다 오래 됐을 거야. 지금은 수면에서 꽤 높이 설치된 것처럼 보이지. 우기가 되면 다리가 물에 잠길 때도 있어."

일행 모두가 아무런 부담 없이 소풍을 나온 기분으로 다소 들떠 있었다. 강가를 따라 달리다보니 물소떼가 보였다. 강가에 네 발을 담그고 선 채 순찰차를 응시했다. 양옆으로 힘차게 뻗친 뿔이 인상적이었다.

"버마 물소야. 농사에 쓰기도 하고 식용으로도 쓰여. 인디아에서 본 소하고는 다르지? 살이 쪘지? 보기에는 무섭게 생겼지만 온순해."

북쪽으로 얼마간 달리니 사원들이 보이기 시작했다. 차를 달려 보우든은 그중 한 사원 앞에 차를 세웠다. 일행은 모두 차에서 내렸다. 보우든은 사원 안에서는 무기를 소지해서는 안 된다며 총을 차 안에 두고 내리게 했다. 그리고 한 병사에게 지키라고 했다. 일행은 사원 안으로 들어갔다. 불교 사제를 만나자 보우든은 두 손바닥을 가슴 앞에 모으며 고개를 숙였다. 사원 안에는 앉은 자세, 선 자세, 옆으로 누운 자세 등 각종 불상이 많았다. 유심히 쳐다보다 보면 그 불상이 바라보는 사람에게 마치 미소짓는 것처럼 보였다. 모든 불상은 황금색으로 칠해져 있었다. 휴일이 아닌데도 버마 사람들이 많이 있었다. 불상 앞에서 무릎을 꿇고 이마를 바닥에 닿게 하는 절을 반복적으로 하는 사람들이 보였다. 보우든은 그들의 모습을 한참동안 바라보았다. 무슨 생각에 잠기는 것 같기도 했다. 그가 혼잣말처럼 말했다.

"너희들 소원은 뭐야? 전쟁에서 살아남아 집에 가는 거? 빨리 승진하는 거? 아니면 평화로운 만다라에서 여생을 보내는 거?"

그는 일행을 향해 몸을 돌렸다. 무표정하지만 심각한 표정이었다.

"너희들 모두 살아남아야 해. 그게 제일 중요해. 어떤 상황에서도……."

그는 불상으로 다가가 그 앞에 놓인 나무 상자 안에 돈을 넣었다. 그리고 가슴 앞에 두 손바닥을 붙이고 상체를 깊게 숙였다. 불교 사제에게 했던 것보다 더 정중하고 공손한 태도였다. 일행 중 한 명이 보우든에게 가볍게 물었다.

"선임하사님. 헌금을 하면 부다가 우리를 보호하겠죠?"

보우든은 그를 돌아보며 말했다.

"시주는 나를 위해 하는 게 아니라 남을 위해 하는 거야. 그리고 현세를 위해 하는 게 아니라 내세를 위해 하는 거야. 지금의 나를 위한 것이 아니야."

"내세요? 그러면 내세는 천당이나 지옥같은 겁니까?"

보우든은 아무 말이 없었다.

사원을 나와 차로 10분가량을 달려 길가에 있는 식당 앞에 도착했다. 선인장으로 둘러쳐진 울타리 안으로 들어서니 대나무로 외벽을 두른 식당 건물이 보였다. 현지인들을 위한 식당이었지만 깨끗했다. 테이블도 잘 정돈되어 있었고 대나무 의자도 안락했다. 보우든이 음식을 주문했다. 쌀 볶음밥과 국물이 있는 국수, 샐러드같은 야채 무침, 그리고 양념을 바른 닭튀김이 나왔다. 보우든이 특별히 주문했는지 향신료의 거부감이 없고 맛이 좋았다. 말라바, 임팔, 메이요에서 간혹 먹어본 현지 음식 중에서 가장 입에 맞았고 양도 많았다. 일행은 배부르게 잔뜩 먹었다.

"신기하지. 유럽은 기후 때문에 벼농사를 짓지 못하지. 그런데 밀과 보리를 갈아서 빵이나 국수로 만들어 먹지만 이 사람들은 쌀 낱알들을 그대로 익혀서 먹을 생각을 어떻게 했을까?"

윈스턴은 순찰차가 식당 부근으로 올 때부터 그 뒤에 지평선까지 펼쳐져 있는 논에 눈길이 갔다. 일행은 배부르게 먹었는지 종업원이 내온 차와 과일을 먹으며 식당에서 좀 쉬려는 기미를 보였다. 윈스턴은 보우든에게 조심스럽게 말했다.

"선임하사님. 제가 잠깐 동안 저 논을 좀 살펴보고 와도 되겠습니까?"

그 말을 들은 보우든은 편안한 자세로 고개를 끄덕였다. 윈스턴은 식당 밖으로 나와 잠시 넓은 논을 바라보았다. 그리고 벼 이삭이 고개를 숙인 논 안으로 걸어 들어갔다. 벼 이삭을 만져 보았다. 연한 노란 갈색의 벼가 매우 튼실했다. 그는 논 속을 조심스럽게 걷기 시작했다. 논바닥에 물기는 없었다. 간혹 벼 밑둥이 밟히기도 했다. 윈스턴은 아랑곳하지 않고 벼의 바다 속으로 천천히 걸어 들어갔다. 양손을 늘어뜨린 채 벼이삭을 손바닥으로 스치며 걸었다. 논 한 가운데로 들어와 사방을 둘러보니 이삭이 잘 패인 벼가 노란 갈색이 아니라 햇볕을 받으며 황금빛을 띠고 있었다. 그 황금빛 벌판이 끝없이 펼쳐져 있었다. 저 멀리 보이는 사원들의 돔도 햇빛을 반사시키고 있었다. 윈스턴은 그 순간 자신이 황금벌판 속에 있는 것을 느꼈다. 그는 눈을 꼭 감고 걷기 시작했다. 그러자 만다라에 도착하여 가슴까지 차올랐던 그 무언가가 점점 얼굴 위로 올라와 머리끝까지 차오르는 것이었다. 그것이 차오를수록 윈스턴은 눈을 더 꼭 감은 채 이를 악물고 걸었다. 더 이상 견딜 수가 없었다. 윈스턴은 눈을 떴다. 그의 시야에 멀리 사원이 다시 들어왔다. 햇빛을 받아 사원들의 돔이 황금빛을 뿜어내고 있었다. 윈스턴은 황금벌판과 황금빛을 발하는 사원을 계속 바라보다가 저절로 나지막이 탄식이 나왔다.

"아~! 만다라."

윈스턴은 서서히 머리가 가벼워지며 몽롱했던 정신이 맑아지는 느낌이 들었다. 치타공에서 임팔까지 진군하며 경험한 죽을 고생이 다 잊혀지는 것 같았다. 그는 잠시 황금바다와 사원을 바라보다 뒤를 돌아 왔던 길을 되돌아갔다. 서두르지 않고 천천히 걸음을 옮겼다. 걸음을 옮길 때마다 머리 꼭대기까지 차있던 그 무엇이 서서히 아래로 밀려 내려오는 것 같았다. 그러면서 발걸음도 가벼워졌다. 식당에 가까워질수록 그는 발걸음이 사뿐해짐을 느꼈다. 논을 나와 길에 올라서 다시 한 번 황금벌판과 사원을 뒤돌아보았다. 마음은 평온하고 몸은 새털같이 가벼운 느낌이 들었다. 윈스턴은 서둘러 식당 쪽으로 발걸음을 옮겼다.

정보장교들은 탐문결과 만다라에는 뚜렷한 반영사 조직이나 친이스타시아 조직이 없다고 결론을 내렸다. 이러한 내용이 연대본부에 보고되자 귀환하라는 명령이 내려졌다. 중대는 만다라에 머문 지 보름 만에 메이묘로 돌아가게 되었다. 윈스턴은 협궤열차에 올라 창가에 자리를 잡았다. 열차가 움직이기 시작했다. 역을 빠져나오며 열차는 속도를 냈다. 조금 지나 창밖으로 드넓은 논이 펼쳐지기 시작했다. 황금의 벌판이었다. 고개 숙인 벼들이 바람에 잔잔히 흔들리며 마치 군무를 추는 것처럼 보였다. 그 너머로는 멀리 만다라의 황금돔 사원들이 보였다. 윈스턴의 입술 사이로 가느다란 소리가 흘러 나왔다.

"아~! 황금의 나라!"

5. 스타니아

윈스턴의 중대가 만다라에서 메이묘로 귀환한 이후 상황이 급반전되었다. 병사들은 랭군으로의 진격명령을 기다리고 있었는데 사령부로부터 버마 주둔 병력의 철수명령이 떨어졌다. 임팔 지역에 영사군의 병력이 대거 보충되고 일부 부대가 메이묘까지 진출하자 버마와의 접경지역에 대규모로 집결해 있던 이스타시아군이 조만간 국경을 넘어 침공할 기세였다. 인디아 서쪽에서 유라시아와 전쟁을 벌이고 있는 영사군은 동서 양면에 전선이 형성되는 상황을 피하고 싶었다. 영사는 이스타시아와 협상 끝에 버마 지역을 비무장 완충지대로 남겨두기로 합의했다. 이에 따라 메이묘에 주둔해 있던 3연대는 서둘러 임팔로 철수하였다. 윈스턴 부대는 새로운 명령을 기다리며 여름이 될 때까지 그곳에서 지냈다.

벵골 지역이 안정되자 영사군은 인디아에서 유라시아군을 완전히 몰아낼 작전계획을 수립하였다. 인디아 북쪽에 위치한 스타니아 남부지역에 병력을 상륙시켜 말라바 북쪽 지역에 있는 유라시아군을 포위하는 계획이었다. 상륙부대로 선정된 3사단은 치타공으로 이동하여 수송선에 올랐다. 전쟁물자와 기갑부대까지 포함하는 대규모 수송선난이었다.

수송선은 이동병력으로 꽉 차 있었다. 초급장교들과 부사관들도 한 캐빈에 4명이 취침해야 했다. 실내는 덥고 공기가 탁했다. 윈스턴은 다른 병사들처럼 낮에 갑판에 나와 있었다. 실내와 같이 덥기는 마찬가지였으나 바다공기는 맑았다. 보우든도 마찬가지였다. 그는 좁은 캐빈을 피해 아침에 갑판 위에서 뛰는 것을 시작으로 운동을 하고 오후에는 갑판에서 그늘을 찾아 누워 있거나 눈을 감은 채 앉아 있는 것으로 소일했다. 심심할 때면 윈스턴을 옆으로 불러 얘기를 나눴다.

보우든은 농부의 아들이었다. 그가 중학교를 졸업하고 농사일이 싫어 맨체스터의 방직공장에 취직하여 일하고 있을 때 내전이 일어났다. 보우든은 곧바로 혁명돌격대에 가입하여 도시게릴라 활동을 벌였다. 내전 10년 동안 줄곧 혁명돌격대에 있으면서 맨체스터 동부지역 무장세력의 책임자 자리까지 올랐다. 내전이 끝나고 영사가 수립되자 그는 영사군에 편입되어 부사관이 되었다. 그후 20년 넘게 근무하며 대부분을 해외 파병으로 보냈다. 아프리카 전선에 있다가 1980년 유라시아군이 말라바에 침공해오자 인디아 전선으로 옮겼다. 그리고 지금까지 줄곧 전선에만 있었다. 수많은 전공을 세워 영사군 최고 무공훈장인 영웅훈장까지 받았다.

"혁명돌격대 시절이 가장 힘들었지. 병력이나 화력 면에서 우리가 크게 불리했으니까. 그래도 경찰 본서를 공격하여 크게 타격을 가한 적도 있어. 수감된 동지들을 빼내오기도 하고. 뭐 내가 대단한 것은 아니고. 매복과 급습을 항상 조심하고 우리가 불리할 것 같으면 싸우지 않으면 돼. 괜한 객기를 부리면 안 돼."

그는 세계전쟁 후부터 혁명 전까지의 상황을 자세히 기억하고 있었다. 그가 영사군에 편입되었을 때 나이든 장교나 부사관들 중에는 세계전쟁 참전용사들이 많았다. 그들로부터 여러 얘기를 들을 수 있었다.

"브리타니아군이나 영사군이나 성격은 비슷해. 특히 전선의 군대는 전투에서의 승리라는 목적과 그 과정에서 자신이 살아남아야 한다는 생존본능이 작동하는 곳이야. 장교의 대부분은 영사 사상에 투철한 내부당원들로 구성되어 있지만 그들의 일차적 관심은 적을 파괴시키고 전쟁에 이기는 것이지."

"그런데 선임하사님은 왜 내부당원이나 장교로 승진하지 않으셨습니까?"

"대대로 농부 집안이다 보니 혁명이 성공하고 당원이 된 것만 해도 감개무량했지. 그때는 내부당원과 외부당원의 차이를 몰랐어. 초기 영사군은 브리타니아군 출신이 주축이었어. 정식 군사교육을 안 받았다고 장교는 안 된다고 하더라고."

"그 후에도 기회가 있지 않았습니까?"

"물론 있었지. 그런데 내가 거절했어. 복잡한 사정도 있었고."

그는 짧게 말하고 말문을 닫았다. 윈스턴은 궁금하다는 표정으로 그를 계속 응시하였다. 그는 보일 듯 말 듯 미소를 띠며 입을 열었다.

"1980년 가을이었어. 아프리카 전선에서 오랜만에 휴가 겸 영웅 무공훈장 수여식에 참석하려고 런던에 왔지. 일 년에 한두 명밖에 주지 않지. 그마저도 대부분 장교들이고 부사관은 드물어. 사병은 지금까지 한 명도 없고. 오랜만에 런던에 와서 훈장을 받고 기분이 좋았어. 오후부터 훈장 달린 군복을 입고 카페에 가서 동료들과 술을 마셨는데 빅토리 진이 너무 질이 안 좋은 거야. 뭐 이따위를 술이라고 파는 거냐고 불평을 했지. 그리고 내친 김에 아프리카 전선의 보급이 충분치 않다는 얘기도 떠들고. 겁도 없이 큰 소리로 불평불만을 늘어놓은 거야. 그 소리를 듣고 누가 신고를 했나봐. 한참 술을 마시는데 사상경찰이 들이닥쳐 나를 체포했어. 나는 취했으니까 저항을 하면서 그놈들 몇 명을 두들겨 팼고... 결국 경찰서 유치장에 갇혔지. 상황으로 봐서는 애정부로 이송될 것이 분명했어. 유치장에 쭈그리고 앉아 있는데 술기운에도 정말 처연한 생각이 들더라고……."

그의 말을 들으며 윈스턴은 자기도 모르게 침을 삼켜졌다.

"그 사이에 희한한 일이 벌어졌어. 카페에 같이 있던 동료들이 내가 사상경찰한테 끌려갔다고 평화부에 보고를 한 모양이야. 평화부에서 내가 경찰서에 갇혀 있다는 것을 확인하고 애정부에 나를 내놓으라고 압박했지. 애정부가 거절하니까 평화부가 병력을 동원해서 그날 저녁에 경찰서 건물을 완전히 둘러쌌어. 건물을 봉쇄해서 아무도 출입을 못하는 거야. 그제야 애정부가 일이 심상치 않다고 생각했는지 나를 풀어줬지."

믿지 못할 얘기였다. 사상경찰에 체포되어 끌려갔다가 털끝 하나 다치지 않고 풀려난 사람이 있다니. 보우든은 잠깐 쉬더니 계속 말을 이어갔다

"그게 가능하냐고? 가능하지. 우리를 막을 수 있는 사람은 영사 내에 한 사람 뿐이야. 윈스턴 그게 누구겠나? 평화부 보고 물러가라고 명령할 수 있는 사람은 빅 브라더 뿐이야. 그런데 부사관 한 명 때문에 벌어진 일로 빅 브라더가 그런 명령을 내리겠어?"

그는 말을 마치며 살짝 미소까지 지었다.

"난 그 후로 제1공대에 한 번도 안 갔어. 항상 전선에만 있었지. 인디아, 아프리카, 다시 인디아. 인디아는 이번이 두 번째야."

윈스턴도 2년 가까이 군대생활을 하며 영사군이 갖고 있는 독특한 면을 느끼고 있었다. 군은 내부 결속력은 강했지만 확실히 외부에 대해서는 배타적이었다. 보우든의 얘기를 듣다보니 자신의 관찰이 맞았다는 확신이 들었다. 보우든은 갑자기 뜬금없는 질문을 했다.

"윈스턴. 어디에 내부당원이 가장 많겠나?"

윈스턴은 그것을 어렵지 않게 짐작할 수 있었다. 진리부 직원은 노역직을 빼고는 전부 당원이지만 내부당원은 10%도 되지 않았다. 애정부는 사상경찰을 보유하고 있는 막강한 권력기관이었다. 그들의 대부분은 내부당원임이 분명했다.

"애정부 아닙니까?"

"애정부? 글쎄 애정부가 내부당원 비율이 가장 높을지 모르지. 절대 숫자로만 보면 평화부에 내부당원이 제일 많아. 하급장교의 반이 내부당원이고 고급장교와 장성들은 모두 내부당원이야. 내부당원 숫자로만 보면

평화부가 당의 주력이야. 그러니 애정부에 있는 군인을 평화부가 끄집어낼 수는 있어도 평화부에 있는 군인을 애정부가 데려가지 못하지."

윈스턴은 그의 말에 수긍이 갔다. 영사는 항상 전쟁상태였다. 결국 상대방을 파괴할 수 있는 무기를 장악하고 있는 사람들이 큰 소리를 칠 수밖에 없었다. 윈스턴은 궁금했던 점을 다시 물어보았다.

"선임하사님은 기회가 많았을 텐데 왜 장교승진을 거부하셨습니까?"

윈스턴으로서는 꽤 용기를 낸 질문이었다. 보우든은 그 질문을 듣고도 표정이 바뀌지 않았다.

"장교승진은 할 수 있었지. 그건 평화부의 권한이니까. 장교로 임관하려면 캐터릭에 가서 다시 장교군사훈련을 받아야 하잖아. 그게 싫더라고. 게다가 장교가 되도 외부당원은 대위가 끝인데 대위 계급정년이 마흔 다섯이야. 상사는 쉰다섯이고. 인디아에서 쉰다섯까지 있다가 전역할 거야." 이 말을 하는 그의 표정은 편안해 보였다.

"그리고 고향 시골집으로 돌아가서 조용히 살아야지. 닭도 키우고, 염소도 키우고, 거위도 키우면서……. 윈스턴 자네는 거위에게 물려본 적 없지? 거위가 어리고 약한 사람을 기가 막히게 가려내. 난 어렸을 때 여러 번 거위한테 물리고 쪼였어."

닭, 염소, 거위를 말하며 그의 목소리가 차분해졌다.

"전선에서 20년 가까이 있어서 저축도 많이 했어. 딱히 돈 쓸 데가 없잖아. 나중에 시골집에 가면 그 돈으로 울타리도 고치고 축사와 창고도 새로 짓고 편안히 살 거야. 우리 동네는 강과 호수가 가까이 있어서 배도 많아. 낚시도 해야지. 그리고 연금도 많아. 부사관 임관할 때 혁명돌격대 기간까지 경력으로 인정해 주더라고. 이제 한 5-6년 남았나? 그때까지는 내가 무슨 수를 써서라도 버텨야겠지?"

조용히 읊조리듯 말하는 노병의 얼굴에는 쓸쓸함이 묻어 있었다. 그런 모습을 보며 윈스턴의 마음도 가라앉았다.

제1공대에서 도시를 떠나 살아본 적이 없는 윈스턴은 그의 말을 들으며 런던과는 다른 별 세계가 있다고 생각했다. 그는 보우든에게 조심스럽게 물어봤다.

"선임하사님. 농촌에는 사상경찰이 없습니까?"

바다를 바라보고 있던 보우든은 고개를 돌려 힐끗 윈스턴을 쳐다본 후 천천히 말했다.

"농촌에도 당 조직은 다 되어 있지. 그런데 영사는 집단농장이 많이 보급되지 않았어. 농촌에서는 일주일에 한 번씩 마을회관에서 당집회를 가져. 지역의 행정책임자인 외부당원이 당 방침을 전달하고 생산목표 달성을 채근하지. 행정관들도 그 지역출신 사람들이야. 그 다음부터는 동네 사람들끼리 한담을 나누다가 헤어지는 거야. 그리고 당은 시골농부를 도시 프롤들보다 더 무지하다고 생각해. 그러니 감시가 덜 하지. 감시할 것도 없고. 내가 아프리카 파병 가기 전에 집에 들렀는데 그때까지 마을에서 밀주를 담가 먹더라고. 10년도 더 된 일인데 지금도 별로 달라지지 않았을 거야. 일부 공산품을 제외하고는 거의 다 자급자족이 되니까 딱히 신경 쓸 것도 없고 또 외부에 관심도 없고. 거기도 이젠 노인들 밖에 없어. 내가 돌아가면 그분들을 잘 도와드리면서 늙어가야지."

그런 말을 하는 보우든의 표정이 편안하면서도 쓸쓸해 보였다. 10년의 내전, 20년의 전쟁으로 세월을 보낸 사람의 종착지가 시골에서 늙어가는 것이라니……. 윈스턴은 더 물어보고 싶은 것이 있었다. 그러나 망설여졌다. 그런 그를 보우든은 뭔가 눈치 챈 것 같았다.

"윈스턴 뭐 더 물어볼 것 있나?"

"아, 아닙니다. 선임하사님." 윈스턴은 속마음을 들킨 것 같아 더듬거리며 대답했다.

그와의 긴 대화를 마친 후 보우든과 같이 전공이 많은 군인의 스토리가 왜 '더 타임스'지에 안 실렸는지 이해가 갔다. 그는 전쟁을 치르는 평화부에는 필요한 인물이었지만 진리부에서 필요한 선전용 인물은 아니었다.

함대는 인디아 남쪽을 돌아 서인도양에 들어선 후 북쪽을 향해 이동하였다. 얼마 지나지 않아 다른 함정들이 합류하였다. 수송선단은 대규모 공격선단으로 바뀌었다. 목적지가 얼마 안남은 것을 알 수 있었다. 수평선 끝에 육지가 어른거렸다. 수송선의 속도가 느려지며 아예 멈춰 섰다. 새벽이었다. 병사들은 모두 긴장하고 있었다. 치타공 상륙작전을 경험하였지만 그곳에서는 저항이 없었다. 그러나 카라치는 유라시아군의 점령지였다. 어떤 저항이 있을지 알 수 없었고 그들의 화력을 뚫고 3사단은 상륙작전을 감행해야 했다.

수평선에서 해가 떠오르는 것과 동시에 함대 뒤쪽에서 공격헬기들이 나타났다. 공격선단 뒤에 항공모함이 있는 것이 분명했다. 카라치 해안을 향해 낮고 빠르게 날아간 공격헬기는 로켓미사일을 해안 주요시설을 향해 발사하였다. 섬광이 먼저 일어나고 한참 후에 폭음소리가 나지막하게 들렸다. 열 대가 넘는 공격헬기가 백여 발 가까이 발사한 것 같았다. 병력을 실은 상륙정들이 빠른 속도로 바닷길을 가르며 해안을 향해 돌진하기 시작했다. 해안 가까이 접근하였는데 적의 해안포 사격이 없었다. 공격헬기 2진이 나타나 해안을 향해 로켓미사일을 발사했다. 상륙정들이 해안에 가까워지자 연막탄을 터뜨려댔다. 해안 일대는 온통 분홍빛 연기로 뒤덮여 상륙정이 보이지 않았다. 간간히 교전하는 총소리가 들렸다. 해안을 덮은 연막이 가시는데 한 10여분 흘렀을까? 연기가 완전히 사라지자 해변 안쪽의 해안도로에 상륙정들과 영사 병사들의 바쁜 움직임이 보였다.

수송선들은 아무런 저항을 받지 않고 부두에 접안을 하거나 바다에 정박했다. 그날 오전 중으로 카라치는 영사군에 의해 완전히 점령되었다. 전날 낙하한 공수부대는 외곽에서 카라치로 들어오는 진입도로를 장악하고 유라시아군의 지원병력을 저지하고 있었다. 기습특공부대는 카라치 시내 주요 거점에 미리 침투해 있었다. 카라치를 방어하던 유라시아군은 짧은 시간 안에 제압되었다. 상륙부대는 엄청난 병력과 화력으로 유라시아군을 압도해 버린 것이었다.

카라치 상륙 후 계속해서 대규모 전쟁수행 물자가 들어왔다. 기갑부대와 포병부대도 도착하였다. 병력은 카라치 외곽으로 진출하여 분산배치되었다. 이렇게 함으로써 인디아 북부에서 후퇴하는 유라시아군의 퇴로를 차단할 계획이었다. 전선은 인디아에서 스타니아 지역까지 확대되었고 이제 유라시아군은 위 아래로 포위된 것이었다.

그런데 보우든의 생각은 달랐다. 아예 3사단 전체가 남쪽으로 밀고 내려가 인디아 북부의 유라시아군을 위에서 압박하는 게 도리어 효과적이라는 것이었다. 그러면 유라시아군이 퇴로를 좀 더 내륙 쪽으로 변경할 것이라는 분석이었다. 우리 병력이 여기서 기다리고 있다가 퇴주하며 밀려들어오는 대규모 유라시아군에게 압도되어 고립될 수 있고 스타니아 지역의 유라시아군이 위에서 내려오면 3사단이 오히려 포위협공을 당할 수 있다는 것이었다.

스타니아 지형은 말라바나 임팔, 그리고 버마와는 완전히 달랐다. 대부분이 돌산들로 푸른 것을 찾아보기 힘들었다. 덥기는 마찬가지였지만 매우 건조하고 또 바람이 많이 불어 숨을 쉴 때마다 모래와 흙먼지가 폐 속으로 들어와 쌓이는 것 같았다. 이곳 사람들은 인디아 사람들에 비해 표정이나 태도도 온화하지 않았다. 노골적으로 적대적이지 않았지만 전혀 협조적이지 않았다. 대부분의 민가가 총들을 숨기고 있어 태도가 돌변하면 무슨 일이 발생할지 알 수 없었다. 정보장교는 대원들에게 절대로 민간인과 접촉하지 말라고 당부했다.

그 후 한 2주간 들린 소식은 영사군이 인디아 북부에서 스타니아 남부 지역으로 계속 북진하고 있다는 것이었다. 유라시아군은 대대적으로 퇴각하고 있었다. 제대로 싸울 의사가 없는 것 같았다.

몇 주 동안 남쪽 전방에 아무런 적의 동향이 관측되지 않았으나 오히려 그것이 폭풍 전의 고요 같았다. 사단본부에서 전해준 정보에 의하면 분명히 수 일 내에 유라시아군이 북서쪽을 향해 3연대 앞 쪽으로 이동

할 것이라고 했지만 일주일이 지났는데도 그런 낌새가 없었다. 연대병력
은 도로 가까이 산의 4부나 5부 능선쯤에 배치되어 있었고 고지에는 관
측소가 설치되어 있었다. 관측병들은 이상징후가 없다고 보고해왔다. 한
관측병은 개미새끼 한 마리 보이지 않는다고 보고하며 "며칠 전부터 양
치기, 염소치기도 안 보이네." 라고 투덜거리듯이 말했다. 보우든은 늘
보이던 양치기 소년들이 사라진 것이 오히려 이상징후라고 하였으나 장
교들은 그의 말을 귀담아 듣지 않았다.

보우든은 윈스턴을 데리고 전방 대대들의 병력배치현황을 둘러보았다.
도로를 통과할 유라시아병력을 제압할 직사화기나 박격포, 중화기가 잘
배치되어 있었다. 점검을 다 마치고 중대장들과 협의를 끝냈을 때 해는
이미 져있었다. 이 지역은 해가 지면 바로 캄캄해지고 기온이 급속히 떨
어졌다. 보우든과 윈스턴은 서둘러 연대본부로 돌아가기로 했다. 일선부
대가 배치된 산을 반 바퀴 정도 돌아야 했으므로 밤에는 30분 이상 걸리
는 거리였다. 윈스턴은 그에게 바짝 붙어 걸었다. 평소 야간이동시 말하
는 것을 엄격히 통제했던 그가 앞을 보고 걸으며 입을 열었다.

"윈스턴. 그때 자네가 물어보려 했던 게 내가 왜 결혼하지 않았냐는 거
였지?"

윈스턴은 그 말을 듣고 그와 수송선 갑판 위에서 했던 대화가 생각났
다. 그러나 윈스턴은 그냥 우물거릴 수밖에 없었다.

"나 결혼했었어. 그것도 일찍. 몇 살 어린 혁명돌격대 동지였지."

느닷없는 그의 말에 윈스턴은 계속 침묵했다.

"결혼한 지 얼마 되지 않아 경찰에 체포되어 죽었어. 고문을 받으면서
도 내 은신처를 끝까지 불지 않았지……."

윈스턴은 그녀의 죽음에 대해 마치 자신을 원망하는 듯한 그의 말을 들
으며 뭔지 모를 한기가 몸을 훑어 내려가는 것을 느꼈다. 그 전에 이동
중인 함상에서 은퇴 후 고향에 가서 노후를 보내야겠다는 얘기도 평소
그의 대범함과는 어울리지 않는 것이었다. 보우든은 괜한 소리를 했다는

듯 더 이상 얘기를 이어가지 않고 속도를 높여 계속 걸었다. 산자락만 돌면 연대본부로 통하는 직선 도로였다. 그 길의 끝 산등성이에 연대본부가 자리 잡고 있었다. 직선 길에 들어서 채 일 분도 안 되었을 때 연대본부쪽에서 벌건 섬광이 번쩍 하더니 곧이어 폭음소리가 들렸다. 윈스턴은 본능적으로 길 옆 산속으로 몸을 돌이키는데 보우든은 오히려 연대본부를 향해 뛰기 시작했다. 섬광과 폭음은 멈추지 않고 계속되었다. 박격포 공격이 분명했다. 한 50미터 가량을 거의 전속력으로 뛰어 가는데 머리 위에서 "쉬이익――"하며 큰 금속물체가 공기를 가르는 소리가 났다. 보우든이 큰 소리로 외쳤다.

"포탄이다. 엎드려."

둘은 한 10미터 간격을 두고 길 위에 납작 엎드렸다. '쉬이익' 소리와 함께 폭음이 연달아 터지고 흙과 돌덩이들이 등에 쏟아져 내렸다. 바닥에 붙인 배에 진동이 몇 차례 심하게 느껴졌다. 100미터 전방의 연대본부 쪽에서는 폭음이 계속 들렸으나 길에는 더 이상 포탄이 떨어지지 않았다. 윈스턴은 눈을 살며시 뜨며 다리를 움직여 보았다. 아무 통증이 없었다. 윈스턴은 고개를 들어 보우든을 찾아보았다. 그는 엎드린 채 꼼짝 않고 있었다. 윈스턴은 기어서 보우든 쪽으로 갔다. 그의 고개는 바닥에 처박아 버린 것 같은 형국이었다. 윈스턴은 보우든을 돌려 누였다. 그는 정신을 잃은 상태였고 배 부분이 축축하다 못해 끈적거렸다. 윈스턴은 그의 탄띠를 잡고 질질 끌고 가 길 옆 얕은 수로로 같이 굴러 떨어졌다. 그는 신음소리도 내지 않았다.

윈스턴이 잠시 숨을 고르고 있는데 폭음은 그치고 곧이어 총소리가 요란하게 나기 시작했다. 정말 콩 볶는 듯한 소리였다. 자동소총과 중화기가 쉬지 않고 총알을 쏟아 내었다. 그와 함께 수류탄 폭발음도 간간히 들렸다. 윈스턴은 수로 벽에 등을 기댄 채 그저 총성을 듣고만 있었다. 이어서 산 너머 사방천지에서도 총소리가 터져 나왔다. 연대본부 뿐 아니라 일선 중대들에서도 교전이 벌어진 것이었다. 윈스턴은 포탄이 주위에 터지며 파편이 쏟아지는 경험을 처음 하였다. 극도의 공포감이 찾아왔다. 거칠고 빠른 심장박동으로 가슴이 터질 것 같은 느낌이었다. 한 시간 가량 계속되던 총소리가 얼마 후 멈췄다.

그는 총소리가 뜸해지자 보우든 쪽으로 몸을 굽혀 머리와 얼굴을 만져보았다. 그는 미동도 하지 않았다. 호흡을 확인하기 위해 그의 콧구멍에 살짝 손가락을 대보았다. 숨을 쉬는지 알 수 없었다. 윈스턴은 어두운 가운데서도 그의 오른 손목을 찾을 수 있었다. 그리고 검지손가락을 움직이며 맥박을 찾았다. 아주 미약하지만 맥박이 뛰고 있었다.

어둠에 익숙해지며 사물의 윤곽이 눈에 들어왔다. 보우든의 왼쪽 옆구리가 피에 완전히 젖어 있었고, 움푹 함몰되어 있었다. 거기에 큰 파편이 박힌 것 같았다. 어떻게 손 쓸 방법이 없었다. 갑자기 눈에서 눈물이 흘러내리며 소리 내어 울고 싶은 심정이 들었다. 그는 코만 훌쩍이며 울음을 참았다. 그때 뭔가 중얼거리는 소리가 들렸다. 보우든의 입술이 움직인 것이었다. 윈스턴은 그의 얼굴 가까이 귀를 갖다 댔다. 그것을 보우든도 아는지 알아듣기 힘들지만 입술을 천천히 움직였다. 불과 서너 음절밖에 안 되는 것 같았다. 그는 자신의 팔로 보우든의 목과 얼굴을 받혀주었다. 몸이 움직여지자 고통이 더 심해졌는지 보우든은 한숨에 가까운 가벼운 신음소리를 냈다. 그리고 이 말을 꼭 전해야겠다는 듯이 힘을 내어 다시 소리를 냈다.

"만-다-라-이--."

분명히 그렇게 들렸는데 보우든은 더 이상 움직이지 않았다.

동이 틀 무렵 윈스턴은 유라시아군에게 포로가 되었다. 수로에서 끌려나와 머리 뒤로 손깍지를 끼고 걸어가는데 사방에 움직이는 사람들은 모두 AK47 소총을 들고 있는 유라시아 군인이었다. 산을 반 바퀴 돌아 큰 도로에 가니 유라시아 병력이 모여 있었다. 윈스턴은 다른 포로들과 함께 유라시아 군인들의 감시를 받으며 오전 내내 쭈그려 앉아 있었다.

오후가 되자 경비병들이 포로들을 데리고 걸어서 북쪽으로 이동하였다. 덥고 건조한 날씨였는데 물이 없었다. 포로들은 뙤약볕 아래서 혀로 입술을 훔치며 행군을 계속했다. 저녁 무렵 도착 곳에 유라시아군 주둔지가 있었다.

그곳에서 일주일 동안 머물렀는데 그 기간 중 남쪽으로부터 대규모 유라시아군이 철수해왔다. 그들은 차량으로도 오고 도보로도 왔다. 포병부대와 기갑부대도 지나갔다. 유라시아 헬기도 북쪽을 향해 날아갔다. 그들은 퇴각 중이었으나 초조해 하거나 서두르지 않았다.

포로들끼리 얘기를 나눠보니 카라치에 상륙한 3사단은 유라시아군의 퇴로를 차단하는 초기작전은 성공적이었다. 상륙작전에 유라시아군은 허를 찔렸고 영사군에 밀려 후퇴를 계획 중이던 인디아 북부의 유라시아군은 포위될 위험성이 컸다. 특히 3연대는 그들의 후퇴로를 직접 위협하는 곳에 자리 잡고 있었다. 유라시아군은 스타니아에 있는 병력을 대거 남하시켜 3연대를 기습하여 궤멸시키고 후퇴로를 확보한 것이었다.

남쪽에서 오는 유라시아부대가 뜸해지자 그곳에 주둔하고 있던 부대는 포로들을 데리고 북쪽으로 이동하였다. 북쪽으로 올라갈수록 스타니아 지형세가 뚜렷해졌다. 온통 황량한 돌투성이의 사막이었다. 그 위에 도로가 유지되고 있는 것이 신기할 정도였다. 유라시아 부대는 산악지역에 주둔지를 설치했다. 주변에 민가도 보이지 않았다. 영사군의 추격을 염려할 필요 없는 먼 지역이었다. 그곳에 머무르는 동안 간간이 남쪽에서 오는 소규모 유라시아군 병력이 그 지역을 통과해 갔다.

얼마 후 한 천 여명의 유라시아 병력이 도보로 도착했다. 완전히 기력이 쇠진해 있는 것을 알 수 있었다. 부상자도 많았다. 그 부대는 그곳에서 며칠간 휴식을 취했다. 갑자기 부대 전체가 분주해지기 시작했다. 그들은 철수를 준비하고 있었다. 유라시아군이 인디아는 물론 스타니아 남부 지역을 포기하는 것이 분명했다. 인디아 전선에서 영사군의 승리를 의미했다.

다른 부대는 떠났고 일개 중대의 병력만 남았을 때 유라시아군은 포로들 중 인디아 병사들만 골라냈다. 300여 명 중 반가량 되었다. 이들에게 큰 구덩이를 파게 했다. 다른 포로들은 철책 안에서 인디아 병사들이 열심히 구덩이 파는 모습을 보며 기분이 섬뜩했다. 커다란 구덩이가 다 파여지자 유라시아 군인들이 인디아 병사들을 그 안으로 몰아넣었다. 포로들 전체의 분위기가 술렁댔다. 20명에 가까운 장교들과 부사관들도 끌어내 구덩이에 밀어 넣었다. 그들은 본능적으로 저항하였지만 유라시아 경비병의 소총 개머리판에 턱이 날아갈 뿐이었다. 그리고 구덩이 주변에 올라 서 있는 유라시아병사들의 칼라시니코프 소총이 불을 뿜기 시작했다.

인디아 병사 중 하나는 총알이 심장을 적중했는지 왼쪽 가슴에 검붉은 피가 솟구쳐 나왔다. 등에 총알을 맞은 포로는 목이 뒤로 꺾이며 몸은 앞으로 쓰러졌다. 복부에 총알세례를 받은 포로의 갈라진 배에서 뒤엉킨 내장들이 흘러 나왔다. 나뒹굴어진 시체 중에는 머리통에 총알을 맞았는지 주먹만 한 눈알덩어리가 삐져나와 얼굴에 매달려 있었다. 그 광경을 눈앞에서 지켜보는 포로들은 제정신이 아니었다. 윈스턴은 체온이 급감하며 몸이 와들와들 떨리면서 누군가에 의해 목이 졸리듯 갑자기 숨이 막혔다.

총소리가 멈춘 후 철책 안의 나머지 포로들이 모두 불려 나왔다. 다음이 자신들의 차례라는 것을 알고 있었지만 아무런 저항도 하지 않았다. 유라시아 군인들은 다시 구덩이를 메우라고 지시했다. 모두들 열심히 시체더미를 덮었다. 진격해오는 군대보다 후퇴하는 군대가 더 잔인하다는 말을 실감했다.

유라시아 부대는 포로들에게 남은 장비들을 운반하게 하며 북쪽을 향해 행군했다. 그때쯤이면 대부분 포로들이 기아와 탈수로 기진맥진한 상태였다. 그러나 이미 공포의 도를 넘는 경험을 한 그들이었기에 아무런 내색을 할 수조차 없었다. 일부 포로는 탈수증과 일사병으로 걷다가 그대로 땅에 쓰러졌다. 그들의 짐은 남은 포로들이 져야 했다. 포로들 사이에 쓰러지는 포로들을 욕하는 소리가 터져 나왔다. 윈스턴은 심한 갈증 속에서 몸속에 끈적거리는 피가 흐르는 것 같았다.

더위 속에서 반나절 가량 걸었을 때 길에 세워진 초소가 나타났다. 거의 쓰러질 듯 비틀거리며 무거운 짐을 지고 걸으면서도 포로들은 초소에 붉은 페인트로 거칠게 붓질된 표시를 알아볼 수 있었다.

"지옥의 입구 아프가니아"

유라시아군은 아프가니아에서 10년 가까이 현지 게릴라 무자헤딘과 쉬지 않고 전투를 치르고 있었다. 인디아 전선에서 영사군과의 싸움보다 훨씬 더 심각하고 치열한 상태였다. 무자헤딘 게릴라들은 종교적 신념으로 무장된 민족주의자들이었다. 몇 년 전부터는 무자헤딘보다 더 호전적이고 잔인한 탈레반이 유라시아군과의 전쟁에 합세하였다. 게릴라들은 열악한 무기임에도 불구하고 유라시아군을 괴롭혔다. 유라시아 군인들의 표정을 보면 상당히 지쳐 있는 것이 역력했다. 기습공격, 사제폭탄에 의한 테러, 저격병, 유인 납치 등으로 인해 사망자와 부상자가 끊임없이 발생하였다. 사병부터 장교까지 하나같이 눈에 핏발이 서 있었다. 먼 거리에서 그들을 바라보기만 해도 가슴이 서늘해졌다. 앞으로 포로생활의 고통을 예상할 수 있었다. 포로들에 대한 처우는 형편없었다. 식사도 하루에 두 끼만 제공되었다. 한 끼에 어린애 손바닥만 한 크기의 검은 빵이 전부였다. 그리고 물이 부족해 씻을 수가 없었다.

유라시아군이 포로들을 가둬만 놓고 있을 리가 만무했다. 포로들은 지뢰와 사제폭발물 제거에 동원되었다. 아프가니아로 끌고 온 영사군 포로들을 왜 살려두었는지 알게 되었다. 사방천지에 사제폭발물이 깔려 있다보니 폭탄제거팀 인원이 턱없이 부족했다. 사제폭탄이 발견되면 포로들에게 커터 하나만 주고 보호장구도 없이 선을 끊으라고 했다. 그런 원시적인 제거작업을 하다 포로들은 폭사 당했다. 사제폭탄을 제거하다 게릴라 저격병에 의해 희생된 포로들도 많았다. 적과 교전을 벌이는 전투보다 더 공포스러운 상황이었다.

　게릴라들의 공세가 심해지며 포로들은 도시 한복판의 사제폭탄 현장에 동원되었다. 유라시아 병사들은 길 양쪽 건물 안에 몸을 숨기고 있었고 윈스턴을 비롯한 포로 세 명이 각각의 사제폭탄 제거작업을 하였다. 세 개 다 155밀리 포탄을 다섯 개가량 연결한 대형폭발물이었다. 포로 중 한 명이 작업 도중 게릴라 스나이퍼의 총탄을 맞고 고꾸라졌다. 유라시아 병사들은 총알이 날아온 방향으로 짐작되는 건물을 향해 사격을 가했다. 저격수의 총알이 날아와 건물 밖으로 상체가 노출된 유라시아 병사 한 명을 쓰러뜨렸다. 스나이퍼가 여러 명인 것 같았다. 유라시아 병사들이 사방에 총격을 가하고 있는 가운데 윈스턴 전방에 위치한 사제폭탄 하나가 갑자기 폭발했다. 작업 중이던 포로의 몸은 여러 조각으로 나눠지며 분수처럼 하늘로 솟구쳤고 후폭풍으로 길가에 세워진 차량이 일 미터 정도 공중으로 떴다가 떨어졌다. 한참 뒤에서 작업하던 윈스턴의 몸도 아래와 앞에 가해진 강한 압력으로 낮은 포물선을 그리며 공중으로 날아가다 이내 땅에 떨어졌다. 등이 땅에 닿는 순간 몸속의 내장이 모두 터지는 것 같은 고통이 엄습했다. 고막이 충격을 받았는지 자신의 숨소리조차 들리지 않았다. 그는 정신이 하나도 없는 와중에도 길 옆 건물로 배를 바닥에 깐 채 손으로 바닥을 긁으며 건물 쪽으로 간신히 몸을 움직였다. 다행히 총탄은 더 이상 날아오지 않았다. 건물 안으로 몸이 완전히 들어가자 그는 정신을 잃었다. 주변의 누구도 그를 도와주지 않았다.

　아프가니아 사람들은 유라시아병사와 포로에 차이를 두지 않았다. 그들은 유럽 사람들이라면 무조건 적개심을 갖고 대했다. 게릴라들은 포로수용소에도 박격포 공격을 했다. 그들에게 적과 아군을 구분하는 유일한 기준은 피부색이었다. 유라시아군에도 중앙아시아 병사들이 많았는데

105

게릴라들의 우선적인 목표는 러시아계 병사들이었다. 백인병사들의 사상율이 월등히 높았다. 포로들 입장에서는 유라시아 병사도 무섭고 아프가니아 사람들도 두려웠다.

포로들은 소모품이자 분노에 가득찬 유라시아군들의 분풀이 대상이었다. 어쩌다 포로들이 유라시아 병사의 눈과 마주치면 그들은 무조건 구타를 했다. 유일한 휴식공간은 포로수용소 막사였는데 야밤에 유라시아 병사가 들어와 자고 있는 포로들의 배 위를 군화발로 껑충껑충 뛰어다녔다. 하루하루, 한 시간 한 시간이 공포였다. 수용소 안에 있을 때는 유라시아 병사의 구타와 학대에 시달렸고 밖에 끌려 나가면 게릴라 저격병의 총탄에 전전긍긍해야 했다.

죽음의 냄새가 늘 코앞에 어른거리는 가운데 상황의 변화를 감지할 수 있었다. 해가 바뀌며 늘 험악했던 유라시아 경비병들의 표정이 다소 풀어졌다. 그리고 포로들에 대한 관심보다는 자기들끼리 수군거리는 시간이 많아졌다. 포로수용소 부근에 있는 부대들의 출동 횟수도 줄어들었다. 2월 초 어느 날 아침 포로들의 막사까지 유라시아 병사들의 함성소리가 들렸다. 유라시아군을 아프가니아에서 전면 철수하기로 정부가 공식발표한 것이었다. 지난 10년 동안 유라시아는 인디아 전선에 약 40만 명, 스타니아 지역에 약 20만 명의 병력을 파병하였는데 인디아 전선 병력은 이미 철수하였고 이제 아프가니아에서 철수함으로써 스타니아에서도 완전히 손을 떼는 것이었다. 러시아계 병사, 중앙아시아계 병사, 몽골계 병사할 것 없이 모두 환호성을 질러댔다.

철수 날짜가 다가오자 부대와 수용소는 매우 바빠졌다. 식량배급이 좋아지지는 않았지만 경비병들은 아예 포로들에게 관심을 보이지 않았다. 구타와 학대도 대폭 줄어들었다. 그러나 포로들의 불안감은 더 심해졌다. 스타니아 남부에서 아프가니아로 진입하기 전에 포로들의 반 이상을 처형한 경험이 떠올랐기 때문이었다. 또 구덩이를 파고 처형한 다음 흙으로 묻어버리는 것은 아닌가 하는 걱정이 들었다. 포로들 입장에서는 어쩔 도리가 없었다. 감시소홀을 틈타 탈출을 하려해도 게릴라 뿐 아니라 아프가니아 사람들에게 잡히면 목숨을 보장받기 어려웠다.

2월 중순 부대와 포로들은 차량으로 이동하였다. 부대 막사와 포로수용소는 불태워졌다. 포로들은 자기들마저 불태우지 않은 것에 안도했다. 포로 40여명은 트럭 한 대에 탑승했다. 앉을 자리는 없었고 모두 비좁게 서서 가야 했다. 한 시간 정도 달리다 보니 다른 유라시아부대들의 차량행렬과 합류하게 됐다. 기갑부대들을 포함한 끝이 보이지 않는 긴 행렬이었다. 철수행렬은 북쪽을 향해 삭막한 광야에 직선으로 뻗은 길 위를 계속 달렸다. 앞의 차량행렬이 모래먼지를 쉬지 않고 뒤쪽으로 흩뿌렸지만 유라시아 병사들은 목이 터져라 군가를 합창했다. 길가 벌판 곳곳에 불에 탄 소련제 탱크와 추락한 공격용 헬리콥터, 그리고 녹슨 채 전복되어 있는 군용트럭의 흉물스러운 잔해들이 보였다.

다음날 오전 차량이 이동하는 가운데 행렬 앞쪽에서 환호성이 터져 나왔다. 지친 포로들도 그 소리에 정신을 차렸다. 철수행렬이 아프가니아를 벗어난 것이었다. 잠시 후 포로를 태운 트럭도 '아무 다리아'강의 다리를 건넜다. 다리 북단에는 제대로 된 유라시아군 검문초소가 설치되어 있었다. 그리고 도로 위에 큰 플래카드가 걸려 있었다.

「귀환 축하! 환영! 지옥에서 천국으로. 우즈베키아」

경계를 벗어나니 정말 다른 세상이었다. 사람들이 전통복장을 입고 있지 않았고 여자들은 얼굴을 가리지도 않았다. 그리고 유라시아군의 행렬에 환호를 보냈다. 차량행렬은 테르메스시를 왼쪽으로 끼고 북상하였다. 접경지역을 벗어나니 길 양쪽으로 옥수수와 밀밭이 펼쳐졌다. 적어도 먹거리에 있어서는 풍요로움이 서려 있었다. 우즈베키아에 진입하여 유라시아군은 곳곳에 흩어져 주둔지를 마련하고 휴식을 취했다.

우즈베키아에 새로 설치된 포로수용소에서 포로들에 대한 심문이 정식으로 시작되었다. 그들은 전선에서의 역할, 입대 전 경력, 그리고 영사의 상황 등에 대해 물었다. 포로들 중에 외부당원은 윈스턴 밖에 없었다. 그들의 관심대상은 윈스턴이었다. 그는 나이가 많고 외부당원이다 보니 장교나 부사관인데 신분을 위장한 것이 아닌가 하는 의심을 받았다. 윈스턴은 영사의 상황에 대해 비교적 소상히 대답을 했다. 감시가 심하고 체제를 뒤엎으려는 비밀조직이 있다고 진술했다. 텔레스크린과 증오시간에 대해서도 얘기했다. 하지만 유라시아 심문관들은 그런 것에 대해 크게 관심을 보이지 않았다.

심문관들은 윈스턴이 장교임에 틀림없다고 의심했다. 그리고 유라시아에 침투하려고 일부러 투항한 것이 아니냐고 몰아가며 간첩혐의로 처형할 수도 있다고 위협했다. 윈스턴은 자신은 영사의 반체제인사였으며 사상경찰에 체포되어 애정부에서 엄청난 고문을 받고 처형이 예정되어 있었다는 말을 되풀이했다. 심문관들은 그의 진술을 인정하려 하지 않았다. 그는 그들을 설득시킬 수 없었다. 그들은 구체적으로 어떤 저항활동을 해서 체포되었는지를 물어봤다. 윈스턴은 줄리아와의 밀회 중에 체포되었다고 말했다. 심문관들은 성인남녀가 성관계를 가졌다고 반체제인사로 체포됐다는 얘기가 말이 되는 소리냐며 모두 껄껄대고 웃었다. 소비에트 러시아 강철지도자의 혹독한 통치 하에서도 그런 일은 없었다고 했다. 윈스턴은 자신이 영사에서 겪은 부당한 고초를 증명하기 위해 틀니를 뺐다.

"장교님은 믿을 수 없을지도 모릅니다. 그렇지만 저는 여성과 관계를 맺었다는 이유로 사상범으로 체포되어 치아가 다 빠질 정도로 고문을 받았습니다. 이렇게 민머리가 된 것도 그 고문 때문입니다."

윈스턴이 틀니를 모두 뽑아 보이며 하소연을 하자 심문관들의 표정이 바뀌었다. 한편으로 그들에게는 오세아니아는 당의 허가 없이 성관계를 가지면 체포하여 치아를 모두 뽑아버린다는 선전거리가 생겼다. 그들은 윈스턴에 대한 심문을 종료하였다. 위기를 모면하려고 그렇게 하소연을 한 후 윈스턴 스스로 생각하니 자신의 치아가 빠지고 머리가 벗겨진 이유가 채링턴의 이층 방에서 줄리아와 밀회를 가진 사실 때문이었다. 그런 생각이 들자 윈스턴은 스스로 숨이 막히는 느낌을 받았다. 돌이켜보니 자신이 한 저항이란 것이 오래된 공책을 사서 일기를 쓰고, 고물상에 가서 옛 물건을 사고 또 사랑하는 여인과 밀회를 즐긴 것 밖에는 없었다.

　우즈베키아는 스타니아와 인디아 전선에 나가 있던 유라시아 병사들에게 휴식처나 다름없었다. 날씨도 변덕스럽지 않았고 술도 있었다. 그들은 주둔지에서 특별히 하는 일이 없었다. 훈련도 없었다. 기강이 흐트러지고 안전사고도 많이 났다. 병사들은 영외로 몰래 빠져나가 술과 안주거리를 가지고 들어왔다. 해가 지면 부대원의 대부분이 술에 취해 있었다.

　포로들에 대한 식사는 아프가니아 때보다 나아졌다. 밀로 만든 빵이 나왔고 감자와 옥수수도 제공되었다. 어떤 때는 중앙아시아 출신 경비병이 꿀통조림을 던져 주기도 했다. 포로들은 도로보수 등과 같은 노역에 동원되거나 농사일을 돕기도 했다. 포로들이 작업을 마치고 수용소로 이동할 때 유라시아 경비병들은 우즈베키아 농부들로부터 술이나 음식, 또는 돈을 받기도 했다.

6. 시베리아

아프가니아에서 우즈베키아에 들어와 석 달가량 지났을 때 유라시아 군은 소비에트 러시아로 이동하였다. 그에 앞서 중앙아시아 출신 병사들은 현지에서 전역하고 고향으로 갔다. 귀국을 앞두고 러시아계 병사들은 환호하였지만 한편으로는 안 좋은 소식만 들려오는 러시아에서의 제대 후 생활을 걱정하였다. 탱크, 장갑차, 트럭, 대포 등을 포함한 모든 장비가 기차에 실렸고 병사들도 탑승했다. 포로들이 화물칸에 오르자 밖에서 빗장을 걸었다. 그들은 화물칸의 조그만 창을 통해 공기를 들이쉬거나 밖을 내다봤다. 기차는 북쪽을 향해 느릿느릿 나아갔다.

가끔 열차는 역에 정차하며 장비와 병력을 내려놓았다. 어떤 때는 며칠 동안 정차해 있기도 했다. 중간 중간에 포로들도 내리게 했다. 밖에서 얘기하는 유라시아 병사들의 말을 통해 어렴풋이 일이 진행되는 것을 짐작할 수 있었다. "카자흐시아를 완전히 벗어났다." "옴스크를 지났다." "톰스크에 도착했다." 등의 이동상황을 알 수 있었다. 톰스크에서 며칠 동안 열차가 머물렀다. 시베리아에 접어든 것이었다. 많은 병력이 하차했고 동시에 장비하역이 이루어졌다. 열차 칸수도 대폭 줄어들었다.

톰스크를 떠난 열차는 쉬지 않고 한참을 달려 이르쿠츠크에 도착했다. 또 많은 병력과 포로들이 내렸다. 여기서는 아예 열차를 바꿔 탔다. 유라시아 병사들도 1개 중대 밖에 되지 않았고 포로들도 몇 명 남지 않았다. 이곳까지 온 유라시아병사들은 불만이 많았다. 옴스크와 톰스크에서 내린 병력은 대부분 현지에서 곧바로 제대증을 받고 귀향한다고 했다. 소비에트 러시아는 전쟁을 끝내며 대대적인 감군계획에 따라 이들 철수병력을 우선적으로 제대시켰다. 그런데 자기네 부대는 왜 동부시베리아에 새로 배치시키는 것이냐며 분통을 터뜨렸다.

이르쿠츠크에서 갈아 탄 열차는 일반 여객열차였다. 기차는 또 한참을 달린 후 멈춰 섰다. 모두 하차명령이 내려졌다. 부대와 포로들의 최종 목적지인 하바로프스크역이었다. 포로들은 미리 대기하고 있던 수송차량에 탑승하여 목적지로 이동했다. 시내를 빠져나오자 곧 황량한 들판이 이어졌고 그 끝을 지나 차량은 숲 속 산길로 들어섰다. 역에서 출발한지 두 시간 가량 지나자 수송차량이 허름하고 낡은 철책 문을 지났다. 멀리서 개들이 짖는 소리가 들렸다. 목적지에 도착한 것이었다.

그곳은 군부대가 관리하는 벌목캠프 수용소였다. 수용되어 있는 벌목공들은 모두 죄수들이었는데 대부분 정치범들이었다. 그들은 러시아와 슬라비아, 그리고 발티키아 출신들이었다. 윈스턴은 8976이라는 번호를 받았다. 출신지별로 막사가 분리되어 있었는데 윈스턴은 발티키아 막사에 배정되었다.

수용소와 벌목장은 기아와 추위, 영양실조, 중노동, 경비병들의 구타, 벌목공들끼리의 싸움 등이 하루 종일 벌어지는 곳이었다. 막사 안의 규율은 고참 죄수인 방장에 의해 통제되었지만 죄수들 사이에서 다툼이 자주 일어났다. 그 다툼이 폭력사태로 번지는 것 또한 다반사였다. 러시아 막사에서는 거의 매일 싸움이 일어나 항상 시끄러웠다. 방장이 제어를 못하고 경비병이 출동해 제압할 경우 그 막사 전체 인원은 다음 날 한 끼를 굶어야 했다. 발티키아 막사에서도 말싸움은 자주 벌어졌지만 치고받는 몸싸움으로 이어지지는 않아 비교적 평온하게 지낼 수 있었다. 세계전쟁 전 통나무로 지어진 막사는 좁았고 안에 변소가 있어서 윈스턴은 처음에는 악취로 숨을 쉬기가 힘들 정도였다. 윈스턴은 옆자리에 있는 나이가 비슷한 요리스와 말을 나누게 됐다. 고등학교 역사교사 출신인 그는 이곳에 끌려온 지 3년이 넘었다. 발티키아어는 물론 러시아어도 능통했고 또 브리타니아어로도 소통이 가능했다. 발티키아 벌목공들은 윈스턴을 브리타니아 출신이라고 '브리따네쯔'라고 불렀고 러시아 벌목공들은 못난 늙은이라는 의미의 '스따리크'라고 불렀다.

벌목공들의 일과는 0600에 기상하여 인원점검을 받고 아침식사를 먹는 것으로 시작됐다. 다 풀어진 야채가 떠 있는 소금을 풀은 미지근한 물한 컵과 담뱃갑 크기의 푸석푸석한 옥수수빵 하나가 전부였다. 작업장까지는 도보로 이동하였다. 오전 두 시간, 오후 세 시간 작업하고 수용소로 돌아왔다. 작업이 힘들고 위험해 하루에 5시간 이상 일할 수 없었다. 벌목기계가 있었으나 너무 낡고 고장이 잦았을 뿐 아니라 부품이 제대로 공급되지 않아 방치되어 있는 상태였다. 대부분 벌목공들의 육체노동에 의해 작업을 해야 했다. 장비와 도구도 부족했지만 벌목공 개인에게는 신발과 장갑이 문제였다. 제대로 공급되지 않았기 때문에 발과 손을 보호하기 위해 벌목공 스스로 만들어 사용해야 했다. 수용자들은 폐타이어로 엮은 엉성한 덧신에 발을 밀어 넣고 작업하였다. 장갑 대신 낡은 옷을 찢은 헝겊을 손바닥부터 팔뚝까지 칭칭 동여맸다.

작업 중 부상자도 많이 발생했다. 그러나 그들을 제대로 치료할 의료진이 없었다. 군부대 의료소에 군의관은 없고 의무병만 있었다. 의료소에는 죽어가는 환자들만 누워 있었다. 의무병은 환자를 치료하지는 못했지만 언제 죽을지는 정확히 예측했다. 과다출혈과 패혈증으로 사망하는 수용자들이 빈번히 발생했다. 겨울에 사망할 경우 매장하기 위해 꽝꽝 얼어붙은 땅을 파기가 어려워 허름한 창고에 꽁꽁 언 채로 보관하였다가 날씨가 풀릴 무렵 땅에 묻었다.

벌목공 중에 의학지식이 조금 있는 수용자가 의무원 역할을 했다. 소량의 소독액과 붕대 이외의 의약품은 보급되지 않았다. 의무원은 약초를 캐서 약물과 연고를 만들었다. 그것들은 외상에 어느 정도 효과가 있었다.

캠프 주변 20킬로미터 내에는 민가가 하나도 없었다. 벌목한 나무를 운송하는 지선 철로가 있는 역이 있는 마을도 25킬로나 떨어져 있었다. 설사 그곳까지 갔다고 하더라도 벌목공의 행색은 즉각 알아볼 수 있으므로 주민들의 신고를 피할 수 없었다. 안전한 지대까지 다다르려면 적어도 일주일 분의 식량과 민간인 복장이 필요했다. 탈출은 불가능한 일이었다. 벌목캠프에서 나갈 수 있는 유일한 길은 작업 중 발이나 팔이 잘리는 심각한 부상을 당하는 경우였다. 그런 경우도 이송을 기다리다 과다출혈로 사망하는 경우가 많았다.

캠프생활 동안 윈스턴은 잡념을 가질 여유가 조금도 없었다. 일단 몸이 너무 피곤했고 항상 배고팠다. 눈이 인지하는 것은 먹을 것인지 아닌지 하는 것뿐이었다. 들쥐를 잡아먹는 사람들도 있었다. 먹는 방법도 다양했다. 발티키아 수용자들은 초벌구이를 해서 털을 태우고 머리와 꼬리, 그리고 내장을 제거한 다음 다시 구워서 먹었다. 어렵게 구한 소금을 뿌려 먹을 때도 있었다. 러시아 수용자들은 초벌구이 없이 쥐를 바싹 태워 머리까지 몽땅 씹어 먹었다. `여름에는 곤충과 벌레를 잡아 먹었다. 예쁘장하게 생긴 젊은 수용자들은 러시아 경비병에게 불려나가 엉덩이를 대주고 음식을 얻어 오기도 했다.

시베리아의 겨울추위는 매서웠다. 기온이 영하 30도 이하로 떨어지면 모든 실외활동이 취소되었다. 그런 강추위에서 침을 뱉으면 땅에 닿는 순간 얼음 부딪히는 소리가 났다. 아침에 기상하면 죄수들이 제일 먼저 하는 일이 막사 문 옆에 붙어 있는 온도계를 확인하는 것이었다. 영하 30도 이하가 되면 그 날은 하루 종일 막사에서 시간을 보내며 쉴 수 있었다.

12월 중순 추운 날씨임에도 죄수들은 벌목작업을 나갔다. 오후 작업

중에 갑자기 눈보라가 몰아치며 기온이 영하 30도 밑으로 급감하자 경비병들이 작업을 중단시키고 수용소로 귀환하라고 지시했다. 강풍과 눈보라 속에 죄수들은 가까스로 수용소로 돌아와 모두 막사로 뛰어 들어갔다. 손발은 물론 온몸이 얼음처럼 차고 굳어져 있었다. 윈스턴과 요리스는 번갈아가며 상대의 손발을 주물렀다. 윈스턴이 그의 발을 주무르는 동안 요리스는 손바닥으로 자기 얼굴을 문질러댔다. 그렇게 두 시간 가량 지나서야 체온이 돌아온 것 같았다. 경비병들은 그날 저녁 취침점호를 생략하였다.

일은 다음 날 아침점호 때 러시아 막사에서 벌어졌다. 막사 인원 중 한 명이 보이지 않았다. 경비병들은 방장을 다그쳤으나 그도 자초지종을 제대로 설명하지 못했다. 잠시 후 경비대 장교가 군견 줄을 잡고 가래 끓는 소리를 내는 커다란 셰퍼드를 앞세우고 막사 안으로 들어섰다. 장교가 상황을 재점검하였으나 그 실종자의 행적을 확실히 기억하는 죄수가 없었다. 그러자 그는 이것은 탈주사건이라고 선언했다. 영하 30도 이하의 날씨에 강풍과 눈보라가 몰아치고 있어 체포작전을 벌일 수 없었다. 장교는 탈주자 자리의 양옆 취침자를 밖으로 끌어내라고 명령했다. 지목된 두 죄수는 울부짖으며 경비병에게 격렬하게 저항했다. 방장은 실종자가 전날 귀환 도중 험한 날씨에 낙오됐을 수도 있으니 탈주선언을 취소해 달라고 장교에게 애걸복걸 호소했다. 장교가 방장의 정강이를 걷어차며 주먹으로 얼굴을 가격하자 경비병들이 발버둥치는 두 죄수를 바닥에 질질 끌어 막사 밖으로 데리고 나갔다. 이 소식이 다른 막사에도 전해지자 캠프 전체가 조용해졌다. 발티키아 막사의 벌목공들도 서로 말을 하지 않았다.

그 날도 영하 30도 이하의 날씨가 계속되어 벌목공들은 막사 안에서 지내야 했다. 다음 날 기상과 동시에 경비병들이 죄수들을 막사 아래 연병장으로 모이게 했다. 이빨을 드러낸 셰퍼드 군견이 쉬지 않고 짖어대고 있었다. 연병장 한 가운데 전날 끌려 나간 두 죄수가 발가벗겨진 채로 기둥에 묶여 있었다. 엉덩이와 허벅지에 살이 하나도 없어 거칠고 뻣뻣한 살가죽이 뼈를 둘러싸고 있는 형국이었다. 영양실조로 하체의 체모도 다 빠져 있고 성기가 체내로 함몰되어 잘 보이지도 않았다. 두 명 모두 눈을 뜨고 입을 쩍 벌린 채 죽어 있었다. 전날까지 살아있던 생명체가 아니라 마치 청동으로 만든 야외 조각상처럼 보였다. 묶은 줄을 끊었을 때도 꽁꽁 얼은 시체들은 꼿꼿한 자세로 계속 서 있었다. 시체를 떼어내자 기둥에 얼어붙은 등짝의 피부살이 빠드득 소리를 내며 그대로 쭉 찢어져 내렸다. 그 광경을 끝까지 보지 못하고 죄수들은 눈을 돌렸다.

그날부터 발티키아 막사 방장은 죄수들에게 양옆 사람과 손을 잡은 채 취침하라고 지시했다. 왼쪽에 누워있는 요리스가 그에게 속삭였다.

"윈스턴. 내 걱정은 말고 오른쪽 사람이나 신경 쓰게."

처음 며칠 동안 윈스턴은 자다가도 가끔 오른쪽 사람을 손으로 확인하였으나 시간이 지나자 그럴 여유 없이 그냥 잠에 곯아 떨어졌다.

교사였던 요리스는 지식수준이 높은 사람이었다. 영문학에 대해 얘기할 때는 윈스턴보다 더 많이 알고 있었다. 고향에는 부인과 아들 둘이 있는데 1년에 두세 번 정도 서신이 배달된다고 했다. 지난 1년간 그것마저 받아보지 못했다고 했다. 아이들은 중학교를 다녔고 부인은 우체국에서 일했는데 지금도 계속 일하고 있을 거라고 했다.

볼셰비키 열성당원이었던 그는 어느 날 갑자기 체포되었다. 체포되기 전 몇 년 동안 생활수준이 전혀 나아지지 않았고 오히려 후퇴했다. 그는 그 이유를 유라시아가 아프리카, 인디아, 스타니아에서 너무 오랜 기간 소모적인 전쟁을 수행하면서 막대한 물자를 쏟아 붓고 있기 때문이라고 생각했다. 발티키아에도 참전용사들이 있었는데 상이군인이 되어 돌아온 그들의 얘기를 들으면 무의미한 전쟁을 계속하고 있다는 것이었다.

요리스는 그런 생각을 직접 표현한 적이 없었다, 그런데 어느 날 유라시아 비밀경찰에게 체포되었다. 그는 엄중한 취조를 받았다. 불순한 생각을 가지고 있다는 것을 인정하지 않으면 가족 모두를 시베리아로 추방하겠다는 협박까지 받았다. 견디지 못한 그는 결국 자신이 비판적인 생각을 가지고 있다는 사실을 시인할 수밖에 없었다. 비밀경찰이 작성한 조서에 사인을 하자마자 그는 곧바로 시베리아 수용소로 보내져 이곳 벌목캠프에 오게 된 것이었다.

"그런데 윈스턴. 나는 아직도 궁금한 게, 비밀경찰은 내 머릿속에 그런 생각이 있다는 것을 어떻게 알았지? 그 사람들은 머릿속도 멀리서 알아보는 재주가 있나?"

요리스는 신뢰가 가는 지 자신의 속마음을 밝혔다. 윈스턴은 그 말을 듣고 살짝 미소를 지어 보였다.

"그런 말을 입 밖에 내지 않았어도 표정범죄(face crime)로 알 수 있었겠죠."

"표정범죄? 그런 게 있다고? 영사에는 그런 죄가 있다고?"

"네. 요리스. 영사 사상경찰은 표정만 보고도 사상범을 가려냅니다. 발언이나 행동이 필요 없어요."

"원 세상에... 표정으로 불순한 사상을 가려낸다니. 도저히 믿을 수가 없네."

윈스턴은 그와 얘기를 나누는 것이 유일한 낙이었다. 그리고 요리스는 그에게 많은 도움을 주었다. 윈스턴에게 쉬운 작업을 주선해줬다. 이곳 생활이 오래된 그는 그만한 요령을 터득하고 있었다. 윈스턴은 스타니아에서는 배고픈 것이 가장 힘들었는데 여기 시베리아에서는 그 배고픔에 추위가 더해져 하루하루 목숨이 연명되는 것이 기적 같았다. 다행히 요리스는 숲속에서 먹을 수 있는 버섯이나 열매들을 잘 찾아냈다. 그는 벌목현장의 쉬는 시간에 그런 것들을 캐고 따러 다녔다. 그리고 윈스턴과 나누어 먹었다. 맛은 없었지만 위가 거부하지는 않았다.

벌목장에는 두세 달에 한 번씩 새로운 수용자들이 들어왔다. 그들이 오면 몇 달이 지난 소식이지만 최신 뉴스를 들을 수 있었다. 소비에트 러시아 지역의 상황은 심각한 것이 틀림없었다. 무엇보다 식품을 비롯한 생필품이 부족해 가격이 급격히 올라 주민들의 불만이 크다고 했다. 당국에 항의하는 시위도 일어나고 있었다. 오랜 기간 동안 인디아, 아프리카, 스타니아에 참전하고 돌아온 유라시아 제대병들에게 직장이 알선되지 않아 이들이 집단으로 항의하는 경우도 많았다. 막사 안의 발티키아 사람들은 서로 긴장한 표정으로 자기네 말로 얘기를 나누며 무슨 일이 일어나기를 기대하는 것 같았다.

시베리아도 여름에는 더웠다. 6월이 되자 더위로 벌목작업이 힘들었다. 숲속에 들어가면 하루살이와 모기들이 벌목공들을 괴롭혔다. 윈스턴은 일 년 전, 이곳에 처음 왔을 때보다 더위 속 작업에 익숙해진 자신의 모습을 볼 수 있었다.

더위가 더 심해지던 7월 중순 기상시간에 맞춰 죄수들을 깨우는 경비병들의 목소리나 행동이 평일과는 다르게 매우 긴장되어 있었다. 캠프 입구 쪽에 있는 연병장으로 집합하라고 명령했다. 옷도 제대로 챙겨 입지 못했는데 무조건 밖으로 나가라고 윽박 질러댔다. 연병장에는 운송차량들이 대기하고 있었다. 죄수들의 이름만 확인하고 모두 차량에 탑승시켰다. 차량들은 캠프에서 25킬로미터쯤 떨어진 목재운송을 위한 간이역에 도착했다. 역사 앞에 유라시아군인들이 대기하고 있었다. 벌목장 측 인솔장교가 죄수명단이 있는 서류를 건네자 그것을 받은 인수장교는 서류를 흘끔 보더니 죄수 전원을 화물차에 오르라고 지시했다. 빨리 탑승하라고 군인들이 소리를 지르며 재촉했다. 윈스턴은 요리스와 함께 화물칸에 올랐다. 탑승이 완료되었는지 문이 닫히고 밖의 빗장이 걸렸다. 그제야 영문을 모르고 행동하던 죄수들은 무슨 일이냐는 표정으로 서로를 쳐다보았지만 그 사정을 알 만한 사람은 아무도 없었다. 새로운 벌목장으로 이동하는 것이라는 추측도 있었고, 목재보다 식량생산이 급하므로 농장으로 이송되는 것이라는 의견도 있었다. 그러나 대부분 벌목장보다 더 힘든 곳으로 갈 것 같지는 않다는 표정이었다.

열차는 동쪽으로 달렸다. 열차는 중간 중간에 정차해 사람과 물자를 내리고 실었다. 그러나 윈스턴 일행이 탄 화물칸의 문은 열리지 않았다. 윈스턴은 자신이 런던에서 점점 멀어지고 있음을 깨달았다. 운행방향이 남쪽으로 바뀌는 듯하더니 열차는 오른쪽에 강을 끼고 계속 달렸다. 창밖을 바라보던 죄수 중 한 명이 우수리강이라고 말하는 것이 들렸다.

죄수들이 내려진 곳은 우수리스크역이었다. 내려진 벌목공들은 100여 명 가량 되었는데 오세아니아 포로는 윈스턴 한 명 뿐이었다. 기차역 플랫폼에서 인원확인이 있었다. 윈스턴은 유라시아 장교 앞에 섰다. 장교는 고개를 숙여 서류를 바라보며 말했다.

"이름."

"윈스턴 스미스." 윈스턴은 곧바로 대답했다.

그는 숙였던 고개를 들었다.

"뭐? 윈스턴?"

장교는 벌목공이 오는 줄 알았지 말도 통하지 않는 포로까지 보낼 줄은 몰랐다며 어이없어 했다. 신원확인이 끝나자 죄수들은 걸어서 강을 끼고 이동하였다. 강에 걸려 있는 가장 크고 긴 다리까지 가서 그 근처의 건물에 수용되었다. 벌목공들을 건물 일층 로비에 집합시킨 후 중위 계급장을 단 젊은 장교가 나와 연설을 했다.

"너희들은 오늘부로 유라시아 극동군에 편입되었다. 이제부터 벌목공이 아니라 군인이다. 현재 우리 유라시아군은 이스타시아군의 침략에 맞서 전쟁을 하고 있다. 저들의 목표는 우수리스크와 블라디보스토크다. 우리는 이곳을 사수해야 한다. 지금 국경에서 우리 군이 잘 방어하고 있지만 언제 여기로 들이닥칠지 모른다. 이곳이 점령당하면 극동 전체가 위험해진다."

죄수들 사이에 술렁임이 일어났다. 장교는 아랑곳 않고 계속 말을 이어갔다.

"군번은 나중에 부여한다. 소속은 외우고 있어라. 너희는 우수리스크

방어를 담당하고 있는 극동군 11여단 특별방어중대 소속이다. 중대장은 나 슬라스키 중위이다. 오늘은 쉬고 내일부터 교전준비에 들어간다.”

분위기를 파악한 벌목공들은 이것은 일종의 죄수부대 내지 형벌부대라고 수군댔다. “무기도 주지 않고 적의 기관총알이 쏟아지는데 무조건 돌격 앞으로를 명령할 것이다.” “머뭇거리거나 후퇴하는 죄수들이 있으면 뒤에 위치한 유라시아 독전대 병사들이 사살할 것이다.” “설사 전선에서 살아남아도 비밀유지를 위해 결국 처형될 것이다.” 등의 소문이 나돌았다. 이들의 얘기는 근거가 있었다. 요리스와 다른 나이든 러시아 정치범들에 의하면 세계전쟁 때 소비에트 러시아는 실제 형벌부대를 가동하여 볼고그라드 전투에서 게르마니아군을 격파하는데 큰 성과를 거두었으며 그 부대원 중 살아남은 사람은 한 명도 없다는 얘기였다. 모두들 의기소침해졌고 다른 사람과 말을 나누지 않았다.

특별방어중대원들은 로비에서 휴식을 취하고 저녁식사로 빵을 배급받았다. 식사 후 군인들이 낡은 군화와 신발들을 마대자루에서 쏟아내자 죄수들은 자신의 발에 맞는 것들을 찾아내려 난리였다. 윈스턴과 요리스는 다행히 상태가 양호한 것을 찾아내 벌목장에서 신고 있었던 누더기 같은 신발을 벗어 버릴 수 있었다. 오랜만에 발에 맞는 신발을 신었지만 분위기는 우울했다.

요리스는 그곳에서 지내며 파악한 상황을 정리하였다. 소비에트 러시아는 경제적으로 지난 5-6년간 어려움에 처해있었고 전비를 더 이상 감당할 수 없게 되자 전쟁을 종식하고 모든 전선에서 병력을 철수시켰다. 군대 병력도 대폭 감축했다. 소비에트 러시아가 흔들리자 유라시아 공국들에서 동시다발적으로 민주화운동이 일어나며 유라시아 전체가 혼란에 휩싸였다.

이를 틈타 이스타시아 군대가 몽골리아 공국에 전격적으로 침공하여 전 지역을 장악했다. 지역의 대부분이 사막인데다 인구도 적었고 군대병력은 3만 명에 불과했다. 몽골리아군은 이스타시아군이 몰려들자 제대로 항전도 못하고 항복하고 말았다. 소비에트 러시아는 몽골리아를 지원할 수 없었다. 그 후 소강상태가 진행되었고 유라시아는 국경지대 방어를 강화하기 시작했다. 그러나 동시베리아 연해주의 블라디보스토크부터 서쪽의 신장 위구르 지역까지 1만킬로미터에 이르는 긴 국경의 방어를 모두 강화할 수는 없었다. 동시베리아에 대한 이스타시아의 공세가 예상됐고 그중 300년 가까이 영토분쟁 지역이었던 우수리강 유역이 다음 목표라고 예측할 수 있었다. 이스타니아가 우수리스크를 점령하면 동시베리아의 교통 요충지를 장악하는 것이었다. 이러한 긴박한 상황 속에서 러시아군은 벌목공까지 징집하였다.

방어목표는 이스타시아군이 우수리강 지류에 걸린 다리를 건너 우수리스크로 진입하지 못하게 하는 것이었다. 우수리스크 서쪽 50킬로미터가량 떨어진 곳에서는 이미 이스타니아군이 국경을 넘어 진입해왔고 러시아군이 필사적으로 막고 있었으나 역부족이었다. 그 방어선이 무너지면 이스타니아군은 파죽지세로 우수리스크를 향해 몰려올 기세였다.

유라시아군은 국경지대로부터의 진입로로 예상되는 A186번 도로가 통과하는 우수리스크 외곽 수이푼강 동쪽 강변에 방어진지를 급하게 구축했다. 여기가 일선이었고 그 다리를 뺏기면 A186번 도로와 북쪽에서 내려오는 A184번 도로가 합류하는 우수리스크시 서쪽 경계지점이 2차 방어선이었다. 특별방어중대의 일은 노역이었다. 이스타시아 기갑부대의 진입을 저지하기 위해 시내 곳곳에 바리케이드를 쌓는 작업에 벌목공들이 동원되었다. 야간작업을 하는 경우도 있었고 작업현장에서 노숙하기도 했다.

유라시아군은 장비와 병력이 부족했고 무엇보다 사기가 떨어져 있었다. 그들은 조만간 지원부대가 올 것이라는 기대를 가지고 있었는데 그건 희망사항에 불과했다. 적의 병력이 3개 사단이다, 아니다 10만 명은 된다 등의 소문이 나돌았다. 방어병력보다 서너 배 많은 것은 확실했다. 여단 규모의 병력으로 막아낼 수 있는지 불투명했다. 방어진지가 나름대로 구축된 것은 벌목공들이 도착한 지 2주가량 지난 후였다.

전선의 전황이 전해졌다. 우수리강 국경에서 이스타시아군을 잘 막아 내고 있었는데 방어가 허술한 20여 킬로미터 남쪽과 북쪽에서 도강한 이스타니아 기갑부대에 의해 방어군이 포위될 위험에 처해 있었다. 방어부대는 20여 킬로미터 떨어진 국경과 우스리스크시 중간 지점에 집결하여 제2 방어선을 구축하기로 하고 전면 후퇴 중이라고 했다. 우수리강에서 그곳까지는 산악지대여서 적의 기갑부대를 방어할 수 있을 것이라고 했다.

며칠 후 또 전황이 들렸다. 이스타시아 기갑부대의 전격전으로 유라시아군의 기갑부대는 포위당한 채 미처 후퇴를 못해 탱크전을 벌였으나 일부는 격파 당하고 나머지는 투항하고 말았다. 그렇다면 효과적으로 적을 방어할 수단이 없어진 것이었다. 제2 방어선이 무너지면 그곳에서 우수리스크까지는 빠르면 하루나 이틀이면 올 수 있는 거리였다.

유라시아군 방어사령부는 전전긍긍했다. 일부 장교들은 기갑부대를 막을 수단이 없으므로 다리를 미리 폭파하자는 건의를 했다. 지휘관은 다리를 폭파할 경우 후퇴하는 병력이 퇴로가 막혀 전원 포로가 되거나 몰살당할 수 있다고 우려했다. 전선부대에서도 다리를 폭파하지 말고 우수리스크까지의 퇴로를 확보해 달라는 요청이 있었다. 방어부대는 만의 하나에 대비해 다리에 폭약을 설치했다.

새로운 소식이 전해지지 않고 며칠이 지났다. 전황이 제대로 전달되지 않는 것이 긴장감을 더욱 고조시켰다. 벌목공들에게 전령과 탄약공급, 그리고 부상병 이송업무가 부여됐다. 제2 방어선이 돌파 당한 것 같다는 소문이 부대 전체에 퍼지고 유라시아 방어부대의 사기가 떨어졌다. 다음 날 아침 해가 뜨자 강변 진지에 있던 유라시아군들은 강 건너편에 이스타시아군의 기갑부대가 정렬한 모습을 볼 수 있었다. 그 주변에 보병들도 포진하고 있었다.

양측은 강을 사이에 두고 총격전을 벌였다. 중대원들은 탄약을 공급하느라 바빴다. 참호와 진지를 오가며 소총과 자동화기 탄약상자를 날랐다. 몇 명은 운반 도중 유탄에 맞아 쓰러지기도 했다. 윈스턴은 최대한 몸을 낮추며 매우 조심스럽게 움직였다. 삼사 일 동안 하루에도 몇 차례씩 총격전을 벌였다. 부상자가 계속 발생했다. 윈스턴과 요리스는 총격전이 그치면 재빨리 이들을 후방에 있는 의무대로 이송해야 했다.

그렇게 강을 사이에 두고 양측이 총격전만 벌이고 있는 동안 반전이 일어났다. 탱크를 앞세운 적군이 우수리스크 진입로인 A186번 도로와 A184번 도로 교차점에 나타나 그 지역을 점령한 것이었다. 적의 막강한 화력에 그 지점을 방어하던 유라시아 수비대는 별다른 저항을 못하고 시내로 후퇴하였다. 그로 인해 교량수비대가 포위될 위험이 커졌다. A186번 진입로가 적에게 점령당했으므로 교량수비대는 남쪽으로 크게 우회하여 시내로 들어갈 수밖에 없었다. 지휘관은 다리를 먼저 폭파시킨 후 전원 후퇴한다고 명령을 내렸다. 중화기를 철거하고 각자 참호와 진지에서 벗어나려고 하는 순간 적의 포탄이 떨어지기 시작했다. 박격포와 중포의 포탄이 하늘에서 쏟아졌고 탱크포는 강안의 진지들을 강타했다.

유라시아군의 전열은 순식간에 무너졌다. 그와 동시에 적의 기갑부대가 다리로 들어서며 천천히 진격해왔다. 거기에 맞설 대전차포는 이미 철수한 후였다. 적 기갑부대는 서두르지 않고 다가왔다. 이 때, 큰 폭발음이 들리며 다리 한 가운데서 화염과 연기가 솟아올랐다. 유라시아군이 다리에 장치된 폭약을 폭파시킨 것이었다. 윈스턴과 요리스는 그 광경을 보며 다소 안심이 되었다. 적의 진격을 상당히 지연시킬 수 있겠다고 생각하며 다리 쪽을 바라봤다. 일이 분 정도 지났을까? 다리를 감쌌던 연기가 걷히고 나자 적의 탱크가 계속해서 이쪽을 향해 움직이는 것이 보였다. 폭약은 터졌지만 다리를 완전히 끊어 놓지 못했던 것이었다.

적 탱크는 유유히 다리를 건너오고 있었다. 포격이 계속 되고 있어서 후퇴를 못한 수비대 병력의 대부분은 참호나 수로에 쳐 박힌 채 꼼짝할 수가 없었다. 포격이 그치자 병사들은 참호나 수로에서 빠져나와 시내 방향으로 도주하기 시작했다. 그런데 그들을 향해 남쪽에서 자동화기 총알이 쏟아져 들어왔다. 병사들이 쓰러지는 것이 보였다. 100미터 쯤 떨어진 남쪽에서 대규모의 이스타시아군 보병들이 몰려오고 있었다. 이들은 남쪽으로 우회하여 도강을 한 것이 틀림없었다. 기관총알은 쉴 새 없이 쏟아졌다. 적들은 점점 가까이 왔다. 청록색 군복을 입은 이스타시아 병사들은 벌판을 뒤덮은 개구리 떼같이 보였다. 윈스턴과 요리스는 참호 속에서 머리를 숙이고 꼼짝 않고 있었다. 다리를 지키던 1개 대대 규모의 병력 중 반 가량은 이미 죽거나 중상을 입은 상태였다. 기관총의 사정거리에서 벗어나 시내 쪽으로 도주하는 병사들 머리 위로 포탄이 다시 쏟아져 수많은 사상자가 발생했다.

시내로 완전히 철수하는데 성공한 병력은 대대원의 극히 일부에 불과했다. 그곳을 빠져나가지 못한 유라시아 병사들은 모두 투항했다. 윈스턴과 요리스도 이스타시군이 겨눈 총구 앞에서 손을 위로 번쩍 치켜든 채 참호에서 나와 항복할 수밖에 없었다. 유라시아군은 그날 오후 우수리스크 시내에 진입했다. 유라시아군이 시내에서 저지를 하려 했으나 불가항력이었다. 그들은 시내 동쪽으로 점점 밀려났다. 이스타니아군은 우수리스크 기차역을 점령하고 공세를 멈췄다. 남은 유라시아군은 기차역 길 건너 시내 동쪽 지역에 포진하고 있었는데 이들을 공격하지 않았다. 전력은 이스타시아군이 월등했지만 양측의 대치가 계속되었다.

그렇게 대치를 하고 있는 동안 새로운 소식이 들려왔다. 이스타시아군이 연해주 남쪽의 국경을 넘어 유라시아 수비대를 격파하고 A189 도로를 따라 북상하고 있다는 소식이었다. 이는 블라디보스토크를 겨냥하는 것이 분명했다. 블다디보스토크까지 위협을 당하면 유라시아는 동시베리아 전체를 뺏길 수 있는 상황이었다. 이스타시아군의 공세를 막을 방법은 핵공격 밖에 없었다.

핵전쟁으로 확산되지 않고 양측은 휴전에 합의했다. 휴전협상이 진행되는 동안 투항한 유라시아 병사들은 우수리강을 넘어 서쪽 이스타시아 영토로 이송되었다. 윈스턴은 포로가 다시 포로 신세가 되는 경우가 가능한가 하는 생각이 들며 처연한 심정이었다. 포로들은 우수리강 서안에 설치된 임시수용소에 있다가 다시 이스타시아 영토 안쪽으로 이송되었다. 포로들은 숙영시설이 제대로 갖춰진 곳에 내려졌다. 포로수용소 철망 밖의 게양대에 붉은 색 바탕에 노란 별 다섯 개가 그려진 커다란 깃발이 바람에 펄럭거리고 있었다. 이스타시아 병사들은 그곳을 훈춘이라고 했다. 윈스턴은 인디아와 스타니아, 그리고 시베리아를 거쳐 이제 이스타시아 땅에 들어선 것이었다.

7. 만추리아

윈스턴은 전투현장에서 잡혔으나 러시아 군인이 아니었으므로 포로대우를 받을 수 없었다. 외국인이 적을 돕고 있었으므로 그는 즉결처형을 당할 수도 있었다. 그는 자신은 영사군 소속으로 유라시아군에 포로가 되었다가 전쟁에 강제동원되었으며 총알받이로 최일선에 내몰렸을 뿐이라고 호소했다. 이스타시아 시노(Sino) 심문장교는 유라시아군이 오세아니아 포로들을 전쟁에 강제동원했다는 얘기에 대해 관심을 보였다. 그것은 유라시아에 대한 역선전으로 좋은 소재였다. 그는 윈스턴이 영사에서 겪은 고초도 귀 기울여 들었다.

심문관은 두꺼운 공책을 주며 자술서를 쓰게 했다. 태어나서 최초로 기억나는 것부터 이스타시아군에게 잡힐 때까지의 스토리를 하나도 빠뜨리지 말고 적으라고 했다.

윈스턴은 처음에는 막막했다. 최초의 기억? 어린 시절로 돌아가 기억을 하나하나 거슬러 올라가니 떠오르는 최초의 기억은 핵공격을 피해 아버지와 함께 지하로 대피했던 경험이었다. 그 이야기를 천천히 써내려가자 그 다음 기억이 연달아 떠올랐다. 어렸을 때의 배고픔, 병약한 여동생, 그리고 동생의 초콜릿을 빼앗아 달아났다가 집으로 돌아왔을 때 엄마와 동생이 사라진 텅 빈 집이 생각났다. 괜히 한숨이 나왔다. 그리고 보육원에서의 생활, 열여섯 살 때 시험을 치르고 외부당원이 된 일, 2년 동안 초급당학교에서의 교육.

심문관은 하루치를 쓰면 가지고 돌아가 그 다음 날 윈스턴이 쓴 내용을 바탕으로 심문을 했다. 제대로 대답을 못하면 거짓말하지 말라고 호통을 쳤다. 구타를 하지 않았지만 대나무로 만든 짧은 몽둥이로 어깨를 내리쳤다. 그 몽둥이 끝이 갈라져 있어서 맞을 때마다 소리가 크게 울렸다. 그 소리가 그의 정신을 번쩍 들게 했다. 오전 심문이 끝나면 오후 내내 진술서를 썼다. 진리부에서의 일, 기록조작, 빅 브라더에 대한 반감, 형제단에 대한 기대도 써내려갔다. 일주일가량 정리해나가니 1984년에 이르렀다. 윈스턴은 줄리아와의 만남에 이르자 다소 망설여졌다. 자세히 언급하지 않고 그녀와의 데이트와 채링턴 가게의 이층에서 사상경찰에 의해 체포된 상황을 짧게 기술했다.

심문관은 그것을 놓치지 않았다. 줄리아와의 만남에 대해 자세히 쓸 것을 요구했다. 조금만 미흡하다고 생각되면 사정없이 다그쳤다. 심지어 만났을 때 관계를 몇 번 했냐, 어떤 체위였냐고 묻기까지 했다. 윈스턴은 온 정신을 집중하여 줄리아와의 만남에 대한 세세한 부분을 기억하려고 했다. 너무 힘들었다. 심문관은 집요했다. 그 심문관은 윈스턴보다 나이가 많은 것 같았는데 매우 노련하여 그 앞에서는 감추거나 속일 수가 없었다. 그리고 그는 기억력이 좋아서 윈스턴의 진술내용 중 상충되는 것을 빠뜨리지 않고 지적하였다. 애정부에서는 육체적 고문이 너무 힘들어 오브라이언에게 항복했는데 이번에는 그의 노련함과 집요함에 굴복할 수밖에 없었다.

그는 인디아와 버마 상황에 대해 큰 관심을 보였다. 버마에 정말 친영사 조직이 없는지 반복하여 질문했다. 그리고 영사군이 한 명도 남지 않고 철수했는지를 여러 번 확인했다. 그는 임팔의 영사군 병력 및 부대배치에 대해서도 자세히 물어보았다. 군사부분을 캐물을 때는 다른 장교도 동석하여 합동심문을 했다.

심문은 한 달 만에 끝났다. 그 후 며칠 동안 부르지 않다가 심문관이 그를 다시 호출했다. 그의 방에 들어서 책상 앞 의자에 앉았을 때 심문관 앞에는 윈스턴이 쓴 두 권의 두툼한 진술서 공책이 놓여 있었다. 그의 표정이 매우 진지해 보였다. 윈스턴은 자기의 코 끝을 바라보며 두 손을 앞에 모은 채 얌전히 앉아 있었다. 심문관은 잔기침을 한 번 하고 입을 열었다.

"윈스턴 스미스. 당신이 영사 군인으로 인디아 전선에서 포로가 되었다는 사실은 확인됐어. 그러니 당신은 유라시아군 전쟁포로가 아니지. 그렇지만 당신은 우리에 대한 적대행위에 가담한 것은 분명해. 만약 당신이 유라시아 민간인이었다면 그 자리에서 처형됐을 거야. 참 애매한 상황인 거지. 따라서 우리 당국은 당신을 일단 준포로로 분류하기로 했어."

그의 말을 들으며 계속 코 끝에 시선을 모았다. 그의 말이 계속됐다.

"포로를 전쟁에 강제 동원하는 잔인무도한 유라시아의 행위는 용납될 수 없어, 우리 당국은 이 사례를 전 세계에 알려 유라시아의 만행을 고발할 것이야."

이 말을 들으며 그는 다소 안심이 되었다. 적어도 처형되지 않을 것은 확실했다. 심문관이 부드러운 목소리로 그를 불렀다.

"윈스턴 스미스."

윈스턴은 고개를 들어 그의 얼굴을 바라보았다. 심문관은 잠시 생각하는 듯하더니 말을 이어갔다.

"우리는 당신을 준포로로 취급하며 구금상태에서 일정한 작업을 맡기기로 했어. 앞으로 우리의 지시를 잘 따라와."

그 말을 들으며 윈스턴은 속으로 안도의 한숨을 내쉬었다.

윈스턴은 군인포로나 벌목공들이 수용된 막사와는 다른 건물에 구금되었다. 침상과 변기통만 놓여 있는 좁은 독방이었다. 그는 아침식사를 배급받아 먹은 후 곧 수용소 관리건물로 불려갔다. 그들은 갈아 입을 옷을 주었다. 넝마같은 벌목공 작업복을 벗어버리고 민간인 치노들이 입는 목둘레 컬러가 올라온 곤색 상하의를 입었다. 그는 건물 안의 한 사무실에 배치되어 이스타시아 군인들과 같이 일했다. 그에게 배정된 작업은 '더 타임스'를 읽고 주요 기사를 분석하고 그 의미를 덧붙이는 것이었다. 그는 분석보고서를 매일 작성했다.

■ 제목: 8월 14일. '더 타임스' 보도 분석

0 풍요부는 지난 달 산업생산량이 전년 동기보다 10% 증가하였다고 발표하였다. 그러나 산업별 수치와 주요 생산품별 구체적 실적이 하나도 제시되지 않고 있어 신빙성이 결여되어 있다.

0 애정부는 사상범죄 근절을 위해 순찰을 더욱 강화할 것이라고 발표하였다. 특히 프롤 지역에 대한 순찰 횟수를 2배로 늘린다고 발표하였다. 이는 프롤 지역의 동요가 증가하고 있음을 말해주고 있다.

제공되는 '더 타임스'는 적어도 서너 달 이상 지난 것들이었다. 그래도 영사의 소식을 접할 수 있는 것이 윈스턴에게는 큰 흥밋거리였다. 런던의 진리부에서 근무할 때는 '더 타임스'를 읽고 그것을 변조하는 것이 그의 업무였다. 그 보도내용이 진실과는 거리가 멀다는 것을 너무 잘 알고 있었지만 그런 특별한 감정을 갖고 기사를 읽지는 않았다. 물론 믿지도 않았다. 당시 그에게 기사는 인쇄된 글자의 나열에 불과했다.

그런데 이곳에서 '더 타임스'를 읽고 분석하다보니 그 의도나 맥락이 보이는 것이었다. 빅 브라더가 유독 강조되는 기간이 있으면 당의 장악력에 무슨 문제가 있겠구나 하는 판단이 들었다. 충분한 정보는 없었지만 마치 영사를 손바닥에 놓고 들여다보는 것 같았다. 너무 얼토당토한 기사를 읽으면 웃음이 나올 때도 있었다.

'더 타임스'는 이스타시아로부터 도전을 받고 있는 동인도양에서의 제해권 강화를 위한 함대 증파를 계획 중이라고 보도했다. 군함건조를 위해 당원들이 성금을 내야 한다고 강조했다. 이게 무슨 말도 안되는 얘기인가? 북대서양과 북해에서 유라시아 해군이 위협이 될 수는 있다. 그렇지만 동인도양과 서태평양에서 이스타시아 해군은 눈을 씻고 찾아봐도 본 적이 없었다. 적어도 그 해역의 제해권은 영사 해군이 거의 완벽히 장악하고 있었다. 영사는 예산이 부족했거나 긴장조성을 위해서 그런 모금 활동을 벌인 것이었다.

오세아니아 여러 지역의 뉴스와 선전영상물이 필름이나 비디오테이프로 제공될 때가 있었다. 이를 이스타시아 정보과 군인들과 같이 보며 그들이 물어보는 것에 대해 아는 한도 내에서 답변하는 작업도 했다. 영사에서 제작된 것은 윈스턴이 충분히 설명해줄 수 있었으나 미사(美社)에서 제작된 것은 그 내용이나 배경을 이해하기 힘들 때도 많았다. 윈스턴 스스로도 미사 영상물을 보며 영사와는 많이 다르다는 것을 느꼈다. 내용이나 접근 자체가 영사처럼 폐쇄적이거나 교조적이지 않고 확실히 개방적이었다. 물론 자기네 체제가 우월하다는 것을 강조하는 것은 같았다. 그리고 미사 영상물의 등장인물들의 행동과 발언은 매우 자연스럽고 목소리도 부드러웠다. 등장인물 중 여성의 비율도 높았다. 복장도 영사처럼 획일적이지 않았다. 같은 오세아니아에서도 공대에 따라 차이가 크다는 것을 느꼈다. 이스타시아 군인들도 미사 영상물을 더 흥미롭게 보았다.

이스타시아군의 정보 관련 부서에서 일하며 윈스턴은 이상한 점을 하나 발견하였다. 업무에 필요한 사전을 받았는데 과거 영사 기록국에서 사용하던 신어사전 제9판이었다. 당시 제10판은 이미 견본이 나온 상황이었고 편찬위원회에서는 제11판을 제작 중에 있었다. 윈스턴도 애정부에서 풀려나와 새로 받은 보직이 그 편찬위원회의 하부 분과위원회였고 자신도 분명히 제11판의 마무리 작업에 참여했었다. 그는 조심스럽게 정보장교에게 물었다.

"장교님. 제10판이나 제11판이 있으면 작업을 더 정확히 할 수 있을 것 같습니다."

"없어. 10판이나 11판이 돌아다녔으면 우리가 입수했겠지."

그가 퉁명스럽게 대답했다. 그 정보장교의 말이 맞다면 완성된 지 10년이 지났는데 아직 제10판이 통용되지 않고 있는 점이 의아했다. 윈스턴은 이미 11판도 출간되었을 시기인데 라는 의문이 들었다. 당이나 진리부의 작업수행 규율은 치밀하고 철저했다. 예정보다 작업완수가 지연되는 것은 용납되지 않았다. 그런데 출간된 지 20년이 넘은 제9판을 아직 쓰고 있다면 뭔가 차질이 발생한 것이었다. '더 타임스' 기사만으로는 알 수 없는 당에 심각한 변화가 발생했거나 무슨 일이 벌어지고 있는 것이라는 예감이 들었다. 그는 '더 타임스' 기사를 좀 더 면밀히 분석해 변화를 잡아내야겠다고 마음먹었다.

작업을 같이 하는 정보과 군인들은 브리타니아어를 잘했다. 윈스턴은 그들이 어디서 브리타니아어를 배웠는지 궁금했다. 그는 한 장교에게 물어보았다.

"이스타시아는 어학교육을 잘하는 것 같습니다. 어렸을 때부터 브리타니아어를 배웁니까?"

"아니. 우리 이스타시아는 학교에서 제국주의 언어를 가르치지 않아. 나는 군대에 와서 브리타니아어를 배웠어."

그 장교는 짜증스럽게 말했지만 윈스턴은 용기를 내서 더 물어 보았다.

"군대에서요? 누가 브리타니아어를 가르쳤습니까?"

그가 미간을 약간 찌푸렸다.

"아메리카 군인이 우리에게 가르쳤지."

"아메리카면 오세아니아의 미사 말입니까?"

"응. 너 네들이 '앰속'(AmSoc)이라고 부르는 미제국주의자."

그의 말에 따르면 3극체제가 성립되기 전 이스타시아는 북조선을 침략한 미제국주의자를 격퇴하기 위해 조선전쟁에 참전하였다. 그때 많은 미제국주의 포로들을 잡았고 그들 중 일부는 제국주의의 앞잡이가 되어 약소민족을 침략한 과오를 뉘우치고 또 이스타시아 체제의 우월성에 감복하여 미제국주의로 돌아가지 않고 이곳에 남았다고 했다. 그들이 브리타니아어를 가르쳤고 또 지금 윈스턴이 하고 있는 일들을 했다고 했다.

"그 사람들은 지금 뭐하고 있습니까?"

"우리 이스타시아는 60세면 은퇴야. 몇 년 전에 모두 은퇴했지. 지금쯤 우리 조국과 인민이 주는 은퇴연금으로 편안한 노후를 즐기고 있겠지. 그들이 은퇴해서 공백이 생겼는데 당신이 이리로 왔고 또 그 일을 맡게 된 거야."

윈스턴은 처음 듣는 얘기였다. 모든 것이 궁금할 뿐이었다.

그들은 미사에 대한 관심이 많았다. 또한 그들의 공통점은 브리타니아어에 대한 열망이었다. 윈스턴은 부대식당에서 점심을 먹었는데 같이 작업을 하는 군인들은 그를 동석시켜 끊임없이 얘기를 나누며 식사를 했다. 그리고 몇 달 지난 후에는 상부의 허락을 받아 윈스턴에게서 일주일에 두 번 브리타니아어 회화를 배웠다. 그들은 윈스턴의 틀니도 교체해 주었다. 입에 딱 맞지는 않았지만 예전 것보다는 편했다. 그들은 가끔 포로에게 제공되지 않는 일용품을 윈스턴에게 가져오기도 했다. 세면비누, 면으로 된 수건, 거울, 양말, 겨울에는 바디로션과 장갑을 갖다 주기도 했다. 시간이 지남에 따라 윈스턴의 독방은 그러한 물품이 늘어났고 그 것을 올려놓을 수 있는 작은 선반까지 설치되었다.

정보과 군인 중에는 동료들이 '리'라고 부르는 장교가 있었다. 외모나 말이나 다른 사람들과 차이나는 점이 없었는데 전화통화를 하며 가끔 이상한 언어를 쓰는 것이었다. 윈스턴은 처음엔 알아차리지 못했다. 그런데 반복되다 보니 그 말은 시노어가 아닌 것이 분명했다. 그는 평소 사무실에서 시노어를 썼다. 그렇다면 그 언어는 무엇이고, 누구와 그 언어로 소통을 하는가 하는 호기심이 생겼다. 그는 브리타니아어 강습에도 적극적이어서 한 번도 강의에 빠진 적이 없었다.

어느 날, 브리타니아어 강습이 끝나고 감방으로 돌아와 저녁식사를 기다리고 있는데 '리'가 저녁거리를 싸들고 찾아왔다. 만두, 돼지고기 볶음, 삶은 야채 등이었다. 그는 윈스턴과 함께 그 음식을 먹으며 어떻게 하면 브리타니아어를 잘할 수 있냐고 물었다. 윈스턴은 꿈도 브리타니아어로 꿀 정도로 몰두하면 된다고 대답했다. 그는 씩 웃으며 대답했다.

"윈스턴. 나는 아직 꿈을 시노어로 꾸지 않아. 조선어로 꿔. 그런데 언제 브리타니아어로 꿈을 꾸겠어."

윈스턴은 그의 말이 무슨 뜻인지 짐작할 수 없었다.

"조선어요?"

"응. 난 조선족이야."

"조선족?"

"그래. 시노에 사는 코리안."

"코리안이 어떻게 여기 군대장교가 되었습니까?"

그는 답답하다는 표정을 지으며 코리아와 조선족에 대해 비교적 자세히 설명하기 시작했다. 그는 자신이 그 스토리를 브리타니아어로 전달할 수 있다는 사실에 스스로 대견해 하는 것 같았다. 윈스턴은 그의 말을 들으며 흥미도 느꼈고 버마 메이묘에서 읽은 기념비 내용이 기억에서 살아났다. "...재패니아, 시노, 코리아, 버마 등지에서 온 젊은 여성 여성들……."

윈스턴의 진지한 태도에 그는 신이 난 듯 보였다.

"우리 증조할아버지 때 여기 만추리아로 왔는데 그분 원래 고향은 남조선 경상도였대. 일제 때 독립운동도 하신 분이라고. 옌벤 조선족 사회에서는 우리 집안을 알아준다고. 나는 동북대학교를 나와 군대에 들어왔지만 내 동생은 북경대학을 졸업하고 북경시 당서기 밑에서 일하고 있어."

윈스턴은 중간 중간 질문을 던졌고 대화의 대부분은 '리'가 했다.

"'리' 선생. 그런데 할아버지 고향에는 가본 적 있습니까?"

"아니. 가보고 싶긴 한데 아직 못 갔어."

"코리아는 여기서 가깝지 않습니까? 왜 못가봤습니까?"

이 말에 그는 다소 어이없다는 표정을 지었다.

"윈스턴. 남조선하고 이스타시아는 외교관계도 없고 사이가 나빠. 갈 수가 없어."

"코리아와 재패니아는 이스트아시아가 아닙니까?"

윈스턴은 그의 말을 전혀 이해할 수가 없었다. 그것을 눈치 챘는지 그는 추가로 설명해 주었다. 재패니아는 오세아니아이며 코리아는 남과 북으로 갈라져 있었다. 북조선은 친이스트아시아이고 남조선은 친오세아니아였다. 그러나 그들은 이스트아시아나 오세아니아의 한 부분이 아니었다. 영향을 크게 받고 있지만 독자성을 유지하고 있었다. 남조선과 북조선은 적대적인 관계로 전쟁만 진행되지 않고 있을 뿐 지구상에서 가장 군사적 긴장이 높은 지역이었다.

"윈스턴. 그런데 말이야. 우리 조상 고향이 남조선이라서가 아니라 거기가 참 재미있는 나라야. 난 북조선에 몇 차례 가봤어. 그런데 정이 안가더라고. 남조선은 말이야 오세아니아가 아니야. 그런데 미군이 3만 명이나 주둔하고 있어. 그러면서 자기네들 하고 싶은 대로 다 하고 살더라고. 경제수준도 높고. 남조선을 꼭 한 번 가보고 싶어."

한 시간 넘게 얘기한 후 '리'는 자리에서 일어났다. 경비병을 불러 문을 열라고 지시하면서 그는 윈스턴에게 말을 던졌다.

"윈스턴. 내가 브리타니아어로 한 말 다 이해했지?"

윈스턴은 그가 자신의 브리타니아어 능력을 평가받길 원한다는 것을 알아차렸다.

"그럼요. '리' 선생. 발음도 좋고 악센트도 훌륭하네요."

리는 흡족한 표정을 지으며 방을 나갔다.

브리타니아에 비추어보면 리는 스코틀랜드인이나 아일랜드인도 아니었다. 그는 고등학교까지 조선족만 다니는 학교에 다녔다. 수업은 시노어로 했지만 학생들끼리는 조선어로 말했고 집에서 조선어를 썼으며 조선음식을 해먹고 조선명절을 지켰다. 조선족이 모여 사는 연길시에 가면 상점간판도 조선어로 되어 있다고 했다. 아이리시나 스카티시는 악센트만 다를 뿐 분명 브리타니아어를 사용했다. 소통에 전혀 문제가 없었다. 그런데 만추리아에는 조선어를 쓰는 조선족이 100만 명이나 된다고 했다. 그리고 이스타시아에 붙어 있는 조그마한 반도가 이스타시아 영역이 아니라고 했다. 그 반도도 둘로 나눠져 독자적인 국가를 유지하고 있다고 했다. 그리고 남조선에는 오세아니아 군대가 3만 명이나 주둔하고 있다고 했다. 윈스턴은 도대체 무슨 상황인지 이해할 수 없었다. 더군다나 리는 남조선에 꼭 가보고 싶다고 했다. 윈스턴은 리가 그렇게 말하는 이유를 자신이 직접 확인해보고 싶다는 생각이 들었다. 또한 연길시를 가보고 싶었다. 이스트아시아 내에 자기 말과 문자를 쓰며 모여 사는 집단이 있다니 신기할 뿐이었다. 영사에서는 그런 이질성이나 다양성을 조금도 허락하지 않았다.

정보장교들과 함께 일하다 보니 윈스턴은 그동안 몰랐던 사실들을 알게 되었다. 유라시아의 정식 명칭은 유라시아공국연방(EUSR: Eurasia Union of Soviet Republics)으로 종주국인 소비에트 러시아를 중심으로 갈리아, 게르마니아, 이베리아, 이딸리아, 오렌지아, 스칸디아, 폴스키아, 발티키아, 보헤미아, 슬라비아, 발카니아 등의 지역들에 각각의 소비에트 공화국이 유지되고 있었다. 이를 공국(共國, Soviet Republic)이라고 불렀다. 소비에트 러시아는 볼셰비키당을 통해 그들 지역을 통제했다.

포로가 된 후 1년쯤 후에 유라시아 슬라비아 지역에 소요가 일어났다는 소식이 전해지더니 그 지역에 여러 독립국가가 세워졌다. 곧이어 게르마니아와 그 옆의 오렌지아 그리고 갈리아도 독립을 선언했다는 소식이 들렸다. 그 지역의 독립국가들은 신볼셰비키즘을 폐기하고 자유주의를 택했다. 곧이어 소비에트 러시아가 신볼셰비키즘의 포기를 선언했고 유라시아공국연방은 완전히 해체됐다.

이스타시아 정보장교들은 유라시아의 해체에 박수를 치며 즐거워했다. 이제 3극체제가 아니라 오세아니아와 이스타시아의 양극체제가 된 것이라고 했다. 윈스턴은 마음이 불안해졌다. 전쟁을 통해 적개심을 불러일으키고 그 적에 대한 공포를 바탕으로 체제를 유지했던 영사는 어떻게 될 것인가? 적개심의 대상을 이스타시아로 돌려 전쟁을 할 것인가? 오세아니아와 이스타시아가 전쟁에 들어가면 나의 운명은 어떻게 될 것인가? 윈스턴은 속으로 긴장한 채 '더 타임스'와 오세아니아 선전영상들을 더 꼼꼼히 분석하였으나 과거 승전의 영광을 반복해서 강조하고 있을 뿐이었다. 다만 미사의 선전물은 긴장감이 줄어들고 자신감이 강해진 것을 알 수 있었다.

얼마 후 부대와 포로수용소 안에는 포로송환이 있을 것이라는 소문이 퍼졌다. 포로송환은 이스타시아 측이 먼저 제안했고 러시아는 마지못해 이를 받아들였다. 러시아 측은 자국 병사 포로들에 대한 관심이 없는 듯했다. 내부적으로 시스템이 완전히 붕괴되어 혼란이 극심한 상태여서 포로문제에 관심을 가질 상황이 아니었다. 모든 물자가 턱없이 부족한 상황에서 영토 안에 한 명이라도 사람이 더 늘어나는 것을 원하지 않았다. 하지만 러시아가 수용하고 있는 이스타시아 포로들을 관리하기도 힘들었고 이미 동부 시베리아 지역의 국경도시는 이스타시아의 경제권에 편입되어 있었으므로 이스타시아의 제안을 무시할 수 없었다.

오후 과업을 마치고 감방으로 돌아가려고 할 때 심문관이 윈스턴을 찾았다. 심문관이 그에게 의자에 앉으라고 권한 후 얘기를 시작했다.

"윈스턴. 그동안 맡은 과업을 매우 충실히 하고 있다는 보고를 받고 있어. 최근 들어 작업량이 꽤 늘어난 것도 알고 있어. 그동안 생활하는 데는 큰 불편이 없었을 거야."

윈스턴은 그의 말을 들으며 왜 불렀는지를 가늠할 수 없었다. 그가 잔기침을 두 번했다.

"윈스턴. 조만간 포로송환 절차가 진행될 것이라는 얘기는 들었을 거야. 그런데 당신에게 문제가 생겼어. 당신은 포로로 분류되지 않고 있어. 러시아측 명단에도 없을 거야. 그러니 당신을 송환할 방법이 없어. 러시아측이 당신을 받아 줄런 지도 의문이고..."

그는 잔기침을 다시 두 번 한 후 윈스턴의 눈을 지그시 바라보며 말을 이어갔다.

"윈스턴. 그러니 이곳에서 계속 우리와 일하며 사는 것이 어떻겠어? 자네 신분도 우리 공민(公民)으로 만들어주겠어. 적당한 대우도 책정해 주고. 자네가 러시아에 돌아가야 무슨 일을 하겠어? 잘못하면 다시 벌목장으로 끌려갈 텐데. 윈스턴. 그러니 여기에 남아 계속 우리와 함께 일하지."

윈스턴은 심문관 앞이었지만 잠시 눈을 감고 생각했다. 그의 지적이 맞았다. 러시아에 돌아가야 무슨 뾰족한 수가 있단 말인가? 자신은 러시아의 오세아니아 포로인데. 무슨 일을 당할지 알 수 없었다. 이곳에서 브리타니아어를 가르치며 다른 사람들과 사이좋게 지내는 것이 더 나을 수도 있다는 생각도 들었다. 그러나 이곳에 남는다는 것을 상상조차 해본 적이 없었다. 윈스턴의 침묵이 어색했는지 심문관이 말을 이었다.

"윈스턴. 우리 여성들 중에도 백인남성에게 관심을 갖는 사람들이 많아. 그동안 여러 나라에 끌려 다니며 고생을 많이 했는데. 이곳에 남아 계속 같이 일하지."

윈스턴은 갑자기 왼쪽 발목이 심하게 간지러운 것을 느꼈다. 기침이 나올 것 같았다. 결국 터져나온 것은 눈물이었다. 자기는 아무 곳에도 속할 수 없는 존재라는 생각이 들자 왈칵 눈물이 나온 것이었다. 영사에서는 애정부의 제거 대상이고 러시아에서는 영사군 포로이며 이스타시아에서는 포로도, 억류자도 아닌 어정쩡한 상태였다. 자신이 이 같은 신세로 전락하였다는 절망감에 휩싸였다. 그러나 윈스턴은 본능적으로 자신의 생각을 밝혔다.

"심문관님. 저는 전장에서 잡혀온 사람입니다. 그러니 일단 원래 있던 곳을 돌아가야 한다고 생각합니다. 오세아니아와 유라시아 사이에 포로 송환이 있으면 그때 다시 영사로 보내질 겁니다."

심문관에게 말은 그렇게 했지만 설사 영사로 돌아가게 된다 하더라도 목숨이 온전할 수 있겠는가 하는 의문이 든 것도 사실이었다.

일주일 후 포로송환이 이루어졌다. 그 전날 '리'가 윈스턴의 감방으로 찾아왔다. 그는 계속 같이 있으면 좋을 것이라고 말했지만 잔류를 강요하지는 않았다. 그는 조그마한 선물을 전했다. 손바닥만한 크기의 타원형 나뭇조각 부조 공예품이었다. 안에는 새 한마리가 양각으로 새겨져 있었다. 무슨 새인지는 모르겠지만 민속적인 의미가 있는 것 같았다. 리의 간단한 설명이 이어졌다.

"이 새는 다리가 세 개 달린 까마귀야. 조선족은 이 다리 세 개 달린 까마귀를 삼족오(三足烏)라고 불러. 우리 조상들이 숭상해오던 새야. 유럽의 불사조인 피닉스와 같다고 보면 돼. 윈스턴을 보호해줄 거야."

리는 다시 만나게 되길 기원한다면서 부디 건강하라고 말한 후 돌아갔다. 윈스턴은 고마운 마음과 함께 비쩍 마른 삼족오를 자세히 들여다봤다.

포로들은 트럭을 타고 우수리강으로 향했다. 국경을 잇는 다리 서쪽에서 하차한 후 걸어서 다리 중간 지점으로 이동했다. 이스타시아 포로도 그 지점에서 거리를 두고 와있었다. 양측 장교가 포로명단을 교환했다. 그리고 인원을 확인했다. 양측 포로들은 행렬을 만들어 우측통행 방식으로 중간지점을 통과해 행진했다. 이스타시아 포로들은 중간 지점을 통과하자마자 서로 부둥켜안으며 시끄럽게 대화를 나눴다. 러시아 포로들은 다리 동쪽 끝까지 아무 소리 없이 대오를 맞추고 행진했다.

우수리스크에서 귀환포로들에 대한 심문이 진행됐다. 심문내용은 대부분 형식적이었고 문제되는 병사는 없었다. 러시아군 장교들은 윈스턴에게 오세아니아 포로가 어떻게 전선에 투입됐냐고 물었다. 윈스턴은 벌목장에 있다가 끌려왔다는 말만 되풀이 할 수밖에 없었다. 장교들도 더 이상 물어볼 것이 없었고 윈스턴도 대답할 내용이 없는 것은 마찬가지였다.

귀환포로들에 대한 심문절차가 끝나자 벌목공을 포함한 포로전원이 집합하고 포로들에게는 제대증과 함께 통행증, 그리고 약간의 여행경비까지 지급되었다. 그러나 벌목공들에게는 통행증만 주어졌다. 그 통행증이 있으면 30일 동안 기차와 버스를 무료로 이용할 수 있었다. 윈스턴도 통행증을 받았다. 그리고 포로들은 해산명령을 받았다. 러시아군 당국은 포로문제를 빨리 종결짓는 것이 목적인 것 같았다. 뭔가 사람에 대한 책임을 맡고 있는 것을 매우 귀찮게 여기는 것 같았다. 그만큼 러시아는 유라시아 해체 이후 힘들고 혼란스런 상황이었다.

8. 발티키아

　윈스턴은 포로신분에서 벗어나 통행증을 손에 쥐었으나 앞날이 막막할 뿐이었다. 시베리아를 떠나 어디로 향해야할지 도무지 생각나지 않았다. 그는 자신의 신세가 영사의 무인(無人, unperson)과 다름없음을 절감했다. 그가 도움을 청할 사람은 요리스 밖에 없었다. 요리스도 불안한 심정이었다. 동부 시베리아에서 고향이 있는 발티키아까지는 유라시아 영토의 양 극단이나 다름없었다. 그는 과연 한 달간의 통행증을 갖고 발티키아까지 갈 수 있을까 하는 걱정으로 마음이 무거웠다. 러시아의 시스템 자체가 제대로 작동하지 않고 있었기 때문에 교통망은 거의 붕괴된 것이나 다름없었다. 그는 서쪽으로 가는 아무 열차에나 올라타 무조건 모스크바 가까이 가는 수밖에 없다고 했다. 거기서 발티키아까지는 600킬로미터 정도가 되니 무슨 방법이 있을 것이라고 했다.

　그들은 돈 한 푼 없었고 행색도 거지와 다름없었다. 윈스턴과 요리스는 상점을 돌며 허드렛일을 해주고 식사를 해결하면서 헌옷들을 구해 갈아입었다. 그렇게 지내며 여행기간 중 필요한 빵과 버터, 훈제품을 마련할 수 있었다. 둘은 각각의 봇짐을 지고 우수리스크역으로 가서 서쪽으로 향하는 열차에 무조건 올랐다.

　며칠을 달린 열차는 하바로프스크에 도착하였으나, 역에 정차한 채 움직이지 않았다. 언제 출발 하냐고 물어도 아무도 대답을 해주지 않았다. 몇 달 동안 급여를 받지 못한 기관사가 자리를 떠난 후 돌아오지 않고 있는 것이었다. 일주일이나 지나서 다른 기관사가 온 후에야 열차는 출발했다. 윈스턴과 요리스는 열차 출발이 지연될 기미가 보이면 화물열차라도 서쪽을 향하는 기차에 무조건 올라탔다.

승객들은 모두 지친 표정들이었다. 런던 시내의 우울하거나 무표정한 행인들을 보는 것 같았다. 승객들은 다른 사람들에게 관심을 보이지 않았다. 얼마 후 음식이 떨어져 구걸을 할 수밖에 없었다. 요리스는 제대병이나 군인들에게 접근하여 자신을 우수리스크 참전 용사라고 소개하며 전투경험에 대해 장황하게 얘기를 펼쳤다. 그리고 음식을 얻어 왔다. 우수리스크 전투에 대해 러시아 병사나 제대병들은 사령부가 기갑부대나 공군지원만 해줬으면 충분히 방어할 수 있었다며 분개했다. 세계 최강의 러시아군이 이스타시아군에 패한 것은 군수뇌부의 잘못이라고 비난했다.

이르쿠츠크에 도착했을 때 통행증 기한이 일주일 밖에 남지 않았다. 둘은 초조했다. 열차는 움직이지 않았다. 모스크바까지 가는 중간 역들에서의 파업으로 열차운행이 제대로 되지 않고 있었다. 거기서 며칠을 허비하자 윈스턴이나 요리스와 비슷한 처지의 사람들이 뭉쳤다. 그들은 이르쿠츠크역을 통과하는 화물열차가 조만간 지나갈 것이라는 정보를 듣고 철로에 바리케이드를 쳤다. 역장이 요청한 경찰 몇 명이 출동하였으나 제대병들의 거친 행동을 막지 못했다. 역내로 진입하던 화물열차는 바리케이드와 선로에 밀집해 있는 사람들을 보고 정차할 수밖에 없었다. 화물칸 문이 모두 자물쇠로 채워져 있었으므로 사람들은 벌크 물품을 실은 무개열차 위에 올라탔다. 몇 명은 화물칸 지붕 위에 올랐다. 열차 승무원들은 이는 열차탈취와 다름이 없는 중범죄라고 고래고래 소리를 질렀다. 이에 동요하는 사람들은 없었다. 화물열차는 출발했다.

모스크바에 도착하였을 때 윈스턴과 요리스의 통행증 기간은 이미 끝나 버렸다. 무료로 교통수단을 이용할 방법이 없었다. 이제 모스크바에서 600킬로 떨어진 발티키아로 가는 일이 남아 있었다. 돈은 한 푼도 없었다. 요리스도 모스크바는 처음이었다. 중간 중간 역이나 열차 화장실에서 세면과 면도는 했으나 두 사람의 몸에서 역겨운 체취도 났다. 한 달 가까이 식사를 제대로 못했으므로 기력도 떨어져 있었다.

모스크바 사람들은 시베리아 사람들보다 훨씬 더 불친절하고 불안에 휩싸여 있는 것 같았다. 길을 걸어도 눈을 마주치는 사람들이 없었다. 도시 전체 분위기가 어수선하면서도 을씨년스러웠다. 잘못하다간 발티키아까지 가기 전에 이곳 길거리에서 굶어 죽거나 얼어 죽을 수 있다는 겁정도 들었다. 요리스도 당황하는 기색이 역력했다. 길에서 말을 붙일 만한 사람이 없었다. 유배지 같은 시베리아에서 벗어났다는 안도감은 있었으나 앞으로 나아갈 길이 막막했다.

요리스는 행인들에게 말을 걸며 열심히 구걸을 해서 동전을 모았다. 그는 공중전화를 찾아 교환원과 통화를 했다. 꽤 시간이 걸렸다. 이어서 다른 곳과 몇 차례 통화를 했다. 마침내 통화가 끝났을 때 그의 표정이 밝아졌다.

"윈스턴. 해결된 거 같아. 여기서 한 30분 걸어가면 우리를 도와줄 사람이 있을 것 같아."

영문을 몰라 하는 윈스턴에게 그가 상황을 설명했다. 그는 교환원에게 발티키아의 국화(國花) 이름을 말해주며 그 이름으로 되어 있는 식당 전화번호를 알려달라고 요청했다. 그는 교환원이 알려준 번호들에 전화하여 주인들과 통화를 하였다. 그중 가장 친절한 사람의 가게에 찾아가면 도움을 받을 수 있을 것이라는 얘기였다. 가게 위치를 물어가며 윈스턴과 요리스는 한 시간 가량 걸었다. 그 가게는 작고 허름한 발티키아 식당이었다. 가게로 들어서며 요리스는 "스베이키"라고 발티키아말로 인사를 했다. 그런 그를 주인은 경계심 없이 반겼다.

그날 저녁 윈스턴과 요리스는 가게주인의 아파트에서 묵을 수 있었다. 주인은 간단한 요리를 내왔다. 요리스는 주인에게 "빨디에스"라며 계속 감사의 뜻을 전했다. 요리스와 주인은 유쾌하게 대화를 나눴다. 주인은 얼마 전 가족들을 발티키아 고향으로 돌려보냈으며 자신도 가게를 정리하고 모스크바를 떠날 계획이라고 했다. 유라시아는 이미 해체되었고 이곳 러시아는 먹고 살기가 어려운 상황이라고 했다. 모스크바는 좀도둑, 소매치기, 노상강도들이 많으니 조심하라는 말도 덧붙였다. 지난 몇 년간 모스크바 시내에서 계속 항의시위가 벌어지고 있으며 얼마 전에는 불만을 품은 군대가 쿠데타 시도를 했었다고 전했다. 그 얘기를 들으며 윈스턴과 요리스는 러시아의 상황이 그 정도 심각한지 처음 알았다.

"사실 이렇게 될 줄 알았어요. 체르노빌 사건 때문에 발티키아 사람들도 많은 피해를 입었어요. 그래서 몇 년 전부터 발티키아 사람들이 대규모 집단항의를 하기 시작했죠. 그런데 그런 시위가 벌어지는데도 당이나 정부가 아무런 탄압을 못하더라니까요. 그때 제가 알았죠. 아! 이제 유라시아 신볼셰비키즘은 끝났구나 하는 것을요."

윈스턴과 요리스가 벌목캠프에서 갖은 고생을 하고 이스타시아에서 포로생활을 할 때 밖의 세상에서는 엄청난 변화가 진행되고 있었던 것이었다.

요리스는 가게주인으로부터 발티키아로 가는 여행경비를 받았다. 요리스는 돌아가면 곧 갚겠다고 말했고 주인은 오히려 당신 같은 투사를 만나 영광이라며 신경 쓰지 말라고 했다. 윈스턴과 요리스는 발티키아 쪽으로 가는 버스를 타고 모스크바를 떠났다.

버스는 러시아와 발티키아 접경지역까지만 운행하였다. 윈스턴과 요리스는 하차하여 도보로 발티키아 지역으로 들어갔다. 발티키아라는 표지판 외에는 초소도, 검문도, 경비병도 없었다. 사람들은 아무런 제지 없이 양쪽을 왕래하고 있었다. 발티키아 지역 쪽의 접경도시에서 요리스의 집으로 가는 버스로 갈아탔다. 그제야 요리스는 안심이 되는 표정이었다.

"윈스턴. 이제부터는 맘을 놓아도 돼. 여기는 발티키아야. 통행증도 필요 없고 러시아군도 없어. 그리고 발티키아 사람들은 슬라브인들보다 친절해."

윈스턴은 오랜만에 그의 넉넉한 미소를 볼 수 있었다.

요리스의 고향은 시가지가 제대로 갖춰진 중소도시였다. 그가 살던 집을 찾아갔으나 가족들은 이사를 간 후였다. 요리스는 당황하지 않고 근처의 식당을 겸하는 선술집으로 갔다. 손님들이 몇 테이블을 차지하고 있었는데 요리스와 윈스턴이 초라한 행색으로 들어서자 모두들 쳐다보았다. 실내가 조용해지며 몇 초 동안 어색한 분위기가 감돌았다. 요리스가 입구에 버티고 선 채 크게 외쳤다.

"이봐. 뭐를 그렇게 뚫어지게 보고 있어? 나라고. 요리스라고. 이렇게 살아 돌아왔잖아."

그가 요리스임을 확인하는 순간 손님들은 소리를 지르며 축하와 축복의 말을 외쳤다. 가게주인은 그의 생환을 축하하자며 맥주잔을 들었다. 요리스와 윈스턴이 앉아 있는 테이블로 사람들이 쉬지 않고 찾아와 술을 건넸다. 가게주인은 많은 음식을 내왔다. 그가 고향에서 가지고 있던 덕망을 짐작할 수 있었다.

요리스의 부인은 그가 시베리아로 끌려간 지 1년 후에 살던 집을 처분하고 교외로 이사를 했다. 우체국에는 계속 근무했으나 사람들의 시선받는 것을 피했다. 아들들은 고등학교에 다니고 있었다. 요리스는 윈스턴에게 아침에 집으로 가자고 했다.

시내에서 집까지는 걸어서 한 시간 거리였는데 숙취도 깰 겸 걸어가기로 했다. 시내를 벗어나자 양쪽이 밭인 시골길이 나왔다. 아침 일찍 차도 사람도 없는 그 길을 둘은 천천히 걸었다. 정말 공기가 맑았다. 이런 시간에 이런 길을 맘 편히 걷는 것은 처음이었다. 조금 걷자 멀리 가옥 몇 채가 모여 있는 촌락이 보였다.

"윈스턴. 저길 거야. 한 30분만 걸으면 되겠네."

집을 찾은 요리스는 울타리가 없는 앞마당으로 들어섰다. 마당 중간쯤에 이르렀을 때 현관문이 천천히 열리며 갈색머리의 중년부인이 모습을 드러냈다. 그녀는 계단 밑에 서 있는 두 사내를 물끄러미 내려다봤다. 윈스턴의 옆에 서있는 요리스는 분명 미소를 짓고 있었는데 그녀의 눈가가 촉촉해지더니 눈물방울이 뺨을 타고 흘러 내렸다. 그녀는 고개를 돌리지 않은 채 아이들을 불렀다. 요리스가 미소를 머금은 채 그녀를 바라보며 입을 열었다.

"윈스턴. 내 아내 밀다 일세. 밀다. 브리타니아에서 온 내 친구 윈스턴이야."

요리스의 집은 오래된 농가였지만 꽤 컸다. 앞마당보다 더 큰 뒷마당이 있었고 그곳엔 넓은 텃밭과 창고도 있었다. 윈스턴에게 현관입구 옆의 조그마한 독방이 주어졌다. 요리스는 집에 돌아와서 딱 사흘만 쉬었다. 그동안 집을 둘러보며 자질구레하게 손볼 곳들을 고쳤다. 벌목장의 경험에 힘입은 것인지 작업에 매우 능숙했다. 윈스턴과 함께 집 주변의 잡초를 말끔히 정리했고 삐걱거리는 테이블과 의자도 손보았다.

그는 근무하던 학교와 교육청을 찾아가 복직허가를 받았다. 복직하고 얼마 되지 않아 그 지역 교육청장 자리가 공석이라는 것을 알고 학부모들과 주민들을 설득하여 직무대행 역할을 수행했다. 그 후 발티키아 교육위원회로부터는 사후 승인을 받았다. 그는 발티키아에 와서 해야 할 일을 미리 다 계획을 세워놓은 것 같았다. 하는 일에 거침이 없었다. 교육청장 직무대행이 되어 교사들을 중심으로 발티키아 역사연구위원회를 조직했다. 유라시아 시절 학교에서는 발티키아 역사를 따로 가르치지 않았다. 유라시아 역사의 일부분으로 다뤘을 뿐이었다. 요리스는 위원회를 통해 발티키아 역사교과서를 만들도록 지시했다. 그리고 그는 외국어 교육을 강화했다. 학부모들과 주민들의 의견을 수렴하여 브리타니아어를 제1외국어로 지정했다. 브리타니아어 교사양성을 윈스턴에게 맡겼다. 윈스턴은 발티키아에 온지 두 달 만에 교육청 직원이 되어 교사들을 가르치기 시작했다.

요리스는 일하느라 정신이 없었고 윈스턴도 교사들을 가르치고 학교들을 순방하며 교육실태를 파악하는 등 바쁘게 지냈다. 윈스턴은 아침 아홉 시까지 출근하려면 일곱 시에 일어나야 했다. 하지만 런던에서 텔레스크린의 시끄러운 기상 음악소리에 맞춰 억지로 일어나 체조를 하고 또 딱딱한 빵으로 아침을 때운 후 진리부까지 출근해야 했던 상황과는 달랐다. 밀다가 아침식사를 준비하는 소리에 맞춰 저절로 눈이 떠졌고 오늘은 교사들을 어떻게 하면 효과적으로 지도할 수 있을까 고민하니 긴장감이 생겼다. 상급자의 평가나 주변의 시선 때문이 아니라 맡은 일에 대한 책임감으로 긴장감을 느끼기는 처음이었다.

발티키아 경제상황이 불안했기 때문에 급여는 많은 편이 아니었다. 유라시아 시절 소비에트 러시아로부터 오던 지원이 완전히 끊겨 발티키아는 자립을 위해 힘든 시기를 보내고 있었다. 농산품을 중심으로 하는 식료품은 큰 문제가 없었으나 석유와 가스, 그리고 공산품이 부족했다. 그러나 주민들은 큰 불평을 하지 않았다. 유라시아라는 굴레를 벗어나려면 치러야 할 당연한 대가라고 여기는 것 같았다.

정기적인 소득이 생기자 윈스턴은 요리스에게 방값과 생활비를 내겠다고 제안했다. 그 말을 들은 그는 고개를 흔들며 좀 더 기다리라고 했다. 그의 집에서 지낸 지 반 년가량 되었을 때 요리스는 자기 집에서 걸어서 십 분 정도 떨어진 곳의 집을 구매했다. 작은 농가였는데 혼자 살던 할머니가 사망한 후 아들한테 그 집을 구입한 것이었다. 침실이 하나만 있는 조그마한 주택이었다. 그는 윈스턴에게 그 집으로 이사 가서 집세를 내는 것이 어떻겠냐고 제안했다. 요리스와 아들들, 그리고 윈스턴이 그 집을 주말마다 한 달 동안 수리했다. 오래된 마룻바닥을 새로 깔고 지붕을 수리하여 누수가 없도록 했다. 구하기 어려운 페인트를 얻어와 벗겨진 곳을 일부 칠하기도 했다. 수리비용을 윈스턴이 지불하고 이사를 했다.

런던과 발티키아 생활을 비교해 봤을 때 나라 전체는 제1공대가 풍족한 것 같았다. 그러나 개인들의 생활수준은 비슷했다. 이곳 발티키아에는 풍요로움이 있었다. 물자가 쪼들려도 짜증나지 않았다. 여기는 배급제가 폐지되었기 때문에 모든 것을 상점에서 구입해야 했다. 가게에는 없는 물건들이 많았다. 이곳도 면도날이 제대로 공급 되지 않는 기간이 있었다. 그러면 그들은 나누어 썼다. 그것도 부족해지면 예전에 사용했던 날이 긴 면도기를 찾아내 숫돌에 갈아 사용했다.

그 교육구에는 브리타니아어 담당교사들이 열 명 정도 있었는데 모두 30대 이상의 여성들이었다. 교사들은 과거 외국어대학을 다녔거나 유라시아에 자유화 바람이 불 무렵부터 공부를 했던 사람들이었다. 윈스턴은 교사들과 함께 그들이 예전에 사용했던 교재를 모아 고등학생들을 위한 교과서를 급조하여 만들었다. 그것이 발티키아 지역에서 만들어진 최초의 고등학생용 브리타니아어 교과서였다. 교재를 만들면서도 윈스턴은 신어를 사용하는 자신을 발견하였다. 어떤 때는 구어가 생각나지 않을 때도 있었다. 오히려 그들의 예전 교재가 구어를 다시 떠오르게 했다.

요리스의 계획대로 중학교까지 브리타니아어 교육을 확대하려면 3년 이내에 50명의 교사를 양성해야 했다. 그리고 다른 교육구도 브리타니아어 교육을 실시하면서 교사양성 지원을 요리스에게 요청하는 형편이었다. 일부 교사는 더 좋은 대우를 약속받고 다른 교육구로 옮겨 가기도 했다. 윈스턴은 오전에는 교육계획을 세우고 과제를 검토하였다. 오후에는 교사들과 예비교사들을 교육시켰다. 교사교육이 끝나고 교사들과의 보충토론 시간이 길어지면 종료 후 그들과 시내의 식당에 가서 저녁을 같이 먹었다. 다른 손님들은 그들이 브리타니아어로 대화를 나누는 모습을 신기한 듯 쳐다보곤 하였다.

교육청 사무직원의 대부분이 여성들이었다. 그들은 대부분 미인들이었고 매우 친절했다. 여성들에 비하면 발티키아 남성들은 뭔가 위축되어 있었다. 그렇게 능력이나 활력이 있어 보이지 않았다. 그들은 알코올 중독자도 많았고 평균수명도 짧았다. 남성이나 여성이나 모두 술을 즐겼다. 출근한 여직원들 중에 아침에 술 냄새가 나도 이상한 일이 아니었다.

　주말에 윈스턴은 요리스의 집에 가서 저녁을 먹었다. 가끔 있는 일이라 그는 가벼운 마음으로 집에 들어섰다. 밀다는 푸짐하게 음식을 준비했다. 닭구이와 각종 소시지, 그리고 채소도 풍성하게 내왔다. 술도 병맥주와 보드카를 준비해놓았다. 경제는 회복 중이었으나 물자가 그렇게 넉넉한 시기는 아니었다. 미안한 마음을 갖고 윈스턴이 말했다.
"밀다. 무슨 일로 이렇게 음식을 많이 준비했나요?"
　그 말을 듣고 그녀가 빙그레 웃음을 지어 보였다.
"윈스턴. 오늘이 당신 생일이잖아요."
　이 말을 들은 윈스턴은 갑자기 머리를 세게 얻어맞은 느낌이었다. 다른 사람이 내 생일을 기억하고 축하해준 적이 언제였던가? 아주 어렸을 때는 기억할 수 없었고 어머니가 실종된 이후 보육원을 거쳐 외부당원이 되어 진리부에 근무하고, 캐더린과 짧은 결혼생활을 하면서도 생일을 기념한 적이 없었다. 마찬가지로 다른 사람의 생일을 축하해준 적도 없었다. 그러다 보니 생일이 큰 의미가 있는 날이라는 개념도 없었다. 개인은 영사나 빅 브라더를 위한 존재였을 뿐이었다. 윈스턴은 약간 목이 멘 상태에서 말했다.
"고마워요. 밀다. 내 생일을 내가 잊어버리고 있었네요."
　윈스턴은 생일을 인식하지 못하고 살아온 과거의 삶이 허망하다는 생각까지 들었다. 그녀는 요리가 계속 나올 테니 천천히 음식을 먹으라고 권했다. 윈스턴과 요리스는 보드카를 마셨다.
"윈스턴. 이건 폴스키아 보드카야. 옆의 교육청장에게 선물 받은 건데 거기 보드카를 우리 것보다 더 알아줘. 내일 아침에 숙취가 없을 거야. 마음껏 들게."

밀다가 식탁으로 와서 요리스 옆에 앉으며 자신의 컵에 맥주를 부었다. 그리고 건배를 제안했다. 잔을 부딪치고 잠시 침묵이 흘렀다. 윈스턴은 그들이 참 고마운 사람들이라고 생각했다. 돌아보니 그의 인생에서 이렇게 편한 마음으로 지낸 시절은 없었다.

침묵을 깬 것은 밀다의 목소리였다.

"스미스 씨. 여기에 온 지 벌써 일 년이 넘었네요. 요리스가 하는 일에 많은 도움을 주고 교육청 사람들과 교사들이 다 좋아하고 있어요. 그런데 스미스 씨 결혼을 하셨나요? 브리타니아에 가족이 있나요?"

윈스턴은 마른 침을 삼켰다. 요리스는 미소를 머금은 채 윈스턴을 바라보고 있었다. 밀다는 진지한 얼굴이었다.

"제가 신세를 많이 지면서도 저에 대한 얘기를 별로 안했군요. 사실 할 얘기도 없고 또 기억하고 싶지 않은 일이 많아서... 이해해 주세요. 결혼을 했습니다. 그런데 곧 별거를 했고 사실상 이혼상태였습니다. 그리고 당은 결혼을 권장하지도 않았습니다. 부부관계가 당에 대한 충성심을 방해한다는 거죠."

그녀는 자신의 질문이 상대방을 당황하게 했나 하는 미안한 기색을 보이면서도 조심스럽게 다시 말을 건넸다.

"스미스 씨. 바쁘시긴 하지만 이제 여기서 생활이 안정되었잖아요. 늘 집에 혼자 있기가 외롭지 않으세요?"

윈스턴은 외롭지 않냐는 말을 심심하냐는 뜻으로 이해했다.

"내가 발티키아어를 열심히 배워야겠어요. 그러면 TV도 재미있게 볼 수 있을 텐데. 그런데 혼자 살다보니 왜 그렇게 할 일이 많은지 모르겠어요. 식사준비, 장보기, 청소, 세탁. 최근에 길고양이에게 먹이도 챙겨주고 있어요. 뜰에 잡초 뽑는 것도 큰일이더라고요. 바쁘진 않지만 늘 할 일이 있어요. 특별히 심심할 틈이 없는 것 같아요."

밀다는 약간 머뭇거리는 듯하더니 입을 열었다.

"스미스 씨. 타냐 아시죠? 시내 고등학교의 브리타니아어 교사 타냐요.”

　물론 윈스턴은 그녀를 알고 있었다. 6개월 전쯤 두 달간 교육청에서 윈스턴으로부터 교육을 받았고 다른 교사들과 같이 몇 번 식사를 한 적이 있었다. 또 윈스턴이 학교를 방문하여 그녀의 수업을 참관했었다. 30대 후반의 금발머리 여성이었다.

　“네. 기억하고 있죠. 다른 교사들보다 악센트와 발음이 좋은 것이 인상에 남아 있죠. 틀니의 새는 내 발음보다 그녀의 발음이 더 좋은 것 같아요.”

　이 말은 윈스턴의 진심이었다. 그녀의 브리타니아어 발음에는 발티키아 사람들 특유의 탁음이 없고 악센트가 정확하여 듣기가 편했다. 그가 타냐에 대해 좋게 말하자 밀다의 표정이 밝아졌다.

　“스미스 씨. 타냐가 스미스 씨에게 관심이 있는 것 같아요.”

　“……..”

　“직접적으로 말씀드릴게요. 타냐가 스미스 씨를 마음에 들어 하고 만나보고 싶어 해요.”

　윈스턴은 밀다의 갑작스런 말에 아무런 반응을 보일 수 없었다. 요리스가 끼어들었다.

　“타냐는 이곳 출신이 아니야. 벨라루시아 여자야. 모스크바 외국어대학에서 브리타니아 문학을 공부하고 민스크 관리청에서 근무를 하다 체르노빌 사고 후 발티키아로 이주했어. 그래서 다른 교사들보다 브리타니아어를 잘하지. 그동안 시내 상점에서 점원으로 일하다 교사모집 광고를 보고 브리타니아어 선생이 된 거야.”

　밀다가 그 말을 받아 얘기를 덧붙였다.

　“네. 그래요. 그때 벨라루시아 사람들이 낙진을 피해서 발티키아로 수십만 명이나 이주해 왔어요. 타냐 남편은 체르노빌 사고로 죽었어요. 그래서 자기 나라로 돌아가고 싶지 않은 것 같아요.”

　윈스턴은 그저 덤덤한 심정이었다. 요리스가 그의 잔에 보드카를 따르며 말했다.

"성격이 좋아. 그래서 이곳 사람들이 다들 좋아해. 그리고 미인이야."

윈스턴은 그녀의 외모에 대한 인상은 남아 있었다. 그녀가 매혹적인 금발을 가진 예쁜 여성임은 틀림없었다. 밀다가 윈스턴의 얼굴을 바라보며 조심스럽게 말했다.

"스미스 씨. 그런데 타냐에겐 중학교 다니는 딸이 하나 있어요."

윈스턴은 소녀의 말을 들으며 거실 창밖을 응시했다. 그리고 보드카 잔을 입으로 가져갔다.

월요일 윈스턴이 교육청에 출근했을 때 예정에 없던 일정이 기다리고 있었다. 옆 교육구의 브리타니아어 교사들이 그를 방문하기로 되어 있었다. 교사들이 도착했다는 연락을 받고 그는 회의실로 갔다. 십 여 명의 교사들이 기대된다는 표정으로 기다리고 있었다. 안내를 맡은 사람이 타냐였다. 대화는 브리타니아어로 진행되었는데 역시 그녀의 브리타니아어는 다른 교사들에 비해 월등했다. 그들과 대화를 나누며 타냐의 목소리만 윈스턴의 귀에 또렷이 들어왔다. 교사들의 고민은 시청각 자료가 없어 회화를 가르치기가 힘들다는 것이었다. 그것은 이 지역에서도 문제였다. 상의 끝에 도서관이나 방송국 그리고 기타 공공기관을 뒤져 오래된 오세아니아의 영화나 드라마를 찾아보자고 의견을 모았다. 영상장비가 부족하므로 그것들의 오디오를 재생하여 편집하고 스크립트를 만들어 시청각 교재로 사용하자는 결론을 내렸다. 만남이 끝나자 타냐가 그들을 대표하여 감사의 선물이라며 종이봉지 안에 넣은 보드카 한 병을 윈스턴에게 전달하였다.

미팅이 끝나고 윈스턴은 요리스의 사무실로 가 오세아니아 영상물을 찾아달라는 부탁을 했다. 그는 좋은 아이디어라고 말했다.

"윈스턴. 그런 생각을 왜 진즉에 못했지? 내가 다른 교육청에도 얘기해서 다 같이 찾아보자고 할게. 그런데 스크립트는 아마 자네가 만들어야 할 걸? 자네 일만 늘어나게 생겼네."

바쁜 하루를 보낸 윈스턴은 집에서 저녁식사를 하며 반주를 위해 선물로 받은 보드카를 종이봉지에서 꺼냈다. 봉지 안에 자그마한 카드가 있는 것이 보였다. 전면 가득 해바라기 꽃이 그려져 있는 단순한 디자인이었다. 윈스턴은 카드를 폈다.

"보고 싶군요. 타냐"(I miss you. Tanya.)

그 문구를 보자마자 윈스턴은 얼른 카드를 내려놓았다. 그의 눈도 카드를 외면하고 벽을 바라보았다. 마음속으로 고개가 흔들어졌다. 윈스턴은 보드카 잔을 입에 대고 손목을 꺾었다. 그는 이러한 메시지에 대한 자신의 반응이 가져올 후폭풍에 대해 너무도 잘 알고 있었다. 메시지는 당사자 사이의 순간적인 감정을 전하는 것뿐이었다. 그것이 미래에 영속적으로 이어지는 것은 아니었다.

그는 욕실로 갔다. 발티키아에 와서 윈스턴이 가장 만족스럽게 여기는 것 중 하나가 취침 전에 따뜻한 물로 샤워를 하는 것이었다. 보일러로 온수를 만들기도 하지만 발티키아 가옥들은 대부분 지붕에 태양열 집열판이 설치되어 있었다. 낮 동안 데워진 물을 설거지용으로나 세면용으로 사용하였다. 계절에 따라 수온에 차이가 났지만 사용하기에는 불편하지 않았다. 빅토리 맨션에서는 겨울에도 따뜻한 물이 나오는 경우는 거의 없었다. 주전자에 끓인 물을 찬물과 섞어 설거지용과 세면용으로 사용하였다. 추운 날씨에 샤워하는 것은 매우 고역이었다. 빅토리 맨션 시절 윈스턴은 수건을 더운 물에 적셔 몸을 닦는 것으로 샤워를 대신하고는 했다. 여기서는 그런 불편함이 없었다. 미지근해도 샤워를 할 수 있었고 몸도 상쾌해졌다.

그는 욕실에 들어가 내의까지 다 벗고 거울 앞에 섰다. 쉰이 다 된 중년 남자의 얼굴이 보였다. 이마의 주름은 깊었고 머리는 반쯤 벗겨져 있었다. 매일 확인하는 모습이었지만 그날따라 유심히 살펴보았다. 그렇게 삶에 찌든 모습은 아니었다. 허리와 어깨는 굽어지지 않고 아직 바른 자세였다. 발티키아에 와서 섭식을 잘했는지 피부도 윤기가 났다. 평소와는 다르게 오랜 시간 자신의 모습을 관찰하며 윈스턴은 저절로 피식 웃음이 나왔다. 틀니를 하고도 키스를 할 수 있나?

교육청의 시청각 교재를 만들기 위한 작업은 급속히 진척됐다. 다른 교육청들의 협조에 힘입어 빠른 시간에 많은 자료를 모을 수 있었다. 그중 교육용으로 적합한 자료를 추리니 약 20여개 테이프에 200분가량의 분량이 나왔다. 이를 오디오로 편집하고 또 그것의 스크립트를 제작하는 과제가 남아 있었다. 타냐를 포함한 작업팀이 꾸려졌다. 오래된 자료들이 많아 영상은 물론 오디오 상태가 불량했다. 방송국에 부탁하여 심각한 오디오 잡음을 제거했다. 다행히 교육용으로 사용하는데 불편함이 없을 정도로 복원되었다. 팀원들은 그 오디오를 들으며 원고를 작성하고 그것을 윈스턴이 감수했다.

두 사람은 늦게까지 같이 일하는 날도 많았다. 초기 샘플을 학교에 보냈을 때 반응이 매우 좋았다. 그는 타냐와 같이 일하며 그녀가 준 카드를 잊고 있었다. 두 사람은 학생들을 위한 시청각교재 제작이라는 업무에 책임감을 갖고 몰두해 있었다. 주말에 그녀가 윈스턴의 집으로 원고를 가지고 와 같이 검토하기도 했다. 늦게 일을 마친 후 그녀는 짐을 싸들고 곧바로 집으로 돌아갔다.

시청각교재가 거의 완성이 되어갈 무렵 늦게 일을 마치고 두 사람은 시내 식당으로 저녁을 먹으러 갔다. 손님도 적었지만 윈스턴을 알아본 주인은 조용한 테이블로 두 사람을 안내했다. 둘 다 긴장감에서 벗어나 마음이 편한 상태였다. 음식과 함께 윈스턴은 보드카를, 그녀는 맥주를 시켰다. 업무 얘기를 잠깐 나눴으나 이미 다 검토한 사항이라 곧 대화를 이어갈 소재가 떨어졌다. 두 사람은 잠시 각자의 술만 마셨다. 약간 어색한 분위기를 깨고 그녀가 먼저 입을 열었다.

"스미스 씨. 해바라기 꽃 좋아하세요?"

윈스턴은 어색한 분위기를 그녀가 깨리라는 것을 짐작하고 있었지만 해바라기에 대해 묻는 말에 갑자기 목이 막혔다. 그는 기침을 콜록 거렸다. 기침이 멈추질 않았다. 그녀는 그저 지켜보기만 했다. 기침이 멈추고 아직 목에 뭔가 남아 있다는 느낌 속에서 윈스턴이 말을 했다.

"타냐. 미안해요. 여기 와서 담배도 끊었는데 갑자기 기침이 나네요. 조만간 병원에 가봐야겠어요."

자신이 생각하기에도 정말 말도 안 되는 발언이었다. 그런데 타냐의 반응은 의외였다.

"스미스 씨. 제 카드가 부담이 되었나요?"

그는 손으로 입을 막은 채 고개를 숙이고 기침을 참는 척 하면서 잠시 생각을 정리했다. 그리고 고개를 들었다.

"타냐. 저 같은 외국인이, 아니 이방인이 이곳 여성으로부터 카드를 받으니 당황할 수밖에 없죠."

"스미스 씨. 저도 여기서는 외국인이에요. 그런데 남녀가 반드시 자기 나라에서 자기 나라 사람을 만나야 하나요? 어떤 곳에서 어떤 사람을 만나도 감정이 생길 수 있다고 생각해요."

윈스턴에게 충고하는 말에 가까웠지만 그녀의 말을 들으니 오히려 마음의 여유가 찾아왔다. 그리고 그녀의 눈을 바라보았다. 금발과 녹색 눈이 잘 어울렸다.

"타냐, 녹색 눈이라는 것을 오늘 처음 인식했네요."

"금발엔 파란 눈이 더 잘 어울린다고 하죠."

"……"

"스미스 씨는 심성이 온화한 사람이에요. 친절하시고요. 다른 사람의 감정을 상하게 하는 법이 없었어요. 그래서 교사들이 모두 좋아하죠. 그런데 내가 스미스 씨와 같이 일하며 느낀 것은 자신을 전혀 드러내지 않는다는 점이었어요. 마음의 문을 닫았다기 보다는 뭔가에 갇혀 있는 느낌을 받았어요. 스미스 씨는 브리타니아어와 관련된 얘기 말고는 다른 말을 전혀 안 하잖아요. 그렇다고 상대방을 답답하게 하지는 않아요. 건조한 느낌이 들 뿐이죠."

윈스턴은 더 이상 그녀의 녹색 눈을 바라볼 수가 없었다. 그는 눈을 내리깐 채 검지로 아랫입술을 만지기만 했다.

"제가 스미스 씨와 단둘이 식사하게 되어 좀 당돌했나 보네요. 여기 오신 지 벌써 일 년이 넘었는데 하는 일에 보람을 느끼세요? 저는 브리타니아어를 전공했지만 교사가 되리라고는 생각도 못했어요. 학생들을 가르치는 일도 재미있네요."

대화가 브리타니아어로 돌아가자 윈스턴은 고개를 들 수 있었다.

"저도 이런 기회가 생기리라고는 꿈에도 생각 못했어요. 예전에 기록국에서 오랫동안 근무했기 때문에 언어사용에는 익숙합니다. 그 경험이 지금 하는 일에 큰 도움이 되고 있네요. 그런데 타냐는 여기에 오기 전에 민스크에서 무슨 일을 했나요?"

그녀는 허리를 곧게 세우며 미소를 지었다.

"아주 편한 일을 했죠. 정보기관이나 비밀경찰이 입수한 브리타니아어로 된 문건을 러시아어로 번역하는 일이었어요. 그 사람들은 뭐 대단한 정보나 불순한 내용이 있을 거라고 기대하고 저에게 주었지만 대부분은 정말 아무 쓸데없는 내용이었어요. 그들이 수집해온 자료나 문건을 읽고 문제가 될 만한 내용을 골라내는 것이었어요. 내가 문제가 없다고 하면 문제가 없는 거고 있다고 하면 있는 거죠. 그 작업을 빨리 끝낼 수도 있고 시간을 끌 수도 있었어요. 그 사무실에는 게르마니아어와 폴스키아어 담당자들도 있었는데 일하는 태도가 나와 비슷했어요. 그런데 상부에서는 게르마니아와 폴스키아에 대한 관심이 더 많았기 때문에 그들은 나보다 더 긴장한 채 일해야 했죠. 적대국 오세아니아보다는 유라시아 내 공국들의 동향에 더 관심이 많았으니까요. 그런 무의미한 일을 한 십 년 했네요."

그녀의 말을 들으며 윈스턴은 그녀의 일이 자신이 기록국에서 했던 일과 비슷하다고 생각했다. 자신은 상부의 지시에 따라 기록을 조작했지만 그녀는 자신의 판단으로 사실을 만든 것이 차이점이었다.

"그 작업을 하면서 재밌는 일이 있었습니까?"

"그 기관은 영사보다 미사에 관심이 더 컸어요. 입수된 미사 선전물이나 신문기사를 보면서 미사 인쇄물들이 훨씬 세련됐다는 인상을 받았어요. 내용도 다양하고요. 영사 인쇄물은 제목만 보면 내용을 읽을 필요가 없을 정도로 도식적이었어요."

윈스턴은 자신도 만추리아에서 비슷한 작업을 했기 때문에 그녀의 말이 무슨 의미인지 알 수 있었다.

"대부분 재미없는 것들이었죠. 그런데 막판에 플레이보이나 펜트하우스도 압수되어 나한테 전달되기도 했어요. 몇 번 검토를 시키더니 더 이상 가져다주지 않는 거예요. 나중에 알고 보니 기관원들끼리 돌려보는 것이었어요. 재밌죠? 어디나 똑같다니까요."

"플레이보이? 펜트하우스가 뭐지요?"

그녀는 윈스턴의 물음에 간단히 설명해주었다. 그 말을 들으며 윈스턴은 생각했다. 똑같지 않았다. 영사는 달랐다. 영사 진리부의 제작국에서는 프롤들을 위한 저급한 포르노물을 만들어 보급하였다. 하지만 그런 것을 당원이 소유하고 있다가 적발되면 엄중한 처벌을 받았다.

둘은 비록 서로의 감정을 표현하지는 않았지만 오랜 시간 얘기도 나눴고 또 술도 꽤 마셨다. 타냐도 맥주를 많이 마셨고 나중에는 화장실을 자주 가기 싫다며 보드카를 마셨다. 옛날 얘기를 하다 보니 술이 당겼던 것 같았다.

브리타니아어 시청각교재 제작이 종료된 후에는 그녀와 만날 기회가 적어졌는데 타냐는 가끔 퇴근 후 윈스턴의 집에 놀러 오기도 했다. 처음에는 브리타니아어 교육에 대한 얘기를 나눴지만 곧 일상적인 대화가 주류를 이뤘다. 그녀는 영문학에 대해 관심이 많았고 또 지식도 상당했다. 그리고 제1공대에 대해서도 호기심이 많았다. 사실 그 부분에 대해 윈스턴은 별로 말을 하고 싶은 생각이 없었지만 그녀는 얘기를 하다가도 윈스턴이 불편해할만한 화제를 피해가는 요령을 알고 있었다. 그는 지금까지 살아오면서 여성과 그렇게 지속적으로 맘 편히 대화를 나누는 것이 처음이었다. 차를 마시기도 하고 가끔 보드카를 함께 했지만 윈스턴은 그녀에 대한 감정을 억제했다. 그녀도 그에게 다가갈 수 있는 한계를 잘 아는 듯했다.

햇빛이 밝은 화창한 날씨의 휴일이었다. 윈스턴은 요리스 부부의 제안으로 타냐와 함께 근교로 나들이를 갔다. 도시에서 한 시간 정도 차로 달리자 넓은 평원지대가 나왔다. 길 양쪽은 작물이 자라는 밭이었다. 그 길을 조금 달려 오른쪽 샛길로 들어서자 안내소 건물이 있는 넓은 주차장이 나왔고 일행은 차에서 내려 안쪽으로 걸어 들어갔다. 붐비지는 않았지만 방문자들이 많은 편이었다. 차 안에서 시끄럽게 얘기를 나누던 일행은 걸어가는 동안 차분한 표정으로 바뀌어 있었다.

100미터쯤 걸어가니 앞쪽에 조그마한 동산이 보였는데 동산 전체를 휘감아 덮듯 뭔가가 빼곡히 박혀 있었다. 동산이 마치 커다란 고슴도치처럼 보였다. 가까이 다가가 보니 그 고슴도치 가시들이 모두 여러 가지 모양의 십자가인 것을 알 수 있었다. 동산을 오르는 길은 나무계단으로 되어 있었다. 윈스턴을 제외한 다른 사람들은 계단을 오르기 시작하며 이마에 성호를 그었다. 크고 작은 십자가가 동산에 촘촘히 박혀 있었다. 모양과 크기가 다양했다. 심지어 연필 두 개를 실로 묶은 십자가까지 있었다. 철물을 용접하여 꽤 시간과 비용을 들인 커다란 십자가도 있었다. 수천 개, 수만 개가 넘을 것 같았다. 방문자 중에는 가져온 십자가를 다른 십자가들 사이에 꽂는 사람들도 있었다.

윈스턴은 모든 감정이 서서히 사라지며 마음이 비워지는 것을 느꼈다. 조그마한 동산이었기 때문에 꼭대기에 오르는데 몇 분 걸리지 않았다. 동산 위의 공간이 좁아서 오래 머물 수 없었다. 윈스턴 일행은 꼭대기에서 반대방향으로 내려갔다. 왼편으로 교회건물이 내려다 보였고 앞쪽 멀리 중세풍의 커다란 시설이 자리 잡고 있었다. 그들 건물과 시설은 샛노란 물감으로 칠해진 것 같은 밭으로 둘러싸여 있었다. 윈스턴은 계단을 내려가던 발걸음을 멈추며 옆에 있는 타냐에게 물었다.

"저게 뭐죠?"

"저 멀리 있는 것은 아직도 운영 중인 수도원이고요. 왼쪽 건물은 십자가 언덕 기념성당입니다."

"아니요. 타냐. 그거 말고요. 저 노란 것들은 다 무엇입니까?"

"……."

"왜 저렇게 다 노랗죠?"

"윈스턴. 해바라기 밭이잖아요. 발티키아에 해바라기가 많잖아요. 그래서 여기에 해바라기 기름이 흔하잖아요."

윈스턴은 넓은 해바라기 밭을 바라보며 천천히 계단을 내려왔다. 걸음을 내디딜수록 다리에 힘이 빠지는 것을 느꼈다. 그는 간신히 평지까지 내려올 수 있었다. 평지에서도 양쪽에 펼쳐진 해바라기 밭을 볼 수 있었다. 수많은 해바라기들이 모두 자신을 향해 밝게 웃고 있는 것처럼 보였다. 윈스턴은 해바라기를 바라보며 몇 걸음 걷다가 그냥 자리에 주저앉았다. 그리고 무릎 사이에 고개를 묻었다. 머릿속에서 모든 생각이 빠져나가는 것처럼 멍해졌다. 그는 손을 올려 머리를 감쌌다. 윈스턴은 그 자세로 그냥 가만히 있었다. 그리고 그의 눈에서 눈물이 흐르기 시작했다. 그는 흐느껴 울었다. 그 흐느낌은 점점 커졌다. 시간이 얼마나 지났는지 모르지만 누군가의 따뜻한 손이 그의 등을 쓰다듬고 있는 것을 느꼈다. 타냐임이 분명했다. 그녀는 윈스턴의 앞으로 돌아와 무릎을 꿇고 그를 안았다. 윈스턴은 머리를 그녀의 가슴에 묻은 채 계속 눈물을 흘리며 또 흐느꼈다.

차를 타고 돌아오며 일행은 아무 말도 하지 않았다. 요리스는 윈스턴의 집에 먼저 들려 그를 내려 주었다. 윈스턴은 집 안으로 들어가 침실로 갔다. 그리고 침대에 누워 곧 바로 잠이 들었다. 악몽으로 잠에서 깨지는 않았지만 자는 동안에 꿈속에 뭔가 계속 나타났다. 꿈이긴 했지만 도대체 그것들이 무엇인지 알 수가 없었다. 쥐 같은 것이 지나가기도 했다. 사람인 것 같기도 하고 물체인 것 같기도 하고 시내 풍경인 것처럼 보이기도 했지만 아무 것도 분명하지 않았다. 분명 해가 지기 전에 집으로 돌아와 곧바로 잠이 들었는데 아침 아홉 시가 넘어 잠에서 깼다.

윈스턴은 눈을 뜨자 곧바로 침대에서 내려왔다. 아침식사 준비 대신 커피를 만들었다. 커피향이 유난히 후각을 자극했다. 그는 커피잔을 든 채 사무실에 전화를 걸어 여직원에게 며칠 간 휴가를 가져야겠다고 전했다. 윈스턴은 식탁에 앉아 커피를 마시며 거실 창밖을 쳐다봤다. 디딤돌이 놓인 마당과 길 건너 집이 보였다. 길에는 아무 것도 지나가지 않았다. 식은 커피의 마지막 한 방울까지 다 마셨다. 잠시 그대로 있다가 그는 집 밖으로 나가 울타리가 없는 마당을 한 바퀴 돌았다. 그리고 마당 주위를 걸으며 집을 찬찬히 살폈다. 이사 오며 많이 손을 봤지만 아직 고쳐야 할 곳이 몇 개 눈에 띄었다.

윈스턴은 그날 식사준비를 하며 감자껍질을 조심스럽게 벗겼다. 수프를 끓이며 정성들여 맛을 보고 소금을 아주 조금씩 넣었다. 음식도 천천히 음미하며 먹었다. 다음에는 향신료를 좀 더 다양하게 장봐야겠다고 생각했다. 오후 늦게 길거리에 자전거를 타고 집으로 돌아가는 학생들이 보이기 시작하자 마당으로 나갔다. 그리고 그들에게 천천히 손을 흔들었다. 윈스턴은 저녁을 먹고 욕조에 물을 받아 몸을 담갔다. 물이 뜨겁지는 않았지만 따스한 온기가 몸을 풀어주는 것 같았다. 향이 없는 비누로 몸을 닦으며 다음에는 비싸더라도 향이 있는 수입품 비누를 사야겠다고 마음먹었다. 그는 목욕을 마치고 곧바로 침대로 가 누웠다.

다음 날도 여덟 시가 넘어 일어난 윈스턴은 제일 먼저 커피를 만들고 잔을 든 채 마당으로 나갔다. 집을 자세히 둘러보며 뒷마당의 빨랫줄을 좀 더 팽팽하게 묶어야겠다고 생각했다. 아침식사를 하고 오전에는 가구나 물건이 별로 없는 집안을 정리했다. 오후에는 거실 유리창도 닦고 마당에 보기 싫게 삐죽삐죽 자란 잡초를 제거했다. 두 시간 가까이 마당일을 하고 집안으로 들어왔을 때 이게 내가 사는 곳이로구나 라는 생각이 새삼 들었다. 샐러드와 소시지 감자볶음에 토마토 스프까지 조리해 저녁을 잔뜩 먹었다. 준비하는데 시간이 꽤 걸렸다. 과식을 했는데도 몸은 가뿐했다. 욕조에 물을 받아 몸을 담갔다. 전날과 마찬가지로 비누로 몸 구석 구석을 씻었다. 그리고 일찍 잠자리에 들었다.

　다음 날 이른 아침 윈스턴은 눈을 떴다. 이틀 간 충분한 수면을 취했지만 눈뜨기 전부터 뭔가 거북함을 느꼈다. 잠을 자면서도 몸이 불편하다는 생각이 들었었다. 눈을 뜨고 나서야 그 불편함이 무엇인지를 알 수 있었다. 발기가 되어 아랫도리가 뻐근했던 것이었다. 아랫도리에 힘을 주니 꺼덕꺼덕 움직이기까지 했다. 그는 발기된 것을 양손으로 살그머니 감싸 쥐고 가만히 있었다. 얼마 지나자 저절로 미소가 지어졌다.

　윈스턴은 채링턴 가게 이층 방에서 사상경찰에 의해 체포된 이후로 발기된 적이 한 번도 없었다. 그 점에 신경을 쓴 적도 없었다. 거의 십 년 만에 발기가 된 것이었다. 그는 침대에서 일어났다. 팬티 한 가운데가 불쑥 튀어나와 있었다. 그 모습이 흉측스러웠으나 싫지는 않았다. 그는 욕실로 가서 샤워부터 했다. 그리고 거울을 보며 면도를 정성스레 했다. 반쯤 벗겨진 머리가 그렇게 흉해 보이지 않았다. 빵과 감자로 간단히 아침 식사를 했다. 그리고 커피를 천천히 마신 후 자전거를 꺼내 깨끗이 닦고 교육청으로 출근했다.

　이틀 쉬었지만 일이 쌓여 있었다. 윈스턴은 하나하나 차분하게 처리했다. 그리고 사무실에서 요리스를 만나 급여인상을 요구했다. 발티키아의 경제상황이 안 좋았지만 업무량에 비해 자신의 급여가 적다고 생각했기 때문이었다. 윈스턴은 일하는 게 즐거웠다. 태양열 집열판도 하나 더 달았다. 화목도 충분히 구해다 창고에 쌓아놓고 또 거실에도 들여다 났다.

그는 퇴근하는 길에 상점에 들려 두꺼운 노트를 샀다. 그리고 저녁식사 후 사무실 잔업을 끝내면 노트에 하루 일을 자세히 기록했다.

주말 오전에 사무실에서 가져온 자료를 느긋하게 검토하고 오후에 가게에서 사온 도구로 집을 손봤다. 저녁준비를 하고 있는 중에 타냐가 찾아왔다. 십자가 언덕 이후 처음 보는 그녀였다. 문을 열었을 때 그녀는 긴장한 모습이었으나 이내 얼굴이 펴졌다. 둘은 주방 테이블에 마주보고 앉았다.

"많이 걱정했는데 막상 얼굴을 보니 괜찮은 것 같네요. 십자가 언덕에서 갑자기 어떤 격한 감정이 생겼나요? 다들 걱정했어요."

윈스턴은 그 말을 들으며 일부러 눈을 크게 떠보였다.

"설명해줘도 다른 사람은 이해하기가 힘들 거예요. 나는 영사 시절 어둠이 없는 곳과 황금의 나라가 실재하지 않고 내 머릿속에만 존재한다고 생각했어요. 예전에 버마 만다라에 갔을 때 익은 벼와 사원들로 연출된 황금의 나라를 봤어요. 그 한가운데를 걸었지요. 정말 놀라운 경험이었어요. 그때는 내 잠재의식과 우연히 맞아 떨어진 것이라고 생각했죠. 그런데 십자가 언덕 위에서 내려다본 해바라기 들판과 오래된 수도원을 보는 순간 마음속에 있던 어둠이 걷히며 황금의 나라가 진짜 존재한다는 것을 느낀 겁니다. 그러니 가슴이 벅찰 수밖에 없었지요. 타냐는 아직 이게 무슨 말인지 이해 못할 거예요. 이제 괜찮아요. 염려하실 필요 없어요. 타냐, 지금 저녁을 준비 중인데 같이 할래요?"

그녀는 밝은 표정으로 고개를 끄덕였다.

"그런데 타냐, 자리에 그냥 가만히 계세요. 내가 준비할 테니까. 거의 다 됐어요."

윈스턴은 수프가 좀 부족한 듯했지만 접시 둘에 나눠 담았다. 그리고 그는 저녁식사를 차렸다. 타냐는 아무 말 없이 지켜보고만 있었다.

"오늘 저녁은 푸짐하게 준비했는데 마침 타냐가 왔네요. 옥수수 크림 수프. 흰 빵. 발사미를 뿌린 샐러드. 연어. 소시지. 디저트로 치즈케익도 있어요."

둘은 식사를 시작했다.

"스미스 씨. 표정도 바뀌고 목소리도 바뀌었네요. 더 좋아졌어요. 집도 훨씬 정리되고 따뜻해졌네요. 그 사이에 무슨 일이 있었어요?"

"이곳에서 무슨 일이 뭐가 있었겠어요. 그냥 깨끗한 환경에서 먹고 싶은 거 먹고 따스하게 지내기로 했어요. 그동안 이곳저곳 타지에서 오랫동안 지내다 보니 너무 제 자신이 위축되어 있었던 것 같아요."

"다행이군요. 예전보다 스미스 씨를 대하기가 훨씬 편해요. 그리고 전보다 더 멋있어졌어요."

"이제 운동도 시작하고 보드카도 적게 마시려고 해요."

"저는 오늘 좀 마시고 싶은데……."

윈스턴은 그녀의 부끄러워하는 듯한 말을 들으며 자리에서 일어나 보드카 병과 잔을 가져왔다. 건배 후 둘은 술잔을 넘겼다.

"와우. 좋네요."

"네. 폴스키아산이에요. 이제부터 적게 마시는 대신 좋은 걸 마시려고 합니다."

두 사람은 식사를 마친 후 거실로 자리를 옮겼다. 그는 거실 구석에 있는 페치카에 장작을 더 넣었다. 그녀는 자기 옆에 와서 앉으라는 손짓을 했다. 조금 지나 거실에 온기가 가득 찼다. 잘 마른 화목이 활활 타고 있었다. 페치카에서 열과 빛이 같이 퍼져 나왔다.

"정말 아늑하네요."

그녀가 나지막이 말하며 윈스턴의 무릎에 손을 올려놓았다. 윈스턴은 그녀의 손을 살며시 잡았다. 둘은 페치카만 바라보며 아무 말도 하지 않았다. 그녀의 목소리가 조용함을 깼다.

"스미스 씨. 우리 보드카 한 잔씩 더 해요."

그는 더 마시고 싶은 생각이 없어 그녀의 잔에만 보드카를 채웠다. 그녀는 그 잔을 훌쩍 넘기고 아무 말 없이 또 잔을 내밀었다. 윈스턴은 머뭇거리며 다시 잔을 채웠다. 타냐는 보드카를 입에 머금은 채 상체를 돌려 두 손으로 윈스턴의 목을 뒤로 감쌌다. 그리고 입을 포개며 입 속의 술을 윈스턴의 입 안으로 밀어 옮겼다. 윈스턴은 그녀의 입을 통해 전해진 따스해진 보드카를 서서히 목으로 넘겼다. 그 모습을 보며 그녀가 읊듯이 말했다.

"비겁하게 나에게만 술을 주면 어떻게 해요. 당신이 도와줘야 하지요."

그녀는 윈스턴을 바라보며 미소를 지었다. 그는 타냐의 허리를 두 팔로 감쌌다. 둘의 상반신이 밀착되자 타냐는 가늘게 숨을 내쉬었다. 다시 두 사람의 입술이 포개졌다. 그녀의 입술이 더 강렬한 흡입력을 보였다. 둘은 소파 밑으로 자연스럽게 내려와 옆으로 마주보고 몸을 누웠다. 타냐는 그의 손길을 기다리지 않고 스웨터를 머리 뒤로 넘겨 벗고 스커트도 밀어 내렸다. 그것을 보며 윈스턴도 상의와 하의를 차례대로 벗어 던졌다. 페치카 화목의 타닥거리며 타는 소리가 유난히 크게 들렸다.

"화목들이 더 흥분했나 보네요."

그녀의 말에 둘은 낄낄대며 웃었다. 윈스턴의 아랫도리는 이미 뻐근해져 있었다. 그는 서두르지 않고 그녀 위에 몸을 포개며 타냐의 가슴에 키스를 했다. 그녀의 숨이 가빠지는 것을 느끼며 윈스턴은 하체를 그녀에게 밀착시켰다.

첫 관계는 오래 걸리지 않았다. 둘은 손을 잡은 채 나란히 누워 얘기를 나눴다.

"거의 십 년만인데 그것은 까먹지 않네요."

"본능은 소거되지 않지요. 상황이 되면 언제든지 되살아나지요."

잠시 침묵이 흘렀다. 윈스턴에게 채링턴 가게 이층 방에서의 줄리아와의 밀회가 얼핏 스쳐 지나갔다.

"윈스턴. 나 오늘 여기서 자고 갈 거예요." 어색한 침묵을 깬 것은 타냐였다.

둘은 침실로 가서 침대에 알몸으로 나란히 누워 얘기를 나눴다.

"그런데 딸아이가 집에서 혼자 기다리고 있지 않아요? 여기 온 것을 알 텐데 이상하게 생각하지 않겠어요?"

그 말을 들은 그녀는 입을 다문 채 콧소리를 내며 웃었다.

"윈스턴. 벨라루시아나 발티키아 사람들은 성적으로 매우 조숙해요. 우리 딸도 남자친구가 있을 거예요. 그걸 막을 수는 없죠."

"정말요? 아직 중학생인데."

"그럼요. 내가 늦게 올 것을 알고 걔도 집이 비었다며 남자친구를 불렀을지도 몰라요. 하하."

이번에는 그녀가 입을 벌리고 웃었다.

"타냐. 나는 당신보다 나이도 많고 또 이곳 사람들에 비해 남성적 매력이 적다고 생각해요. 그런데 뭐가 그렇게 끌렸나요?"

"당신은 벨라루시아 남자나 발티키아 남자들보다 책임감이 강해요. 그리고 지적이에요. 당신은 진정성이 있는 남자예요. 당신과 만나도 그저 여자의 몸을 탐하고 끝낼 사람은 아닐 거라고 생각했어요. 많은 발티키아 여자들이 그런 인상을 받았을 거예요. 당신에게 호감을 가진 여자들이 많을 거예요. 윈스턴. 당신을 유혹하려는 여자들이 있었죠?"

그런 것에 관심도 없었고 또 낌새를 몰랐기 때문에 윈스턴은 대답하지 않았다. 그녀도 그의 반응을 기대하지는 않은 것 같았다. 그의 가슴을 쓰다듬던 그녀의 손이 점점 아래로 내려갔다. 그의 손도 그녀를 따라했다. 그녀의 숨소리가 빨라지고 거칠어졌다.

아침에 타냐가 어깨를 흔드는 바람에 윈스턴은 눈을 떴다. 그녀는 이미 옷을 입고 있었고 커피를 만들어 놨으니 식탁으로 오라고 말했다. 둘은 말없이 서로의 눈을 바라보며 커피를 마셨다. 발티키아나 러시아 여자들이 노화가 빠른 편인데 그녀는 가까이서 봤을 때 눈가의 잔주름이 조금 보일 뿐 여전히 젊은 미모를 유지하고 있었다. 그녀의 금발머리에는 녹색 눈이 더 어울린다는 생각이 들었다. 그녀는 커피를 마신 후 자리에서 일어나 문 쪽으로 갔다. 문손잡이를 잡고 당기다 말고 그녀가 돌아섰다.

"윈스턴. 키스해 주세요."

그녀는 눈을 감은 채 천천히 턱을 올렸다. 윈스턴은 그녀의 윗입술에 가볍게 입맞춤을 했다. 그녀가 감은 눈을 뜨며 무슨 일이냐는 듯 윈스턴의 얼굴을 빤히 바라보았다. 그는 그녀와 눈을 마주치지 못하며 조용히 말했다.

"두렵고 무서워요."

"……."

"당신과 헤어질까봐 무서워요."

그의 눈에 눈물이 맺히는 것 같았다. 타냐는 그의 허리를 감고 얼굴을 그의 가슴에 파묻으며 말했다.

"윈스턴. 그럴 일 없어요. 당신을 사랑해요."

그의 눈에 맺혀있던 눈물이 흘러내렸다. 두 사람은 포옹을 한 채 서로의 체온을 느끼며 오랫동안 그 자리에 서있었다.

그 후 그녀는 일주일에 두세 번은 윈스턴의 집에 들렀다. 둘은 관계도 자주 가졌다. 그녀는 배려심이 많고 매사 행동거지가 조심스러웠지만 관계를 할 때에는 매우 적극적이었다. 오랜 기간 둘의 관계가 지속되었지만 다른 사람들의 시선을 의식할 필요가 없었다. 발티키아는 기혼자가 아니라면 밀회라는 개념이 없었다. 타냐는 영사에서 남녀관계는 후세 생산을 목적으로 한 것으로 당원끼리의 사랑을 금지하고 있다는 얘기를 듣고는 소스라치게 놀랐다. 과거 유라시아는 배급도, 사상도, 집회도, 표현도 통제했지만 그것을 통제하지는 않았다고 했다. 인간의 본능을 어떻게 통제할 수 있냐고 했다. 춥고 밤이 긴 러시아나 발티키아에서 보드카와 섹스 없이는 생활이 안 된다고 했다. 자기는 빅토리 진은 못 마셔봤지만 그런 저질의 술을 제공하면 폭동이 일어날 것이라고 했다.

타냐는 윈스턴이 근육질은 아니지만 강단이 있는 체질이라고 했다. 그는 그게 무슨 뜻인지 궁금했다.

"나는 당신이 오랜 포로생활로 고생도 많이 했고 또 중년도 되었고 해서 섹스가 원활할까 궁금했어요. 그런데 괜한 우려였네요. 당신이 애정부 고문을 버틴 것이나 전쟁터에서 살아남고 또 포로생활 후 여기 발티키아까지 올 수 있었던 건 당신의 체질이 강단이 있어서 그런 거예요. 체격은 건장하고 겉은 멀쩡한데 그렇지 않은 남자들도 많아요."

그녀의 말이 다른 남자와 비교하는 것 같아 그의 귀에 살짝 거슬렸다.

"강단? 남자들? 내 체질이 강단이 있다는 것을 어떻게 알죠? 타냐는 사랑을 나눴던 남자들이 많았던 모양이죠?"

그녀는 곧바로 말을 받지 않았다. 잠시 후 미소를 지으며 윈스턴을 바라보며 말했다.

"사랑했던 남자가 많았죠. 고백해 볼까요?"

"……."

"먼저 셰익스피어, 그리고 찰스 디킨스, 서머세트 모엄, 코난 도일, 버나드 쇼. 아! 마지막으로 오웰."

윈스턴은 그녀의 재치에 웃음을 지었다. 한 사람만 빼고는 모두 들어본 이름들이었다.

"그런데 오웰은 누구죠?"

"조지 오웰이요. 「동물농장」의 작가요."

"이름도, 책 제목도 처음 듣는데요."

"동물농장 재밌어요. 볼셰비키 독재를 풍자한 작품인데 거기 등장하는 동물들이 누구를 빗댄 것인지 짐작이 가요. 일인독재와 전체주의를 비꼰 작품이기 때문에 유라시아에서는 금서였죠. 영사에서도 다 없애 버렸을 거예요. 세계전쟁이 끝나고 바로 나왔어요. 유라시아에서는 영문판이 암시장에 돌아다녔어요. 그걸 읽었어요."

윈스턴은 그런 작품이 브리타니아 작가에 의해 출간되었다는 사실이 흥미로웠다. 그를 비롯한 영사 사람들은 영사 혁명 이전의 역사나 상황에 대해 아는 것이 거의 없었다. 그리고 역사를 상당히 왜곡하여 가르쳤는데 그 내용이 맞는지 틀리는지 도대체 알 수가 없었다. 예를 들어 빅토리아 여왕은 브리타니아를 게르마니아에 팔아넘기기 위해 게르마니아 하노버 가문 출신 왕자와 결혼했다고 비난했다. 그것이 브리타니아과 게르마니아 사이에 첫 번째 세계전쟁이 일어난 원인이라고 했다. 다행히 애국심으로 뭉친 프롤들이 게르마니아에 용감히 맞서 싸워 전쟁에 이길 수 있었다고 가르쳤다.

"그 작가는 동물농장 이후 또 작품을 썼나요?"

"자세히는 모르겠어요. 동물농장을 출간하고 몇 년 후에 결핵으로 죽었다고 들었어요."

"더 아는 얘기는 없어요?"

"그는 세계전쟁 전에 여러 나라를 돌아다녔나 봐요. 버마에서 근무했었고. 갈리아에서도 살았고 이베리아 내전에도 참전했대요."

"버마요? 나도 버마에 가본 적이 있어요."

"네. 거기서 식민지 관리를 지냈대요."

윈스턴은 기회가 되면 동물농장을 꼭 읽어봐야겠다고 생각했다. 윈스턴은 그녀와 만나 관계를 갖고 대화를 나누면서 행복감과 안정감을 느꼈다.

요리스가 담당하고 있는 교육구는 브리타니아어 교육은 물론 모든 분야에서 발티키아 초등교육과 중등교육의 모범이 되었다. 발티키아 전역의 언론에 자주 소개되었고 이와 함께 윈스턴 스미스의 이름도 거론되었다. 윈스턴은 초청을 받아 다른 교육구에 가서 강연과 교육을 하기도 했다. 발티키아에는 윈스턴 말고도 오세아니아 출신이 있었다. 그러나 브리타니아어와 관련하여 윈스턴만큼 교사들을 체계적으로 지도할 수 있는 사람은 없었다. 그는 자신의 기록국 근무가 많은 도움이 되었다고 생각했다. 비록 진실의 조작과 왜곡이라는 업무였지만 늘 자료를 검토하고 그것을 요약하여 그럴 듯하게 정리하여 새로운 기록을 만들어내는 작업은 쉬운 일이 아니었다. 또한 언어능력이 없으면 효과적으로 수행할 수 없는 일이었다.

금요일 오후 사전 연락 없이 윈스턴의 사무실로 외부 손님 두 명이 찾아왔다. 발티키아 중앙언론 신문사의 기자들이었다. 영문을 모른 채 윈스턴은 접견실에서 그들과 자리를 같이 했다.

"저희는 '발티키아 내셔널' 신문에서 왔습니다. 우리 신문은 발티키아에서 가장 많은 발행부수를 가지고 있습니다. 스미스 씨가 발티키아 외국어 교육에 큰 기여를 한 것을 잘 알고 있습니다. 이번에 그 내용과 함께 오세아니아 사람으로서 이곳 발티키아에서의 생활에 대해 취재하려고 왔습니다."

윈스턴은 진리부에서 사실을 왜곡하여 기록으로 남기는 일을 해왔기 때문에 언론에 대한 불신이 가슴 속에 자리하고 있었다. 영사의 '더 타임스' 보도는 반드시 의도가 있었고 사실과 왜곡이 혼재되어 있었다. 언론사는 사실의 기록이 아니라 의도된 기록을 남기는 기관이었다. 따라서 그들의 취재목적을 정확히 파악할 필요가 있었다. 그들은 브리타니아어 교육보다 윈스턴의 삶과 지나온 역정에 대해 더 관심이 많은 것 같았다. 그리고 윈스턴의 과거에 대해 많이 알고 있었다.

"스미스 씨. 영사에서 사상범으로 처형 직전까지 갔다가 극적인 계기로 군에 입대하셨다고 알고 있습니다. 그 후 인디아 전선에서 유라시아군의 포로가 되어 시베리아에서 벌목캠프에 있었죠? 그리고 전쟁이 일어나자 유라시아군에 동원되어 전투현장에서 이스타시아군의 포로가 되셨죠? 포로송환 후 여기 발티키아로 오시게 된 거죠?"

"다 파악하고 있으시면서 뭘 더 알고 싶으신 가요?"

"스미스 씨의 경험은 세계전쟁 이후 유럽이 가지고 있던 모순을 극단적으로 압축하여 보여주고 있습니다. 그 내용을 많은 독자들에게 자세히 전하고 싶습니다. 우리 편집국장은 스미스 씨의 얘기를 듣고는 '유럽의 마지막 인간'을 빨리 가서 취재해 오라고 하더군요."

"유럽의 마지막 인간이요? 재미있는 표현이네요."

윈스턴은 그들의 제안을 수락했다. 다만 일부 내용을 정치적 의도로 생략하거나 또는 과장하지 말아달라고 당부했다. 그들은 윈스턴의 경험을 있는 그대로 전달하는 것이 목적이라고 했다. 인터뷰는 사흘 동안 진행되었다. 첫날에는 그들이 질문하고 윈스턴이 대답하는 형식이었으나 그 다음부터는 그들과의 편안한 대화로 진행되었다. 식당에서 저녁을 먹으면서도 얘기를 나눴고 마지막 날에는 윈스턴의 집도 방문하였다. 요리스는 인터뷰 진행을 알고 있었으나 별다른 내색을 하지 않았다. 다만 본명을 쓰지 말고 가명으로 처리해달라는 부탁을 하라고 조언했다.

"요리스. 무슨 이름이 좋을까?"

"글쎄. 나는 브리타니아식 이름을 모르니까. 가장 흔한 이름이 좋지 않을까?"

"하하. 요리스. 내 이름이 브리타니아에서 가장 흔한 이름 중 하나야."

"그럼 다른 이름을 생각해봐."

"알겠네. 런던을 오랫동안 떠나 있었더니 흔한 이름도 잘 생각나지 않는군."

기자들은 윈스턴의 경험을 접하며 사상경찰의 잔혹함이나 감시체계에 대해 충격을 받았다. 특히 집마다, 거리마다 텔레스크린이 설치되어 있다는 것에 놀라는 표정이었다. 그리고 애정부와 관련하여 그들은 도대체 어떤 중죄를 지었기에 당신을 처형하려고 했냐고 물었다. 비밀회합을 가지지도 않았고 태업을 선동하지도 않았고 공개적으로 당과 지도자를 비판하지 않았는데 왜 그런 고문을 받아야 했냐고 반복해서 질문했다. 윈스턴의 답변은 그들의 의문을 해소하지 못했다. 그리고 애정부에서 풀려난 후 조만간 처형될 것을 알았다면 왜 영사를 탈출하지 않았냐고 물었다. 그것에 대해 윈스턴은 생각해본 적이 없었다. 영사를 탈출한다? 그것이 가능한 일인가?

"스미스 씨. 저희가 알기로는 영사를 탈출하여 유럽대륙으로 온 사람들이 꽤 있습니다. 이베리아와 갈리아에 많고 이 곳 발티키아에도 몇 명 있습니다. 그들은 어떻게 탈출했을까요?”

윈스턴은 처음 듣는 얘기였고 대답할 수 없었다.

이 주일 후 윈스턴의 인터뷰가 다섯 차례에 걸쳐 신문에 연재되었다. 완전히 윈스턴의 일대기였다. 어렸을 때 원자폭탄의 공격으로 지하실에 피신한 것을 시작으로 진리부에서의 근무, 사상경찰에 의한 체포, 애정부에서의 고초, 풀려나와 처형을 기다리던 중 군대 입대, 인디아 전선, 임팔 진격, 만다라, 이스타니아에서의 전투와 포로, 시베리아 포로생활, 우수리스크 전투와 만추리아에서의 포로생활, 그리고 송환 후 발티키아로의 이주, 마지막으로 교육청 일. 그 연재기사는 윈스턴이 십자가 언덕을 방문하는 이야기로 마무리 짓고 있었다. 그 기사의 첫 문장은 이렇게 시작했다.

과거 3극체제 시절 오세아니아 런던의 진리부에 근무하는 리처드 존스(가명)라는 30대 후반의 성실한 영사 외부당원이 있었다. 그는 어느 날 연인과 밀회 중 수십 명의 사상경찰에 의해 급습을 당해 악명 높은 애정부(과거 유라시아의 국가보안부와 같은 기관)로 끌려갔다. 그리고 그곳에서 한 달 넘게 각종 고문을 받았다. 그들은 존스의 사상범죄 자백을 받기 위해 고문을 한 것이 아니었다. 애정부는 그의 생각을 개조하기 위한 목적으로 그렇게 잔혹하게 고문하여 육체와 인간성을 파괴하였던 것이었다. 고문의 종료가 끝이 아니었다. 그를 기다리는 것은 언제 닥쳐올지 모를 처형이었다. 그러나 존스는 그 악몽에서 극적으로 벗어날 수 있었다. 그 후 포로생활 등 험난한 과정을 거쳐 현재 발티키아에 정착하여 안정된 생활을 하고 있다. 이제 그의 인생역정을 들여다보자.

그리고 연재기사 끝 부분은 이렇게 마무리 되고 있었다.

현재 그는 험난한 오디세이를 끝내고 이곳 발티키아에서 연인과 함께 인생에서 가장 안정적인 생활을 하고 있다. 교육청에 근무하며 브리타니아어 교육향상에 큰 기여를 했다. 그러나 그의 인생에 어떤 또 다른 역경이 기다리고 있는지 알 수 없다. '유럽의 마지막 인간'인 리처드 존스의 이야기를 통해 유럽인과 전 세계인들은 그 같은 일이 반복되어서는 안 된다는 교훈을 얻어야 할 것이다.

이 기사는 다른 신문에도 게재가 되었고 그 내용을 압축하여 TV특집으로 만들어져 방영되었다. 윈스턴 스미스는 과거 체제의 희생의 상징으로 발티키아에서 유명인사가 되었다. 다른 언론사로부터 인터뷰 요청이 들어왔으나 그는 응하지 않았다. 주변 사람들이 그를 바라보는 눈빛이 달라진 것처럼 느껴지기도 했지만 윈스턴의 생활은 변함이 없었다. 사무실에 출근하고 교사들과 회의를 갖고 타냐와 집과 식당에서 데이트를 하고 또 요리스의 집에서 식사를 하며 얘기를 나누었다.

한가한 오후였다. 여직원이 수신인이 리처드 존스로 된 편지 한 통을 들고 왔다. 인터뷰 기사가 나간 이후 교육청 주소로 그에게 가끔 격려 편지가 오기도 했다. 여직원은 편지를 윈스턴의 책상 위에 놓고 돌아가며 말을 덧붙였다.
"스미스 씨. 이 편지는 오렌지아에서 온 거예요. 아직 발티키아와 오렌지아는 교류가 활발하지 않은데 당신에게 편지를 보냈네요. 오렌지아에서 리처드 존스를 어떻게 알았을까요?"
그녀의 말대로 이상하다는 생각을 하며 윈스턴은 겉봉을 자르고 편지를 꺼내 읽었다.

리처드 존스 선생님 귀하.

느닷없이 이렇게 편지를 보내는 무례를 용서해주시기 바랍니다. '발티키아 내셔널' 신문에 실린 선생님에 관한 기사는 이곳 오렌지아에도 소개되어 많은 사람들에게 깊은 인상을 주었습니다. 그동안 독재체제에서 유럽인들이 정치적 억압과 탄압을 받고 고생을 하였지만 선생님과 같은 상상치 못할 경험을 한 사람이 있다는 사실에 경악을 금치 못할 뿐입니다. 발티키아에 정착하여 안정적인 생활을 하고 계신다니 다행입니다.

존스 선생님, 실례가 될지 모를 질문을 하겠습니다. 선생님 본명이 혹시 윈스턴 스미스가 아니신지요. 저희는 선생님께서 신변보호를 위해 리처드 존스라는 이름으로 인터뷰하셨지만 당시 영사의 상황에 대한 이야기를 종합하여 봤을 때 리처드 존스는 윈스턴 스미스라는 결론에 이르렀습니다. 선생님께서 윈스턴 스미스가 아니더라도 우리가 리처드 존스로부터 받은 감명이나 그분의 삶에 대한 존경심은 변함이 없습니다. 기회가 되면 빠른 시간 내에 선생님을 오렌지아로 초청하여 귀한 말씀을 듣는 기회를 가졌으면 하는 바람입니다. 답장 기다리겠습니다.

건강하시고 항상 행운이 함께 하시길 기원합니다.

윈스턴 스미스 씨를 존경하는 유로파연구회

그는 오렌지아에 자신의 얘기가 전해졌다는 사실에도 놀랐지만 그들이 리처드 존스가 윈스턴 스미스라고 밝혀낸 것에 심장박동이 빨라지는 것을 느꼈다. 그는 급히 요리스의 사무실로 찾아가 마주 앉았다. 요리스도 그 편지를 읽었다. 시간이 다소 걸리는 것을 보니 두 번 이상 읽어보는 것 같았다. 그가 고개를 들었다.

"윈스턴. 나는 이게 심각한 것이라고 보네. 오렌지아 사람들이 리처드 존스가 자네인 것을 어떻게 알았을까? 그리고 편지 쓴 사람이 유로파연구회래. 발신인도 자기 본명을 감추고 있잖아. 혹시 영사가 뒤에 있는 것은 아닐까?"

"나도 그런 생각이 들었어. 오렌지아 사람 이름을 빌려 내 신분을 확인하려고 하는 것이라고. 그 기사가 오렌지아까지 전해질 줄은 미처 생각하지 못했네. 기분이 안 좋구먼. 그런데 유로파는 뭔가? 뭘 연구하겠다는 것인가?"

"아! 유로파. 나도 대충 얘기 듣고 있는데 유라시아 체제가 해체되면서 게르마니아와 갈리아가 주도해서 서유럽 전체와 스칸디아를 포함하는 공동체를 만들려고 하는 것 같아. 다시는 오세아니아와 불곰 러시아에게 당할 수 없다는 생각이겠지. 그 공동체 이름이 유로파야. 꽤 진척됐다고 하네. 오렌지아도 적극적이고. 아무튼 자네는 초청에 응하지 말고 또 답신도 하지 말게. 그리고 당분간 모르는 사람이 연락해 와도 만나지 말고... 내가 좀 더 사태를 면밀히 알아볼게."

그 편지 이후로 윈스턴의 기분은 침체되었다. 그가 신문 인터뷰에 응한 것은 그전의 경험을 털어내 버리자는 의미였다. 그런데 일은 그의 생각과는 반대로 진행되는 것 같다는 우려가 들었다. 그는 집의 잠금장치를 하나 더 설치했다. 출퇴근도 인근에 사는 직원과 시간을 맞춰 같이 움직였다.

사무실 전화벨이 울려 윈스턴이 수화기를 들었을 때 교환원의 목소리가 들렸다.

"스미스 씨. 오렌지아에서 온 국제전화인데 받으시겠어요? 리처드 존스를 찾고 있습니다."

윈스턴은 심장이 쿵하고 떨어지는 느낌이 들면서 곧장 수화기를 내려놨다. 그는 속으로 이 사람들 참 끈질기다고 생각했다. 더욱 경계심을 갖고 생활해야겠다고 마음먹었다.

일상적인 생활이 계속되는 가운데 요리스가 발티키아의 수도에 출장 가는 일이 잦아졌다. 사람들은 요리스가 국회의원에 출마할 계획을 가지고 있다고 짐작했다. 그의 인지도나 명망, 능력으로 봐서 출마하면 당선될 것이라고들 했다. 윈스턴은 발티키아의 국회의원이면 영사 내부당원 오브라이언보다 더 높은 것인가 하는 생각이 불쑥 들어 혼자 슬며시 웃었다.

주말 오후였다. 타냐는 친구 집을 방문하러 딸과 함께 다른 도시로 출타했고 윈스턴은 집에서 쉬고 있었다. 오랜만에 혼자 지내는 주말이었다. 이젠 세상 돌아가는 일도 알아야겠다는 생각이 들어 아직 잘 알아듣지 못하지만 TV도 시청하곤 했다. 화면만 보고 있어도 대충 무슨 일이 일어나고 있는지 짐작할 수 있었다. 소파에 비스듬히 누워 TV를 보고 있는데 별다른 인기척은 없었지만 뭐가 이상한 느낌이 들었다. 사실 리처드 존스 편지 사건 이후 가끔 그런 분위기를 느낄 때가 있었다.

윈스턴은 몸을 일으켜 출입문 쪽으로 갔다. 창문 커튼을 옆으로 조금 밀며 마당 쪽을 바라보았다. 길에서 마당으로 두 사내가 집을 향해 걸어오고 있었다. 앞의 사내는 갈색머리에 평범한 체구였으나 뒤의 사내는 금발에 키가 크고 건장한 체격이었다. 윈스턴은 긴장감을 느끼며 그들을 몇 초 간 바라보았다. 분명 처음 보는 얼굴이었고 옷차림이 이곳 사람들이 아니었다. 이 자들이 집까지 알아내 찾아오는구나 하는 위기감이 엄습했다. 윈스턴은 문 옆 벽에 몸을 붙였다. 어떻게 해야 할 지 아무런 생각이 나지 않았다. 이런 일이 벌어질 줄 알았다면 타냐 모녀의 일정에 동반했어야 했나하는 후회가 들었다.

문 두드리는 소리가 났다. 아무 반응이 없자 그들은 좀 더 세게 두드렸다. 갑자기 런던 시절이 떠올랐다. 사상경찰은 노크 없이 문을 박차고 들어온다. 평화부는 노크를 하고 주인이 문을 열 때까지 끈질기게 기다린다. 문밖의 사내들은 아무 말 없이 문을 계속 두드렸다. 더 이상 버틸 수 없을 것 같았다. 벽에 몸을 붙였던 윈스턴은 몸을 돌려 문 앞에 섰다. 깊은 숨을 들이쉬며 잠금장치를 풀고 살며시 문을 열었다. 갈색머리 남자가 앞에 서있었다. 그 사내는 윈스턴의 얼굴을 뚫어지게 응시했다. 적의가 보이지는 않았다. 그리고 입을 열어 나지막하게 소리를 내뱉었다.

"윈스턴! 윈스턴 스미스. 맞네. 자네야."

그 사내는 도저히 믿을 수 없다는 표정으로 고개를 천천히 가로 저었다. 그리고는 갑자기 두 팔로 와락 윈스턴을 껴안았다.

"윈스턴. 날세. 앰플포스(Ampleforth)야. 나는 자네가 살아있을 줄 알았어."

윈스턴은 그들이 자신에게 해를 끼칠 의사가 없다는 판단을 하면서도 경계심을 풀지 않았으나 어안이 벙벙했다. 그가 온 힘을 다해 양팔로 자신을 껴안고 있는 상태에서 윈스턴은 멀뚱히 뒤에 서있는 덩치 큰 금발 사내를 바라봤다. 그 사내는 너무 감격적이라는 표정을 지으며 그 광경을 보고 있었다. 갈색머리 사내가 느끼는 감격을 자신은 몇 배 이상 느낀다는 감정이 얼굴 전체에 드러나고 있었다.

앰플포스. 윈스턴과 비슷한 시기에 실종된 진리부의 동료. 다른 사람들에 비해 유난히 윈스턴에게 친근감을 보였던 친구. 문학작품들 중 시(詩)의 왜곡을 담당했던 문학가. 과거 열정적인 것을 넘어서 신경과민으로까지 보였던 그의 모습이 되살아나면서 윈스턴은 그와 조우하고 있다는 사실을 믿을 수 없었다. 자기 업무에 대한 열정이 넘쳐 불량배처럼 거부감을 주던 그의 인상은 사라져 있었다. 귀에 난 털이 그의 옛 모습을 상기시켰다.

세 사람은 식탁에 앉았다. 윈스턴의 마음에 경계심이 남아 있었지만 일단 반가운 생각이 들었다. 그는 일부러 밝은 목소리로 말을 건넸다.

"앰플포스, 이 오랜만의 만남에 커피를 드릴까? 보드카를 드릴까? 여기서 자네를 다시 보다니 마치 꿈을 꾸고 있는 것 같네."

"하하하. 윈스턴 내가 오렌지아에서 맥주를 너무 마셔서 뱃살이 쪘지만 자네가 주는 보드카는 마셔야지. 이분께도 한잔 부탁하네. 아까 루트거라고 소개했지?"

윈스턴은 앰플포스가 자신을 찾아온 사실에 놀라기는 했지만 사실 안부 말고는 특별히 나눌 얘기가 없었다. 그러나 앰플포스는 할 말이 너무 많은 듯했다. 주로 그가 말했고 윈스턴과 루트거는 그를 바라보기만 했다. 그의 얘기는 대부분 윈스턴이 생각조차 해보지 않은 내용이고 들을수록 놀라움이 커졌다.

앰플포스와 루트거가 살고 있는 오렌지아에는 백여 명이 되는 영사 출신 사람들이 거주하고 있었다. 그들은 목숨을 걸고 제1공대를 탈출했거나 전선에서 탈영한 군인들, 탈출한 포로 등 다양했다. 그들은 조직을 결성하여 영사체제에 대한 비판활동을 벌이고 있었다. 그 활동을 지원하는 오렌지아 사람들도 많았다. 그들은 오세아니아 밖에 있을 것 같은 영사 사람들을 추적하고 있었다. 그 대상에는 윈스턴도 올라 있었다. 인디아 전선에서 유라시아군에 포로가 되었던 프롤 출신 군인이 오렌지아로 탈주해와 그 조직에 합류했다. 그는 자신이 기억하고 있는 영사군 포로들의 신상에 대한 정보를 전했다. 그 정보에는 윈스턴이 하바로프스크로 끌려갔다는 내용도 있었다. 앰플포스가 그에게 어떻게 윈스턴 스미스를 기억하냐고 물었더니 흔한 이름이고 나이 많은 외부당원이 부사관이나 장교가 아닌 전사여서 기억에 남았다고 증언했다. 앰플포스는 그 사람의 말이 사실이라고 믿었다.

그 후 소비에트 러시아에서 탈주해온 영사군 포로에게 윈스턴에 대해 물어보자 이르쿠츠크역에서 본 것 같다고 증언했다. 며칠간 소비에트 러시아 제대병들과 철로를 점거한 채 소란을 피웠고 경찰까지 출동했으니 현장에 있었다면 윈스턴을 볼 수도 있었을 것이었다. 그 후 더 이상 윈스턴에 대한 정보는 입수되지 않았다. 그런데 6개월 전쯤 발티키아 신문의 인터뷰 기사내용이 오렌지아에 알려졌다. 많은 오렌지아 사람들이 윈스턴 스미스의 인터뷰 내용에 충격을 받았다. 오렌지아 사람들이 그 신문 기사를 가지고 영사 사람들 조직을 찾아왔다. 앰플포스가 인터뷰 내용을 살펴보니 주인공인 리처드 존스는 윈스턴 스미스가 분명했다.

"그래서 자네에게 편지를 쓴 것이네. 유로파연구회는 3극체제 붕괴 이후 유럽통합을 추진하는 단체 이름일세. 나는 거기서 일하고 있네. 유로파연구회는 인권보장과 향상을 주요 정강으로 채택하고 있기 때문에 자네에게 관심이 많네……. 그런데 우리 편지에 답신이 없더군. 전화를 해도 받지 않고. 할 수 없이 루트거와 함께 직접 자네를 찾아온 걸세. 나는 자네가 인디아 전선에 파병되었다는 사실을 알고 깜짝 놀랐지. 그런데 포로가 되어 시베리아까지 끌려갔다가 그 후 이르쿠츠크까지 왔다는 얘기를 듣고는 자네가 이 지구상 어디엔가 반드시 살아있을 거라고 믿었네. 그러니 내가 자네의 위치를 확인하고 직접 찾아올 수밖에 없지 않았겠나?"

앰플포스는 오랜 시간 쉴 새 없이 얘기하면서도 흥분감이 가라앉지 않는 것 같았다. 그의 얘기를 듣다보니 윈스턴도 물어보고 싶은 것이 떠오르기 시작했다.

"앰플포스. 자네가 나보다 며칠 먼저 사라졌고 우리가 애정부 대기감방에서 만나지 않았나? 자네가 간수들 틈에 끼어 비틀거리며 101호실로 끌려 나가던 모습이 기억에 생생한데."

앰플포스는 잠시 눈을 감고 있는 듯하다 눈꺼풀을 번쩍 들었다.

"101호실에 갔으면 나도 자네와 같이 언제 처형될지 모르는 운명을 기다리며 살았겠지. 101호실에 가까워졌을 때 오브라이언이 나타나더니 간수들에게 나를 취조실로 데려가라고 명령하더군. 그가 무슨 이유에서 그랬는지는 정확히 모르겠어. 아무튼 처형신세는 면하게 됐지."

윈스턴은 도대체 영문을 알 수 없었다. 오브라이언이 앰플포스는 돌려보내고 자신은 왜 101호실까지 끌고 갔을까 하는 의문이 얼핏 들었다.

"자네는 어떻게 오렌지아에 가게 되었나?"

그는 잠시 눈을 감고 마음을 추슬렀다.

"내가 키플링의 시를 신어로 개조하며 음운을 맞추려고 가드(God)라는 단어를 그냥 남겨둔 게 빌미로 잡혀 체포됐잖아? 그런데 나만큼 열심히 일하고 또 충성도가 높은 당원이 어디 있었나? 트집 잡을 것이 그 가드라는 단어 하나 밖에 없었으니까. 다시 취조실로 돌아와 머리를 짜냈지. 가드(God)를 괴짜라는 뜻의 조드(Zod)로 바꾸면 뜻도 전달되고 음운도 맞는다고 했는데 그게 받아들여졌어. 그리고 강제노동수용소에 기한 없이 보내졌어. 최소한 5년은 있어야 했겠지. 노동수용소가 플리머스 부근에 있었는데 전쟁물자를 생산하느라 참 힘들었네. 처음엔 애정부에 끌려갔다가 목숨을 부지하고 살아남은 것만 해도 다행이라고 생각했는데 거기서 중노동을 하다 보니 화가 나는 것을 참을 수 없더군. 나처럼 당을 위해 열심히 일한 당원이 어디 있나? 그리고 문학작품 개조에 나처럼 성과를 낸 사람이 어디 있나? 그런데 그 결과가 강제노동수용소? 정말 어처구니없는 일이었지."

앰플포스는 한 몇 년 동안 좌절 속에서 살았다. 플리머스는 큰 항구도시다 보니 여러 가지 외부 소식들이 떠돌아다녔다. 그 내용을 정리해보니 유라시아 상황이 이상하게 돌아가고 있었다. 서유럽 지역에 대한 소비에트 러시아의 장악력이 약화되어 이베리아, 갈리아, 오렌지아 지역에 자유화 바람이 불고 있었다. 그리고 그들 지역으로 탈출을 하는 영사 사람들도 있다는 사실을 알았다. 그는 플리머스 출신 수용자들과 탈출을 모의했다. 그 중 플리머스 항만청 직원이었던 외부당원이 있었는데 밀항선을 주선할 수 있었다. 그의 가족이 준비한 뇌물을 바쳐 일행은 밀항선을 타고 갈리아의 브레스트에 도착하였다. 유라시아 갈리아 공국은 영사와 분위기가 달랐다. 감시가 심하지 않았다. 그곳에서 1년 동안 숨어 지냈다. 그 사이 자유화의 물결은 더욱 거세어졌고 그 선두에 오렌지아가 있다는 소식을 들었다. 앰플포스는 오렌지아로 숨어들어 왔다. 그가 오렌지아에 정주한 지 얼마 안 되어 게르마니아, 폴스키아, 발티키아, 보헤미아에서 독립운동이 일어났다. 그리고 유라시아 체제는 붕괴되었다.

앰플포스도 윈스턴 못지않게 엄청난 격변을 경험했던 것이었다. 그의 얘기를 들으며 유라시아 지역으로 탈출을 감행한 앰플포스가 대단한 인물이라고 감탄했다. 확실히 그는 똑똑하고 분석력이 예리했다. 윈스턴은 그의 오렌지아 생활이 어떤지 자세히 모르지만 그에게 적합한 곳에 살고 있다고 생각했다.

"앰플포스. 자네도 고생을 많이 했지만 오렌지아에서 잘 지내고 있는 것 같아 다행이네. 일부러 여기까지 찾아와줘서 반갑고."

윈스턴 말을 들은 그가 고개를 돌려 금발머리 사내를 쳐다봤다. 그때까지 별말이 없었던 거구의 루트거가 입을 열었다.

"스미스 씨. 오늘 직접 만나게 되어 영광스럽고 감격스럽습니다. 리처드 존스 얘기가 오렌지아에 알려진 후 그를 기념하고 지원하는 '존스형제회'라는 모임을 만들려는 움직임이 있습니다. 그런데 앰플포스가 리처드 존스는 윈스턴 스미스일거라고 했죠. 그리고 당신을 보호하기 위해 오렌지아로 모셔 와야 한다는 의견이 대두되었습니다. 오렌지아에는 당신을 만나고 싶어 하는 사람들이 많습니다. 발티키아나 러시아는 아직 안정적이지 않습니다. 스미스 씨. 오렌지아로 오시면 저희가 생활을 책임지겠습니다."

윈스턴에게 루트거의 제안은 너무 뜻밖이었다. 자신은 오렌지아에 대해 잘 모를 뿐 아니라 이곳의 안정적인 생활에 이미 적응하고 있었다. 그는 두 사람을 번갈아 쳐다봤다.

"갑작스런 제안에 지금 뭐라고 말씀드릴 수 없네요. 저는 이곳 생활에 불편이 없습니다. 이미 주변에 저를 지원해주는 사람들도 있고요."

그들의 제안을 거부하겠다는 완곡한 의사표시였다. 그러자 루트거가 다시 입을 열었다.

"스미스 씨. 발티키아는 안정되어 있는 지역이 아닙니다. 여기에 비하면 오렌지아는 경제적으로나 정치적으로 훨씬 안정적입니다. 그리고 조만간 유로파가 본격화되면 스미스 씨가 와서 생활하기에 훨씬 편할 것입니다. 지금보다 할 일도 많을 거고요."

앰플포스도 루트거의 말에 맞장구를 쳤다. 그들의 말에 윈스턴은 아무런 대응을 하지 않았다. 앰플포스와 루트거는 실망스런 표정으로 얼굴을 마주보며 고개를 끄덕였다. 앰플포스는 기념사진을 찍자고 했다. 둘이 나란히 서고 루트거가 여러 장을 찍었다. 루트거는 웃으라고 계속 외쳐댔다. 앰플포스는 환한 표정으로 웃는데 윈스턴은 웃지 못했다. 그리고 윈스턴의 독사진도 여러 장 찍었다. 그들은 주소와 전화번호 그리고 모금된 돈을 남기고 떠났다. 루트거는 작별인사를 하며 오렌지아로 돌아가면 '스미스형제회'를 결성할 것이라고 말했다.

앰플포스와의 만남과 나눈 대화 내용이 너무 충격적이어서 윈스턴은 그들이 떠난 후 소파에 앉자 들었던 얘기를 곱씹어 보았다. 믿기지 않는 내용이 많았다. 앰플포스가 자기를 유인하기 위해 지어낸 얘기는 아닌가 하는 의심이 들기도 했다. 앰플포스가 영사를 탈출해 오렌지아에 거주하고 있다니. 오렌지아에 백 명이 넘는 영사 사람들이 살고 있다니. 오렌지아 사람들이 자신의 이름을 딴 모임을 결성하려고 한다니. 상상조차 하지 못했던 얘기였다. 그리고 그들의 제안에 대해 생각해봤는데 무슨 할 일을 마련해줄지 몰라도 이제 또 새로운 곳에 가서 적응해야 한다는 것이 선뜻 마음이 내키지 않았다. 발티키아 생활이 풍족하지는 않았지만 과거의 어느 시기보다 마음이 편했고 또 안정적이었다. 그리고 여기에는 타냐와 요리스 가족이 있었다.

다음 날 아침 그는 요리스와 만나 오렌지아에서 앰플포스 일행이 찾아왔다는 것과 대화내용을 전했다. 요리스는 차분하게 윈스턴의 긴 얘기를 아무 말 없이 들었다. 그는 그 일행이 찾아왔었다는 사실을 이미 알고 있었다. 외국인 두 명이 시내 식당 등지에서 윈스턴에 대해 수소문했다는 얘기를 들었다고 했다.

"요리스. 그들이 한 얘기가 모두 진실일까?"

"유라시아 해체 이후 폴스키아 서쪽 유럽에서 큰 변화가 진행되고 있다는 얘기는 들었네. 구체적으로 얘기 하나하나가 모두 사실인지는 모르지만. 그 지역과는 양상이 다르지만 여기 발티키아와 슬라비아 심지어 러시아도 현재 엄청난 변화가 진행되고 있지 않은가?"

"그렇다고 오렌지아에 영사 사람들이 백 명 넘게 있다는 것을 믿을 수 있을까?"

이 말을 들은 요리스의 얼굴에 미소가 보였다.

"윈스턴. 이미 죽어있어야 할 자네가 멀쩡히 살아서 이곳 발티키아에서 브리타니아어 교육을 지도하고 있다는 사실을 믿을 영사 사람이 몇 명이나 될까? 자네는 인디아와 스타니아를 거쳐 시베리아 거의 끝까지 갔다가 이곳에 오게 된 것 아닌가? 영사에서 오렌지아로 탈출하는 것은 그것보다 쉬운 일이지."

그의 해석도 일리가 있다는 생각이 들었다.

"그들은 왜 나를 데려가려고 하는 것일까? 무슨 함정이 있는 것은 아닌 것 같은데 그래도 우리가 모르는 배경이 있지 않을까?"

"자네 동료였던 앰플포스의 얘기를 들으니 무슨 다른 의도를 갖고 있지는 않은 것 같네. 서유럽에서 불고 있는 자유화의 바람에 자네가 있으면 도움이 되겠다고 판단한 것이겠지. 그리고 자네의 증언이 유로파의 결성과 단결에 도움이 되겠지. 그런데 자네는 갈 생각이 있나?"

요리스는 참 합리적으로 분석하는 것 같았다.

"요리스. 자네 덕분에 이곳에 와서 나는 매일 따뜻한 물로 비누샤워를 하고, 찬거리도 내가 직접 사오고, 먹고 싶은 음식을 만들어 먹고, 또 가끔 보드카를 마시고 기분 좋은 상태에서 잠자리에 드네. 아침에 출근하면 내 도움을 필요로 하는 일이 기다리고 있네. 사람들이 모두 친절하고 길거리를 가면 나한테 인사를 하거나 말을 건네고. 내가 더 이상 바랄 것이 뭐가 있겠나? 이제 또 어디로 간단 말인가?"

요리스는 알겠다는 듯이 고개를 끄덕이며 말을 붙였다.

"나는 오늘 자네와 나눈 얘기를 비밀로 하겠네. 그리고 자네는 타냐 문제도 고려해야겠지."

요리스와 얘기를 나눈 후 윈스턴의 마음은 정리가 되고 안정이 됐다. 유로파니 스미스형제회니 하는 것들이 머릿속에서 희미해졌다. 예전처럼 일이 많지는 않았지만 교육청 일도 열심히 했다. 타냐와의 관계도 좋았고 그녀의 딸도 윈스턴에 대한 심리적 거리를 좁혀갔다.

발티키아의 경제상황은 몇 년 동안 크게 나아지지 않았다. 발티키아에는 특별한 산업도 없었고, 과거 소비에트 러시아가 지원해주던 천연가스와 원유공급이 끊기자 경제회복이 매우 더뎠다. 이에 주민들의 불만이 쌓이기 시작했다. 일부 주민들은 과거 유라시아 시절이 더 좋았다며 친러시아 정당을 창당하고 정부의 무능을 비난하였다. 이에 대한 반작용으로 집권당은 민족주의 성향을 강화하며 오히려 반러시아정책을 펼쳤다.

그 결과로 나타난 정책이 발티키아 내의 불법체류자 추방이었다. 발티키아는 전 주민의 30% 가량이 비(非)발티키아인들이었다. 과거에는 유라시아의 역내 주민이면 어디에 거주하던 상관이 없었다. 그래서 체르노빌 때 낙진을 피해 벨라루시아와 슬라비아 사람들이 대거 발티키아로 피난을 왔고 거꾸로 발티키아 사람들도 유라시아 전역에 이주하여 살았다. 발티키아 사람들은 이들 피난민들이 자기들의 직업을 뺏어가고 있다는 불만을 표출했다.

이런 분위기에서 정부는 이들 중 불법체류자를 가려내 추방하겠다고 발표했다. 일단 모든 외국인의 등록을 명령하였는데 여기서 외국인이란 부모가 발티키아 국적이 아니거나 발티키아에서 출생하지 않은 모든 사람들이었다. 윈스턴은 물론 타냐와 그녀의 딸도 외국인에 포함되었다. 외국인 등록 후 이들에 대한 심사를 할 예정이었다. 유라시아 해체 전, 즉 발티키아 공국 시절 이주해온 과거 유라시아 역내 사람들에게는 영주권을 주었다. 유라시아 해체 이후 유입된 유라시아 역내인들에게는 6개월 체류증을 주었다. 그들은 직업을 가질 수 없었고 6개월이 지나기 전에 발티키아를 떠나야 했다. 영주권이나 체류증을 받지 못한 사람들은 불법체류자로 분류되었다. 이들은 국경 밖으로 강제추방될 수밖에 없었다. 그들의 기준에 따르면 윈스턴은 불법체류자였다.

요리스는 윈스턴을 구제하기 위해 백방으로 뛰었다. 그러나 중앙정부의 입장은 완강했다. 그들도 윈스턴 스미스의 존재를 알고 있었다. 그가 발티키아 교육에 기여한 점도 인정했다. 그러나 물리적 존재만 인정될 뿐 자신의 정체성을 입증할 아무런 증빙서류가 없었다. 그가 가지고 있는 서류라고는 우수리스크에서 풀려날 때 받은 통행증 밖에 없었다. 통행증은 단지 윈스턴 스미스라는 이름이 적힌 낡은 종잇조각에 불과했다. 그리고 그가 오세아니아 출신이라는 것이 확인돼도 추방대상이었다. 발티키아 정부는 추방대상자인 불법체류자는 수용소로 집합하라는 포고령을 내렸다. 일이 이렇게 진행되며 윈스턴의 불안감은 분노로 바뀌고 얼마 있지 않아 분노는 절망감이 되어 그의 가슴을 뭉개버렸다.

수용소로 입소하는 기일이 점점 다가왔다. 윈스턴과 타냐 그리고 요리스 부부는 대책을 논의했다. 먼저 요리스가 입을 열었다.

"일단 수용소 입소는 거부하게. 더 이상 교육청에서 근무하지 못해도 우리가 자네 생활은 책임질 수 있을 테니까. 그리고 내가 뛰어다니며 자네 문제를 해결하겠네."

윈스턴은 아무런 생각도 할 수 없었다.

"그래요. 요리스의 말대로 그냥 기다리죠. 당신이 수용소에 들어가면 아마 러시아나 슬라비아 국경 쪽으로 추방될 거예요. 거기는 아직 험해요. 그리고 그곳에서도 신분확인이 안되면 다시 추방될 거예요. 아니면 거기 수용소에서 평생을 지내야 할지 몰라요. 영사에서 당신의 신분을 확인하고 신병인도를 요구할 수도 있고요. 그러니 일단 추방을 피해야 해요."

타냐의 말에 이어 밀다도 같은 발언을 했다.

"윈스턴. 유라시아 전체가 사람 이동이 심한 곳이에요. 지금 상황은 일시적인 것이라고 봐요. 발티키아 정책도 바뀔 거예요. 그때까지 여기서 우리와 같이 지내요. 요리스는 곧 있을 선거에서 국회의원이 될 거예요. 당신 문제를 해결할 수 있어요. 그때까지 기다려요."

윈스턴에게는 모든 가능성이 열려 있었다. 여기서 지내다 영주권을 얻을 수도 있고 추방되었다가 오세아니아의 요청에 의해 영사로 송환될 수도 있었다. 윈스턴이 침묵을 지키고 있자 타냐가 정색을 하며 말했다.

"나는 여기 온지 벌써 10년 가까이 돼요. 곧 우리 딸과 함께 발티키아 국적을 신청하겠어요. 그동안 세금도 꼬박꼬박 냈으니까 국적취득에 문제가 없을 거예요. 그러면 윈스턴과 결혼을 하겠어요. 국적자 배우자에게는 체류를 허가해줄 거예요. 윈스턴 그렇게 할게요."

윈스턴은 그들의 말을 들었지만 아무런 생각이 들지 않았다. 다만 빅토리 맨션에서부터 평화부, 북해 부양요새, 인디아 전선, 스타니아, 시베리아, 만추리아, 발티키아로 이어지는 여정이 주마등처럼 스쳐갔다. 그 장면들이 연상되자 눈물이 솟았다. 침묵을 지키던 그가 요리스를 바라보며 입을 열었다.

"요리스, 보드카 한 병만 얻을 수 있을까? 마침 집에 다 떨어졌네."

그는 집에서 생각을 정리해봐야겠다며 요리스로부터 보드카 병을 받아들고 집으로 돌아갔다. 타냐가 집까지 동행했다. 그녀는 걱정이 됐는지 아니면 그를 설득하여 확답을 받아내야겠다고 생각했는지 윈스턴 집에서 자고 가겠다고 했으나 그는 그녀를 돌려보냈다.

윈스턴은 페치카에 화목을 채워 불을 지핀 후 전등을 끈 채 거실 바닥에 앉아있었다. 화목타는 소리가 타닥타닥 났다. 누구와 절실한 대화를 나누고 싶었는데 그 대상은 요리스도 타냐도 아니었다. 영사에서도 그랬지만 발티키아에서도 한 개인이 이렇게 무력하구나 하는 것을 느꼈다. 개인은 섹스를 하지 말라면 못하는 것이었다. 마흔이 다 되어 머리가 벗겨지고 틀니를 했어도 전쟁에 나가라면 나가야 했다. 포로를 밀어 넣으면 포탄이 쏟아지는 전쟁터에서 뛰어 다녀야 했다. 그 국가의 사람들을 위해 열심히 일해도 나라를 떠나라 하면 떠나야 하는 것이었다. 영사 애정부 복도에서 처형되는 것을 간신히 피해 이곳 발티키아까지 왔지만 이제 인생의 막다른 길에 처하고 말았다.

군대에서 들은 '자신에게 총을 겨누는 놈이 적이다'라는 말이 생각났다. 나의 생존에서 나에게 위해를 끼치려는 상대가 적이라는 것을 다시 한 번 깨달았다. 그래서 사상경찰과 오브라이언은 윈스턴의 적이었다.

윈스턴에게 총을 겨눈 유라시아 병사와 이스타시아 군인이 그의 적이었다. 그리고 나를 추방하려는 발티키아 정부도 적이었다. 애정부 이후 윈스턴은 적의 위해와 위협에 둘러싸여 살아왔지만 지금처럼 분노가 치민 적은 없었다. 그는 물 잔에 보드카를 부어 벌컥벌컥 들이켰다. 보드카가 분노를 가라앉히지 못했지만 생각이 느슨해지며 서서히 잠이 들었다.

거실바닥에 쓰러져 잠이 들었던 윈스턴이 눈을 떴다. 잠결에도 몇 번이나 희미하게 무슨 소리가 들리는 듯했었다. 눈이 떠지니 요란한 전화벨 소리가 또렷이 들렸다. 그는 걱정이 되는 요리스나 타냐가 아침 일찍 전화를 하는 것이라 여기며 귀찮은 생각이 들었다. 전화벨 소리가 계속 시끄럽게 울려댔다. 그는 무거운 몸을 일으켜 부엌 전화기의 수화기를 들었다. 교환원의 목소리가 들렸다.

"스미스 씨. 오렌지아에서 온 국제전화입니다."

그가 무슨 말을 하기도 전에 저쪽 목소리가 들렸다. 빠른 말투였지만 또박또박 알아들을 수 있었다.

"윈스턴? 날세. 앰플포스. 우리가 자네를 데리러 가겠네. 조금 있다 출발하면 모레 오전에는 도착할걸세. 그 시간에 어디가지 말고 꼭 집에 있게." 이 말만 하고 앰플포스는 전화를 끊었다.

다음 날 아침 이른 시간에 타냐의 문 두드리는 소리에 윈스턴은 침대에서 일어났다. 그녀는 아침을 차려주고 학교로 출근했다. 그녀는 퇴근하며 윈스턴의 집에 들렀다. 같이 차를 마시며 그녀는 그의 표정을 살폈다. 그는 걱정하지 말라며 그녀를 집에 보냈다.

그녀가 돌아간 후 보드카를 마셨다. 그리고 작은 가방을 꺼내 짐을 몇 개 챙겼다. 짐이라고 할 것도 없었다. 양말과 내의, 공책, 삼족오 조각품을 포함한 몇 가지 소품들. 그것이 전부였다. 그리고 욕조에 물을 받아 몸을 담갔다. 욕조 밖으로 늘어뜨린 손에는 보드카를 채운 물 컵이 들려 있었다. 취기가 올랐다. 애정부에서 나와 체스트넛트리 카페에서 진을 마셨을 때와 같은 기분이 들었다. 그러면서도 윈스턴은 런던 시절보다 훨씬 좋은 술을 마시고 있는데 왜 기분은 비슷하지 하는 생각이 들며 의미 없는 냉소가 지어졌다.

윈스턴은 아침 일찍 기상했다. 빵 한쪽과 커피로 가볍게 식사를 마친 후 식탁에 앉아 백지를 놓고 글을 적기 시작했다.

요리스에게,

인생은 수많은 필연과 우연의 교차로 이루어진 것이라고 하던데 아무리 생각해도 우연히 만난 자네는 나에게는 필연이었던 것 같네. 사실 나는 러시아나, 게르마니아, 오렌지아, 그리고 폴스키아라는 지명은 알고 있었지만 발티키아가 어디 있었는지도 몰랐네. 그런데 자네와 함께 이곳까지 오게 됐고 또 교육청에서 같이 일하는 기회를 갖게 되는 영광과 호사를 누렸네. 무어라 감사의 말을 전해야 할지 모르겠네.

특히 십자가 언덕 위에서 바라본 해바라기 밭은 나에겐 경이로움 그 자체였네. 해바라기 밭 가운데 있는 중세의 수도원과 교회 건물. 내가 꿈꾸어 오던 황금의 나라가 실제 존재하고 있는 것을 목격하면서 그 자리에서 나는 충격을 받았네.

나는 떠나네. 어떤 일이 기다리고 있을지 모르지만 또 새로운 길을 찾아 떠나네.

당신의 친구 윈스턴

그는 자신이 쓴 편지를 읽어보았다. 솔직한 감정을 담담히 썼기 때문에 손을 댈 것이 없었다. 그는 다른 종이를 펼쳤다.

사랑하는 타냐에게,

운명은 찾는 것이 아니라 찾아오는 것이라는 사실을 당신과의 만남을 통해 알게 되었소...

윈스턴은 더 이상 글이 써지지 않았다. 그는 펜을 내려놓고 양손으로 얼굴을 살며시 감쌌다. 집중하려는 듯 얼굴을 찡그려 보았으나 아무런 문구가 생각나지 않았다. 잠시 후 그는 얼굴을 감싼 손을 풀었다. 그리고 편지지 두 장 모두를 손으로 서서히 구겼다. 윈스턴은 구긴 편지지를 들고 거실로 가서 잔불이 남아있는 페치카 안에 던져 놓았다. 그에겐 바로 순간 전의 일도 과거였다. 그리고 그 과거는 그의 인생의 경로에 대해 아무 것도 가르쳐 준 적이 없었다. 그에게 과거를 회상하고 평가하는 말을 남한테 전하는 것은 아무 의미 없는 일이었다.

그는 테이블에 앉은 채 앞마당 쪽으로 난 창문 밖을 바라보았다. 자신의 눈에 힘이 하나도 없고 눈동자에 초점이 없다는 것을 느낄 수 있었다. 시간이 정지된 상태라고 여겨졌다. 자신이 살아있다는 것을 확인하듯이 가끔 서서히 심호흡을 했다. 밖에서 현관문을 세차게 두드리는 소리가 들렸다. 윈스턴은 천천히 자리에서 일어나 출입문을 열었다. 앰플포스가 서있었다. 그 뒤로는 금발의 두 남자가 서있었다. 왼쪽은 요전에 본 루트거이었고 오른쪽은 처음 보는 남자였는데 체구가 루트거보다도 컸다. 그들은 안도의 웃음을 짓고 있었다. 앰플포스는 큰 포옹을 했다.

"반갑네. 내 말대로 집에 있어줘서 고맙네. 준비됐으면 빨리 떠나세."

"데리러 와줘서 고맙네. 그래도 잠깐 숨은 돌리고 출발하지. 들어오게."

일행은 식탁에 둘러앉았다. 앰플포스가 사내들을 소개했다.

"루트거는 이미 만났으니까 알 테고. 이 분은 야닉일세. 자네를 데리러 간다니까 보디가드를 하겠다며 자청해서 나섰네. 자네를 너무 만나보고 싶어 했네."

"반갑습니다. 잠깐 커피를 마시고 숨 좀 돌리고 출발하죠."

"그러지. 우리도 쉬지 않고 달려오느라 숨 좀 돌려야겠네."

앰플포스는 동의를 구하듯 루트거와 야닉의 얼굴을 바라봤다. 윈스턴은 가스불을 켜고 커피포트를 올려놓았다. 그는 잔에 커피를 적당히 부어 각자의 앞에 내려놓았다. 네 사람이 몇 마디 안부를 주고받는데 갑자기 출입문이 부서지듯이 열렸다. 모두 놀란 표정으로 입구로 고개를 돌렸는데 타냐가 뛰어 들어오며 소리를 질렀다.

"윈스턴! 무슨 일이에요. 밖에 있는 차는 뭐예요?"

비명에 가까운 소리를 지른 그녀는 식탁에 둘러 앉아 있는 사람들을 보며 목소리가 더 높아졌다.

"이 사람들은 누구예요? 도대체 무슨 일이 있는 거예요?"

윈스턴은 자리에서 천천히 일어나 그녀에게 다가가며 나지막하게 입을 열었다.

"타냐. 이 분들은 나를 데리러 오렌지아에서 오신 분들이에요. 나를 해치려는 사람들이 아니에요."

윈스턴의 말에 타냐의 표정이 더욱 일그러졌다.

"윈스턴. 무슨 말이에요. 당신이 왜 오렌지아로 가요? 이 사람들을 어떻게 믿을 수 있어요? 당신은 여기에 있어야 해요."

"타냐. 나는 발티키아에 있을 수가 없잖아요. 나는 떠나야 해요. 이분들은 나를 위한 거처를 오렌지아에 준비해 놨습니다. 타냐, 이해해 주세요."

그녀의 갑작스런 등장에 일행은 당황했다. 그들은 자신들의 계획에 차질이 생길지도 모른다고 우려했다. 그러나 일행 중 누구도 윈스턴과 타냐의 대화에 끼어들지 않았다.

"윈스턴. 여길 떠나지 마세요. 당신은 여기서 안정과 행복을 찾았잖아요. 여기엔 내가 있잖아요. 걱정 마세요. 내가 당신을 책임질게요. 무슨 수를 써서라도 당신과 내가 같이 있을 수 있게 할게요. 윈스턴 제발 떠나지 마세요."

그녀의 말은 거의 절규에 가까웠다. 윈스턴은 그녀의 호소에 마음이 흔들린 것보다는 그녀의 진정어린 말에 대응할 수 없었다는 사실에 가슴이 답답했다. 그래도 그는 차분함을 유지했다.

"타냐. 나는 당신을 믿어요. 그렇지만 나는 이곳을 떠나야 합니다. 나중에 내 결정을 이해하게 될 거예요. 타냐. 나는 오렌지아로 가는 것이 아니라 이곳을 떠나는 겁니다."

"사랑하는 사람을 떠나 알지도 못하는 곳으로 간다고요? 그런 말이 어디 있어요? 윈스턴. 당신을 사랑해요. 사랑하는 사람과 이곳에 같이 있어요. 제발 떠나지 마세요."

윈스턴은 어떤 말도 그녀를 이해시키거나 진정시킬 수 없다고 생각했다. 그는 앰플포스를 보며 출발하자는 눈짓을 보내고 거실 바닥의 가방을 집어 들었다. 일행도 모두 자리에서 일어섰다. 다시 한 번 그녀의 비명에 가까운 소리가 들렸다.

"윈스턴! 가지 마세요. 사랑하는 사람을 두고 떠나지 마세요."

윈스턴은 그 말을 들으며 그녀 옆을 비켜 출입문을 향해 걸어갔다. 등 뒤로 윈스턴의 이름을 외치는 그녀의 목소리가 다시 한 번 들렸다. 그리고 그녀는 그대로 바닥에 구겨지듯이 쓰러졌다.

앰플포스 일행이 타고 온 차는 시동을 끄지 않는 채 대기하고 있었다. 일행이 다 타고 앰플포스가 빨리 출발하자고 말하자 차가 움직이며 가속을 내기 시작했다. 윈스턴은 몸을 돌려 집 쪽을 바라보았다. 활짝 열린 문 안으로 쓰러져 있는 타냐의 모습이 보였다.

9. 오렌지아

　윈스턴 일행을 태운 차량이 폴스키아 국경에 가까워졌다. 앰플포스가 안주머니에서 뭔가를 꺼내더니 윈스턴에게 전했다.

"여권일세."

"여권?"

"혹시 물어볼지도 모르니까 거기에 기재된 생년월일 정도는 외우게."

　국경에서의 출입국심사는 까다롭지 않았다. 폴스키아에 들어와 차는 계속 달렸다. 앰플포스가 윈스턴에게 말했다.

"폴스키아를 벗어나 게르마니아로 들어가면 걱정할 게 없네. 물론 여기도 큰 문제가 없지만 약간 신경은 쓰여. 게르마니아부터 저 밑에 이베리아까지는 여권 없이 통행이 자유롭네."

　게르마니아로 들어오며 윈스턴은 차량이동이 지루했고 긴장이 풀어지면서 스르르 잠이 들었다. 앰플포스가 그의 어깨를 흔들어 깨웠다.

"윈스턴 다 왔네."

　윈스턴은 눈을 떴다. 밤이었다. 뭐가 뭔지, 어디가 어딘지 알 수 없었다. 루트거가 앞장을 서서 문을 열고 계단을 따라 이층으로 올라갔다.

"오렌지아 워터스담일세. 여기는 자네가 앞으로 머물 숙소네. 옆집이 루트거의 집이니 그가 모든 걸 챙겨줄 거야. 먼저 허기질 테니 저녁을 간단히 먹고 푹 쉬게."

식탁에 빵과 치즈가 준비되어 있었다. 루트거는 냉장고에서 음료수 병을 꺼내왔다. 음식은 맛이 훌륭했고 발티키아 것보다 품질이 좋은 것을 알 수 있었다. 병에 있는 음료는 맥주였다. 윈스턴은 급하게 병을 비우고 한 병을 더 부탁했다.

"스미스 씨가 이 맥주를 좋아하시네요."

맥주병을 윈스턴 앞에 놓으며 루트거가 말했다.

"네. 맥주 맛이 좋네요. 이런 깔끔한 맛의 맥주는 처음 마시는 것 같아요."

"그래. 이게 그 유명한 그리네켄 맥주일세. 처음 여기에 왔을 때 나도 홀딱 반했지. 앞으로 자주 마시게 될 거야." 앰플포스가 미소를 지으며 말했다.

야닉이 일정에 대해 간단히 설명했다.

"옷이나 다른 생필품은 미리 다 준비해 놓았습니다. 불편한 게 없을 겁니다. 모레 오후 스미스형제회 사람들과 만납니다. 아마 언론사에서도 올 겁니다. 짧은 소감을 말씀하셔야 합니다. 질문들도 있을 거고요."

앰플포스가 몇 가지를 덧붙였다. 다들 브리타니아어를 할 줄 아니 부담 없이 얘기하면 된다, 숨길 것도, 과장할 것도 없다, 있는 그대로 얘기하면 된다 등의 이야기였다.

그들의 얘기를 들으며 윈스턴은 냉장고에서 녹색병 하나를 더 꺼내와 마셨다. 그제야 완전히 기분이 풀어지며 괜히 웃음이 나왔다. 모두들 그를 바라보며 미소를 지었다.

"윈스턴. 자네 기분이 좋은 것 같아. 아니면 이미 취한건가?"

윈스턴은 눈을 가늘게 뜬 채 그들을 바라보았다.

"앰플포스, 루트거, 야닉, 모두 고맙네. 이런 맥주가 있을 줄도 몰랐고 또 내가 그것을 마시게 될 줄은 상상도 못했네."

모두 웃음을 터뜨렸다. 그러다 야닉이 진지한 표정으로 입을 열었다.

"스미스 씨. 오렌지아에 오신 것을 환영합니다. 저희가 최대한 지원해 드리겠습니다. 마음 푹 놓고 지내십시오."

그의 말을 들으며 윈스턴은 살짝 눈을 감았다. 천천히 눈을 떴을 때 앰플포스의 눈가가 촉촉해진 것을 알 수 있었다. 일행은 다음 날 점심 때 오겠다는 말을 하고 돌아갔다. 루트거는 문 앞에서 윈스턴의 상체를 두 팔로 꼭 앉으며 오랫동안 포옹을 했다.

한 달 가량 바쁜 일정이 계속되었다. 모두 형제회가 준비한 모임이었다. 이어서 초청강연도 기다리고 있었다. 윈스턴은 같은 내용의 강연을 수십 번 반복해야 했다. 질문도 쏟아져 나왔다. 줄리아를 원망하지 않는가? 오브라이언을 증오하는가? 영사 사람들은 그런 압제에 왜 저항하지 않는가? 왜 발티키아로 갈 생각을 했는가? 그동안 자살 시도는 안했는가? 전체가 틀나라던데 그게 사실인가? 이러한 질문들이 오히려 윈스턴의 복잡한 생각을 정리해주었다.

윈스턴의 얘기는 다른 국가에도 알려졌다. 스칸디아, 게르마니아, 갈리아 사람들도 그의 강연을 들으러 왔다. 그들은 돌아가서 자기 나라에 형제회를 결성하였다. 이름도 다양했다. 오렌지아는 스미스형제회, 스칸디아는 바이킹형제회였다. 갈리아는 1789형제회, 게르마니아는 반파쇼형제회였다. 폴스키아와 이베리아에서도 후원편지가 왔다. 각국의 형제회는 연대조직까지 만들었다. 그 연대조직의 구호는 "다시는 안 돼."(Never Again, Smith!)였다.

일정을 소화하는 것이 힘들었지만 윈스턴은 짜증내지 않았다. 자신의 경험이 너무 끔직한 것이었고 그것들을 사람들에게 알려야 한다고 생각했다. 그들도 유라시아 신볼셰비키즘의 지배를 받았지만 윈스턴의 경험은 정말 잔혹했고 앞으로 경계하지 않으면 언제 그러한 일이 닥칠지 모른다는 공포를 가지고 있었다. 다른 나라의 형제회에서 초청이 있었으나 앰플포스와 루트거는 거기에 응할 필요가 없다고 생각했다. 신변보호가 어렵다는 이유였다. 영사가 암살자를 보낼 수 있다고 우려했다.

워터스담에 온지 몇 달이 지나자 일정도 줄어들고 마음의 여유가 생겼다. 시내를 산책하기도 하고 자전거를 타고 교외에 나가기도 했다. 워터스담은 이름 그대로 운하의 도시였다. 모든 공간이 운하로 둘러싸여 있었다. 집들도 다닥다닥 붙이고 최대한 공간을 활용하여 오밀조밀하게 지었다. 인종은 런던보다 다양한 것 같았다. 흑인도 있고 아시아인도 있었다. 사람들이 늘 바쁘게 움직여 도시가 을씨년스럽지 않았다. 사람들은 런던과 같이 주눅이 들었거나 경계심을 갖고 남을 의식하는 것 같지 않았다. 윈스턴도 이러한 워터스담 분위기에 익숙해졌다.

사람들의 생각은 천차만별이었다. 형제회에도 재산을 똑같이 나눠야 한다는 극좌부터 가난은 개인의 책임이므로 복지를 다 없애야 한다는 극우적인 생각을 가진 사람 등 매우 다양했다. 루트거는 우파적 성향을, 야닉은 좌파적 성향을 가지고 있었다. 그 두 사람은 권력남용에 의한 인권침해가 있어서는 안 된다는 점에만 의견이 일치했다. 다른 문제에 대해서는 대부분 의견이 대립되어 소리 높여 논쟁을 벌이기도 했다. 워터스담 사람들은 런던 사람들보다 말수가 열 배는 많은 것 같았다. 윈스턴은 워터스담 사람들을 보며 언론자유의 척도는 그 나라 사람들이 말을 얼마나 많이 하는지 라고 생각했다.

그들이 벌이는 논쟁 중에는 윈스턴이 상상해보지도 않은 주제들이 많았다. 어느 날 모두들 그리네켄 한 병씩을 앞에 놓고 얘기를 나누고 있는데 루트거가 병 가운데에 있는 붉은 별을 가리키며 신볼셰비키즘을 연상시킨다고 퉁명스럽게 말했다. 그에 따르면 유라시아 시절에는 흰 별이 있었는데 유라시아가 해체된 후 오히려 그 색깔이 붉은 색이 됐다며 그리네켄 사주는 그 시절을 그리워하는 것 같다고 말했다. 그러자 야닉이 유라시아 전에는 붉은 별이었다고 반박했다. 그리네켄 사주는 신볼셰비키즘이 싫어 유라시아 시절에 별 색깔을 흰 색으로 바꿨다고 했다. 그러자 루트거는 사주가 원래 볼셰비키여서 붉은 별을 채택했고 유라시아 시절에는 소비자들의 신볼셰비키즘에 대한 반감 때문에 흰 색으로 바꾼 것이라고 했다. 윈스턴은 누구 말이 맞는 것인지 알 수 없었다. 논쟁은 녹색병에 어떤 색의 별이 더 어울리냐로 번졌다. 루트거는 붉은 색이 촌스럽다고 했고 야닉은 흰 색 별이 개성이 없어 보인다고 했다. 맥주병의 별색깔을 놓고 모두들 한 시간쯤은 떠들었다.

또한 그들은 성관계를 법적으로 몇 살부터 허용하느냐를 놓고 논쟁을 벌였다. 자유화 이후 그전까지 16세였던 기준연령이 14세로 낮춰졌는데 이를 12세로 내리자는 주장이 대두되고 있었다. 여자 아이들의 초경이 열한 살이나 열두 살이면 시작되는데 그러면 성관계 연령도 12세로 낮추자는 것이었다. 이 논쟁으로 사람들의 목소리가 높아졌다. 루트거는 지금의 14세도 너무 어리다고 하며 12세로 낮추자는 사람들은 모두 소아성애자가 분명하고 그들을 성범죄자로 처벌해야 한다고 주장했다. 야닉은 성적 자기결정권을 최대한 존중해야 한다며 여자가 월경을 시작하고 남자가 발기가 되면 성행위를 허락해도 문제가 없다고 했다. 윈스턴은 이 문제에 대해 루트거가 민감하게 반응하고 흥분된 목소리로 자기주장을 펴는 이유를 짐작할 수 있었다. 그의 외동딸이 열두 살이었다.

윈스턴은 맥주병의 별 색깔과 성관계 허용연령 문제가 사람들 사이에 토론으로 이어진다는 것이 어색하고 한편 신기했다. 쓸데없는 얘기로 시간낭비를 한다는 생각도 들었다. 그러나 그런 모습을 자주 대하다보니 그들의 주장과 논쟁에 내포된 함의를 이해하게 되었다. 개인의 자유와 자율성, 그리고 그것들이 합쳐져 어떻게 사회적 합의에 도달해야 하는가에 대한 문제였다.

유로파 출범과 함께 물자교류가 활발해졌다. 곧이어 이스타시아의 저렴한 공산품이 쏟아져 들어왔다. 각국은 유동성을 풍부히 공급하여 소비를 늘렸다. 자유화와 함께 풍요를 누릴 수 있었다. 오렌지아 지방정부는 쏟아져 나오는 쓰레기 처리가 제일 골치 아픈 상황이 되었다. 노동시간은 점점 줄어들었다. 노동이 문제가 아니라 오히려 남는 시간을 어떻게 보내느냐가 사람들의 관심사였다. 이러한 상황은 사람들의 욕망을 끊임없이 부추겼다. 3극체제 붕괴 이후 유로파 사람들이 가장 염원했던 것은 무엇보다도 자유와 풍요였다. 자유는 3극체제 이전 상태로 즉시 회복되었지만 오렌지아 사람들의 자유에 대한 요구는 한계가 없었다. 자유와 풍요에 대한 끝없는 갈망은 모든 사안을 쟁점화 시켰다. 언론과 의회는 항상 시끄러웠다. 모든 것이 자유화와 개방화의 방향으로 진행되었다.

가장 먼저 이루어진 것은 성의 개방이었다. 윈스턴의 워터스담 정착 초기에는 매춘을 단속하지 않는 정도였다. 그러다 아예 합법화시켰고 성매매 종사자들로부터 소득세를 받기 시작했다. 법적 성관계연령이 16세에서 14세로 낮아지며 중학생들에게 콘돔과 피임약이 제공되었다. 종교인들의 극심한 반대가 있었지만 동성결혼도 허용되었다. 동성부부들에게 입양할 자격도 부여되었다. 입양된 어린 여자아이가 길거리에서 동성부부인 두 아빠가 키스하는 모습을 물끄러미 쳐다보는 광경도 낯설지 않았다. 비혼(非婚) 상태에서 출생하는 아이의 비율이 전체 신생아의 반 이상을 차지했다. 그 후 등장한 것이 마약 합법화였다. 대마초는 5그램 이하에 대해서는 단속을 하지 않았다. 커피숍에서 공공연히 팔았고 길거리에서 대마초를 피워도 처벌하지 않았다.

워터스담에는 100여 명의 영사 출신 망명자들이 있었다. 대부분 외부당원과 프롤들이었다. 그들의 주장들은 각양각색이었다. 망명정부를 세우자는 사람도 있었고 국제자유여단을 만들어 제1공대를 침공하자는 사람도 있었다. 훈련을 받아 영사에 침투하여 테러활동을 벌이자는 사람도 있었다. 그래서 단체도 세 개나 있었다. 그들 모두 윈스턴이 자기 조직에 합류하기를 희망했다. 처음에는 그들의 획기적인 주장에 윈스턴은 귀가 솔깃했다. 그러나 여러 번 만나다 보니 그들은 그저 말 뿐이었다. 실행능력은 전혀 없었다. 그저 분노의 표출이었다. 그리고 지적 수준이 낮았고 세련되지도 않았다. 그는 그들과 교류를 하지 않아야겠다고 마음먹었다.

시간적 여유가 생기자 윈스턴은 오래된 신문들을 찾아보며 과거에 대한 자신의 부족한 지식을 메울 수 있었다. 놀라운 점은 오렌지아 공국 시절 유라시아 지배 아래에서도 영자신문이 발간되었다는 점이었다. 이에 놀라는 윈스턴에게 루트거가 자랑스럽게 설명해주었다

"언론과 출판의 자유는 역사적으로 오렌지아가 최고일 거예요. 우리는 세계전쟁 때 나찌 치하에서도 지하신문이 수십 종 발간되었고... 그때도 영자신문이 나왔다니까요. 유라시아 붕괴되기 전에 이미 바다에서 해적방송을 시작해서 자유화를 주장했어요."

자유의 나라는 다양성의 나라였다. 독재와 전체주의에 반대하고 인권을 중요시 여기는 것은 분명했지만 이와 관련하여 여러 가지 상반되는 주장이 전개되고 있었다. 그에 따른 모순된 현상들도 발생하였다. 윈스턴은 전체주의 압제에 의한 희생의 상징이었지만 그에 반대하는 소수의 사람들도 있었다. 그들은 피켓을 들고 윈스턴이 행사를 치르는 건물 밖에서 항의시위를 하기도 했다. 그들은 극좌 사회주의자들이었는데 윈스턴의 영사에 대한 증언을 사회주의에 대한 비판으로 받아들였고 그것이 못마땅했다. 윈스턴이 거짓말을 하거나 과장하여 말한다고 비난했다. 윈스턴은 마음의 상처를 받았으나 주변 사람들은 너무 신경 쓰지 말라고 했다. 세계전쟁 발발 전에도 오렌지아에 나찌를 지지하는 세력이 있었다고 했다.

그런데 문제가 터졌다. 그들이 윈스턴을 불법체류자로 경찰에 신고한 것이었다. 발티키아를 떠날 수밖에 없었던 상황이 이곳에서도 벌어졌다. 사실 그전까지 윈스턴은 오렌지아에서의 자신의 신분에 대해 크게 신경 쓰지 않았다. 그동안 윈스턴에 관한 모든 것을 형제회에서 해결해 주었기 때문에 큰 불편함이나 걱정거리가 없었다. 윈스턴은 루트거에게 이 문제에 대해 물어보았다.

"윈스턴, 우리 당국이 당신의 체류를 눈감아 주고 있지만 사실 합법적인 체류는 아닙니다. 정식으로 체류허가를 신청할 근거가 부족합니다. 영사에서 탈주하여 온 것이 아니니 앰플포스나 이곳의 다른 영사 사람

들처럼 정치적 박해를 피한 난민으로 신청하기도 힘듭니다."

"그러면 발티키아에서 여기까지 올 때 사용한 내 여권은 무엇인가요?"

"그건 우리 형제회가 만든 위조여권이었습니다. 우리 당국이 발행한 것이 아니었습니다. 아무튼 당신의 합법적인 체류를 위해 방법을 찾아 낼 것입니다."

좌파뿐 아니었다. 우파도 불법체류자 문제를 쟁점화 하였다. 불법체류자를 포함한 난민과 이주자들이 각종 범죄를 저지르며 무질서를 조장하고 있다고 주장했다. 많은 오렌지아 국민들이 우파의 주장에 동조하고 있었다. 불법체류자 문제는 정치쟁점화 되어버렸고 오렌지아 당국은 이 문제에 대해 어떤 형태든 조치를 내릴 수밖에 없는 입장이었다.

윈스턴의 마음이 답답해지기 시작했다. 발티키아를 괜히 떠났나 하는 후회도 들었다. 거기에 그대로 있으며 타냐와 결혼을 했으면 무슨 방법이 생기지 않았을까 하는 생각도 들었다. 그는 일단 대외활동을 중단했다. 여러 단체들의 불법체류자에 대한 신고가 쇄도했다. 경찰은 범죄를 저지를 가능성이 있는 불법체류자들을 수색하여 체포하기 시작했다. 그러자 좌파단체는 윈스턴도 체포하라고 더욱 거세게 요구하였다. 위기였다. 형제회 사람들도 윈스턴 문제의 원만한 해결을 위해 경찰을 비롯한 여러 당국자와 접촉하였으나 해결점을 찾지 못했다. 윈스턴의 숙소에 경찰이 들이닥쳐 체포할 수도 있는 분위기였다. 상황이 날로 악화되자 앰플포스와 루트거가 와서 피신을 하자고 했다.

"윈스턴, 상황이 급박하게 돌아가니 일단 안전한 곳으로 가야겠네."

"안전한 곳?"

"응. 생추어리(sanctuary). 이미 준비를 해두었네."

그들은 윈스턴을 차에 태우고 워터스담 시내 중심에 위치한 교회로 갔다. 교회 예배당에 들어서니 20여 명의 사람들이 모여 있었다. 모두를 자리에서 일어나 윈스턴 일행을 맞이하였다. 분위기가 정돈되자 영대(領帶, stola)를 목에 두른 목사가 강단 위에 섰다. 그리고 예배가 시작되었다. 찬송, 기도, 성경봉독, 설교가 이어졌다. 윈스턴은 런던에서 교회 건물을 방문한 적은 있지만 예배를 보기는 처음이었다. 30분가량 걸린 예배가 끝났는데 사람들은 떠나지 않고 계속 예배당에 남아 있었다. 루트거가 설명해줬다.

"오렌지아에는 400년 넘는 불문율이 있어요. 생추어리에서 예배가 진행되는 동안에는 경찰이 진입할 수 없습니다. 기독교가 많이 위축되었지만 이 전통은 굳건히 지켜지고 있습니다."

찬송과 기도소리가 나면 경찰은 예배당에 들어오지 않았다. 예배당 안이 조용해져 경찰이 문을 열면 사람들은 기도나 찬송을 다시 시작하였다. 참석자들의 순서도 정해 놓은 것 같았다. 오전, 오후, 저녁, 그리고 철야를 하는 사람들이 교대로 예배당에 출입했다. 이 소문이 나자 형제회 사람들뿐 아니라 일반 사람들도 참석하기 시작하였다. 저녁때는 200여 명이 앉을 만한 예배당이 꽉 차기도 했다. 루트거는 인간을 구속하는 중세에서 벗어나는 것은 신앙의 자유에서 출발한 것이라고 설명했다. 그래서 스피노자도 지킬 수 있었다고 했다.

생추어리에 오고 며칠이 지났다. 목사가 인도하는 아침 예배가 끝난 후 10여 명의 사람들만 남아 있었다. 몇 사람이 기도를 하고 찬송을 부르는데 예배당 문이 열리며 경찰 네다섯 명이 들어와 윈스턴을 향해 걸어왔다. 사람들은 경찰의 진입로를 막으며 이는 신앙의 자유를 침해하는 것이라고 항의했다. 경찰 중 지휘관인 사람이 대답했다.

"오렌지아 종교법에 의하면 예배는 성직자가 직접 집례 하는 것만 인정되고 있습니다. 이것은 단순한 신도들의 모임일 뿐입니다. 법무부의 유권해석을 받았습니다."

사람들이 항의하는 고성이 터져 나오고 예배당 안은 매우 소란스러워졌다. 급기야는 진입하려는 경찰과 이를 막는 사람들 사이에 옥신각신하는 몸싸움이 일어났다. 윈스턴은 긴장된 상태에서 차마 고개를 돌려 그 광경을 바라볼 수 없었다. 처연한 심정으로 그저 머리만 깊게 숙이고 있었다. 그 때 강단으로 통하는 옆문이 열리며 목사가 들어와 강대상에 섰다.

"이제 예배를 시작하겠습니다. 모두 경건한 마음으로 찬송을 부르겠습니다."

그는 큰 소리로 찬송을 부르기 시작했다. 예배당이 다시 조용해지며 사람들은 자기 자리로 돌아갔고 경찰들은 맥이 빠진 표정을 지으며 예배당을 나갔다. 윈스턴은 경찰들이 밖으로 걸어 나가는 소리를 들으며 안도의 숨을 내쉬었다. 그와 동시에 코끝이 찡해졌다.

한 번도 예배에 참석한 적이 없었던 그가 여기 워터스담의 한 교회 예배당에서 하루 종일 찬송과 기도를 듣고 있었다. 처음에는 꼼짝 않고 의자에 가만히 앉아 있는 것이 짜증나고 힘든 일이었으나 차츰 찬송가의 가사와 봉독하는 성경구절이 귀에 들어왔다. 처음에는 30분가량 되는 목사의 설교가 지겨웠다. 1분이면 될 얘기를 뭐 그렇게 길게 하나 하는 생각이 들었다. 모든 설교는 똑같았다. 죽어서 천국에 가려면 예수 그리스도를 믿으라는 것이었다. 하나님의 아들인 예수는 우리 모두를 사랑해서 십자가에 못 박혀 죽었다는 것이었다. 예수가 모든 인간을 사랑한다면 나를 고문한 사상경찰과 오브라이언도 천국에 갈 수 있다는 얘기인가?

경찰의 생추어리 진입은 언론에 보도되면서 오렌지아 안에서 논쟁이 일어났다. 예배의 정의(定意)가 무엇이냐? 교회에서 반드시 성직자가 집례를 해야 예배인가? 신앙은 결국 개인의 구원과 관련된 것인데 혼자서는 예배를 볼 수 없는 것인가? 마틴 루터는 개인이 제사장, 즉 목회자라고 했다. 그렇다면 일반 신도도 목회자인 것이었다. 특히 크게 반발한 측은 오렌지아의 재세례파(再洗禮派)였다. 그들은 무교회주의자로 인도자는 있지만 개신교 교단이나 가톨릭처럼 목사나 신부는 없었다. 주로 공동체의 연장자인 장로가 예배를 인도하였다. 이들은 목사가 집례 해야만 하나님께 상달되는 예배라면 우리는 300년 넘게 누구에게 예배를 드렸냐며 이는 새로운 종교탄압이라고 비난하였다. 종교개혁이 무엇인지 재세례파가 무엇인지 윈스턴은 자세히 몰랐지만 재세례파의 주장이 일리가 있다는 생각이 들었다.

기독교인이건 비기독교인이건 워터스담 시민들 사이에서도 경찰진입 사건은 큰 화제가 되었다. 그들은 술집에서 맥주를 마시며 당국의 조치에 대해 비아냥거렸다.

"그러면 교회에서 신부가 인도를 하면 예배야? 아니야? 반대로 성당에서 목사가 설교를 하면 예배야? 아니야?"

"부디스트 몽크도 성직자이잖아. 몽크가 교회에서 설법을 하면 예배야? 아니야?"

"이슬람 아만이 성당에서 코란을 읊으면 예배야? 아니야?"

경찰의 진입시도는 조롱거리로 점점 여론화되고 있었다. 오렌지아 사람들은 알고 있었다. 그 예배가 정통적인 형식의 예배가 아니라 윈스턴을 보호하기 위한 구실이라는 것을. 그러나 기도가 있고 찬송이 있으면 그것은 하나님과의 교류이며, 예배로 인정받아야 한다는 것이 그들의 견해였다.

이같이 여론이 확산되는 가운데 목사와 신부들이 모여 조를 편성하여 예배를 인도하기 시작했다. 목사든 신부든 누군가는 강단 위에 있었다. 의자에 앉아 쉬다가도 경찰이 문을 열고 들어오는 기미가 보이면 강대상으로 나와 예배를 시작하였다. 일요일 예배시간이 되자 예배당 안은 물론 교회 밖 마당까지 사람들로 꽉 들어찼다. 예배당 실내촬영을 금했지만 교회건물 밖에는 수많은 방송국 카메라들이 현장을 찍고 있었다.

이렇게 열흘이 되자 당국은 윈스턴을 불법체류자로 체포할 의사가 없으며 그의 난민신청을 심사하겠다고 발표했다. 이 소식이 예배당에 전해지자 형제회 사람들은 환호성을 질렀다. 윈스턴을 개선장군처럼 둘러싸고 그들은 예배당 밖으로 나왔다. 해가 떠있는 늦은 오후였는데도 눈이 부실 정도로 수많은 카메라 플래시가 터지고 또 방송 카메라의 조명이 윈스턴을 비췄다. 긴장이 풀린 그는 기가 완전히 빠진 듯해서 눈에 아무 것도 들어오지 않았다. 쏟아지는 기자들의 질문에 아무 말도 않은 채 계단을 내려오는데 모여 있던 사람들이 큰 소리로 구호를 외치기 시작했다.

"안 돼! 안 돼! 다시는 안 돼!"(Never! Never! Never Again! Smith!)

까다로운 절차가 있었지만 한 달 만에 윈스턴의 난민신청에 대한 당국의 허가가 나왔다. 몇 차례의 방문 및 인터뷰가 있었는데 윈스턴은 시베리아에서 받은 윈스턴 스미스라고 이름이 쓰인 통행증을 제시했고 변호사는 발티키아 신문기사의 사본을 제출하였다. 앰플포스는 그가 영사 시절 윈스턴과 같이 진리부에 근무했던 사실을 증언하였다. 모두 최선을 다해 도와주었다. 심사관도 심문조가 아닌 상담을 하듯 조사를 했다. 마지막 인터뷰를 마치고 자리에서 일어서는데 심사관이 질문을 던졌다.

"그런데 스미스 씨. 발티키아에서 여기까지는 국경을 어떻게 통과했습니까? 여권검사를 안했습니까?"

윈스턴은 그 질문에 긴장하지 않았는데 변호사의 얼굴이 약간 굳어지는 듯했다. 윈스턴은 심사관의 얼굴을 바라보며 말했다.

"의자 밑에 숨어서 왔습니다. 국경에서 차 안까지는 뒤지지 않더군요."

심사관은 알 듯 모를 듯한 미소를 지었고 윈스턴과 변호사는 조사실을 나왔다.

참 기막힌 일이었다. 영사에서 사형 당할 처지의 사상범이 10년 동안 지구 반 바퀴를 돌아온 끝에 오렌지아에서 난민으로 인정을 받은 것이었다.

난민허가증을 받은 날 저녁 몇 사람이 그의 숙소에 모였다.

"앰플포스. 포로와 난민이 무슨 차이가 있지?"

그 말을 들은 앰플포스가 윈스턴을 바라보며 씩 웃었다.

"큰 차이가 있지. 포로는 언젠가 국가가 송환을 요구할 수 있지만 난민은 송환을 요구하지 못해."

윈스턴은 그 말을 듣고 피식 웃었다.

"윈스턴. 5년이 지나면 영주권을 신청할 수 있네. 나는 이미 영주권을 받았고 내년이면 오렌지아 국적을 신청할 자격이 생기네. 자네도 장기적으로 그렇게 하자고. 난 여기가 좋아."

"앞으로 한 십 년은 걸리겠네. 그때까지 내가 살아 있으려나?"

그렇게 말하며 속으로 생각했다. 북해전투에서 오렌지아 함정을 격파한 직사포 대원인 내가 오렌지아 국민이 된다? 발티키아 언론과의 인터뷰나 이곳 오렌지아에서의 많은 강연에서 부양요새 근무시절에 대해 자세히 얘기하지 않은 것이 다행이라고 생각했다.

생추어리 피신사건으로 윈스턴은 충격을 받았고 기분이 침체됐다. 어느 나라나 결국 마음만 먹으면 누구나 사지로 몰아낼 수 있는 권력을 행사할 수 있었다. 권력을 가진 국가는 못 믿을 존재였다. 이런 생각을 얘기하자 루트거는 그래서 권력에 대해 끊임없이 감시를 해야 한다고 힘주어 강조했고 야닉은 결국 인간은 못 믿을 존재라고 말했다. 다소 엉뚱한 발언으로 들렸다.

윈스턴은 워터스담을 떠나고 싶었다. 대외활동도 중단하고 조용히 지내고 싶었다. 형제회 사람들도 윈스턴의 기분을 감지하였다.

"스미스 씨. 워터스담을 벗어나면 기분이 전환되겠습니까?" 야닉의 근심 섞인 질문이었다.

"제 기분을 알아차리셨군요. 네. 좀 한적한 곳에서 지냈으면 합니다. 그리고 공부도 하고 싶고요. 영사를 떠난 후 모든 것이 저에게는 새로운 것이었습니다. 모든 걸 좀 체계적으로 알아보고 싶군요. 그런데 여길 떠나면 생활을 어떻게 유지하나 하는 염려도 생기네요."

형제회는 윈스턴의 이주계획을 마련하였다. 워터스담에서 너무 멀리 떨어져 있으면 자기들과 접촉이 불편하므로 비교적 가까운 오키드담으로 이주지를 잡았다. 생활비는 형제회가 모금한 돈과 함께 일거리로 충당하였다. 신어로 발간된 영사의 간행물을 구어로 바꾸는 것이었는데 일감을 주기위한 형식적인 것에 불과했다. 나중에 그 작업을 하며 윈스턴은 세상은 참 묘하다고 생각했다. 런던 진리부 기록국에서는 문서를 신어로 작성하기 위해 사전을 찾아보며 일을 하였는데 이제는 그러한 노력으로 만든 간행물을 다시 구어로 바꾸는 작업을 하게 된 것이었다.

"스미스 씨. 집은 조용한 동네에 마련했습니다. 그리고 오키드담에 있는 대학에서 자유롭게 청강할 수 있게 조치해 놓았습니다. 그 대학의 우리 형제회 회원이 도와줄 겁니다. 거기에 있는 대학도서관은 오렌지아에서 가장 큰 도서관 중 하나입니다. 에라스무스가 가르쳤던 매우 유서 깊은 대학으로 오렌지아 서적 뿐 아니라, 브리타니아어, 게르마니아어, 갈리아어, 라틴어로 된 서적까지 있습니다. 저희는 전화로 연락을 하고 가끔 찾아뵙죠. 또 우리가 스미스 씨의 도움이 필요하면 워터스담으로 와주셔야 합니다."

루트거의 설명을 들으니 불편함이 없게 이사준비를 해준 것 같았다.

윈스턴의 동네에서 오키드담 대학까지는 자전거로 30분정도 걸렸다. 오키드담 대학을 찾아가 형제회가 소개해준 마르셀 교수를 만났다. 철학 교수인 그는 윈스턴보다 나이가 대여섯 살은 많아 보였다. 마른 체구였으나 매우 기품이 있어 보였는데 권위적이지 않았다.

"스미스 씨. 오키드담에 거주하신다는 얘기를 들었습니다. 제가 무엇을 어떻게 도와드릴까요?"

"교수님. 저는 중학교를 나온 후 제대로 교육을 받지 못했습니다. 그동안 여러 곳을 돌아다녔는데 내가 너무 무지하다는 것을 절감하였습니다. 공부를 하고 싶습니다."

"공부요? 배우겠다는 말씀이지요? 사람은 늘 배우며 살아야지요. 그런데 공부도 다양한 분야가 있는데 뭘 배우고 싶은 겁니까?"

그 질문을 받자 윈스턴은 막막했다. 자신은 일상생활에 필요한 기본적인 상식 말고는 아는 것이 별로 없었다. 그러니 뭘 배워야 할지 몰랐다.

"교수님. 저는 아는 것이 하나도 없습니다. 오렌지아에 워터스담이나 오키드담이라는 도시가 있다는 사실도 전에는 몰랐습니다. 어디서부터 시작해야 할지 저도 모르겠습니다."

이 말을 들은 마르셀 교수는 마른기침을 하며 목소리를 가다듬었다.

"스미스 씨. 그동안 무엇이 가장 답답했습니까? 워터스담과 오키드담을 몰라 그렇게 답답했었습니까?"

그는 윈스턴을 놀리는 것이 아니라 매우 진지하게 물어보았다.

"교수님. 제가 기억할 수 있는 가장 오래된 사실은 제1공대에 있을 때, 아니 영사에 있을 때 핵폭탄 투하를 피해 지하로 숨은 일이었습니다. 영사는 모든 사실이 왜곡되고 조작되어 있습니다. 제가 그런 작업을 맡아서 했습니다. 나이든 노인들도 예전의 브리타니아 모습에 대해 잘 기억을 못하더라고요. 젊은 세대는 아예 관심도 없고. 모든 것이 엉망진창이었습니다. 과거를 모르니 현재 삶에 대한 의미를 못 찾고 미래에 대한 기대도 할 수 없었습니다. 그러다 고초를 겪고 우연히 군대에 가서 전쟁에 참여했습니다. 전투도 여러 번 치렀습니다. 버마에 가서 불교사원도 처음 보았고 시베리아에서 벌목공으로 일하기도 했습니다. 발티키아에서 십자가 언덕의 들판 경험은 정말 감동적이었습니다. 그리고 ……."

"잠깐만요. 스미스 씨."

마르셀 교수는 그의 말을 제지했다. 그제야 윈스턴은 자기가 한참 동안 횡설수설했다는 사실을 깨닫고 부끄러운 생각이 들었다. 마르셀 교수는 아무런 내색을 하지 않고 입을 열었다.

"스미스 씨. 과거를 모르는 것이 그렇게 답답했습니까?"

"그럼요. 교수님. 과거를 모르니 삶이 이어지지 않았습니다."

마르셀 교수는 그 말을 들으며 온화한 표정으로 윈스턴의 얼굴을 응시하였다. 10초는 넘는 시간이었다.

"스미스 씨. 당신이 기대하는 삶의 의미가 이어질 수 있는 과거의 기점은 어느 시점부터 입니까?"

윈스턴은 교수의 질문을 정확히 이해하지 못했다. 그 질문은 윈스턴이 그때까지 살아오면서 받은 가장 난해한 질문이었다. 윈스턴은 자신이 알고 있는 모든 지식을 동원하여 과거를 돌아보았다. 그러나 기억나는 사실도 별로 없었고 머리만 혼란스러워졌다. 대답을 못하는 윈스턴을 바라보며 마르셀 교수가 입을 열었다.

"스미스 씨. 그리스 신화부터 공부하도록 하죠."

대화를 마치고 교수의 방을 나가려고 일어섰을 때 마르셀 교수가 말을 덧붙였다.

"스미스 씨. 오래 걸릴 겁니다."

마르셀 교수는 윈스턴에게 도서관 직원을 소개해주었다. 그 직원은 윈스턴이 전용으로 사용할 수 있는 공부공간을 배정해주었다. 책꽂이 선반이 붙어있는 책상과 의자만 있는 조그마한 방이었다. 직원은 브리타니아어 서적이 있는 서가로 안내했다. 대충 살펴보았지만 윈스턴이 알만한 책은 별로 없었다. 그 중 마르셀 교수가 말한 그리스 신화를 서가에서 뽑았다.

윈스턴은 아침 9시가 조금 넘으면 도서관 공부방에 도착하여 책을 읽다가 오후 5시쯤이면 집으로 갔다. 주말에는 대출해간 책을 집에서 읽었다. 마르셀 교수와는 한 주에 한번 만나 그동안 윈스턴이 읽은 내용을 가지고 대화를 나누었다. 책읽기를 시작하고 처음에는 진도가 매우 더뎠다. 무엇보다도 그 내용을 이해하기에 그의 지식수준이 너무 낮았다. 계속 반복해서 읽고 또 관련 서적을 찾아보고 하면서 점점 익숙해졌다. 한 서너 달이 지나 불편함이 줄어든 것을 느끼게 되었다. 그 후로는 읽는 속도가 빨라졌다.

윈스턴은 중학교를 졸업하며 성적과 시험을 통해 외부당원이 되었다. 그리고 초급당학교에 진학하였다. 거기를 마치고 진리부 기록국에 배치되어 일했다. 그들 교육기관의 교육내용은 인문학적인 것이 전혀 없었다. 당의 역사와 사상을 가르쳤고 그것들을 외워야 했다. 수업은 대부분 사상토론으로 진행되었고 외부행사나 노력봉사에 동원되는 날이 교내 수업일수보다 많았다. 그리고 영사 이외의 지역에 대해 가르치는 내용은 전무했다. 그저 기초적인 상식을 가지고 업무를 처리했을 뿐이었다. 더군다나 신어 사용이 확대되면서 전문용어는 익힐 기회가 거의 없었다. 자신의 무지를 메꿀 공부가 필요했다. 앰플포스도 비슷한 술회를 한 적이 있었다. 그는 그것을 극복하기 위해 오렌지아에 와서 시간을 쪼개가며 열심히 공부했고 오렌지아어도 익혔다고 했다.

그리스 신화를 마친 후 마르셀 교수는 그리스 고전을 소개하였다. 호메로스의 일리아드와 오디세이, 헤로도투스, 투키디데스를 읽으라고 했다. 윈스턴은 그 책들을 재미있게 읽었다. 그리스 신화는 역사적 사실이 아님이 분명한데 호메로스와 헤로도투스는 허구인지 사실인지가 모호한 부분이 많았다. 그것들을 읽고 마르셀 교수와 만나 대화를 나눴다.

"스미스 씨, 읽을 만하던가요?"

"네. 마르셀 교수님, 완전히 새로운 세계입니다. 재미있습니다. 그런데 영사에서는 왜 이런 내용을 가르치지 않았는지 모르겠습니다. 당의 강령에 크게 배치되는 내용이 아닐 텐데요……."

마르셀 교수는 무엇을 생각하는 듯했지만 아무 말도 하지 않았다.

"마르셀 교수님. 헤라클레스와 아킬레스가 싸우면 누가 이길까요?"

마르셀 교수는 소리 내어 웃었다.

"둘이 겨뤄보질 않았으니 누가 이길지는 판단할 수 없겠죠. 그렇지만 헤라클레스는 신의 아들이고 아킬레스는 그냥 신탁을 받은 사내이니 아무래도 헤라클레스가 더 세지 않을까요?"

어린 아이가 할 법한 질문에 어린 아이와 같은 대답이었지만 그것이 오히려 윈스턴의 마음을 시원하게 했다.

"그리스 고전의 서사시를 읽으며 어떤 생각이 들었나요?"

윈스턴은 자기가 하고 싶은 말을 마르셀 교수가 마침 물어본다고 생각했다.

"오디세이가 마치 나의 이야기처럼 느껴졌습니다. 그런데 오디세우스는 전쟁이 끝나고 집으로 오는데 왜 10년이나 걸렸죠? 에게해가 그렇게 넓은 바다가 아닌 것 같은데."

이 말을 들은 마르셀 교수는 조용히 입을 열었다.

"스미스 씨도 고국을 떠난 지 10년이 넘었지만 아직 돌아가지 못하고 있죠?"

상대방이 들으면 기분 상할 말을 마르셀 교수는 자연스럽게 했다.

"스미스 씨가 지금까지 읽은 그리스 신화와 고전들은 모두 우리 인간의 이야기입니다. 인간의 욕심, 야망, 고민, 추함, 나약함, 오만함, 그리고 한계. 그것이 다 합쳐져서 나타나지요. 호메로스는 왜 승전장군인 오디세우스를 에게해에서 10년 동안 헤매게 하였을까요? 그 10년 동안 경험한 것이 모두 인간의 모습인 거지요."

둘은 잠시 침묵했다.

"그리스 고전을 조금 더 읽으셔야 합니다. 소크라테스, 플라톤, 아리스토텔레스를 읽으세요. 책 목록은 여기 있습니다. 앞의 고전들보다는 좀 더 집중해서 읽어야 할 겁니다."

윈스턴은 자전거를 타고 집으로 돌아오며 마르셀 교수와의 대화를 생각했다. 승전장군인데도 집으로 가는 귀환길이 10년이나 걸린 오디세우스와 사형이 예정되어 있던 사상범인 자신의 지금까지의 여정에 무슨 차이가 있는가? 전혀 예상하지도 못한 위기의 발생과 상황의 전환, 또 도움의 손길 등에 떠밀려 윈스턴은 지구 반 바퀴를 돌아 영사의 바다 건너편에 머물고 있었다. 돌아갈 마음도 없지만 언제 그 땅을 밟을 수 있는지 기약조차 없는 상황이었다. 그게 인간의 모습이고 인생의 여정이라고 마르셀 교수는 말하고 있는 것이었다.

집에 돌아온 윈스턴은 도서관에서 대출해온 책을 그냥 책상 위에 쌓아

놓고 소파에 누워 생각에 잠겼다. 유라시아군의 포로가 되어 스타니아와 시베리아를 거쳐 우수리스크 전투에까지 끌려갔던 일, 이스타시아군에 잡혀 포로로 만추리아에서 생활한 일, 포로송환 후 시베리아를 횡단하여 발티키아까지 가게 된 일, 자신의 역정이 오디세우스의 신화적 여정보다 더 험악했다고 생각했다.

윈스턴은 소크라테스는 좀 괴짜였고 아리스토텔레스는 매우 분석적이라고 생각했다. 무게감을 주는 것은 플라톤이었다. 이런 얘기를 하자 마르셀 교수는 만족한 표정을 지었다.

"플라톤의 동굴의 비유가 또 나를 두고 하는 얘기처럼 들렸습니다. 그런데 적어도 제가 그 동굴에서 일단 빠져나와야겠다는 생각을 하고 있는 것은 분명해 보입니다."

"글쎄요. 스미스 씨. 나도 아직 내 자신이 동굴 안에 있는지 밖에 있는지 모르겠습니다."

둘은 마주보며 미소를 지었다. 마르셀 교수는 윈스턴에게 매우 쉬운 말로 깨닫게 하는 것이었다.

"그 정도면 고전은 됐습니다. 개인적으로 흥미가 있으시면 더 찾아 읽으시죠. 이제 반년 가까이 됐으니 훈련은 충분히 받았을 겁니다. 스미스 씨. 로마나 중세로 넘어가기 전에 먼저 성경을 읽으시죠. 킹 제임스 흠정역을 찾아 읽으세요."

윈스턴이 알겠다고 대답하며 일어서는데 마르셀 교수가 덧붙였다.

"스미스 씨. 성경은 구약의 창세기로 시작해서 신약의 요한계시록으로 끝납니다. 그런데 창세기 13장부터 읽기 시작해서 요한계시록까지 다 읽은 후 마지막으로 창세기 1장부터 12장을 읽으세요. 정독을 하셔야 합니다."

그가 성경을 읽으라는 말에 의아한 생각이 들었으나 기독교를 믿게 하려는 의도는 아닌 것 같았다. 흠정역 성경은 고어(古語)가 섞여 있어 읽어 내려가는 것이 어려웠다. 내용 자체에서도 이해가 안가는 부분이 많았다. 짧게 서술해도 될 것을 길게 서술한 부분이 있고 좀 더 설명이 필요한 부분을 간단히 처리한 부분이 있었다. 이스라엘 선지자들이 썼다는 예언과 찬양의 시들은 같은 말의 반복이었다. 너무 지루했다. 그리고 무엇을 예언하는 것인지 내용을 짐작할 수도 없었다. 두껍기는 했지만 단 한 권의 책이었는데 읽는데 시간이 오래 걸렸다.

일주일가량 읽어 내려가며 고어에 대해 다소 익숙해지자 윈스턴은 새로운 느낌을 받았다. 지루하고 재미없는 내용이 대부분이지만 글 자체에는 무게가 있었다. 자신이 일상적으로 쓰는 말이나 과거 진리부에서 작성했던 기록들과는 차원이 다른 느낌이었다.

마르셀 교수가 지시한대로 요한계시록까지 읽고 창세기 1장으로 돌아와 12장까지 읽었다. 성경을 읽는 것이 무언가 마음이 불편했다. 이런 얘기를 이 시대에 내가 반드시 읽어야 하는가? 마르셀 교수는 왜 이것을 읽으라고 했는가? 윈스턴은 많은 의문이 생겼다. 창세기 12장을 마치자 13장으로 이어지는 내용이 잘 생각나지 않았다. 윈스턴은 그 이어지는 부분을 다시 읽기 시작했다. 아브라함이라는 사람이 하나님의 계시를 받고 가족과 함께 고향을 떠나 가나안이라는 지역으로 가는 내용이었다. 결국 윈스턴은 성경을 두 번 읽게 되었다.

마르셀 교수를 만났을 때 그는 성경에 대해 거론하지 않았다. 다음 읽을 과제 리스트를 줬다.

"로마시대 저작물은 그리스 고전들을 재해석하거나 모방한 수준이므로 지금 읽을 필요는 없을 것 같습니다. 좀 마음도 쉬어갈 겸 아우렐리우스의 명상록을 먼저 읽으세요."

대화는 매우 짧았다. 그가 뭔가 말하고 싶어 머뭇거린다는 느낌을 받았는지 마르셀 교수가 물어봤다.

"스미스 씨. 뭐 하실 말씀이 있으세요?"

"네. 마르셀 교수님. 성경을 읽는데 참 힘들었습니다. 내용이 어려운 게 아니라 그 얘기가 왜 지금까지 전해 내려오고 또 경전으로 받들어지는

지 이해가 안 갔다고 할까요? 그런데 저보고 왜 성경을 읽으라고 하셨나요?"

마르셀 교수의 표정이 다소 심각해졌는데 그의 질문이 한심해서는 아닌 것 같았다. 윈스턴은 그의 대답이 기다려졌다.

"스미스 씨. 당신의 신앙을 위해 읽으라고 한 것이 아닙니다. 유로파를 이해하려면 성경을 알아야 합니다. 아니 인간을 알려면 성경을 읽어야 합니다."

윈스턴은 그의 말을 이해하기도 힘들었고 동의할 수도 없어 아무 말도 하지 않고 있었다. 그의 반응을 알아차린 마르셀 교수는 상체를 다소 뒤로 젖히면서 말했다.

"스미스 씨? 인간이 최초로 받은 질문이 무엇인지 아십니까?"

윈스턴은 그의 질문이 무엇인지 짐작할 수 없었다. 마르셀 교수는 잠시의 침묵을 허용한 후 말했다.

"창세기 3장을 보시죠."

윈스턴은 가져간 성경책을 들어 급하게 창세기 3장을 펼쳐 살폈다. 윈스턴이 그 부분을 찾고 있는 동안 마르셀 교수가 일부러 근엄한 목소리로 말했다.

"아담, 네가 어디에 있느냐?"

윈스턴은 고개를 들어 그를 바라보았다. 윈스턴과 눈이 마주친 마르셀 교수가 덧붙였다.

"스미스 씨. 우리는 지금 어디에 있는 거죠? 왜 여기에 있는 거죠?"

윈스턴은 집으로 돌아가며 자전거 페달을 밟기가 힘들 정도로 머리가 복잡했다. 머리가 무거웠다. 하나님이 아담에게 했다는 질문보다 마르셀 교수의 말이 더 그의 머릿속에서 맴돌았다. 스미스 씨, 우리는 지금 어디에 있는 거죠? 왜 여기에 있는 거죠? 이 말만 반복해서 머릿속에서 재생되고 있었다. 윈스턴은 도저히 자전거 위에 앉아있을 수 없었다. 그는 안장에서 내려 간신히 집까지 자전거를 끌고 갔다.

마르셀 교수와의 독서공부는 1년 넘게 걸렸다. 책들의 저자는 모두 윈스턴이 들어본 적이 없는 인물들이었다. 데카르트, 스피노자, 몽테스키외, 루소, 칸트. 그 내용이 너무 어려워 무엇을 읽었는지 기억이 나지 않는 경우도 있었다. 읽은 후 마르셀 교수와 만나 대화를 나누기는 하였지만 별 질문도 없었고 또 첨언도 없었다. 데카르트까지는 그런대로 읽을 만했는데 스피노자는 도대체 무엇을 말하고자 했는지 이해가 되지 않았다. 키에르케고르까지 읽고 마르셀 교수를 만났다.

"스미스 씨. 이쯤에서 제가 주관하는 책읽기는 끝내도 좋을 것 같네요. 영사 출신이니까 맑스는 권할 필요가 없을 것 같고요."

그는 잠깐 생각하더니 말을 이었다.

"기왕이면 니체까지 가보죠. 아! 거기에 프로이드를 덧붙이면 더 좋겠네요."

윈스턴은 니체의 작품을 읽으며 뭔가 마음속이 뻥 뚫리는 것 같은 느낌이 들었다. 한 세기도 전에 이렇게 하고 싶은 말을 다하고 산 사람이 있구나 하는 대리만족을 느꼈다. 독서공부가 끝나자 마르셀 교수는 윈스턴에게 역사학과 청강생으로 강의를 수강할 것을 권했다. 그가 학과와 학교 당국에 이미 주선을 해놓은 상태였다.

윈스턴은 역사학과 청강생이 되었다. 청강생이었지만 출석확인도 엄격했고 과제도 제출해야 했다. 학생들 중에는 갈리아와 게르마니아에서 온 학생들도 있었다. 강의는 오렌지아어로 진행됐지만 토론이나 다른 대화에서는 오렌지아어, 갈리아어, 게르마니아어, 브리타니아어가 모두 쓰였다.

윈스턴의 일과는 단순했다. 아침 일찍 자전거로 대학 도서관의 공부방에 와서 공부를 하고 일주일에 사흘은 강의를 듣는 것이었다. 오후 다섯 시쯤에 집으로 돌아가 저녁을 먹고 과제를 하고 또 대출해온 책을 읽었다. 주말에는 오키드담 운하 부근을 산책하거나 하그란트까지 자전거를 타고 가 시내를 돌아다니기도 했다. 거기서 스피노자의 무덤을 찾아갔는데 유대인 무신론자인 그가 개신교 예배당 뒤뜰에 묻혀 있는 것이 부자연스럽게 느껴졌다.

그는 그렇게 4년을 지냈다. 강의와 공부에 익숙해지자 독서를 문학작품으로까지 확대하였다. 윈스턴은 『걸리버 여행기』와 『로빈슨 크루소』가 너무 재미있었다. 자신도 그런 생활을 해보고 싶었다. 사상과는 아무런 관계가 없는 이렇게 재미있는 책을 왜 영사의 당은 소개하지 않았는지 이해가 되지 않았다. 하기야 영사는 사람들이 재미있어 하거나 무언가에 몰두하는 것을 모두 금지시켰으니까.

그 책들과 함께 재미있게 읽은 것이 발티키아에서 타냐로부터 들었던 조지 오웰의 『동물농장』이었다. 영사 시절에 읽었으면 별 감흥이 없었을지도 모르지만 소비에트 러시아에 대해 지식이 쌓인 후에 읽으니 재미있었다.

여유가 생겼을 때 윈스턴은 강의에 구애받지 않고 도서관을 돌아다니며 관심 있는 것이 눈에 띄는 대로 서가에서 책이나 자료를 꺼내 살펴보았다. 정기간행물실에 갔을 때 주요국의 신문들이 보관되어 있는 것을 알았다. 그는 팔짱을 낀 채 그 앞에서 잠시 생각에 잠겼다. 기록국에서 사실을 왜곡하고 과거를 조작하는 업무를 했던 그에게 과거의 진실은 기억 속에 있었다. 그 진실을 증명해보일 물증은 영사 내에 하나도 없었다. 그는 자신의 기억을 확인해보고 싶었다. 윈스턴은 사서에게 다가가 물었다.

"브리타니아 신문도 있습니까?"

"브리타니아 어떤 신문을 찾으세요?"

"'더 타임스'입니다."

"'더 타임스'는 당연히 있죠? 어느 시기를 찾으세요?"

"좀 오래된 것입니다. 정확한 날짜는 모르겠고 대충 1960년대 중반쯤일 겁니다."

"인쇄된 신문은 1년 치만 보관합니다. 그 시기면 마이크로필름으로 보관되어 있겠군요.”

사서는 서고 안으로 들어갔다. 꽤 시간이 걸려 나오면서 두 손에 상자를 들고 있었다.

“여기에 1960년대 더 타임스가 다 있습니다. 기사는 마이크로필름을 돌려가며 일일이 확인해야 합니다. 아직 디지털화를 시키지 못했어요.”

윈스턴은 그 박스를 들고 확대경이 놓여 있는 책상으로 갔다. 그는 정신을 집중하여 시기를 생각해 보았다. 정확한 연도는 기억이 나지 않으나 1960년대 중반인 것은 확실했다. 날짜는 성 요한(Saint John) 축제일이었으므로 6월 말 경이었다. 그는 1965년이라고 표시된 둥그런 금속통에서 필름뭉치를 꺼내 확대경에 걸었다. 그리고 서서히 손잡이를 돌리며 기사내용을 살펴보았다. 신문 한 면 전체를 찍은 화면을 들여다보며 기사를 찾는 작업은 시간이 많이 걸렸고 오래된 필름이라 긁힌 자국이 많아 작은 글씨의 기사를 확인하기 어려웠다. 눈도 쉽게 피곤해졌다.

1965년 5월, 6월, 7월 3개월 치를 다 살펴보았으나 그가 찾고자 하는 기사는 발견할 수 없었다. 그는 망설이다 1964년 치 필름을 꺼내 확대경에 걸었다. 역시 없었다. 확대경 렌즈에 거의 눈을 붙이다시피하고 몇 시간 작업을 했더니 화면이 겹쳐 보였다. 그는 별 의미가 없는 일을 하고 있지 않나하는 회의가 들며 작업을 중단할까 하는 마음도 들었다. 윈스턴은 눈을 비비며 잠시 쉰 후 1963년 필름을 꺼냈다. 간절한 마음으로 손잡이를 돌리며 기사를 살펴보았다. 6월 치를 거의 다 돌렸을 무렵 화면을 스치듯 지나가는 사진 한 장이 눈길을 확 끌었다. 그는 그 사진을 화면 한 가운데 놓고 확대하였다. 그의 뇌가 활발히 작동하기 시작했다. 행사장 단상 위의 인물들을 찍은 것인데 일렬로 서있는 사람들 중에 오래된 기억이지만 존스, 애런슨, 러더포드가 나란히 서있는 모습이 보였다. 특히 건장한 체구에 입술이 튀어나온 러더포드의 모습이 눈길을 끌었다. 분명히 진리부 기록국 시절 윈스턴이 우연히 봤던 바로 그 사진이었다. 그의 온 몸에 전율이 흘렀다.

두근거리는 가슴으로 윈스턴은 재차 확인하였다. 사진제목은 "18차 당대회 참석 간부들, 1963년 6월 24일, 뉴욕" 그 밑의 설명에도 그들의 이름이 적혀 있었다. 신문발행 날짜는 1963년 6월 26일이었다. 그것을 여러 번 확인한 후 윈스턴은 확대경에서 눈을 떼고 팔짱을 낀 채 허공을 바라보았다. 그는 자리에서 일어나 사서에게 갔다.

"스미스 씨, 더 필요한 것 있으세요?"

"네. '뉴욕 타임스'도 있죠? 1963년 6월분이 필요합니다."

윈스턴은 사서가 건네준 필름통을 받아 다시 확대경 테이블로 왔다. 새로 받아온 필름을 확대경에 걸고 신문기사를 살펴보았다. 얼마 되지 않아 찾고자 하는 기사가 쉽게 발견되었다. '더 타임스'의 사진과 똑같은 것이 게재되어 있었다. 1963년 6월 25일자 신문이었다. 역시 사진 밑의 설명에서 존스, 애런슨, 러더포드의 이름을 확인할 수 있었다. 기록국 근무 시절 가슴이 두근거리며 내용을 확인하고는 기억통에 던져버렸던 낡은 신문지 조각과 일치하는 바로 그 신문기사였다. 그는 깊은 한숨을 내쉬었다. 인쇄버튼을 눌러 두 개의 기사를 출력하였다.

집에 돌아온 윈스턴은 식탁 위에 도서관에서 인쇄해온 두 장의 신문기사를 나란히 놓고 그것들을 번갈아 가며 보았다. 몸은 미동도 하지 않았으나 뇌는 복잡하게 돌아갔다. 진리부 기록국 시절 우연히 손에 들어온 이 기사가 발단이었다. 반혁명과 반역죄로 처형당한 이 세 사람은 시베리아에서 유라시아군 고위층에 군사기밀을 팔아먹었다고 자백하였는데 정작 그들은 그 시간에 뉴욕에서 열린 당대회에 참석하고 있었다. 그들의 혐의는 조작이었거나 스스로 허위자백을 한 것인데 윈스턴은 당의 발표와는 달리 당대회 참석을 보도한 '더 타임스' 기사를 통해 그것을 알 수 있었다. 혁명 초기 동지들을 거짓누명을 씌워 처형하는 것을 본 윈스턴은 그때부터 당과 영사, 그리고 빅 브라더에 대한 회의감이 생기기 시작했다. 애정부에서의 긴 심문 끝에 윈스턴은 고문에 못 이겨 자신이 헛것을 본 것은 아닌가 하는 생각이 들었고 빅 브라더나 당의 판단에 오류가 없었을 것이라는 생각까지 했다. 그런데 두 개의 유력신문이 그들의 당대회 참석을 사진과 함께 보도하고 있었다. 윈스턴은 그런 과거의 사실보도를 삭제하고 조작된 기사로 대체하는 작업을 주로 해왔다. 영사에서는 당대회 참석 기사를 절대로 찾을 수 없을 것이다. 그러나 오키드담 대학도서관은 그 기사를 원본대로 가지고 있었다. 진실은 어디엔가 존재하고 있는 것이었다. 결국은 그 사실을 확인할 수 있었고 오랫동안 가지고 있던 의문이 풀렸다. 나의 처음 생각이 맞았다. 윈스턴은 생각을 정리했다. 진실은 어디엔가 보관되어 있다. 그렇기에 진실을 찾으려는 노력이 중요하다. 자신의 생각이 옳다는 것이 확인되었지만 그럼에도 불구하고 윈스턴은 허탈감을 느꼈다.

오키드담 대학에서의 생활이 5년째 접어들고 그 생활에 젖어 있을 때 앰플포스와 루트거가 윈스턴을 찾아왔다. 그동안 가끔 워터스담과 오키드담을 서로 오가며 만났고 또 한 달에 한 번 가량은 통화를 하고 지냈지만 두 사람이 미리 연락을 하고 오키드담에 내려와 만나게 되니 감회가 새로웠다.

"윈스턴. 자네 여기 생활을 너무 즐기는 것 같아. 아주 표정이 바뀌었어."

이런 말을 하는 앰플포스는 예전보다 더 여유가 있어 보였다.

"평생을 이러고 살아도 좋겠어. 강의 듣고 토론하고 책 읽고 산책하고. 너무 좋네. 식사준비하는 것도 귀찮아서 이제는 저녁도 학교에서 먹네. 그런데 앰플포스. 자네 이거 알고 있었나? 신대륙 초기 브리타니아 이민자들이 플리머스 항구에서 메이플라워호를 타고 출발했더구먼. 자네나 나나 플리머스 항에서 영사를 떠나지 않았나?"

윈스턴의 말을 들은 앰플포스는 마치 자네가 무슨 말을 하려는지 안다는 듯이 가벼운 미소를 지었다.

"아메리카 사람들은 매우 자랑스러워하는 역사적 사실이지. 그래서 대륙에 첫발을 내린 해변 마을 이름을 플리머스라고 지었다고 하네. 아직도 있다고 하네.”

앰플포스도 이곳에 와서 공부를 많이 한 것 같았다.

“윈스턴. 그 메이플라워호 이민자들이 오렌지아에 살던 사람들인 걸 아나?”

“금시초문인데? 브리타니아인들이 왜 오렌지아에 살았나?”

“그들은 청교도들이었는데 브리타니아 국교회의 박해를 피해 오렌지아로 도망쳐왔지. 그런데 자녀들이 브리타니아어도 잊어버리고 점점 오렌지아화하는 것이었어. 자신들의 신앙을 지키는 것도 중요하지만 후손들이 브리타니아인으로 살았으면 하는 바람이 생겼지. 그런데 신대륙으로 출발하는 이민선이 플리머스항구에서 출발한다는 사실을 알았지. 그래서 그들은 잡혀 죽을지도 모를 각오를 하고 오렌지아에서 다시 영국 플리머스항까지 간 것일세. 다행히 출발 전 잡히지 않고 그들은 배를 타고 출항할 수 있었지.”

두 사람은 잠시 침묵했다.

“앰플포스. 자네 말을 들으니 참 재미있네. 그들은 오렌지아에 살다 목숨을 걸고 플리머스항으로 가서 신대륙으로 갔고 자네와 나도 플리머스에서 브리타니아를 떠나 결국 오렌지아에 안착하게 됐고. 자네보다 나는 지구 반 바퀴나 더 돌아왔지만.”

이 말을 하면서 그는 슬픈 생각이 들었다. 두 사람은 오랫 동안 말을 하지 않고 서로 다른 곳을 보았다. 조금 무거운 분위기가 지속되자 루트거가 입을 열었다.

“스미스 씨. 여기 생활에 만족하신다니 다행입니다. 그런데…….”

그가 말을 머뭇거리자 윈스턴은 루트거의 얼굴을 조용히 주목했다.

“그러니까 스미스 씨. 이제 워터스담으로 오실 때가 된 것 같습니다.”

그들은 그동안의 변화와 최근의 상황에 대해 설명해주었다.

“스미스 씨. 이미 들으셨겠지만 이제 오세아니아가 해체되었고 이에 따라 조만간 영사에도 큰 변화가 올 것이 분명합니다. 최근 유로파 통합도 점점 가속화되고 있습니다. 자유민주주의를 바탕으로 유럽은 하나가 될 것입니다."

윈스턴이 오렌지아에 정착한 이후 전 세계가 큰 변화를 겪고 있었다. 유라시아 소비에트 체제가 해체된 후 아시아지역을 제외하고는 오세아니아의 지배력이 확고한 상태였다. 그런데 과거 유라시아와 오세아니아 전쟁 지역이 독자성을 회복하면서 반패권운동이 벌어졌다. 반서구 근본주의자 테러리스트들이 미사의 심장부인 뉴욕을 테러공격하여 수천 명이 사망하는 사건이 발생했다. 본토가 외부인의 공격을 받은 것은 처음이었다. 미사는 물론 전 세계가 경악하였다. 미사뿐 아니라 오세아니아 전체, 그리고 유로파에 대한 테러공격이 연이어 일어났다.

미사는 이러한 상황변화에 신속히 대응하였다. 오세아니아를 해체하고 국명을 미사에서 임페리카(Imperica)로 바꿨다. 임페리카는 오세아니아 맹주에서 벗어나 자국중심주의가 되었다. 나머지 공대(☆帶)들은 임페리카와 협의를 통해 오세아니아 대신 테러나 국제범죄와 관련된 정보를 공유하는 '파이브 이글스'(Five Eagles)라는 느슨한 동맹체를 구성하였다. 이제 영사는 오세아니아의 제1공대가 아니었다. 자유민주주의에 둘러싸인 고립된 섬으로 남아 있었다.

"그 무지막지한 영사 체제가 과연 변할까요?" 윈스턴은 자기 생각을 말했다.

"스미스 선생님, 변화시키기 위해 우리도 노력을 해야죠. 유로파 각국의 형제회가 몇 년 전 형제회 연대기구를 만든 것은 알고 계시죠? 거기서 방송국을 세워 조만간 송출을 시작하려고 합니다. 일단은 오렌지아어, 게르마니아어, 갈리아어, 브리타니아어로 방송할 계획입니다. 스미스 씨가 브리타니아어 방송의 책임을 맡으셔서 영사에 자유의 바람을 불어넣어야죠. 방송국은 유로파본부의 재정지원을 받습니다."

그들은 일단 라디오방송으로 시작하지만 예산이 확보되면 TV와 인터넷 방송도 송출할 계획이었다. 방송내용은 전 세계 반파쇼 자유화운동

지원과 유로파 결속 및 통합이었다. 앰플포스가 말을 덧붙였다.

"윈스턴, 당연히 자네가 참여해야 하네. 그리고 유로파본부의 지원을 받으니까 후원금 시절보다는 꽤 안정적이네. 영사도 최근 상황이 복잡한 것 같네. 자네가 활동을 해야 할 시기가 다시 온 것 같아."

윈스턴은 상황을 파악하였으나 생각이 복잡해졌다. 그는 이곳 오키드 담 생활이 너무 좋았다. 이곳은 워터스담보다 덜 번거롭고 지적인 분위기였다. 워터스담에서의 바쁜 생활이 부담으로 다가왔다. 그는 고개를 돌려 앰플포스를 쳐다보며 입을 열었다.

"자네는 내가 진리부 기록국에서 맡았던 업무에 대해 알고 있지? 내가 기록을 조작하고 왜곡하는 일을 했었는데 이제 영사를 향해 진실을 전하라는 얘기군."

그들은 유럽의 형제회 활동에 아시아 일부에서 관심을 표명해왔다고 했다. 그 지역에도 형제회가 결성되어 있다고 했다.

"아시아? 아시아는 아직 이스타시아가 장악하고 있지 않나? 그런데 아시아 어느 지역에서?"

"코리아와 재패니아, 그리고 홍콩에는 형제회가 조직되어 활동을 하고 있어. 우리와도 교류하는 중이네."

세 사람은 조금 더 대화를 나누고 앰플포스와 루트거는 워터스담으로 돌아갔다.

하루빨리 오라는 독촉이 있었지만 윈스턴은 그들의 방문이 있은 후 한 달 후에 워터스담으로 이사를 했다. 그 사이 윈스턴은 청강을 했던 교수들과 알고 지냈던 학생들, 그리고 학교직원들과 이별의 자리를 가졌다. 마르셀 교수와는 별도로 식사를 했다. 포도주를 곁들인 식사를 하며 마르셀 교수가 초롱초롱한 눈으로 윈스턴에게 말했다.

"스미스 씨. 유럽 최고의 대학 중 하나인 오키드담 대학에서 5년간 수학하셨으니 이제 과거를 알게 되었습니까?"

그는 영민한 사람이었다. 둘의 첫 만남에서 했던 윈스턴의 말을 기억하고 있었다. 윈스턴은 웃음을 머금으며 대답했다.

"교수님. 현재를 지배하는 사람이 과거를 지배하는 것이 아니라 현재를 지배하기 위해 과거를 지배하려 한다는 것을 깨달았습니다. 저는 많은 것을 배울 수 있었던 오키드담이 정말 마음에 듭니다. 그런데 내가 있고 싶은 곳, 실제 있는 곳, 그리고 있어야 할 곳은 다 다르더군요. 하지만 지금 마르셀 교수님과 이 식당에서 식사를 하며 대화를 나누는 이 순간과 장소는 아무런 문제가 없다는 확신이 듭니다."

윈스턴의 말을 들은 마르셀 교수는 미간을 약간 좁히며 입매는 미소를 짓는 묘한 표정을 지었다. 입술도 쫑긋 다문 채였다. 그가 입을 열었다.

"스미스 씨. 더 드릴 말씀이 없네요. 그리스 신화를 읽고 와서 오디세우스가 고향에 가는데 왜 그렇게 오랜 시간이 걸렸냐는 질문에 깜짝 놀랐습니다. 스미스 씨야 자신의 처지와 오디세우스를 비교하였지만요."

그는 고개를 약간 숙이며 잠깐 말을 멈췄다. 윈스턴은 와인잔을 잡은 채 말없이 그를 바라보기만 했다. 그가 고개를 들며 두 사람의 눈길이 마주쳤다.

"스미스 씨, 제 얘기를 해도 될까요?"

윈스턴이 승낙의 눈빛을 보내자 마르셀 교수의 말이 이어졌다. 차분한 목소리였다.

"세계전쟁 때였습니다. 저는 학교에 입학하기 전 여섯 살 때 부모님과 함께 게르마니아군에 의해 수용소로 가는 열차에 태워졌습니다. 오렌지아의 아메르스푸르트 수용소에 갇혀 있다가 폴스키아에 있는 소위 절멸수용소로 옮겨지는 것이었지요. 엄마, 아빠가 같이 있는데도 어린 나이에 너무 무섭더군요. 화물칸에 탄 사람들은 공포에 질려 있었는데 하루가 지나니 모두들 아무 말도 하지 않고 체념한 모습이었습니다. 우리 부모님도 마찬가지고요. 내가 뭘 물어봐도 아무 말이 없으셨고요. 게르마니아를 지나 폴스키아에 접어들었을 때 열차가 연합군의 공습을 받았습니다. 차량들이 탈선을 하고 우리 열차칸에도 불이 붙었습니다. 반쯤 떨어져나간 문짝 사이로 간신히 빠져 나왔습니다. 그야말로 아수라장이었습니다. 살아남은 사람들은 도주를 했습니다. 어머니는 크게 부상을 당해 걸을 수가 없었습니다. 아버지에게 둘만 가라고 하더군요. 독일군도 피해가 크고 사태를 수습하느라 쫓아올 생각을 못하더군요. 어디로 갈지 몰랐지만 열차로부터 멀리 도망쳐 무작정 산 속으로 들어가 숨었습니다."

그는 말을 멈추고 와인잔을 들었다.

"이틀을 숨어 있었는데 너무 춥고 배가 고팠습니다. 아버지는 산 아래쪽으로 보이는 마을에 가서 먹을 것을 구해오겠다며 나를 남겨두고 산을 내려가셨습니다. 몇 시간 지났을까 요란한 총소리가 한참 동안 들렸습니다. 독일군들의 수색작업이 시작되었던 것 같았습니다. 저는 불길한 생각이 들어 공포에 질렸습니다. 소리 내서 울지도 못했죠. 아버지는 돌아오시지 않았죠. 저는 배고프고 무섭고 지쳐서 잠이 들었는지 기절을 했는지 그냥 정신을 잃었습니다. 깨어보니 어느 집 침대 위더군요. 저는 전쟁이 끝날 때까지 그 폴스키아 농가에서 키워졌습니다. 주인은 집 밖으로 나가지 못하게 했습니다. 저는 전쟁이 끝난 후 집에 가게 해달라고 졸랐습니다. 집에 가야 아무도 없는데……."

그는 미동도 않은 채 마르셀 교수의 말을 듣기만 했다. 포도주를 마시기도 미안한 생각이 들었다. 그는 윈스턴을 바라보며 얘기를 계속해도 되겠냐고 물었다. 윈스턴은 고개를 끄덕였다.

"농부들이 러시아군에게 가서 이 아이는 오렌지아 유대인이라며 자기 나라로 돌려보내달라고 했는데 그들은 들은 척도 안했습니다. 우여곡절 끝에 게르마니인 2차 추방 때 그 무리에 섞여 게르마니아로 추방됐습니다. 일주일가량 걸었던 것 같습니다. 거기에 도착해서는 폴스키아에서 추방된 게르마니아 고아들과 함께 고아원에 보내졌습니다. 고아원에서 일 년쯤 있다가 게르마니아 가정에 입양됐습니다. 저는 계속 오렌지아로 보내달라고 떼썼습니다. 양부모가 당국에 가서 여러 차례 얘기해 조사가 이루어졌습니다. 어린 내가 분명히 게르마니아인은 아니지만 오렌지아 유대인이라는 것을 어떻게 증명합니까? 다행히 주머니에 어머니가 넣어주신 사진 한 장을 그대로 가지고 있었습니다. 제가 한 살 때쯤 부모님과 함께 사진관에 가서 찍은 사진이었습니다. 사진 아래쪽에 날짜와 워터스담, 그리고 마르셀 휘밀리라는 문구가 하얀 색으로 쓰여 있었죠. 오렌지아어로 말하고, 또 유대인이라는 것을 증명하기 위해 아버지가 외우게 했던 모세오경 구절 몇 마디를 히브리어로 말했습니다. 그 구절들을 기억해내기 위해 정말 온 힘을 다했습니다. 어린 아이 하나 놓고 연합군이 합동으로 조사했는데 열차가 폭격 받은 날짜와 위치를 알아보더니 그런 오폭이 있었다는 것을 확인해주더군요. 유대인 수송 전용열차가 아니라 게르마니아 군용물자 수송열차에 같이 태워졌던 것 같았습니다. 나중에 저는 어머니는 연합군의 폭격에 의해 죽었고 아버지는 게르마니아군의 총에 죽었다고 결론을 내렸습니다. 결국 저는 아메리카군 트럭에 실려 오렌지아로 돌아와 고아원에 수용됐습니다. 당시 오렌지아에 고아가 많았습니다. 오렌지아 여성과 게르마니아군 사이에 태어난 혼혈 고아도 많았고요. 몇 달 있다가 아버지 친구의 집에 입양됐습니다. 그는 의사였는데 전쟁 중 수용소로 끌려가지 않고 살아 남았습니다. 부족함이 없이 교육을 받았습니다. 그 분은 아버지의 재산도 지켜주고 나에게 상속도 해주었습니다. 참 고마운 분이지요. 양아버지는 나를 교육시키며 반드시 의사가 되라고 당부했습니다. 의사는 적에게도 필요한 사람이라며. 그 분의 두 아들은 모두 의대에 진학했습니다. 나는 의사가 되지 않고 철학을 전공했지요."

그는 오래된 일을 기억에서 끄집어내듯이 언뜻언뜻 눈동자를 위로 올렸다.

"임시수용소인 아메르스푸르트 수용소에 있던 유대인 중 3만 명가량이 이송되었는데 게르마니아의 부켄발트 수용소로 이송된 사람들은 그나마 생명을 보전했고 폴스키아로 끌려간 사람들은 다 죽었습니다. 오렌지아 수용소에 있을 때 잡혀온 레지스탕스들은 즉시 처형되었습니다. 나는 어렸을 때 그걸 다 지켜봐야 했지요."

마르셀 교수는 담담하게 긴 얘기를 마치고 와인잔을 들며 윈스턴을 바라봤다. 윈스턴은 감히 잔을 마주칠 엄두를 내지 못했다.

"스미스 씨, 그러니 나도 오디세우스한테 관심이 많습니다. 2천년이 걸린 오디세이도 있고요."

그는 그 말을 하며 한쪽 눈을 가볍게 찡긋거렸다. 윈스턴은 시점과 장소, 그리고 사람, 대화내용 모두 딱 들어맞는 시간을 보내고 있다는 생각이 들었다. 그와의 식사가 5년 동안의 오키드담 생활의 정점을 찍는 것이었다.

워터스담에서의 새로운 생활이 시작되었다. 방송국 규모는 그리 크지 않았다. 직원은 열 명 가량이었고 자원봉사자가 많았다. 주로 유로파의 인권정책을 각국어로 소개하고 사람들의 관심과 활동을 독려하는 것이 주요 방송내용이었다. 브리타니아어 방송은 하루에 두 시간가량이었는데 그중 한 시간은 윈스턴이 직접 방송을 진행하였다. 그렇게 바쁘지도 힘들지도 않은 일이었다. 급여수준이 높지는 않았으나 유로파본부의 지원으로 일단 재정적 어려움은 없었다. 세계 각지에서 현지의 인권상황을 알리는 메일들이 들어왔다. 담당 직원은 그 내용에 대해 진실성 여부를 확인하고 이를 방송자료로 활용하였다.

윈스턴은 오렌지아 영주권을 취득하였다. 이후 그는 심리적으로 더 안정되었다. 그는 숙소에서 방송국까지 걸어서 출퇴근을 했다. 운하를 따라 걷는 아침산보나 다름이 없었다. 특별한 행사가 없으면 퇴근 후 그는 집에서 책을 보거나 쉬면서 지냈다. 주말에는 친구들과 멀리 자전거 여행을 떠나기도 했다. 워터스담에서 삼십 분가량만 벗어나도 완전히 목가적인 농촌풍경이 펼쳐졌다. 구릉지도 없는 완만한 평지가 계속 펼쳐져 있었다. 시내를 벗어나 자전거를 타는 것은 정말 기분 좋은 일이었다.

가을에 접어들 무렵 쾌청한 날씨가 계속되었다. 이 시기에 오렌지아 각 마을에서 축제가 많이 열렸다. 일주일만 지나면 북해에서 찬바람이 내려 오며 추위가 다가올 것이었다. 평소 상식을 벗어난 발언을 자주했던 야 닉이 윈스턴에게 워터스담 가까운 곳에서 열리는 마을축제를 가자고 제 안했다. 주말 아침 자전거를 타고 달렸다. 야닉의 뒤를 따라가는데 체구 가 큰 그가 앉은 자전거가 금방이라도 주저 내려앉을 것 같았다. 그의 커 다란 엉덩이에 묻혀 자전거 안장이 보이지 않았다. 30대 중반의 야닉은 오렌지아 남자들보다 체구가 컸을 뿐 아니라 과체중이었다. 그들은 서쪽 항구 쪽을 향해 페달을 밟았다. 한 30분을 달려 화물용 컨테이너들과 낡 은 건물들이 있는 항구 구역으로 들어갔다. 거기서 조금 더 가자 숲에 둘 러싸인 조그마한 마을이 나타났다. 축제를 구경하러온 사람들이 꽤 많았 다. 주민들과 방문객을 쉽게 구분할 수 있었다. 주민들은 대부분 머리를 가꾸지 않은 채 장발을 휘날리고 있었다.

"여기가 루이고드예요. 내가 어렸을 때 자란 히피 마을이에요. 여기 히 피 주민들은 대부분 예술가들입니다. 이 마을에서는 자기들끼리 정한 최 소한의 규율만 통합니다. 세금도 안 내요."

유기농 야채와 곡물로 만든 자연식 음식들과 장신구, 도자기 등이 판매 되고 있었다. 그것들을 유심히 살피는 방문객들도 있었고 주민들인 히 피를 호기심 있는 눈으로 바라보는 사람들이 많았다. 야닉은 물건을 파 는 사람들과 인사말을 교환했다. 몇 명은 그의 안부를 자세히 물어보기 도 했다. 마을은 정말 오래되고 관리를 전혀 하지 않은 듯한 주택들이 서 있었고 대부분 주택의 현관 문짝들이 떨어져 나가 있었다. 낡은 주거용 텐트들도 많이 설치되어 있었다. 아랫도리를 드러낸 유아들이 뛰어 다녔 다. 머리를 감은지 얼마나 오래 됐는지 허리까지 내려온 금발머리가 떡 이 져 있는 여자들도 눈에 띄었다. 아이들의 얼굴에 때가 덕지덕지 끼어 있었다. 아이들을 왜 저렇게 방치하나 하는 의문을 갖고 있었는데 그것 을 알아차렸는지 야닉이 말했다.

"내가 자랄 때하고 변한 게 하나도 없네요. 나도 엄마가 세수를 시켜주는 것이 싫어서 울음을 터뜨리면 더 이상 씻기지 않았어요. 그리고 목욕을 피하면 그냥 놔뒀어요. 정말 자연스런 양육법 아닐까요?"

  자신들이 직접 제작한 드럼 및 타악기들, 그리고 기타를 연주하는 주민들도 있었다. 악기 앞에는 동냥을 구하는 모자나 천이 깔려져 있었으나 그들은 얼마나 돈이 모이느냐에 관심이 없어 보였다. 연주에만 열중했으나 그렇게 훌륭한 연주실력은 아니었다. 그들의 연주와 노래를 들으며 윈스턴은 예전 런던의 프롤 지역에서 빨래를 널며 노래를 부르던 뚱뚱한 아줌마가 떠올랐고 노래실력이 비슷한 수준이라고 생각했다. 한 시간 정도 넓지 않은 마을을 돌아다녀보니 더 이상 볼 것도 없었다. 두 사람은 각종 채소를 넣어 만든 수프를 큰 대접으로 하나씩 먹고 그 마을을 떠났다.

  워터스담에 돌아와 두 사람은 맥줏집에서 얘기를 나눴다.

  "야닉. 그곳에서 생활이 가능해?"

  "그들은 돈에, 아니 물질에 관심이 없어요. 먹는 것은 시에서 주는 보조금으로 가능하지요. 애들을 학교에 보내지 않지만 홈스쿨링 지원금이 정부에서 나와요. 집시와 다른 점은 대부분 주민들이 의식수준이 높다는 점입니다. 그들에게는 자연과 자유가 최고의 가치예요. 그 마을은 오렌지아 공국 시절에도 있었어요. 당시 당국도 그들이 반정부 활동만 안하면 그냥 놔뒀어요. 나는 유라시아가 해체되면서 그곳을 떠났어요. 부모님이 내가 밖으로 나가는 것을 걱정했지만 그것도 내 자유지요."

  야닉은 잠시 생각에 잠겼다.

  "정말 자유로운 영혼들이지요. 어렸을 때 엄마가 거실에서 나에게 산수를 가르치고 있었는데 아빠는 옆방에서 문을 열어놓고 다른 여자와 사랑을 나누고 있었어요. 그것도 아침에."

  윈스턴은 자기가 어떤 반응을 보이던 야닉이 당황해할 것 같아 그냥 침묵을 지켰다. 잠시 후 윈스턴이 물었다.

"그런데 그곳을 왜 떠났어?"

야닉은 잠시 물끄러미 맥주잔을 바라보았다.

"그곳에서 내가 할 일이 없기 때문에 나왔어요. 난 예술적 창작작업이 싫었거든요. 노래도 연주도 싫고 그림도 싫고 시를 읊조리는 것도 싫고. 그러니 거기서 딱히 할 일이 없었어요. 나 같은 생각으로 떠난 사람들이 많아요. 그들과 지금도 가끔 만납니다."

윈스턴은 야닉의 마리화나 친구들이 그들일 것이라고 추측했다.

"떠난 걸 후회하지 않아? 다시 돌아가고 싶은 생각이 없어?"

"나는 그들과 생각을 공유해요. 그렇지만 지금하고 있는 방송국 일도 좋아요. 어떻게 보면 그들의 생각이나 철학을 밖에 나와 전파하는 거지요. 생활방식까지는 아니더라도."

야닉이 말을 마치자 둘은 맥주잔을 가볍게 부딪쳤다.

야닉은 평소 말수가 적었다. 입을 열어도 엉뚱하다 싶을 정도의 발언을 했다. 예전 성관계연령을 놓고 열띠게 대화를 나눌 때 남자 아이가 발기가 되면 섹스를 허용해야 한다는 내용 같은 것이었다. 생추어리 사건 후 사람들이 정부의 권력남용에 비판할 때 아무 소리 안하던 야닉은 느닷없이 인간은 믿을 수 없는 존재라는 말을 했다. 그 대화 분위기에 안 어울리는 말이었다. 그 후 윈스턴은 얼마동안 야닉의 말이 뇌리에서 떠나지 않았다. 자신과 줄리아도 애정부의 혹독한 고문 앞에서 결국 서로를 배신하지 않았는가? 그럼 대체 누가 누구를 믿을 수 있다는 것인가?

몇 년 사이에 오렌지아도 급격한 변화를 경험하였다. 유라시아 체제가 붕괴되면서 얼마 지나지 않아 화폐가 레닌화(Lenin貨)에서 길더로 바뀌었다. 몇 년 후 유로파의 통합정책이 강화되면서 길더가 유로파 공용화폐인 유몬(Eumon)으로 바뀌었다. 처음에는 매우 어색했으나 사람들은 곧 익숙해졌다. 유몬 도입을 앞두고 오렌지아에서 찬반논쟁이 격하게 일어났을 때 보수당원인 한 노인이 TV에서 인터뷰한 내용이 많은 공감을 얻었다.

"전쟁 전에는 길더를 쓰고, 공국(共國) 때는 레닌화를 쓰고, 그러다 다시 길더를 쓰고 그러더니 이제는 유몬을 쓰자고? 화폐개혁을 할 때마다 내 돈이 얼마나 날아갔는지 알아? 또 얼마를 뺏어가자고 새 화폐를 쓰자는 거야?"

일부의 반대에도 무릅쓰고 유몬은 유로파 전역에서 통용되기 시작했는데 확실히 각국의 교역을 활성화시키고 경제성장에 도움이 되었다. 밖으로 나가는 해외여행객이나 오렌지아로 들어오는 관광객도 크게 늘었다.

앰플포스는 오렌지아 시민권을 취득하였다. 그리고 오렌지아에서 오랜동안 관계를 가졌던 민주자유당에 가입하였다. 오렌지아 생활이 10년이 넘은 그는 오렌지아어를 거의 완벽히 구사하였다. 어학능력이 뛰어난 그는 게르마니아어와 갈리아어도 유창하게 했다. 그는 유로파의 강화와 확대에 적극적이었고 신문에도 유로파 통합정부의 출현을 주장하는 칼럼을 게재하였다. 그는 시민권 획득 후 유로파의회 선거에 민주자유당 후보로 등록하여 당선되었다. 오렌지아 의회에 진출하지 않은 이유에 대해 자신은 유로파의 통합을 위해 일하고 싶다고 말했다. 유로파의회 의원이 되자 그는 더 바빠졌다. 앰플포스는 워터스담에 거주하면서 의회가 개회되면 센트럴시티에 가서 지냈다.

유로파의회 회기가 끝날 무렵 저녁에 앰플포스가 윈스턴 숙소를 찾아왔다. 혼자 식사를 간단히 해결한 후 여느 때처럼 책을 읽고 있는데 문 두드리는 소리가 들렸다. 윈스턴은 독서에 방해받아 약간 짜증이 났지만 입구로 가서 문을 열었다. 앰플포스가 밝은 표정으로 서있었다. 윈스턴은 그의 옆에 웃으며 서있는 남자를 알아보고 깜짝 놀랐다.

"요리스!"

윈스턴은 앰플포스와 악수하던 손을 놓고 요리스를 왈칵 껴안았다.

"윈스턴!"

셋은 거실 소파에 둘러앉았다.

"요리스, 무엇을 원하나? 커피? 포도주?"

"아닐세. 윈스턴. 내가 워터스담 방문은 처음일세. 맥주를 마시고 싶네.”

앰플포스도 고개를 끄덕였다. 윈스턴은 냉장고에서 맥주를 꺼내고 넛츠를 그릇에 담아 가져왔다. 세 사람은 얼굴만 바라봐도 저절로 웃음이 나왔다.

“요리스, 어떻게 된 건가? 여기까지 방문하고?”

요리스 대신 앰플포스가 대답했다.

“요리스도 유로파의회 의원일세. 회기가 끝나고 돌아가는 길에 워터스담에 들러 이곳 정치인들도 만나보고 또 자네에게 맥주를 얻어 마시려고 모시고 왔지.”

요리스는 발티키아 민족당에서 활약하면서 교육청장을 그만두고 국회에 진출하였다. 맹활약을 벌이며 상당한 인기를 얻었다. 그러자 당내 지도부가 그를 경계하기 시작했다. 당 지도부가 요리스에게 유로파의회 진출을 권유하였다. 그들의 의도를 알고 있는 요리스는 화가 났지만 잠시 고민을 하다 당 지도부의 권유를 받아들였다. 재선인 그가 당 지도부와 적대적인 관계를 가질 필요도 없었고 유로파의회에 가서 좀 더 큰 틀에서 정치를 해보자는 생각도 들었다. 유로파의회 선거에서는 민족주의를 표방하는 발티키아 민족당 후보가 불리하였지만 요리스는 그의 개인적인 인기에 힘입어 의원에 당선되었다.

즐거운 마음으로 대화를 나누는 중에 윈스턴이 속으로 가슴 조마조마했던 얘기를 요리스가 꺼냈다.

“윈스턴, 타냐는 아직 혼자일세. 오히려 딸이 결혼을 해서 얼마 전에 아이를 출산했지. 타냐는 자네가 십자가 언덕에서 무릎에 얼굴을 파묻고 울던 모습을 잊을 수 없다고 하더군. 그녀는 자네가 떠난 후 해바라기를 항상 꽃병에 꽂아 두고 있다네.”

윈스턴은 그의 말을 눈을 지그시 감고 듣고 있었다. 그러나 아무런 말을 하지 않았다. 요리스는 타냐 얘기를 더 이상 하지 않았다. 세 사람은 윈스턴을 발티키아에서 탈출시킨 일을 시작으로 옛날 얘기를 나누며 간간히 폭소를 터뜨렸다.

10. 브리타니아

앰플포스가 사전 연락 없이 윈스턴 사무실로 찾아왔다. 그는 건강하고 활기가 넘쳐 보였다.

"웬일인가? 앰플포스, 아니 의원님."

"자네가 의원님이라고 불러주니 기분은 좋네. 용건을 먼저 얘기하지. 다음 달에 내가 런던에 가는데 자네도 같이 가자고. 이제 영사도 무너졌고 브리타니아가 됐으니까 한번 가볼 때도 됐잖아?"

윈스턴은 그의 입에서 나온 런던이라는 단어를 듣자 머리의 신경이 곤두서기 시작했다. 뭐라고 답변할 생각이 나지 않아 일단 핑계를 둘러댔다.

"그런데, 나는 아직 오렌지아 국적이 없잖아?"

"그건 상관없네. 나는 오렌지아 대표로 가는 것이 아니라 유로파의원 자격으로 가는 걸세. 자네는 내 수행원이고. 그러니 유로파에 거주만 하면 되는 거지 국적여부는 관계가 없네."

브리타니아는 내부적으로 논란이 많았지만 유로파 가입을 추진하고 있었다. 그 사전작업으로 유로파의회에 의원사절단을 초청하겠다고 의사를 전달했고 의회는 사절단 의원으로 앰플포스를 지명하였다.

"브리타니아 보수당 정부가 나한테 잘 보여야 할 거야. 내가 돌아와서 유로파의회에 어떻게 보고하느냐가 가입시기에 영향을 미칠 수 있거든. 하하. 재밌지 않나? 하하."

이 말을 하며 앰플포스는 신이 난 듯했다.

"윈스턴. 자네 방문준비에 착수하겠네. 유로파본부에서 자네에게 연락을 할 거야."

앰플포스는 이 말을 마치고 작별인사를 한 후 사무실을 떠났다. 며칠 후 유로파본부에서 출국준비에 필요한 서류를 보내달라는 연락이 왔다. 윈스턴은 영사가 붕괴되고 선거를 통해 보수당이 집권하며 국명도 브리타니아로 바뀐 사실을 알고 있었다. 그러나 그는 다시 돌아가고 싶다는 생각이 들지 않았다. 영사가 다시 브리타니아가 되었지만 런던의 분위기는 크게 달라지지 않았을 것이라는 선입관이 그의 마음속에 자리 잡고 있었다.

오세아니아가 해체되고 얼마 안 되어 영사에도 격변이 발생했다. 전쟁이 끝나자 영사의 경제는 급속히 침체되기 시작했다. 임금체불과 생필품 부족, 그리고 물가폭등에 불만을 품은 프롤들이 폭동을 일으켰다. 이 폭동은 전쟁에서 돌아온 제대군인들이 주도하였다. 그들은 유라시아 붕괴 후 영사로 돌아왔으나 당은 그들에게 직장을 배정해주지 못했고 또 약속한 참전수당을 주지 않았다. 프롤 참전용사들의 분노는 극심하였다. 애정부 경찰들이 이들을 진압하려 하였으나 폭동의 맨 앞에 선 상이용사들의 격렬한 저항을 진압할 수 없었다. 폭동의 규모는 더 커졌고 폭도들은 런던 시내를 돌아다니며 빅 브라더의 초상화와 영사 깃발을 다 끌어내리고 불을 질렀다. 무차별 발포 외에는 이들을 진압할 방법이 없어 보였다. 당은 계엄령을 검토하며 평화부에 병력동원을 요청했다. 그러나 평화부는 명확한 입장을 보이지 않은 채 침묵으로 일관했다.

런던에서 시작된 폭동은 제1공대 주요 도시로 확산되었다. 외부당원들도 폭동에 가담하였다. 그들은 출근을 거부했다. 외부당원은 텔레스크린을 떼어내 창문 밖으로 내던졌다. 곧이어 '빅 브라더 타도'라는 구호가 등장했다. 불과 한 달 사이에 혼란과 무질서가 제1공대를 덮어버렸다. 당의 통제력이 약화되자 런던을 중심으로 구국위원회, 민주회복위원회, 적폐청산위원회, 대영제국위원회 등 각종 위원회가 우후죽순으로 생겨났다. 하루가 멀다 하고 단체가 생기며 그 기관들이 발행하는 선전지들이 런던 시내를 뒤덮었다.

폭동진압이 불가능해지자 당 중앙위원회는 "단체대표들과 협의하여 자유선거를 실시하고 의회를 구성하여 정권을 넘기겠다."고 발표했다. 이에 호응하여 평화부는 당 중앙위원회의 결정을 존중하며 그 과정이 평화적으로 진행되도록 적극 협조하겠다고 밝혔다.

정당이 우후죽순처럼 생기고 선거가 실시되어 새 정부가 출범하였다. 선거에는 모두 열 개가 넘는 정당이 참가하였는데 영사 전에 있었던 보수당, 노동당, 자유당이 부활하였다. 보수당이 제1당이 되었지만 과반수 의석을 확보하지 못해 다른 정당과 연정을 구성하였다. 그리고 새 정부는 국명을 브리타니아(Britannia)로 바꾸고 국민투표를 통해 이를 확정하였다.

이런 표면적인 것과는 별도로 영사 내에는 민심이 악화되기 전부터 잘못된 흐름이 진행되고 있었다. 내부당원들의 정신과 신념이 심하게 변질되고 있었다. 과거 그들이 최고 엘리트층으로 누리는 특권이란 물질적으로 볼 때 대단한 것이 아니었다. 별도의 거주지, 가사보조자, 업무비서, 약간의 물질적 혜택 정도였다. 그리고 엄격한 금욕을 지켰다. 그런데 내부당원들은 그 원칙을 스스로 무너뜨리기 시작했다. 먼저 내부당원 선발에 그들의 자녀가 특혜를 받았다. 영사의 당원선발과정에서 특혜나 차별은 금기였다. 그것이 영사의 존재이유 중 하나였다. 그런데 내부당원 충원에 그들의 자녀들이 점점 큰 비중을 차지하였다. 이러한 현상은 윈스턴이 진리부에 근무할 때도 감지되었는데 다만 외부당원들이 그것을 입 밖에 거론하지 못했을 뿐이었다.

그것이 점점 심화되어 프롤봉기 직전에는 신임 내부당원의 80% 가량이 내부당원 자녀로 충원되었다. 그 2세대들은 능력이 출중하다고 인정받지도 못했고 또 기강도 엉망이었다. 권력을 배경으로 자신들의 지위만 내세우는 건방진 도련님들이었다. 내부당원, 외부당원, 프롤로 이뤄진 영사의 세 계급이 출생에 의한 신분으로 고착화되고 있었다. 평화부에서도 이것이 문제가 되었다. 내부당원 지휘관들의 능력부족으로 전투에서 고전하는 경우가 빈번히 발생했다. 프롤과 외부당원 출신 병사들의 내부당원 장교들에 대한 불신이 커졌다.

자식들에게 계급을 세습시키는 것과 함께 내부당원들은 탐욕스러워지기 시작했다. 권력에 대한 집착과 자식들의 신분세습에 그치지 않고 물질적 풍족을 추구했다. 자신들의 특권을 확대하였다. 주거지에 여성 가사도우미도 배치되었다. 당간부들에게 전용기사가 딸린 승용차를 배정하였다. 내부당원만 출입할 수 있는 클럽과 수퍼마켓을 만들었다. 각종 이권에 개입하여 축재를 했다. 강제노동수용소 수용자의 노동을 착취하는 것은 물론 공장 노동자들인 프롤들의 임금도 착복하였다. 외부당원들과 프롤들의 배급물자도 빼돌렸다. 이와 함께 뇌물도 횡행하였다. 애정부 사상경찰들은 이유 없이 사람들을 체포한 후 뇌물을 받고 그들을 풀어주었다. 영사 유지를 위해 당이 존재하는 것이 아니라 내부당원의 축재를 위해 영사를 유지하는 것 같았다.

윈스턴은 "프롤이 희망이다."라고 했던 자신의 예측이 실현되었다고 생각했다. 당시에는 그것이 단순한 희망에 불과했지 정말 그들이 체제를 무너뜨릴 만한 능력이나 의지가 있으리라는 기대는 없었다. 그러나 영사의 붕괴가 실제 일어난 것이었다. 그럼에도 불구하고 그는 영사가 이름을 브리타니아로 바꿔도 영사는 영사일 것이라는 생각을 지울 수 없었다.

유로파의회 의원사절단은 총 다섯 명이었다. 엠플포스, 갈리아 출신 의원, 게르마니아 출신 의원 그리고 수행원으로 윈스턴과 유로파의회 여성직원이었다. 공항에서 출국수속을 밟고 비행기에 올랐다. 윈스턴 좌석은 창가 쪽이었고 여성수행원은 옆자리에 앉았다. 이름이 그레타인 그녀는 30대 초반의 스칸디아 출신이었다. 상아색에 가까운 금발에 키가 윈스턴보다 컸다. 두 사람은 일정을 재확인한 것 외에는 별다른 대화가 없었다. 비행기가 서쪽을 향해 이륙하고 안정된 고도에 이르자마자 곧바로 저 멀리 브리튼 섬의 해안이 눈에 들어왔다. 비행기가 그쪽 방향으로 접근하는 것을 잠시 물끄러미 바라보다 윈스턴은 눈을 돌렸다. 그는 양복 상의 주머니에 손을 넣어 목각 삼족오를 만져보았다.

런던까지는 채 한 시간이 걸리지 않았다. 비행기의 하강이 느껴지자 윈스턴의 몸이 굳어졌다. 비행기 바퀴가 활주로에 닿자 몸에 전해진 충격과 함께 긴장감은 최고조에 달했다. 비행기는 지상운행을 하다 서서히 멈춰 섰다. 승객들이 자리에서 일어나 선반에서 짐을 꺼내기 시작하며 기내가 어수선해졌다. 윈스턴은 자리에 앉은 채 앞만 응시했다. 좁은 통로의 승객들 사이를 헤치며 검은 유니폼을 입은 사상경찰들이 자신에게 다가올지 모른다는 생각이 들었다. 일어서 있던 그레타가 윈스턴을 내려다보더니 턱으로 출구 쪽을 가리키며 움직이자는 신호를 보냈다. 윈스턴은 천천히 자리에서 일어섰다.

비행기에서 내려 공항청사 건물로 향하는데 "처칠국제공항에 오신 것을 환영합니다."라는 문구가 보였다. 윈스턴이 기억하기로는 그 공항 이름은 당이 런던을 완전히 장악한 날을 기념하는 "612 기념공항"이었다. 6월 12일 당은 영국 전역의 통치권을 확보했고 그날 여왕 가족은 이 공항에서 비행기를 타고 황급히 이베리아로 도주하였다.

의원 일행의 숙소는 런던 시내의 최고급호텔이었다. 의원들 방은 스위트룸이 있는 21층이었고 윈스턴과 그레타의 방은 20층이었다. 4박5일 동안의 일정은 주로 부처방문과 회의로 짜여 있었다. 마지막 날은 자유일정이었다.

윈스턴은 방에서 창문을 통해 런던의 밤거리를 내려다보았다. 어둠 속의 런던은 어디가 어딘지 알 수 없었다. 예전보다 시내가 훨씬 밝아보였다. 일찍 잠자리에 누웠으나 쉽게 잠이 오지 않았다. 평화부의 징집으로 런던을 떠난 자신이 이렇게 돌아와 최고급 호텔방에서 잠을 청하고 있는 모습이 어색했다. 미간이 찌푸려지기도 하고 이유 없는 미소가 지어지기도 했다.

정신이 점점 더 말똥말똥해지며 빅토리 맨션과 진리부 건물이 떠올랐다. 프롤 거리와 체스트넛트리 카페도 생각났다. 애정부에서 풀려나와 오후부터 그 카페에 앉아 빅토리 진을 마신 시간이 무슨 의미였을까를 되돌아보았다. 윈스턴은 창밖이 밝아오는 무렵에야 잠이 들었다.

의원 일행은 외무성이 제공한 차량으로 이동하였다. 일정은 매우 빡빡했다. 오전과 오후에 각각 여러 기관의 방문계획이 잡혀 있었다. 대부분의 기관이 브리타니아의 유로파 가입을 희망하고 있었다. 다만 노동당은 적극적이지 않은 것처럼 보였다.

셋째 날 마지막 일정이 자유당 지도부와의 대화였는데 양측의 의견이 너무 잘 맞았다. 일행은 돌아와 회의를 하며 성과가 크다고 만족해했다. 유로파에 가입을 시켜도 큰 문제가 없을 것이라고 평가했다. 회의를 마친 후 윈스턴은 앰플포스의 방에 그대로 남았다. 앰플포스는 홈바에서 갈색의 음료가 든 술잔을 들고 와 윈스턴에게 권했다.

"스카치 위스키일세. 우리 런던 시절에는 유통이 안됐었지."

윈스턴은 미소를 지으며 잔을 입에 갖다 댔다. 부드러운 향이었지만 코를 자극했다.

"윈스턴, 며칠 있어보니까 어때? 많이 바뀌었지?"

"옛날보다 사람들이 훨씬 활기차보여. 그리고 너무 바뀌어서 어디가 어딘지 모르겠어. 그 피라미드들이 안보이던데?"

"아! 평화부, 애정부, 진리부 건물 말인가? 브리타니아가 세워지고 보수당 정부가 제일 먼저 한 일이 그것들을 철거한 거라네. 그 공간을 모두 공원으로 만들었다고 하더군. 그리고 풍요부 건물은 철거하는 대신 대학을 세웠대. '아담 스미스 경제대학교.' 런던 사람들은 보통 스미스대학이라고 부른다던데 보수당 정부가 자네를 기념하는 대학을 세워줬네."

둘은 그 말을 나누며 소리 내어 웃었다.

"윈스턴, 자네도 나와 마찬가지로 잠을 잘 못 잤지? 나는 지난 이틀 동안 너무 많은 생각이 교차해서 잠을 제대로 잘 수가 없었어. 나는 오렌지아에 있으면서 영사가 쉽게 무너지리라 생각해 본 적이 없었네. 빅 브라더 초상과 텔레스크린이 있는 한 영사는 계속 유지되리라고 생각했지. 자네나 나나 플리머스항을 떠나면서 이렇게 바뀐 런던을 다시 보게 될 것이라고 상상이나 했나? 예전 런던 시내에는 청색 작업복을 입은 외부 당원들과 거지꼴이나 다름없는 프롤들만 지나다녔는데 이제는 반바지를 입고 어깨를 드러낸 젊은 남녀들이 돌아다니고 있잖아?"

"변하지 않는 게 있더구먼. 앰플포스."

"뭐가 변하지 않았다는 거지?"

"음식이 맛없더라고. 질은 좋아졌는데 맛은 그대로야."

"자네, '피시 앤 칩스'를 먹었구먼."

앰플포스는 윈스턴의 말에 껄껄 웃으며 잔을 부딪쳤다.

"그런데 앰플포스. 만나는 사람들이 우리를 이상하게 생각하지 않을까? 이름도 브리타니아 이름이고 발음과 억양도 모국어 같을 텐데 뭔가 눈치 채지 않았을까?"

앰플포스는 시선을 고정한 채 천천히 고개를 저었다.

"아닐 걸세. 뭔가 이상하다고 생각했겠지만 우리 신상에 대해 정확히 파악하지는 못했을 거야. 일단 우리 기록을 모두 말살시켰을 거니까. 영사가 몰락하면서 애정부나 진리부는 기록을 철저히 파기했을 거야."

윈스턴은 그의 말에 동의했다.

"윈스턴. 내일은 하루 종일 일정이 없는 날인데 뭘 할 건가? 나는 외무성 직원을 대동하고 좀 돌아다닐 계획인데. 같이 가려나? 누구 만나고 싶은 사람은 없나? 있으면 내가 외무성에 주선을 부탁해보지."

"아닐세. 그냥 쉬거나 시내를 산책하겠네. 특별히 가보고 싶은 곳이 없다네. 만나고 싶은 사람도 없고. 그리고 이제 만나봐야 무슨 의미가 있겠나?"

동선을 같이 하는 윈스턴과 그레타는 다음 날 아침도 함께 식사를 했다. 그녀는 런던에 있으면서 의원들을 보좌하느라 매우 바빴기 때문에 별다른 계획이 없었다. 그녀는 윈스턴과 함께 오전에 런던 시내를 둘러보고 점심을 먹은 후 호텔에 돌아와 쉬겠다고 말했다.

둘은 아홉시가 조금 넘어 호텔을 나섰다. 시내로 들어가기 위해 강을 건너야 했다. 다행히 지명이 크게 바뀌지는 않았다. 화창한 날씨의 주말이라서 거리를 걷는 사람들이 많았다. 특별히 정해진 곳이 없었기 때문에 둘 다 각자 주변을 두리번거리며 걸었다. 그레타가 그의 팔뚝을 치며 건너편 강변의 건물을 가리켰다.

"저 건물이 뭐죠? 빅벤인가요?"

그녀가 가리키는 쪽을 보니 강변에 커다란 시계가 걸려있는 4-5층짜리 건물이 보였다.

"네. 아시네요. 빅벤입니다. 예전에는 인민전당이라고 불렀습니다. 가보시겠어요?"

둘은 그쪽으로 가기 위해 웨스트민스터 다리로 향했다. 다리 끝의 오른쪽으로 엄청나게 큰 자전거 바퀴가 세워져 있었다. 윈스턴은 고개를 그쪽으로 향한 채 걸으며 그 정체가 궁금했다. 영사 시절이었다면 거기에 초대형 빅 브라더 초상을 걸어놨을 것이 분명했다. 그런 생각을 하고 있는데 그 자전거 바퀴가 천천히 돌기 시작했다. 그레타가 그의 팔꿈치를 치며 말했다.

"지금 보고 있는 게 '런던 아이'죠? 사진으로 보던 것보다 훨씬 높네요. 시간이 충분하면 한 번 타보고 싶네요."

윈스턴은 아무 반응을 보이지 않고 앞을 향해 걸었다. 다리를 벗어나 빅벤 주변을 둘러보았다. 예전 중학교 시절 인민전당을 와봤던 기억이 났다. 거기서 소년악단의 공연을 관람했다. 증오시간도 갖고 빅 브라더에 대한 충성맹세도 했다. 외관은 특별히 달라진 것이 없었다. 건물 왼편에 있는 출입구 쪽으로 갔을 때 그 앞에 예전에는 없던 동상이 서 있었다. 실물 크기인 것 같았는데 장발에 칼을 차고 있었다.

"누구 동상이죠?" 그레타가 물었다.

윈스턴은 동상에 다가갔다. 현판에는 '올리버 크롬웰, 1599-1658'이라고 쓰여 있었다.

"크롬웰이네요. 청교도혁명의 지도자 올리버 크롬웰. 왕당파를 물리친 의회파 지도자니까 브리타니아의회 앞에 동상을 세워놓았네요."

"스미스 씨. 크롬웰은 귀족이 아니잖아요? 그런데 동상 밑에 왜 왕족과 귀족의 상징인 사자를 같이 놔뒀나요?"

그녀의 관찰력이 날카로웠다. 윈스턴은 자신 있게 설명할 수 없었다.

"왕정을 싫어했지만 사자와 같은 용맹한 지도자라는 의미를 부각시키려 한 것 아닐까요?"

그녀의 질문을 피하려 윈스턴은 몸을 돌렸다. 길 건너편에 조그마한 교회가 있었다. 영사 시절에는 교회가 모두 다른 시설로 바뀌었었는데 지금은 어떻게 되었나 하는 궁금증이 생겼다. 동시에 교회종을 소재로 한 '오렌지와 레몬'이라는 동요가 생각났다. 그는 생각나는 대로 그 노래를 속으로 읊어보았다.

"세인트 클레멘트의 종이 말하네.
너는 나한테 5파딩 빚졌지.
세인트 마틴의 종이 말하네.
언제 갚을 건가?
올드 베일리의 종이 말하네.
부자가 되면 갚지.

쇼어디치의 종이 말하네.

그게 언젠데?

스테프니의 종이 말하네.

나도 모르지.

보우의 큰 종이 말하네.

너를 침대로 데려갈 촛불이 오네.

네 목을 잘라갈 도끼가 오네.”

마지막 구절을 마쳤을 때 목이 서늘해지며 목덜미에 차가운 금속물체가 닿는 느낌이 들었다. 윈스턴은 약간 상체를 떨며 고개를 빠르게 좌우로 흔들었다.

그녀가 앞장서 교회 쪽으로 향했다. 왼쪽 문이 주출입구인 것 같았다. 예배시간 안내문이 붙어 있었다. 교회 건물을 유심히 올려다보던 그녀가 다시 말을 걸었다.

“스미스 씨, 문 위에 붙어 있는 흉상은 누구죠?”

윈스턴은 그녀의 눈길을 따라 문 위의 흉상을 흘끗 바라보고는 얼른 안내판을 찾았다. ‘찰스 1세, 1600-1649.’ 윈스턴의 뇌가 재빨리 오키드담을 갔다 왔다.

“찰스 1세입니다. 올리버가 권력을 잡은 후 처형했죠. 크롬웰이 사망하고 왕정이 복구되자 그의 아들인 찰스 2세가 돌아와 왕에 즉위하고 크롬웰 시신을 부관참시 했죠. 그의 목은 오랫동안 효시됐고 지금까지도 크롬웰 무덤의 정확한 위치를 모른다고 해요.”

“끔찍한 역사적 사실이네요. 그런데 왜 두 원수를 서로 마주보게 동상과 흉상을 배치했을까요? 브리타니아 사람들도 참 짓궂네요. 찰스 1세가 크롬웰을 쏘아보고 있는 것 같지 않아요? 서있는 크롬웰은 미안하다는 듯 약간 머리를 숙이고 있고.”

윈스턴은 그 자리에 서서 동상과 흉상을 번갈아 쳐다보았다. 그녀의 지적이 맞는 것처럼 여겨졌다. 그는 그녀와 같이 나온 것이 오히려 잘됐다고 생각했다. 혼자였으면 그저 과거의 모습을 회상하며 길거리를 스치듯 지나갔을 것이었다. 두 사람은 빅벤 건물을 오른쪽으로 끼고 북쪽을 향해 걸었다. 한 10분쯤 걸으니 광장이 나타났다. 주변의 상가나 광장 안의 분수 주변이 주말을 맞아 사람들로 붐비고 있었다.

"트라팔가 광장입니다. 예전에는 빅토리 광장이라고 불렸지요. 가운데 보이는 것이 넬슨 제독 기념비예요. 넬슨 제독이 프랑스와 스페인의 연합함대를 궤멸시킨 트라팔가 승전을 기념하기 위한 거죠. 대륙을 지배하는 세력이 해양을 지배하는 세력을 이길 수 없다는 것을 보여준 상징적인 해전이죠."

그녀가 재빨리 윈스턴의 말을 받았다.

"우리 스칸디아도 해양강국이었던 사실은 아시죠? 과거 북해는 우리 바다였죠. 스칸디아 바이킹들이 도버해협 양편의 갈리아 노르망디와 브리튼 요크 지역을 지배한 사실도 아시죠? 후에 노르망디공이 브리타니아에 노르만 왕조를 세웠고요."

윈스턴은 그녀의 말이 자기 나라 스칸디아에 대한 자랑이라고 생각했다. 그도 곧바로 대꾸했다.

"맞아요. 그래서 브리타니아에는 토착바이킹이 많습니다. 나한테도 토착바이킹의 피가 섞여 있을지 모르죠."

윈스턴은 퉁명스럽게 반응하며 속으로 웃었다. 중세시대의 해적과 근대 해양세력과는 다르다고 덧붙이고 싶었으나 입을 열지 않았다. 기념비를 잠시 살펴본 후 둘은 분수 쪽으로 갔다. 두 개의 분수대에서 물줄기가 힘차게 뿜어져 나오고 있었다.

"역시 분수는 물을 뿜어야 해요. 예전에는 물이 안 나왔어요. 물이 마른 분수대처럼 을씨년스러운 것은 없어요." 윈스턴은 청량감을 느끼며 자신의 감정을 표현했다.

"맞아요. 바다는 여성의 상징이지만 뿜어져 나오는 물줄기는 정력의 상징이지요. 그래서 물을 뿜는 분수대는 남성과 여성 모두를 만족시키죠. 물이 없는 분수대는 금욕을 넘어서 불임을 상기시키죠. 스칸디아에도 분수대가 많은데 겨울에는 얼어붙기 때문에 작동하지 않아요. 그것을 보고 있자면 정말 기분이 우울해져요."

과거 당은 런던 사람들에게 금욕을 강조하기 위해 분수대를 작동시키지 않았을까? 윈스턴은 그녀의 해석이 일리가 있다고 수긍했다.

밑으로 떨어지는 분수물이 물보라를 뿌리고 있었지만 그에 아랑곳하지 않고 분수대 주변을 둘러싸고 사람들이 앉아 쉬고 있었다. 그들 주위로 사람들이 선 채로 분수대 주변을 감싸고 있었다. 시원하고 평화스러운 광경이었다. 분수작동 하나만으로 런던의 모습을 바꿀 수 있다니 하는 감탄이 나왔다.

분수대 주변의 사람들 모습을 둘러보던 윈스턴의 눈에 나들이를 나온 한 가족의 모습이 들어왔다. 아기가 유모차에 누워 잠이 들어 있었고 그 옆에 서있는 서너 살쯤 된 금발 사내아이에게 중년 여성이 초콜릿 아이스크림을 떠먹이고 있었다. 행복과 평안을 보여주는 광경이었다. 그 중년여성은 입가에 초콜릿 자국이 묻은 아이의 얼굴을 지긋이 바라보고 있었다. 나이로 보아 손자로 보였다. 웃음기는 없지만 만족스런 표정이었다. 그 표정에서도 행복감이 느껴졌다. 하얀 피부에 어울리는 비단실처럼 가늘고 풍성한 금발머리가 목 뒤로 묶여져 있었다. 화창한 날씨에 어울리는 흰색 원피스의 가는 허리선이 윈스턴의 눈길을 잡았다. 그 광경을 보며 윈스턴은 심장박동이 서서히 빨라지고 있음을 느꼈다. 한참이나 그녀를 응시하고 있었으나 그녀는 주변에 관심이 없는 듯 사내아이에게 조심스럽게 아이스크림을 계속 먹이고 있었다. 잔잔한 표정에 온화한 눈빛이었다. 그녀가 고개를 돌리며 윈스턴과 눈길이 살짝 스쳤다. 그녀는 그것을 의식하지 않고 다시 사내아이의 입에 아이스크림 스푼을 갔다 댔다. 윈스턴의 입에서 가느다랗게 이름이 새어 나왔다.

"캐더린."

그녀가 분명했다. 오랜 세월이 지났지만 윈스턴은 자태와 표정만으로도 그녀를 알아볼 수 있었다. 눈이 마주쳤지만 그녀는 윈스턴을 알아보지 못했다. 하기야 머리가 반이나 벗겨지고 나이가 들어 체구가 왜소해 보이는 중년남자의 모습에서 옛 남편의 흔적을 어떻게 찾을 수 있겠는가? 그녀는 눈가에 생긴 잔주름 말고는 전혀 변하지 않은 모습이었다. 젊었을 때의 우아하고 고상한 자태에 세월이라는 엷은 화장기가 더해졌을 뿐이었다. 그녀가 사내아이의 입가를 손수건으로 닦아 주는 모습을 넋 놓고 보고 있을 때 그레타가 다가와 그의 옆에 섰다.

"뭘 그렇게 보고 계세요? 옛날 생각하세요?"

윈스턴은 그레타를 향해 몸을 돌렸다.

"스미스 씨, 저는 이제 호텔로 돌아가겠어요."

두 사람은 발길을 돌려 분수대에서 멀어지며 호텔에서 저녁을 같이 먹기로 하고 헤어졌다.

그녀가 떠난 뒤 윈스턴은 광장을 빠져나와 빠른 걸음으로 무작정 걸었다. 걷다보니 이스트엔드 방향으로 가고 있었다. 윈스턴은 예전에 가봤던 프롤 지역이 떠올랐다. 한참을 걸은 끝에 화이트채플 지역에 들어섰다. 거리는 비교적 깨끗했고 아직 19세기 가옥들이 줄지어 서 있었으나 영사 시절처럼 벽들을 통나무로 받치거나 창문이 마분지로 덕지덕지 발라져 있지 않았다. 닭장 같은 지저분한 판잣집들이 철거되어 공터가 깨끗하게 정비되어 있었다. 아랫도리를 드러낸 반 벌거숭이 어린 애들도 보이지 않았다. 여인네들의 악다구니 쓰는 소리도 들리지 않았다. 젊은 사람들이 집 앞 계단에 삼삼오오 모여 잡담을 나누고 있었다. 그들은 윈스턴에게 관심을 보이지 않았다. 희희덕거리거나 간간히 웃음을 터뜨리며 자기들끼리의 대화에 열중했다. 흑인과 아시아인도 눈에 띄었다.

분명히 예전에 이 지역을 배회했던 것 같은데 구체적인 장소는 하나도 기억나지 않았다. 괜한 기시감일지도 모른다고 생각했다. 주택가를 벗어나 상가거리에 들어서자 술집 간판이 보였다. 출입문 앞에서 안을 들여다보니 테이블이 네 개 밖에 안 되는 작은 펍이었다. 젊은 사람들은 보이지 않고 마흔 쯤 되어 보이는 남성과 할머니 두 명이 테이블에서 맥주를 마시고 있었다. 윈스턴이 안으로 들어서자 모두들 잠깐 그를 쳐다보고는 다시 자기들 대화로 돌아갔다. 윈스턴은 바 스탠드에 가서 자리를 잡았다. 체구가 크고 40대 초반쯤으로 보이는 남자주인이 안쪽에서 주문을 받았다.

"뭘 드시겠습니까?"

윈스턴은 술집 간판이 눈에 띠었을 때 갑자기 진 생각이 났었다.

"진이 있습니까?"

주인은 잠시 윈스턴을 쳐다보더니 말을 받았다.

"어떤 걸로 드릴까요?"

윈스턴은 그의 눈을 피하며 잠시 머뭇거리다 빅토리 진이라고 대답했다. 주인은 약간 미간을 찌푸리며 묘한 표정을 지었다. 그러더니 테이블 손님들을 향해 큰 소리로 말했다.

"이봐 조지. 하이게이트에서 오신 이분이 빅토리 진을 찾으시네."

주인과 손님 모두 큰 소리를 내며 껄껄 웃었다.

"손님. 이스트엔드에서 빅토리 진을 기억하고 있는 사람들은 무덤 가까이에 간 사람 말고는 아무도 없을 거요. 선생님은 빅토리 진을 마셔본 연세군요. 런던 드라이진을 대신 드리죠."

그는 잔에 술을 따라 윈스턴 앞으로 내밀었다. 그는 주인의 얼굴을 바라보며 다시 조심스럽게 물었다.

"정향(丁香)은 안 넣어줍니까?"

"정향? 아! 사카린 첨가제! 손님. 이건 빅토리 진이 아니고 런던 드라이 진입니다. 그냥 드세요."

윈스턴은 머쓱한 가운데도 광장에서 본 캐더린의 모습이 떠오르는 것을 지워버리기 위해 잔을 입속에 털어 넣었다. 송진향과 같은 주니퍼 베리의 풍부한 향과 함께 식도를 타고 넘어가는 술이 그를 감동시켰다. 그는 정말 훌륭하다는 말과 함께 한 잔을 더 시켰다. 빅토리 진과 런던 진의 차이에서 런던이 정말 바뀌었다는 것을 실감할 수 있었다. 그리고 가라앉았던 기분이 다소 풀렸다. 런던 시절 펍에서 프롤들이 마시던 흑갈색 맥주 생각이 났다. 두 번째 잔을 비우고 윈스턴은 맥주를 시켰다.

"이번에는 맥주 주세요."

"어떤 걸로 드릴까요?"

다시 한 번 윈스턴은 머뭇거리다 대답했다.

"그리네켄 있습니까?"

주인은 다시 한 번 묘한 표정을 지었다.

"손님, 그리네켄을 드시려면 뱅크 스테이션 쪽으로 가셔야죠. 그냥 스미스 맥주를 드리죠."

윈스턴은 스미스 맥주라는 말을 들으며 주인이 자신을 놀리는 줄 알았다. 내 이름으로 된 맥주가 있다니. 주인은 탭에서 존 스미스라는 글자가 날렵하게 디자인된 컵에 맥주를 따라 윈스턴 앞에 내놓았다. 옅은 갈색의 맥주였다. 컵 바닥에서 미세한 탄소기포가 올라오고 있었다. 윈스턴은 한 모금을 들이키며 고개를 끄덕였다. 그 모습을 보던 주인이 말을 건넸다.

"손님은 참 재미있는 분이네요. 빅토리 진을 시키더니 그 다음엔 그리네켄 맥주를 찾고. 이 지역에 사는 분은 아닌 것 같고. 오랫동안 어디 멀리 있다 왔습니까?"

"네. 꽤 오랜만에 런던에 와봅니다."

주인은 자세를 바로잡으며 고개를 끄덕였다. 어느새 그의 목소리가 차분해졌다.

"난 이곳에서 태어나 여기서 자랐지요. 그러다 오랫동안 런던을 떠나 있었지요."

"직장이 다른 지역으로 배정되었습니까?"

"직장이요? 직장이라고 할 수 있죠. 런던시청 청소부로 일하다 징병되어 아프리카와 인디아에서 근무했으니까요."

그가 인디아에 근무했다는 말을 듣는 순간 윈스턴의 가슴이 잠깐 얼어붙는 듯했다.

"정말 고생 많았겠습니다." 윈스턴은 조심스럽게 맞장구를 쳤다.

"그럼요. 보병부대에 배치되어 전투를 많이 치렀습니다. 다행히 큰 부상을 입지는 않았지만 박격포와 수류탄 파편은 여러 번 몸에 박혔지요. 야전병원을 몇 번 들락거렸죠. 나이가 드니까 파편이 박혔던 허벅지가 욱신거리네요."

그의 군대 얘기가 길어질 것 같아 윈스턴은 화제를 바꿀 기회를 찾았다. 그러나 그의 표정이 너무 진지하여 말을 돌리기가 어려웠다.

"전선에서 간신히 살아 돌아왔는데 직장을 배정해주지 않는 거예요. 그러더니 전쟁이 끝나니까 참전연금도 주지 않더라고요. 화가 났죠. 장가도 못 가게 생겼지 뭡니까."

윈스턴은 그의 말에 흥미가 생기기 시작했다.

"그럼 어떻게 생활했습니까?"

"하하. 뭘 할 수 있겠어요. 그저 여기에 와서 같은 처지의 제대군인들과 매일 외상술이나 퍼마셨죠. 저쪽 테이블에 앉아있는 친구는 입대하기 전에 결혼을 해서 애가 있었는데 돌아와 보니 마누라는 도망갔고 학교에 다니는 애는 할머니 구박을 받으며 크고 있고. 그러다 연금까지 끊기니 저 친구 정말 빡쳤죠."

"그래서 가만있었습니까?"

주인은 한심하다는 듯이 윈스턴을 내려다봤다.

"손님이라면 가만있었겠습니까? 처음엔 평화부로 몰려갔죠. 평화부는 연금은 자기네 소관이 아니라고 하면서 풍요부에 가서 알아보라고 하더라고요. 며칠 후 애정부 경찰들이 나와서 평화부에 가서 항의했던 친구 몇 명을 잡아 가는 거예요. 안 되겠다 싶어 다른 동네 사람들과 같이 참전동지회를 만들었죠. 이스트엔드 지역에만 수백 명 됐습니다. 보니까 여기만 그런 일이 있었던 게 아니라 런던 여러 곳에 그런 조직이 생겼더라고요. 애정부와 몇 차례 실랑이를 벌였는데 얼마 후 경찰병력이 대거 와서 주모자를 체포하려고 하는 겁니다. 당연히 큰 싸움이 벌어졌습니다. 산전수전 다 겪은 우리가 싸움에서는 지지 않죠. 수백 명이 엉겨 붙어 피터지게 싸우고 있는데 주민들이 합세한 겁니다. 경찰들은 물러갔고 다음 날 폭동이 일어났죠."

런던을 방문하기 전에 런던 폭동에 대해 알고 있었지만 윈스턴은 직접 경험한 사람을 마주한 채 생생한 증언을 듣고 있었다.

"주민들이 애정부 경찰들에게 맞섰다고요?"

"제대군인들과 경찰의 싸움이 직접적인 계기가 되었지만 분위기는 훨씬 전부터 안 좋았습니다. 전쟁이 끝나고 얼마 되지 않아 노동자들 급여가 잘 나오지 않았어요. 물자도 부족했고요. 급여를 받지 못하자 출근하지 않고 집에 있는 사람들이 많아졌죠. 소문도 안 좋았고요. 급여를 간부당원들이 착복한다는 얘기가 나돌았고 실제 그런 일이 있었어요. 물가도 많이 올랐어요. 내부당원들이 물자를 암시장으로 빼돌려서 그렇다는 얘기가 나돌았습니다. 상점에 물건이 없어 암시장에서 구해야 했는데 너무 비쌌어요. 나와 친구들도 면도날을 못 구해 수염을 깎지 못하고 지냈다니까요."

윈스턴은 면도날 얘기를 들으며 저절로 헛웃음이 나왔다.

"그래서 분위기가 흉흉한데 평소 프롤들한테 신경도 안 쓰던 경찰들이 대거 들어와서 제대군인들을 잡아가려 하면서 싸움이 벌어지니 주민들이 집 밖으로 쏟아져 나온 거죠. 여자들이 못살겠다고 더 적극적이었습니다."

"경찰병력이 진압을 못했습니까?"

"사태가 심각하게 전개됐죠. 시위와 폭동은 런던 시내 곳곳에서 일어났고 일부 지역은 경찰이 외곽을 봉쇄했습니다. 그래도 시위대가 시내

쪽으로 나오려고 하니까 경찰이 발포를 했습니다. 사망자와 부상자가 발생했습니다."

"그러면 진압된 거 아닙니까?

윈스턴의 말을 들은 주인은 한심하다는 표정을 지으며 고개를 들어 잠깐 위를 쳐다봤다.

"이 양반이 정말 천로역정을 다녀오셨나, 아니면 눈이 먼 채 에게해를 헤매다 오셨나? 분위기가 더 살벌해졌다니까요. 저놈들이 우리를 다 죽일 계획이라는 소문이 나돌면서 사람들이 집에 감추어 두었던 총기들을 꺼냈어요. 내전 때 얼마나 많은 총들이 나돌아 다녔습니까? 내전이 끝나고 전부 회수하지 못했죠. 심지어 빅토리아 시대 사냥용 라이플도 나왔어요. 참전용사들은 몰래 숨겨가지고 입국한 총들로 무장했고요. 그 다음 날부터 총격전이 벌어졌어요. 경찰로는 도저히 막을 수 없었지요. 애정부가 평화부에 병력출동을 요청했는데 군대가 응하지 않았어요. 당연하죠. 군인들도 대부분 프롤들인데 그들이 싸우고 싶었겠어요? 무슨 일이 벌어질지 알 수가 없으니까 평화부가 출동을 시키지 않은 거지요. 전쟁이 끝난 후 군도 당에 불만이 있었을 거고……."

그 후에 전개된 양상은 윈스턴이 오렌지아에서 파악한 내용 그대로였다. 런던 폭동이 격화되는 과정을 얘기하며 주인은 신나는 표정이었다.

"나는 전투경험이 많으니까 자연히 지휘자가 됐죠. 내부당원 거주지역을 공격했는데 경비병들이 저항을 하더라고요. 아주 박살을 냈죠. 내부당원들과 가족은 이미 다 도망을 쳤고요."

윈스턴은 오브라이언 집을 방문한 경험이 있어서 그 광경이 머릿속에 그려졌다.

"안에 들어가 보니까 그 자식들 호의호식하면서 잘살고 있었더라고요. 바닥에는 벨벳처럼 부드러운 카펫이 깔려있고... 세상에! 하얀 벽에 손때하나 안 묻어 있더라고요. 그에 비하면 프롤 집들은 정말 돼지우리였어요."

주인은 정말 신이 나서 얘기했다.

"그런데 손님. 웃기는 게 뭔지 아슈? 부엌에서 바나나를 찾아냈는데 몇 놈은 바나나를 처음 먹어본다는 거예요. 나야 아프리카와 인디아에서 실컷 먹었지만. 정말 촌놈들이었죠. 하하하. 어떤 놈은 '어? 녹색 오렌지도 있네'하며 라임을 껍질도 안 까고 통째로 입에 넣었다가 인상을 쓰며 퉤 뱉어 버리고... 하하하. 정말 무식한 프롤 촌놈들이었다니까."

윈스턴은 자신이 오브라이언의 집을 방문했을 때를 회고해봤다. 그는 오브라이언의 주거환경과 생활에 부러운 마음이 들었었다. 그런데 프롤들은 내부당원의 생활을 보며 분노를 느꼈다. 프롤이 희망이라는 자신의 생각이 잘못된 것이 아니었다. 윈스턴이 술집주인에게 물었다.

"그런데 주인 양반. 사태가 그렇게 악화되는 동안에 빅 브라더는 뭘 했습니까?"

주인의 얼굴이 다시 한 번 한심하다는 표정으로 바뀌었다. 그러더니 테이블을 향해 외쳤다.

"이봐 용맹스런 전사 조지. 폭동 때 자네 앞에 빅 브라더가 나타나면 어쩔 뻔 했나?"

맥주잔을 입에 대고 있던 그는 주먹을 쥔 채 왼쪽 손을 앞으로 뻗더니 천천히 가운데 손가락을 주인 쪽으로 쭉 내밀었다. 주인은 그걸 보며 잠시 소리 내어 웃더니 윈스턴의 얼굴을 바라보며 말했다.

"손님 양반. 이 지역에서는 진즉부터 빅 브라더가 통하지 않았어요. 그런 놈이 있다는 것을 믿는 사람 아무도 없었어요."

윈스턴은 주인의 거친 말을 들으면서도 궁금한 걸 하나 더 물어봤다.

"폭동이 시작될 때 혹시 임마누엘 골드스타인이 형제단과 함께 나타나 지휘하지 않았습니까?"

"임마누엘? 골드스타인? 그런 고귀한 이름은 들어보지도 못했소."

"형제단도 보지 못했습니까?"

주인은 말이 안 통한다는 듯 윈스턴의 얼굴을 잠시 물끄러미 바라봤다.

"손님이 임마누엘이니 형제단이니 어쩌고 하시는데, 그 사람들을 기다리느니 차라리 엑스컬리버를 들은 아더 왕(King Arthur)이 원탁의 기사들을 데리고 나타나기를 기다렸겠소."

그의 말을 듣고 윈스턴은 잠시 생각을 하다 용기를 내서 조심스럽게 질문 하나를 더했다.

"그런데 프롤혁명이 성공한 지금 영사 때와 달라지거나 나아진 게 뭡니까?"

주인은 잠시 두 눈동자를 위로 치켜올렸다가 윈스턴을 바라보며 말했다. 그의 눈가에 웃음기까지 보였다.

"글쎄요. 먼저 여자애들 치마길이가 짧아졌고, 시커멓던 맥주색깔이 옅어졌고, 면도날 걱정 안 해도 되고, 바나나가 흔해졌고, 맥주마시면서 축구경기를 볼 수 있고, 가스비가 비싸긴 하지만 일단 샤워꼭지에서 더운 물이 나오고, 경찰을 돼지라고 욕해도 되고, 많은 게 변하긴 했죠. 나아진 거요?"

주인은 말을 마치지 않고 조지를 불렀다.

"이봐, 조지. 영사 때보다 지금 좋아진 게 뭐있나?"

술에 취해 이미 눈이 풀어진 그는 왼손 주먹을 주인을 향해 내밀더니 가운데 손가락을 쭉 폈다. 그와 같은 테이블에 앉아있던 할머니들과 주인은 그걸 보며 껄껄대며 웃었다. 웃음을 멈춘 주인이 윈스턴을 바라보며 말했다.

"휴일에 싱글 수트를 차려입으신 손님. 세상이 아무리 바뀌어도 저 친구나 내가 하이게이트에 갈 때까지 뭔 좋은 일이 일어나겠소."

이번에는 할머니들만 상체를 흔들며 깔깔 웃었다.

팁과 함께 술값을 치르고 윈스턴은 술집을 나왔다. 자신이 기대했던 대로 프롤들이 들고 일어나 영사체제가 무너졌으나 마음이 가볍지 않았다.

저녁을 먹으러 호텔 식당에 내려갔을 때 그레타가 먼저 와있었다. 주말 저녁이어서 식당 안에 손님들이 많았다. 그녀는 오후 내내 잘 쉬었는지 얼굴에 생기가 돌았고 자줏빛 정장이 그녀의 흰 피부를 더 밝게 보이게 했다.

"스미스 씨, 의원들도 오후에 돌아와 방에서 쉬고 있어요. 오늘은 미팅이 없어요. 의원들도 바쁜 일정으로 힘들었을 거예요. 오늘 저녁은 맛있는 걸 먹죠. 환전한 돈을 아직 다 못 썼어요. 어차피 파운드화를 남겨가도 유로파에서는 쓸 수가 없잖아요."

윈스턴은 동의와 감사의 뜻으로 고개를 끄덕였다. 암송아지 스테이크와 와인을 주문했다. 친숙한 분위기를 만들기 위해 윈스턴이 먼저 화제를 꺼냈다.

"그레타는 유로파본부에서 일한지 얼마나 됐습니까?"

"벌써 10년이 넘었네요. 오렌지아에는 그 전에 왔고요. 오렌지아에서 대학을 다녔어요. 스칸디아가 너무 답답해서 떠날 궁리만 하다가 대학을 아예 오렌지아로 진학했죠."

"왜 오렌지아를 택했습니까?"

"글쎄요. 게르마니아는 싫었고. 갈리아도 생각해봤는데 그래도 조금 가까운 오렌지아로 왔어요. 스칸디아보다 훨씬 덜 춥고. 오렌지아 사람과 스칸디아 사람은 비슷하게 생겼잖아요? 그래서 이질감도 적고. 그런데 남자들이 매력 없기는 두 나라 다 똑같아요."

그녀는 윈스턴과 나이 차이가 상당히 났지만 스스럼없이 얘기했다. 출장 마지막 저녁이라 긴장이 풀린 탓도 있는 것 같았다. 그녀가 와인을 권했지만 윈스턴은 낮에 마신 술 때문에 사양했다.

"유로파본부에서도 스칸디아와 오렌지아 남자들이 인기가 없어요."

"그럼 그레타는 어느 나라 남자가 매력이 있습니까?"

"이딸리아 남자요. 조각처럼 잘생기고 여자들에게 헌신적이에요. 그런데 여기에 와보니 브리타니아 남자들 중에도 매력 있는 사람들이 눈에 띄네요. 여기 여자들보다 남자들이 더 멋있어요. 유로파 사람들과는 다른 것 같아요. 뭐라 할까? 절제미가 있다고 할까, 격이 있다고 할까요?"

"우리가 외무성 사람들을 자주 봐서 그런 것 아닐까요?"

"그럴지도 모르죠. 외교관들은 기본적으로 교양과 예의를 갖추고 있을 테니까요. 남자들이 키가 조금만 더 컸으면 좋겠어요. 나는 나보다 키 작은 남자는 싫거든요."

그녀가 미안하다는 듯 금방 말을 이었다.

"죄송해요. 스미스 씨. 당신이 매력이 없다는 뜻이 아니었어요."

윈스턴은 그녀의 변명을 들으며 빙그레 웃었다.

"그런데 매력이 있든 없든 남자들은 다 바람둥이예요. 영원히 의지할 남자는 없어요. 이딸리아 남자는 더욱이 못 믿어요. 이딸리아 남자를 꽉 잡을 여자는 엄마 밖에 없다고 하잖아요. 부잣집 딸이고 남편도 부자였던 우리 할머니가 저에게 늘 말씀하셨어요. 남자와 국세청은 절대로 믿지 말라고."

윈스턴은 하얀 피부를 가진 그녀가 조각상처럼 잘생긴 이딸리아 남자와 데이트하는 모습을 상상해 보았다. 또 브리타니아 남자와 데이트하는 모습도 머릿속에 그려보았다. 둘 다 잘 어울릴 것 같았다.

"스미스 씨, 제가 듣기론 오렌지아에 오시기 전에 발티키아에 오래 계셨다고 들었는데 그곳은 미인들의 고장 아닌가요? 엘프형 미인과 데이트 해보셨나요?"

그녀의 말에 윈스턴은 발티키아 시절 보았던 여자들을 떠올려 보았다. 그녀의 말을 듣고 보니 오렌지아 여자들보다 발티키아 여자들이 더 예쁜 것 같다는 생각이 들었다. 윈스턴의 얼굴에 미소가 슬며시 번졌다. 그녀는 윈스턴의 표정을 보며 속마음을 알아차렸다는 듯이 비슷한 미소를 지었다.

두 사람이 대화에 열중하고 있는데 웬 젊은 남자가 윈스턴의 테이블로 다가왔다. 키가 크고 잘생긴 30대 중반의 브리타니아인이었다. 고급스러운 그의 정장이 품위를 더하여 주었다. 그는 먼저 그레타에게 눈인사를 하고 원스턴에게 말을 걸었다.

"말씀 중에 실례합니다. 선생님. 저쪽 테이블의 신사께서 선생님과 말씀나누기를 원하십니다."

느닷없는 남자의 등장에 원스턴이 어리둥절해 하는데 그녀는 호감 가는 표정으로 그의 얼굴을 바라보고 있었다. 그가 가리킨 쪽을 봤으나 어느 사람을 말하는지 알 수 없었다. 원스턴은 그가 외무성 직원일지도 모른다고 생각했다.

"무슨 일로 그러시는지요?"

"제가 안내해드리겠습니다. 잠깐 말씀을 나누시면 됩니다. 그동안 이 숙녀 분은 제가 모시고 있겠습니다."

원스턴은 그녀의 얼굴을 쳐다봤다. 계속 미소와 함께 그 남자의 얼굴을 바라보던 그레타는 고개를 돌려 어깨를 살짝 으쓱했다. 원스턴은 의아한 생각이 들었지만 그를 따라 자리에서 일어섰다.

중년신사가 창가 쪽 테이블에 앉아 있었다. 원스턴이 다가가자 그는 눈짓으로 앉을 것을 권했다. 반듯하게 빗어 넘긴 반백의 머리칼, 말끔한 고급양복, 광택나는 구두, 굵은 사선 스트라이프의 넥타이가 잘 어울렸다. 매우 세련된 외양이었다. 원스턴이 어색해 하며 맞은편에 앉자 그가 잔잔한 미소를 지으며 입을 열었다.

"나를 못 알아보는군. 원스턴. 날세. 자네 진리부 시절 사임."

사임(Syme)이라는 이름을 듣는 순간 원스턴은 소스라치게 놀랐다. 그의 얼굴을 찬찬히 살펴보았다. 얼굴보다 그의 목소리가 익숙했는데 예전처럼 열정적인 목소리는 아니었다. 원스턴은 가슴이 두근거리며 말을 건넸다.

"사임? 사임이라고? 반갑네. 자네가 아직 살아있다고? 자네가 나보다 먼저 사라지지 않았나? 자네는 증오주간이 시작되기 전에 사라지고 나는 끝난 후 체포되었는데. 자네 기록이 삭제된 것을 내가 분명히 확인까지 했는데."

사임은 여유 있게 웃음을 지었다.

"윈스턴, 나도 자네에 대해 똑같이 생각했네. 나도 자네가 증발된 후 처형된 걸로 생각했네. 이렇게 서로 살아서 런던에서 다시 보게 될 줄이야. 정말 기적 같은 일일세."

윈스턴은 자신이 평화부에 징집되어 입대했기 때문에 애정부의 체포를 피할 수 있었고 그 후 전선생활과 포로생활을 거친 후 오렌지아에 정착하여 살고 있다고 간단히 얘기해주었다. 사임도 자기의 얘기를 들려줬다. 애정부에 체포되었으나 조사 중에 풀려났다고 했다. 그 후 진리부의 신어사전 출간업무에 다시 복귀하였다고 했다. 그만큼 신어사전의 방향성에 대해 정확히 인식하고 있는 사람이 없었기 때문이었다.

"그런데 사임. 어떻게 나를 알아봤나. 기록국 시절과는 달리 머리도 반이상 벗겨졌는데. 자네는 사전 편집자라 역시 기억력과 집중력이 뛰어나네."

"아닐세. 자네는 예전과 똑같아. 권태 속에 약간의 짜증기가 섞인 그 표정. 하나도 변하지 않았네."

사임은 똑똑했다. 그리고 열정적이고 매우 날카로웠다. 그도 나이가 들어보였지만 눈매는 아직 살아 있었다. 그의 동작 하나하나, 말투 하나하나에 여유가 배어 있었다. 와이셔츠 소매 끝의 보석달린 커프스 버튼이 눈길을 끌었고 손목의 로즈골드빛 시계가 그의 사회적 지위를 은근하게 드러내고 있었다.

"사임. 예전보다 훨씬 여유가 있어 보이는데 요즘 뭐하고 지내는 건가?"

윈스턴은 정말 궁금해서 물어보았다.

"그건 천천히 알게 될 거야. 자네 런던에 앰플포스와 같이 왔지?"

그 말을 듣는 순간 윈스턴은 심장이 쿵하고 내려앉는 것 같았다. 그가 그 사실을 어떻게 알았나 하는 궁금증과 함께 사임에 대한 경계심이 들었다. 그걸 어떻게 알았지? 이 식당에서 나를 만난 것도 계획된 것인가?

혹시 뉴스에서 본 것인가? 윈스턴의 머릿속이 복잡해질 때 사임의 소리가 들렸다.

"편한 곳으로 옮겨서 조금 더 얘기를 나눌까? 우리 할 얘기가 많잖아? 내 사무실도 구경할 겸 장소를 옮기지."

윈스턴은 그의 제안에 선뜻 응하지 못하면서 묘한 호기심도 들었다. 실종됐던 그가 살아있고 또 번듯하게 여유 있는 모습을 갖추게 된 경위가 궁금했다. 윈스턴은 다시 그레타쪽을 바라봤다. 두 남녀는 대화가 즐거운 것 같았다. 먼저 자리에서 일어선 사임이 말했다.

"윈스턴. 저분들은 그냥 놔두지. 젊은 사람들이 좋은 시간을 갖는데 굳이 우리가 방해할 필요는 없잖아?"

그 말을 들으며 윈스턴도 자리에서 일어섰다.

로비를 지나 호텔 밖으로 나오자 유니폼을 입은 벨보이가 사임에게 공손하게 인사했다. 대형 검은 승용차가 미끄러지듯 들어와 두 사람 앞에 섰다. 뒷좌석에 나란히 앉아 그가 말했다.

"내 사무실은 여기서 가깝다네. 한 10분밖에 안 걸려."

사임이 목적지를 말하지 않았는데도 운전기사는 차를 출발시켰다. 그의 말대로 얼마 안 걸려 차는 시내의 큰 건물 앞에 도착했다. 윈스턴이 묵고 있는 호텔보다 더 고층인 것 같았다. 둘이 건물 안에 들어서자 감색 유니폼을 입은 경비원 두 명이 카운터 밖으로 나와 사임에게 인사를 하고 그들을 엘리베이터로 안내했다. 로비 대리석은 야간 조명 아래에서도 번쩍거렸다.

엘리베이터 문이 닫혔는데 사임은 아무 버튼도 누르지 않았다.

"이건 30층 전용 엘리베이터야. 여기가 내 사무실이 있는 건물일세. 먼저 30층으로 가세. 펜트하우스에서 내려다보는 전경이 너무 멋있거든."

엘리베이터가 상승하는 것을 느끼면서 윈스턴은 궁금하기도 하고 위축되기도 했다. 무슨 광경이 펼쳐질까 두려운 감정도 들었다.

엘리베이터의 문이 열렸다. 문 앞에는 통유리로 둘러싸인 커다란 공간이 어두운 간접 조명 아래 펼쳐져 있었다. 공간에 발을 딛는 순간 카펫의 부드러움이 발바닥을 지나 순식간에 머리끝까지 전해져 왔다. 공간 저쪽으로 커다란 소파가 반원형으로 놓여있었다. 가운데 상석에 누군가 앉아 있는 것 같았지만 멀고 조명이 어두워 정확히 알아볼 수 없었다. 소파 쪽으로 걸어가며 윈스턴은 자신의 싸구려 구두가 페르시아산 카펫에 어울리지 않는 것 같다고 생각했다. 소파에 다가가자 희미한 조명 속에서 육중한 목소리가 전해져왔다.

"어서 오게. 윈스턴."

그 소리가 귀청을 건드리는 순간 윈스턴은 고개를 획 돌려 옆에 있는 사임의 얼굴을 노려 보았다. 머릿속에는 그 말이 한 음절씩 끊기며 반복되었다.

"어. 서. 오. 게. 윈. 스. 턴."

스스로 동공이 커지는 것을 느끼면서 심장이 멎는 듯했다. 낮게 깔리면서도 다소 기름진 음색과 부드러운 어투. 목소리의 주인공은 오브라이언(O'Brien)이었다.

"회장님. 윈스턴 스미스 씨를 모셔왔습니다."

잠시 후 무게감과 여유가 합쳐진 그의 목소리가 다시 들렸다.

"오랜만일세. 윈스턴. 자리에 앉게."

윈스턴의 귀에는 다시 한 음절씩 끊어지는 소리가 들렸다.

"오. 랜. 만. 일. 세. 윈. 스. 턴."

윈스턴은 천천히 숨을 들이킨 후 그를 바라보며 맞은편에 앉았다. 사임은 윈스턴의 한 자리 건너 소파에 자리했다. 윈스턴의 뇌는 빠르게 돌아갔다. 여기는 영사가 아니야. 여기는 애정부가 아니야. 나는 유로파의회의 사절단으로 런던에 왔어. 그는 경계심의 고삐를 바짝 당겼다.

"자네의 브리타니아 방문을 진심으로 환영하네. 놀랐겠지만 전혀 긴장할 필요 없네. 이런 식으로 부르지 않았으면 자네가 내 초대에 응했겠나?"

윈스턴의 머릿속은 복잡했다. 사임은 아무 말도 하지 않았다.

"난 자네 안부가 궁금했다네. 자네가 인디아 전선에서 싸우다 유라시아군 포로가 되어 지구 반 바퀴를 돌아 오렌지아에 와서 정착했다는 소식은 알고 있었네. 그런 역경을 거쳤는데 어떻게 살고 있는지 궁금했네. 런던에 온다는 얘기를 듣고는 꼭 만나봐야겠다고 마음먹었네."

그의 말을 들으며 윈스턴의 생각도 지구 반 바퀴를 돌았다.

"윈스턴. 오랜만에 오니까 런던이 많이 변했지?"

그는 대답대신 고개를 들어 펜트하우스 창밖을 바라보았다. 불야성이 지평선 끝까지 펼쳐져 있었다. 어디까지가 런던인지 종잡을 수 없었다. 그것을 바라보며 마음을 진정시키려 노력했다.

"이제 자네와 나는 아무런 관계가 없고 서로 영향력을 미칠 사이가 아니니 부담 갖지 말고 얘기합세. 영사가 브리타니아로 바뀌었는데 우리가 이렇게 버젓이 건재한 모습을 보고 놀랐나?"

그동안 그는 오브라이언이 어떻게 됐나에 대해 깊이 생각해 본 적이 없었지만 그와 다시 조우한 것에 놀랄 수밖에 없었다. 가슴이 다소 진정된 그는 마음을 다시 가다듬으며 오브라이언을 향해 천천히 입을 열었다.

"회장님이라고 불러야겠지요? 회장님도 제가 이렇게 살아있는 것에 놀라셨습니까? 지난 시절을 보니까 어떤 상황에서도 우리가 상상하지도 못했던 경로가 나타나더군요. 오늘 호텔식당에서 저녁식사를 하다 이 방으로 안내되는 경로가 있을 것이라고는 생각을 못했습니다."

윈스턴은 이렇게 말하는 자신의 용기에 스스로 놀랐다.

"엄청난 경험을 한 윈스턴다운 말이로군."

잠깐 동안의 침묵이 세 사람 사이에 흐르고 분위기가 어색하다 싶을 때

펜트하우스 왼쪽의 멀리 떨어진 문이 열리며 검은색 하의와 흰 재킷의 웨이터 복장을 한 중년남성이 음료수가 올려진 카트를 밀고 들어왔다. 그가 조심스럽게 샴페인 병마개를 땄다. 그는 술이 담긴 잔을 세 사람 앞에 조심스럽게 놓았다. 윈스턴은 가까이서 그를 유심히 보며 익숙한 얼굴이라고 생각했다. 크지 않은 키의 조그마한 체구, 친밀감을 찾을 수 없는 다이아몬드형의 얼굴. 오브라이언은 윈스턴의 생각을 알아차렸다는 듯이 말했다.

"윈스턴, 자네가 예전에 우리 집에서 보았던 마틴(Martin)이 아닐세. 그 아들이야. 부자가 정말 똑같이 생겼지. 아버지는 몇 년 전 은퇴를 했고 이 친구가 아버지 일을 이어서 하고 있네."

하인은 윈스턴에게 가볍게 목례를 하고 방을 나갔다. 세 사람은 잔을 들어 건배하는 시늉을 내고 샴페인을 마셨다. 오렌지아에서 가끔 샴페인을 마셨지만 이것은 훨씬 맛이 좋았다. 오브라이언도 만족스러운 표정을 지었다.

"자네가 진리부 시절 일기장에 프롤들이 희망이라고 썼지. 자네 예언이 맞았네. 무지하다고 생각했던 프롤들의 봉기가 시발점이 되어 체제가 바뀌었지. 자네의 희망사항인지 예언이었는지 모르지만... 프롤들을 자본가의 착취로부터 해방시킨 우리 체제가 프롤들의 봉기로 종식되리라고는 전혀 예상하지 못했지. 그것도 모순일세. 하기야 전쟁 말기부터 당내에 문제가 많이 발생하기는 했지."

윈스턴은 그의 입에서 그런 말이 나올 줄 몰랐다.

"우리는 프롤들을 해방시켰네. 영사가 아니었으면 프롤들은 부르조아의 착취에 시달리며 살고 있었을 거야. 우리는 계급을 없앴어. 평등한 사회를 만든 거지. 프롤들은 해고될 염려 없이 직장에 다녔고 또 누구의 통제도 받지 않았잖아. 현재 프롤들의 모습을 보게. 새 체제가 들어선지 불과 몇 년도 안 돼 불평등이 너무 심해지지 않았나? 상대적으로 프롤들의 생활은 더 비참해지지 않았나? 많은 프롤들이 직장도 없이 정부보조금에 의존하며 살지. 그들에게 희망이란 자기네 축구팀이 리그 우승을 하는 것 밖에 더 있나? 쥐꼬리만 한 정부보조금을 받는 프롤들이 연봉 수백만 파운드를 받는 축구선수들의 공놀이에 열광하며 시름을 잊는 것은 바람직한 것인가?"

그의 독백에 가까운 말에 윈스턴은 속으로 프롤들이 오렌지와 레몬을 구분도 못하게 만든 것이 해방인가 라고 비웃었다. 오브라이언의 말은 물 흐르듯 이어졌다.

"우리가 독재를 했다고들 하지. 반동을 막고 체제를 유지하기 위해서는 그런 업무를 수행하는 사람들이 필요하지 않은가? 자네는 자유민주주의 체제를 전복시킨 영사를 반동이라고 생각하겠지. 그러나 지금의 자유민주주의 체제는 모순덩어리일세. 모순된 체제가 얼마나 더 유지될 수 있겠나? 조만간 그 모순들을 제거하는 새로운 변화가 일어날 걸세. 그것은 혁명적인 모습보다는 진화적인 경로를 따라 등장할걸세."

윈스턴은 오브라이언이 무슨 의도에서 그런 말을 하는지 가늠할 수 없었다.

"어쨌든 회장님은 체제가 바뀌었어도 변한 것이 없어 보입니다. 이렇게 아직 펜트하우스 꼭대기에서 아래를 내려다보고 계시잖아요."

그의 말을 듣는 사임의 입가에 미소가 살며시 퍼졌다. 오브라이언이 상체를 약간 앞으로 숙이며 얘기를 이어나갔다.

"우리가 예상하지 못한 것이 하나 있었네. 유라시아가 체르노빌 사고로 갑자기 회복불능의 환자가 되어버린 상황이었지. 전쟁이 계속돼야 3극체제가 유지될 수 있었는데 유라시아가 자멸을 하며 전쟁이 종식되고 말았네. 인디아와 스타니아에서 유라시아군이 그렇게 빨리 철수할 줄 예상하지 못했네. 그리고 이어서 아프리카 전선에서도 철수를 하고... 전쟁이 끝나고 우리 프롤병사들이 한 해에 십만 명 넘게 귀국하는데 그들을 수용할 경제구조가 안되어 있었지. 우리는 짧은 시간 내에 전시경제를 평시경제체제로 전환시킬 수 없었네. 그러니 프롤들의 불만이 쌓일 수밖에."

그는 당시 위기상황을 회고하며 심각한 표정을 지었다.

"하지만 영사체제에 위기가 오고 있다고 간파한 우리는 당황하지 않고 대비책을 마련했지. 시장경제를 도입하며 기업들을 민영화시켰는데 알짜배기 기간산업들을 우리가 모두 인수한 것일세. 내가 회장을 맡고 있는 북해유전 회사도 그 때 인수했지. 그리고 통신사, 해운사, 건설사, 금융사, 언론사도 인수했네. 전국 규모의 유통 체인망도 소유하게 됐지. 하기야 당시 우리만 돈이 있었지 그것을 인수할 자금을 가진 사람이나 집단은 아무도 없었네."

옆에 앉은 사임이 그의 말을 들으며 가볍게 고개를 끄덕였다.

"윈스턴. 우리 그룹의 매출이 브리타니아 GDP의 20% 넘게 차지하고 있는 사실을 아나? 자네가 타고온 에어 브리타니아, 자네가 머물고 있는 네오타니아 호텔체인의 대주주가 우리일세. 영사가 해체되면서 내부당원 중 정부기관이나 군대에 그대로 남은 사람들도 있고 쫓겨난 사람들도 있지. 직장을 잃은 모든 내부당원과 사상경찰들을 우리 그룹이 다 고용했네. 그들은 현재 내부당원 시절보다 훨씬 더 많은 급여를 받으며 안락한 생활을 하고 있네."

그는 마치 사전에 암기를 해놓은 듯이 막힘없이 얘기를 했다.

"영사가 해체된 후 우리는 인민평등당을 세웠어. 인간은 가난은 견딜 수 있어도 불평등은 참지 못하지 않나? 우리 당은 선거 때마다 전체 의석의 10% 가량을 차지하지. 우리는 연정에 꼭 참여하네. 보수당이 집권하나 노동당이 권력을 잡으나 연정파트너는 우리일세. 왜 그렇게 된다고 생각하나? 우리 당이 동원할 수 있는 자금이 가장 많거든. 보수당이든 노동당이든 연정파트너 의원들의 정치자금 상당 부분을 우리가 제공하네. 그러니 우리랑 연정을 하려고 하지. 우리 인민평등당은 평등 외에는 구체적인 정강정책을 표방하지 않네. 사실 모두가 만족하는 완벽한 평등이 가능하겠나? 그걸 위해 인류가 노력해야겠지만 만민평등이란 허상일세. 다들 말로만 떠들 뿐이지."

윈스턴은 오브라이언의 자기고백을 듣고 있다고 생각했다. 그는 계속 말을 이어갔다.

"우리에게 평등보다 중요한 것은 우리 사업의 이익이 침해받지 않는 걸세. 이익침해는 절대로 용납하지 않네. 자네는 모르겠지만 우리 소유의 기업들 중 몇 개는 독점기업일세. 그런데 의회에서 그 독점기업들을 규제하는 법을 만들었다는 얘기를 들어본 적 있나? 그런 법은 하나도 없지. 우리는 보수당이나 노동당이 무슨 법을 만들든 상관하지 않아. 유로파에 가입하든 말든 상관 안하네. 우리 기업들의 이익만 건드리지 않으면 돼. 우리는 어느 정당이 집권을 하든 영원히 집권세력의 한 축으로 남아있을 걸세. 우리는 시시하게 뱅크스테이션 근처의 빌딩을 사서 대대손손 편하게 살려고 하는 부의 영달을 추구하지 않아. 아예 지배구조를 만들어 버리지."

윈스턴은 오브라이언 말의 내용도 어처구니가 없었을 뿐 아니라 아무 말 없이 그것을 듣고 있는 자신이 한심한 존재라는 생각이 들었다. 그리고 일이 그렇게 진행된 것을 믿을 수 없었다.

"자네가 애정부에서 개조교육을 받으며 공포와 증오와 잔인성을 바탕으로 한 사회는 생명력이 없기 때문에 스스로 소멸될 것이라고 한 말이 생각나네. 윈스턴. 자네 예측이 맞았어. 영사 시절 우리는 공권력으로 통치하려고 했지. 그래서 억압이 심했다. 권력에 기반을 둔 통치는 물리력을 행사해야지 복종을 끌어내지. 그런데 돈에 기반을 둔 통치구조는 그럴 필요가 전혀 없더군. 상대가 알아서 순응을 하고 복종을 하니까. 물리력은 여러 번 행사해야지 상대가 알아서 순응하기 때문에 시간이 오래 걸리고 또 그런 체제를 유지하는데 돈이 많이 들어. 사상경찰, 비밀경찰, 스파이단, 가구마다 설치하는 텔레스크린. 비용이 많이 들지. 그리고 항상 긴장해야 하고. 돈은 그럴 필요가 없더군. 제공되는 즉시 효과가 발생하는 거야. 심지어 자발적으로 복종을 약속하며 돈을 기대하는 사람들도 있어. 권력은 반발을 일으키지만 돈은 환영을 받네. 예전에 우리가 왜 그 것을 몰랐는지... 나중엔 우리가 바보였었다는 생각이 들더군. 권력을 장악하려고 피 흘리며 10년 넘는 내전을 치렀으니 얼마나 우리가 한심했는가? 그리고 왜 전부를 다 통치하려고 욕심을 냈는지도 모르겠어. 의석 10%만 가지고 있어도 우리가 하고 싶은 것을 다 할 수 있고 남들이 알아서 다 해결해주는데. 우리는 벌어들인 돈을 전부 다 우리를 위해 쓰지 않네. 한 십 분의 일 가량은 남을 위해 쓰네. 구제사업도 하고 대학에 기부도 하고... 그런 조직이 현재 브리타니아에 어디 있나? 보수당은? 노동당은? 아무도 못하네. 우리가 더 쓰면 지지율이 올라가고 의석도 더 얻을 수 있겠지. 그럴 필요가 없네. 우리는 연정파트너가 될 만큼의 의석을 확보하면 되네. 그것이 지금은 10%일세. 제1당이 되어 국정을 직접 책임지면 더 골치 아파지네. 지금이 딱 좋아.”

윈스턴은 돈이 지배에 더 효과적이라는 그의 자랑을 들으며 섬뜩한 감정이 생겼다. 과거 그들은 권력 자체가 목적이라고 생각했던 사람들이 아니었던가? 이제 남을 지배하는 수단이 돈이라면 권력과 돈의 차이는 무엇인가?

“브리타니아 사회 곳곳을 보게. 우리가 전부 장악하고 있지. 언론계, 관계, 법조계, 학계, 금융계, 군대, 교육계 등 모든 분야에 해마다 우리가 교육시킨 사람들이 진출하고 있네. 일 년에 약 1,000명 정도를 교육시켜 각 분야에 진출시키네. 언론계에 매해 100명만 진출시킨다고 생각해보게. 20년이면 2,000명일세. 그러면 언론계는 우리가 장악하는 걸세. 다른 분야도 마찬가지고. 일 년에 1,000명이라고 해야 그들을 교육하고 진출시키는데 해마다 3천만 파운드면 충분하네.”

그는 쉬지 않고 얘기를 이어나갔다. 예전처럼 배에서 우러나오는 힘은 다소 약해졌으나 그의 기는 목소리에 충분히 배어 있었다.

“‘브리타니아평등연대’라고 들어봤나? 자발적인 시민단체지. 우리의 기층조직일세. 평등이라는 말만 내세우면 아무도 시비를 걸지 않아. 정말 사람들의 가슴을 뛰게 하는 단어지. 회원수는 20만 명 정도일세. 노동당의 당비납부 당원 숫자가 20만 명이네. 브리타니아의회 의원수가 500명을 약간 넘네. 그들의 지역구 마다 우리 회원이 400명씩 있는 셈이지. 이들이 그 지역구의 여론을 장악하고 있다고 보면 되네. 의원이 우리의 이익에 반하는 정치활동을 하면 평등연대 회원들이 그 사무실 앞에서 시위를 벌이고 또 사무실에 항의전화를 하네. 윈스턴. 일주일 동안 매일 400통이 넘는 항의 전화가 온다면 그 의원이 버틸 수 있겠나? 우리는 그들 회원의 부당해고를 막아주고, 자녀들의 취업을 알선하고 다른 소소한 민원을 해결해주네. 각 자치단체마다 수많은 캠페인을 벌이고 있는 것을 자네는 알고 있나? 자녀안심등교캠페인, 가족화목캠페인, 거리질서캠페인, 고운말쓰기캠페인, 안심먹거리캠페인 등등 수도 없이 많네. 그 캠페인 참가자들은 자원봉사자들이 아니네. 모두 수당을 받지. 그 캠페인 참가자들이 대부분 평등연대 회원들일세. 한 캠페인이 끝나면 다른 캠페인이 시작되고 그렇게 무한반복 되네. 실질적으로 풀타임 직업이네. 그러니 우리 당에 충성을 바치지 않겠나?"

정말 주도면밀하고 치밀한 수법이었다. 무지막지하게 사람들을 감시하고 탄압하기만 했던 그들이 어떻게 저런 생각을 해낼 수 있었을까? 윈스턴은 오브라이언의 얘기를 들으며 오싹한 감정과 함께 남을 지배해야겠다는 집념은 아이디어를 끊임없이 창출해낸다는 것을 깨달았다. 막연히 황금의 나라를 꿈꾸거나 연인과의 뜨거운 사랑을 나누는 것에 만족해서는 그들의 지배에서 벗어날 수 없는 것이었다.

"영사는 당에 대한 저항심을 외부로 돌리기 위해 적을 만들어냈지. 그래서 증오시간도 갖고 전쟁을 오랫동안 치렀네. 권력을 유지하기 위해서였지. 이젠 그럴 필요가 없네. 돈의 정치에는 증오나 분노가 없네. 자네 영사가 해체되고 애정부 사상경찰이나 심문관, 또는 어떤 내부당원이 처벌받았다는 얘기를 들어봤나? 한 명도 없네. 사람들은 영사시절로 돌아가자는 회고주의도 없지만 영사 시절 통치자를 처벌하자고 하지도 않네.

우리가 변신을 잘 한 거지만 다른 말로는 우리는 그들의 마음을 산 것이네. 이것이 진정한 진화가 아니겠나? 과거 당은 모든 사람을 감시해야 했어. 그들의 속마음까지 읽으려고 했지. 그래서 표정범죄라는 말까지 생기지 않았나? 지금은 그럴 필요가 전혀 없네. 사람들이 우리에게 다가와서 자발적으로 복종을 하는 거야. 우리가 예전에 참 바보 같았어. 나도 젊었을 때는 의식만 앞서서 돈의 위력과 돈이 주는 안락함을 몰랐던 걸세."

그의 말은 예전보다 더 거침이 없었다. 과거 내부당원은 권력의 현현(顯現) 그 자체였다. 외부당원들은 그들의 생각을 미리 짐작하고 알아서 행동했으므로 그들은 말을 많이 할 필요가 없었다. 오브라이언의 끊임없는 말은 완벽한 자신감의 발로였다.

"여기를 둘러보게. 윈스턴. 우리가 앉아있는 이딸리아산 소파, 갈리아산 포도주와 샴페인, 스칸디아산 연어, 러시아산 캐비어, 벨기아산 초콜릿, 아메리카산 소고기 스테이크. 얼마나 좋은가? 이 방의 꽃들은 뭔가? 오렌지아에서 새벽에 런던에 도착한 꽃들일세. 우리 집사가 아침 7시 매일 이렇게 새 꽃으로 갈아 놓는다네. 얼마나 좋은가? 올리브유보다 해바라기유가 건강에 좋다고 해서 얼마 전 요리사에게 제일 좋은 발티키아산 해바라기유를 사용하라고 지시해 놨네. 과거 영사 시절 우리가 누렸던 특권이라는 것이 있었나? 그저 외부당원보다 조금 넓고 깨끗한 집, 질 좋은 담배. 그 정도 아니었나? 그러면서 사람들의 분노의 대상이 되었으니 정말 우리가 한심했던 거야."

그런 말을 하는 오브라이언은 자신이 그 모든 것을 누릴 자격이 있다는 확신에 차있었다. 과거 그가 누렸던 특권과는 비교가 안 될 정도의 호사스러움이었다. 윈스턴은 무거운 납덩이가 가슴을 채우는 것 같았다. 어떻게 이런 변신이 가능하단 말인가? 오브라이언은 가운데 손가락으로 안경을 살짝 밀어올린 후 말을 계속했다.

"과거에 우리는 바보처럼 평등을 추구한다며 전 사회의 수평계열화를 구조화시켰지. 수직계열화가 훨씬 효과적이고 오히려 반발이 적은데. 요람에서 무덤까지(from cradle to grave)라는 구호를 기억하나? 우리는 자궁에서 무덤까지(from womb to tomb)라는 수직계열화를 구축했네. 우리에게 동조하고 충성만 한다면 임신부터 장례까지 걱정할 필요가 없지. 그런 열성적인 사람 20만 명만 확보하고 있으면 우리의 지배력은 영구히 지속되는 거네. 아까 말했지만 우리는 전국 체인망인 생활협동조합도 가지고 있네. 매장이 전국에 1,000개가 넘고 회원이 200만 명이 되네. 잠재적인 우리의 지지자들이지. 우리는 그들의 신상정보를 다 가지고 있네. 언제든지 정치세력으로 조직화할 수 있네."

자랑이 가득한 그의 얘기가 거의 끝나가는 것 같았다.

"이 모든 것을 내부 원탁회의에서 결정하지, 원탁회의 멤버는 9명밖에 안 되네. 내가 가장 연장자라서 현재 의장을 맡고 있네. 사임이 서기를 맡고 있고. 사무총장이지. 이러한 체제를 구축하는데 사임의 아이디어와 역할이 컸네. 앞으로 그가 내 뒤를 이을 것 같네. 아! 자네 채링턴을 기억하고 있지? 노인으로 분장하고 고물상에서 일했던 사상경찰 말이야. 그가 브리타니아 국내정보를 총괄하는 MI5의 책임자일세. 브리타니아의 모든 정보가 즉각 나에게 보고되지. 자네와 앰플포스도 우리 일에 동참했으면 지금쯤 중요한 일을 맡고 있었을 텐데. 그러질 못해 아쉽네. 조만간 브리타니아가 유로파에 가입하면 우리는 우리 기법을 회원국들에게 가르쳐주고 연대조직을 만들 계획이네. 물론 공개적인 조직이 될 수는 없겠지만. 그 연대조직이 유로파 전체를 좌지우지 하게 되는 걸세. 오렌지아에도 우리 방식에 관심을 갖는 정치인들이나 재력가들이 있네."

윈스턴은 듣고만 있을 수 없었다. 그는 소리를 높이지 않은 채 자신의 생각을 강하게 말했다.

"당은 프롤들을 해방시키고 계급을 없앤다고 하면서 내부당원이 지배하는 체제를 구축해서 인민들을 억압했습니다. 결국 지금 체제에서도 당신들이 지배하는 새로운 계급을 만들고 또 돈을 바탕으로 과두세습체제를 구축한 것 아닙니까? 자발적 복종이 아니라 사람들을 돈에 순치되고 중독된 몰모트로 만들어 버린 것 아닙니까?"

오브라이언은 윈스턴의 말을 중단시키듯 눈을 감은 채 손을 천천히 내저었다.

"그렇게 오해받을 수도 있지. 자식들에게 신분을 세습시킨다고 우리들을 비난하는 사람들도 있더군. 그런데 자녀를 위해 좋은 교육을 시키는 것은 인지상정 아닌가? 그리고 다른 사람들과 비교하여 능력도 출중하고 인성도 좋네. 유로파 국가들을 보게 유라시아에서 독립하면서 대부분 왕실이 복원되지 않았나? 오렌지아나 스칸디아나 국가원수는 왕이나 여왕 아닌가? 브리타니아는 프롤들의 폭동으로 새 체제가 세워져 아직 왕실이 없지만 보수당 정부가 이베리아에 있던 왕실을 조만간 귀국시킬 것 같네. 그러다 복고주의가 강화되면 왕실이 복구되겠지. 국력이 강한 나라들을 보게 세계 1등이라는 임페리카는 아버지 덕에 아들이 대통령이 되고 2등인 이스타시아는 당간부의 아들들이 아버지의 직을 이어받지 않나? 현재 재패니아의 정치인들도 의회정치가 부활되면서 할아버지나 아버지의 과거 지역구를 승계하여 국회의원이 되지 않았나? 그런데 그들 나라의 세습정치가 잘못됐다면 그런 국력을 유지할 수 있을까? 세습이 뭐가 문제인가? 윈스턴 자네도 머리 좋고 능력이 출중해서 외부당원이 된 것 아닌가? 부친이 혁명 후에도 살아계셨다면 자네도 아마 내부당원이 되었을 거야. 그리고 어머니가 재혼을 안 하고 우리와 계속 교류를 했으면 자네 상황도 달라졌을 걸세. 자네 부친은 삐딱한 면이 있었지만 우리 당의 원로들과 친분이 깊었던 분이셨네. 그분들이 눈여겨보고 중요한 역할을 맡기려고 마음먹고 있는데 그만 일찍 돌아가셨지. 애정부가 일개 외부당원인 자네를 왜 칠 년 동안이나 눈여겨보며 감시했겠나? 아버지가 특별한 인물이었기 때문에 자네도 특별감시대상이 된 거지."

윈스턴은 오브라이언의 말이 정확히 이해가지 않지만 그가 말한 부친이 아주 어렸을 때 기억 속의 아버지와는 다른 사람이라는 것을 알 수 있었다. 갑자기 궁금증이 마음속에 일어났으나 그와 길게 얘기하고 싶지 않아 그것을 억눌러 마음 한구석으로 밀어 놓았다.

"윈스턴, 브리타니아로 돌아오지 않겠나? 자네가 할 일이 아주 많네. 당연히 오렌지아에서보다는 대우를 훨씬 잘 해줘야겠지."

그의 말을 들으며 윈스턴은 입을 꽉 다물었다. 그리고 고개를 돌려 옆의 사임을 쳐다보았다. 자신의 의지를 전해야겠다는 생각이 강하게 들었다.

"저는 나를 박해한 나라에서는 일하고 싶지도, 숨 쉬며 살고 싶지도 않습니다. 그래서 발티키아도 떠난 겁니다. 언제든지 나의 자유를 구속할 의도를 가지고 있는 나라는 싫습니다. 그것이 권력을 통해서건 돈을 통해서 건."

분위기가 얼음처럼 차가워질 것을 각오한 말이었으나 오브라이언은 오히려 껄껄 웃었다.

"역시 윈스턴 자네답네. 하나도 안변했군. 옛날 모습 그대로일세."

윈스턴은 더 이상 오브라이언의 얘기를 듣고 있는 것이 무의미하다고 판단하고 자리에서 일어섰다. 사임에게 앞장을 서라는 눈길 신호를 보냈다. 오브라이언은 아무런 제지를 하지 않았다. 윈스턴은 이들과 같이 있는 공간에서 누가 자신의 뒤통수를 바라보며 뒤에서 걷는 것이 싫었다. 사임이 앞장서고 둘이 엘리베이터를 향해 가고 있는데 윈스턴 등 뒤에서 오브라이언이 다소 큰 소리로 말했다.

"윈스턴, 자네 줄리아를 한번 만나보지 않겠나?"

윈스턴의 귀에 줄리아라는 이름이 또렷이 들렸으나 그는 조금의 멈칫거림도 없이 엘리베이터 안으로 발을 디뎠다. 엘리베이터문이 닫히며 그의 시야에서 오브라이언이 사라졌다.

의원사절단 일행은 에어 브리타니아에 탑승하여 오렌지아로 돌아왔다.

비행기 안에서 윈스턴은 옆에 앉은 그레타에게 어제 데이트는 잘했냐고 지나가듯이 물어봤다.

"아니요. 채였어요. 처음에는 분위기가 정말 좋았는데 당신이 친구 분과 한잔 더 한다며 식당을 나가자 그 사람도 실례한다며 금방 일어나 가버리더군요. 잘생기고 매력 있는 사람이었는데... 여유도 상당히 있는 것 같았고. 역시 남자는 믿을 수가 없어요."

윈스턴은 입을 다물고 아무 말도 하지 않았다.

집으로 돌아온 윈스턴은 그날 저녁 병에 남은 술을 다 마시고 잠자리에 들었다. 몸은 피곤했으나 잠이 쉽게 들지 않았다. 며칠간의 런던 경험이 머릿속에서 떠나지 않았다. 특히 광장에서 보았던 캐더린의 모습이 지워지지 않았다. 세월이 흐른 것 말고는 그녀의 자태나 표정, 그리고 움직임은 하나도 달라진 것이 없었다. 과거의 그녀는 매력이 전혀 없는 목석처럼 여겨졌는데, 광장에서의 그녀는 기품 있고 우아한 모습이었다. 나이가 들어서도 그녀는 젊었을 때의 외모를 유지한 채 아름다웠다. 예전에는 그녀의 가는 허리가 왜 바짝 마른 장작개비처럼 여겨졌을까? 심지어 왜 그녀를 죽여 버리고 싶다는 생각까지 했었을까? 길지 않은 결혼생활이었지만 왜 그것을 나쁜 기억으로만 가지고 있었을까? 그녀의 무미건조함이 오히려 영사의 삭막하고 강압적인 분위기에서 드러낼 수 있는 고결함과 순결함의 반영이 아니었을까? 그녀가 성행위에 대해 되뇌었던 '당에 대한 우리의 의무'라는 말도 당이 모든 것을 지배하는 영사 상황에서 그녀의 순수함을 나타내는 말이 아니었을까? 그렇기 때문에 세상이 바뀐 지금 그녀는 현재와 같은 고상함을 유지하고 있는 것이었다. 지금 생각하니 그것은 나쁜 기억이 아니라 아픈 기억이었다. 윈스턴은 긴 한숨을 내쉬었다.

반면에 불쾌한 기억으로 남은 것은 오브라이언과의 만남이었다. 그는 다른 사람을 압도하는 우람한 체구를 가졌지만 거기에 윈스턴은 위축되지 않았다. 영사 체제가 붕괴되었는데도 그가 과거보다 더 화려하게 지위를 유지하고 영향력을 행사하는 것에 화가 나기도 했다. 그러나 그것보다도 자신이 그처럼 가증스런 인간에게 섣불리 운명을 맡겼었다는 것에 대한 자괴감이 더 그의 마음을 괴롭혔다. 윈스턴이 영사 시절 그의 집을 방문했을 때 처음 마셔보는 와인잔을 들고 건배하며 그는 분명히 "우리의 지도자 임마누엘 골드스타인을 위하여!"라고 읊었다. 그런 인간이 마치 교리문답을 하듯 "혁명을 위해 목숨을 바칠 각오가 되어 있는가?" "살인을 할 수 있는가?"하고 물을 때 "네"라고 나름 신념을 갖고 힘차게 대답하였던 자신이 한심스러웠다. 내가 그렇게 어리석고 판단력이 없는 사람이었나? 오브라이언과의 만남이 그런 기억을 다시 생생하게 불러일으켜 윈스턴을 괴롭혔다.

워터스담으로 돌아온 후 윈스턴은 방송국에서 스태프들과 회의를 하며 브리타니아어 프로그램의 내용을 수정시켰다. 그 전까지의 내용이 현재의 브리타니아 현실과 안 맞는다는 판단이 들었기 때문이었다. 런던은 과거의 런던이 아니었고 사람들도 과거의 영사인들이 아니었다.

브리타니아만 변한 것이 아니었다. 오렌지아도 변화가 지속적으로 일어나고 있었다. 그 변화는 나쁜 방향으로 진행되고 있었다. 오렌지아에서는 자유와 풍요 속에서 청소년 가출이 심각한 수준으로 늘어나고 있었다. 가출은 결국 실종으로 이어지는 경우가 많았다. 오렌지아는 일 년에 1만 명 이상의 청소년이 가출을 하는데 부모들이 실종신고를 해도 소재를 파악하거나 신병을 확보하는 경우는 드물었다. 더군다나 유로파의 다른 나라로 가는 경우도 있어서 추적이 더욱 어려웠다. 큰 사회적 문제였지만 당국도 이 문제를 해결하는데 한계가 있었다. 그러다 사건이 발생했다. 마약범죄 조직을 소탕하기 위해 난민과 불법체류자들의 집단거주 지역에 있는 한 주택을 급습하였는데 그곳에 감금되어 있던 오렌지아 10대 청소년 10여명이 발견되었다. 그들은 매춘행위를 강요받았고 한 여자 아이는 9살 때 그곳에 감금되어 5년 넘게 학대를 받고 있었다.

유로파 출범 이후 증가하기 시작한 난민과 불법체류자 유입은 큰 문제였는데 여성 불법체류자들의 경우 대부분 비밀리에 성매매에 종사하였다. 난민은 유로파가 공식으로 받아들이기로 결의하여 회원국마다 인원까지 할당된 상태였다. 그런데 이들의 범죄율이 일반 오렌지아 사람들보다 열 배 이상 높았다. 이들에 대한 검거를 강화하려고 하면 인권탄압 및 유린, 인종차별, 종교탄압 등의 이유로 비난을 받았다. 대부분의 오렌지아 국민들은 불법체류자와 난민들에 대해 부정적으로 생각하고 있었으나 이를 공개적으로 드러냈다간 인종차별주의자로 몰리기 때문에 침묵하고 있었다.

상황은 다른 유로파 국가들에서도 비슷했다. 갈리아는 피부색도 다르고 종교도 다른 이질적인 이민자와 난민들로 인해 문제가 심각한 상황이었다. 그들의 집단거주 지역은 거의 치외법권화되어 경찰의 치안권 행사가 불능화된 상태였고 사법권이 행사될 수 없었다. 심지어 일부 지역은 거주자 스스로 무장집단을 만들어 지배하고 있었다. 자국민 범죄자 중에서도 체포를 피해 그 지역으로 숨어들어가는 경우도 있었다. 그곳은 폭력과 성범죄와 마약이 일상화된 곳이었다.

이런 문제들에 대해 많은 유로파 사람들이 우려와 함께 속으로 반발하고 있었으나 겉으로 드러내는 집단행동을 하지는 않았다. 하지만 폴스키아에서는 무슬림 난민들에 대한 공격이 심심치 않게 발생하였다. 오렌지아 사람들은 폴스키아에서의 그러한 폭력사태 풍조가 게르마니아로 옮겨올 것을 우려했다. 게르마니아 다음에는 오렌지아로 번질 것이 불 보듯 뻔했다. 불법체류자와 난민들의 불법행위와 관련하여 각국의 우파정당 출신 유로파의회 의원들은 유로파 차원의 강력한 공동규제를 촉구하는 연대 움직임을 보이고 있었다.

윈스턴은 자신이 난민 지위를 거쳤기 때문에 그들 문제에 대해 부정적인 발언을 하기가 어려운 입장이었다. 그러나 불법행위와 범죄에 대해 당국이 소홀히 다루는 것에 대해서는 실망감을 감출 수 없었다. 또 미래에 대해 우려가 컸다. 그는 3극체제의 붕괴와 유로파의 출범 이후 자유와 번영이 거의 무제한적인 성개방과 범죄의 범람을 가져왔다고 생각했다. 당국이 이를 억제하려 하면 영사와 같은 시스템이 될지도 모른다는 생각에 억지로 그러한 우려를 억눌렀다. 그러나 실망과 걱정은 점점 커졌다.

또 하나의 실망은 사회 전체의 풍조가 지식과 교양을 경시하는 방향으로 진행되는 것이었다. 오렌지아 사람들은 무지가 개인에게나 집단에게 얼마나 큰 해악을 가져오는 지 망각하고 있었다. 윈스턴은 무지에서 벗어나기 위해 오키드담에서 무려 5년을 생활했다. 그 기간 중 하루하루 배움을 통해 모르는 것을 알게 되며 해방감을 느꼈다. 그런데 자기에게 그런 기회를 제공한 오렌지아에는 정작 무지의 그림자가 다가오고 있는 것 같았다. 사람들이 점점 읽고 생각한 것을 말하는 것이 아니라 보고 들은 것을 이야기하고 있었다. 차분히 책을 읽는 사람들이 드물었다. 대부분 도서관의 예산이 매해 삭감되고 있었다. 윈스턴은 워터스담 시립도서관에서 책을 대출하여 읽는 것이 큰 즐거움 중 하나였는데 항상 대출창구는 한산했다. 어느 해는 가장 대출을 많이 한 이용객으로 선정되어 기념품을 받기도 했다.

사람들은 아무 일을 안 하고 가만히 앉아 있는 것을 거의 혐오하다시피 했다. 무조건 움직여야 했다. 그 움직임의 대부분은 손가락으로 분주히 핸드폰을 터치하는 것이었다. 지식에 대한 관심이 적어지고 뭔가 자극적인 것을 추구했다. 연령층이 낮아질수록 그런 경향이 심했다. 말들은 자유스럽고 맛깔나게 하지만 대화내용의 질적 수준은 점점 하향화되고 있었다. 이러다가는 "무지는 힘이다."라는 구호가 등장하는 것은 아닌가 하는 걱정이 들었다.

젊은 사람들은 지식과 교양보다 돈 버는 것이 더 중요했다. 마르셀 교수에 따르면 오키드담대학도 이미 몇 년 전에 브리타니아, 갈리아, 러시아, 게르마니아 문학부의 지원학생이 적어 수많은 강의가 폐강되었고 이들 전공들을 묶어 근대유럽문학부로 통합하였다. 그가 소속된 철학과는 폐과의 위기에 있었다. 학생들은 경영학부로 대거 몰렸다. 공과대학도 비대해졌다. 마르셀 교수는 오렌지아 뿐 아니라 유로파 전체가 점점 더 큰 동굴로 변해가고 있다고 한탄했다.

이에 실망한 그는 자기가 계획했던 시점보다 5년 일찍 은퇴하고 이베리아의 대서양 해안도시로 거주지를 옮겼다. 날씨도 오렌지아보다 따뜻하고 물가도 싸서 은퇴자가 살기에 좋다고 이유를 말했다. 윈스턴은 그의 조상이 이베리아에서 온 세파르딤 유대인이라는 사실을 알고 있었다. 그는 조상의 고향으로 돌아간 것이었다.

윈스턴이 런던을 다녀온 후 오렌지아의회를 중심으로 정가가 시끄러워졌다. 어산지 스노든이라는 기술자가 임페리카 정부기관들을 해킹하여 방대한 양의 기밀자료를 빼내고 이를 공개한 것이었다. 그 사건이 오렌지아 정가를 강타한 이유는 기밀자료를 통해 임페리카 정보기관이 오렌지아 총리의 전화를 감청했고 또 오렌지아 정부가 임페리카 정부의 압력으로 세계탄소절감협약 가입에 소극적인 태도를 보인 것이 드러났기 때문이었다. 그린정책에 찬성하는 대부분의 오렌지아 국민들은 임페리카와 정부에 대한 비난을 쏟아냈다.

방송국에서도 직원들이 모이면 이 문제를 화제로 성토가 일어났다. 총리의 통화가 감청될 정도면 자신들의 통화도 안심할 수 없었다. 예전 유라시아 시절에도 정보기관들이 도청을 하였지만 이제는 장비가 좋아져 무차별적으로 감청을 하며 국민들을 감시한다는 것이었다. 그런 얘기를 들으며 윈스턴은 어산지 스노든과 같이 감히 정부의 기밀을 대량 해킹하는 인물이 있다는 사실과 그의 용기에 놀랐다. 대부분의 직원들은 그의 행위가 잘한 일이라고 평가했다. 국민들도 방어권을 가져야 한다는 것이었다. 야닉의 말이 그들의 입장을 잘 정리해주고 있었다.

"예전에 도청과 미행이 있었죠. 우리는 그것이 재현된 것을 용납할 수 없습니다. 임페리카는 자국민들 뿐 아니라 다른 나라 국민들의 통화와 이메일도 감청하고 검열한다고 하네요. 그러다 반임페리카 내용이 있으면 블랙리스트에 올려놓는다고 해요. 지금과 같은 디지털 시대에는 똑같은 짓을 모든 나라들이 할 겁니다. 디지털 기술이 발달하다보니 그것이 가능해졌네요. 이대로 가만있다간 우리 모두 노예로 전락될 수 있습니다. 어산지 스노든은 용기 있는 일을 한 겁니다. 이번 일은 그 사람 개인이 아니라 그들 돕는 커다란 조직이 뒤에 있다고 하네요. 그를 체포해도 그 같은 사람은 계속 나올 겁니다."

야닉은 한마디 더 붙였다.

"그래서 루이고드 히피들이 아날로그를 고집하는 것이라니까요. 디지털의 지배력이 더 강화되면 루이고드로 다시 들어가 버려야겠어요."

윈스턴은 축제 기간 중 방문했던 루이고드 마을의 원시적인 모습을 떠올리며 야닉의 말이 진심일수 있다고 생각했다.

방송국은 TV방송을 시작하면서 규모가 확대되었다. 직원도 100명 가까이로 늘었다. 윈스턴은 브리타니아어 프로그램을 총괄하는 국장으로 승진하였다. 혼자 쓰는 사무실로 옮겼고 여비서도 배치되었다. 윈스턴이 런던에 다녀오고 얼마 안 되어 브리타니아의 유로파 가입이 통과되었다. 유로파와 브리타니아와 교류가 늘어나기 시작했고 런던과 워터스담 항공편도 개설되었다. 그러나 윈스턴은 다시 런던을 가보고 싶지 않았다.

런던에 다녀온 후 처음으로 앰플포스가 사무실로 찾아왔다. 그간 연락은 없었지만 윈스턴은 사실 그를 기다리고 있었다.

"이제는 좀 한가해 보이는 것 같군. 앰플포스."

"그래. 의회 회기가 시작될 때까지 내 시간을 가질 수 있을 것 같네. 좀 시간이 지난 얘기지만 런던이 많이 변했지?"

윈스턴은 고개만 끄덕이다 입을 열었다.

"앰플포스, 런던을 떠나기 전날 저녁에 오브라이언을 만났다네. 얘기도 길게 했고. 물론 일방적으로 듣기만 했지만... 자네 신어사전팀에서 일했던 사임을 기억하나? 사임도 만났네."

그 얘기를 들으며 앰플포스는 그럴 수 있다는 듯 눈을 내리깐 채 별다른 반응이 없었다.

"영사가 무너지면서 오브라이언 같은 인간은 존재감이 없어질 것이라고 생각했는데 오히려 어마어마하게 됐더구먼. 당이 인민평등당으로 변신을 하고 브리타니아 연정에도 참여하고 있다고 하더군. 너무 상상을 초월하는 얘기를 들어서 도대체 다 믿을 수가 없었어."

"윈스턴, 나도 지난번에 얘기를 많이 들었네. 그들이 세운 것이 'BB재단'이라는 공익재단인데 산하 기업들의 주식을 다 보유하고 있다고 하더군. 그 공익재단을 통해 산하 기업들과 인민평등당을 통제하는 거지. 오브라이언이 그 재단 집행위원회의 위원장으로 실질적인 최고지도자라고 하더군. 사임은 그의 오른팔이고."

"맞아. 나도 그렇게 얘기 들었네. 그런데 BB재단?"

"정확히 밝히지 않지만 그들은 뷰티풀 브리타니아(Beautiful Britania)를 만들기 위한 재단이라고 선전한다던데 일부 사람들은 빅 브라더(Big Brother)의 약자라고 하더군. 브리타니아 정치에서 항상 캐스팅보우트를 잡고 있지. 자네 워터스담 근교에 있는 호텔에서 열리는 빌더버그회의라고 들어봤나? BB재단 대표가 얼마 전부터 그 회의의 초청대상이 되었고 뿐만 아니라 오브라이언은 최근 다보스 포럼에서 기조연설을 했다고 하네. 정말 이해가 안 돼. 이상한 세상이야. 윈스턴, 우리는 결코 그들을 이길 수 없을 거야."

그는 우울한 표정을 지으며 깊은 한숨까지 내쉬었다. 윈스턴도 자신의 느낌을 덧붙였다.

"내가 놀란 건 억압적인 공권력이 아니라 돈으로 사람을 지배하는 통치방식의 개발이야. 그것이 더 무서운 것 아닌가? 영사 시절 우리는 사상경찰의 감시가 무서워 할 수 없이 복종했지만 요즘 사람들은 자발적으로 돈에 복종하잖아? 돈에 의한 지배가 자신들의 예속성을 더 심화시키고 종국에는 영혼까지 팔게 된다는 것을 왜 모르는 걸까? 나는 그것이 더 답답하게 느껴지네."

앰플포스는 그 말에 고개를 끄덕여 동의를 표했다.

"자네는 오브라이언을 봤을 때 화가 나지 않던가? 나 같으면 죽이고 싶었을 텐데."

윈스턴은 고개를 숙인 채 잠시 생각에 잠기는 듯하다 입을 열었다.

"경계심은 있었으나 증오심은 느끼지 못했네. 자신의 인성과 육체를 완전히 파괴시켜버린 존재에 대해서는 증오보다는 망각이 앞서게 되는 것 같아. 더군다나 다행이라면 내가 인디아에 도착하면서 그는 나와 관계없는 존재가 되어버렸으니까... 다시 만나는 인연에 놀랐을 뿐이지."

"나도 이해하네. 윈스턴. 자네라면 모든 것에 초월할 수밖에 없을 거야. 자네가 겪은 그 모든 고통을 감정으로 포장하여 마음속에 간직하고 있을 수는 없겠지. 그렇지만 나는 그들이 아직 건재한 것을 보고 브리타니아에 너무 실망했네. 정치인이나 언론은 물론 런던 시내를 활기차게 다니는 사람들이 도대체 무슨 생각을 하고 있는 건지 한심하게 보였네. 다들 그들과 한통속으로 보여."

앰플포스의 목소리가 침울하게 들렸다.

윈스턴은 지금까지 어려운 상황에서 여러 사람들의 도움을 받았다. 보우든이 없었다면 인디아에서 전사했을지도 모르고 요리스가 아니었다면 시베리아 벌목장에서 아사하거나 동사했을지도 모른다. 갑자기 나타난 앰플포스는 위조여권을 만들어 자신을 오렌지아로 데려왔다. 윈스턴은 그와 대화를 나누며 앰플포스는 가장 자기를 잘 이해하는 사람이라고 생각했다.

"그런데 앰플포스, 자네 의견을 한번 말해보게. 오렌지아도 많이 변한 것 같지 않나? 내 말은 모든 게 풍족하고 자유로운 것은 좋은데 전체적인 방향이 잘못돼가고 있는 것 같아."

"이곳 뿐 아니라 전 유로파가 그런 것 같아. 자네가 우려하는 풍조가 발티키아와 슬라비아까지 점점 퍼지고 있다고 하더군. 그런데 유로파의회에서 그런 문제들을 해결하기 위한 합의점을 도출 못하고 있지."

갑자기 분위기가 차분해졌다.

"나는 숨도 마음대로 못 쉴 정도로 억압적이던 영사에 너무 질린 상태라 이곳 오렌지아의 자유스런 분위가 너무 좋았어. 그런데 요즘은 일탈에 대한 관용이 아니라 무질서에 대한 방치라는 생각이 드네. 질서를 강조하면 영사가 되고 관용을 강조하면 무질서가 오고. 도대체 어떻게 하는 것이 옳은 건지 모르겠어."

"윈스턴. 나도 자네와 비슷한 고민을 하고 있네. 그러나 어쨌든 자유가 좋은 것 아닌가? 자유가 없으면 독재 앞에서 사람이 비굴해지잖아?"

그의 말을 들으며 윈스턴은 과거 자신의 비겁했던 모습이 떠올랐다.

"자유가 좋지, 자유가 좋아."

분위기를 바꾸려는 듯 앰플포스가 활기찬 목소리로 자유를 되뇌었다. 그는 작별인사를 하고 자유가 좋지를 독백처럼 외우며 사무실을 떠났다.

윈스턴은 복잡한 생각을 떨쳐버리고 방송국 일에만 집중하려 노력했다. 건강도 비교적 좋은 편이었다. 많지는 않지만 저축도 조금씩 할 수 있었다. 몇 년 더 일하고 은퇴를 하면 생활에 불편이 없을 것인가를 계산하기도 했다.

회의도 없고 업무처리도 다 끝나 한가한 오후 윈스턴은 의자에 앉은 채 창밖을 내다보며 이번 주말에는 오랜만에 오키드담을 다녀오려는 계획을 세우고 있었다. 그 때 여비서가 들어와 윈스턴 책상으로 다가오며 말했다.

"국장님, 방금 전달된 국제우편입니다."

여비서는 윈스턴에게 편지를 건네주고 문 쪽으로 향하다 몸을 돌렸다.

"국장님, 브리타니아와 이딸리아에 보비드(Bovid)가 퍼져 사망자가 발생하고 있다는 얘기 들으셨죠? 조심하세요."

"보비드?"

"네. 보로나 바이러스요. 심한 기침과 고열로 고생하고 감염률이 높데요. 오렌지아 방역청도 대책을 세우고 있다고 합니다."

그녀가 방을 나간 후 그는 의자를 책상 가까이 끌어당겨 앉았다. 국제 우편? 그는 편지 겉봉의 발신자 주소를 살폈다.

From: May Society, Seoul, KORIA

코리아? 그의 뇌리에 만추리아 억류 시절 만났던 조선족 장교 '리'가 살짝 스쳐 지나갔다. 윈스턴은 고개를 갸우뚱하며 레터 나이프를 들어 편지봉투를 조심스럽게 뜯었다.

II부_ 과거의 현재

In power and money, they rule.

1. 00:00

달걀이 점점 부풀듯 커졌다. 계속 팽창하더니 농구공 크기를 넘어 타원형 짐볼만 해졌다. 껍질이 깨지며 안에서 닭이 몸을 일으켰다. 거의 타조만한 크기였는데 날카롭고 긴 부리를 가지고 있었다. 거구의 닭은 매서운 눈빛으로 그를 내려다보았다. 닭은 서서히 머리를 숙이기 시작했다. 사신 낫 모양을 한 커다랗고 날카로운 부리가 얼굴을 향해 가까워지는데 마치 포클레인에 머리를 찍힐 것 같은 공포심이 들었다.

몸을 뒤척이다 눈을 번쩍 떴다. 악몽이었다. 시계의 야광침은 반듯하게 겹쳐진 채 수직으로 서있었다. 자정이었다. 일 년에 한두 번 꾸는 그 꿈에 시달리다 잠에서 깨면 얼굴은 물론 등판까지 땀에 젖어 있었다. 침대에 걸터앉아 두 손으로 얼굴을 감쌌다. 그리고 손가락 사이로 새어나오는 숨결을 느끼며 마음을 가라 앉혔다.

Dr. K는 입국장 자동문을 주시하고 있었다. 문을 빠져나오는 승객들이 확실히 줄어들었다. 마중 나온 출영객들로 붐비던 펜스 바깥 공간도 한산해졌는데 그의 모습은 아직 보이지 않았다. 비행기가 도착한 지 한 시간 가까이 됐으면 이미 짐을 찾아 나올 시간이었다. 옆에 서있는 조 실장도 뭔가 문제가 생긴 것은 아닌가 하는 초조한 얼굴이었다.

"교수님, 우리가 못 알아본 거 아닐까요? 그쪽 사람들에게 얘기를 해놨는데……."

"그럴 리 없을 거야. 조 실장."

두 사람은 문 쪽을 계속 응시했다. 자동문은 닫혀 있었다. 가끔씩 카트를 끌고 나오는 사람이 있을 때만 열렸다. 오랫동안 닫혀 있던 문이 좌우로 갈라졌다. 그 사이로 짙은 싱글 양복을 입은, 노년티가 물씬 나는 백인 남자가 작은 캐리어를 끌며 느릿느릿 걸어 나왔다. 머리도 반쯤 벗겨져 세련된 외모는 아니었다. 어색한 듯 주위를 두리번거리기도 했다. 그가 펜스 근처로 걸어오자 Dr. K는 그를 향해 성큼성큼 다가갔다. Dr. K가 자기를 가로막듯이 앞에 서자 그는 다소 긴장되는 표정을 지었다. Dr. K는 그에게 손을 내밀었다.

"윈스턴 스미스 씨죠? 제가 Dr. K입니다. 한국에 오신 것을 환영합니다."

옆에 서있던 조 실장도 인사를 하며 자기소개를 했다.

터미널 주차장에 승용차가 대기하고 있었다. Dr. K와 윈스턴은 뒷자리에 탔고 차는 출발했다. 공항을 빠져나와 고속도로에 들어서자 차량은 속도를 내기 시작했다. Dr. K는 비행기를 오래 타느라 힘들지 않았냐는 의례적인 말을 한 후 입을 굳게 닫고 있었다. 차량 안의 사람들은 별로 얘기를 나누지 않았다.

윈스턴은 말을 붙이지 않고 창밖을 바라보았다. 모든 것이 신기롭게 보였다. 오렌지아와는 달리 산이 많은 것이 눈에 들어왔다. 포장된 도로를 따라 안내판과 가로등이 반듯하게 설치되어 있었다. 잘 가꿔진 산의 푸른 숲이며 전체적으로 안정되고 발전되었다는 인상을 주었다. 하늘은 구름 한 점 없이 파랬다.

"다소 쌀쌀하지만 날씨가 정말 좋네요." 윈스턴이 먼저 입을 열었다.

"네. 계절은 봄이지만 한국의 3월은 좀 쌀쌀합니다. 한 일주일 있으면 따스해질 겁니다."

Dr. K는 간단히 반응을 보이고 더 이상 말을 하지 않았다. 윈스턴은 계속 창밖을 바라봤다. 바다가 보였다. 착륙 때 비행기 안에서 내려다보았듯이 공항은 바다에 둘러싸여 있었다.

"공항을 바다에 세웠습니까?"

"네. 섬과 섬 사이를 매립하여 공항을 지었습니다."

"간척사업 기술이 대단하네요. 코리아(Koria)도 오렌지아처럼 물과의 싸움에 적극적인 것 같군요."

차는 빠른 속도로 달리고 있었다. 고속도로 양옆 주택들의 지붕에 설치된 검은 판들이 눈에 띄었다. 산 중턱도 온통 검은 판들로 덮여 있었다.

"Dr. K. 저 지붕 위의 검은 판은 뭡니까?"

"태양광발전 패널입니다. 한국은 신축건물과 공공건물에 태양광발전이 의무화되어 있습니다. 조금만 가시면 오렌지아 풍차보다 훨씬 더 많은 풍력발전기도 보실 겁니다."

그의 말대로 차량이 고바위진 긴 다리의 정점에 이르자 해안가를 따라 줄지어 늘어선 세 날개가 부착된 높은 기둥들이 눈에 들어왔다. 거대한 설치예술처럼 보이는 멋있는 광경이었다. 차량은 고속도로를 벗어나 강변도로에 들어섰다. 통행차량이 많아 주행속도를 줄여야 했다. 차의 진행이 가다 서다를 반복했다. 밖을 내다보던 Dr. K가 입을 열었다.

"저거 드론 아니야? 교통상황을 측정하는 건가? 아까부터 떠있던데……."

"요즘 경찰이 드론을 많이 띄웁니다. 체공시간도 훨씬 늘었고요." 조실장이 말을 받았다.

"드론이 보통 삼사십 분 밖에 못 떠 있잖아?"

"배터리 성능이 좋아져서 두 시간 가까이 체공을 합니다. 앞으로 네 시간까지 늘릴 계획이라고 합니다. 음향소거 소재를 써서 소음도 거의 없습니다. 300미터 고도를 가진 드론도 배치할 예정이라고 합니다. 그러면 드론이 떴는지 안 떴는지 지상에서는 알 수 없습니다."

조 실장의 설명을 들은 Dr. K는 가벼운 한숨을 내쉬었다. 차가 고속도로를 벗어나 시내로 들어섰다. 길가의 가로등마다 검정색과 붉은색의 커다란 횃불이 그려진 깃발이 줄지어 걸려 있었다. 거리 분위기가 장엄해 보였다. Dr. K가 눈을 감고 있어 그 깃발에 대해서는 물어보지 않았다.

"여기만 벗어나면 금방 도착합니다." 앞에 앉은 조 실장이 안내를 했다.

차는 이면도로로 들어서더니 건물 1층 주차장으로 들어갔다. 엘리베이터를 타고 제일 위층에 있는 숙소로 올라갔다. Dr. K가 숙소를 안내했다. 욕실이 딸린 침실, 거실과 주방, 그리고 길가 쪽으로 통유리창이 설치되어 있었다. 숙소는 윈스턴의 워터스담 집보다 넓었다. 가구도 깔끔했다. 욕실과 주방에는 모든 것이 준비되어 있었다. 윈스턴은 만족스러웠다.

"스미스 씨. 호텔보다 이곳이 더 편하실 겁니다. 다른 사람들 방해받을 일도 없고요. 긴 여정에 고생 많으셨습니다."

윈스턴은 눈짓으로 감사의 표현을 전했다. 두 사람은 푹 쉬시라는 말을 남기고 숙소를 떠났다.

그날 밤 윈스턴은 침대에 누웠으나 장거리 여행을 했음에도 불구하고 쉽사리 잠에 들지 못했다. 몇 년 전부터 유로파와 코리아 사이의 교류가 늘어나고 있는 추세였다. 민주화 열기가 높은 아시아 국가들에도 윈스턴 스미스의 이름이 알려졌고 코리아에는 일찍이 형제회의 활동취지에 공감하는 단체가 설립되었다. 코리아의 형제회 단체가 윈스턴과 접촉한 것은 10년 가까이 됐다. 그 단체는 그동안 단편적으로 가지고 있던 그에 대한 보도내용을 종합하여 책으로 내겠다는 제안을 했다. 윈스턴은 동료들과 상의한 끝에 별 문제가 없을 것으로 보고 그 제안을 받아들였다. 출간을 승낙하자 추가자료의 요청이 있었다. 이후 여러 차례의 서신과 이메일이 오갔다. 몇 년 후 『유럽의 마지막 인간, 윈스턴 스미스의 귀환』이라는 이름으로 책이 출간되어 수만 권 가량 팔렸고 인세도 보내줬다.

그 후 코리아의 단체에서 윈스턴을 초청하겠다는 의사를 밝혔다. 모든 비용을 부담하겠다는 것이었다. 윈스턴의 동료들은 아무 연고자도 없는 코리아에 가는 것을 만류했다. 결정은 지지부진했고 코리아 측으로부터의 재촉에도 불구하고 확답을 하지 않았다.

윈스턴은 결정을 내리지 못하면서도 코리아에 대해 알아보았다. 전제군주가 통치하는 왕국이 이어졌고 20세기 초 재패니아의 식민지가 되었다가 세계전쟁이 끝난 후 해방되었으나 코리아 반도는 둘로 나눠져 남쪽과 북쪽에 각각의 정부가 세워졌다. 그 후 두 세력은 3년이 넘는 전쟁을 치렀는데 이 전쟁에는 후에 3극체제를 주도하는 세 나라가 모두 참전하였다. 이 전쟁을 계기로 세 나라의 각축과 대결이 심화되고 핵전쟁이 일어나면서 3극체제가 형성되었던 것이었다. 참으로 흥미 있는 역사였다. 코리아전쟁을 계기로 3극체제가 등장하게 되었다니⋯⋯.

자료들을 읽으며 코리아에 대한 감이 잡히자 자신의 경험도 하나하나 머릿속에 떠올랐다. 버마 다이묘에서 읽었던 위안부 추모비의 글귀가 어렴풋이 기억났다. 만추리아 포로수용소에서 조선족 출신 장교와의 대화도 생각났다.

윈스턴은 여비서에게 코리아에 대해 알고 있냐고 물어봤다. 그녀는 어깨를 으쓱하며 자세히는 모르지만 K팝은 좋아한다고 했다.

"K팝?"

"국장님, 말춤 모르세요? 말춤이 K팝이에요."

윈스턴도 말춤은 알고 있었다. 워터스담 시내 광장에서 젊은이들이 모여서 신나게 말춤 군무를 추는 것을 본 적이 있었다. 해괴한 동작의 춤이라고 생각했는데 그 후 몇 번 더 듣다보니 역동적인 노래와 춤이 중독성을 가지고 있었다.

그리고 여비서는 한마디 더 덧붙였다.

"국장님에게 업무용으로 제공한 핸드폰이 코리아에서 만든 거래요."

여비서가 나간 후 윈스턴은 자신의 핸드폰을 자세히 살펴보았다. 뒷면에 'Product by Samsung, Made in Koria'라는 문구가 인쇄된 것을 찾을 수 있었다.

그런 인연 하나하나가 코리아를 방문해야 하는 전조일지도 모른다고 생각했다. 코리아에 대한 윈스턴의 호기심이 점점 커졌다. 발티키아의 십자가 언덕에서 본 해바라기로 이루어진 황금의 나라가 자신을 바꾸어 놓았듯이 코리아를 경험하면 무슨 새로운 변화가 있을 지도 모른다는 기대가 생기기 시작했다.

그는 동료들에게 코리아 측의 초청을 받아들이겠다고 전했다. 주변 사람들은 계속 반대했다. 보비드의 확산으로 유로파 내에서도 출입국을 통제하려는 움직임이 나타나고 있었다. 지역에 따라 국제항공편 운항이 제한되는 경우도 있었다. 상황의 유동성이 심해 출국했다가 항공편이 끊길 경우 국제미아가 될 위험성도 있었다. 윈스턴은 주변의 반대를 무릅쓰고 코리아 방문을 결심했다. 코리아 단체와 여러 차례 통화하며 예상되는 문제점들에 대해 논의했다. 코리아측은 장기체류를 희망했다. 그만큼 많은 행사와 일정이 준비되어 있다고 했다.

오렌지아와 코리아는 직항 항공편이 없었다. 코리아측은 홍콩이나 두바이를 경유하는 비행기를 타라고 권유했다. 다른 문제가 대두되었다. 동아시아에도 보비드가 퍼지기 시작한 것이었다. 동료들은 여행을 만류했다. 윈스턴도 며칠 고민했다. 그러나 마음먹은 것은 빨리 시행하는 편이 낫다고 생각했다. 나이가 더 들어 건강에 자신이 없어지면 갈 기회가 다시는 오지 않을 것 같았다.

그는 홍콩을 경유하는 비행기에 몸을 실었다. 홍콩공항에 기착하여 환승하기까지는 충분한 시간이 있었다. 환승장을 향하는데 젊은 아시아 남성 두 명이 다가와 자신들을 소개하고는 안내를 자청했다. 두 남성은 매우 친절하였다. 그들은 서울의 Dr. K 연락을 받고 나왔다고 했다. 환승을 기다리는 동안 그들과 차를 마시며 대화를 나눴다. 그들은 듣는 사람이 쑥스러워질 정도로 윈스턴에 대해 경의를 표했다. 홍콩이 영사처럼 되지 않도록 노력하겠다고 했다. 스미스 선생님의 경험을 꼭 기억하겠다고 했다. 그들의 배웅을 받으며 윈스턴은 인천행 비행기에 탑승했다.

인천공항에 도착하여 입국장을 빠져나오는데 시간이 걸렸다. 유럽에서 온 윈스턴은 매우 까다로운 검역절차를 거친 후 검역대를 통과하였다. 그 다음 과정인 입국수속에서도 시간이 걸렸다. 출입국관리소 직원이 여권과 그의 얼굴을 번갈아 쳐다봤다. 방문목적과 체류기간, 그리고 숙소 등에 대해 꼬치꼬치 물어봤다. 윈스턴은 유로파자유방송의 국장 신분증 패찰과 명함까지 제시하였다. 심사가 지체되는 사이 그 근무자는 전화를 받았다. 간단히 몇 마디 나누더니 입국비자도장을 찍어주고 여권을 돌려주었다. 좋은 여행이 되라고 웃으며 인사까지 했다. 그는 짐을 찾아 입국장 문을 빠져나왔다.

긴장한 채 오렌지아를 떠나 오래 걸린 여정이었지만 큰 어려움 없이 코리아에 입국하여 숙소에까지 오게 된 것이 다행이었고 앞으로의 생활이 기대되었다.

다음 날 오전 Dr. K와 조 실장이 숙소로 왔다. 세 사람은 반갑게 인사를 나눴다. 그가 커피를 권했지만 두 사람은 사양했다. Dr. K는 그저 앞으로 시선을 고정하고 있는 가운데 조 실장이 정중한 말투로 말을 건넸다. 그들의 모습이 어색해보였다.

"스미스 선생님. 몇 가지 물어봐도 되겠습니까? 당황하실 필요 없습니다."

윈스턴은 의아해 하면서도 괜찮다는 눈길을 보냈다.

"선생님. 런던에서 공책을 사서 첫 일기를 쓴 날짜를 기억하십니까?"

"4월 4일이죠." 가볍게 대답하면서도 윈스턴은 별 걸 다 물어본다고 생각했다.

"선생님. 오브라이언의 집에 가서 마신 음료가 뭐였죠?"

"와인입니다."

"실례지만 애정부의 마지막 고문실 번호가 뭐였죠?"

"101호였습니다. 그런데 왜 이런 질문을……."

그가 말을 마치기도 전에 조 실장의 질문이 튀어나왔다.

"줄리아와 첫 데이트 한 날짜와 요일을 기억하십니까?"

"……."

"예전 발티키아 신문과의 인터뷰에서 날짜를 분명히 말씀하셨는데……."

"5월 초로 기억합니다."

"네. 저희는 5월 2일로 알고 있습니다. 무슨 요일이었습니까?"

"일요일이었습니다. 평일에는 교외로 나갈 수가 없지요." 윈스턴은 뭔가 울컥하는 기분이 들었지만 내색하지 않고 차분하게 말했다.

"스미스 선생님. 1984년 5월 2일은 수요일이었습니다. 그달 첫 번째 일요일은 5월 6일이고요."

"……."

조 실장의 5월 2일이 수요일이라는 말이 사실인지 아닌지 확인할 수 없었지만 그는 일단 말문이 막히며 기분이 나빠졌다. Dr. K는 두 사람의 대화를 담담히 듣고만 있었다. 윈스턴은 그들이 자신의 신분을 확인하려고 한다는 것을 재빨리 간파했다. 그동안 포로로, 난민으로 여러 나라를 옮겨 다니며 신분확인과정을 수차례 겪었으므로 그들이 파악하고자 하는 것이 무엇인지 알 수 있었다. 그 과정에서 쓸데없는 자존심을 내세워야 소용없다는 사실 역시 알고 있었다. 그는 자리에서 일어나 오른발을 탁자 위에 올려놓으며 양말을 내렸다. 발목 부근에 갈색반점이 얼핏 보였다. 그러자 Dr. K가 입을 열었다.

"스미스 선생님. 발목 부분의 하지정맥류는 보여주실 필요 없습니다. 홍콩에서 선생님을 안내한 우리 동지들이 이미 확인했습니다. 저희에게 선생님이 너무 중요한 분이라서 다시 한 번 확실히 하려고 했을 뿐입니다. 이해해 주시기 바랍니다."

그제야 윈스턴은 홍콩공항 환승장에서 안내를 자청했던 홍콩 사람들이 새 양말을 꺼내주며 오랜 시간 비행기를 탔을 테니 갈아 신으라고 권했던 일이 생각났다. 그가 신고 있던 양말을 벗을 때 오른쪽 발목의 갈색 상처를 확인했음이 분명했다. 윈스턴은 그들이 일을 매우 꼼꼼하게 처리한다는 느낌을 받았지만 기분은 이미 상해버렸다. 한편으로는 스스로 의문이 생겼다. 5월 2일 일요일? 5월 6일 일요일?

그의 상한 기분을 전혀 의식하지 않는 듯 Dr. K는 불편한 점이나 필요한 것이 없냐고 물어보며 핸드폰을 건네주었다.

"나와 조 실장 번호를 입력해놨습니다. 오렌지아에 국제전화 하셔도 됩니다. 교통카드와 신용카드 기능도 있습니다."

외출 시에는 조 실장과 동행하고 혹시 길을 잃으면 자기들에게 연락을 하라고 당부했다. 윈스턴은 핸드폰을 받으면서도 불쾌한 기분이 가라앉지 않았다.

다음 날 첫 일정으로 간 곳은 병원이었다. 숙소에서 병원까지 이동하면서 밖을 보니 많은 행인들이 코와 입을 마스크로 가리고 있었다. 윈스턴에게 그 모습이 신기해 보이기도 했다.

"Dr. K. 코리안들은 평소에도 저렇게 마스크를 쓰고 다닙니까?"

Dr. K도 행인들의 모습을 바라보며 말했다.

"지금 보비드 위험성도 있고, 예전에 사스, 신종플루, 메르스 경험이 있어 이제는 습관화되었습니다."

윈스턴은 종합건강검진을 받았다. 여러 가지 의료장비를 사용해 신체 각 부분을 측정했다. 문진도 하고 혈액채취도 했다. 사람들이 꽤 많았으나 병원직원의 수행으로 기다림 없이 동선을 따라 한 바퀴 돌며 검진을 끝내고 원장실로 안내되었다. 원장은 직접 만나보게 되어 영광이라고 인사말을 건넸다. Dr. K는 비슷한 나이 또래의 원장에게 건강상태를 자세히 알려드리라고 당부했다. 잠시 대화를 나누다 원장은 책상으로 가서 컴퓨터를 들여다봤다.

"혈액검사 결과는 내일 아침에 알려드리겠습니다. 혈압 정상, 체중 정상, 폐, 심장도 정상, 체지방도 안심할 만한 수준이고 건강하신 편입니다. 전체적으로 연령대의 평균 건강상태는 유지하고 계시네요." 원장의 일목요연하고 친절한 설명이었다.

원장실을 나와 치과 쪽으로 이동했다. 복도와 홀을 지나며 과거 평화부에서 신체검사를 받았던 경험이 떠올랐다. 그때는 육안으로 대충 검사하면서도 시간이 오래 걸렸는데 여기서는 정밀검사를 하면서도 1시간 안에 끝내는구나 하는 감탄이 나왔다.

"Dr. K도 이것 받아본 적 있어요? 참 편리하네요."

"저는 2년에 한 번씩 받습니다. 암 검사는 모든 사람이 의무적으로 받지요."

윈스톤 스스로 예상했듯이 문제는 치과에서 발생했다. 틀니를 빼고 의사는 입안을 자세히 살펴봤다. 검진을 마치고 의사는 Dr. K와 오랫동안 얘기를 나눴다. 의치를 한지 오래되어 잇몸이 심하게 약해진 상태였다. 임플란트를 하면 좋을 텐데 뼈 이식을 해도 가능할지 모르겠다는 의견을 말하며 시간도 상당히 오래 걸린다고 했다. 최선의 방법은 틀니를 다시 끼워 넣는 것이었다. 얘기를 들은 Dr. K는 굳은 표정으로 고개를 끄덕였다.

"빠른 시간 내에 최선을 다해 스미스 씨에게 딱 맞는 의치를 만들어드리겠습니다. 그리고 잇몸약도 처방해 드리겠습니다."

시간이 꽤 걸려 의치를 뜨고 일행은 병원을 나왔다. 생애 처음으로 건강검진을 받고 그 결과 크게 걱정할 건강상태가 아니라는 것이 확인되자 윈스턴은 마음이 가뿐해졌다. 그 전날 조 실장으로부터 심문을 받는 듯한 상황 때문에 상했던 기분도 풀어졌다.

차를 타고 숙소로 이동하면서 시내를 통과하였다. 교통체증이 심했다. 교통통제로 차량이 길게 밀려 움직이지 못하는 가운데 북소리와 금속성

타악기 소리가 요란하게 들려왔다. 곧이어 교차로를 가로 질러 군중행렬이 지나가기 시작했다. 선두에는 긴 끈을 늘어뜨린 채 북을 든 타수와 꽹과리를 손에 쥔 수십 명의 사람들이 신나게 악기를 두드리며 지나갔고, 이어서 사람들이 무리지어 그들을 따라갔다. 군중 선두에는 대형 깃발 수십 개가 휘날리고 있었다. 바람에 휘날리는 그 큰 깃발을 부여잡고 있기도 힘들어 보였다. 그들은 쉬지 않고 큰 소리로 구호를 외쳐댔다. 윈스턴은 그러한 행진광경을 오랜만에 보았다. 영사 시절 당행사의 행진보다 확실히 생동감이 있었다. 악기가 동원되었으나 축제행렬은 아닌 것 같다. 군중들의 비장해 보이는 표정이나 그들이 구호를 외치는 것으로 보아 정치적 시위가 분명했다.

"Dr. K. 저 깃발에 그려진 꽃은 무엇을 나타내는 겁니까? 저 사람들이 뭐라고 외치고 있습니까?"

Dr. K는 팔짱을 낀 채 시큰둥한 표정으로 대답했다.

"무궁화 꽃입니다. 한국의 국화입니다. 저들은 진실, 자유, 동맹이라고 구호를 외치네요."

"저들은 자유주의자로군요. 진실과 자유는 리버럴리즘의 기본 가치 아닙니까? 그런데 동맹은 뭘 주장하는 거지요?"

"미국과의 동맹을 강조하는 겁니다."

"임페리카와의 동맹을요? 이미 코리아에는 임페리카 군인들이 주둔하고 있지 않습니까? 그런데 왜 새삼 동맹을 강조하는 거지요?"

"최근 한미동맹이 느슨해지고 이러다 미군이 철수할 지도 모른다는 우려를 하는 겁니다."

행렬 후미가 교차로를 건너자마자 차량운행이 개시되었다. 행렬은 점점 멀어졌지만 구호와 타악기 소리는 계속해서 들렸다. 윈스턴은 그 구호에 익숙해져 그것을 속으로 따라했다.

"진실! 자유! 동맹!" "진실! 자유! 동맹!"

구호소리가 멀어져 가면서 그 구호는 "진~, 자~, 동~"으로 단어의 초성만 들렸다. Dr. K가 조 실장에게 말을 건넸다.

"조 실장. 저 사람들 구호 멀리서 들으면 '진짜똥'으로 들리지 않아?"

"반대쪽 사람들은 그렇게 놀리고 있지요. 똥 같은 소리하지 말라고요."

차량은 채 5분을 달리지 못하고 또 다시 정체되기 시작했다. Dr. K가 짜증 섞인 말을 했다.

"이건 또 뭐야?"

"횃불쪽 행진인 것 같습니다."

"가는 날이 장날이라더니 오늘이었구면. 한동안 뜸하더니 날씨가 풀리니까 다시 몰려나오기 시작하는군. 한 20분 서있어야겠네."

Dr. K는 팔짱을 풀며 가는 한숨을 내쉬었다. 행렬이 가까이 오기 시작했다. 대형 스피커를 장착한 트럭이 선두를 이끌고 있었다. 시끄러운 노랫소리와 함께 차량에 탑승한 선도자의 연설이 계속되었다. 행렬군중은 선도자의 선창을 큰 소리로 따라했다.

"촛불정신 이어받자."라고 외치자 똑같은 "촛불정신 이어받자."가 따라왔다.

"횃불혁명 완성하자."라고 외치자 똑같은 "횃불혁명 완성하자."가 따라왔다.

몇 번 반복되고 선도자는 새로운 구호를 외쳤다.

"자주! 평등! 평화!"

윈스턴은 Dr. K에게 다시 물었다.

"저들은 뭐라고 하는 거지요?"

"횃불혁명을 완성하자고 합니다."

"코리아에 혁명이 있었습니까?"

"그렇게 주장하는 사람들이 있습니다."

"Dr. K. 혁명은 사회가치가 완전히 전도되고 지배계급과 피지배계급이 바뀌는 것 아닙니까?"

Dr. K는 미소 띤 얼굴로 윈스턴 쪽으로 고개를 돌렸다.

"선생님 말씀이 맞지요. 가치관은 어느 정도 전도시켰는데 계급관계는 아직 모르겠네요. 그러니까 혁명을 완성하자고 주장하겠지요."

"다른 구호는 뭐라고 하는 겁니까?"

"자주, 평등, 평화입니다."

윈스턴은 다 맞는 말이라고 생각했다. 오렌지아와 발티키아도 소비에트 러시아로부터 자주를 간절히 원했고 평등이야 프랑스 혁명 이후 지난 200년 넘게 인류가 추구해온 가치였다.

"그런데 평화는 새삼 왜 주장하는 거죠? 전쟁 기미가 있습니까?"

"한반도에는 군대와 무기가 밀집해 있으니까 전쟁 발발 가능성이야 늘 상존한다고 봐야겠죠. 개연성은 낮지만... 평화를 구호로 외치는 것은 상대방을 전쟁세력으로 몰아붙이기 위한 것이겠지요."

행진이 길을 다 건너가고 구호도 점점 멀어져 갔다. 앞서 보았던 행진과 마찬가지로 구호는 초성만 "자~, 평~, 평~"으로 희미하게 들릴 뿐이었다.

"조 실장. 저 구호 멀리서 들으니까 '자뼁뼁'으로 들리네."

"반대 진영 사람들은 뼁쟁들이라고 놀립니다."

차량이 움직이기 시작했다. Dr. K는 다시 한 번 짜증을 냈다.

"이제 차타고 시내를 안 나와야겠어. 정말 짜증나네. 무궁화도 싫고 횃불도 싫고……."

윈스턴은 코리아의 정치적 자유를 직접 목격할 수 있었던 경험을 다행으로 생각했다. 정확한 숫자는 모르겠지만 주중 대낮에 대도시 한복판에서 수천 명이 구호를 외치며 행진할 수 있는 자유의 현장을 목격한 것이었다. 그리고 그 가운데 행진의 군중이나 정지한 차량들이 유지하는 질서. 긴장된 표정 없이 행진과 교통을 능숙하게 통제하는 경찰들. 굉장히 인상적인 장면이었다. 그런데 Dr. K는 교통체증에 짜증을 내기만 했다.

종합건강검진을 받으러 병원을 다녀온 것 외에는 특별한 일이 없었다. 가끔 Dr. K와 외식을 하고 숙소에서 얘기를 나누는 것이 전부였다. 윈스턴이 일정에 대해 궁금해 하면 아직 준비 중이니 조금만 기다리라는 답변뿐이었다.

윈스턴은 숙소에서 가까운 거리에 있는 산책길을 알게 됐다. 숙소를 나와 조금만 걸으면 지천(支川)을 따라 산책로가 뻗어 있었고 그 길을 계속 걷다보면 한강변에 다다랐다. 저녁 일몰 즈음에 한강변에 도착하여 서쪽부터 붉게 물드는 강을 바라보는 것은 큰 즐거움이었다. 황금의 나라와는 달리 붉게 물든 일몰의 나라도 마음에 안정을 주었다. 지천 산책로와 반대방향으로 가면 큰 상업지구가 있었다. 밤에 Dr. K와 차를 타고 숙소로 오는 중 그 일대에 인파가 너무 많아 축제기간인 것으로 생각했다. Dr. K는 그 일대는 낮과 밤 구분할 것 없이 항상 인파가 몰린다고 얘기했다. 조 실장과 함께 밤에 그곳을 가보았다. 화려한 각양각색의 간판이 빼곡히 걸려 있는 가운데 젊은이들이 웃고 떠들며 이리저리 몰려다니고 있었다. 백인, 흑인, 남미계 등 외국인들도 많았다. 근처 술집에 들어가 맥주를 마시기도 했다. 그 지역을 아무 목적 없이 걷기만 해도 윈스턴은 괜히 기분이 들떴다.

조 실장이 사무실에 필요한 물건을 구매하러 사무용품점에 갈 때 윈스턴도 동행하였다. 굉장히 넓은 공간 안에 수천 개의 문구류가 진열되어 있었다. 그는 흥미를 느끼고 천천히 매장 안을 돌아보았다. 눈에 확 들어오는 물건이 있었다. 옛날 스타일의 크림색 공책이었다. 오래된 느낌을 주려고 종이를 약간 바랜 것 같이 처리하였다. 저절로 손이 갔다. 조 실장과 계산을 마치고 나오며 뒤를 돌아 가게를 다시 한 번 바라보았다. 커다란 간판이 눈에 들어왔다.

「위크스 사무용품점」(Weeks Office Supplies)

채링턴의 런던 골동품점과 이름이 똑같았다. 이름이 같은 코리아 가게에서 비슷하게 생긴 공책을 사다니. 우연의 일치인가? 윈스턴은 조 실장에게 물었다.

"조 실장. 이 상점 이름인 위크스가 무슨 뜻이죠?"

"원래 이름은 위키스(Wikis)였습니다. 그런데 오래 전부터 같은 이름의 종합브랜드를 가진 큰 회사가 있었습니다. 상표권 다툼에서 져서 얼마 전 사무용품점이 '위키스'에서 '위크스'로 이름을 바꿨습니다. 일종의 짝퉁이죠."

저녁 늦은 시간 잠자리에 들기 전 윈스턴은 거실 책상에 앉았다. 그날 사온 크림색 공책 겉장을 살며시 넘겼다. 표지는 빛이 바랜 것처럼 보였지만 종이는 깨끗하고 표면이 매끄러웠다. 펜이 손에 쥐어져 있었으나 잠시 생각에 잠긴 채 쓰기를 시작하지 않았다. 윈스턴은 고개를 돌려 거실을 둘러보았다. 거실 통유리창의 커튼은 닫혀 있었고 벽에 커다란 모니터가 걸려 있었다. 빅토리 맨션의 텔레스크린보다 훨씬 얇아 마치 검은 유리를 붙여 놓은 것 같았다. 다시 생각에 잠겼다. 그는 천천히 날짜를 쓰고 몇 마디를 적었다.

"4월 4일. 코리아에 온 지 일주일이 지났다. 코리아는 참 매력적인 나라다."

한국에 온 지 열흘이 지나서야 윈스턴은 오월회가 주관한 기자회견을 가졌다. 언론센터에서 열린 기자회견에는 외신기자들을 포함하여 많은 언론사가 참가하였다. 열기가 오렌지아의 그것보다 훨씬 뜨거웠다. 윈스턴은 한국에서 새로 산 싱글 수트를 입었다. 조 실장은 숱이 얼마 없는 그의 머리도 정성스럽게 매만져 주었다.

입국경과에 대해서는 Dr. K가 설명했고 외신기자들의 질문에 통역까지 말았다. 윈스턴의 행적에 대해서는 어느 정도 알고 있었기 때문에 그 것보다는 한국을 방문한 목적과 앞으로의 활동에 대한 질문이 많았다.

윈스턴은 질문을 받기 전 짧은 발언에서 자신이 겪은 일을 요약해 말한 후 개인의 자유를 억압하는 체제는 지구상에서 사라져야 하며 전체주의는 언제든지 부활할 수 있으므로 경계심을 가져야 한다고 강조했다. 모든 권력자는 전체주의 독재의 유혹을 항상 느끼고 있으며 사람들에게 이를 각성시키는 것이 자신의 임무라는 말로 발언을 마쳤다.

기자들의 질문에 대해 윈스턴은 오월회와 함께 자유의 가치를 알리는 활동을 이어갈 계획이며 기자회견이 늦어진 이유는 건강상태를 확인하고 휴식하는 시간을 가졌기 때문이라고 말했다. 한국에 대한 인상은 예상했던 것보다 활기차고 더 자유스러운 분위기라고 답했다.

한 시간쯤 진행된 기자회견은 원만하게 종료되었다. 그날 저녁 TV뉴스와 다음날 신문에 기자회견에 대한 기사가 크게 실렸다. 한 일간지는 다음과 같이 기사 제목을 뽑으며 윈스턴의 미소 짓는 모습을 큰 사진으로 제공하였다.

"환영! 돌아온 윈스턴 스미스"

그 후 윈스턴에게 많은 인터뷰 요청이 들어왔는데 Dr. K가 횟수를 제한하여 몇 군데 주요 언론사하고만 인터뷰를 했다. 그의 이야기를 다룬 책인 『유럽의 마지막 인간, 윈스턴 스미스의 귀환』이 그에 대한 선풍으로 몇 주간 베스트셀러에 오르기도 했다. 윈스턴은 코리아를 방문하기 잘했다는 생각과 함께 마음이 흡족했다.

기자회견과 언론과의 인터뷰가 끝나자 강연일정이 기다리고 있었다. 서울과 메트로 지역, 그리고 멀리 지방까지 10여회가 예정되어 있었다. 족히 한 달 이상 걸리는 일정이었다. 서울과 수도권 지역은 천명이 넘는 청중이 참석하였다. 같은 내용을 반복하여 말하는 것이 힘들기는 했지만 청중들의 진지함에 윈스턴은 지치지 않고 일정을 소화할 수 있었다. 젊은이들은 그를 국가권력이 자행한 인권탄압과 개인이 입은 인권피해의 상징으로 받아들이는 것 같았다.

바쁜 일정 가운데서도 윈스턴은 앰플포스에게 이메일을 썼다. 앰플포스를 비롯한 형제회 사람들과 방송국 동료들이 그의 근황에 대해 궁금해 할 것이 분명했다.

친구 앰플포스에게,

지금쯤 유로파의회 업무로 바쁠 것으로 생각되네. 코리아로 출발하기 전 자네가 많은 걱정을 했는데 일찍 소식을 전하지 못해서 미안하네. Dr. K를 비롯해 여러 사람들이 잘해주어 불편 없이 지내고 있네. 길지 않은 기간이지만 많은 것을 보고 느꼈네.

내가 발티키아에서 오렌지아로 왔을 때 사람들의 개방적이고 자유스러운 모습에 충격을 받은 것은 자네도 실감했을 걸세. 그 자유스러움이 방종적인 것이 아니라 자기의 책임을 다하면서 남에 대한 배려를 바탕에 깔고 있었지. 지금까지 내가 코리아에서 느낀 것은 이곳 사람들의 생각이 오렌지아 이상으로 자유스럽고 또 매우 개방적이라는 점이야. 그래서 모든 곳에 활력이 넘친다네.

코리아는 국민들의 투쟁으로 브리타니아보다 일찍 민주정부를 수립한 나라라네. 산업수준이나 생활수준이 지금의 브리타니아보다 높고 어쩌면 소비수준은 오렌지아보다 높아 보여. 무엇보다 교육열이 강해 대학 진학률이 웬만한 유로파 국가들보다 2배 이상 높은 것 같다네. 그렇게 고학력자들이 많으니 경제가 급속히 발전할 수밖에 없었겠지.

전에 우리가 얘기했지만 과거 영사는 무지가 힘이라며 심지어 외부당원까지 무지한 상태로 남겨두려고 하지 않았나? 그러나 코리아는 다르다네. 사람들이 뭔가 배우려고 돈과 시간을 써가며 열심히 하더군. 고등학생 대부분이 아침 일찍 학교에 등교하여 수업을 듣고 또 저녁 늦게까지 학교에 남아 야간자율학습을 한다네. 각종 학원은 교육을 받는 사람들로 붐비기까지 하지.

정치적 자유와 표현도 무제한으로 허용되어 있고 또 자신들의 의견을 말하는 데 거리낌이 없다네. 이곳에는 자신의 정치적 견해를 밝히는 일인 방송이 수백 개는 될 것 같아. 그만큼 자신들의 정치적 권리를 지키기 위한 노력을 하고 있는 것이지. 집회의 자유도 매우 관대하여 대낮에 도심 한가운데에서 수천, 수만 명의 군중이 시위를 해도 되네. 서로 반대되는 입장의 시위대가 인접한 장소에 모여서 각자의 주장을 외쳐대는 광경은 정말 신기하기까지 하네. 그런데 폭력 사태는 없다네. 시위가 폭동으로 변하지도 않는다네. 마음껏 자기네 주장을 떠들고 구호를 외치고 행진을 한 후 해산하는 거네. 아직도 계속되고 있는 갈리아의 노란조끼들이 벌이는 '상퀼로트'적이고 파괴적인 모습이 전혀 없네. 수십만 명이 모이며 다운타운 전체를 인파로 가득 메우는데 그들은 해산하면서 쓰레기를 말끔히 치우고 간다네. 경이롭지 않은가?

여기에도 다양한 외국인들이 들어와 생활하고 있는데 인종갈등이 없다는 점이 놀라와. 코리아 사람들은 외국인들에게 매우 친절하다네. 나 같은 나이든 외국인에게는 공경하는 태도를 보인다네. 이곳에서 만난 유럽 젊은이들과 몇 번 얘기를 나눈 적 있는데 그들도 내 생각에 동의하는 것을 알았네. 그들도 유로파 어느 나라보다 코리아가 자유스럽고 역동적이라고 생각하고 있다네. 물가가 싸고 무엇보다도 치안질서가 거의 완벽하게 확립되어 있는 것이 마음에 든다고 하더군. 오렌지아는 해가 지면 다운타운 길거리에 사람이 거의 없다시피 하지 않나? 그런데 여기는 새벽까지 사람들이 범죄를 걱정하지 않고 돌아다녀. 그때까지 문을 열어놓고 있는 상점들도 많고. 오렌지아에서 처음 받았던 충격과는 또 다른 충격을 이곳에서 받았다네.

아시아에 이런 지역이 있다고 우리가 생각이나 해봤나? 아시아하면 뭔가 우울하고 주술적이라고 생각하지 않았나? 남성들은 잘 생기고, 여성들은 예쁘고 모두들 날씬하고 발랄하고... 정말 매력이 넘치는 나라야.

내가 너무 흥분해서 얘기를 한 것 같네. 그런데 자네도 이곳에 오면 나와 같은 인상을 받을 걸세. 내가 이곳에 기반이 있고 또 조금만 나이를 덜 먹었으면 이

나라에서 살고 싶다는 생각을 해봤네. 나는 대접을 잘 받고 있어. 양복도 몇 벌 샀고 거기에 맞춰 좋은 셔츠도 구입하고, 드레스 슈즈까지 샀네.

나를 초청한 오월회의 Dr. K는 정말 재미있는 사람일세. 그가 대학교수인 것은 전부터 알고 있었지만 지적인 사람이라네. 오키드담의 마르셀 교수와 비슷한 인상을 받았네. 미스테리한 점도 있지만 호감을 갖게 하는 사람일세. 부모로부터 물려받은 재산이 꽤 있는 것 같네. 말수가 적고 일을 꼼꼼하게 처리하네. 다만 외모도 훌륭한데 쉰이 넘었지만 아직 미혼으로 있는 이유를 모르겠네. 오른쪽 귓불이 반쯤 뭉개진 것이 큰 흠은 아닐 텐데……

그리고 Dr. K의 어시스턴트인 조 실장도 재미있는 사람일세. 대학시절 Dr. K의 학생이었다고 하는데 체구가 크고 지적인 인상을 주지는 않지만 굉장히 열정적이고 직설적인 사람이네. 문법에 구애받지 않고 거침없이 브리타니어를 쓰네.

내가 머물고 있는 숙소는 Dr. K가 소유하고 있는 건물의 제일 위층일세. 애초 목적이 게스트 하우스로 꾸며져 있어 생활하는데 불편함이 없네. 주방 냉장고에 그리네켄, 진, 보드카까지 채워 놨고 커피메이커 옆에는 백설탕도 놔뒀네. 정말 모든 걸 꼼꼼하게 챙겨두었지. 이 건물에 컴퓨터학원과 나를 초청한 오월회 사무실, Dr. K의 사무실, 그의 숙소 등이 있네. 답답한 호텔생활보다는 더 좋은 것 같아.

내 얘기만 너무 길게 해서 미안하네. 내가 이곳으로 떠나기 전 오렌지아도 보비드 확산의 우려가 있었는데 뉴스를 보니 상황이 악화된 것 같더군. 이 곳 상황도 누그러지지 않고 있네. 현재 외국인의 입국을 통제하고 있는데 조금만 늦었으면 홍콩과 인천 사이의 여객기 항공편이 중단되어 입국을 못 할 뻔 했네. 자네도 건강에 유의하기를 바라네. 여기는 개인방역을 철저히 하여 모두들 마스크를 쓰고 모든 장소에 손을 소독하는 세정제까지 놓아두었어.

자네와 요리스와의 의견대립은 아직 타결점을 못 찾았나? 자네는 유로파의 더 강한 통합이 모두의 번영과 평화를 가져온다고 주장하고, 요리스는 지나친 통합은 각국의 정체성을 해쳐 오히려 공동체의 약화를 가져올 우려가 있다는 생각을 하고 있지. 나는 발티키아에서 생활해봐서 아는데 그곳 사람들은 민족의식과 신앙심이 강하다네. 폴스키아와 보헤미아도 비슷한 성향을 가지고 있고. 자신들의 정체성을 무척이나 소중히 여기는 사람들이지. 어떻게 문제를 해결해야 할지 나도 잘 모르겠네. 아무튼 서로 의견이 다르더라도 둘 사이의 우정은 지속되었으면 하네.

그럼 다시 연락할 때까지 잘 지내기 바라네.

- 코리아에서 윈스턴이 -

한 달이 넘는 일정을 마칠 무렵 외신기자들로부터 연락이 왔다. 자신들의 사적 모임에 윈스턴을 초청하는 것이었다. 그는 외신기자들과 대화를 나누며 코리아에 대한 인상이 자신과는 다르다는 것을 알아차릴 수 있었다. 그들은 코리아에 대해 비하적이지는 않지만 냉소적이었다. 그것을 언론인 특유의 비판적인 관점에서 나오는 것인가 하고도 생각해보았지만 오랜 경험에 바탕을 두고 하는 말이었다. 이들의 말 중 윈스턴이 관심 있게 들은 내용은 10년 가까이 재패니아와 코리아를 오가며 특파원을 했다는 40대 중반의 임페리카 통신사 기자의 발언이었다.

"겉으로는 코리안의 정체성은 분명해보이지. 한 사람 한 사람이 개성이 뚜렷하고 자기주장도 강하니까. 그런데 막상 개인 각자는 정체성이 없어. 그래서는 개인이 진정으로 행복감을 느낄 수 있겠어? 재패니아 사람들은 집단 규범에 복종적이고 코리아 사람들은 개인적이라고 흔히들 말하는데 그건 피상적으로 본 거야. 재패니아 사람들은 집단규범 속에서 개인을 찾으려고 노력하고 코리아 사람들은 개인적이지만 결국 집단에 귀속되려고 하지. 여기 오래 있었던 사람들은 한번 되돌아보라고. 최근 들어 코리아가 얼마나 집단주의화되고 있냐고? 개성 있는 사람들이 결국 집단주의에 매몰되고 있잖아? 지난 몇 년간 횃불집회나 무궁화집회에 매번 수천, 수만 명이 열정을 갖고 참가하지. 나는 그것이 자기의 책임을 집단으로 귀인 시키려는 현상에 불과하다고 봐."

그의 분석을 윈스턴은 정확히 이해할 수 없었다. 그 기자가 멍한 표정을 짓고 있는 윈스턴을 바라보며 말을 이어갔다.

"그런데 스미스 씨. 코리아를 파악할 때는 '내로남불'을 염두에 두어야 합니다. 그것을 파악하지 못하면 상황을 오해할 경우가 생기기 마련이죠."

"내로남불이요? 그게 뭐죠?"

윈스턴의 의아해하는 표정에 다른 기자들이 가벼운 웃음을 지었다.

"내로남불이란 내가 하면 로맨스, 남이 하면 불륜(my romance, your adultery)이라는 말의 줄임말입니다. 코리아 엘리트들의 독특한 사고방식이라고 할 수 있죠." 다른 기자가 한마디 덧붙였다.

"한국사람 특유의 윤리의식이죠. 영사의 '이중사고'(double think)라고 보시면 됩니다."

그의 첨언에 기자들이 "맞아, 맞아. 이중사고"라고 내뱉으며 폭소를 터뜨렸다. 윈스턴은 그들의 대화를 지켜보며 '내가 하면 로맨스, 남이 하면 불륜'은 이중잣대지 과연 이중사고인가 하는 생각을 하고 있었다.

화제를 바꿔 기자들은 맛집 이야기를 한참동안 했다. 윈스턴에게 기회가 되면 외국인 입맛에 맞는 맛집을 데려가겠다고 했다. 젊은 기자들은 외국인들이 자주 찾는 카페와 클럽 얘기도 했다. 그중 헌팅이 쉽다는 곳을 언급하며 자신들의 경험담을 얘기할 때 웃음을 터뜨리기도 했다. 즐거운 시간이었고 윈스턴도 긴장이 풀어졌다.

윈스턴은 저녁 무렵 Dr. K와 함께 숙소를 나섰다. 오월회 자문팀과 정기적으로 만나는 모임에 동행을 한 것이었다. 한 20분쯤 걸어 이면도로로 들어서자 상점들이 늘어선 지역이 나왔다. 그중 한 건물의 지하로 계단을 따라 내려갔다. '밤나무골 카페'라는 상호가 붙은 입구문을 열고 들어가니 테이블이 10개 가까이 되는 꽤 큰 공간이 나왔다. 오른쪽으로 바스탠드가 있었고 몇 테이블에서 손님들이 맥주를 마시고 있었다. 종업원들의 인사를 받으며 Dr. K는 바 스탠드를 돌아 좁은 복도로 향했다. 복도 끝의 문을 열고 안으로 들어갔다. 거기도 꽤 큰 공간이었는데 이미 사람들이 몇 명 와 있었다. 그 방의 분위기는 술집의 독립된 방이라기보다는 회의실과 같았다. 가운데 10여명 가량이 앉을 수 있는 타원형 테이블이 놓여 있었다.

Dr. K와 윈스턴은 테이블 가운데에 자리를 잡았다. 모두들 윈스턴에게 다가와 인사를 했다. 자리가 정리되자 Dr. K가 입을 열었다.

"이미 인사를 나눴겠지만 오늘은 특별히 스미스 선생님을 모시고 왔어."

일일이 기억할 수는 없지만 참석자들은 대학교수, 연구원, 기자, 의사, 변호사 등 전문직 종사자들이었다. 조 실장도 그 자리에 같이 하고 있었다. 곧이어 밖에서 저녁식사 음식이 들어왔다. 그들은 식사를 하면서 계속 대화를 나눴다. 특별한 주제가 있는 것 같지는 않았다. 누가 말을 꺼내면 관심 있는 사람이 그 주제에 대해 말을 이어받는 형식이었다.

식사를 마치고 경제정책연구소의 신 박사가 미리 준비해온 발표를 시작했다.

"성장률, 투자지표, 실업률, 기업부도율 등 모든 지표가 좋지 않습니다. 가계부채 총액도 꾸준히 상승하고 있고 정부부채와 기업부채도 가파른 증가세를 보이고 있습니다. 정부, 지자체, 기업, 가계 등의 부채 총액이 5,000조원을 넘었습니다. 모든 국민이 일인당 1억 원의 빚을 지고 있는 셈입니다. 그중 가계부채의 경우 이자율이 1%만 오르거나 부동산 가격이 하락할 경우 개인파산과 가계파산이 폭증할 위험성이 큽니다. 정부부채는 GDP의 50%에 육박하는데 국제신용평가사들은 50%가 넘을 경우 한국의 국가신용등급을 하향조정하겠다고 경고하고 있습니다. 그렇게 되면 원화가치가 약세가 되고 외자조달의 차입금리가 올라 국가경제에 상당한 부담이 됩니다. 만기가 도래하는 단기외채의 연장이 되지 않고 외자가 급속히 빠져나갈 위험성도 있습니다. 그러다 외환보유고 4,500

억 달러 바닥나는 것은 금방입니다. 제2의 외환위기가 오지 말라는 보장도 없습니다. 이렇게 상황이 악화된 것은 우리가 성장동력을 잃어버린 것이 가장 큰 이유입니다. 대대적인 구조조정을 통해 산업구조 전반을 개편하기 전에는 새로운 성장동력을 찾기가 어려울 것 같습니다. 그런데 노조의 반대 등 여러 가지 이유로 구조조정에 손을 못 대고 있는 실정입니다."

경제상황도 좋지 않고 향후 전망도 암울하다는 신 박사의 얘기가 계속되자 참석자들의 분위기가 가라앉았다.

"이런 추세가 지속되어 여론이 악화되고 경제운용에 대한 비판의 목소리가 커지자 정부는 경제지표 산출방식을 바꿔 경제현황을 호도하려는 시도를 하고 있습니다. 경제정책 당국이나 국책연구소에서 흘러나오는 얘기에 따르면 현행 경제지표의 발표를 없애고 다른 지표로 대체할 준비를 하고 있는 것으로 보입니다. 경제성장율, 국민소득 등은 진정한 생활의 만족도를 대변하지 못한다고 주장하면서 '국민행복지수'를 개발 중에 있습니다. 국책연구기관에서 합동연구팀이 구성되어 지수개발을 거의 끝낸 것으로 보입니다. 적어도 2, 3년 내에 이를 적용하여 발표하면서 GDP, 경제성장율 등의 지표는 아예 발표를 안 할 수도 있습니다. '국민행복지수'에는 객관적 지수 말고도 정성평가라는 명목으로 설문조사 비중도 약 20% 가량 포함될 것으로 보입니다. 일단 여기까지 일단 말씀드리겠습니다."

그가 발표를 마치자 참석자들이 각자 자기의견들을 쏟아내며 분위기가 다시 활기를 띠었다.

"여론조사로 행복감을 측정하겠다고? 그 결과는 뻔하겠군. 행복에 취해있는 캔들기사단의 응답만 반영되겠지."

"행복지수가 높게 나오면 뭐해? 실물경제는 엉망인데. 누가 그걸 믿겠어? 코웃음만 치지."

"홍대 앞 상가 공실율도 30%나 된다고. 예전에는 건물주가 임대료를 올리니까 홍대를 떠나 길 건너 연남동이나 합정동으로 가게를 옮겼는데 최근에는 장사가 안 되니까 아예 폐업을 하더라고. 이러다 자영업자들 다 망하겠어."

"그러게 말이야. 돈을 그렇게 풀었는데도 왜 이리 돈을 안 쓰지?"

"불안하니까 돈을 안 쓰는 거야. 그리고 소비보다는 자산에 묶여둬. 그러니 부동산이 오르고 주식시장이 활황이지만 경기는 얼어붙는 거지."

"자영업자 뿐 아니라 소상공인 전부가 죽을 맛이야. 중소기업을 운영하는 내 친구는 6개월째 신규 주문을 못 받고 직원들 월급만 계속 주고 있대. 자기는 집에 생활비 한 푼 못 갖다 주면서."

모두들 경제 얘기였다. Dr. K도 한마디 거들었다.

"이러다 중산층 전체가 붕괴되지 않겠어요? 하기야 양극화가 심해지면서 중산층의 계층하락은 오래 전부터 나타났지만……."

그의 말이 끝나자 분위기가 싸늘해졌다. 사회학 전공인 최 교수로부터 다시 한 번 분위기에 찬물을 끼얹는 소리가 나왔다.

"그게 저들의 목표 아닙니까? 중산층을 붕괴시켜 저소득층으로 만들어야 국가에 의존하게 되지요. 그래서 저금리를 유지하고 돈을 풀어 부채를 늘리고 있는 거지요. 국민들을 빚쟁이로 만드는 거지요."

"설마 국가가 일부러 그러기야 하겠어요?" 종합병원 호흡기내과 과장인 오 박사의 반응이었다.

"최 교수님 지적이 맞아요. 정부, 기업, 가계부채를 다 합쳐 지난 해 말 기준 전 세계 부채가 약 250조 달러라고 합니다. 전 세계 GDP의 4배가량 됩니다. 지구상 모든 인간들이 4년 동안 올린 소득을 한 푼도 안 쓰고 몽땅 빚 갚는데 쏟아 부어야 갚을 수 있는 액수입니다. 심각한 문제는 그 빚이 해마다 10% 가까이 증가하고 있다는 점입니다. 지금 우리나라도 정부가 자영업자와 소상공인의 대출이자와 원금상환을 유예해주고 있어 그들이 파산을 면하고 있지 않습니까? 결국 자신들의 경제 생명줄을 국가에 전적으로 의존하고 있는 꼴이지요."

신문사에서 국제경제를 담당하고 있는 윤 기자가 최 교수의 발언을 보충하는 설명을 했다.

"국가 입장에서는 국민을 파산시키는 것보다 빚쟁이로 남겨두는 것이 통제하기가 더 수월하고 편하지요. 빚쟁이 국민들이 말을 안 들으면 정부가 금리를 올리겠다고 겁주면 조용해지고 정부한테 고분고분해질 수밖에 없지요. 그런데 이미 파산한 사람이야 금리가 오르든 내리든 무슨 상관이 있겠어요? 엇박자로 나가도 정부가 통제할 방법이 없지요."

Dr. K가 낮게 깔린 목소리로 말했다.

"Dr. K 말에 100% 동의!" 사회학자 최 교수의 맞장구였다.

"그런데 정부가 돈을 풀어 유동성 공급을 어마어마하게 확대했는데 경기는 왜 안 살아나는 거야? 그 돈이 다 어디로 갔어?" 오 박사가 투덜거리듯 말했다.

경제정책연구소 신 박사가 그의 말을 받았다.

"다들 그게 이상하다고 생각하시죠? 돈은 많이 풀렸는데 통화유통속도는 점점 떨어지고 있습니다. 몇 년 전부터 0.75, 0.70, 0.65로 계속 하락하고 있습니다. 금년 말에는 0.6이하로 떨어질 수도 있습니다."

"그게 무슨 뜻이에요?" 누군가 물었다.

"통화유통속도가 0.6이라는 말은 100원의 유동성을 공급하면 시중에 유통되는 돈이 60원 밖에 안 된다는 뜻입니다. 나머지 40원은 어딘가에 잠겨 있다는 말이죠. 예금이든 장롱 속이든. 게다가 그 60원에는 부동산과 주식거래 자금도 포함되어 있으니 실물경제를 돌아가게 하는 소비나 투자에 쓰이는 돈은 매우 제한적이라는 말이죠. 모두 불안하니까 기업이나 개인이나 현금을 움켜쥐고 있다는 얘깁니다."

그 후에도 서로 여러 말들이 오갔다. 대화 내용은 심각한 것이었는데 다행히 분위기는 무겁지 않았다. 생맥주도 곁들인 그 모임은 세 시간 가까이 진행됐다. 모임을 마무리하며 윈스턴을 가운데 두고 기념촬영도 했다.

아침에 식사를 마친 후 거실에서 차를 마시고 있는데 Dr. K와 조 실장이 들어왔다. 세 사람은 소파에 둘러앉아 얘기를 나눴다. 조 실장이 서류를 꺼내 설명을 시작했다.

"스미스 씨. 입국하신 이후의 선생님 활동을 정리한 것입니다. 이 서류를 보시며 얘기를 들으시죠."

조 실장은 강연회와 TV 출연, 그리고 책 판매에 따른 수입에 대해 설명했다. 윈스턴이 코리아에 오기 전 양측이 합의한 내용에 따르면 윈스턴의 활동에 의한 수익의 반은 윈스턴이 가져가기로 되어 있었다. 윈스턴은 별 기대가 없었으나 그의 몫은 오렌지아에서 받는 연봉의 반에 가까운 상당한 금액이었다.

"이 금액을 오렌지아 선생님 계좌에 입금시키는 것이 좋을 것 같습니다. 앞으로 들어오는 인세는 반년에 한 번씩 보내드리고요."

윈스턴이 그의 말에 동의하자 조 실장은 방을 나갔다. 흡족해 하는 그를 보며 Dr. K가 추가로 설명했다.

"스미스 선생님 덕분에 오월회 홍보가 많이 됐고요. 후원자들도 부쩍 늘었습니다. 오월회 K튜브 구독자도 십 만 명을 넘었고요."

그의 말을 들으며 그는 그동안 궁금했던 것을 물어볼 수 있게 됐다.

"Dr. K. 나를 초청한 단체인 코리아의 형제회 이름이 오월회 아닙니까? 그런데 오월회가 무슨 의미입니까. 영어로 May Society라고 표기하던데... 국제형제회연대에도 가입되어 있다고 들었는데, 그렇다면 단체이름이 형제회가 아니라 왜 오월회죠?"

그 질문을 받은 Dr. K의 눈가에 웃음기가 번졌다.

"당연히 궁금하셨겠죠. 말씀드리겠습니다."

그는 커피를 한 모금 마시고 얘기를 시작했다.

"한국은 3극체제가 해체되기 전에 어려운 과정을 거쳐 민주화를 쟁취했습니다. 그 당시 저와 제 친구들의 가장 큰 관심은 이 민주주의가 과거 독재로 돌아가는 것은 아닌가 하는 점이었습니다. 그것을 막기 위해 많은 노력을 했지요. 그런데 3극체제가 붕괴되고 얼마 안 되어 정보화와 세계화 물결이 들이닥쳤습니다. 우리로서는 처음 경험하는 새로운 시대였습니다. 엄청난 변화가 우리 사회를 위기로 몰아갈 것이 분명했습니다. 저와 친구들은 그 중에서도 가장 위험성이 큰 부분이 정보화가 될 것이라고 예견했습니다. 모두들 디지털의 편리성에 환호했습니다만 우리들은 사회가 아날로그에서 디지털로 바뀌면 그들이 개인을 감시하기가 더 쉬워질 것이라고 예측했습니다. 모든 소통이 디지털로 바뀌어 기록되고 저장되는 것이지요. 봉투편지야 읽어본 후 태워버리면 끝이지만 디지털 소통은 어딘가 흔적이 남아 있지요. 금융거래도 얼마든지 쉽게 들여다볼 수 있게 되었습니다. 우리는 그로 인해 디지털 독재가 가능하다고 판단했습니다. 소위 디지털 전체주의(digital totalitarianism)가 도래할 것을 우려했습니다."

Dr. K는 잠시 말을 멈추고 찻잔을 들어 한 모금 삼켰다.

"그 무렵 우리는 스미스 씨의 얘기가 전해지고 발티키아 신문사와의 인터뷰 내용을 모두 읽었습니다. 저와 동료들은 영사의 독재가 그 정도로 심한 줄은 몰랐습니다. 거의 히틀러 나찌 때와 다름이 없다고 생각했죠. 우리는 전체주의에 대해 다시 한 번 공부를 시작하면서 스미스 씨와 연락을 취하고자 소재를 파악했습니다. 그 과정에서 스미스 씨가 오렌지아로 이주한 사실과 스미스형제회가 조직되어 있는 것을 알았습니다."

Dr. K와 동료들이 모임을 가지면서 정식으로 디지털 전체주의의 도래를 경고하고 이를 방지하는 단체를 만들자는 것으로 의견이 모아졌다.

"형제회라는 의견도 있었지만 우리는 예전부터 정치체제가 동물농장화 하는 것을 우려했습니다. 동물농장식 독재가 전체주의화할 것이 분명했죠. 지배자인 돼지 나폴레옹과 그의 충실한 경호대인 아홉 마리의 개를 경계하며 저자의 이름을 따서 '오웰리안 소사이어티'(Owellian Society)라고 이름을 지었습니다. 우리끼리는 발음하기 편하게 '오웰회'라고 불렀죠. 그리고 대학생들을 중심으로 조직을 확대하여 나가기 시작했습니다. 조직이 커지자 정보기관이 관심을 보이며 탐문을 하기 시작했습니다. 심지어 정보과 형사가 직접 나를 찾아오기도 했습니다. 그러면서 오월회가 뭐하는 단체냐고 묻더군요. 오웰회, 오웰회하는 것을 오월회로 잘못 들은 거지요. 정보당국 사람들이 조지 오웰을 몰랐던 거지요. 촛불정권이 들어서고 나서 아예 이름을 오월회로 바꿨습니다. 발음이 비슷한 것도 있지만 오월은 한국에서 특별한 의미를 갖기 때문에 좋은 개명일 거라고 생각합니다."

"특별한 의미요? 코리아에서도 오월을 계절의 여왕이라고 하나요?"

윈스턴의 말을 듣고 그는 소리 내어 웃다가 곧 정색을 하고 말했다.

"스미스 씨. 오월은 한국의 정치담론에서 거의 신성불가침한 단어입니다. 외국인은 이해하기 힘듭니다."

그의 말을 정확히 이해할 수는 없었지만 계절의 여왕인 오월을 단체이름으로 한 것도 재치 있는 것이라 생각했다.

"Dr. K. 그런데 3극체제 기간 중 코리아는 어떻게 오세아니아에 완전히 편입되지 않았습니까?"

"한국에는 미국 군대가 줄곧 주둔하고 있었지만 분명 주권을 유지했습니다. 그것은 위쪽도 마찬가지로 유라시아와 이스타시아의 지원과 원조를 받았지만 어느 쪽에도 편입되지는 않았지요. 한반도는 유라시아와 이스타시아와 국경을 접하고 있고 미군이 주둔하고 있어 3극체제에서 세 나라의 이익이 직접 충돌하는 지정학적으로 매우 예민한 지역입니다. 어느 나라도 특정국가가 한반도를 완전히 복속시켜 지배하는 것을 원하지 않았을 겁니다. 그래서 분단을 유지한 채 힘의 균형을 이루는 것이 모두에게 득은 안 되도 실은 아니라고 판단했겠지요. 남한과 북한은 그것을 잘 이용했고요. 그리고 여기에 한국 사람들이 가지고 있는 독특한 민족적 저항심이 바탕에 있었겠지요."

윈스턴은 그의 설명에 고개를 끄덕였다.

"민족적 저항심이면 아일랜드나 스코틀랜드의 민족성과 유사합니까?"

Dr. K는 윈스턴의 질문에 잠시 생각하는듯하다 입을 열었다.

"그들보다는 훨씬 포괄적입니다. 오히려 유대인에 가깝다고 할까요? 아일랜드는 타민족 지배에 대한 거부감에서 저항을 계속했지요. 그러나 한국인의 저항의식은 전 방위적입니다. 우리를 지배하려는 이민족, 나를 수탈하는 지배계급, 나의 이익을 침해하는 집단, 나의 자존심을 상하게 하는 사람 등 모든 거부감이 저항의식으로 나타납니다. 반감의 표출이죠. 이를 식민지배를 거치며 대상을 특정화하여 일본에 대한 저항의식이라고 포장한 것이지요. 그래서 자의적으로 저항의 대상을 모두 외세에 결부시킵니다. 30만 개가 넘는 일자리를 창출하는 기업도 마음에 들지 않으면 매판자본이라고 부르고 기득권층을 사대주의자, 정적을 친일파라고 부르죠. 상대방을 범주화시켜 존재가치를 아예 부인해버립니다. 그러니 같은 민족세력이건, 외세건 한국인을 통치하기가 매우 어렵죠. 유대인에 비유한 이유는 그들 스스로 선택된 민족이라고 생각하지만 아브라함 이래로 항상 이방인이나 타민족의 박해를 받았다는 피해의식에 젖어서 정체성이 폐쇄적이고 행동이 배타적이지 않습니까? 능력과 별개로 유아독존적이지요. 자체적으로는 늘 분열되어 있고요."

윈스턴은 그의 얘기를 들으며 적절한 비유인지 확신할 수 없었다.

"아무튼 그러한 저항의식이 지금의 코리아에 미친 영향은 무엇이죠?"

"자기도취적인 동시에 자기기만적이죠. 그 최종결과가 자기파괴적이고 자기분열적인 모습으로 나타납니다. 그런 가운데서도 지금 같은 수준의 물질적 풍요를 이룬 것은 거의 기적에 가깝다고 해야 합니다."

"외국인인 나는 그런 수준까지 파악할 수 없었습니다. 왜 자기기만이라고 말씀하시는 거죠?"

Dr. K는 조심스럽게 말을 이어갔다.

"예를 들면, 탄압이 나의 목숨까지 위협하지는 않을 것이라는 확신이 들 때 저항이 일어납니다. 옛날 조선시대에 당시의 지식인들인 유생들이 왕의 교시에 반대하는 상소문을 올리고 왕의 거처인 경복궁 문 앞에서 머리를 풀어 헤친 채 무릎을 꿇고 시위를 벌였습니다. 전제군주시대에 대단히 용기 있는 행동이지요. 그런데 그런 일이 자주 일어났습니다. 왜 그랬을까요? 그런 저항을 해도 왕이 자신들을 처벌하지 않을 것이라는 확신이 있었기 때문이죠. 삭발령을 내렸을 때, 내 목이 잘릴지언정 내 머리카락을 자를 수는 없다며 저항운동이 일어났습니다. 아마 당시 왕이 대표적으로 몇 명만 잡아 진짜 목을 잘랐다면 유생들은 머리를 깎았을 겁니다. 그렇다면 왕은 왜 그렇게 못했을까요? 자기확신이 없었기 때문입니다. 어떻게 보면 본질을 외면하는 행위이지요. 그것이 심화되면 위선이 되는 겁니다. 이러한 모든 행위가 자기기만이죠."

말을 하며 Dr. K의 얼굴이 상기되고 있었다. 윈스턴은 대화내용을 바꿔야겠다고 생각했다.

"3극체제에서도 독자성을 유지한 코리아인데 100여 년 전에는 왜 재패니아의 식민지가 되었습니까?"

Dr. K는 곤혹스런 표정을 지었지만 곧 대답했다.

"무엇보다도 지배엘리트의 무능이었죠. 특히 전제군주의 무능이죠. 세계사의 흐름을 전혀 읽으려 하지 않고 그저 자기보신에만 눈이 어두웠죠. 하지만 19세기 자체가 제국주의 열강들의 식민지 쟁탈전 시대 아니었습니까? 비유럽국가들 중에서 독립을 유지한 나라가 몇 개나 됩니까? 태국하고 아프가니스탄 정도 아닐까요? 그런 세계사적 흐름에서 벗어나지 못했던 것이지요. 혹시 당시 영국의 러시아 견제심리를 잘 활용하였으면 일본의 식민통치를 피할 수 있었을지 모르죠. 그러나 전체적으로 그런 역량이 부족했습니다. 현재도 우리 엘리트들이 그런 역량이 있는지 회의가 드는군요."

"Dr. K는 매우 부정적으로 보시네요. 그런데도 3극체제에 편입되지 않고 경제적으로 계속 발전할 수 있었던 뭔가가 있을 것 아닙니까?"

Dr. K가 빙그레 웃음을 지었다.

"제가 말씀드린 부정적 요소가 없었다면 한국은 지금쯤 일본이나 독일을 추월했겠죠. 왜 잘 살게 되었는가? 한국 사람들은 남한테 지고는 못 삽니다. 그것이 큰 장점입니다. 전체적으로 그것이 끊임없이 상위지향성으로 발현되지요. 6.25전쟁의 참화로 모든 게 파괴되고 그나마 남아있던 봉건적 잔재도 다 없어졌습니다. 한마디로 상위 1%만 제외하고 모든 사람들이 평등하게 거지들이 된 것이지요. 일단은 먹고 사는 생존을 위해 열심히 일할 수밖에 없었고 산업화가 되면서 소득수준이 올라가자 남에게 뒤지지 않기 위해 더 열심히 일한 것이지요. 똑같은 거지에서 출발했는데 누가 나보다 잘 살게 되면 배가 아프지요. 내가 뒤쳐지고 있다는 반성을 하게 되는 거지요. 예를 들어 우리말에 '사촌이 땅을 사면 배가 아프다'는 말이 있습니다. 우리나라 사람들의 심성을 비웃는 말로 많이 쓰이지만 반대로 생각하면 사촌이 땅을 사면 나도 그런 땅을 갖기 위해 더 노력하는 자극제가 되는 것입니다. 긍정적인 면이 있는 것이지요. 그런데 요즘은 그런 결기 있는 노력도 점점 사라지고 돈 놓고 돈 먹는 방식으로 부를 모으려는 사람들이 많아져 걱정입니다."

Dr. K는 평소 말수가 적고 또 말을 해도 짧게 하는 편이었지만 일단 말문이 열리면 참 쉽고도 재미있게 말을 했다. 윈스턴은 그의 말을 다 이해할 수는 없어도 그와 얘기를 나누는 것이 즐거웠다. 그는 자기 나라를 자랑스럽게 말하거나 반대로 일부러 비판적으로 평가하지 않았고 매우 중립적으로 얘기를 했다. 확실히 오키드담 대학의 마르셀 교수와 비슷한 면이 있었다.

2. 06:00

 아침부터 불안하던 진희는 저녁 시간에 찾아온 딸을 보자 다소 마음이 놓였다.

 "하루 종일 뭘 그렇게 물어보던? 넌 잘못한 게 없잖아?"

 "몰라. 별 거 별 거 다 물어보더라고. 짜증나서 죽을 뻔 했어. 어떤 때는 그 자식이 책상을 치며 목청을 높이더라고. 후배들 물뽕 먹여 해롱거리게 만들어 손님들하고……." 풀이 죽어 있던 딸이 신경질적으로 대답했다.

 "물뽕? 그게 뭔데?"

 "아이 몰라. 엄만 몰라도 돼."

 그렇게 말하는 딸은 분이 안 풀렸는지 급기야는 눈물까지 글썽거렸다. 진희는 저절로 한숨이 나왔다.

 "그래서 오늘로 다 끝난 거지? 또 오라는 소리는 없지?"

 "몰라. 뭐 참고인으로 왔지만 피의자로 전환될 수 있다고 말하면서 조사결과에 따라서는 기소될 수 있대. 그런데 엄마. 피의자는 뭐고 기소는 또 뭐야?"

 그 말을 들은 진희는 가슴이 철렁했다. 도대체 거기서 무슨 일이 벌어졌었는지 자세히 물어보고 싶었지만 화가 난 딸이 제대로 말해줄 것 같지 않아 그냥 꾹 참았다. 딸이 하루 종일 땀을 흘렸다며 샤워실로 들어가고 진희는 거실 소파에 앉아 생각에 잠겼다. 수사관이 겁을 주려고 한 얘기일 수도 있지만 상황이 좋지 않은 것은 분명했다. 자기 힘으로는 해결할 수 없는 일이었다. 고민하던 그녀는 통화버튼을 눌렀다. 벨이 열 번 이상 울렸으나 상대방은 전화를 받지 않았다. 그녀는 문자를 보냈다.

"급한 용건. 진희."

잠시 후 전화가 왔다.

"저녁 시간에 급한 용건이 뭐냐?"

"지금 어딨어? 내가 그리로 갈게."

"전화로 하면 안 되겠니?"

"얘기가 좀 길고 복잡해. 그리로 갈게."

너무 늦은 시간 아니냐는 말을 할 틈도 없이 전화는 끊겼다. 핸드폰을 내려놓으며 Dr. K는 의자 뒤로 상체를 기댔다. 최근 머리가 복잡한데 진희가 온다니 과연 그것을 감당할 공간이 뇌에 남아 있나 하는 생각이 들었다. 오랜만에 무슨 일일까? 돈 문제는 아니겠고. 남자 문제? 딸 문제? Dr. K와 진희는 일 년에 두세 번 밖에 안 만나지만 그때마다 진희의 얘기 소재는 대부분 돈, 남자, 딸이었다. 쓸 돈이 없어 돈타령을 하는 것이 아니라 돈을 더 벌기 위해 돈이 필요했다. 남자 얘기는 이제 나이가 들었건만 아직도 주요 화제였다. 무슨 일이지라고 생각하며 Dr. K는 골치가 아팠다. 지금까지 자신이 해결해준 문제는 없었지만 그녀의 얘기를 들어주는 것만으로도 고통이었다. 정말 서둘러 왔는지 얼마 지나지 않아 진희가 사무실로 들어섰다. 그는 책상 뒤에 그대로 앉아 있었다.

"오빠, 이리로 와. 그렇게 사무적으로 나오지 말고."

목소리가 심상치 않아 Dr. K는 의자에서 천천히 일어났다. 두 사람이 테이블을 가운데 두고 얼굴을 맞대고 앉자 그녀는 깊은 숨을 한번 내뱉고 입을 열었다.

"오빠, 우리 세레나가 곤경에 빠진 것 같아."

돈과 남자 문제가 아니라 딸 세레나 얘기였다.

"곤경이라니?"

"세레나가 오늘 검찰에 가서 조사를 받고 왔어. 그것도 하루 종일 말이야."

"검찰? 세레나가 검찰에 갈 일이 뭐가 있어?"

"오빠도 아는지 모르지만 요즘 신문 방송에 자주 나오는 클럽 레드문 사건 있잖아? 세레나가 가끔 거기에 가거든. 그런데 그 자리에 있던 사람들을 몽땅 불러다가 조사하고 있나봐."

Dr. K는 뭔가 막연히 짚이는 것이 있었지만 덤덤하게 물어보았다.

"무슨 소리인지 모르겠네. 거긴 어린 애들이 가서 춤추는데 아니야? 거길 세레나가 왜 가지? 그리고 거길 갔다고 해서 검찰에서 왜 불러?"

"거기 홀은 일반 클럽처럼 젊은 애들이 춤추고 노는 데지만 그 뒤에 VIP룸은 정말 VIP들이 모여 술 마시며 미팅을 하는 곳이거든. 그 방에서 있었던 일을 물어보나봐."

"아직 난 무슨 얘기인지 모르겠다."

"오빠. 세레나가 영어도 잘하고 중국어도 꽤 하잖아. 그래서 외국에서 VIP들이 오면 기획사 사장이 도와달라고 세레나를 부르거든. 그래서 가끔 가지."

진희 얘기를 계속 들으며 Dr. K는 상황이 짐작됐다.

진희는 초등학교 다니던 딸을 데리고 캐나다에 가서 몇 년 동안 살았다. 진희가 먼저 귀국하고 세레나는 캐나다에서 계속 학교를 다녔는데 중학교 2학년 무렵 걸그룹이 되겠다며 엄마와 상의도 없이 한국으로 들어왔다. 몇 차례 오디션을 봤으나 떨어졌다. 진희는 갖은 수를 다 써 일단 중견 기획사 연습생으로 들여보냈고 몇 년 후 세레나는 걸그룹으로 데뷔했다. TV에도 여러 차례 출연했다. 진희는 신이 났다. 그런데 불과 일 년도 되지 않아 그룹멤버가 교체되면서 세레나는 멤버에서 빠지게 되었다. 진희는 분통을 터뜨렸다. 얼굴도 예쁘고, 몸매도 좋고 노래와 춤 모두 수준급인데 이놈들이 다른 애들 돈 받아먹고 멤버를 교체했다며 난리였다. 더군다나 영어도 잘하는데 이럴 수가 있냐는 것이었다. 하도 난리를 치니까 기획사 사장은 솔로로 데뷔시켜주겠다며 진희와 세레나를 달랬다. 중국시장이 더 유망하다며 중국무대 진출을 권했다. 세레나는 중국 스타일에 맞는 노래와 춤을 익혔고 중국어도 배우며 솔로의 꿈을 안고 열심히 준비했다. 다른 아이돌그룹이나 걸그룹의 공연에 동행하여 여러 차례 중국을 다녀오기도 했다. 그러나 솔로로 무대에 선 것은 몇 차례 되지 않았다. 그렇게 몇 년이 지나고서야 솔로 스타가 되겠다는 꿈을 접었다. 그래도 무대활동을 잊을 수는 없었다. Dr. K는 더 늦기 전에 준비해서 대학을 가라고 권했지만 두 모녀는 그 말을 귓등으로 흘려들었다.

세레나는 기획사에서 섭외하는 지방공연을 가끔 다니며 솔로활동을 할 수 있었다. 그러다 20대 중반이 되고 말았다. 그 후 기획사가 모델일을 섭외해줬다. 진희 말대로 얼굴도 예쁘고 몸매도 날씬해서 일을 맡을 수 있었다. 홈쇼핑의 청바지, 수영복을 거쳐 란제리 모델까지 했다. 그러나 항상 일이 있는 것은 아니었고 기껏해야 한 달에 한두 번 정도였다.

진희는 딸이 연예인으로 성공하는 것을 포기했다. 먹고 살 궁리를 하라고 많은 비용을 들여 강남에 와인바를 차려줬다. 와인바의 실내는 세레나의 연예활동 사진으로 도배하다시피 했다. 젊은 여사장이 얼굴 예쁘고 걸그룹 출신이라고 하니 초기에는 손님이 꽤 많았다. 그것도 몇 달 뿐이었다. 가게는 세레나 친구들의 참새방앗간이 되고 말았다. 장사가 잘 안되니 가게를 종업원에게 맡기고 세레나가 저녁에 놀러나가는 날이 잦아졌다. 그러니 더욱 손님이 줄었다. 스스로 내세우는 세레나의 경력은 그 분야에서는 그럴 듯하게 보였다. 캐나다 조기유학, 걸그룹 멤버, 솔로가수, 모델, 녹스 와인바 대표. Dr. K는 동생 진희가 딸을 방치하고 있다고 생각했다. 두 모녀가 마음에 안 들었다. 진희도 오빠의 그런 생각을 짐작

310

하고 있었다.

"진희야. 세레나도 이제 서른이 다 되었는데 부른다고 클럽에 가는 건 이상하잖아? 더군다나 자기 가게도 운영하고 있는 애가."

"오빠가 뭘 오해하고 있는 것 같은데. 세레나는 놀러 가는 게 아니라 외국 VIP가 오면 우리나라 사업파트너와 동석해서 상담이 잘 진행되도록 도와주는 거야. 최근에는 대만과 말레이시아 투자자들이 와서 세레나가 특별히 초청받은 거라고. 영어 되지, 중국어 되지, 캐나다에서 교육받아 매너 되지. 거기다가 예쁘고 노래까지 잘 부르지. 그래서 외국 파트너들로부터 호평을 받고 있어. 초청받아서 갈 때마다 거액 페이도 받아."

Dr. K는 그녀의 열변에 토를 달고 싶지 않았다.

"그러면 내가 할 수 있는 게 뭐지?"

"뭐 그렇게 남일 얘기하듯 말해? 오빠 대학 때 친구들 요즘 잘 나가잖아? 손 좀 써서 세레나 일 좀 잘 처리해줘. 오빠 부탁해."

그녀의 말에 간절함이 묻어 있었다. Dr. K는 진희가 말하는 친구가 누구를 지칭하는지 짐작할 수 있었다.

"너 원국이 말하는 거니? 나 걔 만난 지 오래돼서……."

"오빠. 그게 말이 돼? 원국 오빠가 어떻게 오빠 청을 거절해? 뭐 흉악범을 부탁하는 것도 아니고. 오빠하고 원국 오빠, 재민 오빠, 그리고 지금은 뭐하는지 모르지만 병호 오빠하면 대학교 때 사총사로 유명했잖아. 같이 잡혀가서 고생도 엄청 했고."

Dr. K는 잠시 말문을 닫았다가 입을 열었다.

"그럼. 네가 직접 연락해봐라. 얼마 전까지 나보다 네가 더 자주 만나지 않았니? 네가 먼저 얘기한 다음에 내가 또 부탁할게."

물론 그녀는 어렸을 때부터 집에 자주 놀러오던 원국을 알고 지냈다. 몇 년 전까지 재민이 하는 사업과 관련하여 원국과 함께 공동투자를 하기도 했다. 그런데 예전에 자기를 공주처럼 모셨던 원국이 현 정권에서 승승장구하자 태도가 건방져진 것 같아 그와 거리감이 생겼다. 진희가 그의 전화를 몇 번 안 받고 문자를 무시한 후에는 원국도 연락을 하지 않고 지냈다. 그러니 자기가 먼저 연락하기가 껄끄러웠다.

"오빠. 너무하네. 다 급한 사정이 있어서 오빠한테 부탁하는 건데 그걸 거절해?"

"나도 너한테 자세히 얘기하지 못할 사정이 있다. 원국이 전화번호 가지고 있지? 아니면 내가 알려줄게."

진희는 자리에서 벌떡 일어나 핸드백을 채듯이 들고는 인사도 없이 사무실을 나가버렸다. Dr. K는 몇 달 전부터 주변 상황이 심상치 않게 돌아가고 있다는 느낌을 받고 있었다. 경찰에서 Dr. K와 오월회에 대해 탐문하고 다닌다는 것이 그의 안테나에 잡혔다. 뭔가 이상한 그림자가 자기 주변으로 다가오는 것을 감으로 느낄 수 있었다. 그러면서도 계획은 진행시켜야 했다. 그러한 상황에서 현 집권세력의 핵심인물 중 하나인 원국과 접촉하기가 꺼려졌다. 특히 사정비서관실 감찰비서관이라면 자신에 관한 첩보가 이미 보고됐을 수도 있는 일이었다. 일 년에 한두 번 연락을 하는 원국과 재민이 그해 들어 통 연락이 없는 것도 이상하다는 생각이 들었다. Dr. K는 잠시 생각에 빠졌다가 핸드폰으로 문자를 보냈다. 잠시 후 전화기가 떨렸다.

"그래. 레드문 사건 어떻게 진행되는지 좀 알아봤어?"

상대방은 한참 설명을 했다. Dr. K는 듣기만 했다. 상대방의 말이 끝나자마자 그가 반문을 했다.

"수십 명이나 조사를 받았다고? 그러니까, 이름 있는 애들 몇 명 형식적으로 조사하고 조무래기들을 성폭력과 마약복용 혐의로 잡아넣는 것으로 끝내겠다는 얘기지?"

통화를 마치고 Dr. K는 다시 생각에 잠겼다. 그렇다면 관건은 세레나가 마약을 했느냐 아니냐의 문제였다. 세레나가 과연 마약을 했을까? 오래전 일이라 검사를 해도 마약성분이 검출되지 않을 수도 있을 것이다. 그러나 관련자들의 진술과 증언만으로도 얼마든지 엮어 넣을 수 있을 것이다. Dr. K는 한숨이 나왔다.

Dr. K는 조카 세레나에게 큰일이 닥칠 수 있다는 걱정이 들었다. 그렇지만 현 정부의 실세인 원국에게 자신이 부탁하나, 진희가 청을 하나 결과는 비슷할 것이라고 판단했다. 자신이 부탁했을 때 거들먹거릴 원국의 모습이 떠올라 진희에게 직접 연락을 해보라고 말한 것이었다.

Dr. K는 동생에게 미안한 마음이 들면서 잠시 멍한 상태로 앉아 있었다. 진희와의 대화가 별로 생각하고 싶지 않은 옛날 일을 떠오르게 했다. 진희가 내뱉은 대학시절 '사총사.' 오랜만에 들어보는 말이었다. 재민, 원국, 병호, 그리고 Dr. K. 네 사람은 자라온 배경은 달랐지만 같은 대학을 다니며 다른 학생들이 사총사라고 부를 만큼 자주 어울렸다. 그 시작은 매우 우연한 계기였다.

입학한 첫 달인 3월 말경이었다. 총학생회가 주도한 대규모 시위가 있었는데 대오 선두에 섰던 신입생들이 대거 연행되었다. 오후에 경찰서에서 조사를 받고 저녁이 되자 닭장차에 실려져 이동되었다. 창문을 막아놓아 어디로 가는지 몰랐지만 1시간은 넘게 달린 후 차가 중간 중간 서며 학생들을 삼삼오오 하차시켰다. 달리던 차가 다시 멈추며 전경이 뒷문을 열고 이름을 불렀다.

"야, 니들 전부 내려."

네 명이 내리자마자 닭장차는 속도를 올리며 떠났다. 3월 말 저녁이라 기온이 낮고 옷을 파고드는 봄바람이 매서웠다. 깜깜하여 어디가 어딘지 도무지 알 수 없었다. 네 명은 멀리 불빛이 보이는 곳까지 20분 넘게 걸어갔다. 길가를 따라 낡은 농가들이 서있었고 멀리서 보았던 불빛은 조그마한 동네 주막이었다. 밖이 너무 추워 일단 안으로 들어갔다. 예순 가까이로 보이는 남자 주인은 저녁 늦게 젊은 청년 여럿이 들어오니 놀라는 표정을 지으며 재채기까지 했다. 시위 때 뒤집어 쓴 최루탄 포말이 완전히 제거되지 않았던 것이었다. 머쓱한 표정으로 테이블에 둘러앉았는데 주인은 숫자의 위세에 눌렸는지 아무 말도 하지 않았다. 점심부터 굶었기 때문에 모두 시장했지만 누구도 선뜻 음식시킬 엄두를 내지 못했다. 돈 가진 사람이 아무도 없었다. 다들 속으로 자초지종을 설명하고 음식을 얻어먹거나 외상으로 시킬까 하는 궁리를 하고 있었다. 그때 Dr. K가 호기 있게 식사를 주문했다. 제육볶음까지 별도로 주문하고 막걸리까지 추가했다. 어떻게 음식 값을 치를 것인가는 모두 잊고 식사가 나오자마자 열심히 먹었다. 따뜻한 음식으로 배가 부르자 긴장도 풀리고 몸의 한기도 사라졌다.

Dr. K와 병호는 같은 과였기 때문에 얼굴은 익숙한 편이었지만 정식 자기소개는 처음이었다. 다른 두 사람은 법대 원국과 경영학과 재민이었다. 입학한지 한 달도 안 되었기 때문에 학교를 오가며 얼굴 마주칠 일이 거의 없어 초면이나 다름없었다. 서로 고생했다고 위로를 하며 다 같이 경찰들을 권력의 주구이자 민중의 몽둥이라고 성토했다. 그리고 자신의 신상에 대해 조금씩 얘기하기 시작했다.

Dr. K와 재민은 서울에서 자랐고 병호와 원국은 지방출신이었다. 재민은 학교에서 가까운 봉천동의 지하 단칸방에서 어머니와 살며 알바를 여러 개 해서 학비와 용돈을 벌고 있었다. 원국은 학교 근처에서 하숙을 했다. 집에서 보내주는 돈으로 생활하는 데는 큰 불편이 없었다. 병호는 지방도시의 수재였기 때문에 사우스 레이크 학사에서 기숙을 했고 학비도 고향 장학재단에서 내줬다. 그는 용돈이 부족했지만 따로 알바를 하진 않았다.

일행에 대해 어느 정도 알게 되자 음식 값을 이제 어떻게 지불하나, 집에는 어떻게 돌아가나 하는 걱정이 슬슬 들기 시작했다. Dr. K는 주인의 허락을 받아 어딘가 전화를 했다. 수화기를 주인에게 바꿔주고 다시 받고 하면서 통화가 길어졌다. 통화를 마친 후 그가 자리로 돌아왔다.

"이제 마음 놓자고. 우리를 데리러 와달라고 부탁했으니까 조금 더 마시자. 아저씨, 막걸리 한 주전자 더 주세요."

추가로 시킨 막걸리 두 주전자가 비워질 무렵 식당문을 열고 중년남자가 들어왔다. 그는 일행 쪽으로 다가오면서 Dr. K를 바라보고 말했다.

"아이고 멀기도 해라. 여기 찾는데 시간이 좀 걸렸어."

Dr. K 아버지의 운전기사였다. Dr. K는 그를 보자 안도의 표정을 지으며 친구들에게 말했다.

"저기 오늘 너무 늦었고 차가 왔으니까 다들 오늘 밤은 우리 집에 가서 자자."

그들은 차에 탔다. 모두들 꾸벅꾸벅 졸거나 잠에 빠졌다가 기사 아저씨의 다 왔다는 소리에 정신들을 차렸다. 얼굴을 대면한 첫 날 모두 Dr. K네 집으로 몰려들어온 형국이 됐다. Dr. K는 아버지가 마시는 양주와 맥주를 가져왔다. 늦은 밤인데도 가정부에게 안주를 부탁했다. 병호는 양주를 처음 마시는 것이었고 재민은 술 대신 콜라를 마셨다. 그것이 사총사로 불린 그들 만남의 첫 날이었다.

첫 번째 만남이 사총사로 이어지게 된 것은 그날 하루의 경험에서 기억에 남을 수밖에 없는 기승전결을 공유했기 때문이었다. 최고의 학부에 들어왔다는 자부심이 팽배해 있던 신입생 첫 달의 대규모 시위는 그 목적이나 주장하는 바를 떠나 뭔가 가슴을 들뜨게 했다. 신입생이라 시위 행렬의 맨 앞에서 서서 교문을 사이에 두고 스타워즈의 병사 같은 복장을 한 전투경찰과의 대치는 그들에게 긴장감과 흥분감을 동시에 가져다 주었다. 감히 경찰과 맞서다니 대학에 들어오기 전까지는 상상도 못할 일이었다. 수천 개의 돌멩이와 수백 개의 화염병이 곡선을 그리며 날아가고 시위학생 머리 위에서 터지는 수백 개의 사과탄, 최루연막을 내뿜으며 땅위를 오동방정 떨며 휘젓고 다니는 지랄탄, 눈물과 콧물의 범벅, 곧 이은 곤봉과 쇠파이프가 맞부딪히는 경찰과의 육박전, 그 아수라장 속에서 곤봉에 허벅지를 맞아 주저앉고 이어지는 연행과 닭장차, 경찰서 뒷마당에서의 방광이 터질 것 같은 긴 기다림 끝의 조사, 그리고 다시 닭장차에 실려 시골길에 내팽개쳐진 상황, 식당에서의 식사 및 음주, Dr.

K네 집에서의 달콤한 휴식. 그 하루 동안의 드라마에 네 사람은 줄곧 동행하였고 긴장감, 흥분, 두려움, 안도감을 동시에 느꼈던 것이었다.

네 사람은 같은 교양과목 강의를 수강신청했고 학교 앞 개천가 술집에서 어울리거나 전철역 유흥가에 나와 놀았다. 주말에는 가끔 Dr. K의 집에 모여 저녁을 먹고 술을 마시며 밤새 수다를 떨다 늦잠을 잤다. 아침식사 자리에 진희가 합석할 때도 있었다. 숱이 많은 머리, 짙은 눈썹, 그리고 도톰한 입술이 타인의 시선을 확 끄는 진희가 짧은 반바지와 민소매 티셔츠 차림으로 처음 그들과 식사를 같이 하는 날 Dr. K를 제외한 세 사람은 고개를 제대로 들지 못하고 식탁만 바라보며 수저질을 했다. 원국과 진희의 눈이 가끔 마주칠 때도 있었다.

사총사의 놀이터인 2층 거실이 독립적으로 되어 있었고 Dr. K 방에 별도의 화장실이 있었다. 여름엔 에어컨도 틀어져 있었다. 그들은 Dr. K가 부재중일 때도 집을 찾아가 그의 방에서 낮잠을 자는 경우도 있었다. Dr. K의 집은 거의 완벽한 휴식처이자 놀이터였다. 방학 때는 Dr. K네의 콘도를 이용하여 여행을 다니기도 했다.

넷이 자라온 환경이 달랐는데도 서로 얘기가 잘 통했다. 말은 원국이 가장 많이 했고 재민과 Dr. K는 옆에서 거드는 편이었다. 병호는 말수가 적었으나 그의 몇 마디가 화제의 방향과 깊이를 바꾸었다. 원국이 비분강개형 인물이라면 같은 비판을 해도 병호는 분석적이고 논리적이었다. 재민은 부화뇌동형으로 네 말도 맞고 네 말도 옳다는 식의 태도였다. Dr. K는 그들과의 대화를 통해 많은 것을 배웠다. 특히 병호의 분석을 통해 세상을 저렇게 볼 수도 있구나 하는 생각을 하게 되었다. 그들의 자주 어울리는 모습을 보며 주변 다른 친구들은 사총사라고 불렀다. 그 사건이 터진 후에는 사인방이라고 불렀다.

네 사람 모두 다 같이 친하게 지냈으나 Dr. K는 원국에 대해서는 언뜻 언뜻 거리감을 느꼈다. 그가 너무 나대는 것이 마음에 들지 않을 때가 있었다. 그리고 그는 항상 과장해서 얘기했다. 그것을 조금 지난 후에 생각해보면 결국 자기 자랑이거나 자신의 희망사항이었다. 그것은 법대생이 갖는 우월의식에 더하여 나는 다른 사람보다 잘되어야 한다는 어떤 강박관념이나 목적의식에서 나오는 것이었다.

그런 태도를 가지고 있는 그에게 Dr. K는 조카 일을 부탁하기가 꺼려졌다. 지금도 그에게 사총사 중에 가장 부담이 되는 인물이 원국이었다. 그의 단점은 눈에 띄었다. 남에게 부자연스럽게 보이면 그것이 단점인 것이었다. 다른 사람들과 견주어볼 때 어디 하나 부족한 것이 없는 원국이 왜 그런 행태를 보이는지 Dr. K는 도무지 이해할 수 없었다.

원국은 한때 남쪽 항구도시 P시에서 자기네도 남부럽지 않게 살았다고 생각했으나 사는 것이 Dr. K네와는 비교가 되지 않았다. 주택 규모는 물론 가구들, 그리고 심지어 반찬 숫자와 질까지 상대가 될 수 없었다. Dr. K의 방이 있는 이층의 거실에도 커다란 냉장고가 따로 있었다. 이것이 서울 부자와 지방 항구도시 부자의 차이인가 하는 생각이 들었다. 가끔 만나게 되어 인사를 드리는 Dr. K 어머니의 미모와 세련미, 그리고 교양미는 압도적이었다. 스튜어디스 출신이라는 Dr. K 어머니와 늘 무미건조한 표정을 하고 있는 자신의 어머니가 비교되었다. 한편으로는 이유 없이 자존심도 상했다.

진희는 집에 도착하여 늦은 시간이었지만 원국에게 연락 바란다는 문자를 남겼다. 잠자리에 들기 전까지 기다렸지만 회신이 없었다. 다음날 오전에 다시 문자를 보냈다. 그날 조간신문에 시중에 나돌고 있는 클럽 레드문 안에서 벌어진 것으로 의심되는 성폭행, 마약, 매춘 등에 대해서도 수사가 확대되고 있다는 기사가 크게 실렸다. 거물 정치인과 재벌 자녀, 유명 연예인의 이름들이 이니셜로 거론되고 있었다. 세레나에게 무슨 일이 있었는지 정확히 알 수는 없으나 진희는 매우 불안했다. 얼마 후 원국으로부터 알았다는 간단한 회신문자가 왔다. 그녀는 다소 안심이 되었다.

원국은 저녁회식 자리에서 다른 약속이 있다며 일찍 일어섰다. 기사에게는 기다리지 말고 들어가라며 차를 보낸 상태였다. 택시를 잡아타고 목적지를 말한 후 휴대폰 전원을 껐다. 그는 등을 기대며 편한 자세로 앉았다. 전날 늦게 진희의 문자를 받고 무슨 일인가 의외라고 생각했다. 오빠가 시킨 것은 아닌가 하는 생각도 해보았지만 Dr. K 성격에 절대로 동생을 시켜 연락을 하지는 않았을 것이었다. 그녀의 문자를 받고 마음이 조금 심란했다. 둘 사이에 껄끄럽게 끝난 과거의 일도 마음에 걸렸다. 다시 만나자는 의도인가? 의문이 들면서도 그녀와 가졌던 시간을 회상하며 가슴이 들뜨기도 했다. 오전에 점심식사 장소로 이동하는 차 안에서 다시 진희의 문자를 확인하며 만나보기로 마음먹었다. 둘 사이에 몇 차례 문자가 오가고 원국이 9시경 진희의 집으로 가기로 했다.

택시는 대규모 아파트 단지 앞에서 섰다. 그는 요금을 현금으로 지불했다. 그리고 택시에서 내려 진희의 아파트 단지를 향해 걸었다. 10분가량 걸어 진희의 아파트 앞에 도착했다. 출입구 전자키에 번호를 눌렀다. 엘리베이터를 기다리며 이마를 부비는 척 하면서 손으로 얼굴을 가렸다. 엘리베이터 안에서도 CCTV 바로 밑에 자리 잡고 고개를 숙였다. 엘리베이터는 30층에서 섰다. 그가 내려 벨을 누르자 경쾌한 전자음과 동시에 문이 열렸다.

거실로 들어서니 붉은색 드레스로 몸을 감싼 진희가 웃으며 테이블 앞에 서 있었다. 창밖으로 보이는 한강변과 강남의 야경이 화려했다.

"어서와. 오빠. 여기 앉아." 그녀는 소파 옆 자리를 권했다.

"오랜만이네. 하나도 안변했어. 잘 지내는 가봐."

"오빠가 정신없이 바쁘지 나야 별일 없지."

진희는 목이 긴 잔을 원국 앞에 밀어 놓으며 이미 디캔팅시켜 놓은 와인을 따랐다. 원국은 와인을 목에 넘기며 와인병 라벨을 봤다. '샤세 라투르'였다.

"진희는 평소에도 이런 고급 와인을 마셔?"

"아니지. 오빠가 온다고 해서 특별히 준비한 거지. 난 '샤토 무통' 마시지. 오빠 와인에 대해 조예가 좀 있네."

그 말에 원국은 눈을 흘기듯 진희를 바라봤다. 그리고 둘은 웃음을 터뜨렸다. 둘 다 최고급 와인이었지만 '샤토 무통'은 '샤토 라투르'보다 한 단계 높은 급으로 평가되고 있었다.

"저 부잣집 공주님의 여유 있는 재치란. 너는 그게 매력이라니까."

분위기가 금방 좋아졌다.

"그런데 웬일이야? 일 년도 지나 연락을 다하고. 아무래도 심상치 않은 용건이 있는 것 같은데?"

그 말을 들은 진희는 입을 샐쭉거리고 잔을 들어 입에 갖다 댔다. 그녀는 한숨을 가늘게 내쉬고 입을 열었다.

"오빠가 먼저 말을 꺼냈으니까 얘기할게."

그녀는 다시 한 번 잔을 들어 와인 한 모금을 넘겼다. 그리고 길지 않게 사정을 설명했다. 원국은 그녀의 말이 끝날 때까지 잠자코 듣기만 했다.

"검찰조사를 받았다면 이미 판이 짜인 거 같은데? 빼내기가 쉽지 않겠는데?"

그녀의 얼굴빛이 어두워지며 잠시 어색한 침묵이 흘렀다. 진희는 이내 환한 표정을 지었다.

"왜 이러셔. 총장님도 갖고 노는 감찰비서관께서 이리 약한 모습을 보이실까. 오빠도 잘 알지만 세레나 이상한 짓 하는 애 아니야. 너무 잘나서 거기 초청받아 갔다가 오해를 받고 있는 거야. 오빠가 해결해줘."

원국은 레드문 사건에 대해 익히 알고 있었다. 사정비서관실의 골치 아픈 현안 중 하나였다. 고위 공직자와 재계 거물의 자녀들, 그리고 현직 경찰도 연루되어 있었기 때문에 진상이 다 밝혀질 경우 어마어마한 후폭풍이 몰아칠 수 있는 사건이었다. 불법자금 세탁, 섹스, 성폭행, 마약, 그리고 유명 연예인과 조폭 등이 서로 얽혀 사람들의 말초적 관심을 끌 수 있는 엔터테인먼트의 종합판이었다. 시중에는 별 루머가 다 돌고 있었다. 그것을 어떤 선에서 마무리하고 덮고 넘어가느냐가 골치 아픈 문제였는데 일단 대중들의 호기심을 끌 섹스와 마약 쪽으로 방향을 잡기로 한 상태였다.

"나도 좀 파악해보고 풀 수 있을지 없을지 생각해볼게. 아무튼 와인이나 더 따라."

원국이라면 충분히 해결할 수 있는 문제라고 확신을 하면서도 진희는 그의 반응이 미덥지 않았다. 속으로 기왕이면 화끈하게 대답 좀 해주지라는 야속한 생각이 들었다.

"진희야. 너 요즘 만나는 사람 있니?"

화제를 돌리는 그의 말이 마치 기습공격처럼 느껴졌다. 그녀도 반격을 가했다.

"오빠도 별거한 지 오래됐잖아? 만나는 사람 있어? 아! 고위공직자고 너무 바빠서 몸조심해야 되겠구나."

"하여튼 까칠하긴. 하나도 안 지려고 한다니까. 그게 너의 매력이지."

그는 진희 곁으로 다가가 앉았다. 팔로 그녀의 허리를 살짝 감으며 입술을 진희의 뺨에 갖다 댔다. 그녀는 원국 쪽으로 고개를 살짝 돌렸다. 두 사람의 입술이 스칠 듯했다. 그는 진희의 숨결을 느끼며 그녀의 허리를 꽉 감싸 안고 입술을 포갰다. 그녀도 그의 허벅지 위에 손을 올려놓았다. 원국은 그녀의 가슴 쪽으로 손을 옮겼다. 둘의 숨소리가 다소 거칠어지자 진희가 몸을 떼며 말했다.

"리비도가 너무 분출돼서 안 되겠어. 잠깐만 기다려."

그녀는 일어나 자기 방으로 가며 원국을 향해 손키스를 보냈다. 그는 맥박이 뛰는 것을 느끼며 잔을 들고 창 밖 야경을 감상했다. 강남의 시그니처 고층아파트. 자신도 조만간 이런 아파트로 옮기는 계획을 떠올렸다. 혀에 감기는 와인 맛을 음미하고 있을 때 침실에서 진희의 목소리가 들렸다.

"오빠. 이리로 들어와."

원국은 잔을 든 채 침실로 향했다. 그녀는 시트를 덮은 채 침대에 누워 있었다.

"난 씻었어. 오빠도 샤워해."

그는 서둘러 샤워를 마치고 욕실에 있는 가운을 걸치고 나왔다. 진희가 덮고 있는 시트 위로 몸매 곡선이 그대로 드러나 있었다. 원국은 침대 끝에 섰다. 여미지 않은 가운의 앞부분이 열려 있었다. 원국은 시트에 싸인 그녀의 몸매를 내려다보았다. 진희는 그를 바라보며 미소를 짓고 있었다.

"진희야. 오늘 내가 네 아랫도리 감찰을 제대로 해야겠다."

원국은 그녀가 덮고 있는 시트를 확 제쳐 침대 밑으로 치워 버렸다. 진희의 나신이 그대로 드러났다.

"네 나이에 몸매가 이럴 수가 있어? 이거 반칙 아냐?"

원국은 그녀의 나신을 계속 내려다보았다. 진희의 눈길이 서서히 밑으로 향하다 멈췄다.

"오! 오빠 반응이 아주 빠른데."

둘의 눈이 마주쳤다. 그녀가 두 무릎을 살며시 세우며 말했다.

"오빠. 눈으로만 감찰할 거야?"

원국은 혀로 살짝 입술을 적셨다. 그리고 침대 위로 몸을 던졌다.

다음 날 오전 진희는 아파트 피트니스에서 PT를 받고 탈의실로 왔다. 문자가 와있었다.

"세레나 본명이 뭐지?"

진희는 가벼운 미소를 지었다. 답신을 찍으며 일이 잘 풀리고 있다고 생각했다.

Dr. K는 오월회 스튜디오에서 한 시간 가량 걸린 K튜브 촬영을 마치고 자기 사무실로 돌아왔다. 그는 오월회 채널과는 별도의 계정을 운영하며 일주일에 두 번 씩 강의영상을 올렸다. 그의 강의주제는 한국현대사였는데 그 시발점을 병자호란 이후 조선 후기부터 설정했다. 유럽에서는 1492년 신대륙의 발견으로 상징되는 대항해 시대가 열려 근대로 향하는 거대한 흐름이 시작되었는데 조선은 두 차례의 전란을 겪으면서도 폐쇄성을 유지하며 세계사의 흐름에 역행한 것이 근현대 우리 민족이 겪은 비극의 시작이라는 취지였다. 이미 몇 년 전부터 계속되온 강의였기 때문에 최근의 영상은 권위주의 시절 민주화운동 부분을 다루고 있었다. 그날 강의는 한국의 학생운동에 대한 분석과 설명이었다. Dr. K는 영상을 다음과 같은 말로 맺었다.

"지금까지 말씀드렸듯이 한국학생운동은 세계사적으로 봐도 매우 독특한 양상을 보였습니다. 첫째, 계급이 아닌 기능집단인 학생이 주도하여 체제변화를 성취한 경우는 세계사에서 찾아볼 수 없습니다. 둘째, 학생운동이 이념화와 조직화를 완성하여 제도화 수준까지 이른 사례도 한국학생운동이 유일합니다. 우리나라의 학생운동가들은 현재 집권세력은 물론 사회의 주도세력으로 성장했습니다. 그것이 바로 우리나라 학생운동의 제도화가 가져온 결과입니다."

촬영이 끝나면 간단한 편집과정을 거쳐 영상이 곧바로 K튜브에 탑재되었다. 음향과 배경음악에 크게 신경을 쓰지 않았기 때문에 편집시간이 오래 걸리지 않았다. Dr. K는 사무실에서 영상이 올라간 후 달린 댓글을 읽으며 구독자들의 반응을 확인하고 숙소로 돌아가는 것이 일정이었다. 댓글의 반응은 영상내용에 따라 달랐는데 좋은 강의 잘 들었다는 것이 대부분이었지만 강의내용에 대한 비판과 날카로운 지적, 자신의 견해 등도 있었다. 그날의 댓글을 하나씩 읽고 있는데 그 중 눈에 띄는 것이 있었다.

"... 교수님이 우리나라 학생운동에 대해 말할 자격이 있나요? 예전 민족민중혁명회 사건 때 교수님 때문에 많은 학생들이 잡혀가서 고문을 받은 것 아닙니까? 교수님이 술술 다 불어서 그렇게 된 거잖아요. 이제 예전의 과오를 공개적으로 고백하시고 잘못을 뉘우치세요."

Dr. K는 그 댓글을 여러 번 읽었다. 스스로 얼굴이 벌게지는 것을 느낄 수 있었다. 화도 나고 괜한 의심도 갔다. 요즘 젊은이들 중에 그 사건을 알고 있는 사람이 몇 명이나 되겠는가? 나를 음해하려는 사람들의 소행인가? 오래 전 일을 끄집어내어 나를 음해해서 무슨 이득이 있겠는가? 잘못을 뉘우치라니 과연 내가 무슨 잘못을 했지? 오래 전 일이었는데 그 댓글로 인해 마음이 다 흐트러졌다. 댓글 내용이 준 충격이 그만큼 컸다.

3학년 가을학기가 개강하자마자 학내 분위기가 어수선해졌다. 강의에 결석하는 학생들이 많아졌다. 그들은 연행됐거나 도피중이라는 소문과 함께 당국의 대대적인 검거가 시작됐다는 얘기가 나돌았다. 학내를 드나드는 가죽잠바 형사들도 늘어난 것 같았다. 곧이어 많은 학생들에게 수배령이 떨어졌다는 소문이 돌면서 그 명단에 병호도 포함되어있다고 했다. 그 소식을 들은 Dr. K는 의아한 생각이 들었다. 병호는 현 사회에 대한 비판적 시각을 갖고 있었지만 대부분을 도서관에서 지내는 학생이었다. 그는 시간 뺏기는 것이 아쉬워 알바도 하지 않는 학구파였다. 물론 그는 같은 과 친구들이나 선후배와 만났을 때 날카로운 분석력으로 사회와 현 시국을 비판했으나 그렇다고 해서 선동적이지는 않았다. 사회변혁에 대한 지식이 상당했다. 그의 앞에서 억지를 부릴 수는 있으나 논리나 지식으로 그를 이길 수는 없었다. 그러다보니 그에게 접근해오는 운동권 학생들이 많았던 것은 사실이었다. 하지만 그가 조직에 가입하거나 모임의 주동자라는 인상을 받지 못했다. 그런 병호가 수배대상이 되다니. 무슨 일이지? 한편으로는 주변 사람들은 병호와 가장 가까운 학생 중 하나가 Dr. K라는 것을 다 알고 있었기 때문에 혹시 자신에게 무슨 일이 생길까 하는 걱정도 들었다.

뒤숭숭한 분위기가 10월에 들어서도 이어지고 있는 가운데 Dr. K는 저녁 때 귀가하다 집 앞에서 사복형사들에 의해 연행되었다. 대문 앞에서 벨을 누르자 안에서 '누구세요?'라는 가정부의 소리에 '저예요.'라고 대답하고 대문이 열리는 자석음 소리가 나는 동시에 건장한 사람 둘이 Dr. K를 덮쳤다. 순간 양팔이 뒤로 꺾이고 억센 손이 입을 막았다. 정말 억 소리를 지를 틈도 없이 차에 실렸고 이미 시동을 걸어 놓은 차는 속도를 내며 골목을 빠져 나갔다. 차에 타자마자 양쪽에 앉은 형사가 솥뚜껑만한 손으로 Dr. K의 뒤통수를 온 힘을 다해 밑으로 내리 눌렀다.

"무릎 사이에 대가리 박아."

그리고 팔꿈치로 등을 세게 내려쳤다. Dr. K는 숨을 제대로 쉴 수도 없었다. 심장이 쿵쾅거렸다.

Dr. K는 어디인지도 모르는 조사실에서 두 사람으로부터 심문을 받았다. 물어보기도 전에 일단 욕설과 함께 두꺼운 전화번호부로 온몸을 두들겨 팼다.

"어린놈이 벌써부터 빨갛게 물들어 가지고."

"집도 괜찮게 사는 놈이 왜 빨갱이 짓이야?"

"겉은 멀쩡하게 생겨가지고 빨갱이 짓하는 놈이 더 무서운 놈이라고."

Dr. K는 자신을 왜 빨갱이라고 부르는지 알 수 없었다. 전화번호부가 목덜미를 내리칠 때는 순간적으로 컥 하고 숨이 막혔고 옆구리를 강타할 때는 억하며 숨을 쉴 수가 없었다. 그들의 구타가 그치고 숨이 돌아오면 그동안 살아오면서 잘못한 일들이 주마등처럼 스쳐갔다. 어렸을 때 친구들과 함께 개미집을 찾아다니며 물을 부었던 장난질도 후회가 됐다. 자신이 정말 한심한 존재라는 생각이 들 무렵이면 다시 구타가 시작되었다. 과도하게 운동을 하거나 밤을 새워 공부를 하면 탈진이 되는 것은 알았지만 가만히 앉아 얻어맞기만 해도 탈진된다는 사실을 직접 체험했다.

그들은 물어보기 전에 일단 때리기부터 했다. 조사 도중에도 대답이 만족스럽지 않으면 다짜고짜 전화번호부 가격이 시작됐다. 구타가 끝나면 의자에 앉아 양손을 책상에 얌전히 올려놓은 채 심문을 받았다. 심문관이 질문하고 0.1초 내에 대답이 안 나오면 볼펜으로 Dr. K의 손등을 그대로 찍었다. 거기에 놀라 손을 치웠다가 머리통에 볼펜심 세례를 받았다. 심문관이 볼펜 몸통을 살짝 잡기만 해도 해골 안쪽에서 바늘이 뇌를 찌르는 듯한 통증을 느꼈다. 그 과정이 반복되며 눈물과 콧물이 같이 나왔다. 이와 함께 침도 흘러나오는 것을 체험했다. 다음엔 귀에서 어떤 체액이 저절로 나올 수 있다는 생각까지 들었다.

그들은 Dr. K에 대한 것보다 병호에 관해 질문을 더 많이 했다. 먼저 그의 행방을 대라고 했다. 우는 소리로 정말 모른다고 하면 거짓말한다며 네가 모르면 누가 아냐고 다그쳤다. 그리고 병호가 간첩과 접선한 사실을 아냐고 집요하게 물어봤다. Dr. K는 가을학기 들어 병호가 어디서 무엇을 하는지 정말 몰랐고 또 간첩 운운은 상상해보지도 않은 일이었다. 며칠 간 잠도 제대로 자지 못한 채 전화번호부와 볼펜과 손찌검과 욕설에 시달리며 조사를 받았다. 그러자 분명히 숨은 쉬는데 의식이 없는 것 같은 상태가 되었다. 작은 소리가 크게 들리기도 해서 깜짝깜짝 놀라기도 했고 큰 소리를 제대로 못 들어 수사관의 손찌검에 정신이 들기도 했다. 귀에서 심문관의 말이 알아들을 수 없는 소리로 웅웅 맴돌기도 했다. 이런 상태가 지속되다 그냥 정신을 잃고 영원히 깨어나지 않았으면 좋겠다는 생각이 들었다. 이런 상황에 처한 자신이 다른 사람일지도 모른다는 상상까지 들었다.

며칠 동안 취조를 하였으나 정작 수사관들이 알아내고 싶었던 것을 확인한 내용은 별로 없었다. Dr. K는 공포 속에 진이 빠진 가운데서도 그들에게 만족할만한 말을 해줄 수 없어 갑갑한 심정뿐이었다. 자신이 알고 있는 것을 물어봐서 속 시원히 말을 했으면 마음이라도 편할 것 같았다.

수사관은 그에게 야전침대에 가서 누우라는 지시를 하고는 밖으로 나갔다. 이건 뭔가 하는 생각이 들었지만 무조건 그들의 말에 복종해야했다. 일단 가서 누웠다. 사실 더 이상 앉아 있을 기력이 하나도 남아 있지 않았다.

곧바로 잠이 들었는지 정신을 잃은 건지 알 수 없지만 눈을 떠보니 날짜가 바뀐 것이 분명했다. 창문이 없는 공간 속에서도 아침기운을 느낄 수 있었다. 뇌가 작동하기 시작했다. 먼저 그 사람들이 언제 다시 들어오나 하는 공포심이 들었다. 그리고 오늘은 무슨 고통을 줄 것인가 하는 상상을 하며 속으로 치가 떨렸다. 그러면서도 자포자기의 심정이 들어 일어나기는 싫었다. 문이 열리며 누군가 들어오는 소리가 났다. 긴장감이 몰려왔지만 그는 눈을 감은 채 그대로 있었다. 그 사람이 책상 위에 뭔가를 소리 나게 놓고 돌아서 나갔다. 그는 문을 닫기 전 식사하라고 조용히 말했다.

Dr. K는 눈을 뜨고 고개를 돌려 책상 위를 올려다보았다. 쟁반 위에 놓인 뚝배기가 눈에 들어왔다. 그는 천천히 몸을 일으켰다. 온몸이 쑤셨다. 야전침대에서 일어서는데 다리가 후들거리고 무릎이 꺾일 것 같았다. 음식냄새가 코를 자극했다. Dr. K는 허리가 구부정한 채 의자에 가서 앉았다. 설렁탕이었다. 숟가락을 잡아들었는데 손이 덜덜 떨렸다. 밥을 뜰 수 없었다. 왼손으로 오른 손목을 잡고 간신히 밥을 떴다. 천천히 숟가락을 입 속에 넣었다. 떨리는 손으로 억지로 몇 차례 밥을 뜨자 다소 안정이 되었다. 국물까지 싹싹 비웠다. 김치 종지도 깨끗이 비웠다. 다 먹고 나니 포만감과 함께 살겠다고 목구멍에 음식은 처넣는구나 하는 자괴감도 들었다. 밖에서 보고 있었는지 식사를 마치자 잠시 후 사람이 들어와 책상을 대충 닦고 쟁반을 들고 나갔다.

주먹을 쥐었다 폈다 하며 아무 생각 없이 앉아 있는데 뒤에서 문 열리는 소리가 들렸다. 방에 들어와 Dr. K와 마주 앉은 수사관은 중후한 인상에 양복 입은 50대 초반의 남성이었다.

"너로구나? 식사는 잘했니?"

아주 자연스럽고 온화한 말투였다. 그는 커피가 담긴 두 개의 종이컵 중 하나를 Dr. K 앞으로 천천히 밀어 놓았다. 그는 마시라고 권하면서 담배를 꺼내 물었다.

"담배피우지? 하나 피워."

Dr. K는 기어 나오는 목소리로 담배를 아직 못 배웠다고 했다. 그 남자는 Dr. K에서 눈을 떼지 않은 채 담배연기를 두 번 정도 길게 내뿜은 후 입을 열었다.

"네가 무슨 큰 역할을 했겠니? 우린 다 알아. 병호랑 친하게 지내다보니 이렇게 된 거지. 그러니 우리 빨리 정리하고 이거 접어 버리자."

그는 노트와 볼펜을 Dr. K 앞으로 밀었다.

"니들이 같은 과에 다니고 대학에 와서 처음 만났잖아. 그러니까 그때부터 지금까지 둘이 만나서 한 말과 행동을 여기에 자세히 적어. 하나도 빠뜨리지 말고."

Dr. K는 숨을 천천히 들이 쉬며 공책을 편 후 볼펜을 잡았다. 무엇부터 써야 할지 알 수 없었지만 일단 볼펜심을 노트 위에 올려놓았는데 손이 덜덜 떨렸다. 글씨커녕 점 하나 제대로 찍을 수 없었다. 점점 더 떨리기 시작하자 Dr. K는 왼손으로 오른 손등을 꽉 잡았다. 그 모습을 바라보던 수사관이 미소를 지었다.

"처음엔 다 그래. 자. 긴장 풀고 하나하나 천천히 적어 내려가 봐. 시간은 충분해."

Dr. K는 숨을 길게 내쉬며 글을 쓰기 시작했다.

"저는 병호를 1학년 3월에 교내시위를 하다 처음 만났습니다. 경찰서에 연행되어 조사를 받고 경기도 파주 근처에서 병호와 함께 풀려났습니다."

글씨가 졸필도 아니고 악필도 아닌 말 그대로 제멋대로였다. 알아보기도 힘들 정도였다. 그래도 그 수사관은 아무 말 하지 않았다. Dr. K는 열심히 썼다. 한 30분쯤 지났을 때 그가 쓰기를 중단시켰다.

"잠깐 내가 한번 읽어보지."

그는 한쪽 가량 되는 분량을 그냥 눈으로 쓱 훑어보았다.

"아니야. 이렇게 쓰는 거 아니야. 육하원칙에 입각하여 매우 구체적으로 쓰는 거야. '저는 신입생 봄학기 총학생회가 주도하는 3월 대투쟁 첫날 시위에 선봉대로 참가하여 병호와 처음 만났습니다. 저와 병호는 학과회장으로부터 맨 앞줄에서 교문을 사수하는 역할을 지시받았습니다. 같은 과였지만 신입생이라 서로 통성명을 하고 지내는 사이는 아니었습니다. 오후 2시경 시위 도중 전투경찰에 의해 체포되어 경찰서에 연행되었습니다.' 이런 식으로 쓰는 거야. 알겠지?"

그는 친절하기까지 했다.

"그러면 나는 나가 있을 테니까 여유를 갖고 써봐. 자세히 써야 돼. 당연히 감추는 게 있으면 안 돼. 다른 애들 꺼하고 다 대조할 테니까. 다른 애들도 여기에 와있어."

그 말을 듣자 Dr. K는 가슴이 와들와들 떨리기 시작했다. 다른 애들? 어떤 다른 애들? 그게 표정에 나타났는지 그는 알 듯 모를 듯한 엷은 미소를 지으며 말했다.

"누구긴 누구야. 원국이 하고 재민이지. 하여튼 너는 네 얘기나 최대한 자세히 쓰면 돼."

그가 의자에서 일어서 문 쪽으로 가며 손등으로 Dr. K의 머리를 가볍게 툭 쳤는데 강한 전기가 온 몸에 흐르며 정신이 번쩍 들었다. Dr. K는 볼펜을 놓은 채 주먹을 가볍게 쥐었다 폈다 하며 숨을 가다듬었다. 그리고 페이지를 넘겨 새로 쓰기 시작했다. 손 떨림이 차츰 진정되었다. 생각을 최대한 짜내어 자세히 써내려갔다. 정신을 고도로 집중했다. 그러니 잊고 있었던 것도 생각이 떠올랐다. 중간 중간에 양손을 비비며 계속 써내려갔다. 공책 다섯 쪽 가까이 썼을 때 그가 식사를 가져온 사람과 함께 들어왔다.

"쉬면서 해야지. 점심 먹고 좀 쉬었다가 다시 하자. 침상에 누워도 돼."

점심식사는 아침과 같은 설렁탕이었다. 모든 그릇을 비웠다. 그는 침상으로 가 걸터앉았다가 아예 누워버렸다. 눈을 감은 채 병호와의 만남과 대화내용에 대해 생각했다. 새로운 내용이 계속 머리에 떠올랐다.

그는 오후에도 계속 써내려갔다. 기억을 더듬으려 잠시 잠시 쓰는 것을 멈췄지만 지난 3년 가까이의 일을 최대한 기억해 내어 글을 작성했다. 저녁 때 수사관이 들어와 Dr. K의 공책을 가지고 나갔다. 다른 말은 없었다.

다음 날 오전에 그가 들어와 두 사람은 책상에 마주 앉았다.

"잘 썼어. 그런데 좀 더 자세히 써야 돼. 여기 작년 5월에 병호와 과MT를 강촌으로 갔다고 했는데 누구누구가 참석했어? 술이 떨어져 소주를 더 사왔다고 하는데 누가 사왔어?"

그의 질문은 답변을 거부할 수 없을 만큼 집요했다. Dr. K는 마침내 그들의 이름을 다 기억해낼 수 있었다. 이름이 정확히 기억 안 난다고 하면 수사관은 학과 전체 재학생 명단을 내밀었다. 그의 질문은 끊임없이 이어졌다.

"누구누구가 있었나? 각자 무슨 얘기를 했나? 누가 밥값을 냈나? 누가 술값을 냈나? 병호는 무슨 말을 했나? 병호 말에 적극적으로 동조한 학생은 누구인가?"

그는 Dr. K가 진술한 내용에 대해서는 거의 완벽한 상황의 복원을 요구했다. 처음에는 그걸 어떻게 기억해내나 하는 생각이 들었으나 Dr. K는 그가 만족할 만큼 기억을 끄집어냈다. 자신의 기억력에 대해 스스로 신기한 생각이 들 정도였다. 그렇게 며칠을 작업하고 나니 Dr. K의 자술서는 분량이 서른 쪽 가까이로 늘어났다. 수사관은 비교적 만족해하는 표정이었다.

"꽤 시간이 오래 걸렸네. 이 정도에서 마무리 지어도 되겠어. 그런데 너는 병호하고 자주 회합했구먼. 밥값이나 술값 비용 같은 자금도 네가 주로 부담했고. 원국이 하고 재민과 함께 넷이서 모의를 많이 했네."

넷의 관계에 대한 그의 말은 틀린 게 아니었지만 그가 사용한 회합과 모의라는 단어가 마음에 걸렸다. 자술서는 문서로 정리되어 조서가 되었다. Dr. K는 그것을 읽어보고 자신의 의도와는 다른 표현들을 발견했다. "...의 지령에 따라 ...에서 비밀리 회합을 갖고 ...방안에 대해 모의했다." "이 과정에서 병호는 혁명적 방법에 대해 강력히 주장했다." 등이었지만 더 이상 시간을 끌어야 소용이 없다는 생각이 들어 그 문서에 서명을 했다. 서명을 받자 수사관은 팔짱을 낀 채 Dr. K를 보며 조용히 말했다.

"아직 다른 애들 조서가 남아 있는데 며칠 내로 다 취합되면 조만간 검찰로 송치될 거야. 병호 그 놈이 끈질기고 독하더구먼."

그 남자는 방을 나가고 Dr. K 혼자 남았다. 그 방 안에서의 일이 모두 끝난 것 같아 일단 마음이 후련했다. 오래된 체증이 쑥 빠져 나간 것 같았다.

아무 일 없이 며칠이 지나갔다. 하루 종일 침상에 누워 지냈다. 긴장이 풀렸는지 몸이 쑤시고 욱신거렸다. 몸살과 함께 심한 통증이 났고 몸을 움직일 수 없을 정도로 불편했다. 오후가 되어 문이 열리며 처음 취조를 했던 공포의 수사관 두 명이 들어왔다. 그들을 보자 Dr. K는 침상에서 후다닥 일어났지만 순간적으로 몸이 굳어졌다.

"일어나."

그들은 Dr. K로부터 뺏었던 소지품이 든 비닐봉투를 책상 위에 올려놓았다. Dr. K는 벨트와 시계를 차고 운동화를 신었다. 힘이 없고 사지가 말을 듣지 않아 신고, 매고, 차는데 시간이 오래 걸렸다. 그들은 아무 말 없이 지켜보기만 했다. 그들이 앞장서 나갔다. 복도에서 그들 뒤를 따라가며 검찰에서는 여기서와 같은 가혹한 일이 또 반복되지 않기를 소망해보기도 했다. 건물 밖을 나와 계단 위에 서자 그중 한 명이 말했다.

"너는 일단 풀어준다. 가서 며칠 푹 쉬고 다시는 여기에 오지 않도록 조심해."

그들은 돌아서 다시 건물 안으로 들어갔다. 오후 햇살이 눈부셨다. 실내보다는 공기가 훨씬 맑았다. Dr. K는 잠시 서있다 계단을 천천히 내려갔다. 햇볕을 받으며 눈을 가늘게 뜨고 걸음을 내딛는데 다리가 휘청거렸다. 열 개 정도 되는 계단을 간신히 다 내려오자 그의 앞에 아버지 운전기사가 다가오며 그를 부축하였다.

집에 돌아와 며칠 간 쉬며 Dr. K는 자신이 경찰 대공분실에서 열흘 넘게 조사를 받았고 아버지가 없어진 아들을 각방으로 수소문하여 행방을 알아내 천신만고 끝에 일단 빼내왔다는 것을 알았다. 그 이후 아버지는 부지런히 사람들을 만나러 다니며 그 사건에서 Dr. K를 완전히 제외시켰다. Dr. K는 검찰에서 기소유예처분을 받았다.

한 달 후 관련자들이 기소되며 전모가 검찰에 의해 발표되고 '민중민족 혁명연구회' 사건이 언론에 공개되었다. 대학생들을 중심으로 민중민족혁명 조직을 결성하여 무장봉기를 모의했다는 것이었다. 그들의 계획에 의하면 전국 대학조직으로 확산시키는 것이었는데 수사기관이 사전에 이를 일망타진하였다는 것이었다. 간첩과의 연계에 대해 계속 수사할 계획이라고 덧붙였다. 총책은 병호, 조직책은 원국, 선전선동책은 재민이었다. 수사기관은 자금책으로 Dr. K를 올렸었는데 그 이유는 그가 모임이 있을 때 가장 많이 식사비와 술값을 냈기 때문이었다. Dr. K가 기소유예 처분을 받으며 그 대신 MT때 회비를 걷은 회계역할을 한 다른 학생이 자금책으로 이름이 올라갔다. 모두 10여명이 기소되었는데 이들은 재판과정에서 혐의를 전면 부인하였다. 수사기관에서의 가혹행위로 허위진술을 했다는 것이 그들의 일관된 진술이었다. 1심에서 병호와 원국 그리고 재민은 실형을 선고받았다.

재판이 끝날 때까지 Dr. K는 일체 외출을 하지 않고 자기 방에만 틀어박혀 지냈다. 정말 병호가 그런 목적으로 모임을 가진 것인가를 골똘히 생각했다. 자신의 진술서에는 연구회라는 조직에 대한 언급이 하나도 없었다. 물론 모여서 얘기를 나누고 술을 마시며 시국에 대한 비판을 많이 했고 또 그 내용을 병호가 분석적이고 논리적으로 설명하면 다들 귀담아 들었다. 그중 원국이 가장 흥분을 많이 했다. 그렇다면 병호가 의도를 감추고 그런 모임을 통해 우리를 포섭하려고 했던 것인가? Dr. K

는 생각할수록 뭐가 뭔지 알 수 없었다. 물론 학생들 사이에 병호는 민중파의 이론가고, 원국은 민족파의 행동가라는 소문이 떠돌고는 있었지만 Dr. K는 그들이 자신과의 만남 외에 무슨 일을 하고 다니는지는 알지도 못했고 또 일부러 물어보지도 않았다. 병호는 아무 언급이 없었고 원국은 언뜻언뜻 자기가 마치 매우 중요한 역할을 하고 있는 듯한 뉘앙스를 풍기기는 했다. 그럼에도 불구하고 Dr. K는 자신하고 재민이는 왜 잡혀갔지 하는 의문이 끝없이 들 뿐이었다. 재민이는 알바를 여러 개 하느라 술자리에 있다가도 시간에 맞춰 먼저 일어나 가는 아이였다.

그 전 해 가을부터 수사기관은 체포되거나 연행된 학생들의 태도가 많이 바뀐 것을 감지하기 시작했다. 그들의 진술이 매우 당당하고 논리적으로 변한 것이었다. 그전에는 독재타도와 민주쟁취를 단순하게 반복하던 학생들이 이론적인 주장을 하기 시작한 것이었다. 그들이 쓰는 용어도 비슷했다. 다만 민중파 학생들은 그래서 자본가를 타도해야 한다는 것이었고 민족파 학생들은 그래서 자주통일에 방해가 되는 주한미군을 내쫓아야 한다는 주장이었다. 역사해석이나 현실사회 분석에 대한 논리구조는 거의 비슷한데 결론만 달랐을 뿐이었다.

수사기관은 이들 학생들이 누군가로부터 체계적으로 교육을 받았다고 판단했다. 민중파와 민족파 사이의 안 좋은 관계를 파악하고 있던 수사기관은 이 두 계열을 통합하려는 인물이나 조직이 있고 그것을 통해 교육이 진행되고 있다고 추측했다. 그게 누구인가? 그놈을 찾아내는 것이 그들의 목표였다. 그 와중에 수사기관은 교육에 사용된 유인물을 찾아내 확보하였다. 워드로 작성된 다섯 쪽짜리의 "민중민족혁명론"이라는 문건이었다. 그것은 원국의 하숙집에서 발견되었다. 원국이 연행됐고 그 문건을 재민에게서 받았다는 진술에 따라 그도 잡혀왔다. 재민은 문건의 작성자가 병호라고 순순히 실토했다. 수사기관은 병호를 찾았으나 행방이 오리무중이자 그에 대한 수배령을 내렸다. 그리고 병호와 친한 Dr. K가 집 앞에서 연행되었던 것이었다.

병호는 이론에 해박하다는 소문이 나있었기 때문에 겨울방학 때 선배들이 그를 초청하여 동아리 학생들에게 강의를 시켰다. 그는 해박한 지식과 날카로운 분석력으로 현대사의 왜곡을 해석하고 한반도의 민족모순과 계급모순은 선후(先後)나 주종(主從)이 없으며 진영과 계파를 떠나 이를 동시에 해결할 수 있는 방안을 찾아내야 한다고 말했다. 이를 위해서는 민중의 생존권투쟁과 함께 통일운동의 주체가 노동자가 되어야 한다고 제안했다.

병호는 문건을 가지고 다니며 강의를 하지 않았지만 강의내용 원본을 재민에게 맡겨 두었다. 그의 강의가 소문이 나자 각 지하서클에서는 다같이 모여 기억을 더듬어 그의 강의를 문건화했다. 강의 내용을 충실히 요약한 후 마지막에는 계파의 입장에 따라 결론을 덧붙였다. 이렇게 문건화 시킨 것은 병호 없이도 자체적으로 후배들을 교육시킬 때 사용하기 위한 것이었다. 그러한 문건이 서너 개 작성되어 비밀리 회람되고 있었다. 그중 하나의 제목이 '민중민족혁명론'이었다.

문건을 입수한 수사기관은 자신들의 추측에 대해 확신을 갖기 시작했다. 병호와 친한 원국, 재민, Dr. K가 순서대로 연행되었고 결국 수배령을 피해 고향의 친척집에 숨어있던 병호도 검거되었다. 이들의 진술에 따라 수십 명의 학생들이 연행되어 조사를 받았다. 수사기관은 병호가 간첩으로부터 교육을 받았거나 적어도 간첩의 접선대상이라고 생각했다. 지금도 받았을 거라고 추정했다. 그것을 집중적으로 조사하였으나 구체적인 물증이나 진술이 나오지 않았다. 그래도 수사기관은 조직도를 그리고 이름을 '민중민족혁명당'이라고 붙였다. 사실 매우 엉성한 내용이었다.

수사가 끝난 후 사건은 검찰로 보내졌다. 검찰은 사건내용을 검토한 후 '민중민족혁명당' 사건은 성립될 수 없다는 결론을 내렸다. 혁명당 조직 사건이 되려면 당 강령이 있어야 하고 당원명부가 있어야 했는데 그건게 전혀 없었다. 관련자도 많이 잡아야 스무 명이 안 되었다. 결사체라고 하더라도 당은 아니라는 것이었다. 결국 검찰과 수사기관 사이에 옥신각신하다가 조직이름이 '민중민족혁명연구회'로 바뀌고 당 결성 초기에 일망타진한 것으로 정리되었다. 수사기관의 무리한 사건화가 검찰로부터 톡톡히 망신당했지만 많은 피해자를 낸 것이었다.

Dr. K는 휴학을 했고 또 아버지가 손을 써서 서둘러 군대에 입대했다. 줄곧 전방에 배치되어 근무를 하고 우여곡절을 겪었지만 무사히 만기제대했다.

제대를 하고 집에 돌아와 복학을 기다리며 쉬면서 지냈다. 아버지는 나이가 들며 건강을 위해 저녁약속을 대폭 줄였다. 가족과의 저녁식사 시간에 가끔 반주를 했다. 개강일이 다가오는 여름방학 끝 무렵에 저녁식사를 마치고 아버지는 거실에서 얘기를 하자며 Dr. K를 불렀다.

"이제 복학하면 얼마나 더 다녀야 졸업하니?"

"세 학기는 더 다녀야 합니다."

"얼마 안 남았구나. 졸업 후 진로는 어떻게 생각하고 있니?"

"……."

"하기야 지금 네 나이에 그런 걸 구체적으로 가지고 있겠냐? 아직 시간이 있으니 천천히 알아봐라."

아버지는 주방 아줌마에게 잔을 하나 더 가져오라고 말했다. 가져온 잔에 위스키를 따라 Dr. K에게 권했다.

"너는 걱정이 안 되는데 네 동생이 신경 쓰인다. 워낙 천방지축이라. 그럼 그래서 먹고는 살려나... 빨리 시집이나 보내버려야지."

Dr. K는 그냥 듣기만 하며 술잔을 들지도 않았다. 아버지는 차분하게 말을 이어갔다.

"남자는 말이야 결국 세 가지를 얻기 위해 사는 거다. 그게 뭔지 아니? 돈, 권력, 여자야."

Dr. K는 갑자기 뜬금없이 무슨 말인가 하는 생각이 들었다. 지나가다 그 말을 들은 어머니는 아들을 앞에 두고 무슨 뚱딴지같은 소리를 하냐는 표정을 지었다.

"남자들 죽어라 일하고 폼 재고 하는 게 결국 돈과 권력과 여자를 얻기 위한 것이라니까. 지금 세상이 예전 봉건시대도 아니고 이제는 셋 다 가질 수 없다. 노력하면 둘은 가질 수 있어. 그런데 그 두 개의 조합이 굉장히 중요해. 돈이 있으면 여자는 따라오게 되어 있어. 가장 무난하고 좋은 조합이지. 권력이 있어도 여자가 꼬이기 마련이야. 그런데 그건 치사한 거야. 권력으로 여자를 후리는 거는 변학도 같은 놈이나 하는 짓이야."

어린 아들을 앞에 두고 아버지는 얘기를 이어갔다.

"그런데 그 중에 사람들이 돈과 권력의 조합을 제일 싫어하더라고. 그리고 둘 다 있으면 사람이 이상해져. 눈에 보이는 게 없어진다고. 말로가 안 좋아. 돈과 권력, 그거 나쁜 조합이다. 너도 앞으로 살면서 어떤 조합을 추구할 건지 잘 생각해봐라."

아버지의 말은 천박하다는 느낌이 들 수도 있었지만 매우 현실적인 얘기였다. 아직 사회에 진출 안한 어린 아들에게 해주기에 조금 민망한 내용이었을 뿐이었다.

"너 돈과 권력의 차이점이 뭔지 아니? 돈은 사람을 꼬시는 거고 권력은 사람을 굴복시키는 거야. 사람들은 돈의 유혹에 쉽게 넘어가지. 그런데 유혹에 안 넘어가는 사람들도 있어. 그렇지만 권력에는 저항할 수가 없어. 내 의사와는 다르게 권력은 나를 이래라 저래라 할 수 있어. 반면 돈의 장점은 축적이 된다는 거야. 안 쓰면 그대로 남아. 오히려 불어나지. 권력은 막강하지만 그 자리에 있을 때만 힘이 발휘돼. 안 쓴다고 그 힘이 연장되거나 축적되는 것이 아니야. 감투 떨어지면 그 시점 이후로 바로 끝이야. 그러니 사람들이 축적되는 돈과 막강한 권력을 같이 소유하여 서로 보완시키려 하는 거야. 하지만 다른 사람들이 그걸 용납하겠니? 그래서 나쁜 조합이라는 거야."

Dr. K는 늘 환율에 신경을 쓰며 무역업을 하는 아버지가 저런 철학을 가지고 있다는 사실에 다소 놀랐다. 역시 경륜은 무시할 수 없다는 것을 깨달았다.

"네가 엄청난 고생을 했지만 군대까지 갔다 왔으니 너는 이제부터 백지에서 시작할 수 있는 거다. 내가 부족하지 않게 지원해줄 테니 하고 싶은 것을 하며 살아라. 그리고 마지막으로 당부한다. 앞으로는 절대로 권력에 맞설 생각하지 마라."

Dr. K는 말없이 입을 굳게 다물고 있었다.

Dr. K가 복학하였을 때 캠퍼스 분위기는 물론 세상이 바뀌어 있었다. 그의 복무기간 중 대규모 시위가 일어나 독재정권이 무너지고 민주정부가 들어섰다. 많은 학생들이 복권되어 학교로 돌아왔다. 재민과 원국도 복학을 했다. 그런데 병호는 보이지 않았다. Dr. K는 민주화와 더불어 우후죽순으로 생긴 많은 단체로부터 참여를 권유받았으나 응하지 않았다. 원국과 재민과는 가끔 학교에서 마주치기는 했지만 간단히 안부와 근황을 묻고 헤어졌다. 원국과 재민은 민주화 공로자로서 선배 대접을 받으며 바쁜 생활을 하고 있었다.

셋이 긴 시간 얘기를 나눌 기회가 생겼는데 재민의 아버님이 돌아가셨을 때였다. 가족을 팽개치고 밖으로만 돌아다니던 아버지는 지방에서 뇌출혈로 쓰러져 병원에 옮겨진 것을 두 모자가 집으로 모셔왔다. 일 년 가까이 집에서 누워서 지내다 다시 뇌출혈이 재발하여 의식을 잃어 병원으로 실려 갔으나 사망판정을 받았다.

Dr. K는 재민 아버지의 빈소를 향하며 차라리 그 분이 일찍 돌아가신 게 두 모자에게 큰 짐을 덜은 것일 수 있다고 생각했다. 평생 부인과 자식에게 생활비 한 푼 보태지 않다가 나이 들어 병든 몸으로 집에 돌아와 누워 지내시면 생활이 어떻게 되겠나 하는 걱정을 해보았다. 다행히 누워 계신지 일 년 만에 돌아가신 것이었다.

재민은 어렸을 때부터 봉천동 산동네에서 살았다. 아버지는 공사판 일용직 노동자였고 어머니는 봉천시장 입구에서 채소와 나물 좌판장사를 했다. 반지하의 네 평도 안 되는 방에서 엄마와 둘이 생활했다. 아버지는 지방 공사판을 떠돌아다니며 집에는 거의 들어오지 않았다. 두 사람의 생활은 엄마 혼자 해결하였다. 어렸을 때부터 공부 잘하는 자식에 대한 사랑은 끔찍했다. 독실한 신자인 어머니는 매일 교회 새벽기도회를 갔다. 하나님에게 간구하는 것의 100%가 우리 자식이 공부 잘해서 좋은 대학에 들어가게 해달라는 것이었다. 새벽기도회를 다녀와 자식을 위해 아침밥을 차리고 또 정성스럽게 도시락을 쌌다. 그리고 재민을 깨웠다. 그러한 엄마의 사랑과 정성을 재민도 잘 알고 있었다. 그는 산동네 자기 집에서 남쪽을 바라보며 저 고개 넘어 대학에 반드시 들어가겠다고 매일 다짐했다. 대학원서를 낼 무렵 담임 선생님이 어머니를 학교로 불렀다. 안심할 정도의 성적이 아니니 차라리 안전하게 다른 대학을 지원해서 장학금을 받는 것이 오히려 낫다고 설득했으나 어머니는 죽어도 집에서 가까운 대학에 보내야겠다고 고집했다. 재민은 불안한 마음으로 원서를 내고 시험을 치렀으나 합격했다. 그리고 결과는 어머니의 새벽기도 힘이라고 생각했다. 울며 기도로 간구하면 축복으로 응답을 해주시는 하나님에 대한 확신이 들었다. 그도 교회생활과 새벽기도에 열심을 다했다.

 동네 병원 지하의 조그마한 장례식장에 빈소가 마련되었는데 조문객이 거의 없었다. 교회의 나이 드신 할머니 교인 몇 분이 찬송가를 틀어놓고 어머니와 두런두런 담소를 나누고 있을 뿐이었다. 술대접도 없었다. 셋이 앉아 음료수를 마시며 얘기를 하다 원국이 답답했는지 밖으로 나가 술을 사왔다. 재민이 난처한 표정을 지었으나 원국과 Dr. K는 어머니의 눈치를 보면서도 소주를 따라 마셨다. 원국이 실내를 둘러보며 말했다.
"재민아, 너무 썰렁한 거 같다."
"너희한테만 연락했어. 장례식이라고 뭐 내세울 것도 없고……."
"장지는 어디지?"
"장지는 뭘. 내일 화장해서 강가에 나가서 뿌리고 올 거야. 평생을 바람

가는대로 사신 분이니까 재가 되어서도 바람에 흩날려 가시는 거지. 장지 마련할 돈도 없고. 그동안 어머니가 조금 모아놓으셨던 것, 병수발 하느라 병원비와 약값으로 다 썼어. 이젠 정말 빈털터리다. 내 변호사 비용과 옥바라지로도 많이 쓰셨고."

재민의 옥바라지 얘기로 분위기가 어색해졌다. 그가 Dr. K를 바라보며 말했다.

"넌 어땠냐? 너도 고생 많이 했지."

Dr. K는 그 말을 들으며 그냥 술잔만 바라봤다. 속으로 너희 취조실에도 전화번호부책이 있었냐고 물어보고 싶은 마음이 굴뚝같았으나 애써 참았다. 그러다 말을 돌렸다.

"재민아, 넌 언제 졸업이지?"

"2년은 더 다녀야 될 걸."

"원국, 너는?"

"응. 나도 비슷해. 넌 언제냐? 얼마 남지 않았지? 졸업하면 뭐 할 거냐?"

"한 학기만 더 다니면 돼. 글쎄. 특별한 계획이 없으니까 공부를 더 해볼까 해. 대학원에 가려고."

세 사람 모두 졸업 후 특별한 계획이 없었던 것은 마찬가지였다. 예전 평소 대화에서 원국은 법조인을, 재민은 기업가를, Dr. K는 학자를 꿈꿨는데 그것들에 대한 희망도 보이지 않고 열정도 식어 있었다. 재민이 다시 Dr. K에게 말을 걸었다.

"병호 소식은 들었냐?"

"복학했다가 건강이 안 좋아 다음 학기에 곧바로 휴학했어. 최근 학교에서 본 적은 없고 고향에 내려갔다는 소식만 들려."

"그렇지. 평소 튼튼한 애도 아닌데 몸이 많이 망가졌으니까. 우리 넷 중에 가장 심하게 당했으니까."

재민이 또 우울한 쪽으로 얘기를 했다. Dr. K와 원국은 아무 반응도 보이지 않았다. 세 시간 넘게 빈소에 있었으나 다른 조문객은 한 명도 오지 않았다. Dr. K는 그들과 같이 있는 것이 거북하지는 않았으나 왠지 침울한 기분에 휩싸이는 것이 싫었다. 재민은 자꾸 계속 말을 하고 싶은 눈치였는데 Dr. K는 그 시선을 외면했다. 최소한으로 짧게 대답했다. 이게 젊음이라면 우리의 젊음은 이렇게 흘러가는 거로구나 하는 생각이 더해져 우울함이 가슴을 파고들었다.

윈스턴은 대규모 순회강연을 마친 후 특별한 일정을 잡지 않고 휴식을 취했다. 쉬면서 강연내용과 청중들의 반응을 정리하며 생각을 가다듬었다. 얼마 지나지 않아 소규모 강연일정이 시작되었다. 장소는 대부분 대학 캠퍼스였고 청중은 그의 얼굴을 직접 보려고 온 젊은이들이었다. 오월회 청년조직의 회원들이 많았다. 그의 스토리에 대해서는 이미 많이 알려졌기 때문에 강연은 짧은 스피치 후에 참석자들과의 질문답변 형식으로 진행되었다. 다양한 질문들이 나왔다. 줄리아를 다시 만나보고 싶은 생각이 있느냐, 아직도 틀니를 하고 있느냐, 오세아니아, 유라시아, 이스타시아 군대 중 어디가 가장 싸움을 잘 하냐, 형제단은 진짜 존재했느냐, 빅 브라더는 영사 붕괴 후 어디로 도망갔느냐 등이었다. 한 학생이 영사의 억압적인 체제에서 왜 더 적극적으로 저항하지 않았느냐는 질문을 했다. 윈스턴은 거의 완벽한 상호감시체제가 가동되는 상황에서 조직적인 저항은 불가능하며 개별적인 저항은 의미가 없다고 했다. 오로지 깊은 절망만이 있을 뿐이라고 얘기했다. 그 학생이 추가로 물어봤다.

"그렇다면 프롤들의 봉기는 어떻게 가능했습니까?"

"그러니까 프롤 참전용사들이 전쟁이 끝나 돌아왔는데 직장을 제공받지 못해 불만이 쌓였다는 것은 말씀드렸고요. 그들은 외부당원들보다 체제에 대한 충성심이 약했고 당도 지적 수준이나 의식수준이 낮은 프롤들에 대한 통제를 외부당원에 비해 느슨하게 했습니다. 그러니 집단불만이 봉기로 이어진 것 같습니다."

"지적 수준과 의식수준이 낮으면 충성심이 떨어져 체제에 대한 저항이 가능하다는 말씀입니까? 체제유지를 위해서 영사는 프롤들도 교육을 시켰어야 했었네요. 그렇다면 '무지는 힘이다'라는 영사의 구호는 잘못된 것 아닙니까? 한국은 대학진학율이 전 세계에서 가장 높은 나라 중의 하나입니다. 선생님 분석대로라면 한국에서는 저항이 발생할 가능성이 점점 낮아진다고 하겠습니다."

"……."

날카로운 지적이었다. 윈스턴은 말문이 막힌 가운데 두뇌회전이 빨라졌다.

"저는 프롤들에 비해 교육을 많이 받았습니다. 중학교도 나오고 초급당학교도 다녔으니까요. 그 과정에서 계속 당의 선전선동이 내 머릿속에 주입되었습니다. 그러한 세뇌를 통해 체제순응적인 인성이 형성된 것 같습니다. 저는 당에 대한 반항심이 있었지만 실제 저항을 한 적은 없지요. 대부분의 외부당원이 저와 비슷한 경험을 했을 겁니다."

이 말을 하면서도 윈스턴은 식은땀이 나는 것 같은 느낌이 들었다. 그의 말이 대학생들인 청중들에게 혼란을 가져온 것 같았다. 그들은 마치 그렇다면 내가 교육을 많이 받아 체제순응적 인간이 되었다는 것인가 하는 표정이었다. 다행히 그 학생은 추가 질문이나 발언을 하지 않았고 다른 학생의 질문이 이어졌다.

"선생님, 혹시 헬조선이라는 말을 들어보셨나요? 젊은 사람들이 왜 한국을 헬조선이라고 부르는지 그 이유를 생각해보셨습니까?"

윈스턴은 잠시 멈칫했다. 그 말은 알고 있었지만 왜 그런 말이 나왔을지에 대해 깊게 생각해본 적이 없었다. 자유와 풍족함이 있는데 왜 지옥이라고 부를까 하는 의문에 대한 마땅한 설명이 떠오르지 않았다.

"질문자에게 만족할만한 대답을 줄 수 있을지 모르겠습니다. 나는 영사 시절 물자가 부족하여 항상 결핍감을 느꼈고 자유가 없어 절망 속에 지냈습니다. 희망이 보이지 않으니 지옥 같다는 생각이 들었지요. 자유와 물질적 풍족도 우리를 만족시키지 못하는 부분이 있겠지요. 완벽한 제도를 가진 국가는 없으니까요."

윈스턴으로서는 최선을 다한 답변이었다. 그의 말이 끝나자마자 질문한 학생이 앉은 채 큰 소리로 말했다.

"저희도 희망이 보이지 않습니다."

그의 말에 강연장이 갑자기 조용해졌다. 윈스턴은 당황함보다 뭔가 섬뜩함이 스쳐가는 것을 느꼈다. 다른 학생이 일어나 질문을 했다.

"스미스 선생님. 브리타니아든, 오렌지아든 한국이든 과거 영사와 같은 체제가 다시 등장할 수 있는 가능성에 대해 말씀해 주십시오. 그것을 막을 수 있는 방법도 알고 싶습니다."

그 질문에도 그는 당황했다. 윈스턴은 거꾸로 그 학생에게 되물었다.

"지금 질문자가 거론한 오렌지아나 코리아는 자유에 대한 의지도 강하고 민주적 선거에 의해 정부가 구성되는데 왜 그런 생각을 하는 거죠?"

그 학생은 거침없이 말을 이어나갔다.

"영사처럼 강제적인 물리력을 광범위하게 사용하여 자유를 억압하는 것이 아니라 공권력의 동원 없이 국민들을 감시하고 자유를 억압할 수 있지 않습니까? 이미 기술적으로는 그것이 가능한 것이라고 알고 있습니다. 그러니 개인들이 그것을 두려워하여 스스로 위축되는 현상도 늘어나고 있고요."

윈스턴은 곤란한 상황에서 벗어나야겠다고 생각하고 입을 열었다.

"개인들이 자유에 대한 의지를 갖고 뭉쳐 있으면 그러한 일이 발생하기는 불가능할 것입니다."

질문과 답변과정을 지켜본 청중들의 얼굴이 무표정으로 바뀌었다. 마지막 질문이 나왔다.

"스미스 선생님. 줄리아의 라스트 네임(last name)은 무엇입니까?"

청중은 그냥 툭 던진 말이었지만 그 질문을 받고 윈스턴은 줄리아의 성을 기억에서 찾아봤으나 전혀 생각나지 않았다. 짧은 시간이지만 줄리아의 성을 머릿속에서 끄집어내려고 필사적으로 노력했다. 거짓말처럼 전혀 생각나지 않았다. 그는 마음을 정리하며 천천히 대답했다.

"말씀드리기 곤란하네요. 지금쯤 가정을 꾸리고 단란한 생활을 하고 있을지 모를 그 사람의 이름을 밝히지 못하는 것을 이해해 주시기 바랍니다." 그는 이러한 답변으로 위기를 모면했다고 생각했다.

강연을 마치고 숙소로 돌아오면서 그는 줄곧 줄리아의 성을 기억해내려고 기억을 집중했다. 허사였다. 그 뿐 아니라 한때 부부였던 캐더린의 미혼 시절 성도 떠오르지 않았다. 그 날 행사는 긴장감 속에 진행된 윈스턴에게 가장 힘든 강연회였다.

다시 참석한 밤나무골 카페 모임은 처음과 분위기가 달랐다. 식사를 빨리 마치고 경제연구원 신 박사가 준비한 발표를 시작했다. 현 정부의 에너지 정책과 부동산 정책이 주제였다.

"무엇보다도 원전을 대체할 전기생산 시설과 수단이 부족합니다. 우리나라는 에너지 과소비 국가입니다. 이를 태양광으로 대체할 경우 엄청난 규모의 국토가 시커먼 태양광패널로 뒤덮여야 합니다. 그리고 태양광패널 자체가 중금속인 납과 카드뮴이 처리된 공해물질입니다. 수명이 30년이라고 하지만 실제로는 10년이 지나면 수율이 낮아져 교체해야 합니다. 앞으로 10년 후 대량으로 폐기물이 나오기 시작하면 심각한 문제가 아닐 수 없습니다. 풍력발전의 경우, 소음과 잦은 고장으로 이미 다른 나라에서는 더 이상 공급확대를 하지 않고 있습니다. 원전폐기 정책으로 국내 원자력 관련 전문가들은 전업을 하거나 해외로 빠져 나갔고 세계 1위의 경쟁력도 상실했습니다. 해외원전 수주를 받을 수도 없습니다. 독일 사례를 보면 원전발전이 완전히 중단되면 10년 이내에 전기료는 두 배 이상 인상될 것이 분명합니다."

그의 에너지와 관련된 발표내용은 윈스턴도 TV뉴스를 통해 대충 알고 있는 내용이었다. 발표자와 참석자들 사이에 얘기가 오갔다.

"원전발전시설 생산업체는 이미 연 1조원의 적자가 발생하고 있잖아?"

"대한전력 적자도 누적되고 있다고."

"그동안 우리가 전기를 너무 펑펑 써댔다고. 에너지 과소비 대가를 치르는 거지."

"원전 때문에 세계에서 가장 싼 전기료를 국민들이 즐겼는데 도대체 왜 원전을 없애려고 하는 거지? 앞으로 전기차가 보급되기 시작하면 전기수요가 더 늘어날 텐데. 뭔가 우리가 모르는 비하인드 스토리가 있는 것 아니야?"

"향후 남북교류가 활성화되면 북한에 막대한 전력을 공급해야 할 텐데 그건 무슨 수단으로 해결하지?"

모두들 한마디씩 거론했다. 그 때 윤 기자가 입을 열었다.

"증권가에서 나도는 얘기는 이렇습니다. 원전에 가장 많은 투자를 하는 국가가 시노입니다. 지금 시노 동해안을 따라 수십 기의 원전들을 짓고 있지요. 기술력은 아직 우리나라에 못 미칩니다. 한국이 원전을 포기하면 시노가 그 원전기술을 이전받고 세계 1위가 될 수 있죠. 결국 원전기술 주도권이 시노에 넘어가게 되지요. 벌써 우리나라 원전 전문가들이 거액의 스카웃 제의를 받고 많은 숫자가 그쪽으로 가버렸습니다."

"그래서 우리가 얻는 것이 뭔가요?"

"시노 동해안의 원전에서 생산된 전기를 해저 송전케이블을 통해 우리가 수입해 쓰면 되지요. 그것이 더 가격이 싸다고 합니다."

"전기를 해외에 의존한다고? 그것도 시노에?"

"원전을 포기하고 시노에서 값싼 전기를 수입해 쓰는 것이 이익이라는 논리가 먹힐까?"

"전기종속국이라는 말도 있나? 전기는 싼 가격에 안정적으로 공급되어야 하는데 그중에 더 중요한 것은 안정적인 공급이지. 해외에 의존해서야 안정적인 공급을 보장받을 수 있나? 그 나라에 목줄을 잡히는 거지."

"유럽에는 계절적 요인에 따라 서로 전기를 수입하고 또 수출하면서 살고 있어. 덴마크가 대표적인 나라로 독일과 스웨덴으로부터 전기를 수입하고 있지. 종속국이라는 표현은 과하고 수입국이라 해야겠지."

전기종속국이라는 용어가 나오자 참석자들의 분위기자 조용해졌다. 주제는 부동산 문제로 넘어갔는데 이에 대해서는 참석자들의 말들이 더 많았다.

"종부세를 너무 올렸어. 서울 시내 아파트의 중위가격이 9억 원인데 9억 원을 기준으로 종부세를 부과하면 어떻게 하냐고? 살고 있는 집이 무슨 투기야? 그냥 깔고 앉아 있는 거지. 세금을 그렇게 올리면 팔 수 밖에 없는데 양도세도 대폭 올려버렸으니 팔지도 못해? 그러면 어떻게 하라는 거야? 계속 살지도 팔지도 못하게 하니."

"할 수 없이 팔 수밖에 없다고 쳐. 그러면 그 집을 누가 사겠어? 그 바로 아래의 소득층 아니야? 빚내서 그 집 구매한 그 사람들도 결국 세금 버티지 못하고 팔겠지. 그러면 그 다음 소득계층이 사고. 그렇게 반복이 되면 결국 모든 사람들이 하향평준화되는 거지. 우리나라 사람들 자산이 대부분 주택인데 결국 집값이 연쇄적으로 도미노처럼 하락하여 모두 벼락거지가 되는 거지."

"결국엔 자영업자, 소상공인 망해서 중산층 붕괴시키고 아파트 가진 고소득층 세금 때려서 계층하락을 유도하는 것이로구먼. 정말……."
부동산 문제에 대해 모두들 침을 튀기며 한마디씩 했다. 사회학 전공인 최 교수가 덧붙였다.

"그런데 외국인 부동산 구입은 왜 규제를 안 하는 거야? 지난 삼년 동안 외국인이 매입한 아파트가 모두 삼만 채 가까이 된다고. 외국인 구매자의 대부분이 시노 사람들이야. 그 사람들은 대출규제도 없고 양도세나 중과세도 피해갈 수 있잖아. 그러니 단기차익을 노릴 수 있는 거지. 시노 사람들에 대한 특혜가 너무 심해."

"금년 들어 시노 사람들 부동산 매입 총액이 10조 원이라는데 그거 거의 다 현지 비자금을 우리나라로 빼돌려 자금세탁하는 거라고. 여기가 그 사람들 돈세탁기가 되어버렸어."

"돈을 아무리 풀면 뭐해 전부 부동산하고 주식시장으로 가니 시중에 돈이 돌지 않아. 그러니 소비는 계속 위축되고 경기가 살아나질 않지. 그런데 이제 부동산까지 규제하면 도대체 어디다 투자를 하라는 거야?"

"투자할 곳? 있지. 가상화폐. 빗코인이 천정부지로 오르고 있어. 젊은 사람들은 주식 안 해. 가상화폐하지. 요즘 중고등학생들도 한다니까."

"그거 위험해. 거기에도 시노 자금이 왕창 들어와 있어. 엄청 올려놓고 빠질 거라고 하던데. 우리나라 사람들만 잘못하면 상투 잡는다니까. 무슨 일 날 거야."

부동산 문제에 대한 의견들이 다 개진되자 사이버보안 전문가 이 교수가 주제를 바꿨다.

"우리나라에 설치된 공공용 CCTV가 800만대가 넘어. 나의 모습이 9초에 한 번씩 카메라에 포착된다는 조사결과도 있어. 길에서 열두 걸음이나 열세 걸음을 걸을 때마다 카메라에 한 번씩 찍힌다는 얘기지. 앞으로 스마트시티가 건설되고 전국 도시의 스마트화가 진행되면 CCTV 설치가 훨씬 더 늘어날 거야. 거기다가 모든 감시시스템의 플랫폼들을 연결시켜 통합관리하면 사람들의 동선이 모두 파악되는 거지. 시민안전과 치안을 위해 그렇게 한다고 하지만 CCTV 증설로 강력범죄의 발생률이 하락했다는 증거는 없어. 물론 교통위반이나 쓰레기 무단투기 같은 생활범죄는 줄어들지만... 그런 감시가 싫으면 그냥 방구석에 콕 박혀 있는 수밖에 없지."

"우리가 우려하는 완전한 '빅 브라더' 시대네."

"빅 브라더? 아니야. 용어를 바꿔야 해. '울트라 수퍼 빅 브라더' 시대야."

그들의 얘기를 들으며 윈스턴은 스마트시티가 영사의 텔레스크린보다 더한 감시체제가 될 수 있다는 우려가 들며 미간이 살짝 좁아졌다. Dr. K는 그들의 대화를 그저 듣고만 있었다. 에너지와 부동산을 둘러싼 얘기에서 시작해 사회감시 얘기까지 끝나자 Dr. K가 입을 열었다.

"아직도 교과서 문제가 심각합니까?"

"초등학교, 중고등학교 교과서에 아무도 관심을 갖지 않고 학생들과 교사들만 보지. 방치되어 있는 거야. 난 관심이 있기 때문에 들여다보는데 정말 가관이야. 근현대사와 관련된 내용은 완전히 일방적인 내용으로 채워져 있다고. 아주 일방적이지. 그런데 그 내용을 가지고 시험문제를 내니 학생들은 그저 받아들이고 외울 수밖에 없지." 사회학자인 최 교수가 대답했다.

그 얘기를 듣던 윈스턴이 조심스럽게 질문을 던졌다.

"교과서 제작이 그렇게 심각한 문제입니까?"

"스미스 씨. 잘 아시는 명제가 있잖아요. 과거를 지배하는 자, 미래를 지배한다. 한국에서 과거를 둘러싼 논쟁은 미래의 주도권을 잡기 위한 것입니다. 정권이 바뀔 때마다 교과서 논쟁이 있어 왔습니다. 현재를 지배하는 자가 과거를 지배하는 거니까 정권이 바뀔 때마다 같은 근현대사를 두고 해석이 완전히 반대였죠. 이를 어떤 사람은 기억을 둘러싼 전쟁이라고도 했습니다. 이미 두 세대 가까이 진행되고 있는 전쟁입니다. 엎치락뒤치락 했죠." Dr. K의 설명이었다.

윈스턴은 그가 한 말을 이해했다. 영사 시절, 자신이 한 일이 현재의 권력으로 미래를 장악하기 위해 과거를 조작하는 일이었다.

"그런데 코리아와 같은 자유국가에서 과거를 일방적으로 해석할 수 있습니까? 그 문제 대한 담론이 형성되어 논쟁이 벌어질 것 아닙니까? 현재 담론의 주도권은 누가 장악하고 있는 겁니까?"

Dr. K가 진지한 눈빛으로 윈스턴을 바라봤다.

"디지털을 장악하는 자가 현재를 주도하는 겁니다."

참석자 모두 그 말이 맞다는 표정이었다. 조 실장이 말을 덧붙였다.

"스미스 씨가 예전에 시내에서 보았던 대규모 시위와 행진도 다 디지털로 동원된 사람들입니다."

윈스턴은 그들의 얘기를 들으며 잠시 생각에 잠겼다. 참석자들이 우려하는 현 시국에 대한 그들의 의견과 생각을 쏟아내는 말을 듣고 있다 보면 모든 게 문제였다. 그들이 말하는 대로 모든 분야에 그렇게 심각한 문제들이 내재되어 있다면 코리아가 어떻게 작동되고 있는 건가?

밤나무골 카페 모임에서 숙소로 돌아온 윈스턴은 디지털을 지배하는 자가 현재를 지배한다는 Dr. K의 말을 곰곰이 생각해봤다. 디지털 세계란 수많은 불특정 이용자들이 참여하고 있는데 이들이 어떻게 권력이 된다는 말인가? SNS 상에서 쟁점을 둘러싼 치열한 찬반토론이 벌어지겠지만 그것이 어떻게 과거와 현재와 미래까지 지배할 수 있단 말인가? 텔레스크린이나 사상경찰과는 달리 손으로 만질 수 없는 디지털이 과연 사람들을 억압할 수 있을까? Dr. K나 모임 참석자들이 너무 과도한 우려를 하고 있는 것은 아닌가? 그는 결론을 맺지 못하고 이런 저런 생각을 하다 컴퓨터 앞에 앉아 이메일을 쓰기 시작했다.

앰플포스에게,

잘 지내고 있으리라 믿네. 지난 번 편지 이후 한 두 달간은 매우 바빴는데 얼마 전부터는 일정도 줄고 또 이곳 상황과 지리에 익숙해져서 요즘은 꽤 여유 있는 생활을 하고 있네. 코리안 친구나 이곳에서 사는 외국인 친구들도 생겼다네. 이제는 간단한 말과 글을 익혀서 가까운 곳은 혼자 외출을 하고 있네. 영어로 방송하는 코리아TV도 열심히 본다네. 그러면서 이곳에 대해 점점 이해가 깊어지고 있네. 그들을 통해 내면에 깔려있는 코리아의 문화에 대해 깨우치기도 하네.

여기는 TV채널이 백 개가 넘는 것 같네. 드라마를 참 잘 만드는 것 같아. 자막으로 봐도 재미있으니까. 그리고 대부분의 채널이 정치와 경제 프로그램을 방송하고 있네. 정치 대담 프로그램은 결론도 없이 그저 출연자들이 자기가 하고 싶은 얘기를 무한반복할 뿐이야. 경제TV는 주로 주식과 부동산을 통해 돈 버는 방법을 쏟아내는데 코리안들의 주식에 대한 관심이 세계 최초로 주식시장이 생긴 오렌지아보다 훨씬 높은 것 같네. 코리아에 그렇게 재테크 전문가가 많았는지 정말 깜짝 놀랄 지경이네. 참으로 코리안들은 권력과 돈에 관심이 많은 것 같아.

또한 음식과 관련된 프로그램도 하루 종일 방영된다는 점이 재미있어. 코리안들은 이를 먹방이라고 하는데 대부분의 채널이 먹방 프로그램을 하나씩 가지고 있는 것 같아. 출연자들을 보면 모두 과체중인 사람들이야. 그런 출연자들을 내세워 과식과 과체중에 대해 경고하는 것일 수도 있겠지.

그리고 종교채널도 많네. 나는 코리아는 불교만 있을 거라고 생각했는데 가톨릭과 프로테스탄트 신자도 많네. 특히 교회가 한 블록마다 하나씩은 있다고 보면 되네. 저녁에 거실에서 창밖을 내다보면 건물들 위에 불을 밝힌 교회 십자가가 수도 없이 많이 보이네. 불교도 종파가 많은 것을 TV를 보며 알았네. 그들 종교단체들이 국가의 지원을 안 받는다는 사실도 놀라웠네. 모두 신도들의 기부금으로 유지된다고 하네. Dr. K에 따르면 그 기부금에 대한 세금감면 혜택은 미미한 수준이라는데 그럼에도 헌금을 내는 코리안들은 신앙심이 깊은 사람들이라는 생각이 들어.

한 번은 여기에 주재하는 외신기자들과 얘기를 하다가 내로남불이라는 말을 처음 들었다네. 내가 하면 로맨스고 남이 하면 불륜이라는 뜻이라고 하더군. 그래도 정확한 의미를 이해 못했는데 한 친구가 영사의 '이중사고'와 같다고 부연해 약간 감이 잡혔네. 어떤 사안이 발생하면 이를 '내로'로 볼 것인가, '남불'로 볼 것인가를 빨리 판단해야 한다더군. 그리고 그 판단도 상황에 따라 달라져야 한다고 하더군. 어느 모임에서는 '내로'로, 다른 모임에서는 '남불'로 평가하는 능력이 있어야 한다고 말이야. 정말 이중사고와 비슷하다고 생각했네.

코리아는 모든 것이 디지털화되어 있네. 대부분의 소통이 인터넷과 SNS로 이루어지네. 스마트폰은 거의 모든 사람들이 가지고 있네. 상점에서 결제도 핸드폰을 이용하여 하네. 빠르고 가볍다는 것이 코리아의 특징일세. 빨라야하기 때문에 대부분의 용어가 축어로 통용되네. 젊은 사람들 사이에 특히 심한데 유통기간도 매우 짧다네. 그런 용어들은 나이 먹은 사람들이 인지하기도 전에 사라져 버리고 새로운 용어가 등장하네. 그러니 세대 간에 원활한 소통이 어려울 때가 많아.

이것을 영사에서 신어(new speak)가 구어(old speak)를 밀어낸 것과 비교해도 될까? 영사는 신어 사용을 통해 단어 숫자를 줄여 사고의 폭을 줄이려 노력하였지만 여기의 신조어는 그 수명 자체가 짧아 사고의 심화나 고착화가 일어나지 않네. 그 짧은 단어의 수명이 사고 자체를 소멸시키고 있어. 억지로 신어를 만들어 사용을 강요 안 해도 된다는 장점이 있는 것 같네. 많은 기성세대가 아름다운 고유언어를 망친다고 개탄하고 있지만 그런 나이든 사람들은 점점 고립되어 가거나 사회의 큰 흐름에 편승 못하고 있을 뿐이지. 이런 일이 대중의 자발성에 의해 일어나고 있다는 사실이 놀라울 뿐일세.

헬조선이라는 말도 유행하고 있는데 코리아에 와서 처음 그 얘기를 듣고 전혀 이해할 수 없었네. 우리가 런던 시절 영사를 지옥이라 불렀다면 이해가 되지만 지금의 코리아에서 헬조선이라는 말이 사용되는 것이 이해가 되지 않았네. 그런데 자세히 살펴보니 그러한 혐오적인 표현이 등장한 배경을 파악할 수 있었네. 이곳은 자유롭고 풍족하지만 사람들이 늘 뭔가 불안해하고 불만수준이 높아 보여. 그리고 다른 사람을 믿지 못하는 불신도 강하네. 불안과 불만, 그리고 불신이 지배하고 있는 사회네. 그것이 합쳐져 이 사회 전체에 공포의 공기가 깔려 있는 것 같네. 그러니 헬조선이라는 말이 나올 수 있었겠지. 내부적으로는 이런 심리에 지배당하면서 겉으로는 당당하고 발랄한 모습을 보이는 그들이 놀랍다네. 과거 자네와 내가 진리부 근무시절 그랬듯이 심리와 행동의 분리를 잘하는 것이라 해야겠지.

오렌지아처럼 이념적 성향은 다양하지 않은 것 같은데 정파는 매우 여러 개로 나뉘어져 있는 것 같네. Dr. K의 말에 따르면 최근의 변화에 따라 정치권 안에는 친임페리카파, 친이스타시아파, 자주파, 심지어 친소비에트파 등의 진영이 형성되어 있다고 하네.

Dr. K가 주도하는 모임에 가끔 가는데 전문가들이 모여 여러 가지 쟁점에 대해 의견을 교환하는 자리일세. 최근 참석자들이 우려하는 것이 디지털 기술의 발전에 기반하여 사회감시체계가 강화되고 있다는 점일세. 개인의 사생활이 감시받고 있다는 것이지. 몇 년 전 오렌지아에서도 개인위치 데이터를 국가가 모두 통합하여 관리하고 있는 사실이 알려져 난리가 나지 않았나? 그런 일이 모든 나라에서 벌어지고 있는 걸세. 디지털이 빅 브라더가 아니 수퍼 빅 브라더가 되는 세상이 다가오고 있는 것 같네.

오렌지아와 유로파 상황은 어떤가? 브리타니아가 유로파에서 탈퇴하겠다는 움직임이 있다고 하던데 그것은 브리타니아가 큰 손해를 감수해야 하는 일 아닌가? 유로파가 추구하고 또 지금까지 성취한 공동변영과 평화가 위협을 받을까 걱정이 되네. 유로파 회원국들 내에서도 여러 가지 사정으로 크고 작은 소요와 함께 테러까지 발생하고 있는 사태 또한 걱정이네. 자네와 나는 젊었을 때 공포 속의 질서와 안정이라는 상태에 익숙해져 있어 자연스레 불안정은 개인의 생존까지 위협한다는 우려를 하지 않나? 그런 면에서 기질적으로 우리는 보수적이라고 생각하네.

다음에 시간 나는 대로 또 소식을 전하겠네. 잘 지내게.

- 서울에서 윈스턴이 -

며칠 후 윈스턴은 앰플포스로부터 답신을 받았다.

윈스턴에게,

자네가 그곳에 간지도 꽤 되었는데 잘 지내고 있는 것 같아 다행이네. 자네가 영사와 코리아를 비교하는 것을 보면 역시 예리한 분석이라는 생각이 드네. 그 내용을 읽으며 나도 영사 시절을 회고해 보았네. 이중사고, 신어 등 정말 오랜만에 떠올리는 말들이었네. 나도 신어와 관련된 작업을 하다 애정부에 끌려간 것 아닌가? 그런 말도 안 되는 현상이 권력의 강압에 의해 일어나는 것이 아니라 코리아에서는 자발적으로 발생하고 있다니 참 흥미로운 일이네.

인간의 한계로 미래에 대한 불확실성이 우리에게 막연한 불안감을 주는 것은 사실이지만 자네가 느끼기에 심각할 정도의 불안, 불만, 불신이 있다면 그것 또한 왜 그런지 자세히 살펴볼 필요가 있다고 생각하네. 이곳도 유로파의 불확실한 미래로 불안감이 커지고 있고 재정정책, 이민정책, 복지정책 등과 관련하여 사람들이 유로파에 대한 불만이 고조되고 있네. 또한 인종 사이에 불신을 넘어서 적대감이 커지고 있는 것 같아 걱정이네. 이제 와서 분리정책을 펼 수도 없고……

유로파는 자네말대로 브리타니아가 탈퇴할 것이 분명해보이고 정책결정을 둘러싸고 회원국들 사이의 대립과 갈등이 고조되고 있네. 이베리아, 이딸리아, 발카니아는 솔직히 유로파에 부담을 주는 나라들이었는데 여기에 신규 회원국들인 동쪽 나라들이 집단으로 이견을 보이고 있어 참으로 걱정이야. 통합의 강화를 주장하고 추진할 수 있는 나라는 갈리아, 게르마니아, 오렌지아 밖에 남지 않은 것 같아. 이들 나라의 국민들도 더 이상의 재정부담은 곤란하다고 생각하는 사람들이 늘고 있네.

얼마 전에 요리스와 크게 논쟁을 벌였네. 예전부터 그런 조짐이 있었지만 자네가 떠난 후 동쪽 국가들인 폴스키아, 발티키아, 슬라비아, 보헤미아가 자체 협정을 맺어 유로파정책에 반대하는 공동보조를 맞추기로 했다네. 그것을 강력히 추진한 의원이 요리스일세. 요리스는 교역과 노동의 이동은 공동통합정책을 지지하지만 이민정책이나 재정은 회원국들의 자율성을 강화해야 한다는 입장일세. 그렇다면 그것이 무슨 유로파인가 그냥 연대에 불과한 것이지.

자네도 알다시피 나는 유로파는 언어와 문화 등 고유의 정체성을 유지하는 것 말고는 회원국이 완전한 통합을 이루어야 한다는 것을 주장하는 사람 아닌가. 나는 고유성을 유지하되 유로파 전체가 하나의 공동체 의식을 갖게 될 때 주민들이 진정한 자유를 누릴 수 있고 나아가 다시는 오세아니아나 유라시아와 같은 체제가 등장할 수 없다고 생각하네.

그런데 발티키아를 포함한 동쪽 국가들은 그러한 면을 이해하지 못하고 있네. 고유의 정체성을 어디까지 인정하느냐의 문제겠지. 특히 갈등을 빚는 것은 유로파의 난민정책일세. 동쪽 국가들은 더 이상 난민을 받을 수 없다고 하네. 그들 나라는 가톨릭 전통이 강한데 자기네 땅에 이슬람 사원이 세워지는 것을 용납할 수 없다는 입장이네. 난민문제는 종교의 문제가 아니라 인권차원에서 공동정책을 채택한 것 아닌가? 그런데 그것을 못 받아들이겠다는 사람들은 자신들의 낮은 인권의식 수준을 드러내는 것이라고 생각하네. 우리가 그 난민들을 받아들이지 않으면 그들은 자기 나라에서 엄청난 고초를 받을 걸세. 마치 우리가 영사에서 죽음의 문턱까지 갔다 온 것처럼.

요리스도 정치적 탄압을 받아 시베리아 수용소에서 오랜 기간 고생한 경험이 있으면서도 난민들이 처한 사정을 몰라주니 대화가 안 되네. 그는 자기처럼 소수가 정치적 탄압을 받는 것보다 이질적인 사람들이 전체 집단의 문화를 훼손시키고 정체성을 해치는 것이 더 심각한 문제라는 논리를 펼치고 있네.

솔직히 게르마니아, 갈리아, 오렌지아가 언제까지 버티며 통합을 추진해나갈 수 있을지 나도 모르겠네.

너무 내 얘기만 한 것 같아 미안하네. 자네의 코리아에 대한 분석이 재미있네. 다음에도 또 알려주게. 건강히 지내고…….

- 친구이자 동지인 앰플포스로부터 -

앰플포스의 이메일을 읽고 마음이 불편한 상태로 며칠을 보내는데 요리스로부터 이메일이 왔다. 윈스턴은 반가운 마음으로 편지를 열었다.

전우 윈스턴에게

자네에게 편지를 쓰려니 옛날 일이 먼저 스쳐지나가네. 우리가 시베리아 벌목장과 우수리스크 전투에서 어떻게 살아남았는지 새삼 신기하기만 하네. 그때 우리가 젊은 나이도 아니었는데.... 어디서나 살아남은 자네니 그곳에서도 잘 지내고 있으리라 믿네.

나도 만추리아까지는 가봤으니 그 바로 밑에 있는 코리아는 다음에 갈 기회가 있으리라 기대하네. 만추리아에 있을 때, 자네가 조선족 장교의 얘기를 듣고 만추리아 밑에 코리아라는 반도가 있는데 아주 독특한 나라라고 한 말이 생각나네. 그때는 그냥 흘려들었지만 말이야.

나와 우리 가족은 모두 잘 지내고 있네. 우리 집사람은 은퇴를 했고 나도 체력이 딸려 일이 힘드네. 더군다나 발티키아와 센트럴시티를 오가며 일하는 것이 점점 힘들다는 생각이 들어 조만간 발티키아로 복귀할 생각도 하고 있네. 우리 당인 민족당 내에 나를 배척하는 사람들도 이제 다 은퇴하여서 돌아가도 내 입지는 충분히 있다네. 아무튼 두고 봐야겠지.

자네도 느꼈을지 모르지만 최근 들어 유로파의 상황이 나빠지고 있네. 회원국들끼리의 의견충돌이 잦아지고 있네. 거기에 대한 반발로 평소에도 비협조적이었던 브리타니아가 유로파 탈퇴를 할 것 같네. 가장 심각한 문제는 난민문제일세. 인권적 차원에서 난민을 받아들이는 것은 이해할 수 있지만 지금처럼 무차별적으로 받아들이는 것은 문제가 많네. 그것도 유로파 부담금을 가장 많이 낸다는 이유로 게르마니아가 주도하여 난민 숫자를 일방적으로 배정하여 각 회원국에 보내는 것은 결코 바람직하지 않다고 생각하네.

갈리아는 벌써 과거 식민지에서 온 이민자와 난민, 그리고 불법체류자가 인구의 십분의 일에 가까운 600만 명이나 되네. 그들은 대부분 무슬림이고 갈리아 사회에 동화하지 않고 있네. 자기들만의 배타적 거주지역을 형성하여 거의 치외법권적인 생활을 하고 있네. 갈리아 안에는 공권력이 미치지 않는 그러한 거주지역이 300개가 넘네. 그들끼리는 '해방구'라고 부르고 있지. 그 지역들에는 수백, 수천 명의 어린 남자애들과 여자애들이 유괴 내지 납치되어 마약에 찌든 채 매춘행위를 하고 있다네. 그걸 알면서도 똘로랑스라는 미명 아래 방치하고 있는 공권력이나 정치엘리트들의 위선을 뭐라고 해야 할지 모르겠네.

오렌지아도 갈리아와 비슷한 비중의 이민자들이 있는 것으로 알고 있네. 자네도 알고 있겠지만 오렌지아도 분위기가 바뀌었지. 예전에 크리스마스 축제 때 산타클러스 옆에 등장했던 '검은 피터'(black Peter)에 대한 비난이 거세지고 있네. 인종차별의 상징이라는 지적인 것은 자네도 알고 있을 걸세. 그런데 그러한 비난에 대해 오래된 전통 뿐인 것을 트집 잡는다는 반발도 거세네. 그래서 축제 때 등장하는 검은 피터 숫자가 오히려 늘어나고 있네. 이에 대해 산타클로스 행진 때 검은 피터에게 토마토와 달걀을 던지고 물을 뿌리는 공격행위가 증가하는 갈등의 악순환이 반복되고 있네.

불법체류자와 난민들은 빈 집이 있으면 무조건 들어가 차지하네. 집주인이 퇴거를 요청해도 들은 척도 하지 않네. 공권력도 이를 방치하고 있네. 이러한 불법을 자행해도 기본권인 거주권을 보장해야 한다며 그들을 옹호하는 세력들이 있지 않은가?

나는 요즘 유로파가 추구하는 통합의 방향성과 정체성이 과연 무엇인가에 대해 깊이 고민하고 있네. 자네도 알다시피 발티키아는 신앙심으로 어려움을 극복하고 강대국에 둘러싸였음에도 불구하고 지금의 정체를 유지할 수 있었던 나라이네. 윈스턴 자네도 십자가 언덕을 방문하고 뭔가 발티키아 사람들의 의지를 느끼지 않았는가? (얼마 전에 십자가 언덕을 다시 가보고 나도 자네가 느낀 황금의 바다를 바라보며 잠시 뭔지 모를 감상에 젖어 보았네.) 그런데 그러한 정체성과는 완전히 이질적인 사람들이 쏟아져 들어오면 발티키아는 체제 자체를 유지할 수 없네. 폴스키아도 마찬가지일세. 보헤미아와 슬라비아는 오래 전부터 집시들로 인해 골치를 앓고 있지 않나? 그런데 종교와 문화, 생활습관이 완전히 다른 난민들이 쏟아져 들어오면 이를 어떻게 감당할 수 있겠는가?

불법이민자나 난민들은 대부분 과거 식민지 출신인 콜로니스트들이네. 갈리아나 오렌지아는 과거 자신들의 식민지배에 대한 댓가를 현재 치르고 있는 것이지. 일종의 업보일세. 그런데 우리 발티키아는 남의 나라를 침략한 적도, 식민지를 가져본 적도 없네. 우리 뿐 아니라 슬라비아, 보헤미아 모두 마찬가지일세. 그들과는 완전히 다르네. 우리가 난민을 책임져야 할 역사적 유산이나 도덕적 책임이 없네.

유로파가 내세우는 '우리는 하나'라는 구호에는 가치가 들어가 있어야 하네.

유로파가 추구하는 가치는 무엇인가? 우리의 범주는 어디까지 인가? 나는 너무 이질적인 사람들끼리 모여 살아서는 하나의 가치를 만들어낼 수 없다고 생각하네. 그래서 유로파의회에서 내가 주장하는 것은 회원국 사이에 교역과 여행의 자유, 이주의 자유는 허락하지만 난민의 수용을 강제하지 말라는 것일세. 그런데 갈리아와 게르마니아 특히 게르마니아가 돈을 앞세워 난민의 수용을 일방적으로 강요하고 있네. 발티키아나 폴스키아 사람들은 그런 돈을 앞세운 위력에 굴복하지 않을 것일세. 보헤미아와 슬라비아는 더 말할 것도 없고.

개인이나 집단이나 정체성을 상실했을 때 존재의 이유가 없어지는 것 아닌가? 나는 이대로 가다간 유로파의 미래가 암울하다고 보네. 갈리아, 게르마니아, 오렌지아, 이베리아만 남을 것 같네. 스칸디아도 유로파 정책에 불만이 많네. 그런 걸 보면 브리타니아가 개성이 강하고 또 결단력이 있네.

너무 내 얘기를 늘어놓아서 미안하네. 내 스스로는 답답해 하지만 의견충돌이 잦은 앰플포스에게도 미안한 감정을 갖고 있네. 그럼 또 연락하겠네. 자네도 그곳에서 좋은 시간을 갖기 원하네.

- 친구 요리스가 -

요리스와 앰플포스. 두 사람 다 성실하고 또 진정성이 있는 사람들이었다. 윈스턴에게 제2, 제3의 인생을 열어준 사람들이었다. 영사, 유라시아, 발티키아, 오렌지아 경험을 모두 해본 윈스턴은 두 사람의 의견차이를 충분히 이해할 수 있었다. 그러나 누구의 주장이 더 옳은 것인지는 쉽사리 판단할 수 없었다. 갑자기 가슴이 답답해졌다. 더군다나 윈스턴 자신은 오렌지아의 관대한 난민정책으로 거기에 자리 잡아 자유스러운 생활을 시작할 수 있었던 것 아닌가? 오렌지아 경찰이 그를 체포하여 추방하려고 했을 때 생추어리로 인도하여 그를 보호해 준 사람들이 있지 않았던가?

코리아의 여름은 윈스턴이 살아오면서 처음 경험해보는 계절이었다. 인디아의 말라바 지역보다는 비가 적게 왔지만 스타니아보다 습도가 훨씬 높았다. 스콜과 같은 폭우는 쏟아지지 않았지만 비가 내리는 날이 많았고 비가 그친 후 해가 쨍쨍 내리쬐면 습도가 높아져 산책을 하거나 외출 시 짜증이 났다. 땀도 많이 흘렀다. 특별한 외부일정도 없었기 때문에 윈스턴은 숙소에서 냉방기를 틀어놓고 지내는 날이 많았다.

점심을 먹은 후 그는 Dr. K의 사무실로 내려갔다. 책상에 앉아 컴퓨터로 작업을 하던 그가 반갑게 맞으며 잠깐만 기다려 달라고 했다. 윈스턴은 사무실을 둘러보았다. Dr. K는 강의가 없는 날이면 주로 그 사무실에서 지냈다. 저녁때도 사무실에서 작업을 하다 숙소로 올라갔다.

사무실은 넓은 편이었는데 실내는 매우 단출했다. 업무용 책상, 소파, 여덟 명 가량 둘러앉을 수 있는 회의 테이블, 그리고 벽을 둘러싼 책장이 전부였다. 장식은 소파가 있는 벽에 걸려있는 꽤 큰 크기의 유화 한 점이 전부였다. 그림은 감청색 바탕에 짙은 분홍색 돼지가 고개를 돌려 정면을 응시하고 있고, 가는 다리 위에 올려진 살이 뒤룩뒤룩 찐 몸통이 기괴한 모습을 보이고 있었다. 돼지의 유난히 큰 콧구멍이 인상적이었다. 벽을 채운 서가에는 책들로 꽉 차있었는데 외국서적도 많았다. 그중 윈스턴은 자신이 읽어본 책들이 눈에 들어올 때마다 미소가 번졌다. 서가에 장식된 상패 두 개가 눈길을 끌었으나 그 내용을 파악할 수는 없었다. 두 사람은 소파에 마주보고 앉았다.

"사무실을 단순하게 꾸며 놓았네요. 서가에 장식된 저 상패는 무엇을 기념하는 겁니까?"

윈스턴의 물음에 그는 멋쩍은 표정을 지으며 말했다.

"하나는 예전에 학교에서 받은 최우수강의상이고 다른 건 학회에서 받은 최우수논문상입니다."

"아! 그렇군요. 제가 오키드담 대학에서 공부할 때 마르셀 교수가 강의상을 받은 것이 기억나네요. Dr. K는 연구를 열심히 하시네요. 학생들도 잘 가르치고."

Dr. K는 다시 한 번 멋쩍은 표정을 지으며 입을 열었다.

"교수가 되고 처음에는 열심히 한 것 같습니다. 한 10년 지나 정년보장을 받고 나니 그런 열의가 떨어지더라고요. 그때에 비하면 지금 많이 게을러졌습니다. 오월회 활동이 확대되다보니 연구에 몰두하기도 힘들어졌고요. 또 이제는 나이가 들어 젊은 학생들하고 소통도 원활하지 않은 것 같습니다."

"학교에는 자주 가십니까?"

"일주일에 나흘은 학교 교수실에 가서 오후 늦게까지 있었습니다. 요즘은 보비드 사태로 온라인 강의를 하고 또 학생들이 아예 학교에 오지 않으니까 여기 사무실에 있는 시간이 많습니다."

윈스턴은 고개를 끄덕이며 다른 질문을 던졌다.

"그런데 저 그림은 어느 작가 작품입니까?"

윈스턴은 다방면에 조예가 깊은 Dr. K가 공을 들여 작품을 구해 벽을 장식했을 것이라고 생각했다. 그의 질문을 받고 Dr. K는 씩 웃었는데 그 느낌이 묘했다. 작품을 알아봐서 만족한다는 것 같기도 하면서 뭔가 계면쩍어 하는 감정이 묻어 나왔다. 그의 웃음을 보면서 작품에 대한 궁금증이 더해졌다. Dr. K의 눈에 생기가 보였다.

"오렌지아에 계시니까 그림에 대한 안목이 있으시겠네요. 제 여동생 작품입니다. 대학에 입학하여 자기가 그린 첫 그림이라며 저에게 선물했습니다. 저도 애착이 가서 사무실에 걸어 놓았습니다."

"돼지는 여성에게 큰 의미가 없는데."

"우리나라에 유명한 그림으로 이중섭 화백의 '소'라는 작품이 있습니다. 그 작품의 특징 중 하나가 화난 것 같기도 하고 슬픈 것 같기도 한 큰 눈입니다. 소는 비쩍 말랐고요. 제 여동생이 그 소가 너무 쪼들려 보인다며 그 작품을 싫어했는데 자기는 이중섭의 '소'를 능가하는 돼지 그림을 그리겠다며 야심작으로 내놓은 것입니다. 제멋대로였지만 참 순수한 아이였는데.”

Dr. K의 눈에 슬픈 기색이 잠깐 스쳐 지나갔다. 그는 표정을 바꾸며 입을 열었다.

“스미스 씨. 최근에 안색이 별로 안 좋아 보입니다. 무슨 걱정거리나 불편한 점이 있습니까?”

“제 개인적으로 걱정할 일이 뭐가 있겠습니까. 그런데 앰플포스와 요리스의 의견대립이 신경이 쓰이네요. 앰플포스는 진취적이고 요리스는 보수적인 생각인데 나는 두 사람의 주장이 모두 일리가 있다고 생각합니다. Dr. K는 어떻게 생각하나요?”

“유로파 문제를 말씀하시는 거죠?” 반응을 보인 후 Dr. K는 잠시 말을 멈췄다.

“저는 어느 분의 주장이 옳다 그르다 말할 수는 없습니다. 3극체제 해체 이후 유로파의 출범은 유럽인들의 불가피한 선택이었고 지금까지는 긍정적인 성과를 거뒀습니다. 그 효능감이 이제 효력을 다해가고 있습니다. 통합이 성장과 번영을 가져왔기 때문에 다른 문제들은 그동안 사소한 것으로 치부되었지요. 번영과 풍요의 시대가 한계에 이르면서 가치의 문제가 대두된 것입니다. 그리스 라틴 문화의 전통과 인본주의적 가치관으로 유럽 전체가 하나로 묶일 수 있다고 판단되었지만 세월이 지나면서 그것이 오류라는 것이 드러나고 있습니다. 통합의 구심력이 그동안 회원국들의 자율성을 억눌러왔던 것은 사실 아닙니까? 이제 자율성을 확보하려는 개별국가들의 원심력이 힘을 받기 시작한 것으로 봐야겠지요. 워낙 유로파 출범의 명분이 강했고 또 그동안의 성과가 이룩한 편의성이 막대하였지만 이제 거기에 피로감을 느끼고 스스로를 돌아보기 시작한 것이지요. 저는 유로파의 통합은 더 이상 진척되지 않을 것으로 전망합니다.”

윈스턴은 그의 말을 들으며 요리스가 주장하는 내용과 유사하다는 생각이 들었다.

“Dr. K는 요리스와 같이 보수적인 접근을 하고 있군요.”

“저는 보수적이다 진보적이다 라는 구분보다는 좌와 우라는 용어로 대체하고 싶습니다. 그동안 좌우의 구분은 시장경제를 중심으로 이루어졌지만 저는 좀 더 포괄적으로 개체의 자율성을 강조하면 우파이고 집단의 효과성을 강조하면 좌파라고 봅니다. 개체주의나 개인주의는 우파고 집단주의는 좌파라는 분석틀을 갖고 있습니다. 개인을 중시하면 우파이고 집단이나 국가를 중시하면 좌파인 것이지요. 개별 회원국을 강조하면 우파이고 유로파 공동체를 강조하면 좌파인 것이지요. 영사도 당과 국가를 우선시하면서 개인을 억압하지 않았습니까? 그러면 영사는 좌파국가입니다. 히틀러의 나찌즘을 극우전체주의라고 하고 스탈린식 공산주의를 극좌전체주의라고 분류하는데 제 관점으로는 국가라는 집단을 강조하는 면에서 둘 다 좌파국가입니다."

영사가 좌파국가라는 분류에는 이의가 없었으나 히틀러나 스탈린이나 둘 다 좌파로 보는 그의 관점이 매우 독특하였다. 윈스턴은 얘기를 계속하라는 표정으로 그를 쳐다보았다.

"유로파는 지금까지 좌경화 경로를 꾸준히 밟아온 것이지요. 그런데 동유럽 국가들이 뒤늦게 참가하면서 좌경화의 한계에 이르게 된 것입니다. 앞으로는 우경화의 방향으로 갈 것입니다. 아마 유럽인 전체를 대상으로 물어보면 더 이상의 통합은 싫다고 하는 사람들이 더 많을 겁니다. 저는 개인주의 선호자입니다. 집단주의는 전체주의로 가는 경향을 띨 수밖에 없습니다. 그래서 국가형성을 설명한 토마스 홉즈가 근대 좌파의 효시라고 봅니다."

"하하. 그 지적 참 재미있네요. 홉즈가 좌파의 시조라……."

윈스턴은 소리 내어 웃었다. 그런 해석은 처음 듣는 것이었다.

"스미스 씨. 홉즈는 자연상태에서 '만인 대 만인의 투쟁'이라는 공포를 피하기 위해 사람들이 자유와 권리를 유보하고 국가를 세웠다고 설명합니다. 자연상태라는 가설적 상황에서 개인이 느끼는 공포와, 영사에서 사람들이 느끼는 공포 중 어느 것이 개인들에게 더 위협이 될까요? 집단주의가 지배하는 국가에서는 개인이 자신을 보호할 수단을 갖고 있지 않습니다. 자연상태에서는 개인이 힘을 키우거나 또는 무기를 만들어 스스로 보호하는 수단을 만들 수 있습니다. 그리고 자연상태에서의 '만인

대 만인의 투쟁'이 얼마나 많은 피해를 가져올까요? 국가라는 집단은 전쟁을 벌이며 사람들을 강제로 전쟁에 동원하고 한 번에 수십만 명을 멸절시킬 수 있는 핵무기를 가지고 있습니다. 세계전쟁 때 소비에트 러시아는 민간인까지 합쳐서 3천만 명이 사망했다고 합니다. 얼추 계산해도 하루에 매일 2만 명 가까이 죽은 겁니다. 러시아가 계속 자연상태에 있었다면 과연 하루에 그렇게 많은 사람들이 죽었을까요? 결국 집단주의는 효과성을 내세우며 권력이 소수 엘리트에게 과두화되게 마련입니다. 권력유지를 위해 과두엘리트들이 집단주의를 강화하는 것이지요. 유로파가 결성되지 않았을 때는 모든 국가가 대등한 관계였는데 유로파가 출범한 후에는 의사결정권이 점점 일부 국가에게 집중되지 않았습니까? 지금은 게르마니아가 거의 독점하고 있다고 보면 되지요. 외부인인 제가 보기에도 그러한데 아마도 유럽인들은 저보다 더 절실하게 문제점을 인식하고 있겠지요."

윈스턴은 그의 지적에 타당성이 있다는 의미에서 고개를 끄덕였다. 집단주의가 강화될수록 권력은 소수에게 집중되고 개인은 무력화될 수밖에 없다는 사실을 경험적으로 충분히 알고 있었다.

"Dr. K. 그러면 코리아는 좌파가 강합니까? 우파가 강합니까?"

그 질문을 받은 Dr. K는 손바닥으로 얼굴을 한 번 훔쳤다.

"저는 매우 모순적인 현상을 발견했습니다. 시장경제를 중심으로 나누면 우파가 아직은 강합니다. 그런데 최근 자율성에 따른 스스로의 의사결정에 자신 없어 하는 사람들이 늘어나면서 집단주의적 좌파성향이 늘어나고 있습니다. 이 모순이 우리나라를 예기치 못한 방향으로 끌고 가고 있습니다. 물론 다른 나라에서도 비슷한 경향이 나타나고 있습니다."

윈스턴은 시장주의 우파, 집단주의 좌파라는 등식을 자신에게 적용해 보려 시도하였다. 내 과실은 내가 갖고 남의 과실은 같이 나누어 먹으려는 것이 바로 그 등식이라고 생각했다. 그러한 심리가 인간의 본성 아닌가? 그는 Dr. K가 철저한 자유주의자라고 판단했다.

3. 12:00

세레나의 검찰조사는 참고인 진술로 종료되었다. 시중에는 별 소문이 다 나돌았으나 레드문 사건은 신인 가수 두 명이 성폭력혐의로 구속되고 성매매나 마약에 대해서는 증거가 없는 것으로 수사결과가 발표되었다.

원국은 진희로부터 고맙다는 문자를 받았다. 그녀가 조만간 또 보자는 말을 덧붙였으나 그는 바빠서 시간을 낼 수 없었다. 그만큼 사정수석비서관실의 업무가 많았다. 그는 지난 1년 동안 많은 성과를 거두었으니 이제는 한 단계 위의 자리로 옮기는 것을 머릿속에 구상 중이었다. 사정수석비서관이 나를 놔줄까? 비서실장에게 직접 말을 해야돼나? 차관급이 되는 다음 자리에 뭐가 있지? 머리가 복잡했다. 여기까지 오는 것도 쉽지 않은 경로를 거친 것이었다. 지금까지는 제대로 된 선로에 올라 원활히 진행되었지만 위로 올라갈수록 경쟁이 더 치열해지고 음해도 많은 것이 정치판이었다. 권력은 달콤한 것이었지만 그 사다리를 오르는 것은 정말 살얼음판을 걷는 것과 같이 조심스럽고 힘들었다. 지난 20년 동안 부단히 노력을 한 결과 지금의 자리에 와있는 것이었다. 그는 여기서 멈추거나 만족할 수 없었다. 위를 향한 사다리의 끝은 보이지 않았다.

원국은 항구도시 P시에서 자랐다. 할아버지 때부터 부자였다. 아버지가 꽤 큰 운수업체를 운영하고 있었고 어머니는 중학교 선생이었는데 남편이 돈을 잘 버는데도 계속 교사생활을 했다. 떵떵거리는 부자는 아니었지만 부러울 것이 없는 생활이었다. 아버지는 매일 바빴다. 통행금지가 있을 때는 12시 직전에 늘 술에 취한 채 귀가했다. 다 사업상의 일 때문이었다.

어렸을 때부터 아버지는 원국에게 공부 열심히 해서 좋은 대학을 가고 또 사시를 패스해서 훌륭한 사람이 되라고 입이 닳도록 말했다. 아주 어렸을 때는 사시가 뭔지도 몰랐다. 중학생이 되었을 때 그것이 법조인이 되는 사법고시라는 것과 합격하기 힘든 시험이라는 것을 알았다. 아버지의 기대대로 원국은 공부를 잘했다. 훤칠한 키에 잡티 하나 없는 하얀 피부의 얼굴이어서 멀리서도 훤해 보였다. 운동도 잘했고 자신감이 넘쳤다. 고등학교 시절 P시 여고생들 사이에 이름이 나돌 정도였다. 아버지는 남들에게 늘 아들 자랑을 했다.

중학교 때부터 철이 들면서 아버지 사업이 매우 힘든 것이라는 것을 알아차릴 수 있었다. 돈 잘 버는 아버지가 가끔 불평을 심하게 토로했다. 경찰과 항만관청, 구청 공무원들의 눈치를 보고 비위를 맞추느라 힘들다는 내용이었다. 심지어 항만 근처의 조폭에게도 시달리고 있다고 했다. 그들에게 상납하고 접대하느라 늘 바쁜 것이었다. 원국은 아버지가 경찰과 조폭 양쪽의 눈치를 보고 있다니 세상엔 정의가 없다고 느꼈다.

원국이 고등학교 2학년 때 아버지가 갑자기 밀수혐의로 경찰에 체포되었다. 아버지 회사의 화물기사 한 명이 하역물자를 싣고 항만출구를 빠져 나오다 검문수색을 받았는데 물자 중에 운송장이나 통관기록이 없는 외국 전자제품이 다수 발견되었다. 사장의 지시로 물건을 실었다는 기사의 자백에 따라 아버지는 기사와 함께 구속되었다. 집안이 발칵 뒤집혔고 평소 조용하고 외부활동이 별로 없었던 어머니가 사방팔방 뛰어다녀 보석으로 일단 구속상태에서 풀려났다. 재판결과도 유죄판결을 받았으나 집행유예였다.

아버지는 재판이 끝난 후 이 더러운 사회에서 살기 싫다며 회사를 정리했다. 해외에 가서 새로 사업을 시작하겠다며 일본으로 떠났다. 전과기록이 있다 보니 여권을 받기 위해 또 많은 돈을 썼다. 떠나기 전 아버지는 원국을 방으로 불러 오래된 노트 한 권을 보여줬다. 날짜별로, 이름별로 자기가 상납하고 향응을 베푼 내역이 자세히 적혀 있었다. 그리고 다시 한 번 당부했다.

"원국아. 내가 이 돈만 안 쓰고 모았어도 해운대에 호텔 하나 지었을 끼다. 이 더러운 세상. 니는 내처럼 당하지 말고 꼭 사시를 하그레이."

아버지는 테이블 위의 소주잔을 쭉 들이켠 후 다시 말했다.

"행시? 외시? 다 필요 없데이. 꼭 사시 하그레이."

원국은 아버지 사건을 겪으며 검사가 무섭다는 것을 알았다. 그전까지 법조인하면 약자에게 선처를 베푸는 판사나 억울한 사람을 대변하는 변호사만 생각했다. 그런데 아버지에 대한 수사과정을 보니 사람을 잡아넣느냐 아니냐는 검사가 결정하는 것이었다. 검사가 진짜 무서운 사람이었다. 아버지가 떠난 후 원국은 이를 악물고 공부했다. 그리고 법대에 진학하였다.

민족민중혁명연구회 사건으로 수감생활을 마치고 석방된 후 원국은 집에 내려가 칩거했다. 일본에 가셨던 아버지는 사업이 잘 안되었는지 집에 돌아와 계셨다. 새로운 사업을 알아보겠다며 매일 외출하셨고 열두 시 넘어 들어오시는 날이 태반이었다. 어머니는 아무 말씀도 않으시고 일정한 시간에 출근하고 퇴근했다. 오랜만에 아버지가 저녁 때 집에 계셨고 세 사람은 저녁을 같이 먹었다. 서로 말이 없었다. 고개를 숙이고 밥공기만 쳐다보며 수저질을 하는 원국의 머리 위로 아버지의 목소리가 들렸다.

"억울하제? 억울하면 사시해라. 그러면 다 해결된다. 니 내 말 잘 듣그레이. 날 감옥 처넣은 검사 놈에게 내가 얼마나 술 사주고 또 용돈까지

줬는지 아나?"

원국은 서울로 올라와 신림동에 처박혀 사시공부를 했다. 그리고 다섯 번 만에 시험에 붙었다. 아버지와 그의 소망인 검사임용은 이루어지지 않았다. 원국은 자신의 시험과 연수원 성적이 미흡했던 것보다 민족민중 혁명연구회 사건으로 유죄판결을 받은 것을 가장 큰 이유로 꼽았다. 크게 실망했으나 일단 학교 선배의 변호사 사무실에 취직했다. 5년가량 열심히 일을 배웠다. 소송의뢰인을 구치소로 접견 가서 오후 내내 그 사람의 말상대가 되어주는 것도 주요 업무 중 하나였다. 대화내용은 한심한 것들뿐이었다. 자신의 주색잡기를 끊임없이 늘어놓는 사람도 있었다. 돈 있고 명망 있는 사람들이 이런 쓰레기였구나 하는 생각이 들었다. 이런 사람들의 뒤치다꺼리를 하려 사법시험을 보았나 하는 회의가 들 때도 있었다.

공판정에서도 검사는 갑이었고 변호사는 을이었다. 검사는 피고 뿐 아니라 변호인에게도 위압적인 자세였다. 억지 기소도 많았다. 저런 검사들에게 아버지가 당했구나 하는 생각도 들었다. 그는 검사들이 권력의 눈치를 보며 정치적 판단에 따라 수사를 하고 또 기소하는 하는 것을 여러 번 경험하였다. 검사 개개인이 아니라 검찰 전체가 문제라고 생각했다.

경력을 쌓은 후 원국은 친구 변호사들과 합동변호사 사무실을 열었으나 수임료 수입에는 관심이 없었다. 종합병원 의사인 부인 지숙의 수입만으로도 생활하는 데는 별 지장이 없었다.

원국은 정당 관련 소송에 열의를 다했다. 많은 변호사들이 정치적 사건을 계기로 이름을 알리기 위해 소송대리인으로 이름을 걸어 놓고는 정작 소송에는 신경을 쓰지 않았다. 한 소송에 10명 이상의 변호사가 선임계를 내지만 그냥 신문기사에 이름이 기록되기 위한 것이었지 소송에 열의를 보이지 않았다. 그러나 원국은 열과 성을 다해 그 소송들을 뒷받침했다. 당내에서 호평이 나왔다.

원국은 대선판이 펼쳐지자 대통령 후보 선거대책본부의 법률대응팀장으로 열심히 일했다. 상대후보 진영을 허위사실 유포에 의한 선거법 위반과 명예훼손 등으로 수많은 고발을 했다. 그 고발장을 원국은 밤새워 작성했다. 그러한 공헌에도 불구하고 총선에서 국회의원 후보공천을 받는데 실패했다. 당선 가능성이 있는 지역구를 차지하고 있는 기존 정치인을 밀어내고 공천을 따내기란 거의 불가능했다. 그 사람들은 원국을 경계하고 오히려 그에 대한 악의적인 소문을 지역구와 당내에 퍼프렸다. 원국은 큰 좌절감을 느꼈다. 권력이 작동하는 정치권은 비정한 세계였고 생각보다 진입장벽이 높았다.

　그럼에도 불구하고 정치적 사안이 발생할 때마다 소송에도 참여하고 TV토론에 열심히 출연하였다. 광화문의 횃불집회에 나가 수많은 군중 앞에서 목청 높여 연설도 여러 번 토해 냈다. 그에게 지지자들이 민중의 사이다라는 별명을 붙여주었고 언론에 이름이 회자되기 시작했다.

　횃불정부가 출범한 후 법무부장관이 된 대학 선배가 감찰국장 자리를 제안했다. 원국은 잠시 망설였다. 친구 중에는 이미 재선의원도 몇 명 있었는데 정부부처 국장으로 가는 게 왠지 격에 안 맞는다는 생각을 했다. 그런데 당시 검찰개혁을 위해서는 검사들을 확실히 장악해야 한다는 분위기가 조성되어 있었고 그러한 일에 대해 원국은 의욕이 있었다.

　감찰국장이 되어 검사들의 비리나 잘못된 관행을 철저히 조사했다. 그 결과가 검찰인사에 반영되었고 옷을 벗은 검사들도 적지 않았다. 그중에는 검찰의 별이라는 검사장도 있었다. 어렸을 때부터 꿈인 검사가 되지 못했지만 스스로 생각해도 '사람 잡는 검사'를 잡는 업무를 하게 될 줄은 꿈에도 생각해보지 않은 일이었다.

　검사들의 비리가 밝혀질 때마다 당 지지자들은 열광했다. 그는 검사들 사이에서 악명이 높았지만 집권세력 내에서는 호평을 받았다. 감찰국장을 1년 정도 지낸 후 그는 사정수석비서관실의 공직감찰비서관으로 영전했다. 검사들 뿐 아니라 모든 고위공직자가 그의 감찰대상이 됐다. 정말 막강한 권력을 소유하게된 것이었다. 청탁이 밀려들어오는데 만나자는 요청에 모두 응하면 삼시세끼를 각각 세 번씩 먹어야 할 판이었다.

진희가 부탁한 세레나 건도 그러한 청탁 중의 하나였다. 검찰조사 결과 클럽 레드문이 VIP접대를 위해 젊은 여성들이 대규모로 필요할 때 세레나가 후배들을 모아왔다는 사실이 밝혀졌다. 이는 집단 성매매와 매춘알선 혐의가 성립될 수 있는 혐의였다. 연루자가 많았기 때문에 세레나 한 명만 빼낼 수는 없었다. 원국은 여러 가지 문제 중 레드문 사건의 수사방향을 일부 유명 연예인의 일탈적인 성범죄로 국한하자고 검찰과 의견조율을 했다. 사건은 대폭 축소되었고 그로 인해 세레나는 자연히 빠지게 됐다.

그의 정치적 판단은 탁월했다. 감찰을 할 대상과 아닌 대상을 명확히 구분했다. 그래서 그는 집권세력 핵심부로부터 더욱 신임을 받았다. 그러한 신임을 인식한 원국은 사다리의 한 칸 위인 다음 자리를 노리고 있었다.

재민은 넓은 넓은 사무실에 혼자 앉아 복잡한 머릿속을 추스르려고 노력하고 있었다. 상황이 너무 꼬여 정리가 잘 되지 않았다. 그저 속으로 이번 고비만 넘기면 되는데 하는 말을 반복하고 있을 뿐이었다. 지금까지 실패도 경험했고 갖은 역경을 헤치고 나온 끝에 지금 목적지가 얼마 안 남았는데 이번 고비는 꼭 넘겨야겠다는 결심을 되풀이했다. 그런데 어떤 방법으로? 해결점을 찾을 수 있을 것 같기도 하고 그러다가도 문득 이번에는 막다른 골목에 몰렸다는 절망감이 들기도 하며 번민하고 있을 때 핸드폰이 울렸다. 진희의 이름이 떴다.

"응. 진희로구나. 오랜만이다. 잘 지냈지?" 그는 의례적인 인사말을 건넸다.

"나야 오빠 덕분에 그럭저럭 지내지. 근데 재민 오빠는 요즘 골치가 좀 아프겠네."

재민은 그 얘기를 진희와 나누고 싶지 않았다. 어차피 그녀가 도움을 줄 수 없는 상황이었다. 그는 화제를 바꿨다.

"뭐 잘 풀릴 거야. 네가 너무 염려 안 해도 돼. 그런데 오빠는 어떻게 지내니? 나도 통화한 지 꽤 오래됐네."

"오빠가 나하고 얘기 잘 안하잖아. 요즘 윈스턴인가 뭔가 외국인 하나 한국에 데려와서 그걸로 바쁜 것 같던데……."

그녀의 말을 들으며 재민은 윈스턴 스미스가 한국을 방문했다는 뉴스를 본 것이 떠올랐다. 그는 진희의 말에 성의 없이 몇 번 응대를 하고 서둘러 통화를 마쳤다.

재민은 사총사 중에서 Dr. K와 가장 스스럼없이 지냈다. 병호와 얘기를 나누면 자기의 수준이 떨어진다는 생각이 들었고 원국은 자기중심적이어서 거부감을 갖게 했지만 Dr. K는 그런 부담이 없었다. 경영학과 동기들 중에는 부잣집 아이들이 꽤 있었는데 그들은 자기와 격이 다르게 생활하고 놀았다. 그들은 표정과 말투조차 달랐다. 그들을 보면 부르주아 도련님이라는 말이 저절로 떠올랐다. Dr. K는 그와 어울리며 그런 티를 전혀 내지 않았다. 그의 집에 가서 신세를 지거나 모임을 가진 후 Dr. K가 비용을 모두 지불해도 마음의 부담이 없었다. 특별한 매력을 가지고 있지는 않았으나 물 흐르듯 사람을 대하는 것이 그의 개성이자 장점이었다.

대학졸업 후 각자 생활을 하다 보니 둘의 관심이 전혀 다른 것이 분명해졌다. 재민이 봤을 때 Dr. K는 바라는 것이 없었고 곧 그것은 목표가 없는 것과 다름없어 보였다. 그저 옛 선비처럼 안정적인 교수생활에 만족하며 사는 선생이었다. 부잣집 아들이라 그런가보다 하면서 약간 한심해 보일 때도 있었다. 그런데 이제 와서 생각해보니 그것이 세파에 휘둘리지 않고 마음고생 없이 자기 일을 하며 편안하게 사는 것이었다. Dr. K는 돈이나 권력보다 그런 삶을 택한 것이라고 생각했다.

재민은 Dr. K 번호를 눌렀다. 평범한 컬러링이 몇 번 울리고 그가 전화를 받았다. 밝지만 무덤덤한 그의 목소리가 들려왔다.

"재민아, 오랜만이다. 웬일이야?"

"그래. 서로 바쁘다보니 오랫동안 통화도 못했네. 교수님이야 별일 없이 잘 지낼 거고... 너 요즘 윈스턴 스미스 때문에 바쁘다며? 내가 뭐 도와줄 일 있을까?"

"아니. 그럴 건 딱히 없는 것 같아. 오랜 시간 준비를 해서 모든 게 잘 진행되고 있어. 사람들 반응도 좋고 스미스 씨도 만족해하고... 그나저나 내가 정확히는 모르지만 네가 좀 어려움에 처한 것 같던데……."

"……."

"괜찮은 모양이구나. 다행이다."

"뭐 사업하다보면 늘 그렇지. 오늘은 이렇게 안부만 확인하고 조만간 직접 만나서 얘기하자. 그리고 필요한 거 있으면 말해줘. 귀한 분을 한국에 모셨으니 내가 기여를 좀 해야지."

몇 마디 더 나누고 둘은 통화를 끝냈다. 특별한 내용은 없었으나 그의 목소리를 잠시라도 들으니 재민은 마음이 가라앉는 것 같았다. 그는 상체를 의자 등받이에 기대며 긴 한숨을 내쉬었다. 가라앉았던 마음속에서 불안감이 다시 스멀스멀 올라왔다. 그는 눈을 감은 채 입술을 읊조리며 기도를 했다. 기도를 마친 후 핸드폰을 꺼내 천천히 자판을 눌렀다.

"목사님. 요즘 저를 위해 열심히 기도하십니까? 악의 무리가 계속 저를 괴롭히고 있습니다. 이를 빨리 물리쳐야 제가 하나님의 사업에 전념할 수 있을 것 같습니다. 이 사태가 잘 마무리되면 성전 주차장 확장을 위한 헌금을 봉헌하겠습니다. 다시 한 번 저를 위한 중보기도 부탁드립니다."

재민은 경영학과를 졸업했으나 전과기록 때문에 대기업 취직에 어려움을 겪었다. 그는 일단 돈을 벌기 위해 강남에서 학원강사를 시작했다. 그의 학벌이 학원생들을 끌어들이는 큰 무기였다. 마침 논술이 뜨고 있을 때였다. 그는 단숨에 인기강사가 됐다. 돈도 꽤 벌고 그 전까지 자식이 취직을 못해 속상해하며 기도에만 매달렸던 어머니도 안심시킬 수 있을 정도로 수입이 많아졌다.

돈이 모이자 동료 강사 몇 명과 합작하여 아예 학원을 차리기로 했다. 있는 돈과 집을 저당 잡혀 받은 은행대출금으로 교육열이 뜨겁다는 노원구에 학원을 크게 차렸다. 그때가 11월 초였는데 몇 주일 후 IMF 외환위기가 터졌다. 나라경제가 파탄 나고 대량실업이 발생하자 학원생들이 썰물처럼 빠져나갔다. 학원 인테리어 공사대금과 집기대금을 지불할 수 없었다. 강사들 급여도 당연히 체불되었다. 방학도 공쳤고 신학기에는 나아지려나 했으나 마찬가지였다. 같이 투자한 동료들은 다 잠적했다. 그는 혼자서 학원을 정리했다. 그리고 몇 억 원의 빚을 다 떠맡고 파산하기에 이르렀다.

재민은 빚쟁이들에게 시달리며 좌절 속에 지내다 경제가 회복되기 시작하자 다시 강남 학원가로 돌아갔다. 더 열심히 기도하며 정말 밤낮없이 일했다. 그러는 과정에서 자신의 발언이 점점 과격해지는 것을 느낄 수 있었다. 자신은 뼈 빠지게 일해도 파산을 하고 다른 돈 있는 사람들은 놀고먹는 데도 돈이 더 불어나는 사회를 증오했다. 3년 만에 빚을 다 갚고 조그마한 전세 아파트를 얻을 수 있었다. 봉천동으로 돌아가 혼자 사시던 어머니도 다시 모셔왔다. 이제는 어느 정도 안정된 생활이 시작된 것 같았다. 그러나 그의 나이는 학원강사의 끝물이었다. 봉천동 반 지하에서는 벗어났지만 전세아파트에서 살려고 그동안 아등바등 산 것은 아니라는 생각이 들었다. 지금까지 먹고 살기 위해 일을 했지만 이제부터는 돈을 벌기 위해 뛰어 다녀야겠다고 마음먹었다.

그는 재테크 강연을 부지런히 찾아다니고 또 책을 사서 독학으로 돈 버는 법을 밤새워 공부했다. 대학동창, 학원강사 동료, 학원생 학부모 등 지인들을 설득하여 자금을 확보한 후 부동산 경매시장에 뛰어들었다. 재민은 부동산을 보는 안목이 있었다. 경매물건의 복잡한 권리분석을 철저히 한 후 조금이라도 문제가 될 부동산을 피하며 경매물건을 차곡차곡 매입해 나갔다. 초기 투자금이 거의 다 소진될 무렵 매입한 부동산이 팔리기 시작했다. 일 년 사이에 세 배가 넘는 돈을 벌었다. 그러자 소문이 나고 그의 주변에 전주들이 등장했다. 그들은 재민의 능력과 인맥 등을 활용하여 큰 사업을 하자고 제안했다. 그때가 촛불정권 시절이라 선배 중에 정치권에 진출한 사람들이 꽤 있었다. 그들에게 연락을 취하며 접근했다. 대학시절부터 착하고 성실했던 재민의 부탁을 거절하는 사람들은 거의 없었다. IT붐이 일어나자 기업을 세워 정부의 정책자금을 받아냈다. 그 자금을 기술개발보다는 부동산에 투자했다. 개발정보를 미리 알아내어 부동산을 사전에 확보했다. 세종시에서 대박을 터뜨리며 자신감이 생겼다.

그는 강남 일대의 일부 전주들 사이에서 실력자로 인정받았다. 재민은 자기에게 도움을 준 사람에게는 술과 용돈과 골프접대 등으로 보답을 했다. 화통하고 손이 커서 인기가 좋았다. 부동산 경매와 IT시장에 참여하는 사람들이 많아지며 수익률이 낮아지자 재민은 새로운 유망분야를 찾아보았다. 몇 년 전부터 IT보다 바이오라는 말이 널리 회자되고 있었다. 그 무렵 알게 된 것이 신생 제약업체인 '가야진'이었다. 그는 일단 바이오에 대해 공부를 했다. 바이오 업체가 신뢰를 얻으려면 전문성과 기술을 확보하고 있다는 점을 일반인들에게 인식시켜야 했다. 그는 그 지역 의과대학 교수들로 연구진을 구성하고 해외제약업체의 특허를 사왔다. 외국기업의 특허와 국내 의료진의 조합으로 암 치료의 획기적인 신약이 조만간 개발될 것이라고 대대적으로 홍보했다. 바이오가 미래의 먹거리라는 것이 고정관념으로 자리 잡고 있는 시기여서인지 언론들역시 대대적으로 보도했다. 일단 펀드를 만들어 가야지역을 중심으로 투자자들을 모집했다. 보험설계사 아줌마들을 200명가량 모아 개인당 모금할당액을 5억 원으로 설정하고 10%의 리베이트를 약속했다. 그 모집책들에게 철저한 교육을 시켰다. 유명 정치인들을 특강강사로 모셔왔다. 모집책들은 가야진이 성공할 것이라는 확신을 가지고 자금을 모아왔다. 그 결과 짧은 기간에 1,000억 원 이상이 모였다.

그 돈은 모두 가야진에 투자되었다. 바이오 붐과 언론플레이, 보험설계사 아줌마들의 입소문 등에 힘입어 가야진은 국내 바이오산업의 선두주자로 떠올랐고 주가는 일 년도 안 되는 기간에 10배 가까이 폭등했다. 단기간에 재민은 수백억 원의 차익이 발생하자 미리 확보한 주식을 팔아치웠다. 그리고 돈은 이렇게 버는 거로구나 하는 노하우를 체득했다.

그러나 가야진이 약속한 암 치료제 개발 성공소식이 차일피일 미뤄지며 주가가 하락하기 시작했다. 펀드를 환매해 줄 수 없었다. 투자자들의 항의가 심해졌다. 피해자들이 펀드 경영진을 경찰에 고발했다. 펀드운영사에 바지사장을 앉혀 놓았기 때문에 재민은 일차 수사대상에서 빠질수 있었다. 재민은 가야진의 후유증이 가라앉을 때까지 조용히 지냈다.

가야진 사태가 세간의 관심에서 멀어지자 재민은 더 큰 계획을 세웠다. 이미 가야진 사례를 통해 자금모집과 투자처 물색 및 선정, 그리고 주가를 끌어올리는 방법을 터득한 상황이었다. 자신의 자금과 다른 전주들의 돈을 합쳐 300억 원 규모의 투자운용사를 세우고 '레몬파트너스자산운용'이라 이름 지었다. 그리고 금융계 인사들과 교류를 하며 또 다른 기회를 기다렸다.

횃불정부의 출범이 확실해질 무렵 재민은 원국을 비롯하여 정치권에 있는 대학동창들과 모임을 가졌다. 그들 사이에 재민은 이미 펀드운용을 잘하는 금융통으로 이름이 알려져 있었다. 재민이 먼저 설명을 했고 얘기가 오갔다.

"이제 새 정부가 출범하면 나라발전을 위해 할 일이 많잖아? 딴 생각 없이 국정에만 전념하려면 돈 걱정을 안해야지. 정치하는데 돈이 필요할 텐데 과거처럼 기업에서 받아낼 수도 없고…. 결국 직접 만들어서 써야지."

"무슨 방법으로 정치인이 직접 돈을 만들어?"

"내가 레몬파트너스에 사모펀드를 세울 테니까? 거기에 투자해. 최소 일 년에 20% 수익률은 보장할게."

"은행금리가 1% 수준인데 그 스무 배 수익률을 보장한다고?"

"사모펀드니까 그게 가능하지. 돈 버는 건 나한테 맡기면 되고. 그 대신 서로 도와야 돼. 먼저 우리 자본금이 300억 원이야. 이걸 수천억 원 규모로 키워야 해. 시노 자금 중에 한국에 들어오기를 원하는 자금이 많으니까 그걸 좀 알선해줘야 돼. 둘째는 정보를 미리 좀 알려주고. 그래야지 우리가 선투자를 할 수 있지. 셋째, 금융감독기관들이 우리 펀드운용에 까다롭게 굴지 않게 해줘야 돼. 이것들만 충족되면 일 년에 20%는 문제 없어."

"너무 쉽게 얘기하는 거 아니야? 총 펀드규모는 어느 정도 생각하고 있는데?"

재민은 즉각 답하지 않았다.

"현재 자본금이 300억 원이라고 했지? 그러면 한 이천억 원 계획하고 있어?"

재민은 대답을 않고 잠시 뜸을 들였다. 친구들이 궁금해 하는 기색이 분명하자 그는 입을 열었다.

"최소한 1조 원."

그 액수를 듣는 순간 모두들 놀라는 기색이 역력했다.

"뭘 놀래? 내가 가야진 기획할 때 1천억 원으로 시작했어. 이제 시간도 꽤 지났고 모두들 협조하여 본격적으로 하는 거니까 1조원 규모는 돼야겠지? 아, 이제 권력을 잡고 큰일을 할 사람들이 찌질 하게 생각하면 안 돼. 본격적으로 사모펀드가 돌아가기 시작하면 오늘 이 자리에 있는 사람 각자에게 자펀드를 하나씩 만들어줄게. 자금만 끌어와 거기서 나오는 건 모두 그 사람이 가져가는 거야."

원국을 비롯한 친구들은 자신감이 넘치는 재민의 말에 그의 사업계획에 대해 확신을 갖는 것 같았다. 모임이 끝나 헤어진 후 재민이 차를 타고 이동하는 중에 원국으로부터 전화가 왔다. 그의 목소리는 약간 들떠 있었다.

"재민아. 아까 네 얘기 듣고 다들 감명 받은 것 같더라. 사실 그렇게 해줄 사람이 있나 하고 믿을만한 사람을 찾고 있던 중이었어. 모두 적극 협조할 것 같아."

"그래. 말 전해줘서 고맙다. 너 정부 출범하면 법무부로 간다며? 하여튼 축하하고 문제는 시노자금 끌어들이는 거니까 네가 좀 챙겨봐라. 그리고 오늘 모였던 멤버하고 조만간 운동 한번 하자."

통화를 끝내고 재민은 모임 갖기를 잘했다고 생각했다.

재민의 계획은 횃불정부가 출범하자 일사천리로 진행되었다. 재민과 원국의 선배와 후배들이 정부 요직 곳곳에 포진하고 있었다. 개인적 친분이 있는 국회의원도 열 명 가까이 되었다. 그는 그들의 후원행사나 모임에 모두 참석하며 거액의 후원금을 기부하였다. 그들을 통해 금융당국 실무자들을 소개받았다. 그들의 알선으로 은행권에서 200억 원을 대출받았다. 이제 레몬 파트너스의 자산은 500억 원 규모가 됐다. 시노에서 2,000억 원의 자금이 들어왔다. 시노상공은행이 제공하였는데 상환기간도 5년으로 장기간이었다. 그 자금도 정치권의 선배가 주선한 것이었다. 이 자금에 대해 금융권에서는 한국에서 시노로 빠져나갔던 정체불명의 비자금이 시노의 비자금과 합쳐져 투자금 형식으로 들어온 것이라는 소문이 돌았다. 자산규모는 다시 2,500억 원이 되었다. 몇 십억 원으로 부동산 경매시장에 뛰어들었던 것과는 비교될 수 없는 규모였다. 가야진처럼 보험설계사 아줌마들을 동원하지 않아도 손쉽게 몇 천억 원의 자금을 만들 수 있었다. 역시 권력의 도움을 받아야 돈을 쉽고 편하게 벌 수 있다는 사실을 깨달았다.

레몬파트너스는 '베스터스'(Bestus)라는 사모펀드를 만들었다. 총 1조원 규모로 책정했다. 그리고 본격적으로 펀드를 판매하기 시작했다. 증권사와 은행들이 펀드판매를 대행했기 때문에 펀드는 문제없이 팔려나갔다. 연 8%의 기대수익율이었다. 불과 1년도 안되어 펀드 규모 1조원을 채웠다.

다음 순서는 투자처를 물색하여 실제 투자를 하는 일이었다. 베스터스펀드는 500억 원 규모의 자펀드 '마이더스 1호'를 세웠다. 그 자금은 주로 지인들과 정치인, 관료들은 물론 법조계와 언론계의 인사들의 투자금으로 구성되었다. 그리고 막대한 정부지원이 확실한 정책사업 분야의 회사를 인수했다. 자펀드 운영을 위한 특수목적법인인 SPC(special purpose company)는 케이먼 군도에 페이퍼 컴퍼니를 세웠다. 은행계좌도 당연히 그곳에 있는 미국계 금융기관에 개설했다. 펀드가 인수한 회사는 정부발주 공사를 거의 독점적으로 수주했다. 매출이 다섯 배 이상 증가했다. 자격요건을 맞춰 코스닥에 상장되었다. 공모가는 액면가의 다섯 배 이상으로 책정되었고 공모에 성공했다. 마이더스 1호 가입자들은 막대한 수익을 올렸다. 자펀드 1호의 성공으로 레몬파트너스의 베스터스펀드는 믿을 만 하다는 입소문이 퍼지며 그는 정말 마이더스의 손으로 통했다.

마이더스 1호가 대박을 터뜨릴 무렵 자펀드가 10개 이상 설치된 상태였다. 그 과정에서 재민은 엄청난 로비와 접대를 해야 했다. 무엇보다도 금융시장감독원의 감사를 피해야했다. 감독원 감사역을 매수하여 감사계획서를 미리 입수했고 그에 대비함은 물론 정치권을 통해 감사를 적당히 마무리하라고 압력을 넣었다. 접대는 최고급으로 했다. 하룻밤에 천만 원 이상이 들어갈 때도 있었다. 그렇게 접대비로 쓴 비용이 1년간 30억 원이 넘었다.

재민은 평생 동안 술을 입에 댄 적이 없었다. 체질도 술이 안 맞았을 뿐 아니라 어머니의 영향이 컸다. 어머니는 음주가 가장 큰 죄라고 어렸을 때부터 가르쳤다. 남편이 술에 절어 살면서 가정을 돌보지 않는 것에 대한 반발일 수도 있고 순수한 신앙심에 의한 것이었을 수도 있었다. 그는 접대를 나가 술을 전혀 안하면서도 상대방의 주흥을 돋우는 요령을 터득하고 있었다. 어떤 날은 같은 룸살롱에서 두 팀을 대접하며 양쪽 방을 왔다 갔다 한 적도 있었다. 새벽에야 술자리가 끝나는 경우가 많았다. 재민은 손님들을 다 배웅한 후에 하루를 마무리할 수 있었다. 그렇게 일과를 마치면 그는 교회로 향했다. 시간에 구애를 받지 않았다. 어머니가 오랫동안 섬겼던 그 교회는 몇 년 전 그가 낸 거액의 건축헌금으로 새 성전을 마련하였고 그가 어떤 요일, 어떤 시간에 찾아가도 항상 예배당에 출입할 수 있었다. 교회에서 기도를 마친 후 집에 돌아오면 새벽 네 시가 넘었다. 침대에 쓰러져 자는 둥 마는 둥 하다 아침에 일어나 출근을 했다.

재민은 항상 수면이 모자랐다. 차에 타면 곧 잠이 들었으나 쉬지 않고 걸려오는 전화를 받느라 잠깐 잠깐의 쪽잠에 그쳤다. 아무 생각 없이 머리를 텅 비운 채 잠을 자고 싶다는 바람이 간절해 차라리 교도소에 들어가 있는 것이 낫겠다는 생각까지 들었다.

주말에도 골프접대를 해야 했다. 일요일에도 골프장에 가야 하는 경우가 자주 생겼다. 그럴 때마다 어머니는 아들이 주일성수를 안 지킨다고 걱정하였다. 재민 자신도 주일에 교회예배에 참석 못하는 것이 마음에 걸렸다. 그는 골프장으로 이동하는 차 안에서 눈을 감고 간절히 기도했다.

"하나님 아버지. 오늘 주일에 주님의 전에 나가 예배를 드리지 못하는 죄를 용서하여 주시옵소서. 하나님이 맡겨주신 기업을 번창시키기 위해 부득이 예배에 빠졌습니다. 주님 이렇게 돈을 모아 제가 주님의 사업을 위해 쓰겠습니다. 저는 술도 안마시고 십일조도 꼬박꼬박 냈습니다. 새벽기도도 열심히 나갔습니다. 저의 건축헌금으로 주님의 성전도 새로 지었습니다. 가난한 학생들에게 장학금도 많이 주고 있습니다. 저에게 복을 내려 주옵소서. 더 많은 좋은 일들을 하겠습니다. 주님의 사업을 하는데 지장이 없도록 저의 건강도 지켜주시옵소서. 아멘."

기도를 마치고서야 비로소 재민의 마음이 편안해졌다.

새벽기도를 비롯하여 틈 날 때마다 하는 기도에도 불구하고 재민의 베스터스 펀드는 꼬이기 시작했다. 자금은 풍부했으나 경기가 나빠져 마땅히 투자할 곳을 찾기가 힘들었다. 사업진척이 지지부진한 가운데 명목상 사장으로 앉혀 놓았던 사람이 300억 원 가량의 자금을 빼돌린 것이 드러났다. 초기에 설치한 자펀드였기에 환매기간이 다가오고 있었다. 일단 다른 자금에서 돈을 돌려 가까스로 펀드환매를 해줄 수 있었다. 원금만 돌려주었다. 그런데 다른 자펀드들의 환매만기가 계속 돌아오면서 더 이상 자금을 돌리기가 힘들어졌다. 위기였다. 투자한 몇몇 펀드도 수익이 마이너스였다. 도무지 환매에 응할 방법이 보이지 않았다. 만기가 돌아온 펀드에 대해 환매중단 조치를 내렸다.

원국과 상의를 하였으나 뾰족한 수가 없었다. 환매중단으로 이미 사회문제화 되어 돈을 돌려받지 못한 투자자들이 검찰에 회사를 고소한 상태였고 사안의 폭발성을 감안하여 검찰은 매우 조심스럽게 수사에 임하고 있었다. 원국은 수사진행 속도를 조금 늦출 수 있을 뿐이었다.

재민은 고민했다. 그는 문제해결 뿐 아니라 자신과 가족의 안위를 지킬 수 있는 방법을 찾아내야 했다. 그는 일단 부인과 아이 둘을 투자이민 형식으로 미국으로 보냈다. 처남이 동행을 했다. 투자는 케이먼 군도에 있는 또 다른 SPC가 미국에 자회사를 세우는 형식이었다. 500만 달러 투자를 약정하고 미국 LA에 식품유통회사를 세우기로 했다. 미국에 가있는 처남으로부터 연락이 왔다.

"매형, LA는 안되겠어요. 여기는 교민들의 보는 눈이 너무 많아요."

그 말도 일리가 있는 것 같았다.

"그러면 어디가 좋겠니?"

"중서부로 가면 너무 멀고... 애리조나쯤 가면 괜찮을 것 같아요."

"아리조나? 야, 거기 카우보이가 말 타고 다니는 후진데 아니니? 사막지대라 너무 덥고."

"형님. 지금 카우보이가 어디 있어요? 춥고 더운 건 냉난방이 잘돼있는데 무슨 상관이 있어요. 애리조나로 가는 게 그나마 안전할 것 같아요.”

“그래도 아리조나는 너무 시골 같은 느낌이 든다. 애들 교육도 생각해야지...”

“매형. 지금 시골, 도시 따질 때예요? 그리고 거기도 애들 보낼 만한 좋은 사립학교 많아요. 애들 교육시키는데 전혀 문제없어요.”

결국 재민 가족은 LA를 떠나 애리조나로 이사를 갔다. 얼마 후 부인은 재민에게 돈이 더 필요하다는 요구를 해왔다.

“여보, 돈이 더 필요해요.”

“무슨 돈? 아무리 미국이라도 500만 달러면 충분하지.”

“여봇! 지금 여기 금리가 얼만지 알아요? 거의 0%예요. 여기 애들 사립학교 비용만 연 5만 달러가 넘어. 둘 합치면 10만 달러가 넘는다고요. 생활하고 그러려면 최소 연 20만 달러는 있어야 한다고요.”

결국 재민은 SPC계좌에서 추가로 1,000만 달러를 애리조나 계좌로 옮겨야 했다. 그 후 또 부인의 독촉과 하소연으로 결국 케이먼 군도 SPC에 있는 자금 전액 3,000만 달러를 미국은행 계좌로 이체시켰다. 결국 케이먼 군도에 세운 SPC계좌는 완전 깡통이 되어 버렸다.

그 날은 처리해야 할 일이 많았는데 진희가 온다는 연락을 받고 Dr. K는 약간 짜증이 났다. 몇 가지 문서작업을 서둘러 마치고 아이폰을 꺼내 텔레톡에 들어갔다. 비밀대화를 신청하니 상대방으로부터 응답이 왔다. 그는 메시지를 입력했다.

“how much?”

“200.”

“too much. 100 max.”

“high risk. 200 firm.”

“talk next.”

Dr. K는 텔레톡에서 나와 곧바로 다른 번호를 눌렀다. 몇 차례의 신호음이 울리고 상대방이 전화를 받았다.

"조금 전에 교신을 했는데 그쪽에서 왜 갑자기 거액을 요구하는 걸까? 우리는 돈 안 받고 도와줬잖아?"

"아마 그쪽에서 의견이 갈리는 것 같습니다. 그쪽 일부에서 자기네 뜻에 반하는 것이라는 입장도 있는 것 같아요. 여기는 가상화폐 피해자가 많이 발생했지만 거기는 아직 그렇지 않으니까요. 그쪽은 국가가 추적불가능한 가상화폐가 개인의 프라이버시 보호차원에서 긍정적인 면이 있다고 보는 겁니다." 상대방이 자기 의견을 얘기했다.

"그럴 수도 있겠지. 그렇지만 그대로 놔두면 피해가 더 늘어날 텐데."

상대방의 얘기를 듣는 중에 진희가 문을 열고 들어왔다. Dr. K는 서둘러 통화를 끝내고 아이폰을 책상서랍 안에 넣었다. 그녀는 책상에서 약간 떨어진 소파에 앉았다.

"내가 왔다고 뭘 그렇게 서둘러 전화를 끊어? 애인 생겼어?"

Dr. K는 의자에서 일어나 진희 쪽으로 갔다.

"안색은 좋은 것 같은데 무슨 일로 직접 왔니?"

"내가 오는 게 부담돼? 이제 같이 늙어가는 처지에 가끔은 봅시다."

Dr. K와 진희는 공통적인 관심사가 없었다. 그러니 만나도 나눌 대화 내용이 없었다. 그는 진희가 만날 때마다 돈 얘기하는 것이 싫었다. 그녀는 아무 일을 안 해도 이미 평생 먹고 살만큼 충분한 돈이 있으면서도 돈에 대한 욕심이 과했다.

그녀는 흘끗 Dr. K를 쳐다보고는 고개를 돌려 창밖을 보며 입을 열었다.

"오빠, 재민 오빠 얘기는 들었지?"

"왜? 무슨 일인데? 너 재민이한테 돈 떼었니?"

진희는 미간을 찌푸리며 그를 째려보듯이 쳐다봤다.

"오빠, 동생한테도 그렇게 능청떨 때는 정말 진정성 없어 보여. 이미 다 얘기 듣고 있으면서……."

그는 동생이 꺼낸 재민에 대한 소식을 알고 있었다. 그럼에도 모른 척한 이유는 그녀와 그 얘기를 길게 하고 싶지 않았기 때문이었다.

재민은 아무리 백방으로 노력을 해도 펀드가입자들의 환매요구를 막을 수 없었다. 금융기관 창구직원들이 그들에게 조금만 기다리라고 설득하는데도 한계가 있었다. 민원과 고발이 나날이 늘어났다. 언론이 자세히 다루지 않을 뿐이었다. 펀드가입자들은 사기펀드라며 야당 국회의원에게 국회 차원의 조사를 요청하고 있었다. 그리고 일부는 금융감독원과 국회 앞에서 진상을 밝히고 책임자를 처벌하라는 집회를 열었다. 다른 전주들도 그에게 이 문제를 해결하라며 노골적으로 압력을 가했다. 그는 사면초가 상황에서 사태를 무마시키려 했으나 한계가 있었다. 그는 자구책을 마련해야 했다. 문제가 더 확산되어 검찰수사가 본격화될 경우 자신이 표적이 될 것은 분명했다.

그는 가족이 있는 미국으로 피신해야겠다고 마음먹었다. 그런데 그를 감시하는 눈총이 수백 명이 넘는데 몰래 빠져나갈 방법이 없었다. 이미 그의 이름이 출국금지명단에 올라간 상태라는 소문까지 나돌았다. 그는 원국에게 연락을 해서 상황을 설명했다. 조금만 피해있으면 사태를 수습할 수 있다고 하소연하며 출국할 방법이 있는지 알아봐 달라고 부탁했다.

두 사람은 결국 출입국관리소의 관리를 벗어나 출국하는 방법을 찾아냈다. 그는 대통령의 해외순방 때 경제사절단 명단에 이름을 올렸다. 그리고 대통령 전용기에 탑승하였다. 그는 순방지인 동남아국가에 도착했다. 경제사절단의 일정과는 상관없이 그는 도착한 그날 LA 항공편 일등석 표를 끊어 미국으로 갔다. 그리고 가족과 합류하는데 성공했다.

Dr. K는 재민이 미국으로 도피했다는 소식을 전해 들으며 재산이 그렇게 많아도 그런 일이 벌어질 수 있나 하는 의문이 들었다. 한편으로는 혼자 남았을 재민 어머니가 걱정되기도 했지만 자업자득이라는 생각도 들었다.

진희도 더 이상 그 얘기를 이어가지 않고 다른 말을 꺼냈다.

"오빠 듣기 싫겠지만 공동사업을 제안하려고. 이번에 큰 투자 건이 있는데 내가 50억 원을 할당받았어. 그런데 지금 한 10억 원이 모자라네. 오빠가 그 10억 원만 채워줘. 잘하면 6개월 내에 늦어도 1년 이내에 무조건 두 배는 되는 투자건이야."

역시 돈 얘기였다. Dr. K의 눈이 가늘어졌다.

"너 베스터스 펀드건도 간신히 원금 돌려받지 않았니? 다른 사람들은 지금 환매가 중단돼서 난리인데... 기관에서 조사해보니까 그 펀드 원금의 반도 안 남았다고 하더라. 그런데 이 판국에 다시 무슨 투자를 한다는 거야?"

"이번엔 확실해. 회사를 인수할 계획인데 그 회사가 독점공급업체야. 정책사업 발표가 조만간 나면 회사실적이 자연스레 알려지고 그러면 길어야 1년 이내에 주가가 적어도 두 배는 뛰어. 두 배가 뭐야? 세 배, 네 배가 될 수도 있어. 그때 주식팔고 나오면 돼. 이미 홍보계획도 다 세워져 있어."

"진희야. 시중 금리가 1% 밖에 안 돼. 그런데 일 년 사이에 두 배를 번다는 게 상식적으로 말이 되니?"

"오빠가 이 세계를 몰라서 그래. 일 년 안에 두 배는 물론 열 배도 가능한 게 이 판이야. 내가 가야진으로 두 배 이상 벌은 거 생각 안나? 그때 오빠도 같이 했으면 좋았었잖아. 그리고 이번 건은 무자본 M&A 방식이라 위험부담이 전혀 없어."

"······"

"무슨 얘기냐 하면 우리는 전환사채를 발행해서 실질적으로 자본투자 없이 회사를 인수하는 거야. 그리고 회사실적을 올려 코스닥에 상장시키는 거야. 상장되면 주가가 두 배 이상 뛰겠지? 그때 주식으로 전환해서 팔고 나오는 거야."

"무자본인지, 유자본인지 나는 네가 무슨 소리하는지 모르겠고... 아무리 들어도 애꿎은 피해자만 또 나올 것 같다.”

진희의 가야진 얘기는 사실이었다. 재민을 통해 참여했던 가야진 건은 명목상 열 배가 올랐다. 재민은 투자액의 두 배를 주겠다고 했고 진희는 세 배를 내놓으라고 요구하면서 둘 사이가 다소 멀어진 적이 있었다.

“두 배고 열 배고 간에 결국 가야진 어떻게 됐니? 너와 재민은 돈 벌었지만 사기죄로 경영진들 아직까지 교도소에 있잖아. 수사가 철저히 진행되었으면 재민이도 감옥갈 뻔한 상황이었잖아. 너와 재민이는 잘못한 거 없다고 하자. 막판에 주식폭락해 물린 피해자들은 뭐니? 그 사람들 끌어들이는데 너희 돈이 사용된 거잖아.”

Dr. K의 얘기를 들으며 진희의 표정이 굳어졌다.

“나나 그 사람들이나 돈 벌자는 똑같은 목적을 가지고 각자 알아서 판단한 거야. 그 사람들 피해본거 하고 내가 돈 번거하고 무슨 상관이 있다고 그래? 나도 위험부담 갖고 투자하는 거라고. 그게 무서우면 오빠말대로 그냥 은행에 예금해놔야지.”

Dr. K도 듣고만 있지 않았다.

“너는 계획에 대한 정보를 갖고 있었고 피해본 사람들은 너희들이 퍼뜨린 소문만 듣고 투자한 거 아니야? 누구 위험부담이 더 크니? 심하게 얘기하면 너와 재민이는 카드 치면서 다음 패가 뭐 나올지 미리 알고 있었던 거고 그 사람들은 전혀 몰랐던 거지. 그게 어떻게 대등한 입장이라고 할 수 있니?”

잠시 입을 다물고 있는 그녀의 표정을 보니 격앙된 말이 쏟아져 나올 듯했는데 때마침 핸드폰의 진동소리가 들렸다. 책상 서랍 속의 아이폰이었다. 둘은 서로를 바라보며 진동소리가 서너 차례 울리는 것을 듣고 있었다.

“오빠, 전화 받아.”

Dr. K는 천천히 일어나 책상서랍을 열고 핸드폰을 무음으로 바꿔 놓았다. 그가 자리로 돌아오자 진희는 Dr. K의 눈을 빤히 쳐다보며 말했다.

"오빠는 핸드폰이 도대체 몇 대야? 교수가 무슨 비밀이 많다고 전화를 여러 대 써? 감춰둔 애인 있는 유부남도 아니면서. 족히 서너 대는 되는 것 같은데... 누가 알면 수상하게 생각하겠다."

Dr. K는 아무 반응도 보이지 않았다.

"오빠, 나도 이번만 하고 그만 두려고 해. 내가 대충 현금 100억 원마저 채우고 이 판 떠나려고 하는데 정말 이번이 마지막이야. 이걸 끝으로 세레나에게 좀 더 안정적인 기반 마련해준 다음에 다 정리하고 뱅쿠버에 가서 골프치고 그림 그리면서 살 계획이야. 오빠가 10억 원만 채워주면 다 잘 진행되는 거라고. 우리 모두 좋고 세레나에게도 좋고."

"진희야, 지금 네가 가지고 있는 것만 가지고도 뱅쿠버에 가서 얼마든지 골프 치며 살 수 있지 않니? 거기까지 안가더라도 여기서도 그러고 살 수 있어. 그리고 세레나는 와인바 차려주고 집 마련해줬으면 됐지 뭘 더 어떻게 해주겠다는 거니? 난 말이야 너희 모녀에게 해주고 싶은 말이 이제 좀 쉬면서 생각을 해보라는 거야. 너도 대학 일 년 더 다녀서 졸업장 받고 세레나도 요즘 대학 들어가기 쉬우니까 대학에 진학해서 차분히 강의 들으면서 앞으로의 계획을 세우는 건 어떻겠니? 세레나가 고등학교 졸업장은 있니? "

그녀의 표정이 샐쭉해졌다.

"정말 교수님 같은 말씀하고 계시네. 나는 한국이 지긋지긋해. 여기 있는 모든 게 싫어. 이 나이에 내가 무슨 다시 학교로 가? 세레나가 대학 간다고 쳐도 졸업할 때면 30대 중반이나 될 거야. 그 나이에 대학졸업장 가지고 뭐하라고?

"너는 한국 돈만 좋아하는구나."

그의 말에 진희는 다소 기가 죽는 표정이었다. 그러나 그녀는 물러서지 않았다.

"나랑 세레나가 한심해보여? 세레나가 뭐가 어때서? 자기 생활 즐기면서 열심히 살고 있는데. 세레나 따라다니는 남자들 많아. 재벌 아들도 있다고. 그러다 마음에 맞는 사람 만나서 결혼하면 되지. 결혼 안하면 어때? 어차피 쉰 넘으면 남편이나 자식이나 귀찮은 존재인데. 친구들은 요즘 남편 없는 나를 부러워하더라고. 오빠가 공부 좀 했다고 우리 모녀를 무시하지 마."

그녀는 숨을 한 번 쉬더니 목소리 톤을 바꿨다.

"나도 오빠한테 할 말 있어. 오빠만 제대로 했으면 아빠가 남겨준 재산을 기반으로 우리 가문도 벌써 로열패밀리 됐을 거야. 도대체 오빠가 지금까지 한 일이 뭐야? 그 유망한 사업 다 정리하고, 재산증식할 일은 하나도 안하고, 까먹기만 하고. 이제 오빠한테 남은 건 이 건물 하나잖아. 나한테 맡겼으면 지금쯤 시내 중심부에 고층대형빌딩가지고 있겠다. 오빠가 모자란 게 뭐야? 그런데 지금까지 왜 이렇게 살고 있어? 원국 오빠나 재민 오빠, 그리고 지금 잘나가는 친구들하고 계속 교류했으면 다른 사람만큼 안됐겠어? 무슨 은둔거사야? 이러고 지내게? 모임에 나가보면 죄다 누구 딸, 누구 부인, 누구 며느리, 심지어 누구 동생이라고 불려져. 나야 남자 복이 없어서 누구 부인이라는 소리는 못 듣겠지만 누구 동생이라는 소리 들으면 안 돼? 나는 아무런 배경 없이 내 몸뚱이 하나가지고 지금까지 버틴 거라고. 더 길게 얘기할 필요 없이 오빠가 10억 원만 대줘. 일 년 안에 딱 두 배만 벌고 빼자."

Dr. K는 가슴이 답답했다. 무슨 말을 어떻게 해야 할 지 생각나지 않았다. 그리고 마음을 가라앉히려 노력했다. 그는 천천히 침을 삼킨 후 입을 열었다.

"가문? 로열패밀리? 너 진짜로 우리나라에 그런 게 있다고 생각하니? 돈 많고 권력 있으면 무조건 로열패밀리니? 그냥 지들끼리 자기과시나 하는 저질집단이지. 로열패밀리는 골빈 호사꾼들이 갖다 붙인 이름이야. 다 벌거벗은 임금님 같은 놈들이야. 정말 천박한 자들이야. 너 정도 자산이면 우리나라에서 상위 1%, 아니 0.1% 안에 들 거야. 그런데 뭘 더 바라니? 너 우리나라 가계부채가 2,000조 원이나 돼. 국민 한 사람당

4,000만원 꼴이라고. 그게 생활비가 없어서 대출받은 거니? 욕망을 채우려고 남의 돈 빌린 거지. 욕망이 능력을 넘어서는 순간 불행이 시작되는 거 몰라? 너나 나나 먹고 사는데 부족한 게 뭐가 있니? 재물(財物)이 재물(災物)이 되는 거 순식간에 벌어진다. 재민이 도망가 있는 거 안보이니?"

진희의 눈가에 힘이 들어간 것이 보였다.

"아이고, 성직자 나왔네. 결혼도 안하고 골프도 안치고 여자도 없는 것 같고... 오빠, 무슨 문제 있어? 발기부전이야? 내가 비아그라 구해다 줄까? 하여튼 말하는 걸 들으니 완전히 성직자네. 아예 교단을 하나 세우시지 그래. 내가 신도들을 왕창 몰고 올게."

그녀는 숨을 한번 크게 내쉬고는 말을 이어갔다.

"오빠, 학교에서도 학생들에게 그런 식으로 얘기해? 애들 사회에 나가서 경쟁력 떨어지겠다."

그 말을 듣자 Dr. K는 큰 목소리로 외쳤다.

"뭐라고? 무슨 그 따위 말을!"

둘 다 얼굴이 상기된 채 아무 말 없이 서로 딴 곳을 바라보았다. Dr. K는 그래도 오빠인 자기가 분위기를 무마해야겠다고 생각했다.

"진희야, 내가 너의 생활을 뭐라고 하는 게 아니다. 이제 우리도 나이가 들어가니까 조심해서 살아야 한다는 얘기다. 지난 20년이 얼마나 드라마틱했니? 난 앞으로 하루하루가 더 드라마틱해질 것이라고 예상한다. 그래서 조심하자는 뜻에서 얘기하는 거다."

그녀는 이번 일은 재민 오빠와 전혀 관계가 없다는 말만 내뱉고 사무실을 나갔다. Dr. K는 킬힐에 가죽 미니스커트를 입은 진희의 뒷모습을 바라보며 가벼운 한숨을 내쉬었다. 고개가 저절로 흔들어졌다. 진희의 돈에 대한 집착을 볼 때면 재민과 비교하게 됐다. 진희는 부잣집의 놀기 좋아하는 딸이었고 재민은 지지리 가난한 집의 공부 잘하는 아들이었다. 그들의 공통관심은 돈이었다. 너무 가난에 찌들어 살았기 때문에 재민이 돈에 집착하는 것은 이해가기도 했지만 Dr. K는 그 집착이 과도하다고 생각했다. 또 그의 축재방법이 위험하고 불법적이라는 생각을 떨치기 어려웠다. 그런 와중에 진희는 그러한 재민의 위험한 행각을 따라하고 있었다.

진희가 떠난 후 Dr. K는 잠시 사무실을 서성이며 마음을 가라 앉혔다. 책상으로 돌아가 서랍에서 전화기를 꺼내 번호를 눌렀다. 상대방이 전화를 받았다.

"100을 얘기하고 작업 하나를 더 부탁해. 새 작업은 잠시 후 메시지로 보낼게."

그는 전화를 끊은 후 의자에 앉은 채 팔짱을 끼었다. 젊어서부터 삶이 순탄치 않았던 진희를 너무 나무란 것은 아닌가 하는 생각에 그제야 미안한 감정도 들었다.

오빠와의 대화로 기분이 상한 진희는 차를 몰고 집으로 와버렸다. 이번 투자건은 총 규모가 1,000억 원이었다. 500억 원은 국내 투자가가 조달하고 나머지 500억 원은 시노에서 자금이 들어오기로 되어 있었다. 너무 확실한 사업이었기 때문에 은밀히 진행하기로 했다. 열 명이 50억 원씩 투자하기로 했다. 진희는 자신의 돈으로 40억 원을 확보했지만 10억 원이 부족했다. 그것을 오빠에게 부탁했지만 거절당한 것이었다. 그렇다면 그 10억 원을 어떻게 마련하나? 가지고 있는 아파트나 상가 하나를 급매할까? 반도체 주식을 일부 팔까? 아니면 신용대출을 받을까?

Dr. K에게 말한 대로 그녀는 이번이 마지막이라고 생각했다. 20년 가까운 이런 생활도 조금은 피곤하다고 생각하고 있었다. 이번 일만 성사되면 자금을 회수한 후 꼭 이민은 아니더라도 모든 관심을 끊고 유유자적하는 생활을 하고 싶었다. 30대와 40대 시절과는 달리 나이 쉰 가까이 되자 주변에 꼬이는 남자들도 세대교체가 되었다. 몸매를 비롯한 외모는 변한 것이 없다고 생각했는데 자신에게 관심을 보이는 남자들의 연령대가 열 살 가까이 올라간 것을 느낄 수 있었다. 몇 년 전까지 30대 중반의 남자들도 노골적으로 작업을 걸었으나 이제 진희는 나이나 경륜으로 볼 때 연하의 남자들이 접근하기에는 부담이 되는 연모의 대상이 되어 있었다. 그런 걸 느낄 때마다 그녀는 이제 쉴 때가 되었구나 라는 생각이 들었다. 오히려 세레나를 잘 가꾸고 교육시켜서 자신의 노하우를 전수하는 것이 낫겠다는 구상도 하게 되었다. 그런데 이번같이 좋은 기회를 그냥 지나칠 수는 없었다. 10억 원을 어떻게 충당할 것인가? 진희는 그 궁리에 몰두했다.

진희까지 찾아오는 바쁜 일정을 마치고 Dr. K는 잠자리에 누웠으나 쉽사리 잠에 들지 못했다. 일과 동생 생각이 서로 엇갈리며 오히려 정신이 말똥말똥해졌다.

참으로 대조적인 남매였다. 어렸을 때부터 진희는 발랄했고 남들 앞에 나서는 것을 피하지 않았다. 그런 점은 중학교에 들어가자 확실히 개방적인 모습으로 나타났다. 진희는 많은 사람들 사이에 섞여 있어도 자연히 눈길을 사로잡는 외모와 인상을 가지고 있었다. 짧은 반바지에 민소매 셔츠를 즐겨 입었고 그런 차림으로 외출을 했다. 그만큼 미모도 출중했다. 말도 조리 있게 잘하였고 머리는 좋았지만 책상 앞에 앉아 있는 것을 싫어했다. 중학교 때부터 남학생들의 전화가 집으로 많이 걸려왔다. 대학진학은 앞으로 유럽에 가서 그림을 그리며 살겠다며 서양화과를 선택했다. 동생의 대학합격 후 Dr. K는 군대에 입대하였다. 그런데 가만 듣자하니 진희는 신입생 때부터 새벽에 귀가하는 일이 자주 있었고 놀러 다니느라 바빴다. 돈도 많이 썼을 텐데 어머니가 별말 없이 다 해결해 주었다.

그가 제대를 하고 복학하자 3학년이었던 진희는 갑자기 결혼을 하겠다고 폭탄선언을 했다. 이미 임신한 상태였다. 그 무렵이 아버지가 Dr. K에게 돈, 권력, 여자의 조합에 대해 얘기를 한지 얼마 되지 않았을 때였다. 가족들이 모여 얘기하며 뭐하는 사람이고 어디서 만났냐고 물어봤을 때 진희는 눈 하나 깜짝 않고 "나이트클럽에서 만났어요. 부잣집 아들이에요."라고 대답했다. 아버지는 그냥 어처구니가 없다는 표정이었고 어머니는 내키지 않아 하면서도 결국 어쩔 수 없이 결혼을 허락했다.

Dr. K보다 한 살 많은 진희의 신랑감은 대기업 사주의 둘째 아들이었는데 잘 생기고 쾌활했다. 군 면제를 받고 대학 졸업 후 곧바로 입사하여 아버지 회사의 경영기획실 과장이었다. 결혼 전 Dr. K와 몇 번 만나 술을 마시기도 했다. 배나온 걸 전혀 티내지 않게 하는 웨딩드레스를 고르느라 한바탕 난리를 치른 후 결혼식을 성대히 거행했다. 그녀는 결혼 후 딸을 출산하고 학교는 휴학했다. 그리고는 다시 학업으로 돌아가지 못했다. 대학을 그만두고 일찍 결혼을 하여 아이 엄마가 되었으나 진희는 자신의 생활에 별로 불만이 없는 듯했다. 아이 때문에 나이트클럽을 맘 내키는 대로 못가는 것을 속상해 했다. 시댁은 친정보다 부자였고 남편도 놀기를 좋아했다. 집에는 입주 가정부가 있었다.

가장 손이 많이 가는 육아기간이 끝나고 딸이 어린이집에 다닐 무렵 사건이 발생했다. 주말에 남편이 아침 일찍 골프를 치러 나갔는데 오후에 교통사고를 당해 병원에 입원해 있다는 연락이 왔다. 병원에 갔을 때 남편은 의식불명 상태였다. 남편은 뇌수술을 받고 보름 만에 의식을 회복했다. 눈을 뜨고 진희를 알아보자 한 첫 마디가 "여보, 애는?"이었다. 느릿느릿 말했지만 그렇게 어눌한 말투가 아니었다. 진희는 눈물이 왈칵 나왔다. 병원에서 한 달 가량 재활치료를 받고 퇴원하여 집으로 돌아왔다. 사고 후 남편은 겉으로 볼 때 보행 시 오른쪽 다리를 불편해 하는 것 말고는 다른 이상이 없어 보였다. 집에서 몇 달 쉬고 나서 회사에 다시 출근하기 시작했다. 진희는 반 년 가까이 마음을 졸이며 몸 고생을 하였으나 참으로 다행이었다. 그때 진희는 온몸에 진이 다 빠져 나간 것 같았다.

남편은 집과 직장만을 오가는 생활을 했다. 부득이한 경우를 빼고는 밖에서 회식도 거의 안했다. 저녁도 집에 와서 두 모녀와 함께 했다. 저녁상은 반드시 진희가 차리기를 원했다. 그게 가정적으로 보이기도 했다.

그런데 식사를 하며 진희에게 하루 동안 집에서 무엇을 했는지를 꼬치꼬치 묻기 시작했다. 친구 만나 점심 먹고 들어왔다, 장보고 왔다는 대답은 안 통했다. 누구와 몇 시에 어디서 만나 무슨 얘기를 했는지까지 세세하게 캐물었다. 어느 시장에 가서 무엇을 얼마나 샀는지까지 구체적으로 물어보고 심지어 영수증을 보자고까지 했다. 진희가 말한 귀가시간을 가정부에게 재차 확인하기도 했다. 처음 진희는 그러한 질문에 시시콜콜 대답하는 것이 자존심도 상하고 짜증이 나다가 점점 남편이 무서워졌다.

상황이 심각하다는 생각이 든 것은 남편이 관계를 가질 때 진희의 벗은 내의를 자세히 살피기 시작했을 때였다. 심지어 내의를 들어 올려 불빛에 비춰보며 검사를 하는 것이었다. 관계 전 진희에게 샤워를 하지 못하게 하고 그녀의 벗은 몸에 코를 대가며 냄새를 맡기까지 했다. 가랑이 사이에 머리를 들이 밀고 킁킁 거릴 때는 수치심과 모멸감으로 죽고 싶은 심정이었다. 절망감이 남편에 대한 분노로 바뀌고 나중에는 죽고 싶다는 생각까지 들었다. 그때 진희의 나이는 아직 20대 중반이었다. 남편과의 관계를 피하기 위해서는 임신을 해야겠다는 생각을 했으나 아이가 생기지도 않았다.

남편에게는 우울증도 있었다. 감정의 기복이 너무 심해 주변 사람들이 늘 눈치를 살필 수밖에 없었다. 기분이 다운되면 서재에 틀어박혀 회사에 나가지 않았다. 불면증도 심했고 술에 의존했다. 대낮에도 안주 없이 위스키를 벌컥벌컥 들이켰다.

핸드폰이 보급되기 시작하자 남편은 제일 먼저 진희의 핸드폰을 사왔다. 그리고 하루에 서너 번씩 전화를 걸어 어디에 있느냐, 누구랑 있느냐, 뭘 하느냐를 물어봤다. 한번이라도 전화를 안 받거나 늦게 받으면 그날 저녁 핸드백을 까뒤집어 소지품과 핸드폰 통화내역을 다 검사하는 닦달을 견뎌야했다. 지옥 같은 생활이었다. 누구한데 하소연하거나 상담할 수도 없는 입장이었다.

몇 년을 버티다 진희는 결심했다. 딸이 초등학교에 입학하기 전, 애를 데리고 친정으로 와버렸다. 남편이 여러 번 집으로 찾아왔다. 아버지와 어머니는 사위를 피했고 그를 주로 상대한 사람은 오빠였다. Dr. K는 남편의 흥분한 태도와는 상관없이 항상 차분하지만 단호하게 대했다. 그는 비슷한 말을 반복했는데 요지는 세 가지였다. 누가 잘하고 잘못하고가 어디 있어? 애는 아빠보다 엄마가 키워야지. 살기 싫다는 사람을 우리가 어떻게 보내? 그는 한마디로 이혼을 하든 말든 마음대로 하라는 태도였다. 하기야 더 무슨 말이 필요하지도 않았다. 남편이 무슨 말을 하던 Dr. K는 같은 말을 반복하며 남편의 진을 다 빼버렸다.

Dr. K는 여름에 미국으로 유학을 떠났다. 진희는 몇 달 뒤 딸을 데리고 뱅쿠버로 갔다. 시댁과는 거의 절연을 한 상태이므로 아무런 도움을 요청하지 않았다. 아버지와 어머니도 그럴 필요 없다고 했다. 두 모녀의 생활비와 학비를 대주었다. 진희는 정말 살 것 같다는 느낌이 들었다. 영어를 배우고 골프도 치기 시작했다. 어린 딸이 처음 스키를 탄 곳은 동계올림픽이 열렸던 로키산맥의 캘거리 스키장이었다. 두 모녀는 알라스카 크루즈 여행도 다녔다.

골프를 치며 남자들도 만나게 되었다. 그녀가 짧은 스커트를 입고 스윙을 하거나 무릎 하나를 세운 채 쪼그린 자세로 퍼팅거리를 잴 때면 남녀할 것 없이 모든 플레이어들이 넋 나간 표정으로 바라봤다. 영어가 좀 되자 외국남자들과도 데이트를 했다. 혼자 사는 부유한 싱글맘 주변에 늘 남자들이 모여 들었다. 남자들에게는 미모를 갖춘 젊은 싱글맘이 경제적 여유를 갖고 유유자적 생활하는 것이 뿌리칠 수 없는 유혹이었다. 교민사회에서 진희에 대한 안 좋은 소문이 퍼졌으나 그녀는 그런 뒷담화에 신경 쓰지 않았고, 외롭다거나, 힘들다거나, 혹은 심심하다는 생각이 전혀 들지 않았다.

한 삼년정도 지났는데 서울에서 남편이 사망했다는 연락이 왔다. 소식을 듣고 반나절 가량 고민했다. 진희는 딸을 지인에게 맡기고 급하게 비지니스석을 예약하여 서울로 왔다. 장례식장에 도착하여 시댁 식구들의 따가운 눈총을 받아가며 소복 차림으로 빈소를 지켰고 장지에서 취토까지 했다. 그리고 정말 마음을 단단히 먹고 남편의 재산을 모두 상속받았다. 시누이와 가벼운 말싸움이 있었으나 원국이 전문 변호사를 소개해주어 소송까지 가지 않고 재산을 모두 확보할 수 있었다. 시부모님은 젊은 자식을 잃은 정신없는 경황 중에도 격을 지키는 사람들이었다. 그 과정에서 시어머니가 딱 한마디 했다.

"너는 애 아빠가 어떻게 죽었는지 한 마디 묻지를 않니?"

남편의 재산은 같이 살던 강남 아파트와 현금 수억 원, 그리고 아버지 회사의 주식이었다. 얘기가 어떻게 퍼져 나갔는지 친구들 사이에서는 진희가 어마어마한 재산을 상속받았다는 소문이 돌았다. 어마어마한 수준은 아니었지만 딸을 교육시키며 먹고 사는 데는 지장이 없을 충분한 재산이었다.

캐나다로 돌아갔던 진희는 몇 년 후 아이를 법정대리인에게 맡기고 서울로 다시 왔다. 아파트가격이 오르고 있다는 소식을 접한 후였다. 그녀는 돌아와 친정부모와 지냈다. 마침 오빠도 공부를 마치고 귀국해 있었다. 아파트 가격이 더 오르자 그녀는 그것을 처분하고 재건축이 예정된 아파트를 구입해 집을 나왔다. 그 무렵 재민과 연락이 닿았다. 그녀는 시드 머니를 갖고 본격적으로 재테크에 들어섰다. 몇 년 뒤 강남 도곡동 고층아파트에 집을 장만하고 상당한 현금을 확보할 수 있었다. 이 정도면 안심할 수 있겠다며 다소 마음을 놓았을 때 아버님이 갑자기 돌아가셔 재산 일부분을 상속받았다. 그것이 더해지자 현금 수십억 원을 언제든지 동원할 수 있게 되었다. 생활비는 상가임대료로 충분히 해결할 수 있었다. 그때쯤 되니 세상에 돈 벌 수 있는 일이 널려 있는 것처럼 보였다. 딸도 귀국해서 같이 살게 되었다.

진희는 남편이 죽은 후 험한 꼴을 당하지 않은 채 거액의 재산을 모은 정말 실속 있는 중년여성이었다. 미모도 유지하고 있었고 나이가 들면서 고집과 주책이 늘어나는 남편도 없었을 뿐 아니라 주변에는 늘 젊고 잘 생긴 남자들의 유혹의 눈길만 맴돌고 있었다.

　Dr. K는 윈스턴과 동행하지 않고 혼자 밤나무골 카페를 향해 걷고 있었다. 내딛는 발걸음이 무거웠다. 카페 뒷방에 들어가니 다른 참석자들은 이미 도착해 있었다. 그날 모임도 윤 기자가 먼저 말을 시작했다.

　"몇 년 전 확정된 스마트시티 건설계획은 조만간 착공될 예정입니다. 예정지는 일단 세 곳으로 각각 5만호 규모의 대형사업입니다. 건설은 한국업체와 시노업체가 컨소시엄을 구성하여 진행할 것입니다. 이와 더불어 최근 몇 년간 시노자금과 인력의 유입이 빠른 속도로 늘어나고 있습니다."

　윤 기자는 잠시 말을 멈추고 숨을 크게 들여 마셨다.

　"그리고 화폐개혁을 준비 중인 것이 확실합니다. 화폐개혁은 디노미네이션을 이유로 오래 전부터 거론돼온 사안이었습니다. 지난 50년 동안 경제규모가 500배가량 커졌는데 그 당시의 화폐단위를 계속 유지하기 힘들다는 이유를 내세우고 있습니다. 그러나 화폐개혁은 자산가치를 하락시키고 모든 자금을 지상으로 끌어올린다는 점에서 국민적 거부감도 크기 때문에 지금까지 실행을 못했습니다. 화폐개혁에 대비해 재력가들은 금을 사 모으고 있다고 합니다. 또 기업들은 외화표시 채권을 확보하고 있습니다. 화폐개혁이 실행되면 부동산 가격은 강남아파트를 중심으로 적어도 30% 가량 폭락할 것입니다. 결국 고소득층도 자산의 상당 부분을 잃어버리게 되는 거죠. 스마트시티가 완공되고 화폐개혁이 시행되면 그들이 목표로 했던 것이 거의 완성되는 것이라고 할 수 있습니다."

　윤 기자가 말을 마쳤으나 참석자들은 별다른 반응이 없었다. 다들 예상하고 있었다는 표정이었다.

　"화폐개혁으로 자산가치가 폭락하면 고소득층과 중산층이 완전 붕괴될 텐데 그 불만을 어떻게 무마하지?"

　이 교수가 말문을 텄다.

"그래서 벌써부터 논객들이 우리 경제 규모에 비해 지금의 화폐단위를 유지하는 것은 창피한 일이라고 떠들며 바람 잡고 있잖아. 마음먹으면 그들이 SNS를 장악하는 거는 일도 아니지."

"SNS에는 예전부터 스마트시티에 대한 장밋빛 환상이 떠돌아다니고 있잖아. 그리고 아파트에도 스마트시티라는 이름이 붙어야 분양이 잘 된다고 하더군. 우리나라 사람들 워낙 새로운 걸 좋아해서 세계 최초 완벽한 스마트시티 구현이라고 하면 다들 환영할 걸? 우리가 최첨단 선진화를 이끌고 있다는 자부심도 갖게 되고... 그 결과 무슨 일이 우리에게 닥칠 줄은 모르고. 정말 끔찍할 텐데……."

이 교수에 이어 다른 참석자들의 발언이 나오기 시작했다.

"스마트시티에 들어가는 전자통신 하드웨어는 대부분 시노제품을 사용할 거라면서? 그것이 계약조건에 들어가 있다면서?"

"그 장비에 백도어를 심어 놓으면 어떻게 하지?"

"지금 돌아다니는 드론들이 대부분 시노산인데 거기에 다 백도어 설치되어 있다고. 그거 가지고 동영상 찍고 그러는데 그거 곧바로 제작회사 서버로 전송되는 거지."

"건설을 위한 자본이 들어오면 사람이 같이 따라 들어오고 사람들 들어오면 흑사회도 같이 들어올 텐데. 얼마 전 시노게이트라고 불린 김겨쿨 같은 여론조작 동원부대가 이미 수만 명 있는데……."

"세 군데 중에 사우스 레이크 스마트시티에 데이터종합통제센터를 세운다지? 거기가 AI중앙통제센터가 될 거야." 이 교수의 분석이었다.

"이런 내용이 왜 언론에 보도되어 여론화나 공론화가 안 되지? 그 분야에서 스마트시티의 문제점을 지적하는 전문가가 왜 하나도 없어? 국책연구소는 그렇다고 쳐도 교수들은 왜 반대를 안 해?"

"요즘 대학 분위기 알잖아. 어떻게 반대를 해. 연구비 끊기게. 연구비만 끊기나? 아예 대학을 조져 버리잖아. 대학평가에서 탈락시키고 정부지원금 다 끊어 버리고. 등록금이 10년 넘게 동결됐는데 대학이 정부지원금까지 못 받으면 어떻게 되겠어. 그렇게 되면 우리 학교도 아마 교직원 월급 20%는 삭감해야 할 걸?"

"하기야. 우리 학교 교직원 월급이 10년 가까이 동결되어 있지?"

"여론은 얼마든지 조작할 수 있고 또 반대여론이 크다고 그들이 쉽게 중단하지 않을 겁니다. 큰 그림 속에서 진행시키는 것이니까요."

사회 모든 분야가 그들에 의해 완전히 장악되어 있었다. 역시 수단은 SNS와 돈이었다. 경제연구원 신 박사가 화제를 돌렸다.

"디노미네이션이 목적이건 뭐건, 제가 우려하는 것은 화폐개혁을 하며 디지털화폐를 도입하는 것입니다."

"디지털화폐? 그게 뭐지? 종이돈을 안 쓰고 전자화폐를 사용하는 건가?"

"전자화폐 맞습니다. 그런데 나이버페이나 카시오페이와는 다릅니다. 국내에서 유통되는 화폐 자체를 디지털화하여 휴대폰에 전자지갑앱으로 탑재하여 사용하는 것입니다. 개인 모두가 중앙은행에 계좌를 가지는 것이지요. 그렇게 되면 모든 사람들의 금전거래 내역을 국가가 마음대로 들여다 볼 수 있습니다."

"그게 알려지면 국민들의 반발이 클 텐데 디지털화폐를 도입하겠습니까?" 의사인 오 박사가 시큰둥하게 말했다.

"그런 반발에 맞서, 금전거래의 투명성이 확보되어 지하경제나 뇌물과 같은 검은 거래가 없어진다고 선전하겠지요, 또 종이화폐 발행 비용을 줄일 수 있고 화폐유통을 실시간으로 파악할 수 있어 통화정책의 즉발적인 시행이 가능해진다는 등의 장점을 내세우겠죠. 그럼에도 불구하고 모든 금융거래를 국가가 파악할 수 있어 돈 사용과 관련하여 프라이버시는 사라지는 것입니다. 심지어 특정인에 대한 전자지갑을 닫아버릴 수도 있습니다. 또한 정전과 같은 사태가 발생하면 돈을 전혀 쓸 수 없게 됩니다."

신 박사는 계속 말을 이어갔다.

"중국에서는 공무원들을 대상으로 디지털화폐를 이미 시범시행하고 있다고 말씀드렸지만 전 세계 주요국들의 중앙은행이 검토 중에 있습니다. 우리 중앙은행도 연구팀이 구성되어 있습니다. 말이 연구지 이미 검토를 끝내고 구체적인 시행방안을 마련해두고 있다고 보면 됩니다. 개인이나 기업이나 모든 금전거래를 중앙은행이 파악하고 또 통제할 수 있다면 그들에게 얼마나 구미가 당기는 일이겠습니까?"

"나는 거기다가 한 단계를 더 생각하게 되는데?"

사회학 전공자인 최 교수가 나지막하지만 묵직한 목소리로 말했다. 참석자들의 눈길이 그에 쏠렸다.

"그것을 도입하고 난 후에는 결국 세계가 하나의 디지털화폐로 통합될 거야. 환전의 불편함이 없고 환차익이나 환차손의 우려 없이 교역이 가능해지고, 반면에 불법자금 세탁이나 마약거래 같은 것은 불가능해진다는 장점을 내세우겠지. 결국 전 세계 디지털 단일화폐가 출현하게 될 것이 분명해."

놀라운 예측이었다. 사이버 보안전문가 이 교수가 그러면 어떻게 되는 거지라고 혼잣말하듯 소리를 냈다. Dr. K가 말을 받았다.

"뭘 어떻게 되겠어. 그것이 바로 디지털을 기반으로 한 세계정부가 되는 것이고 결국 글로벌 수퍼 엘리트들이 세계를 장악하는 거지. 전자지갑은 전자발찌가 되는 거고 디지털화폐 시스템은 전 세계를 거대한 금융감옥으로 만들게 되겠지."

잠시 참석자들은 각자 생각에 잠겼다. Dr. K가 말을 이어나갔다.

"현재 경제개발을 위해 시노의 자금지원을 받고 갚지 못하고 있는 국가가 10여 개국이나 되잖아? 그들 나라에 빚을 탕감해줄 테니 통합디지털화폐를 쓰자고 하면 과연 몇 나라나 거부할 수 있을까? 대부분 응할 수밖에 없을 거야. 그러면서 화폐가 통합이 되는 거지."

참석자들의 생각이 길어지고 깊어지면서 얼마간 침묵이 흘렀다.

오랜만에 참석한 구 변호사가 입을 열며 실내의 침묵이 깨졌다.

"그건 그렇고 정치권의 개헌추진은 어느 정도 물밑 작업이 진행되고 있는 건가? 요즘 조용한 걸 보면 포기한 건가?"

개헌 얘기가 나오자 참석자 저마다 한마디씩 했다.

"보비드가 심각해지고 민심이 흉흉하니까 개헌 얘기를 못 꺼내는 것이 겠지."

"각 당마다 대통령병 환자들이 많아서 개헌은 쉽지 않을 거야."

"지금 야당이 내각제 개헌을 약속받고 지난 번 횃불시위에 동조한 것이라고 하던데……."

"국회의원 입장에서는 대통령제보다 내각제가 훨씬 좋은 거 아니야? 다들 속으로 바라고 있으면서 기회를 엿보고 있는 거겠지."

"내각제는 국민정서하고 맞지 않는데 국민들이 반대하면 그게 가능하겠어?"

돌아가며 다들 한마디씩 했을 무렵 Dr. K가 입을 열었다.

"지금같은 '모 아니면 도'식의 정치체제를 계속 유지하기는 힘들 거야. 정치인 모두에게 위험부담이 커. 어떻게 해서라도 제왕적 대통령제는 바꾸려고 할 거야. 명분은 얼마든지 만들 수 있고. 무엇보다도 과두제를 정착시키고 완성시키려면 내각제로 갈 수밖에 없지. 그래야 정당들이 합의를 보면 뭐든지 할 수 있으니까. 오 박사 말대로 보비드가 급한 문제니까 지금 말을 못 꺼내고 있지만 사태가 진정되면 본격적으로 추진할 거야."

개헌과 내각제 얘기가 잠잠해지자 경제연구원 신 박사가 Dr. K에게 말을 던졌다.

"Dr. K. 주한미군 철수도 구체화되는 것 같습니다. 우리가 요구하지 않아도 미국 측에서 이미 검토 중인 것 같은데요."

신 박사로부터 말을 받은 Dr. K는 자세를 고쳐 잡으며 입을 열었다.

"그 문제는 중장기적인 관점서 살펴봐야 할 것 같아. 동아시아 모든 국가의 역학구도에 영향을 미치는 사안이니까."

그의 눈매에 힘이 들어가는 것이 보이며 좌중은 조용해졌다.

"이미 미국이 동아시아에 중단거리 핵미사일 배치를 시작했어. 배치가 완료되면 동아시아에서 중국과 핵균형이 이루어지는 거지. 최근 몇 년간 전작권회수니, 방위비분담금이니, 합동훈련중단이니, 사드추가배치니 하면서 양측의 이견이 너무 크니까 미국 측도 짜증이 나있는 상황이잖아? 이거 우리보고 나가라는 거나 다름이 없다고 받아들이고 있는 거지. 최근 미국 군사전략가들은 전쟁억제를 위한 한반도의 미군주둔 필요성에 대해 회의를 가지고 있다고 해. 중단거리 핵미사일을 동아시아에 배치하면 불과 30분 안에 상대국 주요 도시들을 때릴 수 있는데 구태여 지상군을 한반도에 배치시켜야 하나 하고. 양국 관계가 더 나빠지면 주한미군이 오히려 인질화될 수 있다는 심각한 우려를 하는 전략가들도 늘어나고 있어."

그의 얘기를 듣고 이 교수가 질문을 했다.

"그렇다고 아예 지상군을 다 뺄까? 오래 전부터 주한미군은 기동군 개념으로 운영해서 병력이 들락날락 늘었다 줄었다 했잖아? 그런 식으로 계속 운영하겠지."

최 교수가 이 교수의 말을 받았다.

"이젠 그 전략개념에서도 벗어났을 걸? 대만에 지상군 배치하고 또 주일미군을 증강시켜 기동군 역할을 맡길 수 있지. 그러면 골치 아프게 하는 남한에서 미군을 빼도 돼지. 아까 말했듯이 현재 진행 중에 있는 일본과 대만, 필리핀에 중단거리 핵미사일 배치 끝나면 일단 핵균형은 이루어지니까 큰 걱정할 일이 없지. 다만 동해가 우려되는데 그것도 7함대 전력을 증강하면 시노나 러시아 함정이 동해에서 태평양으로 진입하는 것을 충분히 감시하거나 봉쇄할 수 있지. 더군다나 아예 함대 하나를 더 만들어 서태평양을 맡기고 7함대는 동태평양만 전담시킨다는 얘기도 나오고 있잖아? 보비드도 미군 주둔에 큰 위협요인이 되고 있어. 미군규정에 따르면 역병이 발생하여 치사율이 0.5%가 되면 기지 자체를 폐쇄하게 되어 있다고. 기지를 폐쇄하면 그게 바로 철수하는 거지.”

“정말 그렇게 된다면 한반도에 큰 변화네. Dr. K, 자네는 어떻게 생각해?”

이 교수가 Dr. K를 쳐다보며 의견을 물었다. Dr. K는 희미한 미소를 내비쳤다.

“내 생각? 미군이 계속 있으면 우리야 맘이 편하겠지. 반면 우리 목숨과 관련하여 계속 태만해지겠지. 미군이 나가면 큰일이라고 생각하는 사람들이 많은데 이젠 생각을 좀 바꿔야해. 우리가 NK보다 인구가 두 배에다 국력은 50배 가까이 되고 재래식 전력은 월등하잖아? NK 탱크가 몇 대고 전투기가 몇 대고 하면서 아직 양적 군사력에서 우리가 밀린다고 하는 주장은 웃기는 얘기 아냐? 기름도 없고 너무 낡아서 10킬로미터도 제대로 기동을 못하는 북한의 T-62탱크와 해외에 수출까지 하는 우리의 최신식 K1A1탱크하고 일대일로 비교하면 되나? 공군과 해군은 말할 것도 없고. 미그29하고 F35A하고 비교가 돼? NK 공군 조종사는 일 년에 20시간 밖에 비행훈련을 못하고 우리 조종사는 연간 160시간 이상인데 상대가 되겠어? NK 지상군 병력이 우리 두 배라고 엄살을 떠는데 개네들 평균신장이 우리 군인들보다 10센티미터 이상 작아. 머릿속에 먹을 것만 꽉 차 있는 군대가 무슨 힘을 쓰겠어. 그리고 병력이 두 배라는 것도 편제상 그렇다는 것이지. 삼분의 일 가량이 유실병력이야. 지휘관은 유실병력을 그냥 방치해. 그래야 배급 나온 걸 자기들이 착복할 수 있으니까. 실제 상황이 그런데도 전력이 열세라고 하는 건 우리군이 방위예산 증액을 위해 엄살떠는 거지. 이젠 군대도 이익단체가 되어 버렸으니까. 미군이 없으면 정보수집이 깜깜이가 된다고 하지. 그거 별거 아니야. 우리도 위성 더 많이 쏘아 올리고 공중조기경보기 개발하거나 도입하면 돼. 그거 돈 얼마나 든다고. 미사일 방어망? 국력이 우리의 사분의 일 밖에 안 되는 이스라엘은 아이언 돔을 자체 개발해서 거의 완벽한 미사일방어망을 구축했는데 우리가 왜 못해? 그것도 돈 얼마 들지 않아."

"그래도 전략무기에선 우리가 절대 약세잖아?"

"핵무기 말하는 거지. 그거 우리도 개발하면 돼. 미군이 없으면 왜 개발 못해? 지금은 미국이 핵우산을 제공해준다니까 못 하는 거지. 남한이 NK의 핵무기를 머리 위에 얹고 살고 있는 거 전 세계가 다 알고 있잖아? 그래서 우리도 개발하겠다는데 누가 뭐라 할 거야? 국제제재 받는다고? 일단 제재를 가해겠지. 근데 막상 개발해서 가지고 있으면 아무 문제 안 돼. 한국 입장을 이해할 수밖에 없어. 인도가 핵무기 보유하니까 파키스탄도 개발했고 다른 핵보유 국가들이 그냥 묵인하고 있잖아. 내 결론은 미군이 있어도 그만, 나가도 그만이라는 얘기야. 그리고 미군주둔 문제는 우리가 나가라고 나가는 것도 아니고 우리가 있으라고 있는 것도 아닌 문제가 되어 버렸지. 나 말고 이렇게 생각하는 사람들 많을 거야. 나가면 나가는가 보다 여기고 그냥 바라보기만 하는 사람들이 더 많을 걸?"

이 교수를 비롯한 참석자들은 Dr. K의 말에 속으로 다소 놀랐다.

"Dr. K. 자네 말대로라면 일본도 핵무기 만들지 않겠나? 그건 좋은 게 아니지."

"당연히 일본도 가지려 하고 한국과 일본이 가지면 대만도 가지려 하겠지. 결국 동아시아 5개국이 모두 핵보유국이 되는 거지. 일본은 세계 3위 부국이고 대만과 한국은 번영중견국이고 앞으로 발전가능성도 높아. 그런데 핵무기가 없기 때문에 늘 누군가에게 의존하고 안보불안 속에 살아가고 있어. 그런 불안한 상태가 언제까지 유지될 수 있을까? 동아시아 주변이 최근에 왜 이 난리야? NK가 핵실험을 하고 또 대륙간미사일을 개발하니까 그렇게 된 거잖아. 인도와 파키스탄이 핵무기를 가지면서 서남아시아에 힘의 균형이 이루어졌는데 갑자기 네팔이나 부탄이 어디다 쏠지 모를 핵무기를 가졌다고 가정해봐. 난리가 안 날 수 없지. 동아시아도 마찬가지야. 그런데 여기는 제일 못사는 NK가 핵무기를 갖고 일본, 한국, 대만은 정작 핵위협에 노출되어 있어. 동아시아 5국이 전부 핵보유국이 되면 역내 힘의 균형이 이루어지고 서로 상대방을 안보위협 하지 못하면서 살아가는 거지. 난 결국 그렇게 될 거라고 생각해. 핵무기는 쓰자고 만드는 게 아니잖아. 나 건들지 말라고 만드는 거지."

　Dr. K 말에 대한 참석자들의 침묵은 그 발언에 대한 암묵적 동의인지, 아닌지 알 수 없었다. 몇 가지 작은 문제들을 더 제기하고 다들 그것들에 대해 자기 의견을 말했다. 그 전 모임보다 시간이 오래 걸려 종료되었다. 참석자들은 헤어지면서 오늘은 너무 많은 얘기를 들어 골치가 아프다며 고개를 절레절레 흔들었다.

　Dr. K는 밤나무골 카페를 나와 숙소를 향해 걸음을 옮기면서 핸드폰에 문자가 온 신호를 감지했다.

　"Dr. K. 먼저 가 기다리겠네."

　Dr. K는 천천히 걸었다. 기분도 유쾌하지 않았을 뿐 아니라 가슴이 답답해졌기 때문이었다. 엘리베이터를 내려 사무실문을 열 때 쯤 가슴의 답답함은 어느새 통증으로 변해 있었다. 그는 심호흡을 하며 컨디션을 조절하려 노력했다. 사무실에는 이 교수와, 조 실장이 미리 와서 기다리고 있었다. Dr. K가 자리에 앉자 이 교수가 입을 열었다.

　"계획하는 일은 지금 진행되고 있나? 목표는 정했나?"

　Dr. K는 다시 한 번 천천히 심호흡을 했다.

　"작게 가야할지 크게 가야할지 판단이 안서네. 몇 개 생각해 놓은 것은 있어. 그런데 문제는 돈을 보내는 방법이야. 이번에는 그쪽에서 돈을 크게 요구하더라고. 실력은 있는 거 같은데 처음 접촉하는 곳이라 연대 감을 어느 정도 공유하고 있는지 파악하기 힘들고."

　둘 사이의 대화가 계속되고 조 실장은 듣고만 있었다.

　"지난번에는 홍콩을 통해 보냈잖아. 얼마나 요구하는데?"

　"홍콩이 요즘 정정이 불안정해서 예전 같지 않더라고. 그리고 액수는 확정되면 내가 승인 요청을 할게."

"앞으로 일이 많을 텐데 아예 우리 실무자를 그쪽으로 상주시켜서 작업을 진행하는 게 더 낫지 않을까?"

"적어도 서너 명은 보내야하는데 그 비용을 댈 수 있겠어?"

"현지에 회사를 세워서 수익사업도 하면서 작업도 병행하는 거지. 어떻게 매번 부탁하고 또 비밀리에 돈을 보내겠어. 번거롭고 더 위험하지. 또 믿을만한 사람들인지 아닌지 쉽게 확인할 수도 없고."

"우리도 그들을 도와줄 때가 있으니까. 서로 품앗이 하는 거지. 그런데 힘들기는 한데……."

Dr. K는 하던 말을 마치지 못하고 오른손으로 가슴을 부여잡았다. 이미 이마에 식은땀이 맺히기 시작했다. 숨쉬기도 힘들었다. 모두들 놀랐다. Dr. K는 소파에 길게 누웠다. 통증 때문인지 그의 얼굴이 일그러져 있었다. 그는 양복 주머니에 간신히 손을 넣어 엄지손가락만한 짙은 갈색 약병을 꺼냈다. 그는 눈을 감은 상태에서 약병에서 쌀알만 한 크기의 하얀 알약 하나를 꺼내 혀 밑에 넣었다. 모두들 근심스러워 하며 지켜볼 뿐 아무 말도 못하고 있었다. 몇 분이 지나자 숨은 쉴 수 있는 것 같은데 가슴 통증은 계속되었다. 시계를 보고 있던 조 실장이 약병에서 알약을 하나 더 꺼내 Dr. K의 혀 밑에 넣었다.

"교수님. 오 분만 더 기다려보고 안되면 응급실 가야됩니다."

잠시 후 호흡은 훨씬 편해졌고 식은땀도 멈췄다. 통증도 서서히 줄어들었다. Dr. K는 살 것 같다는 생각이 들었다. 그는 스스로 일어나 앉을 수 있었다.

"걱정을 끼쳐 미안하네."

두 사람은 그의 안면을 살펴보았다.

"통증은 완전히 없어졌어?"

Dr. K는 고개를 끄덕였다. 그의 상태가 안정을 되찾자 그들은 조심하라는 당부를 하고 사무실을 떠났다.

Dr. K는 숙소로 돌아와서 잠자리에 누웠다. 몇 년 전부터 자각하기 시작한 흉통이 일 년에 두세 차례 공격을 했다. 검사결과 심혈관장애가 있는 것으로 진단되었지만 그는 어떤 시술이나 수술도 거부하였다. 그렇게 심각한 수준은 아니라고 생각했고 마취상태에서 수술대 위에 누워 있는 자신의 모습이 싫었다. 의사에게 혈관확장제를 처방받아 흉통을 참기 어려울 경우에만 약을 혀 밑에 넣어 몸을 진정시킬 뿐이었다. 그럴 때마다 체력적인 자신감이 급감하는 것은 어쩔 수 없었다. 그리고 불면증에도 시달렸다. 일찍 잠자리에 들어도 새벽까지 잠이 들지 않는 경우가 많았다.

　Dr. K는 침대에 누워 계속 몸을 뒤척이며 머릿속으로 상황을 정리해 보았다. 그들이 목표로 하는 것은 예상할 수 있는데 그것을 막을 방법이 떠오르지 않았다. 중산층과 고소득층을 붕괴시켜 하향평준화가 이루어지면 국가권력은 강화될 것이다. 그리고 극소수 엘리트가 권력을 장악하고 디지털 감시를 통해 사회를 철저히 통제하게 된다. 그런데 세계적인 경쟁력을 가진 대기업들의 경영권은 어떻게 장악할 것인가? 그 기업들이 경제발전과 고용의 상당 부분을 차지하고 있는데 그들마저 붕괴시킬 수는 없을 것이다. 대기업은 외국자본의 지분도 상당 부분 차지하고 있는데 그 지배권을 장악하기란 쉽지 않을 것이다. 그러한 시도를 하는 과정에서 상당한 반발과 혼란이 발생할 것이 분명하다. 그럼에도 불구하고 그들은 자신들의 계획을 밀어붙이고 있다. 그것을 어떻게 막고 무산시킬 수 있을까. 사회를 완벽히 통제할 수 있다면 어떤 일도 가능하다. 특히 교육과 언론을 완벽히 통제한다면 무지가 힘이 되는 세상은 가능해진다. 윈스턴이 영사에서 경험한 것이 바로 그런 사회가 아닌가?

　여기까지 생각하고 Dr. K는 심호흡을 몇 번 하였다. 그것을 막기 위해서는 사람들이 각성해야 하는 것이 가장 중요한데 한국의 삶 자체가 디지털화되어 있어 그러한 가능성이 있다하더라고 편리함을 주는 디지털 자체를 거부할 수는 없다. 그 위험성에 대해 Dr. K와 동료들은 수많은 강연을 했고 K튜브를 통해 계속 알려주고 있었다. 많은 사람들이 공감을 하고 후원을 해주고 있으나 사회 전체 규모로 보면 소수에 불과했다. 그래서 윈스턴까지 초빙하여 감시사회의 피해자를 등장시켰으나 얼마나 효과가 있는지는 알 수 없었다. 디지털로 완벽히 사회를 통제하는 시기가 언제쯤 올 것인가에 대한 예측은 불가능했다. AI의 개발속도가 빨라 조만간 올 수 있을 것 같다는 불안감만 커졌다.

점점 확대되는 시노의 한국사회에 대한 삼투(滲透)확대는 권력엘리트의 묵인 내지 협조 없이는 불가능한 일이었다. 심각한 문제들이 현장에서 벌어나고 있지만 이에 대해 문제제기를 하는 정치인은 없었다. 언론도 침묵하고 있었다. 여당과 야당, 좌파와 우파를 불문하고 사회 모든 엘리트층은 친(親)시노 분위기에 물들어 있었다. 일반 사람들은 직접적인 당사자가 아니기에 불안감을 느끼지 못했다. 그러나 대부분의 사람들이 전혀 인지하지 못하는 일들이 곳곳에서 벌어지고 있었다.

지난 10년간 마약이 급속히 확산되었는데 이는 따이궁들이 가지고 들어오는 것이 대부분이었다. 질은 떨어졌으나 가격이 너무 저렴했다. 정보기관 사람들은 그렇게 싸게 마약이 공급될 수 있는 이유가 그 제조처가 NK이기 때문이라고 의심하고 있었다. 불법도박도 급속히 확산되었다. 사설 토토가 범람하였는데 대부분 사이트의 서버가 시노에 있었다. 저소득층 청소년들이 돈을 벌기 위해 불법도박에 빠졌다가 감당할 수 없는 정도의 빚을 지고 장기적출을 당하는 사례도 발생하고 있었다. 여기에 걸려든 청소년들은 그들 사업의 하수인이 되어 주변 사람들을 불법 토토에 끌어 들이는 역할을 했다. 대포통장을 제공하여 불법도박 자금을 세탁하는데 사용하였다.

그뿐만이 아니었다. 3D업종이라고 하여 사람들이 기피하는 간병인, 청소원, 요양보호사, 식당주방을 시노 사람들이 와서 차지하였다. 이들이 일제히 그만 둘 경우 사회기층 조직이 작동불능 상태로 빠질 지경이었다. 그들의 집단거주지는 경찰력이 미치지 못하는 상황까지 벌어지고 있

402

었다. 본토의 흑사회(黑社會)가 진출하여 장악한 경우도 있었고 지역 조폭세력이 흑사회와 결탁하여 상권을 통제하는 경우도 있었다. 이러한 일들이 급속히 확산되고 있었지만 중산층 이상의 생활과는 거리가 멀다보니 대부분의 사람들이 인지를 하지 못하고 있었다.

왜 이렇게 됐는가? 이 모든 문제들을 어떻게 해결할 것인가? Dr. K는 도무지 잠을 이룰 수가 없었다. 그래도 뭔가 최선을 다해야 하는데 하는 생각을 하며 몸을 뒤척이다 새벽녘에야 겨우 잠이 들었다.

4. 18:00

주말 오전이었는데 조 실장이 출근해 있었다. Dr. K는 사무실로 내려
갔다.

"교수님. 좀 서둘러야 할 것 같습니다. 안 좋은 얘기들이 계속 들어오는
데요. 몇 달 전부터 우리나라, 홍콩, 일본에 FBI요원들이 대거 들어와 활
동하고 있다고 합니다."

"그 얘기는 어디서 나온 거야?"

"내부 사람들과 홍콩 애들이 보내준 겁니다. 얼마 전 FBI국장이 우리나
라에 와서 경찰과 검찰수장을 만나고 갔던 일은 이미 많이 알려졌습니
다. 국장이 직접 온 건 처음 있는 일입니다. 정보부장과 만난 것도 확실
합니다. 또 FBI요원들이 수사기관과 정보기관 실무자들과 계속 업무협
조 회의를 하고 있답니다."

"무슨 업무협조?"

"홍콩쪽 얘기로는 테러방지, 자금세탁, 마약유통, 해킹에 대한 공조업
무라고 합니다. 우리 쪽보다는 FBI가 정보가 더 많을 테니 정보를 주었
을 것이 분명합니다. 그러면 한국 수사기관도 움직일 수 있죠."

"그런 낌새는 아직 없지? 그리고 FBI는 해킹보다 테러리스트나 마약거

래, 자금세탁에 더 관심이 많지 않나?"

"지금은 그렇게 보이는데 수면 밑에서 어떤 일을 진행하고 있는지 알 수가 없죠. 우리 작업을 빨리 실행하든가 아니면 연기를 하든가 해야 할 것 같습니다."

조 실장은 심각한 표정이었다. Dr. K는 잠시 입을 닫았다.

"이제 취소할 수는 없고……."

"추가되는 타깃은 어디입니까? 코드체인은 이미 우리가 알려줘서 사전준비에 착수했을 겁니다."

"U-Path를 추가해 달라고 해. 코드체인에 비하면 어려운 일이 아니니까."

둘은 잠시 대화를 멈췄다. 두 손으로 얼굴을 감싸고 있던 Dr. K는 한번 긴 호흡을 하고 입을 열었다.

"날짜를 정확히 해야 돼. 코드체인 먼저 진행하는데 9월 중순이고, 일주일 후에 U-path야."

"그럼요. 잘 알고 있습니다. 그런데 몸은 괜찮으세요?"

Dr. K는 자리에 일어서며 "멀쩡해, 걱정 마."라고 두 마디만 남긴 채 사무실을 나와 숙소로 돌아왔다.

9월 중순이 되어 더위가 가시자 길거리에 반팔 입은 사람들이 점점 줄어들기 시작했다. 가을이 다가오며 올 여름은 유난히 더웠지 라는 생각이 들 무렵 국내 최대의 가상화폐 거래소인 코드체인이 폐쇄되었다는 소식이 언론에 대대적으로 보도되었다. 거래소측은 해커들의 계속되는 공격에 사이트를 아예 잠정폐쇄하기로 결정했다고 발표했다. 피해액은 아직 밝혀지지 않았는데 젊은 층이 주류인 거래자들의 항의가 거셌다. 다른 두 군데의 거래소는 정상운영이 되고 있었지만 가상화폐 가격은 하락하기 시작했다. 가상화폐에 대한 열기가 한창 고조되고 있을 때 나온 충격적인 소식이었다. 거래소 폐쇄로 가상화폐를 현금화할 수 없었다. 코드체인은 하루 거래액이 10조 원을 넘어서 코스닥의 거래규모를 추월한 상태였다. 전세대금으로 들어갔다가 돈이 묶여 계약이 파기된 사람도 있고 등록금으로 가상화폐를 샀다가 매도를 못해 학교에서 미등록으로 제적당한 대학생 등 다양한 피해자들이 속출했다. 암호화된 가상화폐 자체는 안전했으나 거래소의 보안이 취약하다는 것을 투자자들은 깨달았다. 거래소가 해킹공격에 노출되어 있다면 암호화폐의 안전성도 소용없는 것이었다.

며칠 후 후속기사가 실렸다. 해커들이 코드체인 거래소를 공격했으나 암호화폐 절취 시도가 없었다는 내용이었다. 거래소 사이트의 작동을 중지시키는 공격만 이루어졌으며 복잡한 악성코드를 제거하고 시스템을 복구하려면 상당한 시간이 소요될 것으로 예상됐다. 피해자들의 항의가 더 거칠어지고 거래소 폐쇄로 거액의 손실을 본 투자가가 자살하는 사례도 발생하였다.

이 일로 많은 사람들이 가상화폐에 대해 알게 되었다. 컴퓨터상에 숫자로만 구성된 돈이 있고 이것이 고가에 거래되고 있다는 사실에 놀란 사람들도 많았다. 가상화폐 발굴공장에 대한 후속기사도 실렸다. 인적이 드문 강원도 산 속의 임시건물에 컴퓨터 수 십대를 설치하고 프로그램을 돌려 가상화폐를 찾아낸다는 내용이었다. 꽤 오래전부터 그런 작업이 이루어졌는데 산 속 건물의 전기사용이 과도하여 경찰에 적발되었다.

해커들의 공격으로 코드체인 거래소가 잠정폐쇄되었다는 소식에 일반인들의 충격이 가라앉기도 전인 9월 하순에 모든 사람들이 놀란 만한 해킹사건이 또 발생하였다. 대학입시 수시원서 접수창구인 U-Path 사이트가 공격을 받아 작동이 중단된 것이었다. 모든 언론이 이 사건을 대대적으로 보도했다. U-Path는 전국 350여개 대학 중 200여개 대학이 고객으로 있는 수시원서접수 최대 사이트였다. 수시원서 접수는 엿새 동안 이루어지는데 공격은 접수 4일째인 목요일에 발생했다. 이 때문에 금요일과 토요일 이틀 동안 U-Path를 통한 원서접수는 불가능해졌다. 뿐만 아니라 이미 접수된 원서들의 기록도 흐트러져 있을지도 모른다는 우려가 나왔다. 그렇게 될 경우 지원생의 절반이 넘는 20만 명의 수험생들이 수시에 응하지 못하는 결과가 예상돼 그 해 대학입시는 말 그대로 파행이 될 수밖에 없었다.

U-path에 접속한 수험생들은 로그인이 안 되거나, 희망하는 대학의 이름이 클릭되지 않거나, 간신히 희망대학과 희망학과에 접속이 되었더라도 입시서류가 업로드 되지 않아 원서접수 자체가 불가능하였다. 교육당국과 수험생과 학부모들은 물론 나라 전체가 발칵 뒤집혔다. 당사자들의 항의는 물론이고 신입생 충원에 심각한 문제가 발생한 대학들도 난리였다. 언론은 연일 'IT강국의 부끄러운 사이버보안 실상'이라며 회사와 당국을 비난하였다. 결국 원서마감일이 지나도록 U-path의 시스템은 복구되지 못했다. 악성코드가 1,000개 넘게 심어져 있었다. 그 악성코드들을 다 찾아내기도 힘들었고 백신으로 치료되지 않는 것들도 있었다. 교육당국은 장관의 사과성명을 발표한 후 수시원서 접수기간을 유예시킬 수밖에 없었다. 곧 이어진 추석 연휴 사람들의 모임에서마다 사이버 보안 문제가 화제가 되었다. 사이버 테러와 관련하여 U-Path공격은 사회적 여파가 컸다.

사이버보안수사대는 공격자를 찾아내려 했으나 해킹 발원지만 파악했을 뿐 그들의 신상파악에는 실패했다. 입시관리 부실에 대한 비난여론이 수그러들지 않자 국무총리는 재발방지에 최선을 다하겠다는 특별성명을 발표했다. 수사기관들은 합동회의를 열고 정보를 교환하였으나 범인을 검거할 단서를 찾아내지 못했다. 보비드로 사회의 전반적인 분위기가 침체된 가운데 대학입시 일정의 파행은 사람들의 심리를 더욱 우울하게 만들었다. 사람들은 방역대책도 제대로 못 세우고 수험생의 일생을 좌우하는 입시관리도 허술한 나라에 살고 있다는 사실에 세계 10위의 경제대국이 허상에 불과하다는 생각을 갖게 되었다.

연이은 해킹사건으로 시끄러울 때 원국은 공직감찰수사처 부처장 집무실에서 비리공직자 수사보고서를 읽고 있었다. 얼마 전 그는 정식으로 출범한 공직감찰수사처의 부처장으로 영전했다. 정말 하늘을 나는 기분이었다. 단순한 조사권과 고발권이 아니라 이제 그는 기소권까지 장악한 것이었다. 아들이 검사가 되기를 바랐던 아버지의 소원도 드디어 이루어 드린 것이었다.

원국은 차관급인 부처장으로 옮기며 자신의 미래에 대한 시나리오를 그려 보았다. 부처장 다음에 공직감찰수사처장을 하고 그 다음에 법무장관으로 가는 것이 그의 희망이자 구상이었다. 법대 동기들에 비해 사법연수원 기수가 몇 년 늦었으나 지금은 결코 늦은 것이 아니었다. 그 경로를 거치면 국회의원 삼선 이상의 무게감을 갖게 될 것이 분명했다. 그 과정을 차근차근 밟아가며 그는 더 큰 권력을 갖는 다음 단계로 가는 요령을 터득하고 있었다. 고발이나 기소를 하지 않았지만 공직자들의 비리에 대한 정보는 그의 영민한 머리에 다 입력되어 있었고 또 자료들은 개인 USB에 파일로 저장되어 있었다. 감찰대상자가 수백 명이었다면 거기에 직간접으로 연루된 사람은 거의 1,000명가량 되었다. 적어도 우리나라 관계와 정계의 고위 엘리트에 대한 비리정보는 그의 머릿속에 거의다 들어가 있었다. 그것이 늘어날 때마다 그는 부담을 느끼지 않고 오히려 정말 내가 센 사람이로구나 하는 희열감이 높아졌다.

그는 정의실현을 위해 자신에게 주어진 권력이 너무 만족스러웠다. 공직감찰처는 부처장인 그가 실무를 완전히 장악하고 있었다. 처장은 정치적 역할만 수행할 뿐이었다. 그 처장 자리도 2년 후에는 자신이 앉을 수 있을 것이라는 기대도 했다. 그렇게 될 경우 정말 우리나라 공직사회를 확 바꿔버려야겠다는 생각과 함께 그럴 자신이 있었다. 이 모든 일에는 권력이 필요했다. 그리고 그 권력은 정말 달콤했다.

원국에게도 고민이 있었다. 부처장으로 취임한 이래 공직자 몇 명을 기소하였으나 세상을 놀라게 할 고위공직자 비리는 찾기 힘들었다. 그는 국회의원들에 대한 조사를 강화하라고 지시하였으나 국회의원들도 공직감찰수사처 출범 이후 납작 엎드려 있어 비위 사실을 찾아내기가 힘들어졌다. 사실 그것이 공직감찰수사처 발족의 효과였지만 야당과 일부 언론은 성과도 못 거두는 부처를 왜 만들었냐고 비판했다. 원국의 머릿속에는 뭐 큰 거 하나 없나하는 생각뿐이었다. 그는 최근 사이버공격을 받은 입시원서 접수 사이트 사건에 관심이 갔다. 국민적 공분을 사다시피 한 이 사건에 대한 수사가 지지부진한데 이것을 해결하면 상당한 호평을 얻을 수 있음이 분명했다.

수사보고서를 다 읽어 가는데 수사기관 합동회의에 참석했던 수사국장이 들어왔다. 그가 자리에 앉자마자 원국이 물었다.

"사이버수사대에서는 뭐라고 합니까?"

"원서접수 사이트 공격은 역시 러시아가 발원지이고 장소는 특정했는데 범인들 신상파악은 불가능하답니다. 그동안 전례를 보면 러시아 경찰은 사이버수사에 어느 나라와도 수사공조를 안한답니다. 그런데 이상한 점은 대부분 해커들이 사전에 공격을 예고하고 돈을 요구하는데 이번에는 예고 없이 곧바로 들어왔답니다."

"그래요? 돈을 털어가는 것이 아니라 돈을 요구한다고요?"

"지난 추석을 앞두고도 국내 금융기관들이 100여 차례 넘는 사이버 공격을 받았습니다. 다행히 별 피해 없이 대부분 막아냈지만요. 그런 경우도 사전에 돈을 요구합니다. 송금을 안 하면 공격을 하고요."

원국은 자신이 몰랐던 얘기를 듣고 있었다.

"그런데 수사국장은 사이버 범죄에 대해 잘 아세요?"

"전공이 아닌데 기술적인 것까지 잘 알겠습니까? 감찰처로 오기 전에 제가 검찰 과학수사부에서 일 해봐서 전체적인 맥락을 이해하는 정도지요."

"그러면 전문가네요."

"코드체인 사이트를 공격한 해커들은 사전에 돈을 요구하지 않았고 또 디지털코인을 빼가지도 않았다고 합니다. 보통 가상화폐 거래소 공격은 코인을 탈취하는 게 목적인데요. 일본에서는 최근에 3천억 원 어치가 털렸고 이태리에서도 대규모로 코인을 빼내간 적이 있습니다. 우리나라 코드체인 사이트는 프로그램만 먹통 만들고 디지털코인은 손대지 않았다고 합니다."

원국은 아직 수사국장의 말을 완전히 이해하지 못한 상태였다.

"그 말은 코드체인과 U-Path 사건 사이에 유사성이 있다는 말입니까?"

"그런 뜻은 아니고요. 그저 이상하다는 것이지요. 코드체인 공격 발원지는 러시아인데 큰 의미가 없습니다. 우리나라에 대한 해킹공격의 2/3 이상이 러시아입니다. 시노에서도 많이 하고요. 거기에는 NK의 조직적인 팀이 포함됩니다. 동유럽으로부터의 공격도 증가하고 있는 추세입니다."

"그 정도로 파악하고 있으면서 왜 아직 검거실적이 없습니까?"

"사이버 범죄 특성상 경로와 발원지를 파악해도 실행자를 특정하기 힘듭니다. 발원지와 경로 국가들의 수사기관과 공조하여 대대적으로 정밀수사를 벌이기 전에는 잡기 힘듭니다. 그래서 방어벽을 철저히 하여 예방을 하는 것이 그나마 최선의 방법입니다."

"국제공조가 불가능한 건가요?"

"그게 문제라서 최근 미국이 공조체제를 구축하기 위해 노력 중입니다. 그래서 지난봄에 FBI국장이 우리나라에도 다녀갔고요. 해커 범죄와 조직에 대한 정보라도 활발히 교류하는데서 예방과 수사가 시작됩니다. FBI 관계자들을 만나본 우리 수사기관 사람들 얘기를 들어보니 FBI는 혹시 해커들의 국제연대조직이 있나 하는 의심을 하고 있답니다. 범인검거가 힘드니까 그런 생각까지 들긴 하겠죠. 그런데 부처장님, 사이버 범죄와 보안이 이슈가 되는 이 때 저희도 사이버팀을 하나 만들죠."

원국은 즉시 대답을 하지 않았다. 수사국장은 원국의 반응을 기다리지 않고 보완설명을 이어 나갔다.

"부처장님. 우리 부처가 하는 수사의 증거 대부분이 디지털 자료입니다. 지금은 경찰이나 외부기관에 분석을 의뢰하고 있는데 수사속도에 차질을 빚고 수사보안유지에 문제가 생길 수 있습니다. 차제에 사이버팀을 설치하면 효과를 볼 겁니다. 그리고 공직자라고 사이버 범죄에 연루 안 된다고 볼 수도 없고요."

수사국장의 말을 듣는 순간 원국의 뇌회전이 빨라지며 갑자기 뭔가 감이 확 왔다. 그는 상체를 앞으로 내밀며 수사국장에게 말했다.

"그렇군요. 우리도 사이버팀이 필요하네요. 기왕 만들 거 제대로 된 거 하나 만듭시다. 최고 전문가를 충원하고... 예산은 염려 마세요. 내달에 있을 예산안에 반드시 반영시킬게요. 수사국장 당장 착수하시지요. 그리고 중대한 사안이니까 사이버범죄 추적팀을 구성해 주세요. 코드체인 사건과 U-Path사건을 포함해서 피해가 큰 해킹사건을 파악해서 속히 보고하라고 지시해 주세요."

수사국장이 나간 후 그는 새로운 구상을 했다. 국내 수사기관들이 해결 못한 사이버테러의 범인을 잡거나 전모를 밝혀도 공직감찰수사처의 위상은 올라갈 것이다. 수사국장 말대로 공직자 중에 사이버 범죄에 연루되어 있는 사람도 있을 수 있다. 그렇다면 사이버 범죄에 대한 수사는 공직감찰수사처도 관심을 가져야 할 분야이다. 그는 의욕이 넘쳐나는 것을 스스로 느낄 수 있었다.

원국의 지시에 따라 감찰처는 사이버범죄 추적팀을 만든 후 사이버범죄합동수사본부의 일원으로 참가하였다. 국가 전체의 디지털화가 급속히 확대되고 있는 상황 속에서 사이버공격을 방어하고 또 공격자들을 검거하는 것이 매우 중요한 과제가 되어 있었다. 합동수사본부는 군을 포함한 국내 수사기관을 총망라하고 있었다. 원국은 분기마다 열리는 합동수사본부 책임자 회의에 참석하였다. 회의는 국가정보부 차장이 주재하였다. 대테러국장이 보고를 시작했다.

"우리나라는 해마다 1만 건 이상의 심각한 사이버공격을 받는 사이버 공격 취약국가입니다. 주요 금융기관은 한 해에 100회 이상의 공격을 받고 있으며 사이버공격 협박을 무기로 금품을 요구하는 사례는 실제 공격의 여러 배에 이릅니다. 금융기관 뿐 아니라 산업계의 기술연구소와 국책연구소를 해킹하여 기술과 주요 정보를 빼내가는 시도도 수없이 일어나고 있습니다. 피해기업들이 밝히지 않아 실제 어떤 정보가 어떻게 유출됐는지 파악하지도 못하고 있는 실정입니다. 보안점검을 나가 해킹을 당했다는 사실만 확인되는 정도입니다. 이러한 사이버 공격에는 안보적 차원의 공격도 있습니다. 국방시설에 대한 공격은 물론 원전을 비롯한 발전소 등 1급 보안시설에 대한 공격이 빈번히 발생하고 있으며 이들 공격 중 상당수는 국가차원에서 육성한 NK의 해커부대가 자행하고 있는 것으로 추정되고 있습니다."

대테러국장은 서두에 전체적인 상황을 요약하여 보고했다.

"해킹은 크게 세 가지 차원에서 진행됩니다. 첫째, 경제적 목적으로 합니다. 이들은 주로 금융기관을 목표로 합니다. 둘째는 국가적 차원의 지원에 의한 것입니다. 여기에는 두 가지 목적이 있습니다. 첨단기술을 훔치려는 것과 가상적국의 안보를 위협하는 것입니다. 마지막은 자신의 해킹능력을 과시하려는 소영웅주의입니다. 이들 해커들은 백신이 없는 바이러스를 계속 개발하고 바이러스 개발에 대한 정보를 서로 교환하고 있습니다. 해커들은 살라미 방식으로 돈을 빼갑니다. 한 계좌에서 한꺼번에 거액을 뽑아가는 것이 아니라 모든 계좌에서 조금씩 돈을 빼가는 것이지요. 그러니 예금주들은 알아차리지 못해 신고를 안 합니다. 그 총액이 거액이 되면 그때서야 금융기관이 발견하게 되는 것이지요. 심각한 사이버 공격이 발생해도 해외가 발원지이므로 범인들을 특정화하고 검거하기가 거의 불가능한 실정입니다. 해당국가에 강력히 항의하지만 수사협조나 범인체포는 난망한 실정입니다. 따라서 일차적인 조치는 방어를 강화하는 방법 밖에 없습니다. 우리도 사이버공격 대응팀을 육성하여 현재 최선을 다해 방어하고 있습니다. 그러나 프로그램 개발과 함께 해킹기술도 날마다 진화하고 있습니다. 이를 사이버전쟁이라고 할 수 있는데 그 전쟁은 24시간 쉬지 않고 전 세계에서 벌어지고 있으며 특정국가와의 전쟁이 아니라 전 세계 사이버 테러리스트들과의 전쟁입니다."

그는 말을 멈추고 잠시 숨을 골랐다.

"현재 우리나라에 대한 사이버 공격을 가장 많이 하는 발원지는 러시아입니다. 그 다음으로 시노, 발티키아 순이며 최근에는 슬라비아, 세르비아, 보헤미아까지 확대되고 있습니다. 어디까지 확대될 지 예측하기 힘든 상황입니다. 자국만의 수사로는 범인검거에 어려움이 있으므로 최근 주요국들은 사이버 테러 수사협조체제를 구축하려는 움직임을 보이고 있습니다. 이와 관련 미국이 가장 적극적인데 FBI와 DNI가 주도하는 국제공조체제에 영국의 MI6와 이스라엘의 모사드가 이미 합류하였습니다. 지난 여름 FBI국장이 한국과 일본을 방문하여 관계기관과 이 문제에 대해 협의하였습니다. 국제공조체제는 정보교류와 수사공조의 두 차원으로 이루어지는데 정보교류는 DNI, 수사공조는 FBI가 주도하고 있습니다. 우리나라도 국가정보부가 수사기관을 대표하여 이들 기관들과 비밀양해각서를 교환하였습니다. 각국이 국제공조체제에 가담하는 이유는 최근의 사이버 공격들을 분석해보면 여러 국가들이 참여하는 조직화된 해커들이 공동의 목표를 설정하고 상호 업무분담 및 협조를 통해 공격을 자행하고 있다는 정황이 탐지되었기 때문입니다. 이러한 해커들의 협조체제가 강화되거나 공고화되면 범인검거가 더욱 어려워질 뿐 아니라 이들이 특정목표에 대해 대규모 공격을 동시에 감행할 경우 전 세계적인 대혼란이 야기될 지도 모른다는 우려 때문입니다. 또한 미국 정보기관들은 특정국가가 이들 해커조직의 활동에 자금을 지원하고 있다는 의심을 하고 있습니다. 일단 여기까지 말씀드리겠습니다."

보고가 끝나고 참석자들의 질문시간이 시작되었다.

"사이버 공격에 대한 협박을 받거나 실제 공격을 받고도 당국에 신고하지 않는 이유는 뭡니까?"

"일단 공격에 의해 타격을 받으면 아무리 빨리 시스템을 치료하여 복구하려고 해도 몇 시간은 걸립니다. 금융기관의 경우 인터넷 사이트가 몇 시간만 다운되어도 기관의 신뢰도가 크게 실추됩니다. 그래서 시기에 따라 돈으로 해결하는 경우도 종종 있습니다. 예를 들어 자금의 결제나 이동이 빈번한 월말이나 추석, 연말연시, 설날 연휴를 앞두고 사이트가 다운되면 엄청난 비난을 받게 됩니다. 이 경우는 돈을 주고 해결하는 경우도 가끔 있습니다."

"해커들이 요구하는 금액은 어느 정도입니까?"

"과거에는 큰 액수를 요구했으나 최근 방어기술도 발전하여 큰 액수에 응하는 기관은 거의 없습니다. 지난 해 사례를 보면 10만 달러에서 30만 달러 사이입니다."

"우리나라 해커 현황은 파악하고 있습니까?"

"사이버보안을 공부하면 자연히 해킹능력을 보유하게 됩니다. 프로그램을 짤 수 있는 능력이 있으면 프로그램을 해킹할 능력을 갖게 되는 것입니다. 전국해커협회라는 단체도 있고 해마다 여러 기관에서 해킹경연대회를 열기도 합니다. 그런데 협회에 등록하지 않는 해커들이 더 많습니다. 이들은 독학으로 해킹기술을 터득하고 있습니다. 중학생 또래의 아마추어를 포함하여 아마 수천 명은 될 겁니다. 이들에 대한 조직적인 관리는 거의 불가능한 것이 현실이라 하겠습니다."

국내 해커 규모가 수천 명이라는 답변에 참석자들은 놀라는 표정을 지었다.

"우리나라 해커들도 외국 사이트를 공격합니까?"

"네. 그렇습니다. 최근 그 수준이 높아지고 있습니다."

답변이 끝나자 원국이 질문했다.

"최근 우리나라에 대한 사이버 공격 중 특기할 만한 사례는 무엇입니까?”

대테러국장은 잠시 생각을 정리하고 대답했다.

“전문가나 수사기관에 따라 보는 관점이 달라 의견이 일치하는 사례를 말하기는 어렵습니다. 제 의견을 말한다면… 저는 지난 9월에 있었던 U-Path와 코드체인거래소 공격, 이 두 개를 꼽겠습니다. 그 이유는 먼저 U-Path의 경우 외국해커가 공격을 했는데 금품요구가 없었습니다. 그렇다면 그 공격을 통해 자신이 얻는 이익은 없습니다. 몇 년 전 수험생 해커가 자신은 미리 원서를 접수시키고 그 특정학교의 특정학과 원서 접수를 방해하기 위해 원서접수 사이트에 디도스 공격을 한 적이 있습니다. 다른 수험생들의 원서접수를 봉쇄하기 위한 목적이었습니다. 그 수험생 해커는 당연히 검거되었고 유죄판결을 받았습니다. 지난 번 U-Path 공격은 이 경우에 해당하지도 않습니다. 입시방해는 수험생들에게 혼란을 주기 위한 것입니다. 외국해커가 우리나라 수험생들에게 왜 혼란을 주려고 했을까 하는 의문이 아직 풀리지 않고 있습니다.”

참석자들은 그의 분석에 동의하는 표정이었다.

“다음은 코드체인 거래소 공격에 대해 말씀드리겠습니다. 해외에서 거래소를 공격하는 경우, 가상화폐를 탈취하기 위한 목적이 거의 100%입니다. 그런데 우리나라의 사례는 가상화폐 계좌는 건드리지 않고 거래소 작동 시스템만 불능화시킨 것입니다. 역시나 금전요구는 없었습니다. 외국해커가 한국의 거래소를 일시적으로 폐쇄시켜서 얻는 것이 무엇인가 하는 점도 저에게는 아직 의문으로 남아 있습니다.”

대테러국장의 설명이 끝났다. 몇 개의 추가 질문이 있은 후 회의는 폐회되었다. 회의자료는 외부로 가지고 나갈 수 없다는 주최 측의 안내에 따라 원국은 자료를 회의테이블 위에 놔둔 채 자리에서 일어섰다. 그 때 배석자로 참석했던 40대 후반의 남성이 그에게 다가와 인사를 했다. 청와대 기획비서관인 그는 원국의 대학 후배였다.

“부처장님. 잘 지내셨죠?”

"오! 김 비서관. 오랜만이네. 요즘 바쁘지? 그 자리가 제일 바쁜 자리잖아. 실장님 잘 계시고?"

"모두 잘 계십니다. 그런데 엄청 고생하고 계시죠. 실장님은 임플란트 또 하셨어요."

"에고. 정말 고생이 많으시네. 나도 비서실에 계속 있었으면 치아에 돈 좀 썼겠네."

원국은 말을 건네며 김 비서관에게 무슨 용건이냐는 눈빛을 보였다.

"부처장님. 빨리 출발하셔야 할 텐데 제가 간략히 말씀드리겠습니다. 사이버공격 이거 정말 심각한 사안입니다. 스마트 네이션 구축이 중요한 국가사업 아닙니까? 그런데 시스템이 사이버 공격을 받으면 상황이 심각해집니다. 국가사업 추진에 차질이 생길 수 있습니다. 수사기관들도 노력을 많이 하고 있지만 부처장님도 힘 좀 써주십시오. 지금 수사관할 영역 따질 때가 아닙니다. 실장님은 물론 VIP도 관심이 크십니다."

원국은 입술을 굳게 다문 채 그의 말을 들으며 고개를 끄덕였다. 그는 정색을 하고 김 비서관의 얼굴을 응시했다.

"그럼. 국가사업에 방해물이 나타나면 안 되지. 나도 인력에 한계가 있지만 열심히 해볼게."

원국은 악수를 하며 실장님께 안부 전해달라는 당부를 하고 김 비서관과 헤어졌다. 그는 청사 사무실로 오는 차 안에서 방금 전 회의 내용을 곰곰이 생각해보았다. 대테러국장이 언급한 사건은 둘 다 이상했다. 특히 U-Path 사건은 소위 범행동기가 불분명했다. 외국인이 수십 만 명의 한국 수험생들을 골탕 먹이기 위해 공격을 하지는 않았을 것이며 또 피해자들과 외국인 해커와는 아무런 관계가 없었을 것이다. 다만 한국사회에 큰 혼란을 가져왔을 뿐이었다. 그렇다면 혼란을 야기하기 위하여? 한국사회에 혼란을 야기할 일이 어디 그것뿐인가? 그리고 한국인에게 대학입시야말로 인생사에서 가장 중요한 일로 그 과정에 혼란이 생기면 사회 전체가 흔들린다는 것을 정확히 아는 외국인이 몇 명이나 될 것인

416

가? 분명히 사건 뒤에는 동기가 있을 법 한데 그 단서를 찾아낼 수 없었다.

코드체인 공격도 마찬가지였다. 아무런 금전적 요구도 없이 사이트만 작동불능으로 만들어놓는 사이버 공격은 대체 무엇인가? 경쟁 사이트의 청부를 받은 행위일까? 단순히 그렇지는 않을 것 같았다. 만약 그런 의심이 간다면 피해 사이트가 보복공격을 할 수 있을 것이다. 그러면 서로 큰 피해만 입는 치킨게임이 되고 만다. 원국은 생각할수록 머리만 복잡해졌다. 다만 사이버 테러와 관련하여 큰 건을 하나 해결하면 감찰처의 위상은 물론 자신의 명성도 높아질 것은 사실이었다. 이 건이 뇌물을 받은 고위공직자 몇 명을 잡아넣는 성과보다 자신의 커리어에 훨씬 도움이 될 것이 분명해 보였다.

청사에 도착한 원국은 사이버팀 검사와 수사관을 호출하여 회의를 진행했다. 그들로부터 조사 진척상황에 대한 보고를 들은 후 두 가지를 추가로 지시했다. 첫째. 최근 3년간 국내 해킹대회의 입상자들을 전수 조사하여 특이사항을 분석할 것, 둘째, 해킹 발원지가 국내인 사이버 공격 중 외국 수사기관으로부터 수사협조 요청받은 사건을 조사할 것 등이었다.

유예되었던 대학 수시원서 접수가 다시 시작되어 종료될 때까지 한 달가량 Dr. K는 가급적 일정을 줄이며 조용히 지냈다. 좋은 휴식기간이었다. 그 기간 중 윈스턴과 자주 얘기를 나눌 수 있었다. 두 사람이 저녁식사 후 윈스턴 숙소 거실에서 얘기를 나누고 있는데 조 실장이 사무실로 잠깐 내려와 달라고 문자를 보냈다. 그는 윈스턴에게 양해를 구하고 사무실로 내려갔다. 조 실장을 본 지도 몇 주가 된 것 같았다.

"잘 지냈어? 그나저나 밤에 웬일로?"

"보낸 것 잘 받았다고 오후에 연락이 왔습니다. 거기도 아무 일 없고요."

Dr. K는 고개를 끄덕이며 조 실장에게 말했다.

"그런데 왜 발원지를 러시아라고 그러지? 잘못 파악한 건가?"

"작업장소를 러시아로 옮겨서 차렸을 겁니다. 요즘 그쪽은 서로 장소를 옮겨가며 작업을 합니다. 러시아, 보헤미아, 슬라비아, 최근에는 세르비아까지 서로 오고 갑니다. 러시아 도시 이름을 보니까 발티키아 국경에서 50킬로 밖에 안 떨어진 곳입니다.”

Dr. K는 다시 고개를 끄덕였다.

“이동하고 장소 얻고 장비 설치하고 했으니 돈이 꽤 들어갔겠군. 앞으로 계속 그렇게 비용이 들면 큰일이네.”

걱정스런 표정을 짓는 Dr. K를 보며 조 실장이 말했다.

“그래서 요전에 나온 말대로 아예 우리 사람을 그쪽으로 보내는 게 더 효과적일지 모릅니다. 할 일은 더 늘어날 텐데요.”

“…….”

“그런데 이번에는 어떻게 송금하셨습니까? 액수가 컸는데.”

Dr. K는 잠시 망설였다. 그전까지 송금은 홍콩의 민주화운동 시민단체 후원금 형식으로 보냈다. 그러면 그곳에서 다른 조직에 이체를 하는 형식으로 진행되었다. 그런데 이번 건은 액수도 컸고 또 홍콩의 조직이 당국의 감시를 받는 등 불안정한 상황이었다. 홍콩에서 방법을 알려 주었다. 카지노 콜렉터가 서울에 가면 그에게 한국화폐로 비용을 전달하고 그 콜렉터는 돌아가 홍콩이나 마카오에서 해외 해커들에게 송금하는 방법이었다. 이 방법은 홍콩조직에 직접 보내는 것보다 안전하기는 했으나 콜렉터에게 적지 않은 수고료를 지불해야했다.

“방법은 다양해. 자세한 건 나중에 조 실장이 송금업무를 맞게 되면 그 때 말해줄게. 지금은 나 혼자 알고 처리하는 게 좋겠어.”

“교수님. 이번 일은 정말 충격이 컸습니다. 국무총리가 사과성명까지 발표했으니... 수사기관도 이번 일은 심각하게 생각한다고 합니다.”

“당연히 충격이 컸겠지. 그러나 아직 감을 충분히 잡지 못했을 거야. 우리 조직이 더 강해지고 결속력이 튼튼해져야 될 텐데 시간이 걸리겠지.”

Dr. K는 조 실장과 얘기를 마치고 윈스턴의 숙소로 돌아와 그와 마주 앉았다.

"스미스 선생님. 지금 하시는 강의는 재미있습니까?"

지난여름 인근에 있는 대학에서 윈스턴에게 출강의뢰가 왔다. 국제대학원에서 「세계질서와 인권」이라는 강의를 부탁한 것이었다. 그 제안을 받고 윈스턴은 곰곰이 생각해보았다. 유로파가 출범하자 유럽인들의 인권에 대한 의식도 높아졌다. 강의명처럼 세계질서에 따라 인권의 수준이 달라지는 것이었다. 그는 강의를 맡겠다고 회신하고 학기 시작 전까지 열심히 강의준비를 했다. 학생들의 관심은 대단해서 교차수강이 허락된 인근 대학의 대학원생들도 수강을 할 정도였다.

"영사에서 초급당학교만 나온 제가 대학원생에게 강의를 한다는 게 믿겨지지 않네요. 학생들이 매우 진지하고 여러 국가 출신들이라 토론이 활발합니다. 하기야 제가 웬만한 지역은 다 다녀봤잖아요. 그러니 허황된 얘기를 하지는 않지요. Dr. K는 그게 직업이라 어떤지 모르겠지만 아직은 강의하는 게 재미있네요."

"오렌지아로 돌아가셔서 대학강의를 맡으셔도 되겠네요."

둘은 마주보며 웃었다. 웃음소리가 걷어지자 윈스턴이 진지한 표정을 지으며 Dr. K에게 물었다.

"Dr. K. 지금까지 경험해 보니까. 코리아는 자유롭고 풍요로우며 사람들이 다 개성이 있습니다. 모두들 개방적이고요. 그러나 얘기하다보면 언뜻언뜻 사람들의 무의식이나 잠재의식 속에 무슨 억압이 내재되어 있는 것 같습니다. 일상적인 잡담을 할 때는 참 재미있는데 좀 깊은 얘기를 하면 갑자기 어투가 어두워집니다. 보이지 않는 억압과 공포가 있는 것 같습니다. 여기도 내가 아직 파악하지 못하고 있는 빅 브라더가 있습니까? 박정희라는 사람 얘기가 나오면 어떤 사람은 극찬을 하고 어떤 사람은 증오를 퍼붓더군요. 뉴스에서 보니까 그 사람의 무덤에 말뚝을 박아 저주를 한다고 하더군요. 박정희가 과거 빅 브라더였습니까? 강의 토론 시간에서도 외국학생들은 박정희가 코리아의 초석을 놓았다고 긍정적으로 평가하는데 코리아 학생들은 인권을 무지막지하게 유린한 독재자라고 비판하더군요."

Dr. K는 어떻게 설명해야 하는 고민을 잠시 하였다.

"빅 브라더는 아니었습니다. 개발도상국가에서 흔히 볼 수 있는 독재자였지요."

"그런데 죽은 지 이미 두 세대가 거의 다 된 인물에 대해 그렇게 격한 반응을 보입니까? 너무 과거에 매몰되어 있는 것 아닙니까?"

"그 시대의 트라우마가 아직 남아 있는 거겠지요. 이태리는 아직도 무솔리니 시대에 대한 공포심이 남아있고 독일은 오히려 히틀러 숭배자 집단이 등장하지 않았습니까? 자신의 불만족을 앤티테제를 끄집어내 보상받으려는 것이겠지요."

"Dr. K. 나는 우리의 의식은 물론 무의식과 잠재의식을 포함해서 억압기제가 자리 잡고 있으면 진정한 자유를 느끼지도 못하고 또 누리지도 못한다고 생각합니다. 공포가 지배하게 되고 오히려 자유로부터의 도피현상이 발생하게 되지요. 브리타니아도 핵전쟁에 대한 공포를 이용하여 결국 영사세력이 권력을 장악하게 된 거지요. 코리아도 그런 방향으로 가면 큰일입니다. 코리아는 그럴 이유가 전혀 없고 빅 브라더 사회도 아닌데 왜 사람들이 불안해하고 불만이 많고 다른 사람들을 불신하는 현상이 심한지 이해가 안 됩니다. 저는 한국에서 자살이 모든 연령대에서 주요 사망원인이라는 사실을 알고 깜짝 놀랐습니다. 자살은 충동적인 행동이긴 하지만 극도의 좌절감과 절망감이 행동으로 옮겨진 거지요."

Dr. K는 그가 한국 사회현상을 예리하게 파악하고 있다는 느낌을 받았다.

"스미스 씨. 영사의 빅 브라더도 실체가 확인되지 않지요. 한국도 공포의 대상이 구체적이지 않습니다. 그러한 것들은 우리의 허위의식이 만들어낸 것이라고 생각합니다. 허위의식은 자신을 타자화 시킵니다. 물질을 추구하는 지독한 세속적인 사람도 남의 탐욕을 비난할 때는 제3자가 되지요. 그래서 우리나라에는 내로남불이라는 말이 있습니다. 그런 것이 허위의식의 발로이고 바로 위선이지요. 위선이 지배하는 사회는 진실을 알 수 없고 진정성을 찾기 힘들기 때문에 불안해할 수밖에 없습니다. 남을 못 믿고 자아의식이 결여되어 있으니 결국 마음에 회한과 불만이 쌓이는 거겠지요."

"그런 허위의식은 19세기 유럽도 경험한 것입니다. 그리고 인간의 본성 중 하나지요. 그런데 왜 유독 코리아에서 이 시기에 강하게 나타는 걸까요?"

"답을 찾기가 참 어려운 문제네요. 우리가 너무 왜곡된 근대화 경로를 경험했고 또 과거 지배이데올로기였던 성리학이 그걸 강요한 부분도 있지요. 전제국가가 망하면 분명히 일차적인 책임은 왕한테 있는데 그 책임을 대신들에게 뒤집어씌우죠. 오히려 망국의 책임이 있는 전제군주 일파를 황제니 황후니 하면서 칭송을 하고 심지어 '나는 조선의 국모다'라는 문구가 인기를 얻습니다. 그래야 우리의 죄책감이 덜어지고 심리적 안도감을 느낄 수 있는 거지요. 아직도 아르헨티나 지폐에 부국이었던 아르헨티나를 망친 에바 페론 초상이 실려 있는 것과 비슷합니다. 우리는 너무 일탈적인 과정을 겪고 지금의 한국을 이룩했기 때문에 그 과정에서 벌어진 모든 어려움과 부끄러움 그리고 잘못을 우리 스스로 책임질 수 없습니다. 그러면 집단 정신분열증에 걸렸을 겁니다. 그러니 우리 스스로 허상을 만들어야 합니다. 그리고 허위의식을 개발하여 그 허상에 복종하는 것이죠. 그동안 발전속도가 너무 빠르다보니 변화도 심했죠. 그러니 풍요 속에서도 불안감을 느끼는 것입니다. 몇 년 후 어떤 변화가 올지 모르니까요. 이 불안이 공포를 키우고 타인에 대한 불신감을 조장하죠. 불안과 공포 속에서는 어떤 감정도 순수함을 가질 수 없죠. 순수함이 없으면 자아가 없는 거죠. 자신에게도 정직하지 못한데 남에게 무슨 진정성을 보이겠습니까? 모두 타자화된 형체와 정신으로 그냥 떠돌고 있는 겁니다."

윈스턴은 코리아 역사를 읽어봤기 때문에 Dr. K가 말하는 내용과 맥락을 충분히 이해할 수 있었다.

"저도 영사시절 같은 생각을 했습니다. 불신과 공포 속에서는 어떠한 순수한 감정이란 존재할 수 없다고요. 순수한 사랑이나 순수한 성욕도 불가능하지요. 줄리아와의 섹스도 순수한 사랑도, 순수한 성욕도 아니었죠. 그냥 좌절감에 압도된 분노의 생리적 배설이었습니다."

이 말을 하며 윈스턴은 다시는 떠올리고 싶지 않다는 듯한 씁쓰레한 표정을 지었다.

"내가 오키드담에 있을 때 나를 지도해주신 철학교수가 이런 말을 해주었습니다. 생존본능은 강하나 실존의식이 약할 때 허위의식이 생긴다고요. 유대인인 그 교수는 어렸을 때 죽음의 수용소로 끌려가다 부모님을 모두 잃고 폴스키아에서 고아처럼 자랐습니다. 그런데 우여곡절 끝에 게르마니아를 거쳐 오렌지아로 돌아왔습니다. 생존본능에 의하면 양부모의 조언대로 의사가 됐어야 했는데 자기는 철학을 택했다고 하더군요. 그분에게서 허위의식을 찾아볼 수 없었습니다."

"좋은 말씀이네요."

"그런데 말이죠. 영사 시절 나도 하도 힘드니까 어느새 스스로 허위의식을 만들기 시작하더군요. 여러 가지가 있지만 우리를 구원해줄 형제단이 있다는 믿음이었습니다. 결국은 그것 때문에 오브라이언의 함정에 빠지게 된 것이지요. 발티키아에 와서 비교적 안정적인 생활을 하면서 자각을 했고 특히 오렌지아 오키드담에 살면서 마르셀 교수와 함께 책을 읽으며 그것을 극복했습니다. 자아를 찾고 내 스스로의 관점이 생긴 것이지요. 저는 처음에 코리아에 와서 대규모 평화적인 시위를 보고 감동을 받았습니다. 서로 반대의견을 가진 두 집단의 수만 명 군중이 서로 스쳐가면서 행진을 해도 전혀 충돌이 없더군요. 정말 성숙한 사람들이다라고 생각했습니다. 그런데 그것이 요즘 젊은이들이 쓰는 말로 떼창에 불과하다는 것을 알았습니다. 자기 관점이 없이 그저 집단의 주장이나 함성에 자신을 매몰시키는 것이라고 생각합니다. 그러면 개인은 선동의 대상일 뿐입니다. 그리고 그러한 선동에 익숙해지면 거기에 순응하고 복종하는 것이 습관화됩니다. 영사 시절 증오시간이 바로 습관화된 행동입니다. 악을 쓰고 물건을 던지고 하는 그 모든 행동이 사고의 이중구조에서 습관적으로 나오는 것이지요. 영사에서는 진실을 안 가르칩니다. 진실을 조작하는 것이 나의 업무였습니다. 그것이 가능했던 것이 영사 사람들은 자아가 없었기 때문입니다. 진실을 모르면 자아를 상실하고 또 자아가 없으면 진실을 추구하려 하지 않습니다. 코리아는 표면과 심연이 너무 이중적입니다."

"스미스 선생님 참 놀라운 지적이시네요."

두 사람은 잠시 말이 없었다. 그러다 윈스턴이 갑자기 엉뚱한 질문을 던졌다.

"그런데 Dr. K. 오른쪽 귀의 상처는 왜 생긴 겁니까?

Dr. K는 고개를 숙여 눈길을 아래로 향했다. 그는 손으로 오른쪽 귓불을 가볍게 만졌다. 그 모습을 보며 윈스턴은 괜한 질문을 했다고 후회했다. Dr. K는 한참 생각한 후 고개를 들며 천천히 입을 열었다.

"보기가 흉하지요?" 그는 이내 입을 닫았다.

윈스턴도 미안한 마음이 들어 시선을 다른 곳으로 돌렸다. Dr. K의 차분한 음성이 들렸다.

"군대 시절 큰 사고가 있었습니다. 다들 그때 생긴 상처로 알고 있지만 이 상처가 가진 자세한 내용은 아무도 모릅니다. 저도 누구에게 말한 적이 없습니다. 참으로 남에게 말하기도 어렵고 그렇다고 혼자 간직하기도 힘든 얘기입니다. 오랜 기간 전쟁터에 있었던 선생님 앞에서 군대얘기하기가 쑥스럽네요."

윈스턴은 군대에서 있었던 사고였다는 말에 흥미를 느꼈고 Dr. K는 낮은 목소리로 얘기를 시작했다.

Dr. K는 신병훈련을 마친 후 전방부대에 배치되었다. 보충대에서 대기하는 동안 학벌이 좋아 부대본부 행정병으로 남게 될 것이라는 얘기가 언뜻 들렸으나 최전방 소총소대에 배치되었다. 거기서 다시 1개분대가 따로 생활하는 분초로 나갔다. 분대장과 분대원 모두 9명이 함께 생활하였다. 처음 6개월은 빨래하고 물 긷고 식기 닦고 밤에 근무서는 것이 일과였다. 다람쥐 쳇바퀴 돌 듯 똑같은 일과가 매일 반복되었다. 그 다음 6개월은 분대원들의 세끼 식사준비와 분대벙커 안팎을 청소하는 것이 일과였다. 아침 일찍 분대원 식사를 준비해야 했기 때문에 야간근무는 반으로 줄어들었다. 그 다음 6개월은 분대원을 대신하여 교육과 훈련을 받으러 중대본부나 부대본부에 가는 것이 주요 업무였다. 어느 정도 중참이 되었기 때문에 중대본부에 가도 분초에서 왔다고 무시당하는 일이 없었고 훈련소 동기들이 몇 명 있어 잠깐이라도 어울릴 수 있었다. 그렇게 시간이 지나자 어느새 분대원 8명 중에서 서열 2위가 되어 있었다. 하는 일이라곤 야간에 근무 4시간 서는 것이 전부였다. 중대본부에 갈 일도 없었지만 한 달에 한두 번 심심해서 바깥 공기를 쐬러 갔다.

여기까지 얘기를 들으며 윈스턴은 자신의 군대생활이 떠올랐다. 코리아나 영사나 군대 분위기는 비슷한 것 같았다. 자신도 부양요새 시절 주방에서 감자를 깎고 물을 길어오던 경험이 생각났다. 그는 흥미를 갖고 Dr. K의 얘기를 계속 경청했다.

전역이 반 년 정도 남았을 무렵이었다. 하사관 생활이 채 1년이 안 되는 분대장과 Dr. K보다 두 달 일찍 제대하는 고참이 있었고 나머지는 하급자들이었다. Dr. K 바로 밑으로 이 상병이 있었는데 체구도 호리호리하고 10대 소녀처럼 생긴 병사였다. 목소리도 여리고 톤이 높았다. 손가락도 길고 가늘어 흡사 여자 손 같았다. 중대 내에서도 그의 소녀다운 모습이 유명했다. 중대장이 그가 걸어가는 뒷모습을 보며 "어! 쟤는 몬로 워크(Monroe Walk)를 하네." 라고 할 정도였다. 장교들과 고참 하사관들은 그 말에 맞장구를 치며 웃었다.

Dr. K는 이 상병과 특별히 친하게 지낼 이유는 없었기에 가끔 얘기를 나눌 뿐이었다. 그가 한 번은 매우 조심스럽게 Dr. K에게 말을 걸었다.

"저기... 대학에 엠티라고 있다면서요? 엠티가면 남학생들이 여대생을 막 따먹는다면서요?"

참으로 어처구니없는 질문이었고 대학 다니다 군대에 온 선임과 나눌 대화내용은 전혀 아니었다. 본인도 아차 말실수했구나 하는 당혹한 표정이 스쳐 지나갔다. Dr. K의 귀에 그의 말이 거슬린 것은 불과 0.5초도 되지 않았다. Dr. K는 미소를 지은 채 그를 바라보며 말했다.

"이 상병. 그런 소리 어디서 들었어? 그러면 내가 군대왔겠니? 학교 다니면서 계속 엠티 따라 다녔겠지."

그의 반응을 본 이 상병의 얼굴이 펴졌다. 자기가 실수를 해놓고 스스로 안도하는 표정이었다. Dr. K는 자신이 왜 이 상병에게 그런 반응을 보였는지 알 수 없었다. 분대장이나 선임이 그런 말을 했더라도 속이 불끈하며 주먹을 날렸을지 모를 일이었다.

분초에서는 닭 다섯 마리를 키우고 있었다. 무료한 분초생활에 닭소리가 다소의 활기를 더해 주었다. 이 상병에게 닭 당번이 맡겨졌는데 그 이유는 그가 농업고등학교를 나왔기 때문이었다. 이 상병은 하루에 두세 개의 알이 생기면 닭장에서 알을 꺼내와 아침식사 때 고참 순서대로 달걀을 배식하였다. 가끔은 알에 온기가 남아 있을 때도 있었다. 닭 모이를 주는 것도 그의 업무였는데 사료는 피엑스에 부탁해 구매해왔다. 가끔 이 상병은 분초 주변의 산을 돌아다니며 닭에게 먹일 풀들을 뜯어왔다. 어느 날 그의 주간근무시간이 되었는데도 풀을 뜯으러 나간 이 상병이 돌아오지 않았다. 분대장과 최고고참 서 병장의 호흡이 씩씩대기 시작했다. 한참 후에나 돌아온 이 상병에게 서 병장이 어디 갔다 이렇게 늦었냐고 다그치자 그는 비닐봉지를 내밀며 닭에게 먹일 풀을 뜯어 왔다고 대답했다.

"어디 이리 줘 봐."

서 병장은 비닐봉지를 낚아채며 안의 내용물을 들여다보았다.

"야! 이 상병. 이거 클로버잖아. 토끼풀. 네가 닭 키우지 토끼 키우냐?

닭이 토끼풀 먹냐? 농고 나온 놈이 그것도 몰라?"

옆에서 그 얘기를 듣고 있던 Dr. K도 속으로 웃음이 났다. 분대장도 한마디 거들었다.

"야! 이거 네잎 클로버가 왜 이렇게 많아?" 분대장은 어이가 없다는 표정을 지었다.

이 상병은 눈 하나 깜짝 않고 말했다.

"네. 닭에게도 행운이 필요하다고 생각합니다. 그래야 알도 많이 낳고……."

Dr. K는 웃음이 터져 나오는 것을 억지로 참으며 애써 아무렇지도 않은 표정을 짓고 있었다. 험한 분위기에 긴장을 한 채 주변에 서있던 분대원들은 웃음을 감추기 위해 고개를 숙이고 눈동자만 돌려 옆 사람과 시선을 교환했다. 분대장과 서 병장의 고함이 동시에 터져 나왔다.

"뭐 이런 또라이 새끼가 다 있어?"

서 병장은 들고 있던 비닐봉지를 땅바닥에 내던지고 군화발로 짓이겼다.

정말 군대, 그것도 외로운 분초에서나 벌어질 수 있는 한편의 코미디였다. 분대원들이 흩어진 후 Dr. K는 땅바닥의 비닐봉지를 집어 들어 속을 들여다봤다. 한 움큼 정도 되는 토끼풀이었는데 정말 전부 네잎 클로버였다. 그는 엄지와 검지로 그중 하나를 잡아 눈에 가까이 대고 살펴보았다. 한 움큼 밖에 안 되지만 산속에서 이것들을 찾아 채취하는 이 상병의 바쁜 모습이 눈에 그려졌다. 그 후 Dr. K는 이 상병의 대학 엠티 질문과 토끼풀 사건이 생각날 때마다 그의 사차원 같은 언행을 떠올리며 슬며시 미소가 지어졌다.

달걀은 아침식탁에 계속 올라왔다. 부식으로 달걀이 충분히 공급되고 있었지만 대원들은 키우고 있는 닭의 알을 더 좋아했다. 모두들 그걸 먹을 때는 꼭 아랫니로 알을 톡톡 깨뜨리고 안의 내용물을 쪽쪽 빨아 먹었다. 그리고 만족한 표정을 짓는 것이 분초의 의례처럼 되었다.

이른 아침 기상시간 전에 밖에 나갔던 분대장이 벙커문을 열어제끼고 안으로 뛰어 들어오며 큰 소리로 외쳤다.

"야! 닭이 모두 죽었다."

그것이 군대에서 큰 사건은 아니었지만 외떨어져 무료한 생활을 하는 분초에서는 놀랄만한 일이기도 했다. 모두들 자다 일어난 차림으로 뛰어나가보니 닭장 안에 닭이 모두 목을 길게 내민 채 눈을 감고 뻗어 있었다. 닭 당번인 이 상병에게 모든 시선이 쏠릴 수밖에 없었다. 그는 닭들은 전날 저녁까지 살아 있었고 자신도 영문을 모르는 일이라고 했다. 닭 당번이 모른다는데 딱히 더 이상 추궁할 것도 없었다. 닭고기를 먹으려고 키운 것이 아니었기 때문에 죽은 닭들은 구덩이를 파고 묻어버렸다. 사태는 그것으로 일단락되는 것 같았다. 그러나 분대원 모두 각자 마음속에 닭이 갑자기 왜 죽었지 하는 의문을 품고 있었다. 그렇지만 누구도 닭을 다시 키우자는 제안을 하지 않았다.

그 일이 있은 지 두 주가량 지난 후였다. 분대원들은 중대본부에 교육이 있어 출동을 했고 벙커에는 분대장과 고참 두 명만 남아있었다. 선임인 서 병장이 분대장과 Dr. K를 부르며 얘기할 것이 있다고 했다. 긴장한 표정이었다.

"분대장님, 닭이 왜 죽었는지 알아요?"

분대장이 Dr. K의 얼굴을 쳐다보았다.

"박 일병이 며칠 전 나한테 몰래 와서 말했는데 이 상병이 죽였대."

Dr. K는 미스터리한 느낌보다는 뭔가 서늘함이 감정선을 타고 흘렀다. 서 병장의 말에 따르면 박 일병은 그날 자정쯤 이 상병과 함께 근무를 나갔다. 근무를 선 지 한 시간쯤 지났을 때 이 상병이 어디 좀 다녀오겠다며 초소를 이탈하였다. 중대본부나 소대장에게 들키면 큰일이었지만 가끔 용변을 보거나 자위를 하기 위해 선임이 초소를 잠깐 벗어나는 일은 있었다. 그럴 경우 5분이나 길어야 10분 정도 걸렸는데 이 상병은 30분이 지나도 돌아오지 않았다. 달도 없고, 바람도 부는 야밤에 전방초소에서 혼자 보초를 서는 것이 박 일병은 무서웠다. 달이 없는 야밤에는 자기 손이 보이지 않을 정도로 깜깜했다. 그가 한참 겁에 질려 있는데 이 상병이 돌아왔다. 박 일병은 떨리는 목소리로 물었다.

"이 상병님. 어딜 그렇게 오랫동안 다녀오셨습니까? 혼자 무서워서 혼났습니다."

어둠 속에서 이 상병의 목소리가 들려왔다. 특유의 가늘고 높은 톤이 아닌 바리톤급의 목소리였다.

"병신 같은 놈. 뭐가 그렇게 무서워... 바보 같은 놈."

잠시 후 이 상병의 목소리가 다시 어둠을 타고 박 일병의 귀에 전달되었다.

"궁금해? 전부 다 처리하고 왔지. 그놈들 꽤 질기네. 너 공룡이 닭의 선조인거 알아?"

이어지는 이 상병의 얘기는 박 일병을 공포에 떨게 만들었다. 닭장으로 가서 닭 머리를 부리째 부여잡고 바늘로 목을 찔러 전부 죽였다는 내용이었다. 박 일병은 근무를 마칠 때까지 공룡만한 닭이 자기에게 접근해오는 모습이 상상됐다. 또 이 상병이 자신의 목에 대검을 서서히 찔러 넣을 지도 모른다는 공포에 시달렸다. 아침에 닭이 죽어 소란이 벌어졌지만 박 일병은 아무소리도 하지 못하다 더 이상 마음에 담아 둘 수 없어서 병장에게 이야기했다.

윈스턴은 이 이야기를 듣는 순간 101호실의 큰 쥐가 떠오르며 온 몸에 소름이 돋았다. 그리고 이 상병의 말처럼 공룡이 서서히 거대한 닭으로 또는 닭이 부풀어 오르며 공룡으로 변신되는 모습을 상상해 보았다. 오랜만에 몸에 한기를 느꼈다.

놀란 표정을 짓고 있는 분대장에게 서 병장이 말했다.

"분대장님. 이거 어떡하죠? 그놈 우리 자는데 와서 바늘로 목을 콕콕 찌르지 않을까요? 너는 어떻게 했으면 좋겠니?"

서 병장이 의견을 물었으나 Dr. K는 머릿속은 복잡한데 아무런 생각이 나지 않아 잠자코 있을 수밖에 없었다. 결국 분대장이 자기가 알아서 하겠다고 말한 후 그 다음 날 중대장을 찾아갔다. 닭을 바늘로 찔러 죽인 병사가 있으니 전출을 시켜달라고 요청했다. 중대장은 분대원 관리를 제대로 못하면서 그딴 놈이 무서워 전출을 요청하느냐는 욕설을 퍼부어댔다. 분대장은 조인트만 가격 당하고 분초로 돌아왔다.

분대장이 야단만 맞고 돌아온 후 일주일 동안의 분위기가 정말 묘했다. 일단 분대장과 Dr. K, 서 병장은 말이 없어졌다. 그러니 다른 분대원들도 가급적 입을 다물고 생활했다. 세 사람은 이 상병을 눈여겨보았으나 그와 눈길이 마주치는 것을 피했다. 세 사람끼리는 눈길을 자주 주고받았다. 일상은 평온하고 정상적으로 지나가고 있었다. 일주일이 지난 후에는 뭔가 찜찜하였지만 세 사람은 다시 말을 하며 생활하기 시작했다. 분초생활은 다시 정상으로 돌아간 것 같았다.

그렇게 한 달 쯤 지나고 Dr. K가 휴가일을 기다리고 있는데 변수가 생겼다. 최 상병이 부친상을 당해 급하게 휴가를 나가느라 Dr. K의 휴가는 그의 복귀 후로 미뤄졌다.

며칠 전부터 눈이 내리기 시작하여 낮에는 분대원 모두 힘든 제설작업을 해야 했다. 자정이 다 된 시간에도 눈이 내렸다. 벙커 안에는 분대장과 서 병장, 그리고 또 다른 고참 상병이 TV를 보며 잡담을 하고 있었고 Dr. K는 TV소음을 피해 입구 쪽 침상에 앉은 채 책을 읽고 있었다. 그들과 Dr. K 사이에는 병사 두 명이 다음 근무를 위해 침상에서 취침을 하고 있었다.

갑자기 벙커 문이 벌컥 하며 활짝 열렸다. 쏟아져 들어오는 찬바람을 확 느끼면서 Dr. K는 누구야 하는 눈초리로 문 쪽으로 고개를 홱 돌렸다. 순간 두 사람의 눈이 딱 마주쳤다. 이 상병이었는데 흰색 방한파커를 뒤집어쓰듯 입은 상태였고 설화에는 눈이 잔뜩 묻어 있었다. M16으로 거총자세를 취하고 있는 그의 양쪽 가슴에 매달린 수류탄이 흔들거리고 있었다. 눈을 마주친 것은 정말 순간 밖에 안됐다. 이글이글 타오르는 그의 눈은 핏발마저 서있었다. 눈은 광채 정도가 아니라 광기를 담은 빛을 쏟아내고 있었다.

이 상병은 TV를 시청하다 어떤 놈이야 하는 표정으로 뒤를 돌아보는 내무실 안쪽의 세 사람을 향해 틈을 주지 않고 총을 난사했다. TV와 관물함이 박살나면서 유리조각과 나뭇조각 파편이 내무반 전체로 튀었다. 자동사격은 얼마 안 걸렸다. 이어서 그는 노련하면서도 재빠르게 탄창을 갈아 끼더니 모포 속에서 공포에 질려 있을 병사들을 향해서 자동사격을 가했다. Dr. K는 총소리가 나는 순간 침상에 몸을 엎드렸다. 이 상병이 탄창을 갈아 끼고 다시 사격을 가하는 총소리를 들으며 정신을 놓고 말았다. 잠시 후 엎드려 있는 배에 강한 충격이 전해지며 폭음이 벙커 전체를 흔들었다. Dr. K의 몸뚱이가 덜썩 들리는 듯 하며 굴러가 벽에 부딪혔다. 그리고 뭔가 끈적끈적한 덩어리들이 날아와 Dr. K의 등에 떨어지고 일부는 목덜미와 뺨에 달라붙었다. 이 상병이 수류탄을 배 밑에 깔고 자폭하였던 것이었다.

Dr. K가 정신을 차린 것은 늦은 오후 부대 야전병원 침대 위였다. 군의관이 눈꺼풀을 벌리며 의료용 손전등을 비추자 Dr. K는 소스라치게 놀라며 몸을 뒤척이다 의식이 깨어났다. 망막을 자극하는 손전등의 빛이 이 상병의 눈에서 뿜어져 나온 광기의 빛 같았다. 그 광기의 빔.

분대원 중 세 명은 살고 이 상병을 포함한 여섯 명이 현장에서 즉사했다. 이 상병과 같이 근무를 나갔던 박 일병은 말짱했고 Dr. K는 등과 왼쪽 옆구리에 여러 개의 파편이 박히는 부상을 입었으나 중상은 아니었다. 왼쪽 귓불을 어떤 파편이 강하게 스쳐 지나가며 반쯤이 떨어져 나갔고 소리가 들리지 않았다. 귀가 먹먹하여 정신까지 몽롱하였다.

곧이어 조사가 시작되었다. 헌병대 수사관은 매우 강압적이고 일방적으로 진술을 강요했다. 물어보는 내용도 뻔했다. 분초에서 가혹행위가 있었냐, 가해자가 신병비관을 하지 않았느냐, 가해자의 여자친구가 고무신을 거꾸로 신지 않았느냐, 평소 이상한 행동을 하지 않았느냐 등이었다. 정확히 알아듣지 못했지만 그들의 질문에 웅얼거리며 대답할 수밖에 없었다. 그런데 이 상병이 총을 발사할 때 왜 뒤에서 덮치지 않았느냐라는 질문에는 말문이 막히며 그나마 조금 남아있던 온몸의 기가 빠져나갔다. 거기에 더해 왜 너만 살려두었느냐 라고 물어볼 때는 정신이 혼미한 가운데서도 기가 막힐 뿐이었다. Dr. K는 반쯤 얼이 빠진 상태였기 때문에 이틀 동안 병상에서 조사를 받았다. 그러나 박 일병은 헌병대에 끌려가 취조실에서 조사를 받았다.

사고에 대해서는 평소 신병을 비관한 병사가 우울증에 시달리다 우발적으로 저지른 행동이라고 발표되었다. 소대장부터 닭을 죽인 병사에 대한 보고를 받은 중대장은 물론 사단장까지 징계를 받았다. 박 일병은 이 상병의 근무지 이탈을 즉시 보고하지 않았다는 이유로 군법재판에 회부될 뻔 했으나 헌병대 유치장 보름의 징계를 받았다. 박 일병은 끔찍한 현장에 불려가 사방에 살점이 널려 있고 아직 피비린내와 매캐한 화약냄새가 가시지 않은 벙커 안에서 형체가 너덜너덜한 시신을 보고 만지고 또 시신들을 뒤집어가며 신원을 확인해줘야 했다. 휴가에서 복귀한 최 상병은 의무대로 Dr. K를 찾아와 아무 소리 없이 그의 앞에서 눈물만 줄줄 흘렸다. 분초는 폐쇄되고 벙커는 철거되었다. Dr. K는 아무런 보직 없이 연대본부 내무반에서 후임 병사들이 갖다 주는 식사를 먹는 둥 마는 둥 하며 몇 달을 보내다 제대하였다. 그동안 계속 귀가 안 들리고 시야의 초점도 맞출 수 없어 정신이 몽롱한 채 마치 공중부양 상태로 붕 떠 있는 것 같았다.

말을 하는 동안 Dr. K는 아무런 표정의 변화가 없었다. 그저 누군가로부터 전해들은 사건 내용을 전달해 주는 것 같았다. 그것을 윈스턴은 이해했다. 자신도 당한 고초를 발티키아나 오렌지아에서 사람들에게 얘기할 때 매우 담담한 어조로 차분히 얘기했다. 윈스턴은 눈시울이 뜨거워졌다. 그는 막연히 Dr. K가 부유한 집에 태어나 맘고생 없이 좋은 교육을 받고 외국유학을 다녀온 후 교수가 되어 조용히 학생들을 가르치는 학자라고 생각했었다. 윈스턴은 자신이 전장에서도 경험해보지 못한 끔찍한 일을 겪은 Dr. K에 놀랐을 뿐이었다. 인간이 다른 인간을 알고 평가한다는 것이 불가능하다는 생각이 들었다.

"그 후에 저는 눈이 마주친 이 상병이 왜 나를 쏘지 않는지를 생각해보았습니다. 오랜 기간 수백 번을 생각해봐도 답을 찾을 수가 없었습니다. 그래서 반대로 내가 어떻게 살아남았나를 생각해보았습니다. 운명인가? 신의 가호인가? 아니면 네잎 클로버 때문인가? 닭에게 가야할 행운이 나한테 온 건가? 역시 답을 찾을 수 없었습니다. 죽은 병사들과 살아남은 나와의 차이는 무엇인가에 대해서도 생각해봤습니다. 내가 더 착하게 살았나? 답을 찾을 수 없었습니다. 최 상병의 부친이 왜 그때 돌아가셔서 내가 휴가를 나가지 못했나. 내가 휴가를 나갔으면 그 끔찍한 현장에는 없었을 텐데 라고 원망해보았습니다. 벙커에서 죽은 사람들이 아니라 그 기억을 죽을 때까지 머릿속에 가지고 있어야 하는 내가 더 저주받은 존재라는 생각까지 들었습니다. 지금도 거울을 보다 이 상처를 보면 가끔 내가 무슨 일로 저주를 받은 걸까라는 의문이 듭니다."

윈스턴은 Dr. K의 감정을 충분히 알 수 있었다. 그는 가슴이 메어지는 것 같았다. 그는 스스로의 감정을 참지 못하고 주방에서 유리컵 두 개에 진을 가득히 부어와 Dr. K에게 권했다. Dr. K는 고개를 숙인 채 윈스턴이 권하는 잔을 받았다. 두 사람은 아무 말이 없었다. 윈스턴은 그의 어깨에 가만히 손을 얹었다.

"인간은 저마다 자기가 처한 최악의 상황에서 최악의 경험을 하는 거지요. 그 경험이 주는 충격이나 의미를 타인은 짐작할 수 없지요."

"저는 그런 경험들을 하며 인간의 신비로움에 대한 기대를 잃어 버렸습니다. 인간은 신비로운 존재가 아니더군요. 저를 포함해서 인간은 그저 실존하는 유기체일 뿐입니다. 그렇게 깨닫는 순간 인간에게서 매력을 느끼지 못하게 됐습니다."

그 말을 들으며 윈스턴은 그동안 자기가 표현하지 못했던 것을 Dr. K

가 대신 말해주고 있다고 생각했다. 그는 애정부 조사실에서 거울 통해 보았던 자신의 시들다 못해 말라비틀어진 모습이 떠올랐다. 구부정한 허리, 머리는 다 빠지고 살점 하나 없이 움푹 파인 볼과 퀭한 눈만 남은 해골 같은 얼굴, 뼈만 남은 채 무릎보다 가는 허벅지, 엉성하게 붓질을 한 것 같은 회색빛 피부. 자신은 육체의 생명력이 그렇게 파괴되었던 것처럼 Dr. K의 정신은 소진되고 감정이 공동화(호洞化)되었던 것이었다.

그는 인간에 대한 신비로움이 사라졌다는 것은 인간에 대한 불신보다도 더 처연한 감정이라는 것을 알고 있었다. 신비로움과 매력이 없는데 어떻게 인간을 사랑할 수 있겠는가? 신비로움이 사라져 사랑할 대상이 없으면 배신할 대상도 없는 것이고 기뻐하거나 괴로워할 이유가 없는 것이었다. 윈스턴은 Dr. K가 자신과 같이 인간의 의미를 상실한 채 치열한 인생을 살고 있다고 생각했다. 윈스턴의 눈에 맺혔던 물기는 방울지며 천천히 뺨을 타고 흘러 내렸다.

Dr. K와 헤어져 숙소로 돌아와 침대에 누웠으나 윈스턴은 잠을 이룰 수 없었다. 그날 밤 꿈에 쥐가 나타날지도 모른다는 불안이 엄습했다. 그와 함께 Dr. K가 말해준 벙커에서의 총기발사장면이 머릿속에 그려졌다. 눈앞에 있던 동료의 살점이 목과 얼굴이 척척 들러붙는 경험을 한 사람에게 섹스가 무슨 의미가 있을까? 자신도 101호 경험 이후 발기부전을 벗어나는데 10년 넘는 시간이 걸리지 않았던가? Dr. K는 성에 대한 욕망도 지워졌을 뿐더러 인간 자체에 대한 호기심을 상실했기 때문에 미혼으로 있는 것이라 판단했다.

추운 날씨에 수능이 치러졌다. 교육부는 10월부터 초긴장 상태였다. 대학입시와 관련하여 수능사이트가 사이버 공격을 받는다면 그것은 U-path보다 더 엄청난 후폭풍이 발생할 수 있었기 때문이었다. 수능 관련 사이트의 방화벽을 강화하고 백업 장치를 하나 더 마련했다. 수험생들이 시험장소를 확인하는 사이트도 트래픽을 분산시켜 디도스 공격에 대응할 수 있는 조치를 취하였다. 사이버수사대도 수능 관련 사이트를 두 달 동안 24시간 감시했다. 수능은 무사히 치러졌다.

수능 당일 저녁 윈스턴을 포함하여 네 명이 Dr. K의 숙소에 모여 배달해온 저녁을 나누며 얘기를 나눴다. 조 실장이 간략한 보고를 했다.

"홍콩 쪽 통보에 의하면 지난 달 말부터 시노에서 이상한 일이 벌어지고 있는데 철저히 통제를 하고 있어 아직 외부에 알려지지 않고 있다고 합니다. 한 2주전부터 시노에서 홍콩으로 들어오는 사람들이 급격히 늘어나고 있고 시노 주요 공항에서 출국자 수가 급증하고 있다고 합니다. 계절적 요인에 따라 출국자가 늘어나는 것이 아니라 시노 내부에 무슨 심각한 사태가 발생했기 때문이라고 추정하고 있습니다. 홍콩 행정청이 국경봉쇄를 검토하고 있다고 합니다. 이와 함께 홍콩 행정청은 광동성과 복건성, 그리고 상하이에 공무원들을 보냈다고 합니다."

조 실장의 얘기에 이 교수가 덧붙였다.

"그 공무원들 중에 방역당국 의사도 포함되어 있다는 얘기도 들려. 그런데 여러 군데 공무원을 보내면서 왜 의사를 포함시켰겠어?"

"돼지열병이 심각해진 것 때문 아닐까? 지난 1년 동안 사육 돼지의 삼분의 일인 1억 5천만 마리가 죽었다고 하던데."

"돼지열병 바이러스가 사람 몸에 들어오기는 해도 사람이 발병하지는 않아. 그리고 홍콩이 교역도시인데 돼지를 몇 마리나 키운다고 돼지열병을 뭐 그렇게 무서워하겠어? 내 생각으로는 사스가 다시 유행하고 있는 것 같아."

"홍콩 쪽 사람들 얘기로는 대만도 홍콩과 비슷한 모종의 움직임이 있다고 합니다."

세 사람은 잠시 각자 생각에 잠겼다. 윈스턴은 그들의 대화를 지켜보기만 했다. 이미 그 무렵 홍콩이나 대만과 비슷한 현상이 한국에도 나타나고 있었으나 사람들은 이를 감지하지 못하고 있었다. 시노로 출국하는 사람보다 시노에서 한국으로 들어오는 입국자들이 급증하고 있었다.

"그 이상한 일이 언제쯤 확인되고 또 우리에게 미치는 영향은 뭐지? 뭐를 준비해야 돼?"

Dr. K가 던진 질문에 아무도 대답할 수 없었다. 윈스턴은 이들의 대화가 갖고 있는 우려가 자신에게도 전달되고 있음을 느꼈다.

그날 저녁 모임 이후 보름 정도가 지난 후 시노 내륙지방에서 코로나 바이러스 확산사태가 터진 것이 외부에 알려지기 시작했다. 코로나는 보로나보다 훨씬 전염력이 강하고 치사율이 높은 질병이었다. 시노 사람들이 자신들의 급박한 상황을 SNS에 영상으로 올리기 시작했다. 홍콩과 대만은 재빨리 시노사람들의 입국을 막았다. 곧이어 시노 당국은 코로나 바이러스의 발원지라고 알려진 인구 천 만의 내륙도시를 전격적으로 전면봉쇄하였다. 그러나 이미 그 지역 주민의 200만 명가량이 도시 밖으로 빠져나간 후였다. 시노와 인적 교류가 많았던 한국은 시노인의 출입국을 막지 않았다. 봉쇄된 도시에서 벌어지는 참상이 연이어 쏟아지고 있었으나 정작 한국당국은 홍콩이나 대만과 달리 폭풍전야임에도 불구하고 별다른 조치를 취하지 않았다.

Dr. K, 이 교수, 조 실장은 다시 한 번 미팅을 가졌다. 의사인 오 박사도 자리를 같이 했다.

"홍콩에서 말한 것이 코비드 사태였군. 오 박사, 이거 언제 끝날 것 같아?"

"신종 바이러스라서 제대로 된 치료약이나 백신도 없으니 예측하기가 힘들지. 우리도 이번에는 피해가기 힘들 거야. 사스나 메르스 하고는 전혀 다른 사태야. 빨리 백신이 개발돼서 집단면역이 생겨야 사라질 텐데 족히 일 년은 넘게 걸릴 거야. 백신접종을 해봐야 추이를 예측할 수 있을 거야. 그 사이에 변이 바이러스가 발생하면 속수무책이 될 수도 있어."

"역시 홍콩 애들이 감이 빨라." 이 교수의 반응이었다.

"최소한의 대응은 가능하지만 대비할 수 있었던 일은 아니잖아." Dr. K가 덧붙였다.

오 박사가 굳은 표정으로 입을 열었다.

"몇 년 전부터 신종플루, 메르스, 보로나 바이러스가 나오다 이제는 코로나 바이러스가 등장했는데 이게 사람과 동물 사이에 감염이 되는 도로나(Dorona) 바이러스로 변이되면 상황은 너무 심각해져. 그렇게 되면 사람 주변에 있는 동물은 다 치워버려야 된다는 얘기가 되잖아. 반려동물도 못 키우고 소, 돼지, 닭 등 모두 축산업은 사라지는 거지. 동물원은 말 할 것도 없고."

그들의 얘기를 들으며 Dr. K는 이 사태가 장기간 지속될 것이라는 예감이 강하게 들었다. 그는 나이든 윈스턴이 걱정되었다.

원국의 지시를 받았던 사이버수사팀은 조사결과를 보고했다. 수사국장도 자리를 같이 했다. 사이버팀장의 보고에 따르면 해마다 국내에는 10여개의 전국 규모 해킹대회가 개최되는데 한 대회마다 수십 개 팀이 참가했다. 대회마다 평균 다섯 개의 입상팀이 선정되었다. 지난 3년 동안 전국대회에서 입상을 한 팀이 100여 팀이 되는데 중복된 숫자를 제외하면 30여 팀이 수상하였다. 그런데 18세 미만 주니어 대회를 살펴보면 지난 3년 동안 최다 수상한 팀은 모두 9차례 상을 받았다. 전문적인 교육을 아주 잘 받은 것 같았다. 그 분야에서는 국내 최고의 팀으로 알려져 있고 고등학교 재학 중 졸업 후 취업을 보장받은 팀원도 있었다.

"대단하네요. 컴퓨터 천재들이구먼."

"그 팀은 대한증권거래소가 주최한 대회에서 실제 증권거래시스템에 침투한 적이 있습니다. 다들 깜짝 놀랐다고 합니다. 휴일에 대회를 열었는데 거래소 방어팀에서 막지 못하고 결국 뚫리고 말았답니다. 거래소 개장시간에 공격을 받았으면 큰 혼란이 올 뻔 했습니다. 3년 전의 멤버는 대학에 재학 중이고 그들 세 명 모두 재학 중 외국유학을 갔습니다."

"특이한 사항은 없고요?"

"아직 특이한 점은 발견하지 못했습니다. 다만 세 학생이 모두 같은 대학, 같은 학과에 재학했었다고 합니다."

"전국에 수십 개 사이버보안 관련 학과가 있는데 세 명 모두 같은 대학 같은 학과에 진학했다고요?"

참석자 모두 아무 말도 못했다. 원국이 계속했다.

"졸업하기 전에 대기업에서 스카우트하려고 한다는 실력을 가진 학생들이 같은 대학에 동시에 진학했다? 그거 이상하지 않습니까? 그리고 유학은 어디로 갔습니까?"

"……"

"더 구체적으로 알아보세요. 다음 내용은요?"

수사팀장이 원국이 지시한 외국의 수사협조 사례에 대해 보고를 했다.

"지난 3년 동안 외국으로부터 공식, 비공식으로 수사협조의뢰가 들어온 것은 총 열 건입니다. 그 열 건은 시노 네 건, 홍콩 세 건, 러시아 세 건입니다. 그들 나라의 수사기관들이 우리의 협조요청에 매우 비협조적이었기 때문에 우리도 적극적으로 조사하지는 않았습니다. 그런데 기초조사를 해보니 시노 건은 여기서 공격을 시작한 것이 분명한데 목표가 NK시설로 추정되고 있습니다. NK시설에 대한 공격은 우리 대응기관에서 주도하기 때문에 더 이상 조사할 필요가 없었습니다. 러시아에서 의뢰한 사건도 발신자 IP를 확인했지만……"

"네. 그런데요. 무슨 문제가 있었습니까?"

"그들이 모두 노숙자였습니다. 주민등록번호는 확보하고 있으니까 복지신청이 들어오거나 하면 소재지와 신원을 파악하겠습니다."

"장소는요?"

"서울 변두리의 고시원을 하루씩 빌려 작업한 것 같습니다. 그러니 임대계약서가 없습니다."

"굉장히 주도면밀하네요. 주도면밀할 뿐 아니라 무슨 조직적인 낌새가 안보이세요?"

모두들 침묵하는 가운데 수사국장이 조심스럽게 입을 열었다.

"부처장님이 지적하신 것을 모두 조사하려면 대규모 인원이 필요합니다. 그러려면 경찰의 협조를 얻어야 합니다. 보안유지가 안됩니다. 의문이 나는 것 중에 몇 가지만 집중해서 더 파악하는 게 효과적일 것 같습니다."

일리가 있는 의견이었다. 의문을 모두 파헤치기에는 인력과 시간이 부족했다. 결국 사이버팀은 천재 해커들에 대해 더 알아보기로 했다. 며칠 후 사이버팀장이 보고를 위해 들어왔다.

"부처장님. 그 학생들에 대해 추가로 알아봤습니다. 세 명이 같은 학과에 진학한 것은 거기 교수 중에 우리나라 최고의 사이버보안 전공교수가 있어서 갔다고 합니다. 그 학생들은 중학교 때부터 그 교수가 방학 때마다 여는 해커교실에 참가했다고 합니다. 그리고 대학에 진학해서는 얼마 후 모두 발티키아로 유학을 갔다고 합니다. 추가로 그 학생들은 중학교 때부터 같은 컴퓨터 학원을 다녔다고 합니다."

"그 교수가 누굽니까?"

"이 교수입니다. 현재 그 대학에 근무하고 있습니다."

이 교수의 이름을 듣는 순간 원국은 뭔가 머리가 번뜩하는 걸 느낄 수 있었다.

"그 교수 나하고 대학 동기예요. 컴퓨터학과를 다녔어요. 그리고 그 대학이면... 그 학생들이 같이 다녔다는 학원에 대해서는 파악했나요?"

"마포구에 있는 초등학생과 중학생을 위주로 하는 조그마한 동네 학원입니다." 수사팀장은 대수롭지 않다는 듯 말했다.

"마포구요?" 다시 한 번 원국의 뇌가 번뜩했다.

원국은 추가지시를 한 후 보고를 서둘러 종료시켰다. 이 교수와 Dr. K는 같은 대학에 재직 중이다. 오월회 사무실 빌딩이 마포구에 있고 그 건물에 컴퓨터학원이 입주해있다. 그의 특유의 감이 잡혔다. 그는 물증과 관계없이 지난 번 사이버공격에 분명히 이 교수와 Dr. K가 관련되어 있다는 심증을 굳혔다. 그는 자신의 심증을 구체화하는데 몰두했다. 물증은 없다. 그런데 심증이 강하게 든다. 그런 생각에 이르자 점점 마음은 Dr. K한테 혐의가 더 쏠렸다.

그가 볼 때 Dr. K는 이상한 존재였다. 대학원을 졸업하고 유학 가서 학위를 따온 후 대학 시절 친구들과 잘 어울리지도 않고 정치판에 끼어들지도 않았다. 촛불정부 시절이나 횃불정부가 들어서서도 그 흔한 정부위원회 위원 자리를 한 번도 맡은 적이 없었다. 그저 세상일에 무관하게 산다고 간주하기도 했다. 그러면서 오래 전에 오월회를 조직하여 별도의 활동은 하고 있었다. 주변 사람들은 경제적 여유가 있는 Dr. K가 시민단체를 조직하여 민주화운동 기념사업 활동을 하고 있다는 정도로 이해하고 있었다. 그의 세속에 초연한 척 하는 고고한 자세가 가끔 아니꼬울 때도 있었다. 자연스러워 보였지만 한편 생각하면 이상한 일이었다. 뭔가 있는 것이 분명했다. 원국은 그것이 알고 싶었다. 그 뭔가가 반드시 사이버 범죄와 관련이 있든 없든 상관없었다. 그것을 알아내고 싶다는 생각이 강하게 들었고 또 계기가 마련되었다고 생각했다.

Dr. K는 오렌지아 대사관의 참사관으로부터 만나자는 연락을 받고 대사관을 방문했다.

"여기까지 와주셔서 감사합니다. Dr. K의 활동에 대해서는 얘기 많이 들었습니다. 또 윈스턴 스미스 씨를 여러 가지로 지원해 주셔서 감사합니다."

"오히려 스미스 선생님의 말씀을 통해 우리나라 사람들이 많은 걸 배우고 있습니다."

Dr. K는 그에게 용건을 빨리 말하라는 표정을 지어보였다.

"Dr. K. 스미스 씨를 귀국시켜야 할 것 같습니다. 본국으로부터 코리아는 코로나로 위험하니 스미스 씨를 귀국시켜야 한다는 훈령이 왔습니다."

충분히 이해가는 상황이었지만 Dr. K는 자신의 생각을 말했다.

"귀국여부는 스미스 선생님이 결정하는 것인데 왜 저에게 말씀하시죠?"

"저희 입장도 난처하고 매우 조심스럽게 접근할 사안입니다. 우리 외무성이 강요했다는 인상을 줘서는 문제가 될 수도 있습니다. 그러니 Dr. K가 스미스 씨를 잘 설득해 주십시오. 그리고 이제 스미스 씨가 이곳에 체류한지도 꽤 오랜 시간이 지나지 않았습니까?"

Dr. K는 그의 말에 다른 의도가 있다고 느꼈다.

"스미스 씨와 관련하여 무슨 일이 있었습니까?"

참사관은 금방 대답하지 않았다. 그는 잠시 생각하더니 입을 열었다.

"최근 코리아 외교부에서 저에게 연락을 해왔습니다. 스미스 씨의 강연활동이 정치행위로 해석될 수 있다는 거예요. 그리고 코리아에 대한 비판적인 내용이 있었다는 겁니다. 저는 자세히 모르지만 스미스 씨 발언 중에 코리아 외교부가 항의할 만한 심각한 내용이 있었습니까? 무슨 이유인지 모르지만 코리아 당국이 스미스 씨의 체류에 대해 불편해하는 것 같다는 인상을 받았습니다."

정부가 외교부를 통해 오렌지아 대사관에 불만과 우려를 전달했지만 그 배경에는 다른 이유도 있을 것이라는 생각이 들었다. Dr. K는 양손을 모아 깍지를 끼고 눈을 내리 깔았다.

"말씀 잘 들었습니다. 참사관님의 입장을 이해합니다. 스미스 씨는 문제가 될 만한 발언이나 활동을 한 것이 없습니다. 우리 외교부가 왜 그렇게 판단하는지 이해가지 않네요."

Dr. K는 유감을 표시하며 대화를 마쳤다. 참사관은 악수를 나누며 헤어지면서 이 만남은 둘 만의 비밀로 하고 스미스 씨 문제가 빨리 결정되었으면 좋겠다는 말을 했다.

Dr. K는 사무실로 돌아오면서 윈스턴이 더 이상 이곳에 체류하기가 힘들겠다는 생각을 했다. 한편으로는 윈스턴이 강연을 하며 청중이나 당국을 자극할 만한 내용을 말한 것이 있나 되짚어 보았다. 그의 강연은 어투가 과격하지도 않고 선동적이지도 않았다. 조근 조근 자기경험을 전달함으로써 잔잔한 감동을 주는 스타일이었다. 외교부가 오렌지아 대사관에 우려의 의견을 전달한 것에는 심상찮은 정치적 배경이 있을 것이라고 판단했다.

그날 저녁 Dr. K는 윈스턴과 얘기를 나눴다.

"스미스 선생님. 이곳 코비드 상황이 전혀 나아지지 않고 있네요. 계속 체류하셔도 괜찮겠습니까? 연세가 있으셔서 조금 걱정이 됩니다."

윈스턴은 그 얘기가 나올 줄 짐작했다는 표정이었다.

"사실 시노에서 코로나 바이러스 사태가 심각해지면서부터 오렌지아 친구들이 빨리 들어오라는 연락을 몇 차례 했습니다. 얼마 전에 외신기자가 오렌지아 대사관이 내가 귀국하기를 원한다는 얘기를 귀띔해 주었습니다. 사실 고민 중이었습니다. Dr. K가 얘기를 하니까 출국하는 것으로 결정을 해야겠네요."

Dr. K는 그의 반응을 듣고 안심이 되었다.

"그런데 스미스 선생님, 그동안 강연을 하고 또 학교에서 강의를 하면서 청중이나 학생들의 반응은 어땠습니까?"

그는 고개를 갸우뚱하며 잠시 생각하더니 말을 했다.

"강연이야 Dr. K도 현장에 있었으니까 짐작을 하실 거고. 청중들 대부분이 만족해하는 것 같지 않았습니까?"

"강의에서 학생들은요?"

"주제가 인권과 국제질서에 관한 문제니 학생들 배경에 따라 반응이 틀릴 수 있겠지요. 특별히 내가 말한 강의내용에 대해 이의를 제기하는 경우는 없었습니다."

그의 말을 듣고 Dr. K는 안심을 했다.

"그렇지요. 스미스 선생님의 강연이나 강의 내용에 이의를 제기할 사람은 없겠지요. 그러면 출국준비를 시작해도 되겠습니까?"

"아쉽지만 그렇게 해야죠."

윈스턴이 오렌지아로 돌아가는 것으로 쉽게 결론이 났다. 두 사람은 잠시 말없이 앉아 있었다. 분위기가 다소 가라앉은 것 같자 윈스턴은 자리에서 일어나 잔에 진을 채워 가져왔다.

"Dr. K, 저의 귀환을 축하해 주시죠."

윈스턴의 제안에 두 사람은 가볍게 잔을 부딪쳤다. Dr. K는 빙그레 웃고 있었다. 무슨 의미냐는 신호를 보내듯 윈스턴은 그의 눈을 바라봤다.

"어디로 귀환하시는 거죠? 긴 여정을 겪으신 선생님의 마지막 귀환은 언제 어디가 될까요?" Dr. K가 조용히 말했다.

"언제인지 모르겠지만, 동굴 밖으로 나왔다는 확신이 들면 그것이 마지막 귀환이겠죠." 윈스턴은 곧바로 대답했다.

그 말을 듣고 손을 이마에 올린 채 잠시 생각하던 Dr. K가 고개를 들어 윈스턴의 얼굴을 응시했다.

"스미스 선생님, 예전에 형제단에 대한 믿음이 허위의식이라고 말씀하셨는데 지금은 아닙니다. 스미스 선생님이 꿈꿨던 형제단은 더 이상 상상 속의 존재가 아닙니다. 현재 실존하고 있고 활동하고 있습니다."

"……"

Dr. K는 말을 계속했다.

"우리는 디지털 전체주의가 가져올 디스토피아를 막으려는 노력을 하고 있습니다. 영사에서는 '빅 브라더가 당신을 지켜보고 있다'라는 구호를 온갖 군데 다 붙여놓은 포스터, 동전, 텔레스크린, 도청 마이크, 사상경찰, 헬리콥터, 아마추어 스파이와 스파이단 등으로 사람을 감시하여 공포분위기를 조성했지요. 이제는 그럴 필요가 없습니다. 우리 모두가 핸드폰을 들고 다니죠. 그걸로 통화를 하고 문자를 보내고 사진을 찍고 검색을 하고 맛집을 찾고 쇼핑을 하고 댓글을 달고 내비게이션을 하고 전철과 버스비를 치르고, 이 모든 것이 빅 데이터로 저장되고 있습니다. 우리 스스로 감시를 자처하고 있는 거지요. 그리고 권력은 그 빅 데이터를 이용해 사람들을 감시하고 있습니다. 개인은 누구나 자유를 구가하면

442

서 행복을 추구하려고 하죠. 그러나 감시는 자아상실을 가져오고 개인이 자아가 없으면 진정한 자유나 물질적 풍요가 의미가 없고 행복감을 느낄 수가 없습니다."

그는 말하며 고조됐던 감정을 잠시 추스렸다.

"스미스 선생님이 경험한 영사와는 달리 이제 권력은 물리적 공권력 사용을 자제하고 대신 감시와 코비드에 대한 불안과 공포로 사람을 순응하게 만듭니다."

말을 마치고 Dr. K는 한숨을 쉬듯 깊은 심호흡을 했다.

"스미스 선생님. 몇 년 전부터 디지털이 가져올 디스토피아를 막기 위한 국제적인 연대조직이 작동되고 있습니다. 지금까지 협조가 순조롭게 진행되고 있습니다. 우리는 이것을 강화시켜 나갈 겁니다. 디스토피아는 폭력에 의해서만 성립되는 것이 아닙니다. 선생님도 경험하셨지만 주체적인 자아의 형성을 막는 사회는 전부 디스토피아입니다. 오렌지아에 가시면 새로운 일이 기다리고 있을 겁니다."

"Dr. K, 당신은 리버럴리스트지요?"

윈스턴은 그가 한 말의 의미를 잠시 생각하며 물었다.

"네. 예전에는요."

"그러면 지금은 리버테리안입니까?"

Dr. K는 눈을 한두 번 깜짝인 후에 대답했다.

"제가 방종적으로 보입니까? 아니요. 세상이 나를 아나키스트로 만든 것 같습니다. 아나키스트를 사람들은 폭력에 의존하는 테러리스트로 인식하고 있죠. 진정한 아니키스트는 개인의 자유와 자율성을 신봉하는 자기책임이 강한 사람들이죠."

Dr. K는 더 이상 부연하지 않은 채 들고 있던 잔을 단숨에 비운 후 숙소로 돌아갔다.

Dr. K가 돌아간 후 윈스턴은 의료시설이나 수준으로 볼 때 코비드 사태에서 유로파보다 코리아가 더 안전할지도 모른다는 생각도 해봤다. 그러나 자신이 계속 이곳에 있다 감염이라도 될 경우 Dr. K가 가질 부담을 생각하니 오렌지아로 가는 것이 낫다고 생각했다. 그는 잠시 거실 소파에 앉아 생각에 잠겼다.

　윈스턴은 술이 남아 있는 잔을 들고 컴퓨터 책상 앞에 가서 앉았다. 그는 앰플포스에게 이메일을 쓰기 시작했다.

　앰플포스에게

　이것이 코리아에서 전하는 마지막 소식일거 같네. Dr. K와 얘기를 나누고 자네 권유대로 여기를 떠나 오렌지아로 돌아가기로 결정했네. 조만간 다시 보게 될 걸세. 유로파도 안심지역이 아닐 테니 자네나 다른 동료들도 조심하기 바라네.

　길어야 한 달 가량 있을 것으로 생각하고 코리아에 왔는데 벌써 일 년이 다 되가네. 그동안 지루한 감이 거의 없었네. 이 나라 자체가 매우 흥미로운 점이 많고 그것을 하나하나 알아가다 보니 심심할 틈이 없었네. 처음에는 하루하루가 역동적인 코리아와 자유스럽고 개방적인 사람들에게 큰 감명을 받았네. 유로파에서 가장 자유롭다는 오렌지아보다 더 자유스럽다는 인상을 받았네. 이 얘기는 전에 편지에도 언급을 한 걸세. 또 그런 모습과는 다른 암울한 분위기에 대해서도 전에 얘기했네.

　우리 둘 다 개인의 자유가 얼마나 소중한가를 절감했고, 또 자유를 얻기 위해 자네는 목숨을 걸고 영사를 탈출했고 나는 우여곡절 끝에 목숨을 부지하여 오렌지아까지 와서 자유를 누리며 살고 있는 것 아닌가? 그 과정에서 내가 느낀 것은 자유와 권력은 상극이라는 점이네. 서로 제로섬 관계인 것 같네. 어느 시대 어느 나라나 권력은 통제를 목적으로 하고 권력을 장악한 사람들은 지배욕이 강한 사람들이네. 권력이 강해질수록 개인의 자유는 위축될 수밖에 없네. 모두들 이 사실을 알고 있으면서도 권력의 영향력이 점점 확대되고 강화되는 것을 바라만 보지 그것을 막지 못하고 있네. 자유는 개인주의에 기반을 한다면

444

권력의 강화나 확대는 집단주의를 교묘히 활용하는 것일세.

　권력이 무한적으로 확대되어 개인의 자유가 거의 보장되지 않는 상태를 사람들은 디스토피아라고 부르는데 나는 영사라는 디스토피아를 경험했기 때문에 디스토피아는 공포를 바탕으로 작동된다고 여겼네. 영사는 전쟁에 대한 공포를 활용했지. 그런데 다른 유형의 디스토피아도 있지 않은가? 헉슬리는 쾌락의 무한한 허용이 가져오는 상황을 디스토피아라고 하지 않았나? 영사는 제한되고 조작된 정보만 제공하여 진실을 감춰서 사람들을 무지하게 만들었다면, 헉슬리의 신세계는 무한정한 쾌락의 허용으로 사람들의 정신을 몽롱하게 만들어 자아의식을 제거해버렸지. 결국 영사나 '멋진 신세계'나 진위여부를 가려내지 못하거나 진실에 관심을 갖지 못하게 만드는 것이네.

　영사에서는 공포심을 이용해 증오심을 부추기고 신세계에서는 쾌락만을 추구하게 되는데 공포의 수단은 권력이고 쾌락의 수단은 돈이 아니겠나?

　나는 여기에 장기체류하고 또 사람들과 대화를 나누면서 점점 코리아에 이 두 가지가 같이 진행되고 있다는 느낌을 받고 있네. 쾌락지향적인 차원에서만 개인이 자유롭다고 느끼고 또 자유롭게 활동할 수 있는 반면 공공이익과 공공안전을 명분으로 서서히 언행의 자유가 제한되고 있다네. 대부분 코리안들은 그것의 심각성을 모르고 있는 것 같네. 자신의 자유와 권리가 위축되면 그것이 바로 그들의 권력이 강화되는 것일세. 그리고 권력이 강화될수록 통치자의 숫자는 줄어들 수 밖에 없지. 그걸 임마누엘 골드스타인은 과두적 집단주의라고 말했는데 정말 맞는 지적일세. 전 세계적으로 대부분의 나라에서 부가 소수에게 집중되며 권력과 부가 강하게 결탁하는 현상이 나타나고 있네. 이것이 바로 새로운 과두적 집단주의라고 생각하네.

　코리아는 새로운 형태의 디스토피아(Dystopia)화가 진행되고 있다는 느낌을 받네. 이를 디스코피아(DysKopia)라고 부를 수 있을까?

　Dr. K는 이 같은 현상이 급속도로 퍼진 것을 디지털 때문이라고 말하고 있네. 사람들이 디지털의 편리성에 중독되어서 스스로의 인성이 변하고 쾌락추구 이외의 자유가 서서히 속박당하고 있다는 사실을 모르고 있다고 분개하네.

　공포와 폭력에 바탕을 둔 영사의 디스토피아는 결국 무지한 프롤들이 들고 일어나 체제를 전복시켰지. 그러나 오브라이언을 비롯한 그들은 권력보다는 돈이 사람들을 통제하기가 더 쉽다는 것을 깨닫고 아직도 영향력을 행사하고 있지 않나? 그렇다고 권력과 돈이 결탁하여 세상을 지배하는 디스토피아가 영원히 유지될 수는 없을 것이라고 생각하네. 임계점에 이르며 폭발하고 말걸세. .

　나는 코리아 뿐 아니라 전 세계가 돈과 권력을 장악한 과두집단에 의해 지배되는 세상으로 변해가고 있다는 우려를 하고 있네. 사실 나는 돌아가면 은퇴를 하려고 생각했었네. 이제 나이도 들었고. 그런데 오렌지아에 돌아가면 할 일이 또 있을 것 같네. 내 자신의 자유를 얻은 것에 만족하지 않고 다른 사람들이 풍요 속에서 점점 잃어버리고 있는 자유를 위해 일할 것을 찾아봐야겠네.

　할 말은 많지만 이만 줄이겠네.

- 조만간 만나기를 기원하며 코리아에서 윈스턴이 -

　윈스턴은 편지를 다시 읽어 보았다. 쓰고 싶은 얘기가 많았는데 자판을 두드리는 손가락이 생각을 좇아오지 못했다. 그는 첨언할 것을 생각하다 엔터키를 눌렀다.

　윈스턴의 출국준비는 신속하게 진행되었다. 직항편이 없었으므로 두바이를 경유하여 워터스담으로 가는 항공편을 예약하였다. Dr. K는 시노 공권력이 완전히 장악한 홍콩 경유는 피하라고 항공편 예약을 맡은 조실장에게 지시했다. 출국 전날 윈스턴이 짐을 싸고 있는데 Dr. K와 조실장이 찾아와 도와주었다. 1년 가까이 체류하다보니 올 때에 비해 짐이 상당히 늘어나 있었다. 옷은 세 배 이상 늘었고 검은색, 갈색 등 드레스 슈즈, 워킹화 등 신발도 여러 벌이었다. 기념품이나 선물은 수납장 한 칸을 가득 채울 정도였다. 어떻게 정리할지가 큰 고민이었다. Dr. K가 거들었다.

　"선생님. 짐은 될 수 있는 대로 가볍게 하시는 게 좋을 것 같습니다. 일단 신속히 오렌지아에 도착하시는 것이 최선입니다. 나머지는 저희가 오렌지아로 부쳐 드리겠습니다."

원스턴은 꼭 가지고 출발하고 싶은 물건이 많았으나 Dr. K의 말이 맞는 것 같았다. 그렇게 정했는데도 원스턴이 코리아에 입국할 때 썼던 캐리어보다 훨씬 큰 것에 담을 수밖에 없었다. 마지막으로 원스턴이 체류하면서 썼던 일기장들과 기록물들을 캐리어에 담으려 하는데 Dr. K가 말을 했다.

"선생님. 그것들은 지참하지 않는 게 좋을 것 같습니다."

원스턴은 물건들을 두 손에 든 채 Dr. K의 얼굴을 바라보았다. 원스턴은 입국 후 공책을 사서 4월 4일부터 거의 매일 일지를 기록하고 일기를 써왔다. 개인적으로 참 소중한 것이었다. 이것들은 정말 사적인 소유물인데 Dr. K는 왜 놓고 가라는 것일까? 과거 자신의 일기장이 사상경찰에게 압수되어 큰 곤욕을 치르게 된 물증이 되었던 사실이 떠올랐다.

"선생님. 오해하지 마십시오. 저는 거기 무슨 내용이 적혀 있는지 모릅니다. 만에 하나 그 물건들이 선생님과 함께 오렌지아에 도착하지 못하면 선생님 입장이 곤란해질 상황이 발생할 수도 있습니다. 선생님이 오렌지아에 도착하신 후 저희가 안전하게 선생님께 전달해드리겠습니다."

이걸 누가 압수한다는 의미인가? 그렇다고 해도 내가 곤란한 상황에 처할 이유가 있는가? 원스턴은 허리를 펴고 물건을 든 채 잠시 생각했다. 분위기가 어색했다. 원스턴은 조용히 그 물건들을 책상 위에 다시 내려놓았다. 썩 내키지는 않았지만 기본적으로 원스턴은 Dr. K의 판단을 신뢰했다. 원스턴은 그동안 사용했던 핸드폰도 돌려주었다.

"선생님, 핸드폰에 있는 사진이나 동영상도 보내드리겠습니다. 추가로 들어온 인세는 나중에 송금하겠습니다."

원스턴은 캐리어의 지퍼를 올렸다.

공항으로 이동하는 차량 안에서 원스턴은 옆에 앉은 Dr. K에게 조심스럽게 물었다.

"Dr. K, 자기책임이 강한 아나키스트라고 하면서 해킹공격은 왜 합니까? 직접적인 폭력은 쓰지 않지만 불특정 다수에게 불이익과 심리적 고통을 주는 행위 아닙니까?"

Dr. K는 금방 대답하지 않았다. 윈스턴은 너무 직설적으로 물어봤나 하는 생각이 들었지만 대답을 듣고 싶었다. 창밖을 바라보던 Dr. K가 고개를 돌리며 말했다.

"스미스 선생님, 해킹은 타인에게 물리적 고통을 주거나 신체에 상해를 입히지 않습니다. 우리의 대상은 개인의 자유를 억압하고 착취하는 모든 권력입니다. 그들에게 고통을 주려고 해킹하는 것이 아닙니다. 그들과 사람들을 각성시키려고 해킹공격하는 것입니다... 저도 하나 묻겠습니다. 극단적인 신체적 고통을 당하지 않았다면 선생님이 빅 브라더를 사랑한다는 마음을 갖게 되었겠습니까? 우리는 그런 강제력을 쓰지 않습니다."

그의 말에 나름대로의 합리성이 포함되어 있지만 반론을 제기할 것도 많았다. 그러나 윈스턴은 그의 말을 이어받지 않았다.

윈스턴은 차창 밖 풍경을 내다 봤다. 길거리 풍경은 한국에 입국하여 숙소로 갈 때와 거꾸로 흘러갔는데 시내도로 양편에 줄지어 걸려있는 검붉은 횃불깃발이 도시 미관과 어울리지 않고 심지어 음산해 보인다는 느낌이 들었다. 차량이 고속도로로 진입했다. Dr. K는 상체를 숙여 창밖 위쪽을 바라보며 하늘 높이 떠있는 드론을 인지할 수 있었다. 그는 그것을 바라보며 "정말 소리 없이 오랫동안 떠있네"라고 혼잣말을 했다. 공항고속도로가 바닷가에 이르자 비쩍 마른 여인의 나신상 같은 풍력발전기가 바람을 잃은 채 해안을 따라 끝없이 도열해 있었다. 여인의 이마에 붙은 세 날개를 가진 바람개비는 정지해 있었다. 생동감을 전혀 느낄 수 없는 흉물처럼 보였다. 공항에 인접한 신도시 주택단지에는 일 년 전보다 태양광 패널이 더 많이 지붕을 덮고 있었다. 마치 애도의 검은 휘장으로 지붕을 두른 것처럼 보였다.

공항 터미널 내부는 한산했다. 윈스턴이 입국할 때 각종 인종으로 구성된 인파로 붐볐던 광경과는 너무 대조적이었다. 코비드로 항공기 승객이 대폭 줄어든 것이었다.

출국장 입구도 한산했다. 보안구역 쪽으로 발을 옮기기 전에 일행은 작별인사를 하기 위해 발걸음을 멈췄다.

"안녕히 가십시오. 도착하시는 대로 연락을 주시고요."

"Dr. K. 그동안 정말 고마웠습니다. 좋은 체류였습니다. 많은 것을 배우고 생각을 정리할 수 있는 기회였습니다. 다시 한 번 감사드립니다."

두 사람은 악수를 했다. 잠시 동안 손을 굳게 잡고 있던 Dr. K가 윈스턴에게 물었다.

"스미스 선생님, 그런데 왜 타냐와 결혼하지 않으셨죠?"

윈스턴은 눈을 깜짝거린 후 입을 열었다.

"타냐가 쥐띠예요."

그 말을 듣는 순간 Dr. K의 머릿속이 수정처럼 맑아졌다. 이런 말을 주고받을 수 있는 사람이 지구상에 몇 명이나 있겠는가? 두 사람은 가느다란 미소를 지은 채 서로를 잠시 동안 마주 봤다. 윈스턴은 상의 안주머니에서 조그마한 물건을 꺼내 Dr. K의 손에 쥐어주었다.

"그동안의 호의에 대한 저의 선물입니다."

Dr. K는 그것을 물끄러미 내려다보았다. 삼족오가 새겨진 목각 공예품이었다.

"이제 저보다는 Dr. K에게 필요할 것 같네요."

그는 얼굴을 들어 윈스턴을 바라보며 천천히 고개를 끄덕였다. 그리고 팔을 크게 둘러 서로를 감싸며 힘을 주어 깊은 포옹을 했다. 포옹을 한 채 서로 뺨을 맞댔다. 윈스턴이 속삭이듯 말했다.

"당신은 코리아의 마지막 인간이에요."

Dr. K는 그 말을 들으며 윈스턴이 자신의 운명을 감지하고 있다고 생각했다. 윈스턴은 출국장으로 들어섰다. 그는 Dr. K의 시야에서 사라질 때까지 뒤돌아보지 않았다. Dr. K는 그가 안보일 때까지 윈스턴의 뒷모습을 계속 바라보았다.

윈스턴이 출국한 다음 날 세계보건기구는 팬데믹을 선포하였고 사흘 뒤 한국 당국은 모든 국제항공편의 이착륙을 금지시켰다. 곧이어 오렌지아를 비롯한 유로파 국가들이 국경을 전면봉쇄했다.

5. 24:00

　Dr. K는 아침 일찍 SUV에 올라 남쪽을 향해 고속도로를 달리고 있었다. 화창한 봄 날씨에 개나리가 활짝 피어 있었다. 일부러 마음을 가볍게 먹으려고 노력했다. 윈스턴이 오렌지아로 돌아간 후 Dr. K는 조만간 병호를 찾아가봐야겠다고 생각했다. 그를 만난지도 벌써 5년이 넘었다. 그때는 병호의 건강이 안 좋아 그냥 마주 앉아 별 말 없이 얼굴만 쳐다보다 돌아왔지만 이번에는 제대로 얘기를 나누다 와야겠다고 마음먹었다. Dr. K는 사총사 중에 같은 학과를 다녔던 병호와의 만남이 가장 편했다. 그는 병호를 생각하며 속으로 "자식, 몸 좀 건강하지"라고 읊조렸다.

　횃불정부에 들어와 원국과 재민은 물을 만난 고기처럼 세상을 휘젓고 다니고 있었지만 병호는 오래 전부터 고향에 내려가 칩거생활을 하고 있었다. 어떻게 지내는지 대충은 짐작이 갔지만 구체적인 소식은 전해지지 않고 있었다. 병호 생각을 하며 Dr. K는 한숨을 가볍게 내쉬었다. 그에 대한 연민의 감정과 함께 막연한 죄책감도 들었다.

　병호는 산골 깡촌에서 정말 가난하게 자랐다. 중학교 때까지 전기도 없었던 시골이었다. 농가는 있었지만 텃밭을 제외하고는 변변한 농지 하나 없는 빈농 출신이었다. 아버지는 일을 멀리 하셨고 엄마가 텃밭을 가꾸거나 품팔이를 하고 5일장에 나가 물건을 팔아 간신히 생활을 꾸려갔다. 아들은 생김새, 품성 등 모든 면에서 범상치 않았다. 자식은 힘들거나 아파도 불평이나 엄살이 없었다. 과묵하고 인내심이 많았다. 그리고 무엇보다도 공부를 잘했다. 1시간 넘게 걸리는 국민학교도 혼자 걸어 다녔고 집에 돌아와서 가장 먼저 하는 일이 숙제였다. 숙제를 마친 후 어머니 일을 도왔다.

아버지로부터 한자를 배웠다. 아버지는 아들을 가르치며 동학혁명 이야기를 자주했다. 마치 임진왜란 얘기를 듣는 것 같았다. 그때 왜놈들만 아니었으면 일본놈 식민지도 되지 않았고 또 모두가 다 잘사는 세상이 되었을 것이라는 얘기를 반복했다. 그리고 아버지의 할아버지가 접주였기 때문에 동학혁명이 성공했으면 집안도 이 꼴이 되지 않았을 것이라는 말도 덧붙였다. 어머니는 열심히 공부하는 아들을 위해 읍내에 가면 필요한 학용품을 부족함 없이 구해다 주었다. 아버지는 정규교육을 받은 것 같지 않았지만 아는 것이 많았다. 가끔 장터에 나가 어른들과 막걸리를 마시며 대화를 나눌 때면 아버지가 대화를 주도했다. 책은 별로 읽으시지 않고 또 읽을 책도 없었는데 항상 조그마한 트랜지스터 라디오에 그것보다 두 배는 큰 배터리를 고무줄로 묶어 틀어 놓았다. 라디오에서는 하루 종일 사람들이 떠드는 세상 돌아가는 얘기가 흘러 나왔다. 어머니는 쌀이나 찬거리보다 배터리가 떨어지는 것을 더 신경 써야 했다. 아버지는 주로 뉴스와 대담, 그리고 칙칙 하는 잡음이 배경소리로 깔리는 '미국의 소리' 방송을 들으셨다. 그러다보니 같은 소식을 하루에 서너 번 듣는 경우도 있었다. 영어를 제대로 배웠을 리 만무한 아버지 입에서 뉴욕타임스니 로이터통신이니 하는 단어가 자주 튀어나와도 하나도 어색하게 들리지 않았다.

아이를 맡아주겠다는 먼 친척을 찾아낼 수 있어서 병호는 도시로 나가 중학교와 고등학교를 다녔다. 성적은 항상 전교 1등이었다. 한마디로 영민하고 성실한 학생이었다. 대학진학을 앞두고 학교 선생님들은 전교 1

등이 당연히 법대를 갈 줄 알았다. 그러나 그가 선택한 학과는 정치학과였다. 부모님과 선생님들이 만류하였으나 병호는 처음으로 어머님의 뜻을 거역하고 자기의 고집을 꺾지 않았다. 그는 정치학과에 입학했다. 선생님들과 부모님은 몇 십 년 후 우리나라에 훌륭한 정치인이 나올 것이라고 기대했다.

병호는 민중민족혁명연구회 사건 수사과정에서 심한 고문을 받았다. Dr. K가 전화번호부로 얻어맞을 때 병호는 칠성판에 묶인 채 물고문과 전기고문까지 당했다. 그는 재판과정에서 수사관들에게 고문을 받은 사실을 폭로하였다. 그는 고문을 당하면서도 수사관들이 나누는 대화내용을 기억하여 그들의 신상을 특정화하였다. 결국 그들은 민주화 이후 독직폭행으로 기소되어 형사처벌을 받았다. 그는 출소한 후 집에 내려가 요양을 했다.

Dr. K가 그의 소식을 오랜만에 접한 것은 미국유학 중이었다. 미주교포신문에 '고문 폭로의 주인공 민주투사 뒤늦게 대학졸업장을 받다'라는 제목의 기사를 통해서였다. Dr. K는 공부를 마치고 귀국해서 병호의 행방을 알아봤다. 구로동에서 노동운동을 하고 있었다. 수소문해서 직접 찾아가보니 인근 현장 노동자들을 위한 상담소를 열어 놓고 있었다. 노동자들에게 일종의 사랑방 역할을 했다. 오래된 건물 이층에 위치한 그곳은 열 평가량에 한 귀퉁이는 자기의 침실로 쓰고 나머지는 사람들과 대화를 나누는 공간으로 활용하였다.

병호는 많이 달라져 있었다. 일단 말수가 현저히 줄어들었고 일상적인 단어를 쓰며 완전히 구어체로 얘기하였다. 과거 즐겨 썼던 계급모순, 분단모순, 식식민주의, 삼자지배동맹, 생존권투쟁 등의 용어가 아니라 "노동자도 밥은 배부르게 먹고 겨울엔 따스한데서 자야하제."하는 식이었다. Dr. K는 그의 열악한 공간을 개선해주고 사무용 책상과 PC컴퓨터도 들여 놓았다. 한 달에 한두 번은 사랑방 모임에도 참석하고 또 뒤풀이에도 자리를 같이 했다. Dr. K를 소개하는 느릿느릿한 병호의 말투도 재미

있었다.

"어– 이 양반은 나의 오래된 친구인디. 미국 거시기 어디더라... 거기 가서 공부하고 박사님이 돼서 돌아오신 분이요. 공부 몇 년 했제? 뭐 5년? 아따 오래도 했구먼. 유식해졌것네. 자. 꼬부랑말로 공부하느라 고생한 박사님에게 모두 박수."

건강은 안 좋아 보였다. 목소리에 힘도 없었다. 혼자서 그런 열악한 환경에서 잘 지낼 수 있을까 하는 걱정이 들었다. 다행히 얼마 안 돼 그에게 수호천사가 나타났다. 영미라는 30대 초반의 해고노동자였는데 그녀가 병호를 돌봐주기 시작했다. 사랑방 운영도 돕고 또 주방일을 포함한 가사일도 맡아했다. 그녀는 구로공단의 조그마한 봉제회사에서 노조를 결성하고 위원장이 되어 활동을 하다가 해고된 상태였다. 복직투쟁에도 실패하고 그 일대 회사에는 블랙리스트 1호여서 재취업을 할 수도 없었다. 그녀는 과거의 직장동료나 노조활동을 하며 알게 된 사람들과 어울리며 구로공단 주변에 남아 있었다. 병호가 「노동과 행복」이라는 상담소를 열자 그곳을 출입하며 그와 가까워졌다. 성격이 활달하고 출신지역도 병호와 같아 Dr. K는 안심이 되었다.

Dr. K는 교수가 된 후 바빠지면서 병호와의 교류가 한동안 뜸해졌는데 영미로부터 연락이 왔다. 병호가 일주일째 병원에 입원해 있다는 것이었다. 사고를 당하거나 큰 병이 발견된 것은 아니고 기력이 너무 없어 병원을 찾았는데 혈압이 낮고 여러 가지 수치가 좋지 않아 입원했다는 것이었다. 그는 링거를 꽂은 채 눈을 감고 말없이 누워있기만 했다.

"큰 병이 없다니 다행이네요. 다른 친구들은 왔었나요?"

Dr. K는 원국과 재민을 두고 하는 말이었다.

"아뇨. 연락처도 모르고요... Dr. K가 처음이에요."

병호는 퇴원한 후 다시 서울을 떠났다. 영미가 동행을 했다. 정착한 곳이 병호의 고향이 아니라 영미가 자란 마을이었다. 몇 년 후 Dr. K는 병호의 집을 방문하였다. 읍에서 차로 20분가량 더 들어가는 20여 호가 사는 마을이었다. 거주하는 집은 온돌난방의 전형적인 농가였다. 그의 건강은 크게 달라진 것이 없어 보였다.

"여기 오기 전에는 한마디하고 숨 쉬고, 한마디하고 숨 쉬고 했는데 지금은 두 마디는 해요. 여기 오기 전에는 다섯 걸음 걷고 쉬고, 다섯 걸음 걷고 쉬고 했는데 지금은 열 걸음은 걸어요. 다행이죠."

"텃밭만 가꿔서 생활은 어떻게 하세요?"

"둘이 돈 쓸 일이 뭐가 있어요? 약값이 들긴 하지만 그냥 살아요."

담담히 그렇게 말하는 영미는 힘들어 하기보다는 체념한 표정에 가까웠다. 셋이 점심까지 같이 먹었으나 Dr. K는 병호와 별다른 얘기를 나누지 못하고 서울로 돌아왔다.

그 다음에 방문한 것이 5년 전쯤이었다. 영미로부터 한 번 놀러오라고 연락이 와서 병호의 집을 찾아갔다. 몇 년 사이에 주거환경이 확 바뀌어 있었다. 마을도로도 포장이 되어 있었고 살고 있는 농가도 완전히 개축해 놓았다. 병호의 말수가 없는 것은 예전과 비슷했으나 건강은 다소 좋아진 것 같았다. 영미는 활달해져 있었다. 마당에 중형 승용차 한 대도 서 있었다.

"로또를 맞으셨나?"

"호호호. Dr. K. 내가 누구예요? 지금도 예전처럼 찌질하게 살고 있을 줄 알았어요? 그때는 저 사람 건강이 정말 심각해서 내가 아무 일도 못 했지. 몇 년 전부터 저 사람 조금씩 텃밭일도 시작했어요. 내가 고추 따오라면 고추도 따오고 깻잎 따오라면 깻잎도 따오고. 잡초 뽑으라면 잡초도 뽑고. 정말 많이 좋아졌어요. 호호호."

그 마을의 주수확물 중에 하나가 참깨였는데 그녀는 면사무소에 얘기해 마을회관에 참기름 짜는 기계를 설치하였다. 참기름회사의 주문을 받아 기름을 짜서 회사에 납품하니 참깨를 그대로 파는 것보다 수익이 두 배가 됐다. 한 일 년쯤 그렇게 참기름을 공급하다가 아예 자체 브랜드를 만들어 병에 붙였다. 그리고 인터넷을 통해 팔았다. 수익이 다시 두 배가 됐다.

"그게 로또 맞은 거네요. 그래서 이렇게 다 개비하고 차도 샀다고요?"

"글쎄 Dr. K. 내가 누구냐고? 이젠 주변 마을들 참깨까지 가져다 우리 상표 붙인다니까."

영미 마을의 소득이 올라가자 인근 참깨 마을도 같은 시도를 했으나 판매가 저조했다. 다시 납품방식으로 바꾸려는데 영미가 끼어들어 우리 브랜드로 판매하자고 제안했다. 반은 납품하고 반은 영미의 상표를 붙여 판매를 의뢰했는데 영미 브랜드의 수익이 훨씬 높았다. 판매의뢰가 늘어났고 그 덕에 영미는 집을 고치고 차까지 살 수 있었다.

"그럼 바쁠 텐데 나 때문에 일을 못 하시고 있는 거네요."

"호호. 염려 마세요. 나는 사장님이고 공장은 J시에서 빈둥빈둥 노는 조카놈 붙잡아 와서 통째로 맡겼어요. 내가 구로공단에서 일하며 그놈 중고등학교 학비를 대줬거든. 난 공장일 안하고 마케팅만 신경 써요. 컴퓨터 앞에 있는 게 내 일이에요."

Dr. K와 그녀의 대화를 옆에서 듣고 있던 병호의 얼굴도 미소가 도는 것처럼 보였다.

그 날도 일상적인 얘기만 얼마간 나누다 Dr. K는 돌아왔다. Dr. K가 출발하기 전 영미가 참기름병 서너 개를 담은 플라스틱 봉투를 차 안에 넣어줬고 Dr. K는 "조카 임금착취하면 안 돼요."라는 농담을 던졌다. 영미는 예의 "Dr. K. 내가 누구예요? 노조위원장 출신 아니에요? 호호"라고 말하며 웃었다. 그게 벌써 5년이 지난 일이었다. 어떻게 변했으려나 하는 궁금한 생각이 들었다.

도착해보니 익숙한 모습도 있었지만 집이 많이 변해있었다. 싸리나무로 된 담 대신 넓게 허리 높이의 목재 펜스가 둘러져 있었고 주택 지붕에는 태양광 패널이 설치되어 있었다. 거실 벽을 통유리문으로 바꾸고 앞에 데크를 설치해 놓았다. 차도 마당 안에 주차하게 하였다. 그리고 예전

텃밭이 있던 자리에 이동식 주택이 설치되어 있었다. Dr. K가 차에서 내리자 병호가 운전하느라 힘들었겠네 라는 말로 인사를 전했다. 작은 키에 단아한 외모에서 예전의 선비풍모가 되살아난 듯 보였다.

거실에 있는 식탁에 점심을 차리며 영미는 주방을 오갔다. 그녀는 쉴 새 없이 말을 해댔다.

"저 별채는 조카 살림집이에요. 마흔이 넘도록 장가를 안가서 내가 억지로 베트남에 보냈는데 괜찮은 신부를 골라왔더라고. 신부 애가 아주 생활력이 강해. 조카부부가 다 맡아서 해요. 아들이 세 살인데 어른들 볼 때마다 '하비' '하니' 하면서 배꼽인사하면 다 뒤집어져. 집 밖에 나가면 어른들 손을 하도 타서 지가 이 동네 왕인 줄 알아. 도대체 농촌에 애들 소리를 들을 수 없으니 원. 큰아버지가 얼마 전 돌아가셔서 옛날 농가 헐고 거기에 조카 집 새로 짓고 있어요... 일을 하나 더 벌여놔서 외국인 노동자 쓰고 있는데 골치 아파. 그 사람들이 나보다 노동법을 더 잘 안다니까. 이젠 외국인 노동자도 시골엔 안 오려고 해요. 참 희안한 세상이 됐다니까... 날씨만 따뜻하면 데크 테이블에서 밥 먹으면 정말 끝내주는데. 날씨 풀리면 동남아에 가서 쉬고 오려고 했는데 이놈의 팬데믹 때문에. 텃밭? 뭘 이제 그걸 가꿔. 조카며느리가 다 갖다 주는데. 이 양반 안색 많이 좋아졌죠? 다 내 덕이지. 내가 억지로 하루에 한 시간 걷게 만든다니까. 태양광 진짜 좋아. 저거 하나 설치했더니 전기료가 거의 안 나와. 보지도 않는 TV시청료만 낸다니까. 케이형. 세상이 왜 이래. 왜 이렇게 힘들어? 팬데믹도 팬데믹이지만 그 전부터 다들 먹고 살기 힘들다고 난리야. 우리 참기름도 작년부터 판매량이 안 늘어 아예 작전을 바꿨어요. 고급필터를 써서 아주 잘 정제하고 병도 소주병에서 작은 양주병 같은 걸로 바꿨어. 라벨도 무슨 유럽풍이라나? 전문 디자이너에게 돈 주고 해왔고. 고급화 전략이지 뭐. 가격을 올려 돈 많은 사람한테 팔아야 하겠더라고요."

영미는 5년 동안 못한 얘기를 10분으로 축약해서 전해줬다. 거실 창문을 통해 펜스 부근에 서있는 벚꽃이 보였다. 꽃이 만개해 온 마당이 화사해 보였다.

"와! 여기 와서도 벚꽃을 보게 되네. 정말 좋네요."

"Dr. K. 벚꽃이 속성수더라고요. 몇 년 전에 심었는데 벌써 벚꽃이 저렇게 휘드러지게 피어요."

못마땅하다는 듯한 병호의 나지막한 목소리가 들렸다.

"내 집 마당에 사쿠라가 피었어."

Dr. K는 무슨 뜻으로 병호가 그런 말을 하는지 알아차렸다. 벚꽃 얘기를 괜히 했나하는 후회가 들었다. 영미의 말이 곧바로 날아왔다.

"애고. 벚꽃이 영어로 체리요. 체리. 당신이 즐겨 먹는 그 미국수입산 체리. 열매는 좋아라고 먹으면서 그 나무는 싫다는 거예요? 우리 손주가 한국 사람이요, 월남 사람이요? 여기서 태어나서 한국말하면서 살면 한국 사람이지. 누가 동학 접주 후손 아니랄까봐……"

그녀가 활달한 것은 이미 알고 있었지만 기도 조금 세져서 하고 싶은 말은 다 하는 것 같았다. 셋이 식탁에 앉아 식사를 하는데 병호가 불쑥 말을 건넸다.

"넌 아직 결혼 안했니?"

Dr. K는 그의 느닷없는 소리에 그냥 어안이 벙벙할 뿐이었다. 그 때 영미가 끼어들었다.

"호호. 이 양반이 그렇게 물어보는 건 자기가 얼마 전에 장가를 가서 그래요. 호호."

그녀의 말이 Dr. K를 더 어리둥절하게 만들었다.

"작년에 우리 결혼신고를 했어요. 혼인신고. 식은 안올리고. 생각해보니 서로 보호자가 있어야 하겠더라고요. 병원에 가서 보호자라고 하면 간호사가 어떤 관계냐고 물어봐. 물론 부인이라고 하지만 그것도 이상하더라고요. 내가 병원에 입원하면 이 양반이 과연 내 남편이라고 할까? 호호호. 그리고 법적인 문제도 있어요. 결혼도 안한 상태에서 내가 먼저 죽으면 이 양반 완전 거지되는 거지. 조카 놈이 챙기면 다행이지만. 그런데 그 놈을 어떻게 믿어? 또 혼인신고를 해야 이 양반이 먼저 가면 내가 떳떳하게 부고를 알릴 수 있잖아요. 조문객이 오든 말든."

그녀의 말에 Dr. K는 어쩐지 숙연한 기분이 들었다. 영미는 양은 밥그릇을 가져와 막걸리를 따랐다.

"이제 병호 씨 하루에 한 잔은 마실 수 있어요. 자기 전에 드시는데 오늘은 Dr. K가 왔으니 낮에 한 잔 하지 뭐."

셋은 그릇을 들어 마주쳤다. 그녀는 단숨에 술을 비웠다.

"아, 좋다. 막걸리는 옛날 구로공단 시절처럼 여기에 마셔야 제 맛이지. 요즘은 유리잔에 마시더라고. 그래서 양은 그릇 일부러 사왔어요. 젓가락 장단까지 맞추면 더 신날 텐데. 호호."

그녀의 말을 들으며 Dr. K는 예전 주막의 찌그러진 양은 주전자가 떠올랐다. 그녀의 말이 맞았다. 구로공단 시절이 제 맛이고 지금은 제 맛이 모두 없어진 것 같았다.

"Dr. K. 학교일만 해요? 친구들과는 안 만나요? 다들 한 자리하는 거 같은데 Dr. K 얘기는 안 들리데. 말순이 알죠? 김말순. 구로 사랑방에 가끔 오던 까불거리고 쫌 퉁퉁한 애. 언젠가 뒤풀이 때 눈 똥그랗게 뜨고 Dr. K보고 미국 똥물을 오 년이나 먹었냐고 시비 걸던 애. 기억나죠? 말순이가 내 다음 다음 노조위원장이었잖아요. 걔 지난 선거 때 국회의원 됐어요. 김성숙 의원이 말숙이에요. 이름도 개명했더라고. 이름을 바꾸려면 제대로 바꿔야지. 성숙이 뭐야? 성숙이가. 지영. 지영 어때요? 김성숙 보다는 김지영이 더 있어 보이잖아요."

Dr. K는 그녀의 말에 웃음이 나왔다.

"영미 씨도 아직까지 별 걸 다 기억하고 계시네... 저는 자리에 관심이 없고요. 병호가 건강만 조금 회복되면 기회가 있겠지요."

Dr. K는 그냥 한 얘기인데 그녀가 정색을 하고 말을 받았다.

"아이고, 병호씨도 건강했으면 지금 그 사람들하고 엄청 설치고 있었겠죠. 그런 주접을 떠드니 이 양반 성격상 차라리 여기서 참기름 짜서 맘 편히 먹고 사는 게 나아요. 나도 Dr. K가 거기에 관심 없다는 걸 잘 알지 요. 그러니까 우리 보러 이렇게 찾아오는 거지. 우리야말로 정말 관심이 없어요. 예전에 촛불정부 출범하니까 군수가 직접 찾아와서 이마가 땅 에 닿을 듯 인사하고 갔어요. J시에서 후배들이 몰려와서 선배님하고 같 이 일하고 싶다고 하고. 시골에 처박혀 있는 사람에게 그렇게 찾아오니 까 기분은 좋데. 그런데 이번 횃불정부 들어서는 아무도 코빼기도 안 보여. 이 양반 약발 떨어지고 맛이 갔다 이거지요. 인심이 그렇더라고요. 그런 인심을 보니까 세상에 정이 떨어져서 민주화운동 보상금도 신청하 지 않았어요. 이 양반 뿐 아니라 나도 대상자잖아요. 내가 노조위원장할 때 내 밑에서 부장하며 경찰서 몇 번 왔다 갔다 했던 애들도 다 보상금 받았더라고. 불편한 이 양반 데리고 시청에 왔다 갔다 하기도 귀찮았고 공적서 쓰면서 병호 씨 예전 아픈 기억 되살리고 싶지도 않았고. 또 보상 금 받으면 이 양반이 그 시덥잖은 사람들하고 동급이 되는 거 같아서 신 청도 안했어요. 병호 씨도 아무 말 안했어요. 그때 우리 생활이 어려울 때인데……."

가만히 듣고 있던 병호가 말을 했다.

"쓸데없이 지나간 얘기는. 우리 선친 접주 얘기나 다른 게 없네."

30대 후반에 활동을 접고 귀촌을 하였지만 안정된 생활을 하고 있는 병호와 영미를 보며 Dr. K는 안도감이 들었다.

"두 분 이리로 내려오신 게 다행일 수 있네요. 여기도 많이 발전했고."

영미가 두 번째 막걸리 잔을 탁 소리가 나게 내려놓았다.

"그거 쉬운 결정 아니었어요. 돈도 돈이지만 이 양반 건강 때문에 서울 에 계속 있어서는 안 되겠더라고요. 수중에 돈이 없으니 갈 데라고는 두 군 데 밖에 없었지요. 이 양반 고향 아니면 우리 집이지. 병호씨는 어렸을 때부터 고향에서 천재소리를 듣던 사람이었는데 거기 가서 이상한 눈총 을 받으며 어떻게 살겠어요? 온 동네 사람들이 병호가 커서 나타나면 적어도 장관이나 국회의원이 돼서 올 거라고 얘기들을 했었는데. 그게 고통이지. 거기가면 나도 타지 여자인데 일거리를 얻을 수 있겠어요? 그러면 여기 우리 동네 밖에 없는데 나도 마찬가지지. 어렸을 때 가출한 거나 다름이 없는데. 동네에 별 소문이 다 돌았죠. 영미가 빨갱이가 됐다더라. 영미가 술집에 나간다더라. 동네 사람들이 아니라 오히려 친척들이 그런 얘기를 하고 돌아다닌다니까... 그런데 눈 딱 감고 여기로 왔어요. 내가 안면만 몰수하면 일 년 안에 여길 다 잡을 수 있다는 각오를 하고. 막상 와보니 내가 제일 젊은 사람이야. 그냥 눈 딱 감고 어르신들만 보면 고개 90도로 숙이며 인사하면서 늙은 분들 다 도와드렸지요. 그때 중풍으로 누워계신 할머니가 두 분 계셨는데 일주일에 한번 씩 제가 그분들 목욕 시켜드렸어요. 그렇게 반년 하니까 이 동네가 내 손에 딱 잡히는 거예요. 목욕은 몇 년 전 그 분들 돌아가실 때까지 해드렸어요. 그러니 내가 참깨 팔지 말고 우리가 직접 짜자, 우리가 직접 회사 세우자 하니까 다 따라오시는 거지."

"이 사람은 여기 얘기만 나오면 자기 자랑 밖에 없어." 병호가 중얼거렸다.

Dr. K는 살짝 웃으며 말했다.

"영미 씨는 자랑해도 돼. 병호가 복 받았지."

그 말을 들은 영미가 술잔을 든 팔을 Dr. K 앞으로 쭉 내밀었다.

"Dr. K. 한잔 가득 따라요."

Dr. K는 조심스럽게 그녀의 잔을 채웠다. 그녀는 잔을 잠시 바라보다 입을 열었다.

"내가 복 받았지요. 중학교 중퇴 시골 촌년이 우리나라 최고 대학 나온 신랑을 얻었으니. 옛날에 공장 다닐 때 대학생 오빠들이 얼마나 멋있어. 아는 것도 많고 말들도 잘하고. 처음에는 가까이만 있어도 가슴이 벌렁거렸다니까. 우리랑은 정말 크라쓰가 다른 사람들이었지. 거기다가 너희가 주인 되는 세상이 온다고 가르쳐주고 격려해주니 거의 구세주지 뭐.

그런데 그런 오빠들이, 우리를 영원히 지켜주고 이끌어 줄 것 같았던 오빠들이 세상이 바뀌니까 하나 둘씩 공단을 떠나더라고요. 뭐? 학교로 돌아가 공부를 마쳐야 한다면서. 이건 뭐야? 우린 공장을 떠날 수 없는데, 우린 공장에 매여 있는 사람들인데. 아! 저 오빠들은 갈 곳이 있는 사람들이구나. 정신이 번쩍 들더라고요. 정말 우리랑 크라쓰가 다른 사람들이었구나 하는 걸 그때 깨달았죠. 세상이 바뀌었다는데 좆도 변한 건 하나도 없더라구. 그리구 씨발 난 회사에서도 짤리고. 그때 내가 악만 남아 독기가 팍 올라 있을 때지... 세상을 다 불 지르고 싶더라고⋯⋯."

그녀는 격한 말을 멈추고 막걸리를 들이켰다. 그리고 잠시 숨을 골랐다.

"그런데 병호 씨는 졸업하고 성치 않은 몸으로 다시 돌아오더라고요. 변한 모습 없이 옛날 모습 그대로. 그러니... 그러니... 내가 어떻게 안 도와줄 수가⋯⋯."

영미는 말을 잇지 못했다. 병호의 눈가도 촉촉해진 것이 보였다. Dr. K는 고개를 돌려 마당 나무펜스 바깥쪽을 바라보았다. 구름 한 점 없는 맑은 하늘이 보였다.

"Dr. K. 내가 16살 때부터 공단에서 공순이 생활을 15년 넘게 했는데 무슨 일을 안 당했겠어요. 무시당하고 별 쌍욕을 다 듣고, 얻어맞고. 허락 없이 화장실 갔다 왔다고 뺨따귀 맞고. 그래서 오줌 참으려고 물도 안 마셨어요. 근데 난 물을 안마시면 손이 부어. 부은 손으로 재봉질 하니까 불량 냈다고 욕먹고... 일하는데 작업반장 놈이 뒤에서 손을 넣어 가슴 주물탕 쳐도 꼼짝을 할 수가 없어. 몸 뒤틀다간 불량 나니까... 그놈들도 이젠 환갑이 넘었을 텐데 철이 들었으려나? 돈으로 꼬시는 놈. 술에 약 타서 자빠뜨리려는 놈. 야밤에 기숙사에 들어와 강제로 덮치는 놈. 꿔준 돈 갖고 튄 년. 술집 같이 나가자고 꼬시는 년. 나를 꼬질르고 자기만 빠져나간 년. 정말 어린 나이에 별 경험 다했지요. 그러다 병호씨를 만난 거고 고향에 돌아와 이렇게 남 눈치 안보고 살고 있는 거예요."

말하는 사람이나 듣는 Dr. K와 병호 모두 콧등이 찡해져왔다. 분위기가 침울해지자 그녀가 일부러 밝은 목소리로 말했다.

"Dr. K. 나도 산전수전 다 겪은 사람이에요. 내 얘기 소설이나 드라마로 만들면 사람들 눈물깨나 흘릴 텐데. 배운 게 짧아 글빨이 없으니……."

그 말을 들으며 Dr. K는 속으로 '그럼요 공중전까지 치렀지요.'라고 뇌었다. 영미는 분위기를 바꾸려는 듯 다른 얘기를 했다.

"요즘 이 양반 인터넷도 해요. 책도 읽고. 좀 있으면 글도 쓸라나?"

"책을요? 어떤 책을 읽어요?"

"여기서도 인터넷 주문이 되는데 요즘은 돈에 관한 책을 읽더라고요, 돈의 역사, 돈의 철학, 뭐 화폐전쟁이라는 것도 있고 또 워린 버피 투자법? 그런 걸 읽더라고요. 그래서 내가 당신 이제 내 대신 돈 벌려고 그라요 라고 놀리기도 해요."

Dr. K는 병호가 책을 읽는다는 얘기에 반가웠고 또 그 주제가 왜 돈일까 하는 궁금증이 생겼다. 그걸 감지했는지 병호가 입을 열었다.

"참. 당신도 내가 무슨 돈 버는 재주가 있소. 사람들이 하도 돈, 돈 하니까 그게 뭔가 해서 책을 좀 읽은 거지."

"여보, 나는 먹고 살려고 돈 벌 궁리는 열심히 하지만 돈 소리를 입에 달고 살지는 않지요?"

Dr. K는 두 사람의 공방을 웃으며 지켜봤다.

"병호야, 그래서 돈이 뭐라고 결론 내렸니?"

병호는 잠시 숨을 고르는 것 같았는데 생각을 정리하는 것이 아니라 말을 하기 위해 기를 모으고 있는 것 같았다.

"옛날에 물물거래가 불편했던 사람들이 쉬운 교환을 위해 돈을 만들었는데 지금은 교환수단보다 부(富)의 축적수단이 되어버렸어. 돈이 지폐로 바뀌면서 보관하기 편해져서 더욱 그렇게 됐겠지. 그러다보니 사람의 소유욕을 돈으로 저장하는 거지. 그런데 금화나 은화, 심지어 구리동

전 같은 주화는 어느 정도 본원적인 가치가 내재되어 있지만 지폐는 숫자를 표시한 종이에 불과하지. 국가가 찍어서 사람들에게 나눠준 종이에 불과한 것이야. 사람들이 가치와 가격을 혼동하다보니 국가를 믿고 종잇조각을 열심히 모으고 있는 거지. 그런데 그러한 신뢰관계가 언제까지 유지될 수 있을까? 너는 국가를 믿니? 어느 날 국가가 그 종이에 새겨진 숫자의 의미를 인정하지 않는 순간 돈은 휴지조각이 되어 버릴 텐데. 돈은 가치가 아니야. 그냥 가격을 표시하는 숫자야. 사람들이 가치와 가격을 혼동하고 있으니……."

그는 병호의 돈에 대한 관점을 들으며 고개를 끄덕였다. 그러면서도 그에게 다시 물어봤다.

"병호야. 이해는 되는데 너의 돈에 대한 결론이 보수적인건지 진보적인건지 잘 모르겠다."

그 말을 들은 병호는 보수? 진보? 라고 혼잣말을 하더니 잠시 동안 Dr. K의 얼굴을 온화한 표정으로 바라봤다.

"Dr. K. 보수는 좋은 가치는 지키자는 거고 진보는 좋은 가치를 지향하자는 거잖아? 그런데 보수나 진보나 모두 가치를 잊고 있어. 보수는 자기들의 기득권을 지키려고 노력하고 진보는 자신들의 기득권을 확보하기 위해 바꾸자고 하고. 그래서 우리 사회에서 보수와 진보라는 용어들 자체가 의미를 상실했어. 모든 가치는 돈으로 환산되니까. 돈 앞에는 보수나 진보 구분이 없어. 좌파와 우파 차이도 없고."

Dr. K는 역시 병호라고 생각했다. 대학 시절부터 그에게 많은 것을 배웠는데 이제 30년이 지나서도 대학교수인 자신이 초야에 묻혀 사는 그에게 아직 배우고 있다는 생각이 들었다. 내친 김에 하나를 더 물었다.

"그러면 병호야, 권력은 뭐니?"

그 물음에 병호는 곧바로 대답했다.

"남을 배려하지 않는 지배욕이지. 인간은 스스로를 규제하는 책임감과 자기통제력을 가지고 있는데 뭐가 무서운지 자기를 보호해 달라고 그것들을 포기하고 강자에게 권한을 위임하지. 그것들을 한데 모은 것이 권력이야. 그 행사권을 장악한 권력자들은 권력을 점점 강화하고 확대하면서 복종하지 않거나 저항하는 사람들을 무지막지하게 탄압하지. 권력은 구심력만 작용하지 원심력을 절대로 허용하지 않아. 원심력이 작동되는 순간 사람들은 복종하지 않게 되니까. Dr. K도 알겠지만 모든 권력은 무한확대와 무한강화의 원칙을 따르고 있지. 그러다보면 권력자는 그 구심력에 매몰되어 스스로 파괴될 수밖에 없어."

그의 말은 Dr. K의 생각과 일치했다.

"권력은 육체적 고통과 정신적 모욕으로 사람들을 굴복시켜 지배하잖아? 너나 나나 대학시절 끌려가서 극단적인 경험을 했잖아. 그 고통과 모욕감을 한 개인이 어떻게 견딜 수 있겠니? 몸과 인격이 산산이 분해되어버리는데... 그런데 요즘은 권력의 행사방식도 진화된 거 같아. 물리력을 사용해 강압적으로 고통이나 모욕감을 주지 않는 것 같아. 고통과 모욕 앞에서는 굴복을 하지만 거기서 벗어나면 치욕감 속에서 복수심이 생기잖아? 이제는 권력에 대해 복수심이 생기게 하지 않고 그냥 좌절감만 느끼게 하는 거 같아. 개인이 모욕감을 느끼지 못하면 그 체제와 권력에 완전히 순응한 것이지."

Dr. K는 요즘 권력이 물리력 없이 교묘하게 사람들을 통제하고 있는 사실을 알고 있었기 때문에 병호의 설명에 공감이 갔다. 그의 결론적인 말이 이어졌다.

"복종만 하려는 자나 지배만 하려는 자나 결국 그 끝은 자아의 상실이나 인성의 파괴로 끝날 수밖에 없어. 소유욕과 지배욕이 모두를 비참하게 만들고 자멸하게 되는 거야."

영미도 남편의 얘기를 이해한다는 듯 가볍게 고개를 끄덕였다. Dr. K가 병호에게 다시 물었다.

"병호야. 너는 그 복수심을 어떻게 극복했니?"

"......"

손깍지를 낀 채 입을 다물고 있던 그는 물음에 답하는 대신 Dr. K의 눈을 응시하며 나지막한 목소리로 되물었다.

"Dr. K. 너는 그 모욕감을 어떻게 극복했니?"

거기서 세 사람은 한참동안 얘기를 멈췄다. 불편하지 않은 적막이 흘렀다. 그러다 Dr. K가 조용함을 깼다.

"벌써 두 시가 넘었네. 이제 가야겠다. 언제 다시 얼굴 볼 수 있을지 모르겠네. 그런데... 그런데 말이야……."

Dr. K는 말을 꺼낼까 말까 망설였다. 눈가를 손으로 훔치던 영미가 머뭇거리는 그의 말에 끼어들었다.

"우리 병호씨는 더 이상 걱정 안 해도 되요. Dr. K가 더 이상 마음의 부담을 가질 필요 없어요."

영미는 남편의 얼굴을 흘끔 바라보더니 말을 이었다.

"그때 이 양반 고생한 거 Dr. K 때문 아니에요. 병호 씨가 작성한 문건 원본을 재민 씨에게 맡겨 두었는데 그게 밖으로 퍼져 나간 거예요. 원국 씨도 복사본 하나 가지고 있었고 또 거기다 조직책이니 선전책이니 자금책이니 하면서 낙서 비슷하게 끄적여 두었던 거예요. 다 따져봐야 소용이 없어요. 병호 씨가 머릿속에만 두고 작성을 안했거나 그걸 재민 씨에게 맡기지 않았거나, 재민 씨가 이런 거 있다고 자랑하듯이 남들에게 보여주지 않았거나, 원국 씨가 어설프게 거기다 끄적이지 않았다면 일이 달라질 수도 있었겠죠. 이제 와서 그런 거 따지면 뭐해요. 이 양반도 그 문제를 가지고 몇 년 동안 고민하며 마음속으로 힘들어했어요. 그런데 재판 시작되면서 기소되지 않은 Dr. K가 모든 걸 불어서 이렇게 됐다고 소문이 난거예요. Dr. K는 그 문건 알지도 못했잖아요. 아닌 말로 그런 고초 속에서 병호 씨라고 다 얘기 안했겠어요? 죽은 기억까지도 최대한 살려내서 다 얘기했겠죠."

모두에게 고통스런 얘기를 하며 그녀의 말투가 의외로 담담했다.

"제가 아는 한 병호 씨는 Dr. K 비난한 적 한 번도 없어요. 병호 씨가 예전에 Dr. K에 대해 한 말 중 내 기억에 남는 것은 대학교 때 Dr. K네 집이 굉장히 부자였고 그 집에 자주 가서 맛있는 거 먹으며 놀았다는 추억뿐이에요. 병호 씨가 가장 놀란 건 이층 거실에 냉장고가 있어 마음 놓고 사이다와 콜라를 꺼내 마실 수 있고. 또 Dr. K 방에 욕실이 붙어 있었는데 거기 선반에 뽀송뽀송 마른 타월이 켜켜이 쌓여 있었다는 거예요. 인과관계를 따진다고 맘이 후련해지는 답이 나오나요? 원인을 따지는 건 책임을 돌리려는 것 밖에는 안 돼요. 자기는 빠져나오고……."

영미가 말을 하는 동안 병호는 턱을 약간 올린 채 창밖을 바라보고 있었고 Dr. K는 그의 얼굴을 보며 눈시울이 뜨거워졌다. 그녀는 코로 숨을 크게 한 번 내쉬더니 말투를 바꿨다.

"호호. 병호 씨가 그 당시에는 놀랐겠지. 냄새나는 젖은 수건 하나 가지고 온 식구가 쓰던 시절이었으니까. 그래서 그런지 이 양반 욕실에 마른 타월 안 쌓아 놓으면 인상 쓴다니까. 그런 모습 볼 때마다 아이고 귀여워."

Dr. K는 병호가 인상을 쓰는 모습을 상상하며 눈물이 흐르는 가운데 미소가 지어졌다. Dr. K는 병호와 악수를 하고 또 깊은 포옹을 했다. 영미와도 포옹을 했다. 그리고 차에 올라 서울을 향해 출발했다. Dr. K는 병호와 영미를 다시 만나게 되면 좋겠다고 생각했다. 오랜만에 병호를 만나 긴 얘기를 나누니 옛 추억과 함께 사총사 생각이 났다. 그 시절 각자가 바랐고 남들도 그렇게 되리라고 예상한 방향으로 네 사람은 인생을 살았다. 자신은 학자로, 원국은 권력을, 재민은 돈을 그리고 병호는 사회개혁가의 길을 택했다. 30년 후 그 결과가 본인에게나 가족에게나 친구에게나 또 다른 사람들에게 어떤 의미를 주는 것인지 알 수 없었다.

팬데믹으로 긴장된 분위기였지만 원국은 휴가를 내고 아무에게 알리지 않은 채 건설회사 김 회장이 제공한 차를 직접 몰고 가평으로 향했다. 캐주얼한 차림에 야구모자와 커다란 선글라스를 썼다. 몇 년 만에 직접 차를 운전하는 기분도 참 좋았다. 처음 가는 약속장소는 큰 길을 벗어나 숲속의 한적한 곳이었지만 내비게이터가 알려주는 대로 따라가니 쉽게 찾을 수 있었다. 울창한 숲 한가운데 뚫려있는 입구를 통과하자 리조트 전경이 드러났다. 낮은 산등성이의 숲속에 빌라가 듬성듬성 자리하고 있었다. 차는 빌라 앞까지 안내해주었다. 벙커 주차장에 그녀의 흰색 베엠베가 세워져 있었다.

빌라 안으로 들어서니 넓은 거실에서 테라스로 나가는 문을 활짝 열어놓고 밖의 전경을 바라보며 그녀가 와인을 마시고 있었다. 와인이 반쯤 채워진 잔을 들고 있는 가는 팔이 잉크블루색의 반소매 블라우스와 잘 어울렸다. 더군다나 옅은 상아색 반바지 아래로 뻗어 내려온 하얀 다리는 날씨의 화창함을 느끼게 해주었다.

"나도 서둘러 온 편인데 일찍 왔네."

그녀는 밖을 바라보며 고개도 돌리지 않은 채 조용히 반응했다.

"뭘 그렇게 뚫어지게 봐. 여자의 매력은 실루엣이야. 그래서 곡선이 드러나게 자세를 잡아야 돼."

"오늘 분위기에 맞게 너무 예쁘다."

원국은 앉아 있는 그녀에게 다가가 어깨에 양손을 얹고 가볍게 마사지 하듯 주물렀다. 그녀는 어깨를 약간 으쓱했다.

"대한민국에 이런 데가 있는 줄 몰랐지?"

그녀는 천천히 고개를 끄덕였다.

"인테리어가 우리 집보다 좋은데? 이런 데를 어떻게 알았어?"

테라스에 풀까지 갖춘 단독빌라 10여 채가 있는 리조트 시설에 그녀도 감탄이 나올 만큼 깊은 인상을 받은 것 같았다. 그 리조트는 원국에게 큰 신세를 진 김 회장 회사의 소유로 완공된 지 채 일 년이 안 된 곳이었다. 일반인에게는 알려지지 않았다. 거실에서는 아래 쪽 전경이 내려다보이지만 개별 건물의 독립성이 완전히 보장된 빌라였다.

"내가 몸만 오면 된다고 했지? 김 회장에게 모든 걸 준비해놓으라고 했어. 수영복까지 있을 거야. 경비실을 거치지 않게 문도 미리 열어놓으라고 했어. 우리가 여기 온 거 아는 사람 아무도 없어."

그녀는 빌라에 정말 큰 감명을 받은 것 같았다.

"나도 꽤 많이 돌아다녔지만 한국에도 이런 데가 있는 줄은 몰랐어. 그런데 와인이 몬테스 알파가 뭐야? 김 회장이라는 사람 와인 취향을 좀 키워야겠네."

원국은 포도주 라벨을 봤다.

"몬테스 알파 카버네 소비뇽이네. 이거 칠레 대통령궁에서 국빈용으로 내오는 거야."

"그냥 해본 소리야. 샴페인은 그래도 돔 페리뇽으로 준비해 놨던데?"

두 사람은 간단히 점심을 해먹었다. 오후에는 테라스에 붙어 있는 수영장에서 시간을 보냈다. 풀 속에서 장난을 치며 수영을 한 후 비치의자에 누워 초여름의 따스한 햇볕으로 일광욕을 했다. 그녀는 수영복의 어깨끈을 밑으로 내리고 가슴을 드러냈다.

"나는 어렸을 때부터 토플리스로 선탠 했어. 오일 좀 발라줘. 오빠."

그는 탄력 있게 솟아오른 그녀의 가슴에 오일을 발라줄 때 약간 손이 떨렸다. 그녀가 몸을 돌려 엎드리자 원국은 냉장고에 가서 샴페인을 꺼내 얼음통에 담아 왔다. 코르크 따는 소리가 빵하고 났다. 그 소리가 어찌나 경쾌하게 들렸는지 메아리가 칠 것 같았다. 날씨도 무덥지 않았다. 햇살이 두 사람의 반 나신을 간지럽힐 만큼 적당했다. 원국이나 그녀나 번거로운 생각 없이 이런 시간을 갖는 것은 정말 오랜만이었다. 둘 다 이 약속을 하길 잘했다고 생각했다.

"진희야, 너 몸매는 정말 끝내준다. 부모님 덕이겠지만 네 나이에 이렇게 관리하기도 쉽지 않을 텐데. 피부도 완전히 20대네."

"말도 마세요. 필라테스 한 시간, PT 한 시간. 일주일에 닷새. 전신 마사지 매주 한 번. 다 시간과 돈이지 뭐."

엎드린 채 중얼거리듯 말하던 그녀는 고개를 돌려 그를 바라보았다.

"오빠도 그 정도면 괜찮은 편이야. 배도 안 나오고. 한국 남자들은 나이 들고 돈 있으면 자기관리를 전혀 안하니까. 그러면서 젊고 예쁜 여자만 찾는다니까. 정말 매력 없어. 지 꼬라지는 모르고 웬 욕심들이 그렇게 많은지."

"너도 기억하겠지만 나야 젊었을 때는 대단했지. 정부에 들어온 후로는 관리하거나 운동할 시간이 없어. 주말에 북한산에 올라갔다 오는 정도지."

"맞아. 젊었을 때 오빠 매력 있었어. 패기도 있고 말도 잘하고. 오빠 아직도 인기 많을 거야. 더군다나 지금은 막강한 권력까지 갖고 있으니까. 그런데 그런 오빠를 지숙이는 왜 싫어하는 거야? 남자 생겼나? 오빠보다 멋있는 사람 만나기 힘들 텐데."

역시 진희는 대화의 주도권을 절대로 양보 안하는 사람이었다.

"너는 얘기하다가 꼭 한번은 살짝 초치더라."

"법조인과 의사 커플이면 우리나라에서 최고 아냐?"

그는 더 이상 진희의 말에 응대하지 않았다. 명망 있는 변호사 남편과 종합병원 내과과장인 부인. 남들은 정말 부러워하는 부부였다. 아들은 공부를 잘해 과학고등학교를 나오고 미국 아이비리그 대학에 재학 중이었다. 그런데 아들이 대학에 입학하자 부인은 별거를 선언하고 집을 구해 나갔다.

"너 왜 자꾸 지숙이 얘기를 하니? 찔리니?"

그가 다소 퉁명스럽게 말을 뱉었다.

"싱글인 내가 왜 찔릴까? 찔려야 할 사람은 유부남인 오빠지."

진희는 몇 마디 더 붙이려다 그의 기분을 상하게 할 것 같아 참았다. 지숙은 진희와 고등학교 동창이었다. 그리 친하게 지냈던 것은 아니지만 고3 때 같은 반이었기 때문에 가끔 만나도 어색할 것이 없었다. 지숙은 항상 전교1등을 하고 의대에 진학했다. 원국의 결혼 소식을 들은 후 신부가 지숙이라는 사실을 알고 그녀는 다소 의아해했다. 지숙의 아버지가 의사였기 때문에 의사하고 결혼할 줄 알았고 또 막연히 신랑과 신부가 스타일이 안 맞는 상대라고 생각했기 때문이었다. 진희와 원국이 처음 관계를 가질 무렵 그의 부부 사이가 원만치 않다는 것은 알고 있었다. 그래서 미안한 마음은 없었지만 다소 찜찜했던 것은 사실이었다. 지숙이 집을 나가면서 둘이 별거를 한다는 소식을 들었을 때는 혹시 자기와의 관계를 눈치 챈 것인가 하는 생각도 해보았다. 그러나 크게 개의치 않았다. 원국 정도의 남자면 주변에 유혹이 있기 마련이고 그런 남편을 지키지 못하면 그것은 부인의 책임이라고 생각했다.

계속 눈을 감고 엎드려 있던 그녀가 몸을 일으켰다.

"이제 들어가야지 더 있다가는 타겠다. 오빠도 들어가자."

진희는 먼저 일어나 안으로 들어갔다. 그는 부인 얘기가 나오자 기분이 다소 위축되었다. 원국은 샴페인잔을 마저 비우고 비치의자에서 일어나 자리를 옮겼다. 침실에 들어서니 목욕탕 문을 열어 놓은 채 진희가 물을 채운 욕조 안에 들어가 있었다. 욕조 물 위에 원색의 마른 꽃잎들이 떠 있었다. 월풀도 틀어놓은 상태였다.

"오빠. 들어와."

그는 수영복을 벗고 욕조 안으로 들어가 진희와 마주 앉았다. 진희는 등을 기대고 눈을 감은 채 평온한 표정을 짓고 있었다. 그런 표정과 자세 자체가 원국에게는 유혹이었다. 그는 물속에서 그녀의 발가락과 발을 부드럽게 마사지했다. 그녀의 입술 사이로 좋다 라는 소리가 새어 나왔다.

"오빠. 종아리도."

원국은 진희의 다음 요구는 허벅지라는 것을 알고 있었다. 그의 손이 천천히 그녀의 허벅지를 타고 올라가다 멈췄다. 그녀의 몸이 약간 꿈틀 거렸다.

"너, 아직도 왁싱하니?" 그가 장난기 있는 목소리로 말했다.

"왁싱해야지 티팬티가 편해." 눈을 감은 채 그녀가 대답했다.

진희가 그의 한 손을 잡아 자기의 가슴에 갔다댔다. 탄력 있는 가슴이 굳어져 있었고 유두가 팽창해 있었다. 그녀를 더듬는 원국의 손이 거칠어졌다. 그녀의 감긴 두 눈의 미간이 살짝 찡그러지며 도톰한 입술 사이가 벌어졌다. 원국은 자신의 변화를 느끼면서 더 이상 참을 수 없었다.

"진희야. 방으로 들어가자."

그가 몸을 움직이려 하자 욕조에 기대어 있던 진희가 손을 뻗쳐 그를 감아쥐었다. 원국 입에서 격한 신음소리가 저절로 나왔다.

"오빠 벌써 준비됐네. 가긴 어딜가. 여기서 그냥 하면 되지."

원국은 첨벙하고 물을 튀기며 그녀에게 몸을 포갰다. 두 사람의 허벅지 안쪽이 강하게 밀착되었다.

아침 햇살이 침실을 가득 채울 무렵 둘은 잠에서 깼다. 원국은 진희의 이마에 가볍게 입을 맞추고 주방으로 가서 달걀프라이와 햄, 리고 오렌지주스로 간단한 아침식사를 준비했다. 그녀를 부르자 진희는 남방셔츠만 걸치고 나와 긴 다리를 뻗은 채 식탁의자에 앉았다.

"고마워. 오빠. 남자가 해준 아침 먹기는 평생 처음인 것 같네. 생얼이라 미안해."

그녀는 음식을 먹으며 잠이 깨는 것 같았다. 원국은 진희의 풀어진 단추 사이로 드러나는 깊게 파인 가슴골을 바라보고 있었다. 맨몸에 남방만 걸친 것이 분명했다. 진희가 나이프로 햄을 자르며 말했다.

"어젯밤 무리하고 아침부터 기운 내려고 하지 마. 몸 상해. 나도 약간 피곤하고."

"아직 그 정도로 약해지지 않았어."

"그런 사람이 나 몰래 비아그라를 먹었어?"

"……."

진희는 전날 저녁식사를 마치고 원국이 물을 마시며 먹은 약 중에 비아그라가 섞여 있는 것을 눈치 챘다.

그가 잔에 내린 커피를 들고 둘은 거실 소파로 옮겼다. 커피향이 거실 전체를 휘감았다.

"음, 커피향 좋다. 김 회장 커피 취향은 제대로 네."

자기가 내린 커피를 마음에 들어 하는 그녀를 보며 원국은 기분이 좋았다. 그는 나지막한 목소리로 말을 걸었다.

"진희야, 요즘 Dr. K는 어떻게 지내?"

"그건 나보다 원국 오빠가 더 잘 알지 않아? 나랑은 거의 대화가 없어. 오빠가 직접 물어봐."

"이 자리에 있으면 그러기가 참 곤란할 때가 있어. 난 요즘 친구들 하고 거의 연락을 안 하고 지내. 청탁이 심하고 다른 사람들한테 오해받을까봐. 또 주변 사람들도 그걸 아니까 연락 안하고. 이러다 왕따 될까봐 걱정돼. 거참 이 자리가 어려운 자리야. 오죽 힘들면 오늘 내가 휴가를 내고 여기서 너를 보자고 했겠니?"

그의 말을 들으면서도 진희는 왜 그걸 나에게 물어볼까 하는 이상한 느낌이 들었다. 그가 몇 마디를 덧붙였다.

"학교에는 계속 있을 거고, K튜브야 여전할 거고, 오월회 활동도 그만그만할 거고. 요즘 내가 외톨이로 지내다 보니 갑자기 친구들 소식이 궁금해지네."

그 말도 일리가 있는 것 같았다. 공직감찰수사처라는 기관부터 거기 간부들까지 비난과 냉소의 대상이었다. 검찰과의 갈등도 상당한 수준이었다. 그럼에도 원국은 꿋꿋하게 버티며 기관의 위상을 유지하고 있었다. 힘들고 외로운 자리임에는 틀림없었다.

"조만간 무리를 해서라도 친구들과 한번 만나봐야지. 그런데 Dr. K 근황을 먼저 간접적으로 살펴봐야 하지 않겠어?"

"그래. 한번 만나서 교육 좀 제대로 시켜줘."

둘은 잠시 각자 커피를 마셨다.

"그런데 Dr. K 비서 있지?"

"비서? 오빠가 비서가 어딨어?"

"왜 오랫동안 Dr. K랑 일한 오빠 후배 있잖아. 그 친구 이름이 뭐더라?"

"아! 조 실장? 조 실장 말하는 거야? 후배가 아니라 제자지."

원국은 Dr. K와 만나기 전에 조 실장에게 먼저 오빠의 근황에 대해 물어보겠다며 그의 전화번호를 알려달라고 했다.

"글쎄, 내가 저장해 놓았나? 그 사람도 전화번호가 여러 개라서. 통화한지도 오래됐고……."

"조 실장이나 오빠 번호 있는 대로 다 알려 줘봐."

진희는 이리저리 전화기를 검색해보고 두 사람의 전화번호들을 불러 주었다.

"고마워. 공개적으로 뭘 하기에 처신이 힘들어서. 하루하루가 매일 첩보영화 같애."

"오빠가 골프 바지에 야구모자 쓰고 나타나는 거보고 나도 그렇게 생각했어. 그러면서까지 그 일해야 돼? 권력이 좋은가보다."

커피를 마시며 대화가 끝나갈 즈음 점심시간이 가까워졌다.

"진희야, 너 먼저 출발해라. 난 여길 정리하고 한 십분 있다가 떠날게."

그녀는 자리에서 일어나 침실 쪽을 향했다. 진희 엉덩이가 반만 가려진 뒷모습과 몸매 전체의 실루엣이 관능적이었다. 자극적인 그녀의 뒷모습을 원국은 뚫어지게 응시했다. 그녀가 맨 발을 옮기며 고개를 돌리지 않은 채 말했다.

"어허, 오빠. 아침부터 음탕한 생각하면 머리 나빠져. 여자들 모닝섹스 싫어하는 거 몰라?"

진희는 산길을 빠져 나와 고속도로에 들어서자 차의 속도를 올렸다. 날씨도 좋고 장소도 좋고 정말 만족스런 1박2일이었다. 오랜만에 흡족한 시간을 가지며 휴식을 취했다. 사람만 놓고 보면 남자로서 원국은 괜찮은 상대였다. 그녀는 이제 쉰 줄에 들어서는 자신의 처지를 생각해 보았다. 최근 들어 남자들로부터의 구애가 줄어들기 시작했다. 미모가 사그러 들어서가 아니라 그녀의 나이를 의식해 쉽게 접근을 못하는 것 같았다. 진희 자신도 쉰에 가까워짐에 따라 스스로 태도와 처신이 바뀌는 것을 느낄 수 있었다. 그렇다면 원국 오빠도 나쁜 선택은 아닌 것 같았다. 그도 지난 10년 간 상당한 부를 축적했을 것이 분명했다. 이 정권 하에서는 승승장구할 것이다. 또 다음 선거에서 국회의원이 될 것이 분명했다. 돈 있고, 권력 있고, 남성적 매력 있고, 또 비아그라만 있으면 잠자리의 즐거움을 갖는데 아무런 문제도 없고... 상상은 진희를 저절로 미소 짓게 했다. 그의 부인인 지숙의 편을 드는 동창들 사이에서 구설수에 오르겠지만 그것이 대수로울 것은 없었다. 진희는 선글라스를 낀 채 액셀을 힘껏 밟았다. 그녀의 흰색 베엠베는 주인이 시키는 대로 속도를 한껏 올렸다.

라디오에서 오래된 유행가가 흘러 나왔다. 세레나가 어렸을 때 가수의 춤을 흉내 내며 열심히 따라 불렀던 댄스음악이었다. 어린 세레나가 전주가 시작되면 자지러듯이 "아—악"하고 비명을 지른 후 "나도 저 언니처럼 유명한 가수가 될 거야"라고 말하던 귀여운 모습이 떠올랐다. 우리 딸이 저 가수보다 얼굴도 예쁘고 몸매도 늘씬하고 노래와 춤도 잘하는데 왜 스타가 되지 못했을까 하는 아쉬움이 잠시 스쳐갔다. 그래도 노래는 기분 좋은 그녀의 마음을 더욱 경쾌하게 했다. 진희는 그 노래 중 자신이 가장 좋아하는 후렴을 따라 불렀다.

"어디선가 쉽게 넌 말하겠지.
세상의 모든 여잔 너무 쉽다고.
상처를 받은 나의 맘 모른 채
넌 웃고 있니. 후회하게 될 거야."

남성 백코러스의 반복되는 외침도 귀에 쏙쏙 들어왔다. "I got the money! I got the money!" 그녀는 속으로 말했다. "맞아. 난 돈이 있어.

돈이 있다고." 그녀는 특히 후렴 중에서도 마지막 소절인 **"후회하게 될 거야~~"**를 고개까지 쳐들며 목청껏 외쳤다. 구체적인 대상이 특별히 있는 것은 아니었으나 그녀는 그 가사가 무척이나 마음에 들었다. 노래를 따라 부르면서도 그녀는 제목을 기억하지 못하고 있었다.

원국은 진희가 떠난 후 빌라를 정리했다. 침대 시트와 이불보, 베개를 꼼꼼히 살펴 머리카락을 집어냈다. 목욕탕 욕조도 체모가 남아 있는지 살펴봤다. 식탁과 테이블의 손자국도 지웠다. 거실 탁자 위에 오만 원 짜리 지폐 한 장을 남겨 놓고 빌라를 빠져 나왔다.

고속도로를 운전하는 원국은 기분이 좋았다. 몇 년간의 긴장이 상당히 풀린 것 같았다. 침대 위에서의 진희는 대단한 여자였다. 온 몸의 기를 다 빨아버리고 끝난 것 같은데 다시 기운을 솟아나게 하는 능력이 있는 여자였다. 정말 잊지 못할 밤을 보냈다. 나이가 들었는데 외모나 몸매, 언행이나 여성적 매력이 조금도 줄어들지 않았다. 거기에 더해 그녀는 아양, 애교, 교태, 그리고 새침의 경계가 모호한 것도 큰 매력이었다. 그녀가 그 네 영역을 순간적으로 변갈아가며 넘나들 때 아무리 돌부처 같은 남자들도 안 넘어갈 수 없었다. 더군다나 상당한 재산도 모아놓았다. 공직생활을 하며 이 여자 저 여자를 소개받을 수도 없고 그렇다면 진희도 나쁜 선택이 아니라는 생각이 들었다. 저절로 미소가 나왔다.

이번 1박2일에서 건진 수확 중 하나는 Dr. K와 측근인 조 실장의 전화번호들을 확보한 것이었다. Dr. K나 조 실장은 여러 개의 핸드폰을 사용하고 있었다. 그중에는 타인 명의나 대포폰도 있을 것이 분명했다. 이제 오늘 입수한 전화번호들의 통화기록을 분석하면 그들의 동선을 파악할 수 있을 것이다. 그는 저절로 미소가 지어지며 액셀을 깊숙이 눌렀다. 엔진소리가 올라가지 않은 채 속도가 붙었다. 그는 혼자 뇌까렸다.

"차는 일본놈들이 잘 만들어. 역시 렉서스야."

팬데믹으로 음식점과 술집의 야간영업이 큰 타격을 받았다. 세레나의 와인바도 손님이 거의 없었다. 방앗간 참새들도 모여 떠드는 것을 꺼려했다. 종업원 급여는 고사하고 임대료만큼의 수입도 올릴 수 없었다. 전화로 매일 쏟아내는 세레나의 푸념을 듣다못해 진희는 와인바를 직접 가보기로 했다. 와인바는 밤늦게 손님들이 오는 곳인데 영업을 10시까지 하라면 굶어 죽으라는 얘기냐는 세레나의 욕설 섞인 하소연이 귀에 쟁쟁했다. 진희도 자기 상가건물의 공실이 늘어나고 임대료 연체가 누적되면서 팬데믹이 계속되면 자신도 영향을 받겠다는 걱정을 하고 있었다.

녹스 와인바(Nox Wine Gallery)의 문을 밀고 안으로 들어가니 어두운 조명으로 실내가 잘 보이지 않았지만 바 스탠드 뒤의 젊은 여종업원이 마른 수건으로 컵을 닦고 있는 모습이 눈에 들어왔다. 종업원은 진희를 알아보지 못했다. 진희는 선 채로 종업원에게 말을 걸었다.

"사장님은 안 계셔?"

"네. 약속이 있으셔서 외출하셨어요?"

"언제 오신대?"

"말씀 안 해주셨어요. 오늘 안 들어 오실지도 몰라요."

"사장님이 가게 비우고 외출할 때가 많아?"

종업원은 의아한 표정으로 진희를 바라보았다.

"누구신데 무슨 일로 사장님에 대해 물어보세요?"

진희는 가볍게 숨을 내쉬며 말했다.

"아가씨가 일한 지 얼마 안 된 것 같네. 세레나 사장이 내 딸이야."

여종업원의 긴장된 표정이 풀렸다.

"네. 사모님. 장사가 시원치 않다고 사장님 얼마 전부터 K튜브 시작하셨어요. 그래서 바쁘세요. 아마 촬영하러 스튜디오에 가셨을 거예요."

"세레나가 K튜브를? 걔가 해줄 말이 뭐가 있다고. 채널 이름이 뭔데?"

진희 질문에 종업원의 우물쭈물하는 모습이 역력했다. 그녀는 진희의 얼굴을 쳐다보지 않은 채 중얼거렸다.

"글쎄... 저도 그 채널 안 봐서 잘 모르겠어요."

진희는 말이 중단되자 바를 둘러보았다. 바 스탠드 뒤의 의자에 실물 크기의 여성 나신 인형이 무릎이 과하게 벌어진 자세로 앉아 있었다. 체모까지 정교하게 복원되어 있었다. 실리콘으로 된 재질이나 질감이 가까이서 봐도 정말 사람으로 보였다. 보기가 민망했다.

"저건 뭐야?"

"리얼돌이에요." 종업원은 컵을 닦으며 대답했다.

"리얼돌? 전에 왔을 때는 없었는데……."

"얼마 전에 갖다 놨어요. 사장님 신체를 그대로 본 뜬 거예요. 본을 뜨느라 엉거주춤 무릎을 꿇고 엎드린 자세로 세 시간 넘게 있었다며 힘들어 죽는 줄 알았대요."

세레나의 엉거주춤한 자세가 머리에 그려지며 진희의 미간이 저절로 좁아졌다. 가슴이 쿵하고 내려앉는 소리가 들리는 듯했다. 실내 안쪽의 어두운 곳에서 중년 여성의 낮은 목소리가 들려왔다.

"진희 왔구나. 정말 오랜만이다."

진희는 고개를 돌려 소리가 들린 방향을 살펴보았다. 제일 안쪽 테이블에 여자 손님 한 명이 등진 채 앉아 있었다.

"진희야. 이리로 와. 같이 한잔하자."

그 목소리를 들으며 진희는 맥박이 빨라지는 것을 느낄 수 있었다. 그녀는 순간적으로 못들은 척하고 가게를 나갈까 하는 생각도 해보았다. 낮은 톤의 목소리가 지숙임에 틀림없었다. 진희는 손으로 이마를 한번 천천히 훔친 후 테이블 쪽으로 향했다.

"정말 오랜만이다. 지숙아."

"오랜만이야 진희야. 여전히 예쁘고 귀품이 나는구나. 완전 30대 같다."

"여기는 어떻게 알고 들렸어?"

"예전에 우연히 들렸다가 그 후 몇 번 오게 됐지."

지숙의 아파트는 와인바에서 걸어서 10분 거리에 있었다. 팬데믹이 심해지기 전 겨울에 동료의사들과 우연히 들린 것이 처음이라고 했다.

"그때 인테리어 브로마이드를 보고 바로 네 딸인지 알았지. TV에서도 몇 번 본 적이 있어서 금방 알아봤지. 그래도 여기서 너를 보게 될 줄은 몰랐어."

진희는 지숙이 알아차리지 못하게 아주 천천히 숨을 내쉬며 긴장을 풀려고 노력했다.

"그 병원에 계속 있는 거지? 아직 내과과장이야?"

"그건 얼마 전에 뗐고 지금은 연구부장을 맡고 있어. 더 바빠졌어."

지숙은 취기가 오른 상태인 것 같았고 어투나 태도에서 전문직 중년 엘리트의 티가 물씬 났다. 종업원이 갖다 준 진희의 잔에 지숙이 와인을 채웠다.

"진희야, 너랑 나랑 둘이서 술 마신 적 있던가? 난 기억에 없는데."

"어렸을 때 반창회에서 몇 번 만났지만 둘이 잔 기울일 기회는 없었지."

"그래 오늘 처음으로 나이 들어 둘이 한잔 하자. 마시다 역시 넘으면 어때? 나 내일 오프(off)냈거든. 너도 괜찮지?"

진희는 가볍게 고개를 끄덕였다. 의미 없는 일상적인 얘기가 몇 차례 오갔다. 지숙이 그녀의 눈을 응시했다.

"진희야. 나 원국 씨랑 따로 사는 거 얘기 들었지? 한 몇 년 됐어. 너도 아직 혼자지?"

"혼자긴. 세레나가 있지."

지숙이 피식 웃었다.

"나도 아들이 있지. 엄마 아빠도 아직 살아계시고……."

쓸쓸한 표정의 말끝에 지숙은 와인잔을 천천히 빙빙 돌렸다. 진희는 그 모습을 바라보기만 했다.

"내가 집을 나온 건데 아마 경제력이 없었어도 그렇게 했을 거야."

정작 지숙이 하고 싶은 얘기가 이거였구나 하는 스침과 함께 갑자기 그들 부부가 왜 별거하게 됐나 하는 궁금증이 났다.

"자세한 사정은 모르겠지만 모두 부러워하는 커플이었잖아. 너무 의외였어."

"부러워 하기는 개뿔. 그 양반이 지금 잘나가고 있으니 말들을 그렇게 하는 거지. 하기야 겉으로 드러나는 조건만 보면 그렇게 말할 수 있겠지."

그럼 안의 속사정은 무어란 말인가? 오랫동안 섹스리스 부부였나? 진희는 엉뚱한 추측을 해보았다. 주변에 그 이유로 갈라서는 부부를 심심치 않게 보았기 때문이었다. 지숙은 반 잔 가까이 되는 와인을 단숨에 들이키고 한 병을 추가로 시켰다. 그녀는 진희 잔에 와인을 따르며 말했다.

"난 이 와인 제일 좋아. 몬테스 알파 카버네 소비뇽. 맛이 강한데 목 넘김은 부드러워."

그 말을 들으며 진희는 얼마 전 빌라에서 원국과 그 포도주를 마시던 생각이 떠올라 속으로 가슴이 뜨끔했다. 뭘 알고 일부러 이 포도주를 시킨 건가? 진희는 대형종합병원 연구부장급의 내공도 만만치 않다고 생각했다.

"주변에서 만류도 했고 뒷담화도 많았고, 그런데 정말 잘한 결정이었어. 궁금하지? 내가 왜 그 양반을 떠났는지. 지금까지 아무 말 안하고 있으니까 다들 궁금해 하더라고. 하하. 뭐 그리들 남의 일에 관심이 많은지... 오늘 너를 우연히 만났지만 내 속도 좀 털어놔야겠다."

우연히 진희를 만나 그녀의 입이 터진 것 같았다. 지숙은 낮은 톤으로 천천히 그러나 쉬지 않고 말을 쏟아냈다.

"오늘 기막힌 일이 있었어. 그래서 집에 들어가다 나 혼자 와인 한 잔 하러 들린 거야. 마침 너를 만나 대화상대가 생겨 다행이다. 우리 애가 아이비리그를 다니잖아. 팬데믹 때문에 이번 학기엔 한국에 들어와서 나랑 같이 있어. 애가 오후에 나한테 전화를 했더라고. 아빠가 점심을 사준다고 해서 시간 맞춰 알려준 시내 호텔 일식집으로 갔대. 종업원이 안내한 방으로 가니까 아빠 말고 다른 손님들도 있더래. 뻘쭘했지만 아빠에게 인사를 드렸더니 자기를 손님들에게 소개하더래. 서울에서 과고 나오고 지금은 아이비리그 다니고 어쩌고 하면서. 그랬더니 처음 보는 손님들이 아빠 닮아서 공부 잘하는구나. 아이비리그 다니니 천재로구나 하면서 그렇게 우리 아이에게 아부성 발언을 하더래. 물론 아빠 들으라고 하는 얘기였겠지만... 거기까지는 들을 만 했어. 그런데 손님들이 지갑을 꺼내 용돈 하라며 수표를 건네더래. 아빠만큼 훌륭한 사람이 되라며. 아빠는 이제 그만 나가라고 아이에게 눈치를 주고. 애가 나와서 어리둥절한 채 나한테 전화를 한 거야. 나는 아이가 아빠랑 점심을 먹는다고 해서 시답지 않아도 뭐 도움이 될 만한 얘기를 해줄 줄 알았어. 받은 돈이 삼백만 원이래. 애도 오죽 당황했으면 나오자마자 나한테 전화했겠냐고. 그 얘기를 듣고 나 정말 열 받았어. 그 인간이 그런 인간이야. 이건 나와 애에 대한 모욕이야."

　소리 지르듯 그녀의 목소리가 커졌고 남편에 대한 호칭이 바뀌었다. 진희도 다소 놀랐다. 그녀도 각종 접대와 향응자리를 마련한 경험이 있지만 지숙이 말한 것과 같은 경우는 없었다. 지숙의 말을 끊고 싶지 않아 진희는 잠자코 있었다.

"사람은 변하나봐. 젊었을 때는 그렇지 않았어. 그때는 열정과 순수함이 있었잖아. 그때는 그게 매력이었잖아. 그런데 그게 다 없어지고 너무 세속적으로 변했어. 그 인간은 이름이 조금 알려지면서 끊임없이 권력을 추구해. 그 과도함이 옆에 있는 내 눈에도 보여. 학교 다닐 때는 정의실현을 위해 사회와 기득권층을 비판했잖아. 그런데 최근에는 자기가 하는 일에 토를 다는 사람은 모두 적폐야. 그런 사람들은 모두 불의야. 언젠가 내가 병원 일을 얘기하면서 의학용어 몇 개 썼다가 아주 혼났다고. 영어 쓰지 말라면서 막 화를 내는 거야. 의사들은 우리말이 있는데도 굳이 영어 쓰는 친미주의자들이라고 하더라고. 정말 어처구니가 없더라. 그 용어들 영어 아니야. 희랍어나 라틴어지. 꼬부랑말만 나오면 경기를 일으

481

켜요."

마치 무슨 활극을 보는 것 같았다. 고등학교 때 전교 1등을 놓치지 않으며 의대에 입학한 사람의 경험담으로 들리지 않았다.

"몇 년 전부터 그게 너무 심해져 내가 참을 수 없었다니까. 둘이 얘기를 하다보면 내가 숨이 막힐 거 같았어. 그러니 내가 살은 커녕 얼굴을 계속 마주하고 살 수 있었겠어?"

그 말을 계속 듣는 진희도 숨이 차는 것 같았다.

"진희야. 난 의사잖아. 사람 생명을 구하는 게 내 일이고 최선을 다했다고 생각해. 그렇지만 난 생명을 몇 명 구했다고 자랑하지 않아. 그런데 그 인간은 입만 열면 자랑처럼 누구 골로 보냈다는 얘기만 해. 그 인간이 추구하는 정의가 뭔지는 내가 정확히 모르지만 그렇다고 해서 남 감옥 보내고 패가망신시킨 게 자랑거리는 아니잖아? 내가 찾아낸 약전으로 목숨 살린 사람 많아. 그렇지만 그건 내가 당연히 해야 할 일이야. 그러니 자랑할 것도 없어. 그런데 사람 감옥 보낸 거를 왜 그렇게 떠들어델까?"

그녀의 얘기에 진희는 아무 말도 할 수 없었다.

"우리 애를 왜 미국대학에 보냈는지 알아? 걔 과고에서도 공부 잘했어. 아빠가 나온 대학 못 갔겠어? 그런데 내가 미국에 보냈어. 그 인간 영향에서 비켜 있으라고. 그런데 웃기는 게 반미자주파 출신이 애를 미국에 유학 보냈다고 씹더라고. 세상 웃겨. 정말 너무 웃겨."

지숙은 말을 쏟아내며 거의 자아도취 상태에 있는 것 같았다.

"몇 년 전부터 그 사람 돈도 밝히기 시작하더라고. 가끔 목돈도 생기는 것 같아. 그 돈이 뭘까? 어디서 생겼을까? 변호사와 의사 부부가 뭐가 부족하겠니? 그런데 무슨 돈을 그렇게 밝히는지 이해가 안 되더라니까. 은퇴 후에 부족하면 내가 페이 닥터 하면 되잖아? 변호사는 나이 들어 공증만 해줘도 먹고 살 수 있잖아?"

진희는 그녀의 얘기에 아무런 반응을 보이지 않았으나 그런 말을 계속

하는 지숙이 측은해 보이기 시작했다. Dr. K가 하는 얘기를 듣고 있는 느낌이 들면서 두 사람이 만나면 얘기가 잘 통할 것 같았다.

"더 웃기는 게 뭔지 아니? 토착왜구라는 말을 입에 달고 살면서 차는 렉서스를 몰고 다녀요. 볼펜도 일제야. 항구에서 자라서 그런지 회 좋아하잖아? 회식은 꼭 일식집에 가서 사케를 마셔요. 몇 년 전까지는 골프도 일본 가서 치더라고... 정말 그 탐욕과 위선을 옆에서 보고 있을 수 없더라니까."

지숙의 원국에 대한 비난은 점점 수위가 높아져 갔다. 듣기가 거북할 정도가 되었다.

"그리고 또 듣기 싫은 얘기가 부채의식이라는 말이야. 여객선사건을 맡아 유명해지면서 그 사람 신문 인터뷰 기사를 보니까. 대학 다닐 때부터 사회의 부조리를 보면서 우리 사회 약자들에게 부채의식을 가졌다고 하더라. 무슨 부채의식? 진희 너는 누구한테 부채의식가지고 있니? 네 오빠도 그런 얘기 하니? 나는 환자한테 부채의식 없어. 환자상태에 따라 처방을 할 뿐이야. 그러다 혹시 부작용 나거나 약이 듣지 않으면 다른 약전을 찾아보고. 그러면 됐지, 내가 환자에게 부채의식을 가질 이유는 없지. 사람 목숨을 다루는 의사인 내가 그러는데 그 사람은 입만 열면 부채의식이야. 변호사는 최선을 다해 변호하면 되고, 검사는 유죄를 입증하려 최선을 다하면 되고, 판사는 법과 양심에 따라 선고를 하면 되는 거지, 무슨 부채의식이 거기에 끼어들어?"

지숙은 숨이 찰 정도로 쉬지 않고 말을 쏟아냈다.

"그 인간 변호사 때 소송에 지면 판사 욕 안 해. 맨 검사 욕이야. 검사 콤플렉스가 있는지... 그런데 이제 검사들 조질 수 있는 자리에 있으니 엔돌핀이 막 솟겠지. 이제는 도파민이 분출돼서 중독이 된 것 같아. 내가 의사잖아. 환자들 몸 상태를 살피지. 그런데 사람이 몸뚱이가 전부가 아니더라고. 정신을 무시할 수 없더라고. 정신력이 강해야 몸도 버틸 수 있고, 반대로 몸이 튼튼해야 살겠다는 의지도 생기는 거지. 몸은 탐욕으로 꾸역꾸역 계속 채워놓고 정신은 위선으로 가려 놓고선 잘 되기를 바라는 것은 웃기는 얘기야. 나는 사람을 살리려고 하고 그 사람은 사회정의를 위한다며 사람을 파멸시키려고 하고... 난 사람들이 주장하는 정의가 뭔지 몰라. 그렇지만 이건 알아. 의사는 사람 살리려고 최선을 다하고, 선생들은 애들 잘되라고 제대로 가르치고, 경찰들은 사기꾼하고 도둑 잡고 하면서 모두 딴 생각 없이 자기 일을 열심히 하면 그게 정의로운 사회 아니니?"

지숙의 열변을 들으며 진희는 정말 도덕 선생님 같은 소리를 듣고 있다는 답답한 생각이 들었다.

"그 사람과 나는 완전히 반대야. 사람들이 법조인 남편과 의사 부인이 최고의 커플이라고 하지? 천만의 말씀. 법조인과 의사 부부는 상극의 조합이야." 지숙이 말을 마쳤다.

진희는 누가 잘했다 잘못했다를 떠나 지숙이 진정 그렇게 느꼈다면 둘이 같이 살 수 없을 것이라고 생각했다. 진희와 지숙은 와인 한 병을 더 마시고 자리를 끝냈다. 거의 다 마셨을 무렵 와인바 안에 노래가 흘러나오며 정적을 깼다. 시간이 늦었으니 이제 문을 닫겠다는 종업원의 신호인 것 같았다. 어렸을 때 많이 듣고 부르던 경쾌한 놀이동요였다. 진희는 와인바 간판등을 끈 채 짜증스러운 표정으로 기다려야 했던 여종업원에게 두둑하게 팁을 줬다.

아파트 방향이 반대여서 진희와 지숙은 서로 등을 지고 걸었다. 두 사람은 뒤돌아보지 않았다. 진희는 걸어가며 내가 의사였으면 지금의 모습이 어땠을까 하는 상상을 해보았다. 와인바를 떠나기 직전 들었던 동요의 경쾌한 음과 박자가 귀에 맴돌았다. 진희는 지숙과 나눴던 대화로 무거워진 마음을 가볍게 하기 위해 그 노래를 입 속으로 흥얼거렸다.

"동동 동대문을 열어라
남남 남대문을 열어라
열두 시가 되면은 문을 닫는다. "

진희는 어렸을 적 했던 그 놀이의 기억을 한참 거슬러 올라가 보았다. 자신은 노래가 끝날 무렵 항상 상체를 엎드리듯 밑으로 바짝 숙여 잡힌 적이 한 번도 없었다. 그런데 한 남자애는 매번 자신에게 잡혔다. 그 남자 아이는 두 사람이 마주 잡은 팔 사이에 끼어 잡히면 항상 진희 쪽으로 몸을 돌리며 희죽 웃었다. 그 장면이 떠오르자 진희는 배시시 웃음이 나왔다.

그녀는 오랜만에 취한 채 집에 들어왔다. 벽에 걸린 시계가 자정을 가리키고 있었다. 진희는 피곤했지만 거실 소파에 앉아 K튜브를 검색했다. 생각나는 대로 세레나와 관련된 단어 몇 개를 넣으니 쉽게 찾을 수 있었다.

「세레나TV / Nox의 밤낮 없는 사스 이야기」

진희는 채널이름에서 이상한 예감을 느끼며 떨리는 마음으로 동영상을 눌렀다. 팔소매가 없는 와인색 오프 숄더 셔츠 차림의 세레나는 밝고 가벼운 목소리로 자신이 좋아하는 체위를 손놀림과 함께 설명하고 있었다. 화면 하단 오른쪽 구석에는 와인바에서 보았던 리얼돌의 광고가 고정되어 있었다. 진희의 얼굴이 달아올랐다. 점점 빨라지는 심박수를 느끼며 동영상을 껐다. 그녀는 침실로 들어가 외출복 그대로 침대에 쓰러지듯이 누웠다. 취기 때문만은 아니었다. 마음이 심란해 모든 것이 다 귀찮았고 그날 하루 일을 생각하기도 싫었다. 진희는 흘러나오는 눈물을 닦지 않았다. 귓속에 다시 놀이동요가 반복적으로 맴돌았다.

"동동 동대문을 열어라
남남 남대문을 열어라
열두 시가 되면은 문을 닫는다.

서서 서대문을 열어라
북북 북대문을 열어라
열두 시가 되면은 문을 닫는다."

III부_ 현재의 멀지 않은 미래

In dystopia, we survive.

1. 카오스

 홍콩으로부터 오는 연락이 두절된 지도 벌써 반년이 넘었다. 체제보안법이 시행된 후 홍콩 시민단체 활동가들의 대부분이 공안당국에 의해 체포되었고 민주화운동이 완전히 소멸되었다. 오월회는 홍콩의 민주화운동을 위한 후원금을 지원하는 것과 함께 그들 단체를 해외해커들에 대한 송금루트로 활용해왔다. 홍콩 공안당국이 압수수색을 통해 확보한 자료들을 분석하여 그들 단체와 Dr. K나 오월회와의 관계가 밝혀지면 큰 위기가 아닐 수 없었다.

 발티키아 쪽에서도 연락이 없었다. 모두들 몸조심하는 것 같았다. Dr. K는 상황의 심각성을 느꼈다. 그나마 느슨하게 유지되었던 국제연대망이 와해되고 있는 것을 감지할 수 있었다. 상대편의 보안상태를 확인할 수 없었기 때문에 조바심이 난다고 먼저 연락을 취할 수도 없었다. 계획대로라면 해커네트워크가 더욱 강화되어야 하는데 팬데믹 이후 오히려 그것이 급속히 약화되고 있었다. 코비드 사태로 각 국가들의 사회에 대한 통제력이 강화되자 이 같은 현상이 벌어지고 있었다.

 수년 전부터 아시아, 유럽, 임페리카, 러시아의 해커들은 국제연대를 구축하여 왔다. 이들은 선한 프로메테우스라 자칭하며 디지털 시대에 국가권력이 과도하게 개인의 자유나 프라이버시를 침해하는 것을 막자는 공동목표를 위해 상호협력하였다. 코드체인과 U-Path에 대한 사이버공격도 Dr. K의 요청을 받은 발티키아 해커들이 감행한 것이었다.

Dr. K는 마음이 심란했다. 여기서 멈추고 마는 것인가, 아님 아예 붕괴되는 것인가?

"May day. all closed out. 10-4." 오랜만에 Dr. K의 텔레톡에 메시지가 들어왔다.

그는 다시 한 번 상황의 심각성을 느꼈다. 다급한 메시지 내용으로 보아 수사가 집요하고 정교할 것으로 판단됐다. Dr. K는 조 실장에게 컴퓨터의 하드디스크를 교체하라고 지시했다. 더 이상 메시지가 없을 것이므로 어느 수사기관에서 올가미를 조여 오는지 알 수 없었다. 수사기관이 우리를 수사선상에 올려놓은 것인가? 그렇다고 하면 어떻게 혐의점을 찾아냈을까? 도무지 알 수가 없었다.

세 사람은 어둠이 깔린 저녁시간에 강남터미널역 인근 호텔방에서 만났다. 모두 대중교통을 이용하여 모였다. 강남터미널역은 서울에 있는 수백 개의 전철역 중 세 개 노선이 환승되는 몇 안 되는 역으로 혹시 있을지도 모를 미행을 따돌리는데 좋은 위치였다.

"교수님. 더 이상 추가 메시지가 없었죠? 저도 두 달 가까이 됐습니다. 내부사정을 전혀 알 수 없네요."

조 실장의 말을 들으며 Dr. K는 고개를 끄덕였다. 이 교수도 말을 거들었다.

"얼마 전에 교무처장이 그러는데 수사관이 학교로 찾아와서 나의 신상에 대해 물어보더래. 교무처장이 무슨 일이냐고 하니까 사이버보안 전문가를 모시려고 한다고 대답하더래. 그러면 나하고 직접 통화하면 되지 왜 교무처장에게 물어보겠어. 내 동향을 파악하려고 그랬겠지."

"이 교수, 나도 그렇게 생각하는데 사이버 공격에 대한 수사라면 나보다 이 교수가 더 관심의 대상이 되겠지. 최근 미행이나 도청의 느낌은 없었어?"

"지금은 수사기관이 일반 유선전화 도청은 안하고... 혹시 핸드폰 감청은 할지 모르지. 그래도 전담요원을 나한테 붙여 24시간 감청하지는 않을 거야. 우리가 쓰는 대포폰 번호를 알지도 못할 거고. 자네와 나는 친구고 같은 학교에 있으니 자주 통화를 해도 이상하게 볼 일이 아니지. 그래도 조심은 하고 있어."

"난 감이 이상할 뿐이지 주변에 특이한 동향은 없는 것 같아. 그런데 상황이 전혀 나아지지 않고 있네. 내부정보원들과 연락도 다 끊겼어. 수사기관이 확실한 증거를 찾아내기란 거의 불가능하지만 어쨌든 이렇게 위축되어 있어서야 무슨 일을 할 수 있겠어? 지금도 답답하고 앞으로의 상황을 생각해도 갑갑할 뿐이네."

Dr. K의 심정토로를 들은 이 교수가 말했다.

"그래서 내가 진즉에 학생들을 해외로 보내 놓기를 잘했지. 그 아이들 잘 지내고 있대."

"이 교수, 그 학생들 학비하고 체류비는 누가 부담해?"

"거기는 국립대학이라 학비가 싸니까. 그리고 관련 일을 하면서 생활비는 벌어 쓰나봐. 부모님도 조금씩 보내주겠지. 몇 명 더 보낼걸 그랬어."

이 교수의 말을 들은 Dr. K는 자신이 해외에 사람을 보내는 것에 적극적이지 않았기 때문에 아무 반응을 보일 수 없었다.

조 실장이 잔에 차를 채웠다. 이 교수가 입을 열었다.

"Dr. K, 조 실장, 우리가 만의 하나에 대비해야 하지 않을까? 요즘 수사기관들이 통신기록을 넣으면 의심되는 관계를 찾아내는 알고리즘을 장착한 프로그램을 가지고 있어. 만약 수사기관이 우리 번호들을 확보하고 있다면 우리 세 사람의 통신기록을 찾아낼 수 있을 거야. 내용은 파악 못하더라도... 혹시 수사기관이 우리를 소환할 수 있잖아. 내 판단으로는 물증은 못 찾아내. 이번 사이버 공격과 관련된 흔적은 전혀 남아있지 않

아. 모른다고 하면 물증을 제시하기가 불가능할 거야."

"나도 이 교수 의견에 동의해. 이번 사이버 공격에 대해서는 아는 사람이 우리 셋 밖에 없어. 특히 이 교수는 실행조직이나 루트에 대해서는 구체적으로 모르잖아. 내 생각에 사이버 공격에 대해서는 철저히 부인하고 나머지는 아는 대로 진술하는 것이 좋을 것 같아. 괜히 이리저리 머리 굴리면서 말했다가 스텝이 꼬일 수 있으니까."

조 실장이 대화에 끼어들었다.

"교수님 말씀대로 이번 사이버공격 말고는 아는 대로 얘기해도 될까요? 아예 제가 잠적하는 편이 더 낫지 않을까요?"

"그게 더 의심을 받을 텐데. 각국이 출입국을 제한하는 이 팬데믹판에 어디로 가 있겠어? 잘못하면 몇 년 이상 돌아오지 못할 텐데. 그냥 이번 물고를 피하지 않는 것이 좋아. 이번에 수사기관으로부터 세탁을 받는 편이 더 나을 거야. 그 다음엔 또 새로운 상황에 맞는 방법을 찾아봐야지. 그리고 다시 말하지만 해킹공격과 관련한 내용은 무조건 모른다고 하고 혹시 궁지에 몰리면 나한테 다 미뤄. 조사과정에서 수사관들이 가장 많이 쓰고 또 피의자들이 가장 쉽게 빠져드는 게 죄수의 딜레마잖아. 그냥 입을 다물어. 아니면 다 나한테 미뤄. 어떤 사람 혼자 독박 쓰는 게 훨씬 더 나은 결과를 가져와. 내가 방어할게. 이 교수나 조 실장이나 지금 내가 한 말을 절대 잊으면 안 돼."

Dr. K의 말에 고개를 끄덕이면서도 두 사람은 걱정이 되는 안색이었다.

"Dr. K. 혼자 막아내려면 정말 힘들 텐데, 괜찮겠어?"

Dr. K는 허리를 바로 세워 자세를 잡으며 이 교수에게 말했다.

"뭐 별일 있겠어? 요즘 조사실에 전화번호부도 없잖아."

Dr. K의 표정은 담담했으나 그의 눈에서 단호함을 엿볼 수 있었다.

감찰처 사이버팀은 원국이 알려준 전화번호들을 포함하여 Dr. K와 조 실장의 통신기록을 분석하였다. 그 중 몇 개의 전화번호 명의가 노숙자인 것으로 밝혀졌다. '통화연결네트워크 프로그램'을 이용한 분석결과가 원국에게 보고되었다.

"그 번호들은 교신이 자주 이루어졌고 빈번한 교신을 한 제3의 번호가 발견되었습니다. 그중 수발신 장소가 그 대학인 것을 파악했습니다. 그 제3의 번호도 노숙자가 개통한 것입니다."

"교신이요?"

"네. 음성통화는 거의 없고 대부분 메시지 교환이었습니다."

"메시지 내용은 확인할 수 있습니까?"

"텔레톡을 사용하는데 비밀대화로 하면 암호를 풀기 전에는 그 내용을 들여다 볼 수 없습니다. 그런데 텔레톡은 보안장치가 엄격해서 암호를 풀기도 어렵고 해킹도 사실상 불가능합니다. 그것이 텔레톡의 강점입니다. 텔레톡은 프로그램 앱 출시 이후 해마다 500만달러의 상금을 걸고 해킹이벤트를 여는데 전 세계 수많은 해커들이 참가하지만 그 앱을 해킹해서 상금을 타간 사람이 아직 없습니다."

원국은 상황을 정리해보았다. 그는 제3의 번호는 이 교수가 분명하다고 판단했다. 그런데 이상한 일이었다. 친구끼리 대포폰으로 메시지만 주고받는다니... 그리고 조 실장이 이 교수와 자주 교신을 갖는다니... 감이 잡힐 듯했다. 우리나라 최고의 사이버보안 전문가와 Dr. K가 비밀리에 교신을 한다면 사이버 공격과 관련하여 의심을 해볼 만 했다. 이 교수가 방학 때마다 해커교실을 열었다면 사이버 보안교육을 명분으로 해커를 육성한 것이 아닌가? 그리고 그 학과 학생 세 명이 동시에 같은 국가로 유학을 떠난 사실도 이상한 일이었다. 발티키아가 최근 IT강국으로 부상하고 있기는 하지만 세 명이 동시에 그곳으로 갔다는 것은 누군가의 기획에 의한 것이라고 판단됐다. Dr. K와 이 교수, 그리고 조 실장을 집중적으로 파헤치면 뭔가 나올 것 같았다.

그는 수사팀에 일단 세 사람을 소환조사하라고 지시했다. 실무자들은 물증이 있어야 자백을 받아낼 수 있다며 성급한 소환에 소극적인 입장이었다. 그는 일단 참고인으로 불러 정황을 파악해보라고 지시했다.

수사팀은 사이버공격에 대한 조사였으므로 사이버보안 전문가인 이 교수부터 소환하여 심문해보기로 했다. 이 교수가 감찰처에 출두하고 조사가 시작됐다.

"교수님이 해커 육성에 매우 적극적이셨더군요."

수사관은 이 교수를 자극하는 질문을 먼저 던졌다. 이 교수는 머뭇거리지 않았다.

"네. 맞습니다. 10년 전부터 청소년들 대상으로 해킹대회를 매해 개최했고 또 해커여름캠프도 열고 있습니다."

"그런 해커들이나 제자들을 이용하여 해킹은 몇 차례나 하셨습니까?"

이 교수는 이 질문이 가지고 있는 수사관의 의도를 금방 파악했다.

"여러 차례 했습니다."

수사관은 의외로 일이 쉽게 풀린다고 속으로 쾌재를 불렀다.

"주로 어디를 했습니까?"

"전부 다 NK사이트였습니다. NK해커들은 우리나라의 군사기밀이나 금융기관, 연구소, 대기업을 거의 매일 해킹하려 시도합니다. 그러면 우리가 보복공격을 하는 거죠. 일부 시스템을 아예 망가뜨려 사이트를 폐쇄시키기도 했습니다."

"NK사이트든 어디든 그거 불법행위 아닙니까?"

"NK는 국가적 차원에서 해커들을 양성하고 있습니다. 5천 명이다, 1만 명이다 하는 말들이 나돌지만 그 숫자는 좀 과장된 것이고요. 제대로 실력을 갖춘 해커들은 1천 명 안팎으로 알고 있습니다. 중국, 러시아, 말레이시아 등 해외 10여 국에 아예 사무실을 차리고 해킹을 전업으로 하고 있습니다. 그들이 해외 금융기관으로부터 갈취하는 돈의 규모가 NK가 공식 수출로 벌어들이는 외화보다 많습니다. 가상화폐만 해도 지난

두 해 동안 3억 달러 어치를 빼갔습니다. 직접 해킹하기도 하지만 랜섬웨어를 심어놨다가 이를 풀어주는 조건으로 돈을 요구하기도 합니다. 범죄조직이나 다름이 없지요. NK의 사이버 공격을 총괄하는 기관이 정찰총국 산하 121부대인데요, 그런 NK의 사이버 공격에 맞서려면……."

"그만 하세요. 됐고요. 우리를 가르치려고 하지 마세요. 누구를 대상으로 하든 해킹은 불법 아닙니까?" 수사관이 이 교수의 말을 막으며 목소리를 높였다.

"불법이요? 우리 쪽 해커 누구도 자발적으로 안합니다. 다 국가기관으로부터 요청받아서 합니다. 그들이 해킹을 했으니 해커라고 불러야 하겠죠. 그런 해킹의 경우, 우리가 주도하는 것이 아닙니다. 국가기관의 해커 부대가 주공격을 하고 다른 해커팀이 보조적인 역할을 맡는 것이지요. 그런데 국가를 위해 그런 해킹을 하는 사람들을 화이트 해커라고 합니다. 대부분의 나라는 화이트 해커 육성에 막대한 지원을 하고 있습니다. 우리 학과 학생들의 대부분이 과학기술처가 주는 사이버영재육성 국가장학금이나 일반 사기업의 채용 전제 장학금을 받고 있습니다."

"……."

조사관은 말문이 막혔다. 그는 질문의 방향을 바꿨다.

"아무튼 그런 해킹을 하다보면 의뢰받지 않은 해킹도 하게 되겠지요? 그런 제자들을 많이 육성하셨는데 혹시 그중 일부가 불법해킹에 가담했다는 얘기를 들은 적은 없습니까?"

"……."

"아시는 것 중 생각나는 사건이나 해커가 있으면 말씀해주시죠. 그것에 대해 교수님에게 직접적인 책임을 묻겠다는 것이 아니라 그냥 저희가 참고로 알기 위해 확인해보려는 것입니다."

"제가 알기로는 한 명도 없고요. 저희 제자들은 대부분 졸업 전에 대기업에 사이버보안 전문가로 특채되어 현장에서 일하고 있습니다. 그들은 해킹공격을 방어하여 우리 기업에 일 년에 수조 원의 돈을 지키고 있습니다. 급여도 당연히 높지요. 그런데 왜 불법적인 해킹을 하겠습니까?"

"……."

"저는 그런 저의 제자들이 자랑스럽습니다. 그런 사이버 전사를 육성한 일에 자부심도 있습니다."

"네에, 알겠습니다. 묻는 말에만 답변해 주세요. 해킹프로그램도 개발하시죠? 그 분야에서 꽤 유명하시던데... 그 프로그램이 사이버공격에 사용된 사례도 많을 거 아닙니까? 도대체 왜 그런 프로그램을 개발하고 또 불법행위에 사용된 경우는 어떤 겁니까?"

"사이버보안 전문가는 해킹을 알아야 합니다. 우리 사이버보안학과의 커리큘럼 대부분도 해킹프로그램을 배우는 것입니다. 해킹을 막으려면 해커가 되어야 하는 거죠. 그러니 교육을 위해서는 다른 나라의 해킹프로그램을 분석하고 해커들의 해킹기법을 연구하고 자체적인 해킹프로그램을 만들어 훈련을 시켜야 하는 거죠. 해커는 해커만이 막을 수 있는 겁니다."

수사관은 해킹에 대해 더 이상 물어봐야 얻을 것이 없다고 판단했다. 그는 질문을 다른 내용으로 돌렸다.

"같은 학교에 Dr. K라고 있죠? 두 분은 친구시고. 그런데 두 분은 무슨 비밀교신을 하십니까? 무슨 모의를 하세요?"

"유선전화도 하고 핸드폰으로도 통화합니다."

"우리가 통화기록을 다 살펴보았습니다. 비밀교신이 많더군요. 그것도 대포폰으로. 이 부분에 대해서는 분명히 해명이 되어야 합니다."

"……."

수사관은 이 교수가 곧바로 대답을 못하자 이번에는 제대로 걸려들었다고 생각했다. 그런데 이 교수가 곧바로 입을 열었다.

"아, 텔레톡 말씀하시는 거군요. 우리 사이에도 프라이버시가 있습니다. 그 내용을 말씀드릴 수는 없고요. 우리나라에 텔레톡 가입자가 500만 명이 넘습니다. 몇 년 전부터 가입자가 빠른 속도로 늘고 있습니다.

이를 모바일 망명이라고 합니다. 카시오톡을 떠나서 왜 텔레톡으로 옮기겠습니까? 다 보안 때문이지요. 제가 사이버보안 전문가인데 보안을 강조하는 게 뭐가 이상합니까? 요즘 높은 분들도 다 보안 때문에 대포폰 가지고 있을 걸요?”

“물어보지 말고 묻는 것에 대답만 하세요.” 그의 말을 듣고 화가 난 수사관의 목소리가 커졌다.

“프라이버시와 관련된 일이니까 내용을 말씀드릴 수는 없고요. 대포폰은 제가 구입했습니다. 일반적으로 해커들은 대포폰 하나씩 다 가지고 있습니다. 이상한 일 아닙니다.”

수사관은 몇 가지 사소한 것을 묻고 조사를 마쳤다. 이 교수는 오후 내내 진행된 조사를 마치고 또 소환될 수도 있다는 수사관의 말을 뒤로 하고 감찰처를 떠났다.

수사관은 조사결과보고서를 작성했다. 사이버공격과 관련된 구체적인 단서를 하나도 잡아내지 못했다. 해커들이 대포폰을 많이 사용한다는 것도 사실이었다. 그는 이 교수가 뺀질뺀질하게 잘 빠져나간다고 생각했으나 다른 방법이 없었다. 수사관은 그 내용을 그대로 위에 보고했다. 수사팀은 이 교수 소환을 통해 성과를 전혀 거두지 못하자 당황했다. 다른 두 사람을 불러야 별 성과가 없을 것 같았다.

그럼에도 수사팀은 원국의 지시에 따라 조 실장을 소환하여 조사했다. 수사관의 태도는 다소 강압적이었으나 조 실장에게 물어볼 내용은 별로 없었다.

“교신을 하면서 왜 텔레톡을 써요?”

“요즘 직접 통화를 별로 안하지 않습니까? 대부분 SNS로 메시지를 주고받습니다. 그중 현재까지는 텔레톡이 가장 안전합니다.”

“안전? 무슨 얘기를 하길래 그렇게 안전을 따져요?”

“일상적인 얘기라도 남이 들여다 볼 수 있다면 그건 피하고 싶습니다. 가뜩이나 국내 SNS회사가 정부의 요청에 따라 교신내용과 관련된 정보를 제공한다는 소문이 많아서 사람들이 텔레톡으로 이사 가는 것으로 알고 있습니다. 그런 사전조치입니다."

"묻는 말에 똑바로 대답하라고. 무슨 비밀이 그렇게 많길래 비밀대화를 하냐고."

"교수님들에게 여러 가지 상담도 하고 또 어떤 주식이 좋은지 서로 의견도 나누고 맛집 정보도 서로 교환하고 또 제가 가성비 좋은 술집을 발견하면 소개도 해드리고……."

"이 교수하고 Dr. K가 술집을 찾는다고?"

"그저 저 혼자 소개해드리는 거지 거길 갔는지 안 갔는지는 저는 모릅니다."

수사관은 더 이상 물어봐야 다람쥐 쳇바퀴 돌리는 얘기의 반복 밖에는 안 된다고 생각했다. 세 사람이 텔레톡으로 메시지를 주고받았다는 사실만 알고 있었지 그 내용은 전혀 파악하지 못하고 있었다. 수사관은 별 소득 없이 조사를 종료했다. 수사팀은 Dr. K를 조사해도 같은 결과가 나올 것 같다는 감이 잡혔다. 두 사람을 조사했으나 별다른 혐의를 찾아내지 못했다고 원국에게 보고했다. 교신내용을 모르는 상황에서는 더 이상 물어볼 것이 없었다. 그러자 원국은 세 사람의 핸드폰에 대한 압수수색영장을 청구하라고 지시했다. 영장심사를 맡은 판사는 사이버공격과 관련하여 무슨 증거로 이 세 사람을 혐의자로 특정했냐고 물었으나 검사는 대답을 못했다. 그러자 판사는 이들이 수많은 사람들과 통화나 교신을 했을 텐데 이 세 사람을 혐의자로 특정 하는 것은 너무 자의적이고 임의적이라며 영장청구을 기각했다.

영장이 기각되었으나 Dr. K를 소환하여 조사하기로 했다. 원국은 수사팀에 특별한 지시를 내렸다.

"교수라고 만만하게 봐서는 안돼요. 호락호락한 친구가 아니에요. 예전에 대공분실에 가서 보름 가까이 혹독한 조사를 받은 적이 있어요. 혐의가 잡힐 때까지 철저히 물고 늘어지세요. 가장 노련한 수사관을 배치하세요."

　조 실장이 조사를 받고 나온 사흘 뒤 Dr. K는 감찰처에 출두했다. 출두 요구서에 나와 있는 사무실 앞의 나무로 된 장의자에 앉아 이름이 호명 될 때까지 기다렸다. 사무실 문에는 아무런 다른 표시 없이 방 번호만 붙 어있었다. Dr. K는 크게 긴장하지는 않았으나 천천히 복식호흡을 하며 상의 주머니 속의 삼족오 목각을 만지작거렸다. 의자에 앉은 채 한 시간 을 기다렸으나 아무도 자신을 찾지 않았다. 그는 이것이 심리전이라는 것을 알고 있었다. 수사기관에 호출되어 와서 무작정 기다리고 있다 보 면 별별 상상이 다 들며 심리적으로 위축되기 마련이었다. 두 시간 가량 기다렸을 때 문이 열리고 여직원이 얼굴만 빼꼼히 내밀더니 식사하고 오세요라고만 말하고 문을 닫았다. Dr. K는 자리에서 일어나 구내식당 을 찾아갔다. 그날의 추천메뉴인 설렁탕을 시켜 먹었다. 그는 오랜만에 수사기관에서 먹는 설렁탕을 깊이 음미하였다.

　한 시에 맞춰 돌아와 다시 장의자에 앉았다. 30분쯤 지난 뒤 문이 열리 며 30대 중반의 남자가 나왔다.

　"어? 와있었네. 따라 오세요."

　그는 앞장서서 빠른 걸음으로 걸었다. 그는 네 평정도 되는 조사실 안 으로 Dr. K를 안내 하더니 의자를 가리키며 앉으라고 퉁명스럽게 말한 후 방을 나갔다. 조그마한 철제책상이 가운데 놓여 있었다. 너무 기다리 게 한다는 생각이 들 무렵 조사실 문이 벌컥 열렸다. 사람은 들어오지 않 고 큰 목소리만 들렸다.

　"아. 젠장. 내가 중요한 사건도 많은데 지금 이따위 참고인이나 다루게 생겼어? 정말 신경질 나네. 씨발."

　곧 목소리의 주인공이 안으로 들어와 Dr. K의 맞은편에 앉았다. 그는 방금 전의 목소리가 주는 인상과 같이 얼굴을 잔뜩 찌푸리고 있었다. 40 대 후반은 되어 보이는 그는 검은 가죽점퍼 차림이었다. 노트북을 사용할 준비를 하며 작은 소리로 계속 욕설을 뱉어냈다. 그러더니 갑자기 큰 소리로 외치듯 말했다.

"자. 오늘 한번 해봅시다. 참고인으로 여기에 왔지만 답변 내용과 태도에 따라 피의자로 전환될 수 있는 거 알고 있죠? 하기야 똑똑한 교수니까 당연히 알겠지."

웬만한 사람 같으면 이쯤에서 전부 기가 꺾였을 것이다. 그리고 단 1초라도 빨리 여기서 벗어나야겠다는 초조함과 긴장감에 싸였을 것이다. 그는 강압적인 목소리로 기계적으로 물었다.

"이름……."
"주민번호……."
"주소……."
"직업……."

가끔 그는 "아! 안 들려요. 크게 말해요."라고 소리치듯 말했다. 그는 Dr. K가 큰 목소리로 대답하면 또 이렇게 면박을 줬을 것이다. "내 귓구멍이 막힌 줄 아시나? 왜 그렇게 큰소리를 질러대요."

"점잖은 대학교수님이 사이버테러는 왜 지시했어요?"

"……."

"왜 지시했냐고요?"

"그런 지시한 적 없습니다."

수사관은 입 속으로 우물거리며 혼잣말 하듯이 욕을 여러 번 내뱉었다.

"그러면 해킹전문가하고 무슨 얘기를 그렇게 자주 했어요? 도대체 무슨 내용을 몰래 주고받았는지 얘기 좀 들어봅시다."

"……."

"아! 무슨 얘기를 했냐고요? 물으면 대답을 해야지. 말이 말같이 안 들리나.”

“수사관님이 이 교수를 말씀하시는 것 같은데 이미 아시겠지만 우리는 친구 사이입니다. 친구 사이에 일상적인 대화를 나눴습니다.”

“일상적인 대화를 왜 비밀로 하냐고? 그걸 말하라니까. 배웠다는 교수가 말귀를 못 알아들어.”

수사관은 계속 밀어붙였다.

“우리끼리는 일상적인 얘기지만 혹시나 남들이 알게 되는 것은 원하지 않았습니다.”

“일상적인 대화를 남들이 알까봐 그랬다? 뭔 비밀로 할 게 그렇게 많아요? 옌장 두 분이 사귀시나? 그러지 말고 말해보세요. 이 교수는 다 말했는데 이 양반은 왜 이러실까? 내가 눈앞에 들이밀어야 말할 거예요?”

Dr. K는 수사관이 구체적인 것은 하나도 없이 그냥 억박지르고 있다는 것을 느낄 수 있었다.

“그래서 무슨 얘기를 했냐고요.”

“사적인 대화내용을 말씀드릴 수는 없습니다.”

“사적인 대화내용? 아! 우리가 다 알고 있다니까. 이 교수가 다 말했다니까. 당신한테는 그냥 재확인 차 물어보는 거야.”

같은 패턴이 몇 번 반복되었다. 더 이상 진척이 없었다. 수사관은 상체를 뒤로 재끼고 고개를 돌려 벽을 보며 혼잣말 하듯이 말했다.

“아! 씨발 교수 좋네. 이렇게 뻣뻣하게 나오고.”

벌써 두 시간 가량은 지난 것 같았다. 수사관은 노트북 상단을 덮더니 아무 소리도 하지 않고 나갔다. 한 10여 분 후 다른 조사관이 들어와 의자에 앉았다. 그전 수사관보다 나이는 조금 어려 보였는데 뻣뻣한 와이셔츠 칼라에 넥타이를 단정하게 맨 모습이었다. 태도가 정중했다.

“교수님. 적극적으로 협조해주세요. 어차피 참고인으로 오셨으니까 있는 그대로 말씀해주시고 가시면 되지 않겠습니까?”

Dr. K는 그의 복장과 태도, 그리고 어법에서 이번에는 회유조가 들어

왔구나 라고 직감했다.

"교수님은 사이버테러에 대해 어떻게 생각하십니까?"

"예전에는 남의 것을 뺏으려면 훔치거나 강도짓을 해야 했는데 이제는 기술이 발전해서 컴퓨터로도 그게 가능해진 세상이 되었네요. 남에게 피해를 입히는 것은 나쁘다고 생각합니다."

수사관은 질문의 폭을 좁혔다.

"최근 일어난 사이버테러 사건에 대해 알고 계십니까?"

"글쎄요. 워낙 많은 일들이 벌어지고 있고 우리나라 기관들도 많이 당하고 있다고 듣고 있습니다. 사이버테러라고 할까, 해킹이라고 할까, 위키리크스가 가장 큰 사건 아닙니까?"

"국내사건은 기억나는 거 없으세요?"

"국내는 원전시설이 사이버 공격을 받았다, 군사기밀이 해킹 당할 뻔했다, 그런 얘기는 듣고 있습니다. 그거 잘 막아야지 그렇지 않으면 안보에 문제가 생길 텐데……."

수사관은 Dr. K가 질문의 핵심을 피해간다고 생각했다.

"교수님은 이 교수와 친구시죠. 그분은 그 분야의 전공교수인데 만나시면 사이버테러나 해킹에 대해 얘기 안하십니까?"

"별로 안하죠. 저도 정치 얘기 안하고요. 전공분야 얘기해야 잘 이해도 못합니다. 재미없는 얘기가 되어버립니다. 이 교수는 자기 전공분야 교수들 만나면 그런 소재로 얘기를 하겠죠. 저도 정치학 교수들 만나면 정치 얘기하듯이……."

수사관은 Dr. K가 후속질문을 막거나 피하는 기술이 상당하다고 생각했다. 그는 직접적으로 물어보기로 했다.

"교수님. 지난 가을의 코드체인 거래소 해킹사건과 U-Path 사이버공격사건은 아시죠?"

수사관은 Dr. K의 표정변화를 읽으려 집중했다.

"U-Path는 들어봤는데 코드체인은 처음 들어봅니다." Dr. K는 덤덤하게 대답했다.

"교수님이 가상화폐도 모르세요?"

"가상화폐는 들어보기는 했습니다. 그렇지만 코드체인은 처음 듣습니다."

수사관은 잠시 Dr. K의 얼굴을 바라봤다.

"U-Path는 어떻게 알고 계세요?"

"U-Path가 대학입시원서 접수 대행하는 회사 아닙니까? 아마 우리나라에서 가장 오래됐고 또 가장 큰 회사일 겁니다. 저희 학교도 그 회사와 계약을 해서 원서접수를 하고 있습니다."

"코드체인은 모른다고 하시면서 U-Path에 대해서는 잘 아시네요."

"다시 말씀드리지만 우리 학교도 오래 전부터 그 회사를 통해 원서접수를 대행시키고 있습니다. 한 명당 수수료가 만원이던가? 확실하지는 않고요. 한 명당 만원씩 받으면 상당한 수익을 올릴 거라고 생각했었습니다. 누가 생각해냈는지 참 좋은 사업 아이템이고요."

수사관은 스스로 말문이 막혔다. 그래도 그는 계속했다.

"더 이상 U-Path에 대해 아시는 것은 없으세요?"

"글쎄요. 많은 학교가 쓰고 있으니까 믿을 만한 회사라고 생각하고 있었습니다."

"그렇게 잘 아시면서 왜 해킹사건에 대해서는 모른다고 하셨습니까?"

"모른다고 말씀드리지 않았습니다. 학교 홈페이지도 그렇고 U-Path도 그렇고, 작은 문제들은 거의 매일 발생합니다. 우리 학교도 몇 년 전 U-Path에서 원서접수가 반나절동안 먹통 된 경우가 있었습니다. 그러면 수험생들은 U-Path뿐만 아니라 학교에도 엄청나게 항의합니다. 그러다 몇 시간 후에 복구되는 경우가 심심치 않게 발생합니다. 그 정확한 이유는 모르지만. 원서접수가 폭주해서 서버에 과부하가 걸려 그럴 수도 있고 프로그램에 오류가 있어서 그럴 수도 있지요. 그것이 해킹이었는지는 저희는 알 수가 없습니다. 그래서 이번에 U-Path가 다운됐다는 얘기를 듣고 또 그런 일이 벌어졌나 했죠."

"이번에는 원서접수마감까지 복구가 안 돼 아예 원서접수를 2주간 유예하는 난리가 났는데도 몰랐다는 겁니까?"

"얘기는 들었지만 심각한 오류가 있나보다 생각했지 그게 해킹에 의한 건지는 오늘 처음 들었습니다."

수사관은 질문을 바꿨다.

"사회적으로 저명하시고 존경받으시는 분들끼리 왜 비밀대화를 하십니까?"

앞의 수사관이 한 질문과 같은 내용이었다. Dr. K는 이번 수사관도 메시지 내용을 모르고 있다는 것을 확신할 수 있었다. 똑같은 질문을 하는 이유는 답변에 일관성이 있나를 주시하려는 의도인 것을 알았다.

"비밀스런 내용은 없습니다. 다만 매사에 조심하는 겁니다. 세상이 워낙 위험해서요. 저는 강의할 때나 학생들과 면담할 때도 누군가는 이것을 녹음하고 있다고 생각합니다. 요즘 보면 별 얘기가 다 녹취록으로 나중에 나오지 않습니까? 그리고 그것이 요즘 말로 악마의 편집이 되면 큰 타격을 받게 되지요. 그래서 조심하는 겁니다. 자신을 보호하기 위한 것인데 그것이 불법적인 것처럼 추궁하시니 제가 뭐라 답변해야 할지……."

"그렇다고 친구끼리 대포폰을 씁니까?"

"수사관님, 대포폰을 말씀하시는데 제가 범법자하고 대포폰을 쓴 게 아니지 않습니까. 그렇다면 그건 의심을 받겠지요. 요즘 대기업 임원을 하는 친구들이나 고위공직자들도 보안유지용 핸드폰을 별도로 가지고 있고 대부분 대포폰으로 알고 있습니다. 친구랑 대포폰 쓴 걸 문제 삼으시면 거기에 대해서도 드릴 말씀이……."

수사관은 잘도 빠져나간다는 생각을 받으면서도 더 이상 물어볼 것이 없었다. 교묘하게 비슷한 얘기를 반복할 것이 분명했다.

수사관은 말을 멈추고 Dr. K를 잠시 바라보다가 담뱃갑을 꺼내 담배를 권했다. Dr. K는 곧바로 반응을 보였다.

"저는 금연구역에서는 담배를 안태웁니다."

수사관은 굳은 표정을 짓더니 일어나 조사실 밖으로 나갔다. Dr. K는 알고 있었다. 수사관과 피조사자 사이에 거래가 있어서는 안 된다는 것을. 그러한 거래교환이 있으면 물이든, 담배든, 식사든 곧바로 갑과 을의 관계가 더 강화된다는 것을.

그들은 Dr. K를 또 기다리게 했다. 시계를 보니 퇴근시간이 훨씬 지나 아홉 시가 넘어 있었다. 갑자기 조사실 문이 벌컥 열렸다. 밖에서 험상궂은 수사관의 큰 말소리가 들렸다.

"뭐? 아직도 협조를 안 한다고? 씨발 이걸 그냥!"

수사관 둘이 같이 들어왔다.

"교수면 다야? 왜 협조를 안 해? 야, 이거 세상 좋아졌네. 옛날 같으면 이걸 그냥."

혼잣말인지 Dr. K에게 하는 말인지 알 수 없었으나 그 거친 말은 분명히 Dr. K의 귀청에 꽂혔다. 그 수사관은 숨도 씩씩거렸다. 다른 수사관은 그냥 Dr. K를 바라보고 있었다. 40대 초반의 남자가 조용히 조사실로 들어섰다. 목에 건 신분증을 슬쩍 보니 검사였다. 냉정한 표정을 하고 있는 검사가 말했다.

"교수님, 저희가 예의를 갖추고 조사를 하였는데 전혀 협조적이지 않으시네요. 할 수 없이 거짓말 탐지기를 써야겠습니다."

그러더니 씩씩거리는 수사관에게 "장비 준비하세요."라고 지시했다. 그 수사관은 방을 나갔다. Dr. K는 자신이 태도를 바꿔야할 시간이라고 판단했다.

"참고인 진술에도 거짓말 탐지기를 사용하십니까? 저는 동의하지 않겠습니다. 그리고 오늘 한 진술내용에도 서명하지 않겠습니다."

그의 말을 들은 두 사람이 "뭐 이런 놈이 다 있어?"하는 표정 속에서도 당황하는 기색을 엿볼 수 있었다. Dr. K가 서명을 안 하면 그들은 다음에 또 불러야 한다. 불려 다니는 Dr. K도 번거롭지만 증거도 없는 사건에 매달려 같은 말을 반복해서 물어보고 들어야 하는 그들에게도 그것은 짜증나는 일이었다.

"여기가 뭐 피조사자가 동의하고 안하고 따지는 곳인 줄 아세요?"

"……."

"그렇게 비협조적으로 나올 겁니까?"

"검사님, 저는 오늘 하루 종일 최선을 다해 답변했습니다. 이제 마무리해주십시오. 아니면 다음에 또 부르시던 지요. 제가 이렇게 오래 걸릴 줄모르고 약을 안 가져와서 지금 몸 컨디션이 급속히 떨어지고 있네요."

"뭐? 어디가 아픈데요? 무슨 약을 먹는데요?"

"심장약입니다."

검사의 표정이 갑자기 굳어졌다. 검사는 자기 동기가 신임검사 시절 고혈압과 심근경색으로 고생하는 피의자를 거칠게 조사하다 피의자가 쓰러지는 바람에 강압수사를 했다는 이유로 징계 받은 사실을 기억하고있었다. 검사는 수사관을 돌아보며 말했다.

"몸 불편한 거 사전에 체크 안했어요?"

수사관은 면목이 없다는 듯 입을 다물고 있었고 검사도 말이 없었다. Dr. K가 조용히 말했다.

"검사님. 저는 참고인에게 거짓말 탐지기를 쓸 수 없는 것으로 알고 있습니다. 그리고 오늘 세 분 모두 저에게 소속과 성명을 말해주지 않았습니다. 그게 다 내부규정에 명시되어 있는데도 말이죠. 더군다나 이 방은창문도 없는 밀실인데 CCTV가 없네요. 저의 답변이 미진하시면 다음에또 부르십시오, 그때 변호사와 같이 와서 다시 한 번 성실히 답변 드리겠습니다. 오늘은 너무 늦은 것 같습니다. 다시 말씀드리지만 몸 컨디션도안 좋고요."

검사와 수사관은 잠시 눈빛을 교환했다. 조사실 안에 침묵이 흘렀다. 잠시 후 검사는 고개를 돌려 Dr. K를 바라보며 마치 호의를 베푼다는 듯이 마지막으로 할 말이 있냐고 물었다. Dr. K는 눈을 내리깐 채 뜸을 들이다 고개를 들었다.

"혹시 전화번호부 있습니까?"

"네? 전화번호부책이요? 요즘 누가 그런 걸 씁니까?"

"네. 없군요. 알겠습니다. 그런데 대학교수도 감찰처 수사대상입니까?"

검사는 Dr. K의 마지막 말에 대답을 않고 조사를 종료했다. Dr. K는 청사를 빠져 나오며 속으로 미소를 지었다. 그들은 다음에 나를 부르지 않을 것이다. 아니 못 부를 것이다. 전화번호부도 모르는 수사관과 검사가 어떻게 옛날을 알겠는가. 전화번호부 없이 지금의 나를 어떻게 상대하겠다는 것인가?

원국은 Dr. K를 조사하였으나 성과가 없었다는 보고를 받고 수사팀에 크게 화를 냈다.

"아니 세 사람이 하루 종일 달라붙어서 그까짓 교수 하나 입을 못 열어요? 이래 갖고야 빤질빤질한 공무원들을 수사할 수 있겠어요?"

수사팀장은 그의 화난 모습에 매우 조심스럽게 대답했다.

"부처장님, 물증이 없어서 혐의를 밝히는데 한계가 있었습니다. 좀 더 철저히 사전에 물증을 확보하고 시작했어야 했는데 그게 부족했습니다. 저희도 심증은 가는데 말을 워낙 잘해서……."

"그럼 조사를 말로 하지 뭐 고문이라도 허용해달라는 얘깁니까?"

수사팀장은 더 이상 아무 말도 않고 원국의 집무실을 나왔다. 그러나 수사팀은 불만이 많았다. 부처장이 해킹사건을 가지고 온 것부터가 문제였다. 수사팀도 다른 수사기관에 탐문해보니 외국에서의 국내 사이트 공격을 조사는 해봤지만 범인을 검거한 실적은 없다고 했다. 그런 사건을 공직감찰수사처가 어떻게 처리할 수 있단 말인가? 다른 사건도 많은데 괜한 인력과 시간을 허비한다는 생각도 들었다. 그러나 워낙 막강한 부처장의 지시라 이를 거역할 수 없었다.

Dr. K에 대한 소환조사가 있은 이틀 후 수사팀은 벌써 그 사건에 대한 의욕이 급속히 상실되었다. 부처장이 그 사건과 관련하여 무슨 추가지시를 내릴까봐 전전긍긍하는 상태에서 일이 터졌다. 원국의 여비서가 갑자기 고열이 나서 출근하자마자 병원에 갔는데 코비드 확진판정을 받은 것이었다. 부처장실을 출입한 간부 및 수사팀원 등 모두 20여 명의 직원들이 검사를 받고 2주간 자가격리에 들어가게 됐다. 원국도 총무과 직원들이 방역소독기구를 들고 집무실로 올라오자 청사를 떠나 병원으로 가서 검사를 받아야 했다. 음성으로 나왔지만 자가격리를 해야 했다. 병원을 나와 집으로 향할 수밖에 없었다.

그는 가사도우미도 올 수 없는 집에서 외출도 삼간 채 두 주를 혼자 지내야 했다. 가족 없이 생활한지 오래되었지만 바깥출입도 못하고 집에 갇혀있는 것은 정말 고역이었다. 혼자서 라면도 끓여 먹고 또 배달을 시켜 식사를 해결하며 갑갑한 하루하루를 보냈다. 가끔 부하직원들과 업무협의차 통화를 했다.

원국은 자신이 사이버 테러 사건에 왜 그렇게 집착하는지를 되돌아보았다. 다른 기관들이 해결 못하는 것을 자신이 해결해봐야겠다는 공명심이 컸다. 그런데 Dr. K에 대한 감정도 큰 영향을 미쳤다. Dr. K는 나대거나 자신을 드러내지 않았지만 그렇다고 남에게 고개 숙이는 모습을 보이지도 않았다. 딱히 트집잡힐 일이나 사람들로부터 욕먹을 단점이 있는 것도 아니었다. 혼자서 고고하고 유유자적하는 것이 싫었다. 마치 차원이 다른 자기만의 세계에 있는 것 같았다. 그런 면이 원국의 심기를 불편하게 했다. 감찰처 출두를 앞두고 Dr. K는 자신에게 선처를 부탁하지도 않았다. 그에 대한 조사가 성과 없이 끝난 것이 마치 원국 자신의 부족함이 드러난 것 같은 창피함을 느꼈다. Dr. K가 속으로 비웃는 것 같았다. 그것이 원국을 더 화나게 만들었다. 권력이 얼마나 무서운지를 보여주고 싶었다.

그는 밤이면 거실 통유리문을 통해 야경을 바라보며 지금까지의 경로를 천천히 곱씹어 보았다. 우여곡절 끝에 30대 초반에 사법시험을 패스하고 변호사 사무실에서 근무하다 「참여의 힘」에 가담하여 열심히 일했다. 각종 토론회에는 다 참석하여 상대방을 무자비하게 공격하였다. 그러면서 차츰 명성을 쌓아나갔다. 먼저 진영 내에서 열심히 한다는 인정을 받았고 언론에도 이름을 각인시켰다. 촛불정부 출범에도 기여했다. 국회 입성을 바랐으나 그 기득권 장벽은 견고했다. 뚫고 들어가기가 힘들었다. 변호사 자격증 뿐 아니라 공직경험이 있어야겠다고 판단했다. 횃불정부가 출범하며 법무부 감찰국장을 맡을 수 있었고 거기서 보여준 충성심과 능력발휘로 사정수석비서관실의 공직감찰비서관으로 영전하였다. 그리고 신설된 공직감찰수사처를 실질적으로 총괄하는 부처장 직위에까지 오른 것이었다. 정말 열심히 일했다. 권력의 선로 위에 올라간 후 그의 몸과 마음은 잠시도 쉬어본 적이 없었다. 권력의 세계는 중단을 허락하지 않을 만큼 경쟁이 치열했다. 그런데 그는 아직도 갈 길이 멀다고 생각했다. 수석비서관이나 장관을 하고 국회로 들어가고 싶었다. 그 경로는 머릿속에 이미 다 그려져 있었다. 성과를 보여줘야 한다고 그는 다시 한 번 다짐했다.

그러한 계획과 함께 Dr. K를 반드시 잡아야겠다고 마음먹었다. 다들 놀랄 것이다. 사총사로 불렸던 옛 친구까지 잡아들이면 정말 추상같은 사람이라고 평할 것이다. 정의구현을 위해서는 정말 선공후사로 일하는 사람이라는 평가를 받을 것이다. 그렇게 생각하며 그는 스스로 만족스러움에 고개를 끄덕였다.

이 교수는 오랜만에 연구실로 출근했다. 거리두기 시행과 원격강의로 학교에 출근하는 날이 많지 않았다. 사이버보안 강의는 실습이 중요한데 학생들도 재택수업을 하므로 실습교육이 원활치 못해 답답한 면이 있었다. 그는 어떻게 하면 원격강의를 통한 실습교육의 효과를 높일 수 있나

하는 고민을 하고 있었다. 연구실에 찾아오기로 약속한 시간에 맞춰 Dr. K가 문을 열고 들어왔다. 그는 자리에 앉으며 마스크를 벗었다.

"Dr. K. 오랜만에 학교에 나오는 거지?"

"학교에서 학생이나 교수들이 학교에 오는 거 싫어하잖아. 근데 팬데믹은 꽤 오래갈 모양이지? 난 마스크를 쓰면 답답하고 귓등이 아파."

"누구나 다 마찬가지지. 우리가 말로 하도 남을 욕하니까 마스크를 써서 아예 입 닫고 살게 된 거야. 하하."

"맞아. 손으로 하도 더러운 짓을 하니까 열심히 손을 씻어야 하고."

"맞아. 서로 하도 싸워대니까 거리 두고 살게 됐고. 하하."

"그럼. 꼴사나운 세상 보지 말라고 자가격리 해야 하고."

둘은 서로 주거니 받거니 하면서 마주보고 웃었다.

"Dr. K는 하루 종일 있다 나왔다며?"

"응. 저녁 10시 다돼서 끝났는데 별일은 없었어. 이 교수도 솜씨를 발휘한 거 같던데."

"내가 뭐 아는 게 있어야 얘기를 하지. 그냥 내 생각대로 말했을 뿐이야. 그런데 그 수사관들은 해킹에 대한 기본개념도 모르더구먼. 그 부분은 역시 국가정보부가 최고야. 그런데 감찰처가 왜 해킹사건에 관심을 갖고 우리를 불렀지? 거기 부처장이 우리하고 같은 학번 아니야? 나는 얘기만 들었지 직접적으로는 몰라. Dr. K와 친한 사이라고 사람들이 그러던데……."

"……."

Dr. K는 그의 궁금증에 반응하지 않았다.

"아무튼 나 때문에 이 교수가 수사기관에 불려 다니는 것 같아 미안한 마음뿐이야."

"무슨 얘기야? Dr. K. 자네가 나를 끌어들인 게 아니라, 내가 자네를 은연 중 꼬신 거지. 내가 공부를 마치고 이 학교에 왔을 때 우리나라가 사이버 보안에 대한 준비가 전혀 안되어 있더라고. 정부는 아예 인식조차 없었고. 그래서 사이버보안 전공을 만들었잖아. 그때부터 사람들과 정부가 관심을 갖기 시작하더라고. 사이버수사대도 설치하고, 사이버부대도 만들고. 물론 아직 멀었지만... 그런데 세월이 가면서 이 디지털이 우리를 옥죄는 방향으로 진행되더라고. 이건 아닌데 라는 생각이 들었지. 그때 자네가 전체주의의 도래에 대해 우려하는 것을 보고 우리가 의기투합하게 된 거잖아. 기술발전에 따른 디지털의 편의성을 우리가 외면할 수는 없어도 그것을 이용해 우리를 감시하고 통제하는 것은 막아야 한다고 했지. 그 방법 중 하나가 해킹공격이라고 내가 기술적으로 조언해줬잖아. 실행은 Dr. K가 했지만... 나도 자네의 생각에 100% 동의해. 디지털 기술을 이용해 개인의 자유를 침해하는 것은 용납될 수 없지."

Dr. K와 이 교수는 두 사람이 의기투합을 했던 과거를 회고하며 잠시 말이 없었다.

"이 교수, 그런데 그들이 우리가 쓰는 대포폰 번호를 어떻게 알아냈을까?" Dr. K가 침묵을 깼다.

이 교수는 코로 숨을 깊이 들이쉰 후 말했다.

"나도 그게 의문이었어. 아직도 풀리지 않는 미스터리야."

"그래도 자네가 전문가니까 짐작 가는 게 있을 거 아니야."

"우리나라 무선전화 번호가 5,000만개가 넘어. 그런데 그중에 주인을 모르는 전화번호 3개를 골라서 그 사용자 세 명을 딱 집어낸다는 것은 5,000만의 3승의 1이라는 확률이야. 거의 불가능하지. 물론 이럴 수는 있어. 자네와 내가 각각 연구실에서 교신을 하는 걸 그 시간에 우연히 위치를 포착하였다면 사용자가 분명히 이 교수와 Dr. K로구나 추정이 되지. 그런데 우리를 24시간 감시하고 있기 전에는 그것도 불가능한 얘기지. 또는 우리 세 사람이 그 전화를 다른 사람과 통화하는데 혹시 썼다면 거기서 유출될 수도 있는데 그렇다고 우리 셋과 전화번호를 특정 하는 것도 불가능한 얘기야. 물론 요즘은 수사기관이 통화기록만 가지고 의심스러운 번호를 골라내는 프로그램을 개발해서 활용하기는 하지만 번호와 사용자를 특정 시키지 않으면 찾아내기란 불가능해. 내가 모르는 무슨 새로운 기법이나 프로그램이 개발됐나?"

Dr. K는 의문스런 표정을 지으면서도 뭔가 감이 잡힌다는 듯이 가볍게 고개를 끄덕였다. 그는 팔을 뻗어 바닥에 내려놓았던 백팩을 이 교수 가까이 옮겨놓았다.

"이것 좀 보관해주고. 혹시 나한테 무슨 일이 생기면 그 안에 연락처를 남겨둔 분에게 전달해줘. 아무도 모르게 정말 비밀리에 전달해야 돼. 그때까지 이 교수도 노출되지 않게 잘 보관하고 있어야 돼. 각별히 부탁하는 거야."

이 교수는 백팩과 Dr. K를 번갈아 쳐다보았다.

"이게 뭔데? 뭘 그런 이상한 얘기를 해? 다 끝난 거 아니야?"

Dr. K는 잔기침을 몇 번 했다.

"일단은 더 이상 증거를 찾아내지 못하겠지. 그런데 내가 감이 있잖아. 원국이가 나를 가만히 놔두지 않을 거야. 난 조사받을 때 세 명이 번갈아 들어오는 것을 보고 원국이의 의지를 알 수 있었어. 타깃은 나고 꼭 잡고 말겠다는 그의 의지를. 계속 뒷조사를 할 거야. 내가 원국이를 잘 알거든. 공명심이 강해. 예전에도 재민이가 안된다고 했는데 병호가 작성한 문건을 한 부 복사해서 가지고 다니며 마치 자기 얘기처럼 떠들고 다녔거든……."

Dr. K는 그의 반응을 살피지 않고 얘기를 계속했다.

"그리고 이 가방 안에 있는 건 윈스턴의 일지를 포함한 자료들이야. 이건 감춰놔야겠어. 이건 그들에게 뺏기면 안 돼. 가지고 있다가 나한테 무슨 일이 생기면 즉시 그분에게 전달해줘. 자네도 부디 잘 보관하고 있어야 돼."

"……."

"이 교수. 아무튼 잘 부탁하고. 난 그냥 사무실이나 집에만 있겠지만 당분간 연락은 서로 피하자고."

Dr. K는 이 교수와 굳게 악수를 하고 그의 연구실을 나왔다.

2. 코스모스

자가격리가 끝나고 업무에 복귀하자마자 원국은 수사팀에 Dr. K의 금융거래내역을 샅샅이 뒤져 액수를 떠나 이상한 것이 있으면 보고하라고 지시했다. 느닷없는 그의 지시에도 수사팀은 금융기관으로부터 자료를 제출받아 Dr. K의 통장 입출금내역과 카드명세서 등을 자세히 들여다봤다.

"부처장님. 뭉칫돈이 움직인 것은 없고요. 소액이지만 Dr. K와 오월회 후원회 통장 사이에 몇 차례의 거래가 발견되었습니다."

"자세히 말씀해보세요."

"네. 오월회 후원금 계좌에서 Dr. K 개인통장으로 10여회에 걸쳐 총 250만원이 입금되었습니다."

보고를 들은 원국은 잠시 생각하다 입을 열었다.

"후원금계좌에서 개인계좌로 빠져 나갔으면 횡령이네."

그의 반응을 본 수사관들은 입을 다물고 있었다.

"이거 말이죠. 시민단체가 시민들로부터 후원금을 모아서 대표가 착복을 한 거예요. 요즘 그런 게 국민들 공분을 사고 있잖아요. 더 자세히 조사하세요. Dr. K와 오월회에 대한 압수수색영장도 청구하고. 이번에는 확실한 물증을 확보하고 부르세요."

원국이 구체적인 지시를 내렸지만 수사팀장은 조심스럽게 자기의견을 말했다.

"부처장님, 경찰이 오월회에 대해 몇 년 전부터 관심을 갖고 수차례 내사를 했습니다. 별 다른 특이점을 찾아내지 못했다고 합니다. 대표인 Dr. K의 동선도 들여다봤지만 역시……."

"알았어요. 그만 하세요." 원국은 목청을 높이며 수사팀장의 말을 끊었다.

"경찰은 경찰이고. 우리 감찰처가 제대로 한번 파헤쳐봅시다. 벌써 횡령혐의가 나왔잖아요."

부처장의 고집과 의지를 확인한 수사팀은 Dr. K가 사용하는 개인 신용카드와 오월회 법인카드 사용내역을 면밀히 검토하였다. 한 달 평균 사용액수는 크지 않았지만 이태리 식당이나 카페에서 사용한 내역이 있었다. 그 보고를 들은 원국은 그건 오월회 고유사업목적과는 다르게 개인적인 향응이라고 단정지었다. 그리고 압수수색영장 청구를 지시했다. 공익단체의 후원금 유용 및 착복 사건 등으로 사회적 분위기 안 좋은 상황이었기 때문에 영장 담당판사는 오월회 사무실과 Dr. K의 집에 대한 압수수색영장을 발부했다.

점심시간이 끝나자마자 감찰처 직원들이 압수수색을 위해 오월회 사무실에 들이닥쳤다. 압수수색은 오후 늦게 끝났다. 회계장부와 컴퓨터 하드디스크, 그리고 K튜브 서버가 압수되었다. Dr. K의 사무실과 숙소도 발칵 뒤집어 놓았다. 그를 비롯하여 모든 직원들의 핸드폰이 압수되었다. 그들이 떠난 후 사무실은 난장판이었다. 직원들은 일찍 퇴근하고 Dr. K와 조 실장만 남았다. 조 실장은 당황하는 기색이 역력했다.

"교수님. 이번에는 당한 거 같습니다. 아주 작심을 하고 온 것 같습니다."

"당황하지 말고... 조 실장 겁먹었어?"

"겁이야 먹었겠습니까. 그런데 지난번 건은 액수가 너무 커서 회계처리를 깔끔히 마무리 못했습니다."

"알고 있어. 직원들은 불러봐야 알아낼게 별로 없을 거고. 자네와 나는 고생할 각오를 해야겠네. 지난번에 말한 대로 있는 그대로 얘기하고 막히는 게 있으면 모른다고 하면서 내가 다 시켰다고 해. 이번에는 조사강도가 좀 셀 거야... 그런데 번호는 바꿔놨던가?"

"그럼요. 아까 문열어줄 때도 그 번호로 열었습니다."

"그럼 됐어. 오월회를 덮칠 줄이야... 우리 둘이 더 얘기를 나눠야 나중에 말이 꼬일 수 있어. 일단 감정 추스리고. 오늘은 밤나무골에 가서 둘이서 한잔 하자고."

Dr. K의 말도 다소 더듬거렸다.

두 사람은 밤나무골 카페를 향했다. 걸어가는 동안 처연한 감정이었다. 밤나무골 카페까지 꽤 멀게 느껴졌다. 이른 시간이라 손님이 별로 없는 카페에서 두 사람은 술잔을 놓고 마주 앉았다.

"조 실장, 같이 일한지 벌써 5년이 넘었네. 올해 마흔 됐나?"

"네, 올해가 6년째입니다. 마흔은 몇 년 남았습니다."

"나랑 일하다 좋은 청춘만 지나간 거 아냐?"

"아이고, 교수님이랑 같이 일하지 않았으면 제가 계속 그 쪽에서 떠돌고 있었겠죠."

"선미는 요즘 뭐하고 지내?"

"……."

"미안해. 쓸데없는 거 물어봐서."

"아닙니다. 헤어진 지 벌써 이삼 년 됩니다. 힘들지만 밥은 먹고 사는 거 같습니다. 걔도 어렸을 때부터 고생을 하도 해서……."

조 실장은 불우한 환경 속에서 청소년기를 보냈다. 육군 하사관인 아버지와 어머니 사이의 일남일녀 중 장남이었다. 여동생이 중학교에 들어갈 무렵 부대를 따라 아이들을 데리고 몇 년마다 이사를 다닐 수 없다며 아버지는 전방에 남고 나머지 식구들이 따로 살았다. 그렇게 한두 해 지내다 엄마가 아무 말도 남기지 않은 채 집을 나갔다. 덩그러니 남겨진 두 남매는 알바를 하며 생활비를 벌었다. 조 실장은 사회유공자 자녀 특별전형으로 기대 이상의 좋은 대학에 진학할 수 있었다. 아버지가 일선을 오가며 20년 넘게 근무하였기 때문에 가능했던 것이었다. 아버지는 두 자녀가 모두 대학에 진학한 후 전역하였지만 연금을 사기당하고 빈털터리가 되어 버렸다. 아버지는 신세한탄만 하며 집에서 술만 마시는 무능한 가장이었다.

그는 Dr. K의 강의를 몇 개 듣고 있었다. 결석이 잦았고 시험을 안보는 경우가 있었다. 학기 말에 그가 연구실로 Dr. K를 찾아와 학점을 달라고 했다. 좋은 학점을 부탁하는 학생은 봤어도 시험도 안보고 학점을 달라는 학생은 처음이었다. Dr. K는 어처구니가 없었다.

"출석도 안하고 시험도 안본 자네에게 내가 학점을 줘야 하는 이유를 세 가지만 말해보게."

"……."

"나도 근거가 있어야 그것을 이유로 학점을 줄 수 있지. 말만 듣고 무조건 학점을 주면 열심히 공부해서 학점 받은 학생들과 형평성이 안 맞잖아."

"공부만 할 수 있는 학생과 일을 해야 살 수 있는 학생과 형평성을 어떻게 따질 수 있습니까?"

그의 당돌한 반응을 듣고 속으로 화가 났지만 Dr. K는 내색하지 않았다.

"자네는 여기 학적을 가진 학생이야. 그러면 선택을 해야지. 공부하기 위해 학교에 나오던지 아니면 돈을 벌기 위해 일만 하던지."

"……."

학생은 입을 다문 채 가만히 앉아있었다. Dr. K는 더 이상 아무 말도 안하고 데스크탑으로 몸을 돌려 하던 작업을 계속했다. 한 시간쯤 지났을 때 나지막한 그의 목소리가 들렸다.

"교수님, 저는 돈도 벌고 졸업도 해야 됩니다."

그런 처지의 학생들은 꽤 있었고 그것을 모르는 바가 아니었다. Dr. K는 어떤 사정이 있든 시험도 보지 않았지만 교수가 학점을 주게 하는 설득력을 발휘해보라는 의도였다.

"그 얘기는 들었고. 그러니까 이유 세 가지를 말해보라니까."

이렇게 말하면 대부분의 학생들은 우물쭈물하다 속으로 매정한 교수라고 욕하면서 방을 떠났다. 그런데 조 실장은 엉뚱했다.

"교수님, 지금은 생각이 안 납니다. 오후에 와서 말씀드려도 되겠습니까? 아니면 내일 아침에 다시 와서……."

그 말을 듣자마자 Dr. K는 말한 사람이 앞에 있는데도 웃음을 터뜨렸다. 그런 상황에서 교수를 설득할 수 있는 이유 세 가지를 말할 수 있는 학생이 어디 있겠는가. 점심시간이 다 되었다. Dr. K는 그를 데리고 학교 밖으로 점심을 먹으러 나갔다. 새로 생긴 파스타 집으로 갔다. 그는 국수를 두 배는 빨리 먹고 Dr. K의 먹는 모습을 물끄러미 쳐다보고 있었다.

"모자라? 그럼 먹고 싶은 거 더 시켜."

그가 조심스럽게 물었다.

"교수님, 피자 시켜도 될까요?"

참 넉살도 좋은 놈이라고 생각하며 고개를 끄덕였다.

점심을 먹은 후 커피를 마시러 갔다. 그는 한참 메뉴판을 바라보더니 종업원에게 물었다.

"제일 단 게 뭐예요?"

주문을 받는 종업원의 눈이 동그래졌다. Dr. K가 그의 주문을 거들었다.

"단거 먹고 싶으면 프라페를 시켜."

"네. 프--, 프--, 프라--. 그거 주세요."

주문한 것을 각자의 앞에 놓고 둘은 테이블에 마주 앉았다. 그는 넘칠 듯 토핑이 올려진 프라페를 보며 흐뭇한 표정이었다.

"건더기가 많네요."

"응. 토핑이라고 그래. 자, 이제 오후가 됐으니까. 이유를 말해봐."

그는 물론 첫째, 둘째 하며 이유를 말하지 못했다. 그러나 그가 주저리주저리 전한 스토리는 너무 기가 막혔다. 지방에서 올라온 그는 숙소가 없었다. 친구들의 하숙방과 자취방을 전전했다. 여의치 않으면 학과 학생회실에서 잤다. 알바는 닥치는 대로 하다 방학 때는 일당이 가장 많은 이삿짐센터에서 일했다. 무거운 이삿짐을 옮겨도 괜찮을 정도로 그는 체구가 컸고 체력도 좋았다. 무조건 걸어 다녔다. 한 달 용돈이 식사비 포함해서 10만 원도 안 됐다. 그러면서 간신히 등록금을 낼 수 있었다. 아버지가 여유도 없었지만 무능한 그에게 떼를 쓰며 돈을 받아내기는 싫었다고 했다. 옷도 몇 벌 없었고 학교 락커에 보관했다. 샤워는 학교 체육관에서 해결했다. 강의교재도 사지 않았다. 숙소가 없으니 당연히 컴퓨터도 없었다. 학점이 형편없어 어떠한 장학금도 알아볼 수 없었다.

Dr. K는 조 실장에 대해 탐문을 해보았다. 그의 말은 사실이었다. 같은 과 학생들의 식사나 술자리에는 무조건 나타나 안주발을 올리고 또 동석한 친구들의 자취방에 끼어 잤다. 주변 학생들에게 민폐를 끼치는 사람이었지만 미운털이 박혀 있지는 않아 그럭저럭 왕따 당하지 않고 학교생활을 하고 있었다. Dr. K는 그에게 학점을 줬다.

Dr. K는 조 실장의 잔에 맥주를 따르며 물었다.

"아버님은 건강하셔?"

"네. 얼마 전부터 친구 분이 하는 사무실에 나가셔서 용돈은 버시는 거 같아요. 아직 술을 많이 하시는데 건강은 그런대로 유지하고 계세요."

"가끔 찾아뵙니?"

"어쩌다 전화통화만 하고 찾아가지는 않습니다. 여동생은 명절 때마다 가는 것 같은데."

"어머니하고는?"

"어머니가 자주 전화를 하십니다. 잘 지내고 계시는 것 같습니다."

학점사건 이후 조 실장은 몇 년 만에 Dr. K를 찾아왔다. 그동안 군복무를 마치고 복학한 것이었다.

"그래. 고생 많이 했다."

"고생은요. 오히려 군대가 편하던데요. 먹여주고 재워주고 옷까지 주고 월급도 주고. 딱히 걱정할 게 없던데요."

Dr. K는 그의 대답에 진실성이 있다고 생각했다. 그런데 그가 엉뚱한 말을 했다.

"교수님, 저 이번 학기 마치고 필리핀으로 어학연수 갑니다."

"뭐? 어학연수? 어디로?"

"네. 필리핀으로요."

집도 없이 떠돌던 아이가 무슨 어학연수인가 하는 생각이 들었다.

"제가 군대에 있을 때 느닷없이 어머니가 면회를 오셨어요. 집 나가신 지 10년 가까이 됐지요. 저는 그냥 어이없다고 할까? 어머니 남편이 그 전해에 죽었대요. 건어물도매상을 하던 사람이었는데 집하고 가게는 남겼대요. 그동안 남매 고생시켜서 미안하다면서 앞으로는 도와주겠다고 하시더라고요. 그 말이 맞죠. 어머니 때문에 저와 여동생이 정말 개고생했죠. 그래서 엄마 도움은 받기로 했습니다."

그는 어머니가 보내주는 돈으로 생활이 폈다.

"영어를 할 줄 알아야 사람 취급을 받겠더라고요. 필리핀이 제일 싸다고 해서 그리로 가기로 했습니다."

그는 한 학기를 필리핀에서 보냈다. 그 기간 중 어학학원에 등록하지 않고 한국인이 운영하는 여행사에 취직해서 돈을 벌었다. 한국으로 돌아와서는 다시 일본으로 어학연수를 떠났다. 역시 학원에 다니지 않고 재일교포가 하는 한국인 관광객 상대 식당에서 일했다. 그리고 돌아와 남은 학기를 마치고 졸업했다. 졸업 직전에 찾아와서는 이제 졸업하면 영어도 하고 일본어도 하니 걱정할 것이 없다고 큰소리쳤다. 졸업 후에는 몇 년 동안 스승의 날마다 음성메시지를 남겼다. 스승의 날을 축하한다는 간단한 내용이었다. 그것을 들을 때마다 Dr. K는 빙그레 웃었다. 스승을 축하하는 것이 아니라 스승의 날을 축하한다고?

Dr. K가 그를 다시 만난 건 조 실장이 졸업하고 몇 년 지난 후였다. 당시 K튜브 촬영장소 겸 오월회의 사무실에서 일하고 있는데 조 실장이 찾아왔다.

"자네는 얼굴 잊어버릴 만하면 찾아오는군. 잘 지냈지? 요즘 뭐하고 있어?"

조 실장은 졸업 후 마음에 맞는 직장을 찾는데 실패했다. 학점평균이 학사경고를 간신히 넘는 수준의 성적을 가진 그에게 관심을 갖는 회사는 없었다. 그나마 얻어지는 것은 영업직 밖에 없었다. 그는 중소식품회사 영업부에서 일하다 이럴 바에는 자신이 직접 장사나 사업을 하는 게 낫겠다고 판단했다. 자본이 넉넉지 않으니 사무실과 전화기만 있으면 되는 업종으로 심부름센터를 열었다. 심부름센터를 일 년 정도 하다가 너무 힘들어 접었다. 식당운영도 해보았으나 손님이 없어 남에게 넘겼다. 과거 학생 때 웨이터로 아르바이트를 했던 술집에서 만난 선배와 같이 단란주점을 인수했다. 단란주점을 하며 사업확장을 한다고 보도방까지 차렸다. 경쟁도 극심했고 아가씨들 관리도 힘들었다. 돈도 모으지 못했고 몸과 마음만 지쳐갔다. 모든 걸 접고 잠시 쉬기로 했다. 그때 선미라는 아가씨와 사귀고 있었는데 그녀도 조 실장의 원룸으로 이사 들어오면서 일을 그만 두었다.

돈을 아껴가며 하루 종일 빈둥빈둥하는 것이 둘의 일과였다. 그러다 둘은 '백수와 백조'라는 K튜브를 시작했다. 아무런 연출 없이 그냥 자신들의 일과를 보여주는 것이었다. 한 달쯤 지나자 조회수가 오르기 시작했다. 기회를 찾은 것 같았다. 그러나 조회수를 높이기 위해서는 수위를 더 올릴 수밖에 없었다. 조회수는 계속 올랐다. 그것도 반 년 뿐이었다. 수위를 더 이상 올릴 수도 없었고 또 비슷한 채널이 우후죽순처럼 생겨나기 시작했다. K튜브로 수입이 들어오기는 했으나 둘의 생활비를 충당할 수는 없었다. 그렇게 K튜브 활동을 하다가 우연히 Dr. K의 채널을 보게 됐다.

"교수님 일을 돕고 싶습니다."

"돕는다고?"

"네. 같이 일하고 싶습니다."

선뜻 대답할 내용은 아니었다.

"우리 사무실이 일이 아직 그렇게 많지 않아. 나하고 여직원 두 명이면 충분한데."

"교수님, 너무 부담 느끼지 마시고요. 그냥 출근만 하게 해주십시오. 제가 이것저것 다 해봐서 경험이 다양하지 않습니까? 이제 영상제작은 도가 텄고요."

오월회 사업영역을 확대하려면 직원이 추가로 필요한 것은 사실이었지만 과연 조 실장이 능력을 제대로 갖춘 적임자인지 확신할 수 없었다. Dr. K가 망설이는 것을 눈치 챘는지 조 실장이 말했다.

"교수님, 제가 영어도 좀 하고 일본어도 하지 않습니까."

"필리핀 영어를 믿으라고?"

"저 영어 잘합니다. 교수님 이제부터 저랑 영어로 얘기할까요?"

예의 그 뻔뻔함과 당돌함이 나왔다.

"하나도 변한 게 없구먼. 영상만 올려가지고 생활이 되겠어? 다른 일은 안하고?"

조 실장은 머뭇거리며 말했다.

"선배가 하는 술집을 책임지고 운영하고 있습니다. 여기서 멀지 않습니다. 저도 있는 돈 탈탈 털어서 조금 댔고요. 제 여자친구가 얼마 전부터 매니저를 하고 있습니다. 그럭저럭 생활은 합니다."

그 술집이 밤나무골 카페였다. 정말 살같이 지나간 세월이었다. 그 후 두 사람은 일을 해나가며 서로 신뢰를 쌓아갔다. 그 생각을 하니 괜히 속으로 웃음도 나고 또 슬프기도 했다.

"교수님, 양주 한잔 하실래요?" 조 실장이 말했다.

"여기가 밤나무골 카페잖아. 영어로 체스트넛트리 카페. 그러면 위스키보다 진이 좋겠어."

종업원이 샷잔에 진을 담아왔다.

"조 실장. 오늘 놀랬지? 나랑 일하면서 별꼴 다 당하지?"

"교수님. 오늘 당한 일은요 제가 어렸을 때부터 겪은 험한 일 중에 중간에도 못 와요. 진짜 별꼴은 심부름센터하고 보도방할 때 다 경험했습니다."

"그래도 나 때문에 험한 꼴을 당한 것은 사실이잖아."

"일을 하다보면 별일이 다 생기죠. 지금까지 일이 하루하루가 역동적이지 않지만 재미있었습니다. 이런 세계도 있구나 하면서 좋은 경험이었습니다. 저 그동안 책도 꽤 읽었습니다. 사무실 서고에 있는 책은 거의 다 읽었습니다. 우리 세상을 보는 시야도 넓어졌고요. 아니면 지금쯤 돈, 돈, 돈하면서 또 쓸데없는 일 벌였다가 다 말아 먹었겠지요. 계획성 있고 주도면밀하게 일을 처리하는 교수님한테서 배운 것도 많습니다. 교수님 덕분에 다른 박사님들도 많이 알게 됐고요. 무엇보다도 저를 동지로 대해주시고 신뢰를 갖고 중요한 일을 맡겨 주신 것에 감사드립니다. 그리고 지금은 제가 걱정할 일도 별로 없습니다. 어머니는 가게 계속 하시고, 아버지는 친구 사무실에 나가 용돈 버시고, 여동생은 초등학교 선생이니까 걱정할거 없고. 저야 어렸을 때부터 밑바닥 생활만 해왔는데 뭔들 못 하겠습니까?"

그의 말에 허풍을 느낄 수 없었다. 조 실장은 당돌함과 엉뚱함은 있었으나 가식은 없었다. Dr. K는 그의 그런 모습이 좋았다.

"한잔만 더 줘."

조 실장이 진을 추가로 시켰다.

"교수님 덕분에 프라페도 알게 됐고요. 저 그때 파스타하고 프라페 처음 먹어본 거예요. 그런데 아이스크림을 왜 프라페라고 하는지 아직도 모르겠어요."

그 말을 하며 짓는 조 실장의 미소는 해맑았다. 맞다. 처음 경험한 신기한 것은 후에 아름답게 여겨질 수밖에 없다. 그런데 왜 나는 떠오르는 아름다운 경험이 없지? Dr. K의 마음이 우울해졌다.

"조 실장, 무슨 일이 있어도 내가 한 말을 기억해. 죄수의 딜레마에 빠지면 안 돼."

"알겠습니다. 교수님. 이건 치킨게임이 아니다. 그리고 프리즈너스 딜레마에 빠지지 마라."

두 사람은 말없이 잔을 들어 마주쳤다. .

압수수색 일주일 후 Dr. K와 조 실장은 긴급체포되었다. 조 실장은 오월회 사무실을 정리하던 중 끌려갔고 Dr. K는 학교 연구실로 수사관들이 들이닥쳐 연행되었다. 교직원들이 보는 가운데 Dr. K에게 수갑이 채워졌다. 교수 몇 사람이 학생들이 볼 수도 있는데 교내에서 수갑을 채우면 어떻게 하냐고 항의를 하였으나 그들은 아랑곳하지 않고 양편에서 팔짱을 낀 채 Dr. K를 연행했다.

이 교수는 Dr. K가 뒤로 수갑이 채워진 채 수사관들에 의해 차에 태워지는 광경을 연구실 창을 통해 내려다보고 있었다. 그는 Dr. K를 태운 차량이 교문 밖을 빠져 나가는 것을 확인하고 곧바로 체육관으로 갔다. 샤워실 락커를 열고 백팩을 꺼냈다. 그는 지하주차장으로 가서 차를 빼내 고속도로를 피해 국도를 타고 남쪽으로 향했다. 반시간 쯤 달리자 도시 외곽에 이르렀다. 속도를 줄이고 주행을 하다 공중전화 박스를 발견했다. 그는 차를 세웠다. 그리고 백팩을 열었다. 쌓여있는 자료의 맨 위에 포스트잇이 붙어 있는데 이름과 전화번호만 적혀 있었다. 그는 차안의 포켓에서 동전을 집어 들어 공중전화 박스로 가서 번호를 눌렀다. 신호음이 여러 번 울리고 상대방이 전화를 받으며 나이든 목소리가 전해 졌다.

"여보세요."

"네. 김 선생님. 저는 Dr. K 부탁으로 이렇게 전화를 드립니다."

"누구요? 아! Dr. K요. 그 분 잘 지내세요?"

이 교수는 용건을 말하고 서둘러 전화를 끊었다.

체포된 Dr. K는 감찰처로 연행되었다. 수사관들에 의해 조사실로 끌려 갔다. 복도 가장 안쪽에 있는 조사실 문을 여는데 101호실이라는 숫자가 또렷이 보였다. 그들은 Dr. K를 의자에 앉힌 뒤 수갑을 풀지도 않고 방을 나갔다. Dr. K는 다음에 벌어질 일을 기다리며 지난 조사 때와는 다를 것이라는 각오를 하고 있었다. 얼마 기다리지 않아 문이 열리며 두 사람이 들어왔다. 검사와 욕 잘하는 수사관이었다. 검사가 입을 열었다.

"아이고. 교수님 또 뵙게 됐네요. 나는 감찰처 수사 1부 최 검사입니다. 이 분은 김 수사관이고요. 신원 확인하셨죠? 교수님이 학교에서 연구를 하셔야 되는데 이렇게 수사기관에 자주 오면 어떡하나? 몸이 불편한 분을 모시느라 저희가 약까지 준비해 놓았습니다. 이걸 어쩌나 긴급체포된 피의자는 48시간 동안 구금을 할 수 있는데. 오늘 집에 못 돌아가시겠네."

"……"

그들은 물증을 확보하고 철저히 조사를 해두었다. 법인카드 사용 매장을 다 찾아다니며 몇 사람과 같이 있었는지 그리고 메뉴가 무엇이었나까지 확인했다. 오월회 회계장부를 샅샅이 뒤져 유용 및 횡령여부를 판단하였다. 오월회 금융계좌에서 Dr. K 개인통장으로 이체된 것은 모두 횡령으로 몰았다. 그 액수는 탈탈 털어도 수년 간 총액이 300만원 미만이었다. Dr. K는 그것들은 자신이 먼저 집행을 하고 영수증을 오월회에 건넨 후 되돌려 받은 것이라 해명했지만 소용이 없었다. 아무리 적은 액수도 철저히 심문하였다. 어떤 것은 5년 전 것까지 물어봤다. 그것을 다 기억해 낼 수는 없었으나 Dr. K는 최대한 소명을 했다. 그날의 조사는 자정 가까이 돼서 일단 끝났다.

정작 큰 문제는 다음 날 조사 때 검사가 들고 왔다.

"어제 조사받으면서 별 치사한 것을 다 헤집는다고 생각했죠? 자아, 보자. 작년 10월에 오월회 후원금에서 거액이 빠져나갔는데 영수증 처리도 제대로 안 돼 있고 회계장부에 인출기재도 불분명하네. 이를 어쩌나……."

검사의 말을 들은 수사관이 말했다.

"뭘, 그냥 떼어 먹은 거죠. 요즘 무슨 시민운동 한다며 단체 만들어서 감성팔이로 돈 받아 지가 챙기는 놈들이 너무 많아서."

"어디다 썼어요? 결혼을 안했으니까 자녀 유학비로 쓴 거 같지는 않고. 어디다 썼습니까? 말해 봐요."

Dr. K는 침묵만 지켰다.

"이거 뭐, 사람 말이 말처럼 안 들리나? 어디다 썼냐고! 이 사기꾼 같은 사람아." 수사관이 소리를 버럭 질렀다.

그래도 Dr. K는 침묵할 수밖에 없었다.

"어? 지금 해보자는 거야? 당신 교수면 다인 줄 알아? 이거 말고도 많아. 한 트럭은 가져올 수 있어. 당신을 아주 박살낼 수 있어."

그래도 그는 입을 닫고 있었다. 수사관은 정말 화가 난 것 같았다. 언성이 계속 높아졌다. Dr. K는 아무 말 안했다. 그는 이번에는 빠져나가기가 어려울 것이라고 직감했다. 그러면서 이제는 문제를 정리해야 한다고 생각했다. 검사가 나지막이 말했다.

"김 수사관. 교수님을 그런 식으로 대하면 되나요. 학식이 고매하신 분인데 인격적으로 대해야지."

그는 Dr. K를 바라보며 조용히 말했다.

"출처가 불분명한 거액이 빠져나갔는데 어떻게 된 겁니까? 대표니까 아실 거 아니에요.”

Dr. K는 가늘게 한숨을 내쉬며 눈을 내리깔고 잠시 생각했다. 그리고 힘없는 목소리로 말했다.

“제가 다 썼습니다.”

검사와 수사관의 눈이 마주쳤다. 이제 풀리기 시작했다는 안도의 표정이 나왔다.

“적은 돈이 아닌데 어디다 썼습니까? 개인통장에 입금된 기록도 없던데.”

“사업자금이 필요하다며 빌려달라고 해서 줬습니다.”

“누구한테요?”

“……”

“누구 사업자금으로 줬다는 거예요?”

“구체적으로 말씀드릴 수 없습니다.”

“이 양반이 장난하나? 아니 돈을 전달했으면 누군지 밝혀야 할 거 아니에요.”

“……”

“이제 털어 놨으니까 돈 받은 사람도 말하세요.”

“애도 있는 기혼여성이라 이름이 밝혀지면 가정이 파탄 납니다. 그래서 말씀드리기 곤란합니다.”

검사와 수사관은 계속 비하적인 말을 하며 닦달을 해댔다. 그러나 Dr. K는 같은 이유를 반복하며 이름을 밝힐 수 없다고 했다.

“그러니까 교수님이 사귀는 유부녀가 빌려 달라고 해서 돈을 줬다 이거군요.”

“네. 사귄다기보다는 알고 지내던 여성이 너무 사정이 급하다고 해서……”

“그 말을 믿으라고? 아예 사귀는 남자가 임신을 해서 돈을 줬다고 하시지. 이거 뭐. 유흥비로 쓰고 둘러대는 거 아니야?”

"아닙니다. 사업이 잘되면 다시 돌려받으려고 했습니다. 잠시 제가 판단을 잘못했습니다."

"돌려받는다고? 교수가 유부녀 꽃뱀에게 걸려서 돈 뜯기고 다시 돌려받는다고? 정말 웃기는 소리하고 있네. 당신 그 여자 이름 말 안하면 조사가 안 끝나."

Dr. K는 계속 버텼다. 같은 질문에 같은 대답을 하면서 버티는 게 너무 힘들었다. 그들이 돈의 사용처를 반복적으로 물을 때마다 발바닥에서부터 진득진득한 뭔가가 위쪽으로 서서히 차오르는 느낌이 들었다. 그것이 배꼽까지 차오르자 더 이상 참을 수 없었다. 거기서 그치지 않고 그들의 추궁이 계속되자 가슴까지 차올랐다. 침도 제대로 넘어가지 않았고 숨쉬기가 힘들었다. Dr. K는 내색을 안보이려고 눈을 크게 떴다. 정말 미칠 지경이었다. 목구멍까지 차올라 이제는 더 이상 견딜 수 없을 것 같았다. 진이 다 빠져나가 기진맥진한 상태가 되었다. 그러나 그는 그 여성의 신상을 끝까지 밝히지 않았다.

야간조사에서는 전혀 다른 건이 나왔다. 수사관들은 Dr. K와 조 실장의 핸드폰에서 이상한 숫자들을 발견했다.

"두 사람이 문자를 많이 주고받았네요. 흥미가 가는 내용이 많더군요. 그거 다 물증입니다. 숫자로만 주고받는 문자는 뭐죠? 둘 사이에 무슨 비밀대화죠?"

"... 무슨 말씀인지. 다 보셨으니까 내용을 아시지 않습니까?"

"아니 많은 메시지 중에 숫자만 표기해서 보낸 것은 뭐냐고요. 지난 9월에 주고받았던데."

"무조건 잡아떼면 넘어갈 줄 알아요? 그날 337790하고 276123을 김 실장에게 보냈죠? 그게 무슨 뜻이에요? 뭘 공모한 거예요?"

Dr. K는 이에 대한 대답을 준비해놓고 있었으나 다른 질문을 기다렸다. 그는 천천히 고개를 저으며 말했다.

"글쎄요. 그런 문자를 보낸 기억이 안 납니다. 주고받은 모든 메시지를 기억할 수는 없지 않습니까?”

수사관이 답답하다는 듯 재차 말했다.

“당신이 보낸 337790하고 276123을 받고 조 실장이 자기 전화 메모에 1337, 2790 그리고 3276, 4123이라고 적어놨다고. 그게 무슨 암호냐고? 둘이 간첩이야? 지령 받은 거를 암호화시키는 거야 뭐야. 제대로 대답 안하면 대공혐의까지 추가할 수 있어.”

Dr. K는 잠시 기억을 짜내는 듯한 표정을 짓고 천천히 입을 열었다.

“제 생각에는 아마... 아마 도어록 번호를 바꾸라고 그렇게 문자를 보낸 것 같습니다. 네, 9월이면 그때 도어록 비밀번호를 바꿨을 겁니다.”

“도어록 비밀번호?”

“네. 저희 사무실 건물에 전자식 도어록이 각 층마다 있습니다. 그 비밀번호입니다.”

“…….”

수사관은 잠시 그 번호들을 들여다보았다.

“그러면 애초 1337 2790. 그런 식으로 보내지 왜 337790으로 보내요? 또 수작부리고 있네.”

“층수는 김 실장이 알아서 하는 거고요. 저는 보통 세 자리만 말합니다.”

“그런데 그걸 왜 붙여서 보내요?”

“가끔 띄어쓰기를 안 할 때도 있습니다. 문자 보내다보면 맞춤법도 틀리고 띄어쓰기도 안하고 그럴 때가 있습니다.”

“…….”

검사는 미덥지 않다는 표정을 지었다.

“도어록 비밀번호는 확인해볼 거예요.”

그는 수사관에게 지구대에 연락하여 오월회 사무실 건물 도어록 비밀번호를 확인해보라고 지시했다. 지구대의 답신을 기다리며 숫자 메시지에 대해 몇 번 더 물어봤으나 똑같은 답변이 되풀이 됐을 뿐이었다.

"숫자 얘기는 됐고 비밀번호 확인해서 거짓말이면 가만 안둘 줄 아세요."

한 시간 정도 지난 후 지구대에서 연락이 왔는데 그 번호로 했더니 문이 열렸다고 했다.

Dr. K가 체포되던 비슷한 시간에 조 실장도 사무실에서 긴급체포되어 조사를 받았다. 그는 대표인 Dr. K가 지시하는 대로 했을 뿐이라는 대답으로 일관했다. 인출된 돈을 Dr. K가 어디다 썼냐는 질문에는 모른다고 대답했다. 워낙 미스테리한 사람이라 알지도 못하고 또 감히 물어보지도 못한다고 했다. 그는 수사관이 거칠게 나오면 코를 훌쩍거렸다. 아무리 대표의 지시라도 거액의 공금을 인출하라는 지시에 왜 순순히 따랐냐는 질책에는 잘못했다고 하면서 정말 후회한다며 눈물을 흘렸다. 모든 걸 다 얘기하면 기소를 안 하겠다는 회유에는 자기는 모든 걸 다 얘기했으며 교수님 잘못 따라왔다가 이런 꼴을 당하고 있다며 펑펑 울었다. 너무 생활이 힘들어 쥐꼬리만 한 급여를 받으며 Dr. K의 지시대로 했을 뿐이라고 말했다. 그가 돈을 횡령하는 나쁜 사람인지 전혀 몰랐다고 말했다.

숫자 메시지에 대해서는 Dr. K와 같은 답변을 했다. 추석연휴를 앞두고 밖에 있던 Dr. K가 비밀번호를 바꾸라고 문자를 보내 그렇게 일을 수행했다고 말했다. Dr. K가 숫자를 붙여서 문자를 보냈는데 그걸 어떻게 둘로 나눴냐는 질문에는 오랫동안 같이 일해 그의 실수를 해석할 수 있었다고 했다. Dr. K의 다른 비리를 목격한 것이 있냐는 질문에는 워낙 폐쇄적인 사람이라 업무 외에는 알 수가 없었다고 진술했다. 마지막 할 말은 뭐냐는 수사관의 질문에 Dr. K가 제자를 그렇게 이용할 줄은 몰랐다고 하면서 배신감을 느낀다고 말했다.

조사가 끝나고 Dr. K는 공금횡령과 외환관리법 위반혐의로 구속되었다. 조 실장은 종범이긴 하나 윗사람의 강압적인 지시를 수행했을 뿐이라는 이유로 불구속으로 풀려 나왔다.

밤나무골 카페 모임 멤버들도 참고인으로 소환되어 조사를 받았다. 그런데 그들의 진술이 일치하였다. 한 달에 한 번 가량 그곳에 모여 시국과 관련된 방담을 나눴다는 것이었다.

　Dr. K는 추가로 보완조사를 받은 후 기소되어 구치소에 수감되었다. 그가 기소된 후 수사팀은 이번 수사는 원활히 잘 진행됐다고 자평했다. 지난 번 사이버 공격 수사보다는 확실한 물증을 확보했고 또 피의자를 잘 밀어붙여 손쉽게 무너뜨릴 수 있었다고 자축했다.

　Dr. K가 기소되며 사건이 언론에 크게 보도됐다. 민주화 기념사업을 하는 오월회의 대표인 명망 있는 교수가 후원금을 횡령했다는 소식은 많은 사람들을 경악시켰다. 민주화운동 기념사업을 팔아 횡령을 하다니. 법인카드로 쓴 파스타 식당은 유럽 스타일의 초호화 레스토랑으로 보도되었다. 빠져나간 뭉칫돈은 내연관계인 기혼여성과의 유흥비와 선물비로 탕진하였고 홍콩 민주화단체에 보낸 지원금은 외화 해외도피로 보도되었다. 제자인 부하직원의 급여도 착취하였다는 혐의도 덧붙여졌다. 횡령 및 착복 액수가 5억 원이었다. Dr. K는 엄청난 비난을 받으며 교수라는 양의 탈을 쓴 파렴치범이 되었다. 여론이 악화되며 다른 시민단체들에 대한 시민들의 후원금이 대폭 줄어들었다. 그는 시민운동을 위축시킨 희대의 사기범으로 낙인 찍혔다.

　Dr. K가 구치소에서 재판을 기다리고 있는 동안 사건이 하나 더 터졌다. 오월회에 근무했던 여직원이 그를 성추행 혐의로 고소했다. 후원금 횡령사건에 대한 여운이 남아 있는 가운데 그 여직원은 TV 뉴스프로그램에 출연하여 Dr. K로부터 사무실에서 상습적으로 성추행을 당했다고 폭로했다. 진술도 매우 구체적이었다. Dr. K는 파렴치범을 넘어서 위선과 악마의 표상과 같은 존재로 각인되었다. 감찰처는 성추행혐의로 그를 추가기소했다. 구치소 수감자들도 그를 벌레 보듯이 대했다. Dr. K는 다른 수감자들과 눈도 마주칠 수 없었다. 대학도 징계위원회를 열어 그를 파면했다. 이에 따라 연금수혜 자격도 박탈되었다.

　재판결과 Dr. K에게 공금횡령 및 외환관리법 위반, 그리고 증거인멸죄로 중형과 벌금 5억 원이 선고되었다. 성추행혐의는 피해자의 진술에 일관성이 없다는 이유로 무죄판결이 나왔다. 조 실장은 집행유예를 선고받았다. Dr. K는 변호사의 종용에도 불구하고 항고를 포기했다. 감찰처도 항소하지 않아 형이 확정됐다. 그는 구치소에서 교도소로 이관됐다.

원국은 오월회 사건에 대한 세간의 관심이 집중되자 수사팀을 불러 격려금을 전달했다. 사건내용은 단순했지만 여파는 컸다. 감찰처의 위상을 높인 것 같다고 자평했다. 언론은 감찰처가 공직사회의 비리 뿐 아니라 우리 사회의 큰 비리 하나를 제거했다고 칭찬했다. 얼마 후 원국은 사정수석비서관으로 임명됐다. 적임자가 그 자리를 맡았다는 하마평이 대부분이었다.

코비드가 수그러들지 않는 가운데 스마트시티 건설은 계획에 맞춰 차질 없이 진행되고 있었다. 정부가 역량을 집중한 결과, 동시에 착공식을 했던 세 개의 스마트시티 중 사우스 레이크 지역의 '에코 스마트시티'가 가장 먼저 완공되어 입주가 시작되었다. 여의도 면적 크기의 신도시에 5만 가구 규모의 아파트단지가 들어섰다. 세계 최첨단 기술이 총동원된 완벽한 스마트시티였다. 교통, 환경, 주거, 에너지, 교육, 치안 등 모든 분야가 디지털화되었다. 화석연료 차량은 등록도 진입도 금지되었다. 전기자동차만 운행이 가능했다. 승용차는 정부의 보조금이 지급된 자율주행 전기차가 대부분이었다. 버스도 자율주행 셔틀이었다. 주택의 모든 기능과 가전제품은 사물인터넷으로 작동되었다. 아파트 옥상에는 태양광 패널이 설치되었다. 범죄 없는 무공해 도시였다.

자동차 도로를 포함한 주도로와 이면도로에 총 2만대의 CCTV가 설치되었고 모두 안면인식기능을 탑재하고 있었다. 도시 전체에 공공용으로 깔린 센서가 10만 개가 넘었다. 교통신호는 모두 자동통제되었다. 하늘에는 비둘기보다 작고 참새보다 약간 큰 드론이 날아다녔다. 익숙하지 않은 사람들은 희한하게 생긴 새들이 상공을 배회한다고 착각할 정도였다. 흡음재질로 제작되어 소음도 없었다.

사물인터넷으로 인해 모든 전자제품은 AI 스피커를 통한 음성이나, 스마트폰에 의해 작동되었다. AI 스피커는 금융거래 기능도 내장되어 있었다. 집안에서 손가락 하나 까닥할 필요 없는 편리함의 극치였다. 전기, 도시가스, 상수도의 검침원도 필요 없었다. 가구마다 배달튜브가 설치되어 있어서 택배는 아파트 단지의 투입구에 넣고 아파트 호수를 지정하면 통로관을 통해 집 안으로 전달되었다. 병원진료도 원격진료가 원칙이었다.

정부기관도 이전하였고 대형 IT기업의 최첨단 R&D센터도 입주했다. 포털사이트 나이버의 데이터센터와 클라우드저장소도 옮겨왔다. 각종 문화시설이 들어섰고 그중에는 '소림사'도 있었다. 쿵푸의 메카를 에코 스마트시티로 가져오겠다는 야심찬 계획이었다.

스마트시티 추진 초기 개인정보침해에 대한 우려의 여론이 있었다. 이를 무마하기 위해 도시운영센터는 모든 것의 자동화로 인해 주민 평균 1년간 200시간이 절약된다고 홍보했다. 그 시간을 레저나 건강관리 또는 자기계발을 위해 쓸 수 있다고 했다. 일 년에 200시간이면 근무시간 기준으로 한 달 가량의 여유가 생기는 것이었다. 차량운행 속도는 확실히 빨라졌다. 소방차나 구급차 등 응급차량의 현장 도착시간이 다른 도시에 비해 반 가까이 단축되었다.

에코 스마트시티의 건설에는 시노기업이 대거 참여하였다. 모든 5G장비는 친웨이(Chinway)제품이 쓰였고 작동 프로그램은 무센트와 얼리버버에서 개발한 것이 설치되었다. 시노에서 건설노동자 1만 명이 입국하여 공사에 투입되었다. 도시가 완공된 후 그들은 도시 주변에 세워진 시노 자본이 투자한 생산시설의 직원으로 채용되어 에코 스마트시티에 거주하며 출퇴근하였다. 최첨단 스마트시티일 뿐 아니라 국제협력의 모범사례였고 다문화 도시의 표본이었다. 그리고 모든 것이 막힘없이 물 흐르듯 진행되는 도시였다. 완벽한 스마트시티가 세계 최초로 한국에 건설된 것이었다. 세계 유수의 도시에서 시찰단을 보냈다. 각국의 주요 언론으로부터 격찬이 쏟아졌고 다른 국가들이 계획 중인 스마트시티의 모델이라는 평가를 받았다. 사람들은 그러한 언론보도가 나올 때마다 IT강국이라는 것에 대한 자부심을 느꼈다.

Dr. K가 푸른 수의복을 입고 교도소 마당에서 산책을 하고 있는데 교도관이 그를 불러 특별면회실로 데리고 갔다. Dr. K는 지난 몇 년 동안 찾아오는 사람이 없었기 때문에 면회자가 있다는 말에 의아해했다. 오랜만에 귀국한 진희가 왔을지도 모른다. 진희는 안양교도소에 있을 때 몇 차례 면회 왔지만 영월로 이감된 후에는 한 번도 온 적이 없었다. 궁금증과 함께 교도관을 따라 면회실 안으로 들어서니 원국과 재민이 얘기를 나누고 있는 모습이 보였다. Dr. K는 머뭇거리다 내키지 않는 발걸음을 옮기며 뭔지 모를 결심을 단단히 했다. 두 사람이 웃으며 그를 맞이했다. 세련되고 깔끔한 원국의 곤색 양복 왼쪽 깃에 국회의원 배지가 은은한 광채를 내고 있었다. 지난 총선에서 그가 국회의원에 당선됐다는 얘기는 뉴스를 통해 알고 있었다.

"잘 지냈지? 아니 잘 지낼 리는 없고. 건강하지? 내가 진즉에 면회 오려고 했는데 그동안 너무 바빴어. 이번 회기 원구성이 끝나고 시간을 내서 왔다. 근데 정말 머네."

그의 목소리에는 자신감과 무게감이 실려 있었으나 Dr. K에게는 아무런 감흥을 주지 못했다.

"너도 이제 반은 넘겼잖아... 행정부 일을 하다 여의도에서 일하고 싶어서 지난 선거에 출마했어. 어렵지 않게 당선은 됐지만 이 나이에 초선이 뭐냐? 그래도 상대방이 3선의 관록을 가진 현역의원이었는데 내가 꺾었잖아. 정말 격전이었어. 앞으로 열심히 해야지. 그동안 공직에 있으면서 너무 힘들었어. 남들은 높은 자리에 있다고 부러워하지만 격무야. 신경 쓸 게 너무 많고. 그동안 내가 임플란트를 네 개나 해 넣었다니까. 기왕 행정부로 갔으면 장관까지 하고 나왔어야 했는데... 선거 때문에 기다릴 수가 없더라고. 하기야 국회의원도 장관겸직이 가능하니까 기회를 봐야지."

Dr. K는 원국이 수감 중인 자기를 위로하러 온 것이 아니라 자신의 사회적 지위를 과시하려고 왔다는 인상을 받았다. 그가 임플란트 얘기를 할 때는 윈스턴에게 해준 틀니가 생각났다. Dr. K는 원국의 말이 끝나자 아무 반응을 보이지 않은 채 고개를 돌려 재민을 바라봤다.

"재민이 오랜만이다. 미국에 있다고 알고 있었는데 언제 돌아왔니?"

재민이 쭈뼛거리는 사이 원국이 설명해줬다.

"꽤 됐어. 다 아는 얘기지만 기소중지 상태 풀리고 곧바로 귀국해서 검찰에서 조사받고 무혐의처분 받았어. 능력 있는 사람이 들어와서 일을 해야지. 미국에 있으면서 월스트리트 금융계 인맥도 쌓아놨고 앞으로 예전보다 더 큰 일을 추진 중이야."

그의 짧은 설명에도 Dr. K는 상황이 어떻게 진행되었는지 짐작이 갔다. 그들에게 금융 쪽을 맡길 믿을만한 사람이 필요했을 것이고 재민에게 귀국해서 활동할 수 있는 여건을 마련해준 것이 분명했다. Dr. K는 고개만 몇 번 끄덕였다.

"Dr. K. 세상이 많이 변했고 앞으로도 많이 변할 거야. 너도 여기서 나오면 새로 시작하면서 정신 바짝 차려야 돼. 정신이 없을 거다. 친구들이 네 얘기 가끔 하는데. 당시 나로서는 다른 방도가 없었어. 너도 이해하지?"

그 얘기를 먼저 꺼내는 원국이 뻔뻔하다는 생각까지 들었다. Dr. K는 나지막이 말했다.

"나는 너에게 아무런 감정이 없어."

"다행이다. 공은 공이고 사는 사니까. 네가 나오면 새로 출발하는데 나하고 재민이가 도움을 못주겠니?"

방 안에 잠시 어색한 분위기가 흘렀다. 원국이 그를 바라보며 말했다.

"Dr. K. 나는 이미 수사 분야에서 떠났으니까 터놓고 얘기해보자."

Dr. K는 눈동자를 약간 위로 치켜떴다.

"그때 입시사이트 사이버 공격 네가 주도한 거 아니니? 지나간 일인데 궁금해서 물어보는 거야."

Dr. K는 의자를 앞으로 약간 당기며 원국의 얼굴을 정면으로 바라보았다.

"원국아. 그때 네가 조사까지 했잖아? 그리고 아니라고 결론을 내렸잖아. 내가 시인을 하던 부인을 하던 네가 그렇게 생각하면 그런 거고 아니라고 생각하면 아닌 거지. 내가 뭐라고 말할 수 있겠니?"

원국은 Dr. K의 말뜻을 이해하지 못했다.

"그런데 나는 왜 네가 했을 거라고 생각했을까? 그냥 그렇게 감이 딱 잡히더라고. 그리고 네 오월회가 그 오월회가 아니라 1961년 오월회인가 하는 생각까지 들었다니까?"

Dr. K는 여유 있는 표정과 함께 턱을 천천히 위로 올리며 말했다.

"원국이. 역시 감찰 전문가네. 네 감이 맞았어. 내가 했어."

Dr. K의 말을 들으며 원국은 속으로 깜짝 놀랐다.

"진짜? 러시아에서 공격을 했는데 어떻게 네가?"

특별면회실에 배석하여 세 사람의 대화를 요약하고 있던 교도관이 5분 남았다고 조용히 말했다. 원국은 시간 좀 더 씁시다 하더니 테이블 위의 타이머를 원점으로 돌려놓았다.

"그것까지 말해줄 수는 없지. 내가 했다기 보다는 내가 시켰지. 그리고 약간 실망했어. 사람들이 입시가 파행됐다는 것만 비난했지 그 해킹이 의미하는 바를 모르더라고. 외국 해커들이 돈을 요구하지 않으면서 왜 입시사이트를 공격해서 다운시켰을까 하는 의문에 대한 답은 안 찾더라고. 그걸 보면서 나는 우리 사회가 아직 멀었구나, 구제불능이구나라고 생각했지. 대학입시는 우리 사회에 남은 가장 큰 봉건잔재야. 어느 대학을 나왔느냐는 우리나라에서 그 사람의 브랜드나 라벨로 붙어 평생을 따라다니지. 그걸 기준으로 인맥 카르텔이 형성되고. 부모들은 자식들에게 조금이라도 더 좋은 라벨을 붙여주기 위해 돈을 몰빵하고,.. 대학이야말로 우리나라에서 인간서열을 강제하는 가장 강한 속박기제야. 그 문제가 해결되지 않는 한 우리나라는 봉건사회에서 벗어날 수 없어. 나는 그것에 대한 경고를 보내고 싶었어."

그들의 대화를 받아 적는 교도관의 손놀림도 빨라졌다. 계속되는 Dr. K의 얘기를 들으며 원국은 입을 다물지 못했다. 사이버 공격을 주도했다는 내용보다는 그것의 의미를 설명하는 그에 대해 더 놀랐다.

"Dr. K. 우리가 어렸을 때부터 알고 지냈지만 나는 너를 진짜 모르겠더라. 오늘 네가 한 얘기는 못 들은 거로 할게."

"더 얘기할까? 너 예전에 중부국제공항 시스템하고 자치단체 행정전산망 해킹당한 거 기억나니? 그것도 우리가 했어. 왜 중부공항이냐고? 이 좁은 땅덩어리에 국제공항이 그렇게 많이 필요하니. 거기 사람들 인천으로 와서 비행기타면 안되니? 뭐 그렇게 시간절약이 중요해? 평소에는 텔레비전 막장 드라마 보느라 매일 두세 시간 쓰면서... 평생에 몇 번 해외여행가면서 두세 시간 걸려서 인천공항까지 와서 비행기 타면 안돼? 행정전산망도 그래. 주민등록등본 떼러 주민센터 직접 가면 안 되니? 주민센터가 대부분 자기 집에서 걸어서 10분 거리에 있어. 그런데 서류를 인터넷으로 발급받아. 그러니 주민센터 직원들은 일감이 줄어 팽팽 놀고... 무조건 편하게 해주는 것이 사람들의 인성을 망치고 있는 거야. 몇 년 만에 해외여행을 가면 가슴 설레며 고속버스 타고 인천공항까지 가는 거고. 주민등록등본 필요하면 10분 걸어서 주민센터까지 가면 되는 거야. 그렇게 기계가 행정을 다해주는데 국민세금으로 먹여 살리는 공무원은 왜 계속 늘어나야 하니? 뭔가 우리가 근본적인 것부터 감찰해봐야 하는 거 아니야? 시간과 공간을 그렇게 단축해서 어쩌자는 거야? 덜 걷고 빨리 가면 뭐 달라지는 게 있어? 그걸 경고하는 게 내 의도였어."

"네 말이 진짜지 아닌지 모르겠지만……."

"기왕 말한 거 코드체인 건까지 마저 얘기할게."

Dr. K가 원국의 말을 끊으며 말을 계속했다.

"금융기관을 공격하는 것은 우리 목적에 맞지 않았어. 어떻게 보면 내 사감이 들어갔다고 할 수 있지. 빗코인이나 이더리움이 갑자기 왜 떴니? 그걸 아는 사람들이 우리나라에 몇 명이나 된다고. 누군가 그걸 우리나라에서 붐을 일으킨 거 아니야? 원국이나 재민이 너희들이 나보다 더 잘 알거야. 그들이 누구야? 시노로 비자금 빼돌린 사람들이 시노에서 가상화폐로 바꿔 가져와서 붐을 일으킨 거잖아. 거기에 시노 해외도피 자금도 합세했고. 그 사람들이 바람 잡아 가격 올려놓고 자기들은 빠지고 우리나라 젊은이들이 상투 잡았다가 다 털린 거잖아. 그런 걸 보고 어떻게 가만히 있니? 경고를 해야지. 그래서 가상화폐 절취는 안하고 거래소만 폐쇄시킨 거야."

면회 온 두 사람은 놀라다 못해 Dr. K의 말을 다 소화하지 못했고 교도관은 대화내용 받아 적기를 멈췄다. 원국이 소리를 버럭 질렀다.

"너 무슨 아나키스트냐? 야! Dr. K 헛소리 집어 치워. 짧은 혀 잘못 놀리다 긴 목이 날아갈 수 있는 거 몰라? 너 너무 오랫동안 여기에 있었나 보다. 너 세상 엄청나게 변했다. 이제 스마트시티는 완성됐고 스마트 내이션으로 진행 중에 있다고."

그들은 속으로 화가 나면서도 Dr. K가 한심하고 불쌍하다는 연민의 정까지 솟아났다. 수감생활을 오래하다 보니 밖의 세계가 얼마나 변했는지도 모르고 또 현실감각도 상실한 채 망상에 빠져있다고 판단했다. Dr. K는 위축되지 않고 냉정한 표정으로 그들을 바라봤다.

"세태가 나를 아나키스트로 몰아가 버렸네... 이렇게 셋이 다시 만날 기회가 또 있을까? 아마 없겠지? 오늘 너희가 일부러 멀리까지 나를 찾아왔으니까 마지막으로 한 마디 더 할게. 우리나라에 가장 심각한 게 뭐라고 생각하니? 저출산? 초고령화? 그런 것들은 자연적인 현상이야. 거기에 적응하는 수밖에 없어. 진짜 심각한 건 거짓말하고 사기야. 없는 사람들이 먹고 살려고 거짓말하고 사기 치는 게 아니라 권력가진 놈들이 입만 열면 맨 거짓말하고 돈 있는 놈들이 오히려 사기 치더라고. 그런데 거짓말해도 다음 선거에서 또 뽑아줘요. 사기 치다 문제돼서 감옥가도 금방 나와. 권력 가진 놈들하고 돈 있는 놈들이 나라를 망치고 있다니까. 너희들이 싫어하겠지만 아무래도 영어를 좀 써야겠어. 영국 사람들이나 미국 사람들도 권력과 돈에 관해 관심이 많았던 모양이야. 권력과 돈에 대한 격언 중에 'Power never stops. Money never sleeps.'라는 말이 있어. 권력은 멈추지 않고 돈은 잠들지 않는다. 원래는 권력과 돈에 대한 경계심을 알려주는 말인데. 내가 보기엔 너희들이 여기에 딱 맞아. 권력 가졌다고 쉬지 않고 질주하고 돈 벌려고 잠도 안자고 노력하지. 권력이 쉬지 않고 질주하면서 얼마나 많은 애꿎은 사람들에게 피해를 줬겠니? 그러다 권력끈 놓치면 본인이 파멸되는 거야. 잠도 안자고 돈벌이에 몰두하면 돈은 쌓이겠지만 본인 몸만 망치는 거야. 인생사 생로병사(生老病死)지만 그 과정에는 반드시 사필귀정이 있다. 사필귀정(事必歸正)에는 시차(時差)만 있지 오차(誤差)는 없어!"

Dr. K는 자신의 발언이 선을 훨씬 넘어서고 있는 것을 알면서도 멈출 수 없었다. 자신들을 빗댄 그의 비난을 들으며 오래된 친구들은 표정이 굳어졌고 속이 부글부글 끓었으나 수인복을 입은 친구의 불쌍한 처지를 생각하여 참을 수밖에 없었다. 원국의 얼굴은 벌겋게 달아오른 상태였다. 규정된 면회시간을 훌쩍 지났으므로 더 이상 연장하기는 곤란했다. 원국이 자리에서 일어서며 애써 목소리를 가라앉혀 말했다.

"Dr. K. 마음 다스리면서 건강하게 지내라. 시간 되면 또 올게. 얼마 안 되지만 영치금 좀 넣었어."

원국은 Dr. K에게 손을 내밀었다. Dr. K는 손을 꽉 잡은 채 그의 눈을 정면으로 쳐다보며 입을 열었다.

"원국아. 나도 하나 물어보자. 진희한테서 내 전화번호는 어떻게 알아냈니?"

원국의 표정이 굳어지며 악수가 풀렸다. Dr. K는 대답을 들을 필요도 없다는 듯 재민 쪽으로 고개를 돌리고 그의 어깨를 가볍게 두드렸다. 재민은 그의 눈길을 똑바로 받지 못했다.

"재민아 건강해라. 잠 좀 자면서 돈 벌어라. 요즘도 새벽기도 열심이지?"

원국과 재민은 면회실을 나와 건물 밖으로 나왔다. 원국은 Dr. K가 뱉은 말이 충격적이고 자신에 대한 직설적인 비난에 화가 났지만 그 화를 억지로 눌렀다. Dr. K는 이미 그의 안중에 없는 존재였다. 그가 뭐라고 내뱉던 자신의 지향점은 더 엄청난 것이었다. 원국은 나란히 걷던 재민에게 말을 건넸다.

"저 자식. 완전히 맛이 갔네. 쟤 군대에서 수류탄 터졌을 때 이미 맛탱이가 간 거 아니야? 근데 쟤 말이 사실인가 다시 조사해서 기소하라고 할까?"

재민은 굳은 표정으로 있다가 말없이 고개를 흔들며 아직 얼굴이 상기되어 있는 원국의 팔뚝을 가볍게 쳤다.

"원국아. 이제 금배지 달고 큰일을 할 사람이... 그냥 잊어버려. Dr. K가 출소해야 뭔 일을 할 수 있겠니. 건강하게 명이나 제대로 채울지 걱정된다."

각자 자기 차에 타기 전에 원국이 재민을 붙잡고 조용히 얘기했다.

"재민아. 이번에 너 어렵게 데려온 거야. 이번 펀드는 정말 제대로 하자. 예전과 같은 사기꾼들 다 배제시키고... 다시 일이 잘못되면 우리 입장도 곤란해져."

재민은 묵묵히 그의 말을 들으며 고개를 끄덕인 후 입을 열었다.

"그 말 새겨들을게. 지난번에는 너무 서두르다 보니 인적 구성이 세련되지 못했어. 내가 좋은 경험을 했으니까 같은 실수를 반복하지 않겠지. 이번에는 부동산투자펀드도 같이 할 거야. 그리고 좀 더 정밀하게 하려면 그쪽에서도 정보를 많이 줘야 돼. 특히 신도시개발계획 정보는 필수적이야. 이번에 세우는 펀드는 정말 깔끔하게 운영할게. 믿어봐."

원국은 억지로 웃음을 지어보였다. 두 사람은 악수를 나누고 헤어졌다.

Dr. K는 자신이 방장으로 있는 혼거실로 돌아왔다. 그는 그 사건을 다시 수사해야 자신이 한 말에 대한 증거를 찾아낼 수 없다는 것을 잘 알고 있었다. 얼굴을 직접 본 김에 마음속에 담아두었던 생각을 원국과 재민에게 쏟아놓았을 뿐이었다.

원국과 재민의 면회 이후 찾아오는 사람 없이 외부와 격리된 채 수인생활을 하는 Dr. K에게 편지가 전달되었다. 발신인 주소는 제주도였다. 조실장이 보낸 편지였다. Dr. K는 이미 열려진 봉투에서 천천히 편지지를 꺼내 반듯하게 펼쳤다.

교수님께,

수감생활 중에도 건강히 지내시길 바랍니다. 그곳 영월은 겨울에 추운 곳인데 추위를 많이 타시는 교수님의 안위가 걱정됩니다. 처음으로 소식을 전해드리게 되어 편지를 쓰면서 가슴이 설레고 떨립니다. 저는 이곳 제주도에 내려와서 생활하고 있습니다. 여기 날씨는 온화한 편입니다. 그래도 겨울에 가끔 눈보라가 휘날릴 때도 있습니다.

그동안 저도 우여곡절이 있었습니다. 그 일 직후 저는 여동생이 있는 중소도시로 내려와 그 집에서 신세를 졌습니다. 경찰관인 매제가 전과자인 저를 탐탁지 않게 여겼지만 저는 아랑곳하지 않고 그냥 생활했습니다. 매제의 안 좋은 시선을 무시할 만큼 어렸을 때 같이 고생한 우리 남매의 우의는 깊습니다. 그래도 동생과 매제가 모두 출근한 낮에는 조카들을 돌보며 밥값은 했습니다. 안 되는 실력에 조카들 공부도 가르치고요... 중소도시라 마음에 드는 직장도 별로 없고 사실 직장에 다니며 일하고 싶은 의욕도 안 생겨 그저 백수생활을 했습니다.

그러다 어머니께서 연락을 하셔서 어머니 하시는 일을 도울까, 같이 식당을 차릴까를 논의했습니다. 어머니는 남편이 남기고 간 건어물도매상을 계속하고 계셨는데 고향도 아닌 곳에서 혼자 지내기가 싫으셨던 것 같습니다. 서로 고민하다 모든 걸 정리하고 제주도에 조그마한 펜션을 하나 구입하여 어머님을 모시고 내려왔습니다. 자식을 방치하고 새 남자를 찾아갔던 어머니도 그동안 뭐 마음이 편하셨겠습니까. 여동생도 좋은 생각이라며 동의를 해주었습니다. 아버님 말고 왜 어머님이랑 같이 살아야겠다는 마음을 먹었는지 저도 잘 모르겠습니다. 사실 아버님의 군경력 덕에 제가 대학에 진학할 수 있는 은혜를 입었습니다. 그런데 나이가 드니 오히려 자식을 버리고 집을 나가신 어머니가 더 불쌍하다는 생각이 들었습니다.

펜션이라고 하지만 이곳도 숙박시설이 우후죽순으로 생기고 코비드로 관광객도 대폭 줄어 장사는 잘되지 않습니다. 지난여름 휴가철에 유일한 손님이 여동생네 가족이었습니다. 방학 때 여동생이 아이들을 데리고 내려와 거의 한 달 가까이 지내다 올라갔습니다. 중간에 매제도 휴가를 받아 왔었는데 제주도에 근거지가 생겼다며 너무 좋아하는 것이었습니다. 가물에 콩 나듯 손님이 있고 그냥 텃밭 가꾸며 시골생활을 한다고 보면 됩니다. 손님이 있든 없든 펜션을 관리하고 유지하는 것이 엄청 손이 갑니다. 사람을 못 부르고 제가 직접 모든 걸 다 해야 하니 이제는 손재주가 거의 맥가이버 수준이 되었습니다.

한 일 년 생활하다 힘들고 어머니의 권유도 있고 해서 서울에 올라가 선미를 데려와 지금은 셋이 지내고 있습니다. 선미가 먼저 집을 나간거지만 서울에 올라가 찾아 가보니 영업시간도 줄고 손님도 없어 가게도 못나가 끼니를 걱정하는 처지였습니다. 식당일을 구하려 해도 자리가 없었다고 합니다. 저를 보더니 울기부터 했습니다. 불쌍해 보였습니다. 제가 제주도에 가서 어머니랑 같이 살자고 했더니 고개를 끄덕이며 따라왔습니다. 순순히 허락한 선미가 고마웠습니다. 선미는 제주도로 내려오며 태어나서 비행기를 처음 타보는 것이라고 했습니다.

교수님께 외람된 말씀이지만 우리 세 사람은 다 산전수전을 다 겪은 터라 티격태격하지 않습니다. 그럴 일도 없고요. 오랜만에 손님이 오면 세 사람 모두 사람이 그리운 터라 너무 잘해줍니다. 그러다보니 남는 것도 별로 없는 것 같습니다. 선미와 나는 가끔 시내나 농장에 가서 일을 돕고 일당을 받아옵니다. 그래서 큰 불편 없이 그럭저럭 생활을 해나갑니다. 제가 너무 내 얘기만 한 것 같습니다. 궁금해 하실 것 같아 제 근황을 말씀드렸습니다.

교수님 가지셨던 꿈을 아직도 존경합니다. 제가 그것을 이어야 하는데 여러 가지로 부족하고 능력도 모자라 결실을 맺지 못해 안타깝습니다. 요즘 변해가는 세상소식을 접하며 우리가 우려했던 현상들이 현실로 다가오는 것을 느낍니다. 그런 상황 속에서 서울이나 대도시에 살면 제가 화병으로 탈이 났을 것이라는 생각도 듭니다. 차라리 이렇게 한적한 곳에서 사람들과 접촉하지 않고 지내는 것이 더 잘됐다고 생각합니다.

참, 제가 요즘 코딩을 독학으로 공부하고 있습니다. 파이손(Python)은 끝냈고 몇 달 더 공부하면 간단한 프로그램은 짤 수 있을 것 같습니다. 제가 그걸 알아야 혹시 교수님과 다시 일하게 되면 도움이 될 수 있을 것 같습니다.

직접 찾아뵙지 못하는 무례를 이해해주시고 또 용서해주시기 바랍니다.

교수님, 추운 강원도 날씨에 건강에 유의하시기 바랍니다.

- 남녘 제주도에서 제자 올림 -

편지를 다시 한 번 읽은 후 Dr. K는 바닥에 누워 살며시 눈을 감았다. 독학으로 프로그래머 되면 뭐하려고? 해커가 되려고? 조 실장도 마흔이 넘었을 것이다. 그래도 그들은 갈 곳이 있었구나. 어머니까지 모시고... 사실 내가 원했던 삶이 그런 것 아니었나? 형기를 마치고 제주도로 내려가면 나도 맘 편히 남녘의 삶을 누릴 수는 있으려나?

재판이 끝나고 본격적인 수감생활을 하며 줄곧 생각한 문제였지만 Dr. K는 형을 마치고 출옥하면 좀 더 조심하며 세련되게 본격적으로 예전의 일을 계속하리라고 마음먹었다. 급하게 발티키아 해커들에게 비용을 보내느라 회계처리가 미흡하여 수사기관에 포착되었지만 사이버공격으로 처벌을 받은 것은 아니었다. 그는 같은 실수를 반복하지 않고 디지털 디스토피아를 막을 방법을 구상하였다. 구상은 머릿속에 차근차근 쌓여가고 있었다. 그는 다시 한 번 결심했다. 그래 좌절하지 말자. 반드시 해내

자. 동지들은 얼마든지 모을 수 있다. 그는 희망을 품고 수감생활을 해나 갔다.

　세 개의 스마트시티가 모두 완공되었다. 10만개가 넘는 센서가 수집한 정보는 통합운영센터에 전송되었다. 센터의 AI는 수집된 정보를 분석하여 도시의 모든 움직임을 통제했다. 도시 전체가 이 센서들이 수집한 빅 데이터에 의해 모니터링 되어야 스마트하게 기능이 작동되었다. 여기에는 도시 주민에 대한 모니터링도 포함될 수밖에 없었다. 사람들의 위치와 이동경로가 실시간으로 데이터 센터에 전달되어 저장되고 분석되었다. 그뿐 아니라 모든 사물인터넷의 기록도 저장되었다. 이는 거주자의 출입시간, 소등시간과 취침시간, 주방기구 사용에 따른 식사시간 등을 중앙통제소가 알 수 있다는 것을 의미했다. 심지어 화장실 변기의 물 내리는 시간까지 기록되었다. 주민들은 나의 용변까지 당국이 파악할 수 있다는 것을 알았다. 주민들은 농담처럼 말했다. "AI가 대변, 소변도 구분할 줄 아나?"

　이와 함께 다른 문제도 발생했다. 전기사용량을 측정하는 스마트미터를 조작하여 전기요금을 덜 내는 행위가 늘어났다. 이는 크게 어려운 일이 아니었다. 스마트미터 센서를 조작하여 자신이 쓴 전기 사용량을 다른 사람의 센서로 옮기는 방법이었다. 스마트시티에 입주한 한 대기업은 이러한 방법으로 전기료 수천만 원을 일반 주민들에게 이전시키는 방법을 쓰다 적발되어 처벌을 받았다. 주민들은 수시로 스마트미터 앱에서 자신의 전기사용량을 확인하는 습관이 생겼다.

　주민들은 자신들의 일거수일투족이 다 기록되고 감시당하고 있다는 사실을 알게 되었다. 그들은 시간이 지나며 자신들의 용변시간부터 TV 시청시간은 물론 즐겨보는 프로그램까지 감시당하고 있다고 생각했다. 스마트시티를 덮고 있는 CCTV와 하늘을 나는 드론도 전부 자신을 감시하고 있다는 불안감에 휩싸였다. 사람들은 그 드론들을 짭새라고 불렀다. 심리적 스트레스를 받으며 생활하다보니 자연히 외출을 삼가게 됐고 집안에서의 움직임도 조심하게 됐다. 이에 따라 도시 전체가 급속히 활력을 잃어갔다.

그 과정에서 이중사고가 내면화되고 이중행동이 형성되었다. 감시받지 않는데도 감시당하고 있다는 강박관념에 시달렸고, 실제 감시당하면서도 그렇지 않은 것처럼 애써 자연스럽게 행동했다. 골방에 혼자 있어도 누군가 나를 바라보거나 엿듣고 있다는 불안감에 휩싸였다. 이런 불안감을 호소하며 상담센터나 정신과를 찾는 환자들이 급증하였다. 전문가들은 이러한 증상을 디지털 강박신드롬이라 불렀다.

사람들은 항상 감시당한다는 잠재의식에 지배되어 그 체제가 은연 중 유도하는 행동을 보호본능적으로 수행하였고 자신도 의식하지 못하는 그러한 자발적 순종을 자유라고 착각하고 있었다. 외부 사람들은 스마트시티를 두고 도시는 똑똑해졌는데 주민들은 멍청해졌다고 말했다.

그러나 정부는 스마트시티에 대한 선전과 홍보를 계속 강화하였다. 전국 모든 도시를 스마트시티로 전환할 장기계획을 세우고 국채를 발행하여 예산을 배정하였다. 구호는 '스마트 월드를 주도하는 스마트 코리아!'로 내세웠다.

이 교수는 학교 연구실에서 창밖을 바라보고 있었다. 운동장 위와 건물 주위를 짹새가 날아다니고 있었다. 그는 저 드론들을 새와 비슷하게 디자인하여 날갯짓을 하며 날아다니게 하면 어떨까 하는 생각을 하며 속으로 쓴 웃음을 지었다. 그 때 노크도 없이 문이 열리고 중년남성 두 명이 들어왔다. 이 교수가 의자에 앉은 채 문 쪽으로 몸을 돌렸다. 국가정보부 대테러국장과 그 밑의 서기관이었다.

"교수님. 잘 지내셨죠? 마침 연구실에 계셨네요. 사전에 연락도 안 드리고 불쑥 찾아왔습니다." 오래 전부터 알고 지내던 대테러국장이 인사말을 건넸다.

"어서 오세요. 어디 있는지 실시간으로 아실 텐데 사전연락은 무슨……."
세 사람은 조그마한 회의용 탁자에 둘러앉아 얘기를 시작했다.
"어쩐 일이세요? 여기까지 일부러 오시고." 그렇게 말하면서도 이 교수는 그들의 용건을 충분히 짐작할 수 있었다.
"네. 말씀드리죠. 교수님도 알고 계시겠지만 저기... 최근 스마트시티 운영시스템에 대한 공격이 부쩍 심해졌습니다. 거의 매일 쉴 새 없이 가해지고 있습니다. 세 군데 모두 공격대상입니다. 그거 막느라 보안팀이 정신없습니다. 얼마 전에는 시스템이 순간적으로 다운된 적도 있습니다. 그 뿐 아니라 최근 스마트 팩토리에 대한 공격도 늘었습니다. 공장가동을 몇 시간씩 정지시켜버립니다. 막연히 해외경쟁업체에서 사주를 했겠구나하는 심증만 있지 범인을 찾아낼 방법이 없습니다. 지난 달에는 사우스 레이크에 있는 에코 스마트시티의 한 아파트단지가 몇 시간 동안 정전된 적도 있습니다. 그 단지 내 모든 기기의 작동이 중단됐습니다. 엘리베이터, 가로등, 난방, 심지어 모든 가전제품이 작동이 안됐습니다. 난리가 났죠. 누가 송전시설을 건드린 게 분명합니다."
대테러국장이 심각한 표정을 지으며 하소연하듯 말했고 물 공급이 끊겨 변기사용도 못했다고 서기관이 덧붙였다. 이 교수는 담담히 설명하듯 말했다.
"두 분도 잘 아시겠지만 최첨단 기술의 집합체인 스마트시티는 당연히 해커들에게 매력적인 타깃이지요. 모험심과 도전정신을 자극하죠. 더군다나 스마트시티는 무수히 많은 센서와 애플리케이션이 작동되면서 운영되는 곳인데 그 중 몇 개만 차단시켜도 혼란이 발생하겠죠. 스마트시티에 가정용 말고 공공용으로만 10만개 이상의 센서가 설치되어 있을 거예요. 그런데 너무 급속히 추진되고 건설되다보니 일부 센서에는 보안기능이 내장되어 있지 않을 겁니다. 해커들이 그걸 알아내면 그 센서들을 집중 공격하겠지요. 우리나라 전체가 스마트 내이션이 되면 수억 개

정도의 센서가 설치되고 또 연결되어야 합니다. 센서가 많아지고 연결 네트워크가 복잡해질수록 보안에는 취약하지요. 이를 방지하려면 제조 사가 설계와 제품생산단계에서부터 보안기능을 내장시켜야 하는데 그 러면 단가가 훨씬 비싸지겠지요. 난리가 났겠네요. 전자결재도 안 되고, 사물인터넷 작동도 안 되고, 고층아파트를 걸어 올라가야하고."

이 교수는 말을 마친 후 상황을 파악하는 질문을 던졌다.

"그 정도면 조직적인 연합공격인데.... 어디서 공격을 합니까?"

"처음에는 역시 러시아에서 시작했는데 시간이 지나면서 점점 확대되 고 있습니다. 러시아, 보헤미아, 슬라비아, 세르비아, 발티키아, 그러더 니 오렌지아에서도 공격합니다. 가장 최근엔 발카니아에서도 공격을 하 네요."

"외국기관에서 도움 되는 정보를 안줍니까?"

"시노 스마트시티도 공격을 받는다고 합니다. 스마트시티는 우리와 시 노가 가장 앞서가고 있지 않습니까? 미국과 유로파는 주민들의 반대로 주춤거리고 있고. 그러니 FBI는 별로 신경을 안 쓰는 것 같습니다. 정 말 혼란입니다. 믿고 협조할 해외기관이 없습니다. 심지어 최근 공격에 CIA가 연루되어 있다는 소문도 나돌고요. 국제해커연대조직이 주도하 는 건지, 이들을 후원하는 조직이 있는 건지... 우리 정보력으로는 한계 가 있고 판단도 안섭니다."

"국내해커들 동향은 어떻습니까?"

"글쎄요. 지금까지 파악하기론 연루됐다는 증거를 찾지 못했습니다."

"제가 예전에 위키리크스 사건과 스노든 사건이 터졌을 때 국장님에 게 이건 한 조직이나 개인의 소행이 아니다, 뒷배가 없으면 불가능한 일 이라고 말씀드린 적 있죠? 그 둘을 검거하거나 무력화시켜도 비슷한 사 건이 계속 발생하고 있지 않습니까? 여기에 맞서려면 정부들도 강력한 상시공조체제를 구축해야 하는데 그게 안보 관련 정보와 밀접한 관련이 있다 보니 현실적으로 어려운 일이 됐네요."

이에 대한 전문지식이 없는 사람이 들어도 정말 갑갑하고 심각한 상황이 전개되고 있었다. 세 사람 모두 이미 알고 있는 사실들을 서로 상기시키듯 얘기하고 있었다. 대테러국장은 어느 정도 그런 현상을 우려했었지만 막상 일이 벌어지니 예상을 넘어서는 심각한 상황이라고 말했다.

"국장님. 해커들이 왜 그런 마음을 갖게 될까요? 인간의 본성 중 하나가 호기심 아닙니까? 인간의 호기심을 막을 방법이 있나요? 아기 때 주전자에서 하얀 김이 폴폴 나오면 손을 갖다 댔다가 화상을 입는 것. 전기단자에 젓가락을 넣는 것. 이 모두가 호기심 때문에 벌어지는 일 아닙니까? 에베레스트산을 처음 등정한 힐러리 경과 그 대원들은 당시 장비가 열악해서 등정에는 성공했지만 대부분 손과 발이 심한 동상에 걸렸죠. 일부 대원은 발가락과 손가락을 절단까지 했습니다. 그러면서까지 왜 에베레스트 산에 올랐을까요? 기자들이 물었다죠? 왜 올라갔습니까? 그랬더니 힐러리 경이 그 유명한 대답을 하죠. 산이 거기 있어서 올라갔다고. 해커들도 마찬가지입니다. 도전적인 목표가 있으니 공격을 하는 겁니다."

"교수님. 해커들의 심리는 그렇다고 치고 그들의 공격을 막을 근본적인 대책은 없습니까?"

"해결방법은 하나예요. 전 세계 모든 컴퓨터와 스마트폰을 실시간 감시하고 있다가 수상한 작업이 적발되면 그걸 강제로 오프 시키면 되죠. 그런데 그게 가능하겠습니까? 그래서 인류 역사 이래로 전쟁이 끊이지 않았던 것처럼 사이버 전쟁도 계속될 겁니다. 날카로운 창과 강한 방패가 계속 개발되는 겁니다. 디지털 시대의 운명입니다."

세 사람 모두 심각한 표정을 지었다. 이제 와서 설치된 센서를 모두 제거하고 수작업으로 작동시킬 수도 없는 일이었다.

"정말 큰일입니다. 중차대하고 심각한 상황이기 때문에 이번 범정부차원에서 정말 제대로 된 사이버테러대책위원회를 조직하여 근본적인 방안을 마련하여 대처하려고 합니다. 이 교수님. 지금 상황도 심각하고 시간을 다투는 일이라 이번에 구성되는 대테러위원회의 실무대책위원회 위원장을 맡아주십시오. 집무실과 차량도 제공해드리고 또 예우는 최고로 준비해드리겠습니다."

이 교수는 그 말을 들으며 아랫입술을 살짝 깨물었다. 그리고 양 손바닥으로 얼굴을 한번 쓸어 내렸다. 그는 손바닥을 떼며 빙그레 웃음을 띠었다.

"국장님. 제 근황을 잘 알고 계시지 않습니까. 학교, 집, 학교, 집. 이제 나이도 있고 그냥 건강에만 신경 쓰면서 조용히 지내겠습니다. 기술적으로나 개념적으로나 요즘 젊은 사람들이 저보다 훨씬 나아요. 사이버보안은 기호학과 암호학이 뒷받침되어야 합니다. 그 바탕은 수학이고요. 거기에 추리력과 상상력이 더해져야 하는데 일단 제가 수학이 달려요. 그리고 추리력이야 되겠지만 상상력은 젊은 사람들을 따라갈 수 없죠. 그러니 이제 저 같은 꼰대는 뒷전에 물러나고 새 사람들이 책임을 맡아야죠."

"그래도 교수님이 총괄을 해주셔야 제대로 돌아가지 않겠습니까. 저희 차장님이 특별히 찾아뵙고 부탁을 드리라고 해서 이렇게 와서 어려운 말씀을 드리는 겁니다. 수락해 주시죠."

"국장님. 제가 차장님께 신세진 건 잘 알고 있습니다. 다시 한 번 감사드립니다. 그런데 이제 저는 어떤 일에도 나서지 않으렵니다. 제 입장도 양해해 주십시오. 사이버 공격은 군대공격처럼 물리적으로 많은 것을 준비할 필요가 없지요. 네트워크에 연결된 컴퓨터만 있으면 누구나 시도할 수 있는 거지요. 거리가 문제되지도 않고. 결국 우리가 편하게 사는 디지털 시대의 반대급부라고 생각하고 상상력을 동원해서 선제적으로 방화벽을 잘 쌓는 수밖에 없습니다. 더 이상 드릴 말씀이 없네요."

세 사람은 잠시 침묵했다. 대테러국장이 이 교수를 바라보며 말했다.

"교수님 뜻은 알았습니다. 마지막으로 저희에게 당부할 말씀은 없으십니까?"

이 교수는 잠시 생각했다. 그리고 두 사람을 번갈아 쳐다봤다.

"디지털에 기반한 새로운 세계질서에 반감을 가진 사람들이 의외로 많습니다. 이들은 지속적으로 저항할 겁니다. 그 저항수단 중 하나가 사이버공격이겠죠. 이를 산업혁명 초기에 벌어진 러다이트 운동쯤으로 간과해서는 안 됩니다. 당시 노동자들이 공장을 습격해 기계를 파괴해도 다른 공장에서 제품을 생산해내면 문제가 해결이 됐습니다. 러다이트 운동은 사회적 파장이 컸지 경제적 타격은 미미했습니다."

이 교수는 잠깐 숨을 골랐다.

"그런데 사이버 공격은 다릅니다. 수만 명, 수십 만 명에게 직접적인 타격을 가할 수 있습니다. 이 부분은 만인 대 만인의 투쟁이라고 보시면 됩니다. 그리고 이 싸움은 상상력 싸움입니다. 상상력을 총동원하여 방어망을 구축하는 수밖에 없습니다. 국장님. 외국 해커들이 우리나라 송전시설에 대해 대규모로 집중적인 공격을 한다고 상상해보십시오. 그것이 성공하여 서울이 한 시간만 정전된다고 생각해보십시오. 모든 엘리베이터가 가동되지 않고, 냉장고를 비롯한 가전제품은 무용지물이 되고, 병원장비는 먹통이 되고, 교통신호체계는 불능이 되고... 저라면 일차적인 관심을 송전시설 방어에 두겠습니다. 몇 년 전 우크라이나 수도인 키예프시의 송전시설이 러시아 해커들의 공격을 받아 도시 전체가 한 시간 동안 정전된 사례를 알고 계시죠? 비슷한 시기에 미국, 스위스, 터어키 송전시설에 대한 사이버 공격이 발생했고요. 지금도 누가 시도했는지 밝혀지지 않고 있습니다. 정전이 가장 무섭고 의외로 취약한 부분입니다."

이 교수의 말이 끝난 후 대테러국장 일행은 자리에서 일어나 인사를 하고 연구실을 나갔다. 방에 혼자 남자 이 교수는 커피메이커에서 커피를 내렸다. 연구실에 퍼지는 커피향이 그의 코를 타고 들어와 뇌까지 기분 좋게 자극했다. 저절로 미소가 지어졌다. 그리고 속으로 생각했다. 발카니아에서도 공격을 해댄다고? 이러다가는 아프리카에서도 공격해 오겠네... 이런 생각에 이르자 그는 웃음을 터뜨렸다.

3. 디스코피아(DysKopia)

　팬데믹으로 저녁 열 시까지 영업을 제한하였던 사회통제는 더 강화되어 오후 열한 시부터 다음날 새벽 네 시까지 통행금지가 실시되었다. 날이 어두워지면 경찰이 주요 도로의 길목을 차단할 준비를 하였다. 대중교통도 저녁 아홉 시가 막차였다. 통금위반 1회는 벌금, 2회는 구류, 3회는 정식 기소되었다. 모든 집회와 모임은 금지되었기 때문에 실질적으로 학교수업과 종교행사, 그리고 각종 경조사는 불가능했다. 낮에도 거리의 통행인이 대폭 줄었고 도시 전체가 활기를 상실했다. 자영업자들의 폐업이 속출했고 소상공인은 일감이 없어 직원들을 해고할 수밖에 없었다. 전국적으로 상가와 사무실 빌딩의 공실률은 계속 치솟았다. 중산층은 물론 고소득층의 붕괴가 가속화되고 있었다.

　대폭 증가한 실업자들은 정부에 불만이 많았으나 집회가 원천적으로 금지되었고 참가자들은 테러범으로 간주되었기 때문에 이를 집단적으로 분출할 방법이 없었다. 다섯 명 이상 모일 수 없었기 때문에 삼삼사사(三三四四) 모여 울분을 터뜨리거나, 집에 틀어박혀 지내는 수밖에 없었다. 이들은 실업수당을 받으며 하루하루를 연명했다. 사람들은 통행금지와 거리두기 등의 통제에 대한 불만이 컸지만 코비드 감염을 더 두려워했다.

사태의 발단은 아주 사소한 시비에서 시작되었다. 구로동의 식당에서 반주와 함께 저녁식사를 하던 중년남자 두 명이 반찬을 추가로 시켰다. 영업 종료시간이 거의 된 시각이라 50대 초반의 여종업원이 와서 장사 끝날 때가 다됐다고 투박한 연변 말투로 말했다. 손님들은 금방 갈 테니 반찬이나 더 갖다달라고 말했다. 그러면서 손님들은 요즘 조선족 종업원들이 불친절해졌다는 얘기를 서로 주고받았다. 손님들의 대화를 들은 여종업원의 얼굴이 벌겋게 상기됐다. 종업원이 손님들을 쏘아보았고 그들 사이에 고성이 오가는 말다툼이 벌어졌다.

"무신 멍멍이 뼈다기가튼 개소리를 그리 하오? 여기 오는데 당신드리 보태준거 이쏘? 무시기 조선족 어쩌구 고아대오?" 여종업원이 눈을 부릅뜨며 말했다.

"뭐야, 이 아줌마. 여기 와서 빌어먹고 있는 주제에... 아니꼬우면 연변으로 다시 돌아가시던가. 요즘 조선족들이 왜 이리 뻣뻣해졌는지 모르겠어."

"무스개? 비러먹고 있다고? 뭔 말을 그리하오? 내 팔다리로 뼈다귀 날래 움직여 돈 버는 거 아니 보이오? 찌저졌다고 주두이 함부로 나발대지 마오. 이 싸스개들이 세상물정 알아 못 먹네. 니들 엠나들이 우리 쌔끼들 터럭지난 미꿍기 다까줄 날이 누깔 앞에 있는 걸 모르오?"

이 말에 화가 난 술 취한 손님이 여종업원을 손으로 밀쳤다. 그녀는 뒤로 밀리며 비틀거리다 식탁에 손을 짚고 몸을 지탱할 수 있었다. 그녀의 눈에서 불꽃이 일었다. 손님들은 재수 없다고 투덜거리며 계산을 하고 가게 밖으로 나갔다.

그들이 전철역 입구에 이르렀을 때 건장한 남자들 대 여섯 명이 다가와 앞을 막더니 욕설을 해대며 다짜고짜 두들겨 패기 시작했다. 손님 한 명이 얻어맞으면서도 그중 한 사람의 허리띠를 잡고 버텼다. 폭행과 몸싸움이 계속되는 동안 행인의 신고를 받은 경찰 두 명이 출동하였다. 폭행범들의 숫자가 많고 기세가 등등하여 손쓸 수가 없었다. 폭행범들은 경찰들에게도 위협을 가했다. 결국 경찰서에서 병력이 도착하여 모두 연행되었다. 손님들은 갈비뼈와 이가 부러지는 등 전치 8주의 심한 폭행을 당했다. 폭행범들은 모두 인근 시노타운에서 일하거나 거주하는 조선족이었다. 명백한 폭행사건이었으므로 사건처리는 쉬운 것처럼 보였다. 그런데 식당 여종업원이 등장했다. 그리고 손님들을 폭행과 성추행혐의로 고소했다. 손님들은 성추행이 아니라 손으로 그녀를 밀쳤을 뿐이라고 항변했다. 가해자와 피해자가 복잡하게 얽히며 사건처리가 쉽게 되지 않았다.

다음 날 아침 경찰서 앞에 수십 명의 시노인들과 조선족들이 모여들었다. 그들은 성추행범을 처벌하라고 구호를 외쳤다. 오후가 되자 시위인원의 숫자가 늘어나면서 구호도 성추행에서 외국인 노동자의 인권유린 규탄으로 확대되었다. 그들은 외국인 노동자에 대한 인권유린과 차별, 그리고 성범죄 사례들을 폭로했다. 이곳에 와서 저임금을 받으며 사회 밑바닥 일을 도맡아 하는 자신들을 한국인들이 경멸하고 박대하는 것을 규탄했다. 인권단체도 이들의 주장을 받아들여 폭행과 성추행을 한 한국 남성들을 처벌하고 외국인 노동자의 인권보장을 위한 강력한 법제정을 요구했다. 일부 국회의원들이 이에 호응하여 긴급히 법안을 발의하겠다는 기자회견을 가졌다. 언론들도 외국인 노동자 300만 명 시대에 인권사각지대가 오랫동안 존속하고 있다고 보도했다. TV는 매 맞는 동남아 신부들이라는 제목의 특집방송을 내보냈다. 수많은 베트남, 필리핀, 캄보디아 출신 여성들이 출연하여 자신들이 남편과 시부모로부터 학대받은 얘기를 눈물을 흘리며 증언했다.

사태는 급기야 시노인들과 조선족이 많이 거주하는 서울의 남쪽 지자체들에서 집단시위로 발전하였다. 그들의 주장에 동조하는 시민단체와 한국 사람들도 다수 합세했다. 처음에는 시노인과 조선족 위주의 시위였으나 곧이어 동남아 출신 노동자들도 시위에 합세했다. 그러자 지방의 공단도시들에서도 외국인 노동자 시위가 벌어졌다. 이를 비난하는 한국 행인들과 물리적 충돌도 발생했다. 서울 남쪽의 지자체들과 수도권 공단도시의 집단거주지에서는 외국인 노동자들이 바리케이드를 설치하고 경찰병력의 진입을 막았다. 안쪽에서 원인 모를 화재가 발생했는데 소방차가 진입할 수도 없었다. 거의 해방구나 다름이 없었다.

　사태가 악화되는 가운데 중국과 베트남, 필리핀에서 한국상품 불매운동이 일어났다. 한국인 상점을 시위대가 공격하고 방화하는 사태로 확대되었다. 시노는 외교부 장관이, 베트남은 총리가, 필리핀은 대통령이 사태의 원활한 수습을 위해 한국정부는 조치를 취할 것을 촉구했다. 그들은 자국 노동자들에게 인권을 보장받을 수 있는 법적 권리가 주어져야 한다고 강조했다.

　법적 권리의 보장을 위해서는 참정권이 주어져야 한다며 일부 국회의원들이 1년 이상 거주 외국인들에게 투표권을 부여하는 법안을 발의하였다. 그동안 소득세를 포함하여 꼬박꼬박 세금을 냈는데 투표권을 주지 않는 것은 차별이라고 강조했다. 국내에 세금 한 푼 안내는 해외교포에게도 참정권을 부여했으므로 국내경제에 기여하고 세금을 납부하는 외국인 노동자에게도 투표권을 줘야 한다는 주장에 따라 그 법안은 통과되었다. 이 과정을 지켜보며 일부 인사들은 그런 논리라면 주한미군에게도 투표권을 주는 것이 형평성에 맞는다고 냉소적으로 말했다.

　그들은 투표권을 획득했고 외국인 노동자 소요는 가라앉기 시작했다. 대상자의 대부분은 시노인과 조선족이었다. 외국인 노동자 폭동과정과 그 후속조치를 통해 사람들은 시노 노동자와 조선족의 위력을 실감했다. 그들이 주로 취업하고 있는 식당이나 요양원 같은 사회기층시설에서 사람들은 외국인 노동자들의 눈치를 보며 극도로 말조심을 했다. 시노 노동자를 비롯한 외국인 노동자들은 직장 내에 별도의 노조를 결성했다. 그 노조들은 경영진 뿐 아니라 기존 노조들에 대해 비협조적이고 적대적이었다. 상위노조인 전노총(全勞總)의 지시도 그들 외국인 노조에게 통하지 않았다. 고용안정이나 생존권보장에서 외국인 노동자들이 자국민 노동자들보다 더 보호를 받는 노동현장이 조성되었다.

디지털 감시체계의 구축과 중산층 붕괴의 가속화로 국가체제의 대전환을 위한 환경은 조성되었고 하나의 과제만 남아 있었다. 지배엘리트층을 하나로 묶어 권력을 안정적으로 유지하는 과두체제의 완성이었다. 이 논의는 오랜 전부터 물밑에서 진행되고 있었고 여야를 떠나 모든 정치엘리트와 경제엘리트들의 오래된 희망사항이었다.

그들은 권력은 돈을 원하고 돈은 권력을 필요로 한다는 사실을 경험적으로 알고 있었다. 돈과 권력은 양극과 음극처럼 친화력이 강했으나 보이지 않는 방해물에 의해 둘의 상호흡인력이 작동하지 못하고 있었다. 그들은 알고 있었다. 이 둘이 합일체가 되었을 때 자신들의 지배가 더욱 공고해지고 또 영속화되며 지배욕과 소유욕을 마음껏 충족시킬 수 있다는 사실을. 더 이상 시간을 끌 필요가 없고 이제 그 시점이 되었다고 판단한 그들은 방해물을 제거해버리기로 결심했다.

대부분의 사람들은 보비드에서 코비드로 이어지는 팬데믹의 공포 속에서 계층하락의 불안감에 휩싸여 누가 어떤 형식으로 권력을 잡던 관심이 없었다. 정치 현안에 대한 국민들의 무관심이 커지고 냉소주의가 팽배해졌다. 여기에 더해 SNS를 장악한 그들은 모든 정치적 쟁점을 욕설이 가득한 악플로 도배해 버렸다. 사람들은 정치에 대한 염증을 느끼며 자신의 정치적 의사를 밝히려 하지 않았다. 그 결과 여론형성 자체가 되지 않았다. 결국 그들이 추구하는 과두체제 수립에 큰 장애물이었던 국민여론은 무력화되었다.

남은 장애물은 최고 통치자인 대통령이었다. 제왕적 권력을 휘두르는 대통령직을 없애고 새로운 체제를 구축할 경우 5년마다 치열한 대권경쟁을 벌일 필요도 없고 또 절대권력을 휘두르는 대통령의 눈치를 볼 일도 없었다. 대통령이라는 존재가 자신들이 추구해온 체제구축의 가장 큰 장애물이라고 인식해온 그들은 몇 년 전 횃불시위를 통해 대중적 지지 기반을 가지고 있던 현직 대통령을 정치권에서 퇴출시켰던 것이었다. 두 가지 장애물 중 국민여론은 무력화되었고 이제 남은 것은 대통령을 없애는 작업뿐이었다.

과두체제 구축을 위한 권력구조로 그들은 내각책임제와 이원집정제를 고려하고 있었다. 내부적으로 치열한 논쟁이 있었다. 대부분은 내각제를 선호했다. 그러나 국민들 대다수가 내각제에 대한 경험적 거부감이 있어 반발이 일어날 수 있다는 지적에 따라 여당과 야당은 이원집정제로 방향을 잡았다. 정치권 전체가 대통령제의 폐해와 이원집정제의 장점에 대한 홍보에 돌입했다. 현재와 같이 다원화된 사회에서 현행 일인통치 대통령제로는 국민들의 정책요구를 모두 수렴하는 것은 불가능하다고 선전했다. 대통령제는 찬반의 양극화 현상을 가져와 극단적인 대결의 정치만 반복될 뿐이라는 주장을 대대적으로 홍보했다. 대통령제는 우리 풍토에서 제왕적 대통령의 등장과 독주를 막을 수 없다고 비판하며 그동안 역대 대통령들의 퇴임 후 비참한 말로를 열거하여 국민감정을 자극했다.

언론사들은 정치권의 홍보에 적극 동조했다. 이원집정제는 대통령제와 내각제에 내포된 단점을 제거하고 장점만을 조합시킨 한국에 가장 적합한 제도라고 인식시키려 했다. SNS에는 이원집정제를 적극 지지하는 댓글들 일색이었다. 학자들은 침묵뿐이었다. 이원집정제와 개헌에 반대하는 정치인들은 대통령병 환자로 몰아세워졌다. 일부 찬반논쟁은 있었으나 이원집정제에 반대하는 인사들은 댓글부대의 집중적인 공격에 위축되기 시작했다. 지향점은 분명한데 사소한 논쟁만 지속되자 개헌에 대한 국민들의 관심이 급속히 식었다.

여야합의로 상정된 이원집정제 개헌안이 국회에서 만장일치로 통과되었다. 언론은 구국의 결단을 내렸다고 유례없이 국회를 칭찬했다. 이어서 실시된 국민투표에서는 70% 가량의 유권자가 개헌안에 찬성했다. 전체 투표율은 50%를 간신히 넘긴 수준이었다. 이 국민투표에는 200만 명이 넘는 외국인 노동자들도 투표권을 행사했다. 이들은 실제 투표참가자의 10% 가까이 차지했다. 개헌안이 국민투표를 통과하자 국회는 신속히 추경예산을 편성하여 모든 국민들에게 국정협조격려금 20만 원씩을 지급하는 결의안을 통과시켰다. 총예산은 10조 원이었다.

곧이어 새로운 헌법에 따라 국회의원 선거가 실시되었다. 선거결과 양대 정당이 의석의 90%를 차지하였으나 누구도 과반의석을 차지하지 못했다. 힐 스테이트 지역과 사우스 레이크 지역의 특정정당에 대한 투표 집중은 계속된 양상을 보였다. 가장 의석을 많이 확보한 횃불당이 힐 스테이트 정당과 연정을 구성하였다. 언론이 동서화합이라고 의미를 부여했다. 그들은 내각을 구성하며 의석수에 따라 장관 자리를 나눠 맡았다. 대통령은 장관 한 명 임명할 수 없는 상징적 존재에 불과했다. 정치권 내에 대립과 갈등은 사라졌다. 정치권에 대한 외부도전이나 비판세력도 없었다. 건국 이래 처음으로 정치가 안정되었다. 과두체제의 결과였다. 총리는 거의 일 년에 한 번씩 바뀌고 계파수장들이 돌아가며 맡았다. 너무 자주 교체되다 보니 대부분의 국민들은 사임한 지 몇 달이 지나면 전임 총리의 이름을 기억하지 못했다.

과두체제가 수립되고 국회가 제일 처음 한 일은 여야 만장일치로 의원들의 세비와 연금을 두 배로 올린 것이었다. 국회는 국민들의 눈치를 보지도 않았고 실제 별다른 여론의 반응도 없었다.

이원집정제를 통해 과두체제 확립의 기반을 구축한 그들은 사회통제 강화를 위한 정책의 시행을 본격적으로 추진하기 시작했다. 정부는 새 시대에 맞는 새로운 가치와 질서의 형성이라는 명분을 내세워 사회신뢰 등급제를 도입하였다. 이를 위해 국회는 '사회신뢰제고와개인신용보호 및향상을위한기본법'을 통과시켰다. 이 법은 점점 개인화되는 추세 속에서 상부상조의 정신을 함양하여 신뢰사회를 건설하고 구성원들의 준법정신을 향상시켜 서로 믿고 사는 아름다운 사회를 건설하자는 목적을 표방했다. 그리고 법안 마지막 부분에 "이를 위해 '사회신뢰등급제'를 국무총리령이 정하는바에 따라 시행한다."라는 문구가 삽입되어 있었다. 법안 이름이나 '사회신뢰등급'이라는 문구만 봐서는 그 내용을 짐작할 수 없었다.

'사회신뢰등급' 제도는 철저히 상벌원칙에 기반하여 고안되었다. 일단 모든 18세 이상 국민들에게 1,000포인트의 점수가 주어졌다. 그 후 친사회적 행위를 하면 가산점이, 반사회적 행위를 하면 감점이 부과됐다. 점수에 따라 개인에게 신뢰등급이 매겨졌다. 등급은 최상등급인 '갑'서부터 '을,' '병,' '정'과 마지막 '무'의 5단계로 되어 있는데 개인 큐알코드에 자동으로 입력되었다. 교통법규 위반, 계약위반, 각종 공과금 및 요금체납, 쓰레기분리수거 불이행 등은 감점요인이었고 자원봉사, 기부 및 후원, 헌혈 등은 가산점을 받았다. 후에 악플과 선플이 감점과 가산점 항목에 포함되었다. 청원게시판의 요구에 따라 벌점항목이 계속 늘어났다. 층간소음 유발도 감점항목에 포함되었다.

사회신뢰등급의 '병'급 이하는 공공부문 취업에 제한을 받고 은행대출도 받을 수 없었다. 최하위 단계인 무급은 비행기와 KTX탑승이 제한되었고 호텔예약도 할 수 없었다. 개인은 자신이 받은 가산점과 벌점을 앱을 통해 수시로 확인하였다. 이 시스템의 작동을 위해 정부부처와 지자체, 금융기관 및 통신사업자와 SNS사 등이 연계된 정보공유 플랫폼이 구축되었다. 대학입시에서도 지원자 본인은 물론 부모의 신뢰등급을 기재하라는 대학이 점차 늘어났다.

이 제도의 시행을 이용해 돈을 벌려는 상술이 재빨리 등장했다. 플랫폼의 자료를 빼내어 타인의 신뢰등급에 대한 정보를 유료로 제공하는 기업이 출현했다. 한 회사는 통화 시 수신음이나 발신음 대신 "상대방의 신뢰등급은 '병'입니다."라는 멘트가 나오는 유료 앱을 개발하여 단기간 내에 큰돈을 벌기도 했다. 그만큼 사람들은 자신 뿐 아니라 다른 사람의 신뢰등급에 예민했다.

가산점을 받기가 힘들다는 여론에 따라 국정홍보 가산점 제도가 신설되었다. 중앙정부와 지자체는 하루에도 몇 차례씩 홍보 메시지를 보냈다. 이를 청취하거나 보면 가산점을 주는 것이었다. 그런데 그 반응은 메시지가 수신되고 60초 이내에 확인하여야 했다. 이에 따라 가산점을 원하는 사람들은 핸드폰을 항상 휴대하고 수신을 느끼면 재빨리 전화기를 꺼내 메시지를 확인해야 했다. 그들은 늘 휴대폰을 손에 쥐고 지냈다. 이같이 휴대폰에 종속되어 있는 사람들을 가리켜 거북목을 가진 디지털 좀비라는 말이 생겼다. 주로 '병'과 '정' 등급의 사람들이었다. 이들은 홍보문자가 오지 않거나 다른 일에 몰두하다 그것을 놓치면 우울감에 빠졌다. 신뢰등급이 하락한 후 그것이 상향조정되려면 오랜 시간동안 가산점을 쌓아야 했고 일 년 이상의 기간이 걸렸다. 사회신뢰지수가 아니라 사회복종지수라는 것을 사람들은 알게 됐다.

사회신뢰등급제도가 실시된 이후 기초질서는 많이 향상되었다. 금연구역에서 몰래 흡연을 하는 사람도 없고 운전자들이 교통법규를 철저히 지켰다. 길거리에 오물을 버리지 않았다. 쓰레기 분리수거는 완벽히 이루어졌다. 사람들은 큰 소리로 말하지도 않았다. 남의 눈에 띄는 것이 두려워 뛰어다니지도 않았다. 남의 눈살을 찌푸리게 하는 행위들이 대폭 줄어들었다. 거의 완벽한 질서 있는 사회였다. 그러나 사회는 활기를 잃어갔다. 사람들은 밖에서는 신경 써야 할 것이 너무 많으므로 아예 집에 틀어 박혀 있는 것이 낫다고 생각했다. 차라리 감옥에 있으면 아무런 신경도 안 쓰고 마음이 편할 것 같다고 말하는 사람들도 있었다. 사회신뢰등급제의 시행은 짧은 기간에 사람들의 모든 행위를 완벽히 통제할 수 있었다. 이후 국무총리는 이동의 자유를 보장하기 위해 통행금지를 해제한다고 발표했다. 그러나 실상은 저녁 10시 넘어 밖으로 돌아다니는 사람은 거의 없었다.

이제 시장경제를 유지하면서도 과두집단이 경제권을 완전히 장악하면 그들의 과두지배체제는 영속화될 수 있었다. 그들은 최종방안을 추진하였다. 이원집정제 정부 출범 이전부터 꾸준히 소문으로만 나돌던 화폐개혁이 구체적으로 논의되기 시작했다. 애초 디노미네이션을 위한 화폐개혁이 목적이었는데 논의가 진행되면서 아예 디지털화폐를 도입하자는 주장이 대두되고 힘을 얻기 시작하였다.

사람들은 처음에 디지털화폐에 대한 이해가 없었다. 종이돈을 지갑에 넣고 다니는 대신 카드나 핸드폰으로 결제하는 방식과 같은 것이라고 생각했다. 이미 인터넷 구매 등 상거래에서 디지털페이를 하고 있었기 때문에 그것을 확대하는 것이라고 여겼다.

디지털화폐 도입에 대한 국민들의 호불호가 불분명할 때 방역관리청이 중요한 연구결과를 발표했다. 코비드 감염경로의 주요 매개체 중 하나가 지폐라는 사실이었다. 지폐에는 약 3,000여종의 박테리아와 바이러스가 서식하고 있어 식중독과 위염 등 소화기 질병 뿐 아니라 폐렴과 같은 호흡기질환을 유발할 수 있다고 했다. 그 호흡기질환에는 코비드도 포함되어 있었다. 화폐사용의 위험성과 관련된 연구결과와 피해사례들이 언론에 보도되기 시작했다. 지폐를 많이 만져 손가락 습진과 통증, 그리고 잔기침과 같은 기관지 불쾌감으로 고생하는 금융기관 창구직원의 인터뷰가 쏟아졌다. 이들 금융기관 종사자들은 지폐계수기가 작동될 때 지폐에 붙은 각종 유해균들이 공기 중에 퍼져나가 기관지 질병을 유발할 수 있다고 경고했다. 정밀조사를 수행한 의대 연구진들은 지폐에서 심지어 탄저균과 발암물질까지 검출된 결과를 발표하였다.

지폐는 각종 세균의 온상으로 인식되었고 사람들은 지폐사용을 극도로 꺼리기 시작했다. 일부 상점들은 현금사용을 금지하고 신용카드결제만 허용했다. 어린 아이들도 할아버지가 주는 용돈 받기를 꺼려했다. 지폐사용이 대폭 감소하였다. 지폐는 공포의 대상이 되었다. 이에 따라 세균의 서식이 어려운 플라스틱 소재인 폴리머(Polymer)지폐를 제작하자는 의견도 대두되었다. 플라스틱 소재 지폐는 이미 세계 20여 개국에서 통용되고 있었다. 정부는 이런 의견들을 넘어서 아예 여러 사람의 손을 거치며 세균전파의 위험성을 가지고 있는 유형(有形)의 화폐를 대체할 무형(無形)의 디지털화폐의 도입을 추진하기 시작했다. 이미 종이돈은 더러운 것이라는 인식이 확고해진 국민들은 코비드의 공포 속에서 감염 경로를 줄이기 위해 디지털화폐를 도입하겠다는 정부의 주장에 별다른 이의가 없었다.

지폐를 완전히 대체하는 디지털화폐는 중앙은행이 발행하는 것으로 모든 결제는 중앙은행을 통해 이루어져 거래은행에 별도의 예금계좌를 개설할 필요가 없었다. 중앙은행은 모든 현금유통 상황을 실시간으로 파악할 수 있었다. 사생활침해가 예상되고 정부가 통제수단으로 사용할 수 있다는 우려 때문에 일부의 반대도 대두되었다. 이러한 반대를 정부는 지하경제와 부정부패 세력의 사주를 받은 것이라고 맞받아쳤다. 논란 끝에 국회의 의결로 디지털화폐가 도입되었다. 신용카드 사용이 급격히 줄어들었고 민간은행들의 수익성도 악화되어 문 닫는 금융기관들이 늘어났다.

디지털화폐가 정착을 하자 지하경제는 불가능해졌다. 그리고 한 푼의 사용내역도 중앙은행의 인공지능 서버에 기록이 다 남게 되었다. 국가의 재정수입은 크게 늘어났다. 정부는 국민경제의 암적인 존재인 지하경제가 사라졌다고 이를 크게 선전했다.

노출되기 싫은 거래를 원하는 사람들은 디지털화폐 대신 금(金)을 사용했다. 금은 중요한 거래수단이 되었고 밀수도 늘어났다. 정부는 이를 단속하였으나 금을 매개로 한 거래는 줄어들지 않았다. 금만으로는 거래를 모두 충당할 수 없게 되자 은(銀)도 사용되기 시작하였다. 집에서 사용하던 은수저를 실버바(silver bar)로 만들어주는 업체들이 생겼다. 금과 은으로도 충분하지 않자 예전에 쓰였던 주화가 등장하여 유통되기 시작했다. 주화들은 열 배 이상의 가치로 통용되었다. 특히 500원짜리 주화는 20배 가까운 가치로 교환되었다. 사람들은 온 집안을 뒤져 사장되었던 동전들을 찾아내었다. '비철코인'이 '비트코인'보다 효자라는 얘기가 나돌고 비트코인 채굴보다 비철코인 발견이 더 이익이라는 말이 회자되었다. 외국동전들도 적당한 가치가 부여되어 통용되었다. 이러다 상평통보가 등장할 것이라는 예측까지 나왔다. 사람들은 악화가 양화를 구축하는 것이 아니라 악화가 양화를 불러 들였다고 했다. 구(舊)화폐를 벽지로 쓰는 사람도 있었다. 어느 호텔은 객실 벽 전체를 예전 5만 원 권으로 도배하고 방 이름을 '페이퍼 머니 올드 클래식 스위트'라 이름 붙였다. 객실료가 다른 스위트보다 두 배 비쌌으나 인기가 많았다.

얼마 지나지 않아 새로운 요구가 등장했다. 시노 디지털화폐도 사용할 수 있게 해달라는 민원이었다. 이미 시노인 집단거주지역에서 시노 디지털화폐가 널리 사용되고 있었다. 시노 정부가 이 문제의 검토를 정식으로 제안하였다. 일 년에 1,000만 명 가까이 방문하는 시노 관광객과 한국에 거주하는 200만 명가량의 시노인과 조선족들도 같은 목소리를 냈다. 시노정부는 양국 디지털화폐의 교차사용을 제안했다. 시노 화폐가 한국에서, 한국 화폐가 시노에서 사용될 수 있도록 하자는 것이었다. 이는 한국과 시노의 중앙은행들이 양국 디지털화폐의 환율에 따른 디지털 환전을 위한 프로그램만 마련하면 해결되는 문제였다. 어차피 디지털이었기에 일반인들에게 영향을 미칠 일도 없는 것처럼 보였다. 시노 디지털화폐의 사용이 가능해지면 환전의 불편함이 사라져 시노 관광객들의 씀씀이도 더욱 커져 경제에 큰 도움이 될 것이라는 분석도 나왔다.

이 문제가 한참 논의되고 있을 때 새로운 제안이 등장했다. 아예 시노와 한국이 통합된 디지털화폐를 사용하자는 내용이었다. 양국 간의 교역 규모로 보나 편리성을 고려할 때 통합의 장점이 크다는 것이었다. 경제가 시노경제에 종속될 수 있다는 우려와 함께 반대의견도 있었다. 우려와 반대를 무릅쓰고 국회는 통합 디지털화폐를 쓰기로 의결했다. 양국 정상은 회담을 갖고 이 공동화폐의 이름을 마오화(Mao貨)로 결정했다. 디지털화폐 발행과 통화관리를 위한 시노코(SinoKo)중앙은행이 북경에 설립되었다. 이 중앙은행은 시노와 한국 양국 국민, 그리고 기업들의 금융거래내용을 실시간으로 파악하게 되었다. 공동화폐가 사용되니 환전수수료가 필요 없어졌다. 사람들은 환영했다. 환차손 발생에 대한 우려가 없어져 양국의 거래가 늘어났다. 교육당국은 양국의 교류가 늘어나자 시노어를 제1외국어로 지정하였고 조선족과 시노인을 대거 기간제교사로 채용하였다.

디지털화폐를 사용하면서 오류가 발생했다. 핸드폰에 내장된 전자지갑이 가끔 작동을 하지 않는 것이었다. 이러한 오류가 늘어나기 시작하자 사람들 사이에 정부가 비판적인 인사들의 지갑을 일시 폐쇄시키는 것이라는 소문이 돌았다. 그 진위여부는 알 수 없으나 정부에 비판적인 한 인사는 전자지갑이 안 열려 주택매매가 무산되어 큰 손해를 보기도 했다. 일부 사람들은 반정부 성향의 인사뿐 아니라 시노에 비판적인 사람들에 대해서도 전자지갑을 잠시 폐쇄하여 골탕을 먹인다는 이야기를 하기도 했다. 디지털화폐의 도입으로 모든 돈의 흐름을 정부가 실시간으로 파악할 수 있었다. 개인의 지갑과 경제생활을 국가가 관리할 수 있게 된 것이었다.

이 과정에서 경제의 장기침체로 정부의 정책금융지원을 받은 대기업들에 대한 구조조정이 시행되었다. 그 기업들이 적자를 계속 면치 못하고 파산위기에 몰리자 정책대출금을 자본금으로 전환시켰다. 정부는 이러한 조치에 저항하는 기업들에게 대출금을 회수하여 기업을 파산시키겠다고 경고했다. 파산 시 실직을 우려하는 노조가 정부의 조치에 찬성하며 부채의 출자전환을 요구하는 파업을 벌였다. 부채의 출자전환과 함께 국민연금, 공무원연금, 군인연금, 사학연금의 자금이 추가로 투자되었다. 출자전환이 이루어지자 100대 상장회사의 반가량 되는 기업들의 대주주가 정부가 되면서 경영권을 장악하였다. 이에 반발하여 외국인 투자자들이 투자액을 회수하여 한국 주식시장을 떠나기 시작하자 주가가 폭락했다. 철수한 외국인 자본을 대신하여 국내 공적연금 자금과 시노자본이 들어와 그 주식들을 매입하였다.

대기업의 절반 이상이 파산을 피하려 부채의 자본전환을 받아들임으로써 이들 기업은 실질적으로 국영기업이 됐다. 이 국영기업들은 정부의 보조가 없으면 유지될 수 없었다. 이들 기업들의 CEO와 등기이사직을 그들이 가서 차지하였다. 그들은 기사 딸린 최고급 승용차를 제공받고 법인카드로 호텔에서 회식을 하고 골프를 쳤다. 회사 사무실에서는 젊은 여비서들의 보좌를 받았다.

대형 제약사들이 개발한 코로나 백신들이 다투어 보급하기 시작하자 팬데믹 현상이 좀 나아지는 듯했다. 하지만 변이 바이러스의 빈번한 등장으로 백신의 효과가 현저히 떨어지기 시작하면서 집단면역의 형성이 무산되었다. 변이 바이러스들 중 기존의 모든 코로나 백신들을 돌파하는 변종이 출현하였다. 이 변이 바이러스는 도로나(Dorona) 바이러스로 명명되었고 코비드 사태는 도비드(Dovid) 사태로 전환되었다. 도로나 바이러스는 감염율과 사망률이 코로나 바이러스보다 열 배 이상 높았다. 도로나 바이러스의 백신이 개발되려면 또 몇 년의 시간을 기다려야 했다.

도비드로 팬데믹을 넘어 상시적인 엔데믹(endemic)이 되면서 동물과 사람 사이의 감염 위험성이 커졌다. 사람들은 반려동물을 포기하거나 유기하기 시작했다. 동물보호소는 유기된 반려동물을 모두 수용할 수 없었고 사람들은 집에서 키우던 개와 고양이를 그냥 갖다 버렸다. 길거리에는 개와 고양이들이 떼 지어 다니고 사람들의 위협을 피해 산 속으로 도망친 개들은 들개 떼가 되어 등산객을 위협하고 인근 주택가까지 내려와 먹이를 구하러 무리지어 돌아다녔다. 사람들이 동물원에 가지도 않을뿐더러 감염 위험성 때문에 동물원들이 폐쇄되었다.

가장 심각한 현상은 축산업의 붕괴였다. 사람들은 소, 돼지, 그리고 닭고기의 소비를 대폭 줄였고 축산업자들도 도비드 감염이 두려워 생업을 포기했다. 아예 사람들의 식생활이 채식 위주로 바뀌었고 인조고기 판매량이 급속히 늘어났다.

사회적 거리두기와 영업시간 제한은 이제 상시적인 일이 되었고 소비는 대폭 위축되었다. 이에 따라 소상공인과 자영업자는 완전히 몰락하였다. 중견기업들의 도산도 파도처럼 이어졌다. 이제 국민들이 소비하는 돈의 대부분은 곧바로 제조업은 물론 유통과 일반음식점까지 장악한 대기업으로 갔다. 김밥집과 분식집까지 대기업 체인망으로 전환된 상태였다. 러브호텔도 '여기 놀자'와 같은 대기업에 의해 체인화되었다. 돈과 부는 계속 거대기업으로 집중됐다. 이러한 현상과 함께 디지털화폐의 발행은 자산가치의 하락을 가속화시켜 고소득층의 자산도 반 가까이 줄어들었다. 반면 상위 1%의 자산은 빠른 속도로 증식되었다. 그 결과, 최고 상위층 엘리트를 제외한 나머지 사람들의 자산과 소득이 하향평준화 되며 국민 90%의 경제적 평등이 실현되었다.

감시와 통제, 권력과 자본의 결탁으로 과두체제의 지배력은 강화되었으나 사회의 개방화와 타락화는 걷잡을 수 없이 확대되었다. 값싼 마약의 공급이 점점 증가하여 그 사용이 젊은 층을 중심으로 일반화되었다. 각종 마약류가 해외로부터 공급되었다. 고소득층은 헤로인이나 LSD 같은 양질의 고농축 마약이나 프로포폴을, 저소득층은 필로폰, 판타닐 같은 합성마약을 사용했다. 그중 가장 인기 있는 것은 메스암페타민계열의 GHB였다. 젊은 사용자들은 '물뽕'으로 불렀는데 주로 알코올음료에 두세 방울을 떨어뜨려 마셨다. 10분 내지 15분 내에 몸이 이완되며 기분이 좋아지는 속성효과가 나타나고 서 너 시간이 지나면 성분이 몸 밖으로 배출되므로 적발하기도 어려웠다. 값도 싸서 인기가 많았고 레이디 킬러로 불렸다. 합성마약도 구입할 여유가 없는 저소득층은 마약이 함유된 진통제인 거통편(去痛片)을 복용했다. 과거 부유층 자제나 연예인을 중심으로 퍼졌던 마약은 이제 일반화되어 버렸다.

불법도박 사이트도 계속 증가했다. 불법도박업자들은 프로그램을 교묘히 만들어 도박인지 게임인지 구분할 수 없었다. 거래 규모도 커지고 도박 연령층도 점점 하향화되어 초등학생들까지 이에 열중하였다.

과두체제의 확립으로 공공과 민간부분의 구분이 모호해졌다. 국가는 모든 민간부분을 언제든지 얼마든지 간섭할 수 있었고 실제 통치엘리트들은 민간부분에 대한 통제의 수위를 높여갔다. 국가정책에 비판적인 K튜브 채널은 몇 차례의 노란딱지만으로 사전 경고 없이 계정이 폐쇄됐다. K튜브에는 먹방과 수위가 높아진 섹스담론 채널만 번성했다.

이러한 과정을 거치며 과두지배집단이 경제권까지 완전히 장악하자 결국 사회는 다섯 개 계층으로 뚜렷이 분화되었다. 이들 계층은 점차 고착화되며 계급구조로 자리 잡았다.

제일 상단에는 수퍼 엘리트(Super Elite)가 자리하고 있었다. 이들은 권력과 돈을 완전히 과점했다. 국회의원, 차관급 이상 공무원, 고위 장성, 검찰 고위층, 법원장급 이상 판사 등이었다. 이들은 지위와 함께 대기업의 주식을 대량 보유하고 있었고 자산가치 하락으로 폭락한 부동산을 매입한 건물주들이기도 했다. 인구의 1%도 안 되는 수퍼 엘리트가 전체 자산의 90%를 소유하고 있었다. 이들 자녀들은 특별전형을 통해 자기가 원하는 대학에 입학하였다. 그들은 대학졸업 후 특별면접이라는 별도의 경로를 통해 희망하는 분야에 진출했다. 이들 수퍼 엘리트의 자녀들은 전문직에 종사하며 초고속승진을 거듭한 후 40대 후반이 되면 부모의 계급을 세습하였다. 사람들은 이를 아빠 찬스가 아닌 그저 당연한 현상으로 받아들였다.

그 밑에 테크노크라트(Technocrat)층이 있었다. 똑똑하고 공부 잘하고 성실한 사람들이 각종 국가시험을 통과하여 이 계층에 진입하였다. 각종 국가고시 출신 공무원, 외교관, 판검사와 변호사 등 법조인, 교수, 대형 종합병원 의사, 박사급 연구원, 언론사 간부, 노조 간부, 시민운동 활동가 등이었다. 체제선전을 위해서는 대중성 있는 사람들이 동원되어야 했기 때문에 유명 연예인과 스포츠스타들도 여기에 포함됐다.

이들은 수퍼 엘리트층으로 진입할 가능성은 거의 없었지만 체제가 지속되어야만 현재의 사회적 지위를 유지하며 고소득을 보장받을 수 있었다. 따라서 테크노크라트는 체제유지와 수퍼 엘리트의 이익을 위해 자신들의 두뇌와 능력을 최대한 발휘했다. 육두품이라는 별칭이 붙은 이들은 전체 인구의 약 5%를 차지했다. 이들은 스스로 특권층이라고 인식하고 있었고 그러한 생각을 숨기려 하지 않은 채 행동했으므로 언행에 자신감이 넘쳤고 오만했다. 사람들은 감히 수퍼 엘리트를 비판하지 못하고 테크노크라트들의 오만함을 비난하는 것으로 체제에 대한 불만을 표출했다.

이들 밑에 인사이더(Insider)가 위치했다. 하급 공무원, 교사, 경찰, 직업군인, 대기업 회사원들로 구성된 인구의 약 15%였다. 이들은 고용안정과 중간수준의 급여를 보장받았다. 계층하락에 매우 민감하였기 때문에 체제옹호에 적극적인 지지기반이었다. 조직화도 잘 되어있었다. 그중 가장 강력한 조직이 전노총과 한교조였다. 이들 두 단체는 과두체제에 철저히 순응했다. 이들은 계층하락으로 안정된 소득이 상실되는 것을 가장 두려워했다. 체제수호를 위해 극단적인 행위를 서슴지 않았다. 집회 및 시위참가, 댓글, 사회비판세력 감시 및 고발, 사석에서 체제홍보 등할 일이 무척 많았다. 그러나 이들은 피곤해하지 않았다.

그 다음은 국민의 반 이상을 차지하는 아웃사이더(Outsider)들이었다. 이들은 고용안정이 보장되지 않은 비정규직들이었다. 대부분 저임금을 받으며 각종 서비스업종에 종사하였다. 또는 자치단체의 공공취로사업에 단기계약직으로 일했다. 대기업에서 일하는 사람들도 있었지만 주어진 업무들이 사환이나 식당보조와 같은 허드레 일이었다. 이들은 회사 내에서도 인사이더 직원들로부터 투명인간 취급을 받았다. 과거 88만원 세대라고 불리던 사람들이었다. 최소한의 유흥을 저가로 즐기며 미래에 대한 희망을 접은 채 하루하루 살아가는 사람들이었다. 전체 국민의 약

60%를 차지했다.

아웃사이더는 결혼을 포기했다. 결혼을 해도 출산을 거부했다. 이들은 자기 집 갖기도 포기했다. 기혼자들은 국가가 제공하는 11평짜리 공공임대 아파트에서 살았다. 독신들은 5-6평짜리 원룸에서 월세로 살았다. 소형차라도 자가용을 가진 사람은 소수에 불과했다. 과두적 집단지배체제 성립 이후 아웃사이더가 즐겨 찾을 수 밖에 없는 저가품 판매상점 「다이써」의 매장수는 세 배 늘어났고 매출액은 열 배 이상 증가했다. 이들도 가장 두려워하는 것이 하위계층으로 떨어지는 것이었다. 사회 신뢰등급의 가산점에는 정부비판에 대한 신고항목도 있었기 때문에 다른 사람들의 신고가 무서워 정부에 대한 비판을 하지 않았다. 이들의 관심은 야구와 축구 등 스포츠, 예능, 그리고 저가 맛집, 새로 출시된 라면, 수위가 높은 K튜브 섹스채널 등이 대부분을 차지했고 모바일 게임에 가장 많은 시간을 썼다. 아웃사이더 남성들 중에는 싸구려 리얼돌을 집에 가지고 있는 사람들이 많았다.

아웃사이더들은 직업의 안정성은 없었으나 최저생계비 수준의 소득은 보장받고 있었다. 희망이 없는 가운데 절망감과 대상이 불분명한 분노로 가득 차있었고 신뢰등급이 하락하며 '노 클래스'로 떨어질지도 모른다는 공포감에 빠져 있었다. 그들에게 남아있는 것은 자기비하감 뿐이었다. 해마다 많은 젊은 아웃사이더들이 취업을 위해 또는 단순히 자신이 처한 현실이 싫어서 한국을 떠나 일본이나 시노로 갔다. 그들은 그 나라들에서 식당보조나 종업원, 노인요양원 간병인, 오피스빌딩 청소부 등으로 일했고 일부 여성들은 마사지샵이나 유흥업소에서 일자리를 얻었다.

인구의 반 이상을 차지하는 아웃사이더들이 결혼과 출산을 포기하고 이들 인력의 해외유출이 많아지며 인구감소가 빠른 속도로 나타나 과두체제 수립 이후 해마다 인구가 십만 명 가까이 줄어들었다.

인사이더 남성들은 젊고 예쁜 아웃사이더 여성들과 데이트하며 관계를 가졌다. 항상 여초현상이었으므로 그들은 얼마든지 상대 여성을 바꿀 수 있었다. 결혼까지 이르는 경우는 거의 없었다. 그녀들은 인사이더 남성들에게만 관심을 가졌지 아웃사이더 남성들은 거들떠보지도 않았다.

아웃사이더들은 인사이더들을 기득권층이라고 부르며 그들이 하는 일에 비해 과도한 대우를 받는다고 비판했다. 인사이더들은 테크노크라트를 특권층이라고 비판했는데 그들은 자신들보다 능력적으로 특출한 것도 없는데 젊었을 때 통과한 국가고시 합격증 하나로 평생을 편하게 지낸다고 불평했다. 그러나 아웃사이더와 인사이더, 그리고 테크노크라트 모두 수퍼 엘리트를 비판하지 않았다.

최하위층은 '노 클래스'(No Class)였다. 이들은 직업이 없었다. 국가의 생활보조금에 의존했다. 65세 이상 고령자가 대부분이었지만 자발적 실업자, 은둔형 외톨이, 사회부적응자 등 젊은 사람들도 많았다. 정말 하루하루를 간신히 살아가는 사람들이었다. 이들은 국가보조금이 끊기면 수입이 완전히 없어지므로 언행에 극도로 조심했다. 그저 하루하루를 아무생각 없이 연명하는 사람들이었다. 전체 인구의 20%를 차지했다.

계층화라고 하지만 계층의 상향이동이 불가능했기 때문에 실질적으로 계급이었다. 혼인도 같은 계급 사람들끼리만 하였다. 계급을 알기 위해 상대방의 직업을 확인할 필요가 없었다. 옷차림만으로도 쉽게 구분되었으며 몇 마디 대화를 나누면 어법과 어투를 통해 그 사람의 계급을 쉽게 파악할 수 있었다. 현실적으로 다른 계급의 사람들과 사적인 교류를 가질 기회도 없었다. 계급에 따라 이용하는 상점이나 식당 등이 철저히 분리되어 있었다. 인사이더가 테크노크라트가 되는 경우는 거의 없었다. 아웃사이더가 인사이더로 신분상승하는 경우도 거의 없었다. 그러나 인사이더나 아웃사이더는 잘못하면 아래 계층으로 추락할 가능성이 있었다. 그들은 국가의 지시나 정책에 더욱 순응할 수밖에 없었다.

이들 계급과 사회신뢰등급과는 거의 일치하였다. 그 계급에 속하는 한 그 수준을 벗어나는 사회신뢰등급 점수를 따기란 거의 불가능했다.

이러한 계급구조 속에서 대부분의 사람들이 인식 못하는 집단이 있었다. 수퍼 엘리트 안에는 글로벌 엘리트(global elite)집단이 있었다. 규모가 얼마나 되는지 파악하고 있는 사람이 아무도 없었다. 그저 스무 명 안팎일 것이라는 추측도 있고 백 명가량 된다는 소문도 있었다. 그들은 협의체도 없고 또 정규적인 모임도 없었다. 당연히 지도자도 없었다. 가끔 삼삼오오 모여 사교모임을 가질 뿐이었다. 그런데도 자신들의 이익을 지키기 위한 것에는 이심전심이었다. 아무런 결의나 지시가 없이도 이익을 지키기 위해 일치단결했다. 글로벌 엘리트의 한 사람 한 사람은 이 과두체제의 운영과 작동의 원리를 본질적으로 꿰뚫고 있었다. 따라서 구태여 모임을 가질 필요가 없었다. 이들의 암묵적인 동의 없이는 국회에서 어떠한 법안도 통과시킬 수 없었다.

그들은 일 년에 한차례 제주도와 시노 하이난 섬의 리조트를 번갈아 가며 시노의 글로벌 엘리트들과 3박4일의 휴양 겸 회의를 가졌다. 두 집단의 이익은 거의 완벽하게 일치했다. 그 모임에서 다음 한 해의 행동기조가 정해지고 공유되었다. 이들은 대부분 오성급 호텔과 종합병원, 그리고 자가용 비행기 또는 헬기를 소유하고 있었다. 글로벌 엘리트 가족들은 오전에 자가용 비행기로 일본 후쿠오카에 가서 스시 점심을 먹고 다시 시노 상해로 이동하여 마오따이를 곁들인 저녁을 먹고 김포로 돌아왔다.

또 하나의 알려지지 않은 집단은 '노 클래스' 안에 있는 무인(無人, Unperson)들이었다. 이들 규모가 얼마나 되는지 알려지지 않았다. 무인들은 대부분 정부에 의해 사회위협 인물로 분류된 사람들과 중범죄를 저지른 전과자, 그리고 사회적응불능자 등이었다. 무인은 사회적 존재로 인정받지 않았다. 생물적 유기체로서 생명을 유지할 수 있는 보조만 받았다. 무엇보다 무인들은 스마트폰 소유가 허용되지 않았다. 어떠한 디지털 인식번호도 없었기 때문에 디지털화된 정보나 서비스도 제공받을 수 없었다. 그들의 사회적 존재성은 불능화되었다. 전자지갑도 없었다. 지자체에서 발급해주는 디지털화폐카드만 가지고 있었다. 한마디로 사회적으로 존재하지 않는 사람들이었다.

자기의 존재성을 알릴 방법은 1인 시위 밖에 없었다. 정부청사나 국회 앞에 가면 조악하게 제작한 피켓을 들고 1인 시위를 하는 무인들이 종종 눈에 띄었다. 그러나 행인들은 그들에게 전혀 관심이 없었다. 다른 사람들의 동정심을 얻거나 자기 주장에 대한 동조자를 모을 수 없었다.

그들은 말 그대로 무존재였고 순교자가 될 수도 없었다. 권력이나 가진 자로부터 탄압받았다는 호소가 인정을 받을 때 그들은 순교자적 위치로 자리매김 될 수 있었으나 그런 일은 발생하지 않았다. 그들은 애초부터 없는 존재였기 때문이었다. 권력이 디지털을 통제하는 한 체제에 맞서는 순교자는 나올 수 없었다. 그들은 사회적 인식수단이 없기 때문에 소재지를 파악할 수 없었다. 그들이 사망할 경우, 가족들에게 통보되지도 않고 변사처리되어 시신은 해부실습용으로 병원에 보내졌다.

사회구성원 전체가 다섯 개의 계급으로 엄격히 구분되면서 자산과 소득의 양극화는 더 심해졌다. 사회는 전반적으로 역동성을 상실했고 활기가 전혀 없었다. 예전에 비해 유동인구가 반 수준으로 급감했다. 재택근무가 일반화되었을 뿐 아니라 외출을 하더라도 일만 마치고 곧바로 귀가하였다. 전체적으로 자살률이 크게 높아졌다. 특히 고령자의 자살이 크게 늘어났다. 정부는 한동안 우려 섞인 시선으로 바라보았던 자살률을 더 이상 발표하지 않았다. 일반 사람들도 다른 사람의 자살에 관심을 보이지 않았다.

로또 판매액이 크게 늘어났다. 하루 판매액이 100억 원 수준에서 1,000억 원으로 증가하는 데 불과 몇 년 밖에 걸리지 않았다. 로또 구매자의 거의 대부분이 아웃사이더 계급이었다. 그들은 자기들끼리 돈을 모아 한 사람에게 몰아주는 게임을 하면서 언젠가 자신의 차례가 돌아올 것이라는 꿈을 꾸고 있었다.

결국 최상위 계급인 수퍼 엘리트를 제외한 사회구성원의 99% 이상이 심리적으로 병들어 있었다. 본인들도 자신이나 타인들이 병들어 있다는 사실을 알고 있었다. 그러나 아무도 아프다는 소리를 하지 않는 이상한 세상에 살고 있었다.

계급사회에서 수직적 유동성은 물론 수평적 유동성도 사라졌다. 사회 전체가 정밀기계를 닮은 유기체였고 그 작동은 수퍼AI에 의해 관리되었다. 수퍼 엘리트들은 자기들이 영구 지배할 수 있는 완벽한 체제를 구축했다고 자부했다.

그러나 이에 더해 테크노크라트 과학자들은 구성원에 대한 완벽한 통제를 완성시키기 위해 모든 구성원에 대한 유전자 데이터지도를 작성하는 계획을 세웠다. 일시에 DNA정보를 수집할 경우 반발이 예상되었으므로 단계적으로 시행하였다. 정부는 유전자 정보를 등록하는 것은 사회신뢰제고와 사회안전, 그리고 개인의 건강을 위해 필요한 일이라고 대대적으로 홍보했다. 실업수당, 기초연금, 노인연금 등 정부보조금을 받기 위해서는 유전자 정보수집에 동의를 해야 했고 대상자들은 유전자정보 수집에 아무런 저항이 없었다. 테크노크라트들과 인사이더들은 자발적으로 응했다. 빠른 속도로 DNA 정보수집이 이루어졌다. 당초 10년 이상 걸릴 것으로 예상되었던 전 국민 DNA 데이터베이스는 5년 만에 90% 이상 구축되었다. 전 국민 DNA지도(map)의 완성으로 완벽한 통제가 가능한 사회기반이 구축되었다. 테크노크라트는 이 정보를 마이크로칩에 담아 사람들의 몸에 이식하는 방안을 구상하기 시작했다. 기술의 발전이 물리적 공권력의 사용 없이 디지털이 수집하고 분석한 데이터만 가지고 통제를 가능하게 만든 것이었다.

그 계급사회는 사유재산제를 인정하고 있었으나 경쟁은 없었다. 수퍼 엘리트를 제외하고 경쟁의 결과로 부를 축적하는 것은 원천적으로 불가능했다. 대기업들은 주식회사였지만 대부분 최대지주가 정부였다. 최대주주인 정부는 대기업들의 증자를 하며 사회신뢰지수등급에 따라 사람들에게 주식을 나누어주었다. '노 클래스'를 제외한 모든 사람들이 조금씩 주식을 보유하여 기업의 주인이 되었다. 테크노크라트 학자들은 이것이 시장경제에서의 공유화를 통한 평등의 실현이며 인류 역사상 최초의 사례라고 평가했다. 이 체제는 다섯 개의 계급이 존재하는 불평등사회였지만 사람들은 자신에게 계층하락이 발생하지 않는 한 평등한 사회라고 인식하고 있었다.

원국은 개헌 후 삼선의원이 되었다. 그는 집권당의 원내총무가 되어 과두체제의 안정적인 정착을 위한 수많은 법안을 통과시켰다. 원내총무 임기를 마친 후 오랫동안 바랐던 법무부 장관에 임명되었다. 재민의 도움으로 크게 신경 쓰지 않고도 상당히 재산이 증식되어 강남에 10층짜리 사무용빌딩을 소유하게 되었다.

재민은 '캔들자산운용'을 새로 세웠다. 2천억 원의 자본금으로 출발한 회사는 해마다 펀드판매, 투자유치, 증자, 인수합병 등을 거듭해 몇 해만에 자산규모가 10조 마오(Mao)가 넘었다. 증권사와 건설회사를 계열사로 편입시켰고 보험회사를 대상으로 M&A가 추진 중에 있었다. 원국을 비롯한 많은 수퍼 엘리트들이 캔들자산운용에 자산관리를 맡겼다. 재민은 사업규모가 커지고 업무가 폭주하면서 새벽기도에 나갈 시간을 낼수 없었다. 교회에 헌금을 내는 것보다 사회적 약자를 돕는 것이 사회에더 공헌하는 것이라 판단하여 복지재단을 세웠다.

원국과 재민은 누가 인증서를 준 것도 아니었지만 자신들이 수퍼 엘리트에 속해 있는 것을 인식하고 있었다. 그들은 아직 테크노크라트나 인사이더로 남아있는 대학친구들을 무시했다. 그 친구들은 능력은 물론 노력도 부족했기 때문에 그 계급에 머물고 있다고 판단했다. 원국과 재민에게 대한민국은 자신들의 능력을 마음껏 발휘할 수 있는 기회의 땅이었다.

병호는 마을 한 바퀴를 산책하고 막걸리 한잔은 마실 수 있는 기력을 유지하고 있었다. 몇 년 전 전국참기름판매조합이 결성된 후 조합브랜드가 전체 시장의 2/3 가량을 차지하였다. 개인브랜드는 판로가 대폭 위축되어 매출이 급감하였다. 영미의 조카는 그와 같은 집단주의적 횡포에 끝까지 버텨보겠다고 고집 피웠으나 그녀의 설득으로 회사를 조합브랜드 납품업체로 등록했다. 수익이 반 이상 줄어들어 직원들을 내보내고 영미도 공장작업에 전념할 수밖에 없었다. 병호도 가끔 공장에 나가 허드렛일을 거들었다. 그녀는 퇴근하여 집에 돌아와 저녁을 차리며 "구랑(舊郞) 건강이 좋아지니 내 삭신이 쑤시기 시작하네."라고 투덜거렸다.

진희는 Dr. K의 벌금과 미납된 재산세를 대납해주지 않았다. 그녀는 국세청에 압류된 Dr. K의 건물이 공매로 나왔을 때 몇 차례 유찰을 기다린 후 시세의 1/3 값도 안 되는 금액으로 낙찰받았다. 그녀는 한국에 있는 부동산과 주식을 정리하여 캐나다로 갔다. 한국을 떠나기 전 Dr. K의 사무실에 걸려있던 자신이 그린 돼지그림과 책상 위에 놓였던 삼족오 공예품만 챙겨 나왔다. 그녀는 뱅쿠버 골드코스트에 저택을 구입한 후 골프를 치고 그림을 그리며 소일했다. 진희는 해마다 작품전시회를 열었다. 작품 중에는 「순수」(Innocence)라는 제목으로 돼지그림도 전시되었다. 어깨를 드러낸 짙은 와인색 원피스를 입은 세레나가 전시회를 기획한 유명 큐레이터로 소개되었다.

이 교수는 Dr. K가 영월교도소로 이감된 이후 대학교수직을 퇴직하고 가족과 함께 발티키아로 이주했다. 발티키아 국립대학교 사이버보안학과 교수로 재직하며 제자들과 함께 디지털보안 컨설팅회사를 설립하였다.

Dr. K의 일과는 단순했다. 아침 열 시가 넘어 잠에서 깨어 한 시간 이상 침구에 누워 있다 자리에서 일어나 공동세면장에서 얼굴에 대충 물을 묻혔다. 옷을 걸치고 때에 절어 꼬질꼬질한 마스크를 착용한 채 퀴퀴한 냄새로 찌든 지저분한 숙소를 빠져나와 교회가 운영하는 무료급식소로 갔다. 찬은 몇 가지 없었으나 갓 지은 흰 쌀밥을 수북이 쌓아주는 곳이었다. 어금니가 없어 밥을 국에 말아 우물우물 씹는 둥 마는 둥 하면서 그릇을 비웠다. 그리고 큰길을 따라 걸어서 한강변으로 갔다. 강변에 이르면 왼쪽으로 방향을 틀어 계속 걸었다. 발걸음을 내디딜 때마다 무릎이 아팠다. 보통 행주대교까지 갔다가 잠시 쉰 후 돌아왔다. 날씨가 좋은 날은 더 멀리까지 갈 때도 있었다. 다리를 건너 강북 시내 쪽으로 들어가지 않았고 걷는 동안 주변을 살펴보지도 않았다. 오후 늦게 숙소에 돌아오면 다시 침구에 누웠다. 생각할 것도 별로 없었다.

영등포 일대의 과거 굴뚝공장지대에 조성된 빈민층 거주지는 건립 당시 3D 프린터 공법을 적용하여 일반 건축공기의 1/5 밖에 걸리지 않았다. 건축비도 1/3 수준이었다. 주거단지를 건축한 것이 아니라 출력하였기 때문에 숙소는 모두 같은 크기에 같은 구조였다. 짧은 시간에 싸게 지은 집이라 겨울에는 춥고 여름에는 더웠다. 그래도 거기에 배정된 것이 Dr. K에게는 다행이었다. 타지에 배정되었으면 한강변을 걷는 일과를 가지지 못할 뻔했다.

그의 방에는 TV가 없었다. 시청료를 낼 돈도 없었다. 그는 핸드폰 소유가 허용되지 않았다. 그는 무인(無人, Unperson)이었다. 무인이어서 핸드폰을 가질 수 없는 것이 아니라 국가가 핸드폰 소유를 허용하지 않았기 때문에 무인이 된 것이었다. 당연히 전자지갑도 없었다. 대신 국가에서 준 플라스틱 디지털화폐카드에 한 달에 30만 마오가 입금되었다. 거기서 건강보험료와 임대주택 월세는 사전 공제되어 나왔다. 그러면 한 달에 쓸 수 있는 돈이 20만 마오가 안되었다. 전기료를 포함한 관리비를 내고 나면 하루에 3천 마오 미만으로 생활해야 했다. 디지털화폐카드는 매달 첫 번째 화요일 주민센터에 직접 가서 충전을 받아야 했다. 신원확인을 위해 다른 민원인들은 핸드폰 큐알코드를 갖다 댔지만 Dr. K는 안면인식 카메라 앞에 서야 했다.

도비드 이후 백신접종이 의무화되어 모든 사람들은 일 년에 두 차례 백신을 접종해야했다. 접종을 확인하는 백신 큐알코드가 확인되어야 식당이나 영화관, 건물을 출입할 수 있었다. Dr. K는 백신을 접종하라는 연락을 받을 수도 없었고 큐알코드를 탑재할 핸드폰도 없었다. 변이 바이러스의 출현에 맞춰 백신은 계속 개발되었다. 대형제약사들은 신약보다 백신개발에 주력하였다. 그들은 무인을 대상으로 1차 임상실험 참가자를 모집했다. 디지털화폐를 채우러 주민센터를 방문했을 때 Dr. K도 임상실험 참가를 권유받았다. 대가는 한 달치 보조금이었으나 Dr. K는 주사바늘이 무서워 참가하지 않았다.

무인은 디지털 영역에서 배제되어 있었으므로 감시대상도 아니었다. 그저 자연소멸의 대상이었고 실제 평균수명도 다른 계급의 사람들에 비해 훨씬 짧았다. 살아 있을 때와 마찬가지로 그들의 죽음에 아무도 관심을 보이지 않았다.

그 주변 주민들은 대부분 그와 비슷한 처지였지만 Dr. K의 경제적 상황은 그들보다 훨씬 열악했다. '노 클래스' 계급의 일부 나이든 주민들은 노인 일자리센터인 시니어클럽에 등록하여 한 달에 20만 마오에서 30만 마오를 벌기도 했으나 무인인 Dr. K는 등록할 수단이 없었다.

밤에 숙소 옆의 공터에 가면 깡소주 술판이 늘 펼쳐져 있었다. 거기에 끼려면 총무에게 돈을 내야했다. 총무의 핸드폰에 전자카드를 갖다 대면 그 금액이 이체되었다. Dr. K는 그 자리에 쭈그리고 앉아 말없이 깡소주를 마셨다. 대부분 열 시 쯤 되면 취기가 올라 더 버틸 수 없었다. 그러면 다시 숙소로 돌아왔다. 어떤 때는 눈치를 보며 소주 몇 잔을 공짜로 얻어먹기도 했다.

진희가 한국을 떠난 후 Dr. K를 도와줄 사람은 아무도 없었다. 사람들은 무인인 그가 어디에서 무엇을 하고 사는지 알 방법도 없었다. 머리도 하얗게 세면서 반쯤은 탈모가 되었다. 치아도 흔들거리는 것이 늘어났다. 아파도 돈이 없어서 병원에 가서 치료를 받을 수 없었다.

해가 서쪽으로 한참 기울어 한강에 붉은 물이 들 무렵 Dr. K는 강변 산책을 마치고 다리 위로 올라섰다. 그는 숙소를 향해 남쪽으로 걷지 않고 북쪽을 향해 다리 위를 걸었다. 출옥 후 처음으로 시내 쪽으로 향해 걷는 것이었다. 바람이 불어 매우 추웠다. Dr. K는 추위를 잊기 위해 뭔가에 집중해야 했다. 마음속으로 천천히 하나에서 백까지 숫자를 세기 시작했다. 몇 번을 반복하였으나 바람이 몰아치는 다리를 벗어나지 못했다. 노래를 부르는 편이 나을 것 같았는데 떠오르는 곡이 없었다. 가곡도, 가요도, 군가도, 민중가요도, 운동가요도, 고등학교 때 가사의 의미도 모르고 흥얼거리던 팝송도. 하나도 생각나는 것이 없었다. 기억나는 노래가사 하나 없을 정도로 무미건조하게 살았나 하는 생각이 들며 그런 자신이 한심하다는 듯 저절로 헛웃음이 지어졌다. 그래도 노래를 떠올리려 집중했다. 그것이 숫자를 세는 것보다 추위를 잊는데 더 효과적일 것 같았다. 불현 듯 어렸을 때 여자아이들의 고무줄놀이 모습이 떠올랐다. 노래를 재갈거리며 고무줄 위를 사뿐사뿐 뛰는 것이 무슨 재미가 있었을까. 그런 생각과 함께 노래가사가 저절로 웅얼거려졌다.

"원숭이 궁뎅이는 빠알개.

빨가면 사과.

사과는 맛있어.

맛있으면 바나나.

바나나는 길어.

길으면 기차.

기차는 빨라.

빠르면 비행기.

비행기 높아.

높으면 백두산……."

높으면 백두산... 그 다음 구절이 생각나지 않았다. 높으면 백두산 다음 가사가 뭐지? 얼마간 몰두했으나 가사는 떠오르지 않고 백두산과 관련된 내용만 뇌를 스쳐갔다. 해발 2,774미터, 한반도에서 가장 높은 민족의 영산(靈山), 환웅의 아들 단군, 사화산이 아닌 휴화산, 일천 년 전 화산폭발로 발해멸망, 최근 천지의 마그마층 팽창 활성화, 분출 시 사방 100킬로미터 백색사막화. 생각이 꼬리에 꼬리를 물었다.

백두산 덕분에 추위를 잊고 다리를 건널 수 있었다. 그는 다리를 벗어나 큰길을 따라 계속 걸었다. 홍대 입구에 못 미쳐 서교동 방향으로 좌회전했다. 문을 열지 않거나 폐업을 한 상가들이 줄지어 있었다. 밖의 불도 켜지 않아 거리가 을씨년스러웠다. 길바닥에는 아무도 보지 않는 구겨지고 찢긴 광고종이들이 어지럽게 널려져 있었다. 어둠이 완전히 깔리지 않았는데 행인이 뜸했다. 그는 발걸음이 인도하는 대로 따라갔다. 곧 익숙한 길로 접어들더니 낯익은 건물 앞에서 멈췄다. 간판 상호가 바뀌어 있었다.

「체스트넛 트리 카페」(Cafe Chestnut Tree)

간판이 켜져 있는 것을 확인한 후 그는 계단을 내려갔다. 문 앞에 큐알 코드 리더가 있었으나 고장팻말이 붙어 있었다. Dr. K는 "이 달 말까지 영업 합니다"라는 안내문구가 붙은 입구문을 열고 카페 안으로 들어섰다. 예전 그대로의 모습으로 실내가 눈에 들어왔다. 젊은 손님들이 테이블 두 개를 차지하고 있었다. Dr. K는 엉거주춤 한 쪽 구석에 자리를 잡았다. 그리고 디지털화폐카드에 남은 금액을 생각해 보았다. 몇 잔 마셔도 남은 기간 중 아껴 쓰면 다음 달 충전까지 버틸 수 있을 것 같았다. 남자종업원이 다가와 다소 머뭇거리며 주문을 받았다.

"손님. 영업시간은 아홉 시까지입니다."

"……"

"손님. 뭐를 드시겠습니까?"

Dr. K는 잠시 생각했다.

"진 있습니까?"

종업원은 확인해보겠다며 바 스탠드에 갔다가 다시 돌아왔다.

"네. 몇 잔은 나올 것 같습니다."

"먼저 더블샷으로 하나 주세요."

종업원이 가져온 잔을 두 번에 나눠서 마셨다. Dr. K는 알코올 덕이 아니라 괜히 기분이 좋아지는 것 같았다. 체스트넛 트리 카페에서 아니 참나무골 카페에서 술을 마시고 있으니 무인이 아니라 Dr. K 시절로 다시 돌아간 것 같았다. 맞아. 여기서 미팅도 하고 조 실장과 뒤풀이도 하고… 하나도 바뀌지 않은 카페의 실내 인테리어도 그의 기분을 안정시켰다. 자영업자들이 다 망했는데도 이 카페가 영업을 계속하고 있는 것이 신기했다. 마치 자신이 다시 오기를 기다리고 있었던 것처럼 여겨졌다. 그는 월말까지 최대한 아끼면 된다는 생각을 하며 더블샷을 한잔 더 시켰다.

그의 앞에 잔이 놓여졌을 때 TV에서 '땡정' 뉴스가 시작됐다. TV뉴스는 항상 땡하는 시보울림과 함께 "정부는 지난 2-4분기 물가상승을 0%대로 유지하는데 성공하였습니다. 이러한 물가 안정은 정부의 …"라는 정부를 홍보하는 앵커의 목소리가 매일 반복되었다. 정시 시보 **"땡." "정부는……." "땡." "정부는……." "땡." "정부는……."** 땡과 정이 매일 반복되었다.

Dr. K는 벌써 취기가 오른 상태에서 자신은 무엇을 추구하며 살아왔나를 생각해보았다. 아버지는 남자가 추구하는 것은 돈, 권력, 여자라고 했다. 그 중 돈과 여자? 권력과 여자? 돈과 권력? 저절로 피식 웃음이 새어나왔다. 그동안 한 번도 떠올려보지 않은 쓸데없는 생각을 하고 있다는 자각이 들 무렵 Dr. K는 왼쪽 가슴에 통증을 느끼기 시작했다. 식은땀이 배어나오는 이마에 왼손을 갖다 댔다.

벽에 걸린 커다란 TV모니터는 며느리가 시어머니의 따귀를 올려붙이는 막장 드라마를 갑자기 중단하며 긴급뉴스를 쏟아냈다. 항만부두를 보여주는 화면에 군인들이 줄지어 배에 승선하고 있는 모습이 보이며 아나운서의 흥분한 목소리가 나왔다.

"네. 시청자 여러분. 드디어 주한미군의 마지막 부대가 철수하고 있습니다. 이제 이 부대가 떠나면 청나라 군대서부터 시작하여 지난 한 세기 넘게 한반도에 주둔했던 모든 외국군의 주둔이 마지막을 고하는 것입니다. 우리 민족사의 오욕을 마감시키는 뜻깊은 날입니다. 오늘 우리는 역사적인 현장을 지켜보고 있습니다. 광화문 광장에는 이 역사적 순간을 자축하기 위해 수많은 군중이 쏟아져 나와 환호성을 지르고 있습니다."

텔레비전 속의 아나운서는 격앙된 어조로 말을 쏟아내고 있었다. 그러나 고개를 들어 TV를 보던 카페 안의 손님들은 무덤덤한 표정이었다. 사람들은 곧 자기들끼리 나누던 대화로 돌아갔다.

Dr. K는 오른손을 왼쪽 가슴에 댄 채 화면을 응시했다. 모니터 속의 광화문 풍경은 횃불을 든 군중과 무궁화기를 든 군중으로 꽉 차 있었다. 양측의 모습은 대조적이었다. 횃불군중은 환호성을 지르고 서로 어깨를 두르고 방방 뛰며 자축하고 있었고 무궁화군중은 그들을 향해 험악한 인상을 쓰며 욕설을 뱉어 내고 있었다. 양쪽 다 흥분해 있었기 때문에 조만간 대규모 충돌이 일어날 것 같았다. 통증으로 얼굴을 찌푸리고 있으면서도 Dr. K는 모니터를 계속 응시했다. 어느 정도 간격을 두고 뭉쳐 있던 양측의 군중들이 상대진영을 향해 돌진하기 시작했다. 무궁화부대 군중들은 마스크를 벗어 던졌다. 선두에서 질주하는 사람들의 손에 각종 둔기가 들려 있었다. 경찰은 보이지 않았다. 드디어 양측의 선두가 충돌하며 둔기를 격하게 휘두르기 시작했다. 음향과 영상이 아수라장으로 변했다.

Dr. K는 참을 수 없을 정도로 가슴통증이 심해지자 두 손으로 왼쪽 가슴을 부여잡았다. 숨을 쉴 수도 없을 정도의 고통이었다. 온몸에서 땀이 새어 나오는 것을 느낄 수 있었다. 그래도 그는 모니터에서 눈을 떼지 않았다. 그 때 모니터 속의 광경이 흐릿하게 변하기 시작했다. 맞붙어 싸우는 수많은 군중들이 변신하듯 조금씩 개와 돼지의 모습으로 바뀌기 시작했다. 귀와 꼬리가 축 처진 개들은 도살장 우리에 갇힌 유기견 같아 보였고 돼지들은 큰 콧구멍에서 꿀꿀 소리만 애절하게 내뱉고 있었다. 쇠파이프를 휘두르는 모습도 저배속 영상처럼 늘어졌다.

　그때였다. 그 동물들의 무리 저 뒤편에서 큰 괴물 같은 생물체가 개와 돼지들을 밟으며 천천히 다가오고 있었다. 그 생물체들은 개와 돼지들보다 엄청나게 컸다. 어두운 화면 속에서 괴물들의 형체가 서서히 드러났다. 널빤지만한 이빨을 드러낸 쥐와 모든 것을 찍어 삼킬만한 부리를 가진 닭이었다. 가까이 올수록 그들의 몸체는 점점 팽창하였다. 광화문 주변의 건물만한 크기로 변했다. 쥐와 닭의 눈에서 광기의 빛이 쏟아져 나왔다. 개와 돼지들은 그 광기의 빛에 완전히 압도된 채 그들의 발에 무자비하게 밟히고 있었다. 개들은 "깨갱깨갱" 비명을 지르고 돼지들의 꿀꿀 소리는 "꿰엑꿰액"하는 멱 따이는 처절한 비명이 되어 사방으로 퍼져나갔다. Dr. K는 쥐와 닭이 내뿜는 광기의 빛이 점점 강해지는 것을 더 이상 바라볼 수가 없었다.

　그 순간 아수라장이 된 광화문 광장의 서쪽 상공에 커다란 비행체가 나타났다. 그 물체는 날개 없이 긴 몸통만 위 아래로 너울너울 흔들며 천천히 하강하고 있었다. 지상에 가까워지며 확실히 드러난 그 비행체는 광장 전체를 덮을만한 크기의 용(龍)이었다. 용의 너울질이 있을 때마다 비늘 하나하나가 번뜩였고 두 눈에는 탐욕만이 가득 차있었다. 그 탐욕을 분출하듯 입에서는 커다란 화염줄기가 들락날락했다. 그 화염줄기는 언제라도 불덩어리가 되어 땅을 향해 내뿜어질 기세였다. 용의 등장에 놀란 듯 광화문 상공을 맴돌던 한 무리의 독수리 떼가 높이 솟아올라 동쪽 하늘을 향해 빠른 날갯짓을 하며 날아가는 것이 보였다.

　Dr. K는 통증이 점점 심해지면서 온몸이 땀으로 뒤범벅이 됐고 마음속은 절망과 공포로 가득 찼다. 눈꺼풀이 힘을 잃고 저절로 눈이 감기며 그는 바닥으로 쓰러지고 말았다. 더 이상 가슴을 움켜지고 있을 기력도 다 빠져나간 상태였다. 앞이 무딘 길쭉한 송곳이 심장을 찌르며 조금씩 파고들고 있었다. 가슴의 통증은 죽음의 공포를 서서히 넘어서고 있었다. 그는 뭔가 입 밖으로 소리를 내고 싶었다. 그러나 끝내 그의 입술은 열리지 않았다. 모든 것이 끝났다. Dr. K는 그들과의 투쟁에서 완전히 패배했다. 그의 폐에 있던 마지막 공기가 빠져나오며 입술 사이로 침과 거품이 천천히 흘러내렸다. 광화문 일대를 중계하고 있는 TV화면의 하단에 긴급뉴스 자막이 뜨며 빠른 속도로 흘러갔다.

 ... NK 급변사태 발생... 피양 대혼란... 전군 진돗개 발령... 핵무기 통제권 오리무중... 탈북자 수십 만 명 남하(南下) 중...

 바 스탠드 뒤에 있던 종업원이 바닥에 쓰러진 Dr. K를 발견하고 급하게 다가오는데 갑자기 카페 안의 불이 전부 나가며 암흑세상이 되었다.

에필로그

몇 해 전 나는 해외에서 걸려온 전화 한 통을 받았다. 발티키아에 살고 있는 이 교수였다. 간단한 안부를 물은 후 이 교수는 Dr. K가 사망한 것이 확실한 것 같다며 그가 나에게 맡겼던 자료들을 공개하는 문제에 대해 상의했다.

통화를 끝낸 후 나는 오래 전에 마치 비밀첩보작전을 펴듯 넘겨받아 서재 책장 뒤쪽에 깊숙이 숨겨두었던 자료를 꺼내 꼼꼼히 살펴보았다. 윈스턴 스미스 선생과 Dr. K의 일기와 비망록 그리고 오월회 활동일지 등이 잘 보관되어 있었다. 그 두 사람은 매우 꼼꼼한 기록자였다. 나는 그 자료를 읽으며 Dr. K의 예견에 놀라움을 금치 못했고 그들의 기록을 정리하여 공개하기로 마음먹었다. 사안의 중대성 때문에 체력의 한계와 노안에도 불구하고 그 정리작업은 나 혼자만의 몫이었다. 미진한 부분은 이 교수, 또 그가 연락처를 알려준 조 실장과 텔레톡을 통해 메시지를 주고받으며 최대한 보완을 했다.

이 교수는 발티키아에 거주하기 때문에 큰 문제가 없을 것이라고 생각했으나 아직 국내에 있는 조 실장의 신상이 걱정되었다. 조 실장은 자신에 대해 전혀 염려하지 말라며 적극 협조하였다. Dr. K의 죽음을 확인하여 이 교수에게 알린 사람도 조 실장이었다. 조 실장은 Dr. K가 체스트넛트리 카페에서 급성심근경색으로 쓰러진 후 병원에 실려가 사망판정을 받은 것까지는 추적하였으나 그의 시신이 어떻게 처리되었는지 확인할 수 없었다고 했다.

Dr. K가 우려하고 예견했던 빅 파워와 빅 머니가 합체되어 수퍼 빅 브라더가 지배하는 세상이 현실로 다가온 것을 실감하며 나는 이 글을 출간하기로 결심했다. 마지막으로 남은 것은 윈스턴 스미스 선생의 승낙을 받는 일이었다. 이 교수가 오렌지아에 있는 그에게 연락하여 우리의 계획을 알리고 동의를 요청하였다. 고령의 그는 Dr. K의 죽음에 애도를 표하며 발간에 동의한다는 메시지를 나에게 보내왔다. 그는 본인임을 확인시키려는 듯 메시지 말미에 PS로 "쥐, 닭, 체스트넛트리 카페"라는 단어들을 첨부하였다.

참고로 수사관들이 찾아낸 Dr. K가 조 실장에게 보낸 337791과 276123 두 숫자는 국제해커연대가 공유하고 있는 국내 해킹목표의 좌표였다. 좌표를 그대로 보낸 것은 Dr. K의 실수였는데 다행히 그 문제를 도어록 비밀번호였다는 식으로 처리하여 무사히 넘길 수 있었다.

자료를 스토리텔링식으로 편집하여 책으로 발간하는 모든 작업과정은 빅 브라더의 감시를 피하기 위해 매우 은밀히 진행되었다. 다행히 Dr. K의 뜻에 깊이 동감하는 출판사 대표의 적극적인 도움 덕에 사전에 발각되지 않고 책이 시중에 나오게 됐다.

이 책의 발간에 관련된 사람들은 사후 닥쳐올 불이익을 각오하고 있다. 오래 전에 은퇴하여 고향인 강원도 산골에 들어와 조상들 산소를 돌보며 여생을 보내고 있는 나 같은 늙은이가 불이익을 받아야 뭐 어떻겠는가?

오래 전 나는 대학에 재직하며 프랑스와 일본, 그리고 우리나라의 학생운동을 비교하는 책을 저술한 적이 있었다. 그 책을 읽은 Dr. K가 나를 찾아와 그것을 주제로 오랫동안 얘기를 나눴다. 우리 대화의 주제는 학생운동을 넘어서 정치와 사회 전반으로 넓어졌고 그 과정에서 그는 현실과 미래에 대해 많은 우려를 하였다. 내가 은퇴하여 고향으로 내려온 후에도 Dr. K는 나의 집을 방문하여 며칠 씩 쉬다가 간 적이 있었다. 나와 연배는 많이 차이 났지만 나는 그의 말을 경청하였다. 그의 우려가 좀 과한 걱정이 아닌가 하는 생각이 든 적도 있었지만 결과적으로 그의 예견이 맞았다.

내 살아 생전에 이러한 암울한 세상이 올 것이라고는 짐작조차 못했다. 권력과 돈을 양손에 움켜진 그들이 바이러스 공포와 계층하락의 불안, 그리고 모든 소통과 행동에 대한 철저한 감시로 이 같은 디스토피아를 만들어 놓을 줄 몰랐다. 하기야 그들뿐 아니라 우리 모두가 돈과 권력의 노예가 되기를 자처하지 않았는가? 지난 반세기 동안 우리 모두가 탐욕의 늪에서 허우적거리며 살아온 결과가 이것이 아니겠는가?

나는 강원도 시골에서 태어나 자라면서 공부 잘하는 것 하나만으로 서울로 진학하여 대학교수가 되어 정년퇴임 때까지 크게 굴곡 없는 삶을 살았다. 하지만 나의 자식들과 손주들의 현실과 미래를 생각하면 우울해질 뿐이다.

윈스턴 스미스와 Dr. K의 경험과 역할을 다시 살펴보며 우리 후손들이 다시 활력을 찾을 수 있는 날을 기대해본다.

책을 마무리하며... 김로벨

김로벨 장편소설

윈스턴의 귀환
Post-1984 디스토피아

초판 1쇄 발행 _ 2022년 4월 1일

지은이 _ 김로벨

책임편집 _ 장인화

펴낸곳 _ 동방의 손길

등록 _ 제 25100-2015-000085호

주소 _ 서울시 서대문구 연희로 26(창천동)

전화 _ 02-332-3944

전자우편 _ book@eastern.or.kr